|彩色详解|

纳兰词

①

〔清〕纳兰性德 著　聂小晴 主编

团结出版社

图书在版编目（CIP）数据

彩色详解纳兰词 /(清) 纳兰性德著 ; 聂小晴
主编. -- 北京 : 团结出版社, 2017.5（2020.7 重印）
　　ISBN 978-7-5126-5194-4

　　Ⅰ. ①彩… Ⅱ. ①纳… ②聂… Ⅲ. ①纳兰性德
（1654-1685）—词(文学)—诗歌欣赏 Ⅳ. ①I207.23

　　中国版本图书馆CIP数据核字（2017）第123526号

出　　版：团结出版社
　　　　　（北京市东城区东皇城根南街 84 号　邮编：100006）
电　　话：（010）65228880　　65244790（传真）
网　　址：www.tjpress.com
E - mail：zb65244790@vip.163.com
经　　销：全国新华书店
印　　刷：北京一鑫印务有限责任公司

开　　本：155mm×220mm　　16 开
印　　张：56 印张
字　　数：530 千字
版　　次：2017 年 8 月　第 1 版
印　　次：2020 年 7 月　第 2 次印刷

书　　号：978-7-5126-5194-4
定　　价：298.00 元（全四册）

前　言

　　纳兰容若，清初第一词人。近代著名的学者王国维这样评价他："纳兰容若以自然之眼观物，以自然之舌言情。此由初入中原未染汉人风气，故能真切如此。北宋以来，一人而已。"况周颐也在《蕙风词话》中誉其为"国初第一词手"。梁启超也给予其极高的赞扬："容若小词，直追后主。"

　　纳兰容若留给后人的词作现存 342 首（一说 349 首），内容涉及广泛，包括婚姻爱情、友谊分离、家庭思索、边塞江南、咏物咏史及杂感等方面。虽然词作本身的眼界并不算很开阔，高度上也无法与唐宋那些大词人相比，但他的每一首词都是缘情而旖旎，道出了极为真挚的情感。这让后人沉浸在他的词作中，无法自拔。不过，后人虽然热捧纳兰词，但却未必能够真懂纳兰词中的真含义。容若好友曹寅在《题楝亭夜话图》中就哀叹道："家家争唱饮水词，纳兰心事几曾知？"

　　是的，纳兰词虽然流传天下，容若的词名虽然遍及天下，可是人们在争相诵读纳兰词的时候，容若那"如鱼饮水，冷暖自知"的心事究竟又有几人懂得？容若这位相府的贵公子、皇帝身边的大红人，写入词中的点点斑驳心情和刻骨铭心的愁苦，谁人又能真的懂得？只怕是容若的亲生父亲明珠，也难以懂得。

　　纳兰容若生于温柔富贵，词却满篇哀感顽艳；身处花柳繁华，心却游离于喧嚣之外；身为真正的八旗子弟，却喜结交落拓文人；行走于仕途，一生却为情所累；风华正茂之时，却匆匆离世。他"自是天上痴情种"，"不是人间富贵花"，一生渴望自由，却不能主宰自己的命运，只能在惆怅与幽怨中度过一生，成就了一段三百年来倾倒无数后人的传奇。多年以后，乾隆晚年，和珅为了博得圣上龙颜一悦，献上了一部《红楼梦》，乾隆读罢后良久，掩卷长叹一声："书中所写，不正是明珠的家事吗？"

　　本书收录的纳兰容若的词，是对他一生情感的真实写照。书中所附原文、赏析、点评、注释等栏目，从多角度将词作的主题思想、创作背景、词人境况以及词作的意境、情感全面地展示出来。同时，同词情词境相契合的人物画像、山水景物以及情景图等，通过多种视觉要素的有机结合，达到"词中有画，画中有词"的艺术境界。

　　轻轻翻开这本书，透过婉丽隽秀、明净清婉、感人肺腑的小令长调，仿佛能看到那个拥有着绝世才华、出众容貌、高洁品行的人站在那里，散发着一股遗世独立、浪漫凄苦的气息，华美至极，多情至极，深沉至极，孤独至极。一个才华横溢、欲报效国家而早早离世，一个因爱而陷入爱的旋涡中挣扎的多情男子，都尘封在本书里。

目 录

1

梦江南

　　昏鸦①尽，小立恨因谁？急雪乍翻香阁絮②，轻风吹到胆瓶③梅，心字④已成灰。

赏 析

　　又是黄昏。乌鸦的翅膀再也无法安慰你这位千古伤心的书生。一声又一声，四季的风呼喊心上人的名字。你伫立的幽恨，是一泓清泉，流不进千里之外，她的眼眸。

　　你说，柳絮是飘在春夏之交的另一场雪，是春与夏的定情信物。只是宫闱里的伊人，很难对她说，相思相见知何年，此时此夜难为情。

　　于是，你想起李商隐：一寸相思一寸灰。只是不知，他的这句诗，原是写在一堆骨灰上的……

　　想你，你比银河还远。所以，就点燃自己。想你一寸，就燃烧一寸自己，就落下一寸自己的灰。

①昏鸦：黄昏时分，昏暗不明的乌鸦群。②急雪句：柳絮好像飘飞的急雪，散落到香阁里。香阁，青年女子所居之内室。③胆瓶：长颈大腹，形如悬胆之花瓶。④心字：即心字香。

点 评

此为《饮水词》开篇之作。"昏鸦尽"一句语简意明，渲染全篇气氛。古人写飞鸟，多是杜宇、金衣、乌鸦。国人谓鸦为不祥之鸟，但以鸦入境者颇多佳句、点睛之笔，如"时见栖鸦，无奈归心，暗随流水到天涯"、"枯藤老树昏鸦"等。容若气势陡出，开篇即以"鸦"入境。昏鸦已逝，词人临风而立，是等候？是沉思？无言以对。

"小立恨因谁？"因谁？其实词人自己知道，除了表妹谢氏，还有谁曾在他心中播下甜蜜而苦涩的种子？他与表妹青梅竹马，从小就一起玩耍嬉戏，一起吟诗作赋，虽然没有挑明爱情关系，但纳兰心中一直深深地爱着她。可如今，表妹走了，走进了皇宫，当了妃子。一场朦胧的初恋就这样成了泡影，谁人不心痛？

表妹走后，纳兰曾经装扮成僧人进宫去见过表妹一面，可此种举动，何其危险！一被康熙皇帝发现，定然杀头！匆匆一面，而且还隔着宫廷里的帏幔，回来后良久放不下，他思念表妹的心情谁又能了解呢？于是，他便经常一个人在黄昏时小立，望着宫廷的方向出神。

可是这一番守望，究竟徒劳。于是，他悲愤，他痛苦，他怨恨，他心如刀割，他心灰意冷。且看这句"心字已成灰"——"心字成灰"并非仅指心字檀香成灰，还指内心世界的黯然神伤。容若此类小令，不经雕饰，全无绮丽言语，韵味凄苦悲凉，久读伤人心深矣！

整首《梦江南》，读毕，只是一阵心痛，如此之男子，是不属于这个世间的，那么透明，如同水晶一般，让人心生爱慕。如此之男子，在世间太委屈，又发出了太夺目的光彩，以致那么早就只给世人留下了一个背影，还有那缠绵清婉的词，永远地离去了。

赤枣子

惊晓漏，护春眠①。格外娇慵只自怜。
寄语酿花②风日好，绿窗来与上琴弦。

赏析

窗外漏壶声滴滴答答。这一首新曲，是谁谱就？

每一个少女，都是一本唤不醒的日记。因为春暖花开，因为有些事情，她们喜欢少女闭上眼睛。满脸的睡意，也是芳龄十八岁，无法抗拒。还是起床吧。先打开你的眼睛，她的眼睛，万物已为我备好，少女的眼睛才缓缓打开。趁着明媚春光，和园中的花朵都打声招呼。告诉她们不能贪睡，要早些绽放。推开碧纱窗，让那古琴的琴声再优雅一点，飘得再远一点……

点评

此篇以少女的形象、口吻写春愁春感，写其春晓护眠，娇慵倦怠，又暗生自怜的情态与心理。

---

①惊晓漏二句：意谓清晓，漏声将人惊醒，但却依然贪睡。②酿花：催花开放。

春晨，窗外漏壶滴水的声音将她唤醒。一"惊"字分明写出了女主人公些许娇嗔恼怒之意，分明睡得香甜，谁料漏声扰人清梦，合是十分该死。本就恋梦，这一醒来方知春暖花开，正是春眠天气，遂倦意袭来，无法抗拒。且看这句"格外娇慵只自怜"，"娇慵"谓柔弱倦怠的样子，李贺《美人梳头歌》中就有"春风烂熳恼娇慵，十八鬟多无气力"的句子，想必本词的女主人公也同这位女子一样，满脸睡意，辗转反侧，别有一番风韵。而"格外"一词，更是把这位慵懒的女子渲染得楚楚动人，似有千般柔情。是也，春天是生命生长、万物复苏的季节，却也是春愁暗滋、风情难抑的时候，少女们面对着春日美景而暗自生怜，也是十分自然的事情。

现在，这位女子醒了。那么醒后干什么去呢？"寄语酿花风日好，绿窗来与上琴弦。"原来，起床的第一件事，就是趁着明媚的阳光，和园中的花朵打招呼，催促它们早点绽放。

的确，"草树知春不久归，百般红紫斗芳菲"，春天是美好的，亦是短暂的。遂要这个晨起的小女子，去催促百花你

7

争我赶竞相开放，免得错过了这春意盎然的季节而后悔不迭。然后推开碧纱窗，好让自己优雅的琴声飘得更远一些。词写到此处，这位少女的春感，已转悠远、朦胧，同时又挟有一分淡淡而莫名的愁思，可谓言尽意不尽，含蓄蕴藉而后留白深广了。

遐方怨

欹角枕①，掩红窗。梦到江南，伊家博山②沉水香③。
浣裙④归晚坐⑤思量。轻烟笼浅黛⑥，月茫茫。

赏析

你是荷花，江南是你心底的一滴清露。而我已远离了江南。在你走过的雨巷，我再也闻不到丁香的芬芳，迷离的彷徨。

我只有梦，只有将梦视为一种藤蔓般的呼唤，听为一种神灵的感召。而你，必是我踏破铁鞋，寻遍大千世界的千年之莲。

我只愿双手合十，醉于你的韵里。且不管，千年之后，水是否还是江南的水，梦是否还是北国的梦……

---

①欹角枕：斜靠着枕头。欹（qī），通"倚"，斜靠着。角枕，角制或用角装饰的枕头。②博山：即博山炉，一种香炉。③沉水香：即沉香，一种香料。④浣裙：即浣衣，洗衣。⑤坐：犹"自"。⑥浅黛：用黛螺淡画的眉毛。此处代指美丽的女子。

点 评

小词若能婉能深，自是妙品。

此篇前二句为实出之笔，写其疏慵倦怠、相思无绪的情态。白日已经消匿，孤独寂寞的夜晚又来临了。词人斜倚角枕，百无聊赖，而红窗已掩，伊人难归。于是只有睡觉，希冀在梦中与伊人相会。

"梦到江南"一句说明词人想念的人家在江南。而这位"伊人"其实就是指沈宛。沈宛系江南才女，为纳兰好友梁汾觅带入京，纳兰与其一见钟情。可惜这段美好的恋情为时甚短。可能是由于性德是皇帝的贴身侍卫，娶一社会关系复杂的汉族民间女子为侍妾与机要的禁卫工作有碍，也可能是其父明珠认为性德与这样的女子结合会影响性德的仕途，他与沈宛相处了三四个月，就不得不分手了。但是纳兰始终难以割断那份情思，这使得他非常痛苦。纳兰词中有几首思念沈宛的词，这篇《遐方怨》便是其中一首。

回到这首词里，"梦到江南"以后就全写梦境了，写于梦中见到伊人的情景。"伊家博山沉水香"一句是虚写，只见博山炉一片青烟缭绕，状如愁思，伊人何在？"浣裙归晚坐思量"，原来伊人洗衣晚归，正在思量。那么，她思量什么呢？此一追问，思念的当然是词人自己了。因此，伊人之行止也是情有所思的形象。虽只是几句淡淡的描绘，但婉转入深。

尤其是结处二句，含蓄要妙之至。"浅黛"乃为女子，而

今这位女子被淡淡的雾气笼罩着，彰显朦胧之色，一如词人对她的思念，行若江水，连绵不绝。而"月茫茫"三字，给全词增添千百韵味。这种"心已神驰到彼，诗从对面飞来"（浦起龙《读杜心解》）的写法，确实将诗人的一往情深表达得极为深致动人。

如梦令

　　正是辘轳金井①，满砌落花红冷。蓦地一相逢，心事眼波难定。

　　谁省，谁省。从此簟纹灯影②。

赏析

　　那似是一个梦境。在忧伤的金井旁，一位冰雪般的白衣女子，长发飘飘，在阶前葬花，葬下落红的心事。

　　蓦然回首，背后凝睇的男子，他的内心发生了一次地震。伊人的笑靥，在每一泓心泉中粲然绽放。从此，曾经沧海难为水。从此，他把短暂的相逢，种在了小园香径中。

　　只是没有想到，自别后，红窗前，自己孤单的身影瘦过黄花。然而思念如珠，永远都不再断线。

点评

　　纳兰这首初恋情词极为精巧雅致，细细读来如观仕女图般，

①辘轳金井：谓装有辘轳的水井。辘轳，井上汲水的起重装置。金井，指装饰华美的雕栏之井。②簟纹灯影：意思是说，空房独处，寂寞无聊。簟（diàn）纹，指竹席之纹络，这里借指孤眠幽独的景况。

字虽简练，情却绵密，可与晏几道的"落花人独立，微雨燕双飞"一比。

小令首句点明了相遇的地点。纳兰生于深庭豪门，辘轳金井本是极常见的事物，但从词句一开始，这一再寻常不过的井台在他心里就不一般了。"正是"二字，托出了分量。

"满砌落花红冷"既渲染了辘轳金井之地的环境浪漫，又点明了相遇的时节。

金井周围的石阶上层层落红铺砌，使人不忍践踏，而满地的落英又不可遏止地勾起了词人伤感的心绪。

常人往往以落红喻无情物，红色本是暖色调，"落红"便反其意而用，既是他自己寂寞阑珊的心情写照，也是词中所描写的恋爱的最终必然结局的象征吧。最美最动人的事物旋即就如落花飘坠，不可挽留地消逝，余韵袅袅。

在这阑珊的暮春时节，两人突然相逢，"蓦地"是何等的惊奇，是何等的出人意料，故而这种情是突发的、不可预知的，也是不可阻拦的。在古代男女授受不亲的前提下，一见钟情所带来的冲击无法想象。

然而，恋人的心是最不可捉摸的。"心事眼波难定"，惊鸿一瞥的美好情感转而制造了更多的内心纷扰，所以，"谁省，谁省，从此簟纹灯影"这一直转而下的心理变化。正是刹那间的欣喜浸入了绵绵不尽的忧愁和疑惑中——对方的心思无法琢磨，

未来的不可测又添上了一分恐慌，于是，深宵的青灯旁、孤枕畔，又多了一个辗转反侧的不眠人儿。

这首词结尾也颇为意味深长，"谁省？谁省？从此簟纹灯影"，问了，却无人来相答，最后自己把一句本想让所思知道的话，"从此簟纹灯影"给了自己，让自己去受那无尽的伤痛怅惘，这是怎样的苦闷啊！

所以，这句话是词本身的戛然而止，更可以说是词人和词所传达的情感的真正开始。盛冬铃《纳兰性德词选》有言："在落花满阶的清晨，作者与他所思的女子蓦然相逢，彼此眉目传情，却无缘交谈。从此，他的心情就再也不能平静了。此作言短意长，结尾颇为含蓄，风格与五代人小令相似。"

如梦令

　　纤月黄昏庭院，语密翻教醉浅①。知否那人心，旧恨新欢相半。

　　谁见。谁见。珊枕泪痕红泫②。

赏 析

　　多情自古空余恨，好梦由来最易醒。这句话，是谁说的，他已经忘记。只记得当年，依稀的黄昏，依稀的庭院，依稀的情人，像一朵水莲花不胜凉风的娇羞。月牙、枕头、窗户，这些曾经的美好花朵，已不再盛开。而你们，曾是彼此的美酒，而现在却是彼此的针，思念的时候，就扎入骨髓。

　　远方的伊人啊，你可知道自你走后，多情公子种下的绿草，蓝天和柳絮已经凋零。只有眼泪，还在肆意生长，开出尘世中最美丽的花。

----

①语密句：意思是对方情意深厚，使自己的醉意顿时消退。翻，反、却，表示转折语气的副词。②珊枕：珊瑚枕。珊瑚多红色，故此指红色枕头。红泫：红泪。

点 评

在《饮水词》中，纳兰容若记录他与恋人相聚一处的情景，每多"黄昏"、"灯影"、"深夜"等语。好像只有晚间才能与恋人相见，只有晚间的印象在他记忆里最为鲜明深刻。这大约是富贵人家本有迟眠晏起、俾昼作夜的习惯。

况且容若是个公子，日间要在书房读书，要学习骑射，放学归来时，往往天色已晚，所以所记情景以"夜景"为多。这首《如梦令》即是如此。

小令前两句是回忆旧情。想那时，正值黄昏，一弯新月映照庭院，虽无落霞孤鹜，却有秋水长天。词人大概是心有所萦，便借酒沉醉。

然而恋人翩然而来，悦然相伴，情话绵绵，叙语缠绵，本来浓浓的醉意都被这缱绻慰语驱散了。这回忆的甜美，如饮醇醪。

然而"知否那人心"一句将词人从甜蜜的回忆拉回了残酷的现实。真不知道分别以后，恋人此时内心若何，说不定早就已经把自己忘了，虽言"旧恨新欢相半"，实际上可能迷于新欢，而忘旧恨。

这里的语气似乎是句句埋怨、声声质问了。然而多情自古空余恨，埋怨亦有何用？于是词人只好幽独孤单，相思彷徨，以泪洗面而难以成眠。词人写到此，一定想起了南宋诗人陆游与其妻唐琬的爱情悲剧。陆游初娶唐琬，琴瑟和谐，感情弥笃，但其母不悦，终于两人分离。

几年后一个暮春时节，重游沈园，偶然相遇，陆游无限惆怅，唐琬为之敬酒，陆游追忆往昔，情不自禁地赋词一阕，题为《钗头凤》。这首《钗头凤》里就有："春如旧，人空瘦，泪痕红鲛绡透"的句子。

这句"泪痕红鲛绡透"，其实就是此处的"珊枕泪痕红泫"，谓因为流泪过多，脸上的红脂粉和着泪把手帕浸透了，足见心怀之悲。至此，词人之悲伤已自不待言，然而亦是空惆怅，徒奈何，所以只能对浩渺苍天发一声：谁见？谁见？以决绝之问收尾全篇。

如梦令

　　木叶纷纷归路。残月晓风何处①。消息半浮沈②，今夜相思几许。

　　秋雨，秋雨。一半西风吹去③。

赏析

　　昨夜的星辰，昨夜的风。昨夜，烂漫的春花和你一个季节的守候，都因那个女子而憔悴。

　　"同是天涯沦落人，相逢何必曾相识。"你却没有江州司马的幸运。你们相识，你们相知，却终生不能相逢。

　　今夜，没有晓风残月，只有曲终人散。只有那凄婉忧伤的夕阳，掩不住残红滴泪，失落地流淌成了黄昏。只有清弦半月，淡夜飞烟，把万般相思尘化成一叶扁舟。一桨一桨，你又沉醉在昨日伊人的风姿摇曳里。那些美丽的落叶，你试图挽留，她们却化作一声叹息，飘走了。

---

①残月晓风何处：宋柳永《雨霖铃》词："今宵酒醒何处，杨柳岸晓风残月。"②浮沈：即"浮沉"。意谓消息隔绝。③秋雨句：用清朱彝尊《转应曲》词句："秋雨，秋雨，一半因风吹去。"

点 评

这是一首朦胧含婉的别致小令。开篇呈现的是一幅"无边落木萧萧下"的秋景。值得考究的是这个"木叶"。屈原《九歌》里就有"袅袅兮秋风，洞庭波兮木叶下"，可以说自屈原始，中国古代诗人就开始把它准确地用在一个秋风叶落的季节之中，展现了整个疏朗的清秋气息。

于此词，窸窣飘零透些微黄的叶子，纷纷飘落在词人的归路之中，我们可于此秋景之中，听到离人的叹息，想起游子的漂泊，也可以联想到古代文人"自古逢秋悲寂寥"的悲秋情怀。

　　然而"残月晓风何处"这句一出，就说明这分明是一首思念之词，思念的对象当是自己的妻子或恋人。想那晓风吹动，西天残月，如此美景，谁人与共？而某一个地方，同样是弯弯的淡月和初秋的寒风，牵挂的人，她还好吗？可是，谁知道呢，因为离别之后，音信早已断绝。

此处虽有"半"，其实是"无"。如斯夜晚，遂只有几许相思加倍滋长。然而，相思苦，苦相思，思到深处人成痴。况且秋雨又落，已倍增其哀愁。唉，那刻骨铭心的恋情，在无奈的现实中，又何时能诉呢？

"一半西风吹去"，明说是秋雨被西风吹散，实际上是说自己的一半心思，被西风吹走了，去跟随远方的人儿。结尾看似平淡，实则意蕴深藏，亦虚亦实，可谓清空绝妙。

天仙子

梦里蘼芜青一剪①，玉郎②经岁音书远。

暗钟③明月不归来，梁上燕，轻罗扇④，好风又落桃花片。

赏 析

有一种芳草，她有着美丽的名字。想你的时候，就开遍满山。枝枝叶叶，年年岁岁。

有一种岁月，她曾灿烂得动人心弦，又曾零落得一去无迹。曲曲折折，分分秒秒。

而你，究竟是一盒钉子，甜蜜地钉在我肋骨的深处。还是一座雪山，冰冷地立在我相濡以沫的远方？你的远去不归，让月亮等得都有些老了。而那些燕子，仍然不离不弃，重温着那些长出皱纹的海誓山盟。

---

①梦里句：蘼芜，一种香草。此句意为梦中所见到的是一片青青齐整的蘼芜。②玉郎：古代对男子之美称，或为女子对丈夫、对情人之爱称。③暗钟：即夜晚的钟声。④轻罗扇：质地极薄的丝织品所制之扇，为女子夏日所用。诗词中常以此隐喻女子之孤寂。

点 评

这是一首苍凉清怨、缠绵悱恻的别离词。

纳兰性德是一个至情至性之人。他二十岁时与"两广总督，兵部尚书，都察院右副都御史兴祖之女"（徐乾学《纳兰君墓志铭》）、时年十八岁的卢氏成婚。卢氏出身名门，知书达理，才貌双全。少年夫妻相亲相爱，感情甚笃。纳兰性德深爱自己的妻子，可是作为康熙皇帝的殿前侍卫，须经常入值宫禁或随皇上南巡北狩，与妻子厮守的时间不多。于是只能让万缕情丝萦绕心头，倾泻辞章。纳兰这首《天仙子》就是设想妻子含嗔带恨，埋怨累岁不返的天涯游子。

此词开篇展示的是一幅梦里的图画：一片青青齐整的蘼芜，一位略含忧愁的女子，寂寞的心事，满山的春景。这里的"蘼芜"不仅指一种香草，而且还具有象征意味，因为在古诗词里，"蘼芜"一词多与夫妻分离或闺怨有关。比如《玉台新咏·古诗》中就有"上山采蘼芜，下山逢故夫"这样的诗句。

"玉郎经岁音书远。"果不其然，丈夫走后，音信全无，已有一年。语气似乎很是平静，但是其中的哀怨，自是不可断绝如缕。这比"鸿雁在云鱼在水，惆怅此情难寄"更显沉重，因为"此情"

虽然"难寄",但是毕竟还可以一怨雁鱼,一腔愤愤,终有所泄,而此处音讯全无,何人何物可怨?

写到此,闺人的孤寂哀伤之情怀已经初露。而"暗钟明月不归来,梁上燕,轻罗扇,好风又落桃花片"这几句便将这种落寞心事渲染铺张开来,使其浓醇似酒,沉沉难以慰藉。你看,夜晚的钟声敲响了,明月是那样圆满,梁檐之间,燕子也在呢喃,可远方的丈夫为何不归?尤其是这句"轻罗扇",扇出一片轻罗小扇的温软之风,于愁怨之中又带着丝丝怀恋与怅惘。整体情调可称"雅隽绝伦"。难怪陈廷焯评价说:"不减五代人手笔"。(《词则》卷五)又说:"措词遣句,直逼五代人"。(《云韶集》卷十五)总之,整首小词以闺人口吻表达了伤春伤别之情,自然恬淡,明白如话,又意蕴悠长。

天仙子

好在软绡红泪积①，漏痕斜罥菱丝碧②。

古钗封寄玉关秋③，天眼尺，人南北。不信鸳鸯头不白。

赏 析

你一直是一根生锈的针，尖锐而犀利，刺在我的心头。

你曾经帮我缝补过去，也能帮我刺穿未来，但是曾经刺绣在心头的思念，已经变成了一朵在午夜悄悄流泪的红玫瑰。

我曾经以为，自己是一个出色的裁缝，能用一根线和一枚小小的针，刺成一句永恒的誓言。誓言，不会流泪。

点 评

这小令是纳兰写给爱妻卢氏的，短小精悍，读之味道十足。

---

①好在：犹依旧。软绡：柔软轻薄的丝织物，即轻纱。此处指轻柔精致的衣物。红泪：即伤心之泪。②漏痕：与下句之"古钗"均指草书。斜罥（juàn）：斜挂着。菱丝：菱蔓。③古钗：本指古人用的钗头，后喻指所书字体之笔画挺直如古钗一样。此处借指条条泪痕。玉关：玉门关。古代以玉门关代指遥远的征戍之地。

刘熙载《词概》中说："小令之作'虽小却好，虽好却小'"，这词正如此。

纳兰二十岁时与卢氏成婚。卢氏出身名门，是两广总督卢兴祖之女，才貌双全，许配给纳兰后赐淑人，诰赠一品夫人。在纳兰看来，最重要的恐怕是二人互为知音，因为卢氏也是一位解诗情、识风雅的知性女子，能与纳兰产生心灵上的共鸣。因此，纳兰与卢氏夫妇琴瑟和谐，甜蜜无限。

但是作为康熙皇帝的殿前侍卫，纳兰身不

由己，须经常入值宫禁，或者随皇上南巡北狩，这就导致纳兰常与爱妻分居两地，两人只能以词抒怀，发其幽恨。这首《天仙子》就是词人纳兰在扈从出塞期间写就的。

此词开头两句用典可谓十分恰当，以浑朴古拙之笔写妻子寄来的轻纱，浅叙白描，却不失情真意切，深致动人。且看，你寄来的轻纱上凝聚的泪痕还依稀可见，那斑斑点点的红泪，犹如菱蔓斜挂一般的行行草字。此处用一锦城官妓灼灼之典，《丽情集》中说："灼灼，锦城官妓也，善舞《柘枝》，能歌《水调》，御史裴质与之善。后裴召还，灼灼以软绡聚红泪为寄。"显然，此处软绡，饱含款款相思之情。

"古钗封寄玉关秋"亦用古钗之典，深切委婉地表达了归乡之思，表达了他对爱妻的深情思念。而结句犹显含婉深细，"不信鸳鸯头不白"，是反用李商隐的《代赠》中"鸳鸯可羡头俱白"，也有欧阳修《荷花赋》中句子："已见双鱼能比目，应笑鸳鸯会白头"，亦是"梧桐相待老，鸳鸯会双死"之意。常言咫尺天涯，何况词人已和妻子遥隔千里。

然而不管相隔多远，词人始终坚信，他和他的妻子一定会像鸳鸯一样，一起白头，一起相守终老。

天仙子 渌水亭秋夜①

水浴凉蟾②风入袂，鱼鳞蹙损金波碎③。

好天良夜酒盈樽，心自醉，愁难睡。西风月落城乌④起。

赏析

渌水亭，那是你的家。家中的秋夜，你可是独眠一舟，静听秋雨，陪寂寞看浪花？

此刻，所有的欢乐都消失了，只剩下这些月色，绿波，天风吹来。此刻，你围着它们，像围着与她西窗剪烛的日子。你挥挥手，连月亮都退到云层里失眠。可你哭不出来。你只是忧伤而沉默的多情书生，捻着一根将断的线。而夜的乌鸦，又飞走了。

点评

此篇纤侬而不繁腻，王静安言容若"以自然之眼观物，以

---

①渌水亭：渌水，清澈之池水，池在纳兰性德家中。渌水亭，池畔之园亭。
②凉蟾：指水中之月。③鱼鳞句：谓水中鱼儿游泳，搅碎了水中的月色。金波，指水中之月光。④城乌：城楼上的乌鸦。

自然之舌言情"，可见容若内心感受之敏锐。

词人置身家居环境之中，但见月色映水，荡起金波，天风吹我。"水浴凉蟾风入袂，鱼鳞蹙损金波碎"一句，极生动地写出了由于见到水波中被风吹碎的月影，词人所引发出的一份敏锐纤细的感受。此时此刻，面对如此良辰美景，词人手中杯盏自是满斟，但是酒未入唇，人心已醉，忧愁袭上心头。大概在容若看来，如此天赐美景只醉旁人，与自己倒是无甚关系，正所谓"绿酒朱唇空过眼"。所以即使面临如此景色，可词人仍不能释怀。

词写至此，词人对渌水亭秋夜之景已描摹如画，而面对如此好天良夜，却又"心自醉，愁难睡"，直至通宵不眠。

那么，词人究竟为何愁萦身心、无计可消除呢？或许他是想到了亡妻，酒盈樽，却愁煞人。此时的酒想必是越喝越苦涩、越喝越愁，譬如"红酥手，黄縢酒，满城春色宫墙柳"。

或许他忧的是壮志难酬。词人在作此词前不久，曾接受康熙皇帝诏令，奉使出塞。奉使出塞固然实现了他"慷慨欲请缨"的志向，但此行是否能改变他做侍卫的处境，尚有疑问。

而后来的事情也证明，他的忧虑果然不是多余的。虽然他万里西行，胜利而归，即使是"功高高过贰师"，却"归来仍在属车边"。直到去世，仍任侍卫之职。"奉使"不过昙花一现而已。所以他的愁也就如"冰合大河流"一样，茫茫无尽期了。

然而不管是何种愁绪，词人终究无能为力。于是"西风月落城乌起"，秋风终起，斜月西沉，词人的希望也像城楼上的乌鸦一样，消逝于无边的黑暗之中了。

长相思

山一程，水一程。身向榆关那畔行①，夜深千帐灯。
风一更②，雪一更。聒碎乡心梦不成③，故园无此声。

赏析

长相思，相思有多长？是"天涯地角有穷时，只有相思无尽处"，还是"长相思兮长相忆，短相思兮无穷极"？

如今行走在关外，你说你知道，一驿复一驿，思亲头易白。只是关外的天，苍凉的蓝。遍地都是橙黄的叶子，三两凄然，三两惆怅。一更，一更。所以明月落下的时候，浮起的是你的悲伤。

家乡还在，只是山高水长，路途残缺。四季还在，只是花开有时，昨日不再。这个异地的夜晚，寒冷温柔着你的骨头。乡关何处是？魂梦依稀时。

---

①身向句：榆关，山海关。那畔，那边。谓此时正向关外行进。②一更：一阵。③聒碎句：吵闹声把思乡的梦搅碎。聒（guō），吵闹声。

点 评

清康熙二十一年二月十五日（1682 年 3 月 23 日），康熙因云南平定，出关东巡，祭告奉天祖陵。纳兰随从康熙帝诣永陵、福陵、昭陵告祭，二十三日出山海关。塞上风雪凄迷，苦寒的天气引发了纳兰对北京什刹海后海家的思念，这首词即在这个背景下写成。

词的开篇，即指出到达塞上山水漫长，路途遥远。"山一程，水一程"描写的是一路上的风景，仿佛是一个赶路的行者骑于马上，回头看看身后走过的路而发出的感叹；又仿佛是亲人送了词人一程又一程，山上水边都有亲人送别的身影。

如果说"山一程，水一程"写的是身后走过的路，那么"身向榆关那畔行"写的就是词人往前瞻望的目的地，也激荡出一种"万里赴戎机，关山度若飞"的萧萧豪迈情怀。而"夜深千帐灯"，写出了皇上远行时候的壮观。且想象一下那幅豪壮的场景，风雪之中，夜空之下，一个个帐篷里透出的暖色调的黄色油灯，在群山里，一路绵延过去。多么壮观的景象！难怪王国维会将此与"澄江静如练"、"落日照大旗"、"大漠孤烟直"相提并论。

"夜深千帐灯"既是上阕感情酝酿的高潮，也是上、下阕之间的自然转换。夜深人静的时候，正是想家的时候，更何况"风一更，雪一更"。这里的"一更"是指时间，和上面的一程所指的路程，两相映照，又暗示出词人对风雨兼程人生路的深深体验。

风雪夜，作者失眠了，于是数着更数，感慨万千，又开始思乡了。不是故园无此声，而是故园有家有亲人，有天伦之乐，有画眉之趣，让自己没有心思细听这风起雪落，没有机会思忖这温暖家门之外还有侵入骨髓的寒冷。而此时此地，远离家乡，才分外地感觉到了风雪夜异乡旅客的情怀。

"山一程，水一程"与"风一更，雪一更"的两相映照，又暗示出词人对风雨兼程人生路的深深厌倦的心态。首先山长水阔，路途本就漫长而艰辛，再加上塞上恶劣的天气，就算在阳春三月也是风雪交加，凄寒苦楚。这样的天气，这样的境遇，让纳兰生出了悠长的慨叹之意和深沉的倦旅疲惫之心。

纳兰将塞上风景、行军神态，以及自身的怨思之情婉转道来，画面壮美中不乏相思柔情。本词既有韵律优美、民歌风味浓郁的一面，如出水芙蓉纯真清丽；又有含蓄深沉、感情丰富的一面，如夜来风潮回荡激烈，深受后人喜爱。

相见欢

落花如梦凄迷。麝烟①微，又是夕阳潜下小楼西。
愁无限，消瘦尽，有谁知。闲教玉笼鹦鹉念郎诗②。

赏 析

落花有意随流水，流水无心恋落花。花儿落了，伊人的心，如小小寂寞的城，上了一把生了红锈的铜锁。

你的梦，早已不是一把锋利无比的剑。无法斩断情网的它，已经老去，静默地躺在剑鞘里。

"夕阳无限好，只是近黄昏。"夕阳多像伊人的脸庞，可它一个微笑也未曾给过你，十几年了。

花落，愁浓。从此，人比黄花瘦。从此，你一心一意，教不知思念为何物的巧嘴鹦哥。念，情人的名字。

点 评

这词写的是宫怨。词人以女子的身份入笔，于词中塑造了

---

①麝烟：焚烧麝香所散发的香烟。②闲教句：出自柳永《甘草子》词："却傍金笼教鹦鹉，念粉郎言语。"

宫中女子伤春念远的形象。

词之首句"落花如梦凄迷"借用了秦观《浣溪沙》词中的"自在飞花轻似梦，无边丝雨细如愁"，营造出一种春花飘落，如烟似梦一般的迷离氛围。这是室外的景象。而室内，熏炉的香烟袅袅，女子斜倚门廊，静默地看着夕阳又一次慢慢溜下了小楼。

此情此景不禁让人想起晏殊的"无可奈何花落去，似曾相识燕归来，小园香径独徘徊"，这其中浸润的愁思怕是与这位女子相同吧。这前三句是对环境氛围的渲染，并没有正面对女主人公进行刻画，但是读者可以想见她日日如此消磨时光，心境如水烟般迷离的郁郁寡欢。

"愁无限，消瘦尽，有谁知？"这三句是正面的心理刻画和情态描摹，鲜明生动，细腻深刻。她日夜思念心上人，可是有一道宫墙横亘，便是隔断了千山万水，终无法将青丝织成同心结，寄给那人。于是只有"为伊消得人憔悴"。可是这一份幽怨又有谁知道呢？

其结处显系柳永"却傍金笼教鹦鹉，念粉郎言语"之句而来，极传神，极细致。因为相思无可排遣，遂只有调弄鹦鹉，教它念意中人的诗，这看似风雅的消遣，其实落寞如空山落花，是她对心上人无可奈何的想念。

总之，这阕小令描写人物外部的细微动作，反衬人物内心的波动，感情细腻婉曲，饱含无限情韵。风格绮丽，凄婉缠绵。语言的锤炼也是容若所注重和擅长的。

昭君怨

深禁①好春谁惜，薄暮瑶阶②伫立。别院管弦声，不分明。

又是梨花欲谢，绣被春寒今夜。寂寞锁朱门，梦承恩③。

赏 析

世界上最遥远的距离，不是生与死，而是深宫的高门，阻断了我爱你的视线。

春蚕到死丝方尽。这次你离开了我，是风，是雨，是夜晚，是相思成茧。你笑了笑，我还未摆一摆手，一条寂寞的路便展向两头了。

这个梨花飘零的季节，正是相信爱的年纪。可是我没能唱给你的歌曲，让你一生中常常追忆……

点 评

这首词深挚动人，委婉缠绵。作者省略了主语，从宫禁女

①深禁：即深宫。官宛门户皆设禁卫，故云。 ②瑶阶：官殿中台阶的美称。
③承恩：受到皇帝的宠幸。

子的角度，抒写了对已入深宫的表妹的相思苦恋。

词以宫禁女子口吻疑问语气开篇：在这深深的皇宫里，如此美好的春色又有谁去珍惜？如此一来，词人就把他的想象与表妹的实际处境吻合起来，增添了艺术魅力。

这也是纳兰性德经常使用的艺术手法，明明是作者在想象，而口吻又是所要描写之人的，有时候简直分不清是谁在写。

"薄暮瑶阶伫立"这几句是说，傍晚时分，她伫立在瑶台的台阶上，只听到后宫里管弦音乐声传来，怎么听都不太分明。显然纳兰性德的表妹并未受皇上的宠幸，但是又由于她与纳兰之间的款款深情已经被宫墙隔断，遂内心落寞冷清，在一片丝竹之声的衬托之下，越发凄凉孤寂起来。此几句明里是写她的心怀，暗里表达的却是纳兰对其表妹的深切关怀。

词至下阕，发生了微妙的转折，纳兰由对表妹表示关切转为暗生疑虑。"又是梨花欲谢"。是啊，一年过去了，又是梨花要谢的季节。值得注意的是这个"梨花"，梨花在古诗词里常常是形容女子容貌和美丽的专用词汇，比如白居易的《长恨歌》中就用"一枝梨花春带雨"来形容杨贵妃的美貌。而女子的命运亦如梨花，梨花易谢，女子的青春复有几何？纳兰不禁怀疑表妹能否耐住青春的寂寞，能否守住"梧桐相待老，鸳鸯会双死"的誓言。

"莫非她真会有盼望皇上临幸之心？"纳兰不禁对其表妹心生怨尤。然而从另一方面想，容若的惊恐疑惧，又何曾不是源于他的一片深情？可以说，纳兰把这份对表妹的复杂情感表达得千回百转，凄婉缠绵。

当然，这首《昭君怨》除了以上这种解读外，还有其他的解读。比如有人觉得这首词是容若借嫔妃之怨抒写自己十年青春耗费在"御前侍卫"烦琐而机械的公务中，以致有书难读，有忿难抒，虽蒙皇恩，却内心孤寂、郁郁寡欢的复杂心绪。也有人认为这首词表达了宫女对生活的渴望，因为"好春"无人怜惜，宫女在怅怅伫立中引领"望幸"，等来的却是失望，而年年苦恨又不断重复，在春寒料峭中，无望的宫女只好回到内室去做一个"承恩"的梦了。幻觉中的一点点安慰，无异于镜花水月，既可悲又可叹。

这两种解读，亦是"仁者见仁，智者见智"，因为诗词鉴赏，本无定论，作者所以作之，心也；读者所以鉴之，亦心也。

昭君怨

暮雨丝丝吹湿，倦柳愁荷风急。瘦骨不禁①秋，总成愁。

别有心情怎说，未是诉愁时节。谯鼓②已三更，梦须③成。

赏析

剪不断，理还乱。是什么样的心事，让你在寂寞如水的夜晚里忧愁如许？

窗外，秋雨已在夏天的绳头上打了结。所有的夏花，一夜之间，不再烂漫。清风吹来，一个人的孤独，就是二胡的琴弦低低沉吟，就是伊人的琵琶依依哀怨。

曾几何时，你们的唇

①不禁：不能经受。②谯鼓：古代谯楼城门之上瞭望楼上的更鼓。③须：即"应"。

间藏尽湖光山色，张开是鸟鸣，合拢是夕阳。而今，飘满的落叶，已有长城万里。琴师不弹《梁祝》，也已有多年。

冬天即将来临，芦花盖满两岸。可你仍然打不开梦的大门。思念的人在远方。而大雁，大雁，又飞过了连绵的群山。

点评

这是一首哀感顽艳的伤秋之作，上景下情，只是轻轻地勾抹，却情致深婉，有余不尽之意令读者去咀嚼、回味。

词从黄昏的秋雨入手，这亦是伤秋词作的常见写法。词人静静伫立在暮雨中，任凭冰冷的秋雨吹湿自己的衣裳，看见曾经郁郁的杨柳被秋风打弯，而亭亭的荷叶也被秋雨淋得悲愁，心中一片忧伤。

这二句作为景语，写词人眼里的美好景物在秋风秋雨肆虐之下，不能经受之状。

而秋夜雨滴风急，仍不间断。在如此令人伤感的氛围里，词人很自然地由"倦柳愁荷"联想到自己的境遇。于是词人感

觉自己枯瘦的
身躯，再也不
能经受这寒秋。
一句"瘦骨不禁
秋"，形象精警
地将自己茕茕孑立
的情态表现出来，用语十
分通俗省净，却让人读
后，顿生哀怜。

而词人之所以
"人比黄花瘦"，是因为
愁绪萦绕心间，正如词中所言"别
有心情"，绝非单纯为秋风秋雨而伤怀。

不过这愁又"怎说"？是因为爱不可得，
还是亲人亡故，抑或是壮志难酬？词人并没有
明说，这反而留下广阔的想象空间。"谯鼓已三更，
梦须成。"实在寂寞，唯有去梦中消解，然而夜
已三更，梦又不成，此情难诉，更愁上加愁了。

纳兰的大部分词，皆若此阕，篇篇含愁，卷
卷成悲，倾其一生，写尽了情深与悲伤，一曲弦歌，
弹到最后，依旧是曲高和寡，而纳兰的寂寞，终究无
人能懂。

酒泉子

谢却荼蘼①，一片月明如水。篆香消，犹未睡，早鸦啼。

嫩寒无赖②罗衣薄，休傍阑干角。最愁人，灯欲落，雁还飞。

赏 析

荼蘼的花期已过。曾经的浪漫，曾经的美好，都在绚丽而孤寂的盛放中，归为片片落花，汨汨流水。

人生是否也如四季？春夏时，百花盛开，带给你满眼的姹

---

①荼蘼：落叶小灌木，攀援茎，有刺，夏季开白花，清香洁美。②嫩寒无赖：嫩寒，轻寒、微寒。无赖，犹无情无义。

紫嫣红，然后又一朵朵地消失，空留寻花人疲倦的踪影？天涯流落思无穷。是这样么？

想起王菲的歌……最后剩下自己舍不得挑剔，最后对着自己，也不大看得起，谁给我的世界，我都会怀疑。心花怒放，却开到荼蘼。

点 评

古语曰："开到荼蘼花事了。"所谓"开到荼蘼"即是言荼蘼开败之日，便是一年的花季结束之时，所有的花也就不会开放了。

纳兰此首《酒泉子》一开篇就用了"荼蘼"这一意象，并且还特意把凋零、开败的意味突出一番——用了"谢却"二字。

我想纳兰用这个意象，并不是纯粹描摹自然景物，而是有所象征。因为荼蘼是夏天最后的花，它的开放代表着夏日花季的终结，而一切的事，不管有没有结局，都得在这白色微香中曲终人散。而现在连"唯一"的荼蘼花也凋谢了，可见在纳兰看来，所有的精彩和芬芳也随之消融在渐凉的秋意里，一切归于黯然煞意，走到了尽头。这样，词作一开篇就奠定了凄清哀婉的基调。

"一片月明如水"。现在花季已逝，只有一轮明月，皎皎悬于天宇，播下清冷寂寞的光辉。在这样月明如水的夜晚，李白曾"举杯邀明月，对影成三人"，殊为潇洒，然而终是"月既不解饮，影徒随我身"，月亮难以为伴，影子也徒随自身。

纳兰没有选择像李白一样借酒沉醉，醉后援翰写心，感而抒怀。他没有那样的心境。他只有悄悄燃起心字篆香，一人默默思量自己的重重心事，而越思量就越难以为寝，直至早鸦开始啼叫，还"犹未睡"。总言之，这上阕词，重于写景，而景中含情，明丽清晰。

词至下阕，转以言情为主，情中有景。"嫩寒无赖罗衣薄，休傍阑干角"，气候已经有了些许寒意，词人所穿的衣服已经快遮挡不住这微寒了。其实，身寒仍有衣可御，但是心若寒冷，有甚可御？

所以他对自己说"休傍阑干角"，因为他知道，纵然把阑干拍遍，也无人理解他的登临之意。

最后三句，直抒胸臆而意蕴含婉。君不见，"灯欲落，雁还飞"，这满腔愁绪，怕是又要延续到第二天了。

生查子

东风不解愁，偷展湘裙衩①。独夜背纱笼②，影著纤腰画。

爇尽水沉烟③，露滴鸳鸯瓦。花骨冷宜香④，小立樱桃下。

赏析

是谁，把心事的倒影，描摹成哀愁的形状？是谁，在春风中借着朦胧的星光，含蓄地编织着穿越烟雨的忧伤？有人说，最凄凉、最弄人的不是你知道失去所爱的那一刻，而是你还在徘徊，犹未知道已经失去。所以从此，只有相思无尽处。只有，此恨绵绵无绝期。而那最后深情的一吻，便是：为伊消得人憔悴。

---

①湘裙衩：指用湘地丝绸制做的裙衩。②纱笼：灯笼。③爇（ruò）尽句：谓沉香已经燃尽。爇，燃烧。水沉，即水沉香、沉香。④花骨句：意谓夜来天寒露冷，而花蕾却发出宜人的香气。花骨，花骨朵，即花蕾。

点 评

《生查子》词是一首颇有韵味的咏愁佳篇。其笔触之细腻、传神，丝毫不让宋代号称"压倒须眉"的"巾帼"李清照。

词的上阕，开篇推出的是一个女子的长裙之特写镜头："东风不解愁，偷展湘裙衩"。这里，词人以"东风"交代季节——春天，并以"不解愁"、"偷展"等字加以状写，使之人格化，着上了人之感情色彩，从而，在不经意间映衬出了女子的"愁"。继而，由此镜头叠化出一个女子背影纤腰的特写镜头："独夜背纱笼，影著纤腰画。"夜间，一个女子孤零零地背立在纱笼边，熏炉的火光映出她"纤腰"的轮廓。这一特写镜头，显现出春夜一女子之背影，突出其"纤腰"，包孕了这样的潜台词：此女子，愁情深长。何以见得？她独自一人，夜而不寐，必有心思。其心思何在？这从首句"东风不解愁"可推知她心中含愁。何愁之有？从其腰肢纤细的身影，读者自可领悟到此乃相思之愁情所致。宋代词人柳永不就有"衣带渐宽终不悔，为伊消得人憔悴"（《凤栖梧》"伫倚危楼风细细"）的名句吗？词的下阕，展现在读者面前的仍是一个个相连接的镜头。首先，推出的是沉香燃尽一刹那的镜头："爇尽水沉烟"。沉香之烟是袅袅升腾的，由此，又引出了另一个镜头："露滴鸳鸯瓦"。镜头之间的切换自然，也让人一目了然。这两个镜头，承接词的上阕，勾勒女子所处的环境，进而衬托其愁情。"爇尽水沉烟"，沉香已燃烧尽了，烟也散失了，照应上文的"纱笼"，暗示此女子夜间独立不寐时间之久。"露滴鸳鸯瓦"，露已生成，滴在成对的瓦上，暗示夜已很深，更见出此女子独立不寐时间之久，从而进一步地渲染其愁情之深、相思之苦。

词至此，已颇有境界，而词人似乎并不满足，又于词的卒章处摇出一个"花骨冷宜香，小立樱桃下"的镜头。宋代诗人苏轼《雨中看牡丹》有"清寒入花骨，肃肃初自持"之诗句。纳兰性德以花骨比喻女子弱骨，此女独立于樱桃花下，与花香颇为相称。在词人的笔下，此女子与花融为一体，其相思之愁情也随着镜头的移动越旋越深。整首小词，轻灵跳荡，率真自然。

生查子

　　散帙坐凝尘^①，吹气幽兰并。茶名龙凤团，香字鸳鸯饼^②。

　　玉局类弹棋，颠倒双栖影^③。花月不曾闲，莫放相思醒^④。

赏 析

　　被寂寞打开的书卷，经久地合上了。纵然书中有全宇宙的文字，可是没有你的名字。所以，那简陋的爱情，将无法在你那泛黄的日记里驻足停留。

　　伊人依旧，静若幽兰，美在空空的谷底。可是你寂寞到，要怀念自己了。你为谁流落于此？流落成落寞的音符，奏不成一支思念的曲子。这个花月之夜。你的爱怜，如这么多年的往事。

　　这个花月之夜。菩提树又开花了，引起你心中无限惆

―――――――――――――――――

①散帙：指打开的书卷。坐：无故，自然而然。凝尘：尘土聚积。②茶名二句：龙凤团，茶名，即龙团凤饼，为宋代著名的贡茶，饼状，上有龙纹，故名。鸳鸯饼，形似鸳鸯的焚香饼。一饼之火，可熏燃一日。③玉局二句：玉局，棋盘之美称。弹棋，古代一种博戏，后至魏改为十六棋，唐为二十四棋。④莫放句：莫引起相思之情。

怅……那时，你是何等的温柔，花瓣撒落到她
织满月光的鬓发上……

点评

关于这阕词，历来争论甚多。有人认为作
为相府的长公子，纳兰性德是生长在温柔富贵
之家，这阕《生查子》便是其饫甘餍肥的贵家
生活的生动写照。

也有人认为这是一阕抒发对恋人妻子的真
情挚爱的忆旧词，因为"幽兰"、"龙凤团茶"、"鸳
鸯香饼"、"双栖影"以及不曾闲的"花
月"都衬托了词人对心上人的无限
相思。

以上两解皆有道理，然而亦是"局
部之真理"。此阕词实际上是一首闺怨词，
词人是借少女的闺怨来感怀自己百无聊赖的境况，而在客观上
又反映了词人身居贵族之家绮艳优裕的生活。

首句"散帙坐凝尘"说的是散乱的书卷早已蒙上细细的尘
土，显然说明了女主人公无所事事的心境已经持续很久了，这
一"坐"字，当"无故、无由"来解，表面是不知道什么原因，
实际上是慵懒无聊、不想读书。"吹气幽兰并"，这位美丽女子
口中散发的温香如兰似麝，然而却是幽兰陷于空谷，无人欣赏。

以下四句，词人用龙凤、鸳鸯、双栖鸟儿皆成双作对来反衬出女主人公的孤单寂寞。你看，即使桌上新沏的龙凤团名茶，燃着鸳鸯饼的香料，她也无法兴致勃勃，好不容易下棋解闷，却又看到双宿鸟儿幸福甜蜜的身影映现在棋盘上。于是，只好发出感叹"花月不曾闲，莫放相思醒"，告诉自己不要生起相思之情。一个"醒"字，一下子就把上边所描绘的幸福美满的欢乐之景拉入梦中。"花月"自然是夜晚，相思也是在梦中，想必那时梦中的自己也流露出微笑了吧。透过最后两句，一种不满闺中生活却又无可奈何的心境，便流露无遗了。

这首词中，纳兰全然不写半点哀愁，但细细读来，全篇句句成哀，句句是悲。词人作此作时，该是梦醒人无，其凄凉心境下发此艳丽之语，定然是有心布置的。

同是写闺怨，纳兰这首小令，遣词用语尽透着华丽之气，诚如夏敬观《蕙风词话诠评》所言，"寒酸语，不可作，即愁苦之音，亦以华贵出之，饮水词人，所以重光后身也。"

生查子

短焰剔残花，夜久边声寂①。倦舞却闻鸡②，暗觉青
绫③湿。

天水接冥濛④，一角西南白。欲渡浣花溪⑤，远梦⑥
轻无力。

赏析

惦念是否真只是因为不舍？念念不忘是否只是因为依
恋？那一年，你忘了桃花开过没有。那一年，你说，她一
袭粉红，美若仙子。即使那时，她总是爱着一身青衣纱
袍，落三千青丝。

夜凉如水，今夜的你，远在天涯。今夜的她，仍在故园的
梦寒湖畔，披下一肩长发，不带任何珠花，步摇。风起时，她
的白衣布袍就这样随着风，飘啊，飘。你可曾看见，梦寒湖

①短焰两句：残花，烛花，烛心燃烧后结成的穗状物。边声，指边地特有的
声音。②倦舞句：古以闻鸡起舞作为壮士奋发之典故，这里说的是倦于"起
舞"却偏偏"闻鸡"的矛盾心情。③青绫：青色的有花纹的丝织物。古代贵
族常以之制作被服帷帐等。④冥濛：幽暗不明。⑤浣花溪：在四川省成都市
西郊，为锦江支流，溪旁有杜甫故居浣花草堂。这里借指自己的家。⑥远
梦：指思念远方的梦。

畔她的身影？ 你可曾听见，她为你吟诵的一首《竹枝词》——山桃红花满上头，蜀江春水拍山流。花红易衰似郎意，水流无限似侬愁。

点 评

本阕词为随扈出塞中的思家之作。

上阕言词人身在边地，入夜起徘徊，离忧难禁，惆怅难眠。"短焰剔残花"，写的是蜡烛燃久，烛花渐高，火焰渐短，故需要把残存的烛花剔去，即剪烛，李商隐《夜雨寄北》里就有"何当共剪西窗烛"的诗句。

当然，离家之后，词人也会像李义山一样，想念千里之外的妻子，也会回想和妻子在一起聚首西窗、共剪烛花的恩爱日子。不过词人此时不是在四川，而是身在边塞，能听见"胡笳互动，牧马悲鸣"的萧索边声，只是由于寒夜已久，这些吟啸之声已经沉寂，暂不能闻。

边声没有听到，荒鸡鸣叫的声音，却听到了。"倦舞却闻鸡"一句，用典出新出奇，深藏了诗人的隐怨。《晋书·祖逖传》中

有记："（祖逖）与司空刘琨俱为司州主簿，情好绸缪，共被同寝。中夜闻荒鸡鸣，蹴琨觉曰：'此非恶声也。'因起舞。"本来，闻鸡当起舞，壮士当奋发，有所作为，但是词人闻鸡，却倦于起舞了，不但如此，还"暗觉青绫湿"，清晨的雾气已经把他的衣裳打湿，让他心生寒凉。纳兰反用"闻鸡起舞"的典故，说"倦舞却闻鸡"，表达了他真实而又矛盾的情感。其实纳兰所有词中，他内心矛盾体现得最明显的，就在后期身处边塞所作的作品中。他由于厌倦官场，无心于仕途，细腻的情感无处倾诉，身处边塞，岂能安心入睡？"闻鸡起舞"的积极入世态度本非他所钟爱的，他只能差强人意地生活而不得自由。

纳兰填词就是如此地将情感真实地凸显出来，并不多加掩饰，他也自称"予本多情人，寸心聊自持"。

词至下阕，转以浪漫之笔法出之，写梦里情景，于迷离中表达了怨尤与离忧交织的心曲。"天水接冥濛，一角西南白"，此二句言处于西南方的家乡已在千里之外，故水也是"天水"，并且由于距离遥远，幽暗不明，在晨光之中泛出一片朦胧之色。既然遥不可及，那就借着梦回去吧，可谁料梦也"轻无力"，不能承托，词人只有任由无边的黑暗把自己吞没了！结句意境凄幽沉婉，尤令人心痛。

点绛唇 咏风兰①

别样②幽芬，更无浓艳③催开处。凌波④欲去，且为东风住。

忒煞萧疏⑤，争奈秋如许。还留取，冷香⑥半缕，第一湘江雨⑦。

赏析

你说，兰花寂寞。你说，你就是一朵幽美的兰花。不是富贵的三春牡丹，不是高洁的盛夏芙蓉，也不是淡雅的金秋菊花。

它始终都是一个淡泊的名字，在你朴素的诗句中：行到水穷处，坐看云起时。行到水穷处，不见穷，不见水——只有一片幽香，冷冷在目，在耳，在衣。回眸一笑便足成千古。

---

①风兰：兰花的一种，开白色的花，微香。据张本标题，此词系为张见阳所画兰花的题词。张见阳于康熙十八年曾任湖南江华县县令，故词中特别提到湘江。②别样：特别、不寻常。③浓艳：艳丽、华丽。代指鲜艳的花朵。④凌波：在水上行走。⑤忒煞：太，过于。萧疏：稀疏。⑥冷香：指花之清香气。多喻菊、梅之香气。⑦第一湘江雨：张见阳此时正令湖南江华，故此句意谓见阳所画之风兰堪称画中第一了。

点评

此篇即为
题画兼咏物之作。
咏物词在古典诗词
中是为一大类别。这
种词滥觞于唐，宋人继之，渐进
佳境。清词中的咏物之作亦多有
佳篇美什。但咏物之作极不易
工，其上乘者大都借物以寓性
情。性德对填写咏物诗词也有
自己的看法，他说："唐人诗意
不在题中，亦不在诗中者，故
高远有味。虽作咏物诗，亦意
有寄托，不作死句。"他是这
样主张的，也是按照自己的主张
去创作的。这首咏风兰的词就是如此。

上阕从香气和姿态两方面对风兰作了精致灵动的描摹。
"别样幽芬"言风兰散发出不寻常的香味，这种清幽淡雅的气
息，是那些浓艳的花朵无法与之媲美的。风兰不仅在香气上
与众不同，而且形态上也如"凌波"，飘飘欲去。此处"凌波"，
语出曹植《洛神赋》"凌波微步，罗袜生尘"，本用以形容美
好的女子，这里借以描摹风兰轻灵飘逸、柔美无限的样子。
东风在这里显然不是春风，可以理解为时光，催花开放和呵

护花的力量。整句即言希望风兰这样美好的花不要去得太快，希望美好的事物能够长存。如斯希望，当然美好，然而秋意袭来，风兰只得"忒煞萧疏"。"忒煞"一词写出了词人惜花的惋惜之心。

然而尽管风兰看上去已经太过稀疏，可仍散发出微微香气。显然，这里的"还留取，冷香半缕"用了比喻的修辞手法，因为这风兰终究不是自然界的风兰，只是友人的画罢了。可是，画上的风兰竟然给人一种好似幽香散发的感觉，可见所画之风兰堪称画中第一了。至此，读者方才明白原来这是一阕咏物题画之词。

历来咏物之作，所咏之物，多为菊花、梅花、牡丹、柳树等，至于风兰，吟咏的则少之又少了。风兰本非富贵之花，它只是生长在深山野壑中的小草而已。但纳兰对其情有独钟，大加赞美和称羡。于词中，则字字刻画，又字字天然，不即不离，不粘不脱，即"意有寄托，不作死句。"风兰之形象绰约可见，而又不无诗人性情的处处流露。既咏物又抒怀抱，显然颇含骚雅之旨，寓有诗人深挚的情怀。

王安石曾有一首《北陂杏花》，里面写道："一陂春水绕花身，花影妖娆各占春。"花与水这两个意象的叠加，倒映出美丽的意境。词人固然感叹"忒煞萧疏"，因怕秋风袭来而深锁眉头，却也似乎生出一种"纵被春风吹作雪，绝胜阡陌碾作尘"的宽慰和豁达。所以，"还留取，冷香半缕，第一湘江雨。"这里一个"雨"字又给风兰增添了无限的风致，呈现出凄美的意蕴。 苏东坡对王维有过这样中肯的评价："味摩诘之诗，诗中有画。观摩诘之画，画中有诗。"纳兰性德的词也是如此，词里行间透露出悠长无尽的画意来。没有注明，也无须提示，"香"、"冷"、"雅"都从纸墨间殷殷透出，随着清澈的流水，随着淅淅沥沥的湘雨，渗着无限凄美的意蕴。就意境而言，画的空间是广阔的，词的空间也是广阔的。两者的交契融合带给我们视觉与神觉上的美好享受。

点绛唇

一种蛾眉①，下弦不似初弦好②。庾郎③未老，何事伤心早？

素壁斜辉，竹影横窗扫。空房悄，乌啼欲晓，又下西楼④了。

赏 析

不只是秋水，伊人。不只是月亮一千年才开一次的微笑。不只是孤独的岸，岸上的路，高天上传来的雁语声声。还有一些事情，一些人，突然消失于一瞬。

不只是寂寞，坐等晨曦的微光。不只是听流水，弃琴，偶尔沉默。也不只是怀念和告别。还有一些云烟，一些往事。

告诉你无凭。

---

① 一种：犹言一样、同是。蛾眉：蚕蛾的触须弯曲细长，故用以比喻女子的眉毛。此借指月亮。②下弦：指农历每月二十三日前后的月亮。初弦：即上弦，指农历每月初八前后的月亮。③庾郎：即庾信，有《伤心赋》。词人二十三岁丧妻，故以庾信自况。④又下西楼：指月落。

点 评

　　容若有味道的词好像都与卢氏有关，比如这首《点绛唇》，就是容若在静夜静月之下思人之作，精致深长而又凄凉幽怨。

　　词从"一种蛾眉"写起，一语双关，既是言月，也是言人。从月解，蛾眉，自然指蛾眉月。"下弦不似初弦好"说的是下弦月不若上弦月出现在满月之前，它出现在满月之后，故而残缺，虽同是蛾眉，却是寄了无限的哀伤；另下弦夜半后现，自是词人伤心难寐，辗转反侧思念旧人的时分。从人解，古人以蛾眉代指女人的眉毛，又以上弦、下弦之月代指女人的眉毛下垂或上弯。故此处是说那下垂的眉毛不如上弯的眉毛好，即愁苦之时的眉毛不如欢乐时的好，意思是说此时的离怀愁绪不如欢聚之快乐。纳兰如此作法，可谓清新而婉曲。"庾郎未老，何事伤心早？"庾郎即庾信，南北朝后周人，骈文写得尤好，著有《伤心赋》，伤其女儿与外孙相继而去时的悲伤，而容若此处以庾信自比，二十三丧妻，故问"何事伤心早？"

词至下阕，转以景语出之，化情思为景句，又含蕴要眇之至。"素壁斜辉，竹影横窗扫"这一句，物象并没有任何的感情色彩，却带出了深长而清淡的意境：冷冷清辉，清清素壁，窗前竹影摇曳，似人有无尽心事。纳兰性德似乎一辈子都为心爱之人委婉缠绵，卢氏嫁给他仅三年，但是很快去世。"空房悄"不正是追思么？"乌啼欲晓，又下西楼了。"又是一个不眠之夜，听乌啼，下弦月残独凭吊，哪如上弦月时，共剪窗烛呢？然而房空人去，只有叹息："庾郎未老，何事伤心早？"此句应为通篇词眼。

点绛唇 黄花城①早望

　　五夜②光寒，照来积雪平于栈③。西风何限④，自起披衣看。

　　对此茫茫，不觉成长叹。何时旦，晓星欲散，飞起平沙雁⑤。

赏　析

　　大雁飞回了故乡。它们挥动着翅膀，多像挥动一把把剪刀，途中剪碎了什么。是昔去雪如花，今来花如雪？还是昔我往矣，杨柳依依。今我来思，雨雪霏霏？或是，或不是。你只知道，自己在杨柳青青季节依依离去，却无法在雪花飘飘季节踽踽归来。想家，就轻吟一曲淡淡感伤，淡淡愁。而你最大的愿望也就是——在老去的时候，能卸下这一身侍卫的盔甲。在荒芜已久的花园里，种一些树，调一弦素琴，填一首淡泊以明志的小令。

---

①黄花城：在今北京怀柔区境内。②五夜：即五更。古代将一夜分为甲、乙、丙、丁、戊五段，故称。③栈：栈道。④何限：多少。⑤平沙雁：广漠沙原上之大雁。

点 评

卢氏死后，纳兰随帝王南巡北狩，把自己放逐到万里西风瀚海沙里面去，放逐到斜阳下、断碣残碑里面去。

此时的词又多了铮铮之音，令人耳目为之一新。而这样的词句，却还是不脱悲凉，即使意境开阔了许多。譬如这首《点绛唇》即是如此。

词的上阕展示的是一幅寒夜阑珊的雪景图。天色将明，已到五更，雪光映照，寒气逼人。在雪光的辉映下，诗人看到积雪已经和栅栏齐平。"照来积雪平于栈"中一"平"字写出了下雪之大，天气之严寒，早已不是"今我来思，雨雪霏霏"中的飘飘花雪了，而是早已"积土成山"的积雪，从而给人一种冷凝冰滞之感。再加上西风大作，惊扰词人清梦，难以成眠，于是只好"自起披衣看"。一"自"写出了孤独寂寞之苦。下阕为感叹。既是行役，那么离家千里，长途跋涉，饱受颠沛流离之苦自是难免，况且还碰上了这样恶劣的天气！遂对此茫茫一片，"不觉成长叹"。长叹什么？或许是感喟漫漫长夜，风一更雪一更，无人能解难耐清寂孤独之苦，或许是叹息虽是天高地阔，远离那枷锁繁华，却依然自由不得，抑或是感叹身在大漠，边声寒苦，而家乡远在千里之外。但是不管如何百感交集，词人总希望能早一些天亮，见到阳光，似乎这是唯一的解脱。于是词人发出了殷殷的期望：晨星将要散落，城下河边沙滩上大雁正飞起，天什么时候才能亮？

整阕词全用白描，但朴质中饶含韵致，清奇中极见情味。

浣溪沙

泪浥红笺①第几行。唤人娇鸟怕开窗。那能闲过好时光。

屏障厌看金碧画②，罗衣不奈水沉香③。遍翻眉谱④只寻常。

赏 析

小院孤独。展开红笺的女孩，心思是一条孤独的鱼，在信笺和心上人之间，安静地游动。荡出去，再回来。一行一行，有鸟鸣，有沉香，还有眉角。她想统统寄过去。这时候的自己，比春天还动人。一行一行。她的眼泪，很温柔地流下来了。不想擦去，你看看，思念我让变得多么落寞，多么美丽。

点 评

这首词是从对面写起，写妻子对我之深切怀念。

---

①泪浥：沾湿。红笺：红色信纸。②金碧画：金碧山水画，即以泥金、石青、石绿三色为主的山水画。古人多将此画画于屏风、屏障之上。③水沉香：即沉香。落叶亚乔木，产于亚热带，木材是名贵的熏香料，能沉于水，故又名水沉香。④眉谱：古代女子画眉毛的图谱。

上阕说她写信寄怀的复杂心绪和由环境触发的感想。"泪浥红笺第几行"写她本想用一纸红笺，遥寄相思，怎奈边写边流泪，以至不知写到第几行便无法写下去了。于是又感到无聊，而窗外的鸟儿娇声啼叫，似乎在告诉人们这是美好的时光，可听此却又牵动了她的愁肠，故而还是将窗子关上，免得添愁增恨。"那能闲过好时光"一句，语出李隆基词《好时光》"彼此当年少，莫负好时光"，原来的意思是劝女及时嫁夫，"美貌不可持，青春都一响，如遇有情郎，不妨付衷肠"。但是这里，女主人公已经嫁作人妇，应该说并未辜负大好的青春时光。词人化用此语，似有不妥。然而只要对纳兰性德婚后的生活稍加考察，便知此语十分熨帖。纳兰性德是康熙皇帝的殿前侍卫，和妻子结婚以后，须经常入值宫禁或随皇上南巡北狩，因此二人常常分隔两地，离多聚少。所以对妻子而言，虽嫁夫君，然多数时候仍不能与其共享青春，以致她有此虚度年华之感。

下阕转到室内，继续描写她的孤寂无聊。屏风上的金碧山水她厌看，罗衣上的浓郁香气惹她烦恼，眉谱翻了又翻也觉无趣无味。明明是我在思念妻子，却偏从设想中妻子念我写来，如此更显深挚屈曲。此一写法，直叫人想起欧阳修的《踏莎行》。其下阕"寸寸柔肠，盈盈粉泪，楼高莫近危阑倚。平芜尽处是春山，行人更在春山外。"通过设想妻子凭栏远望，思念"行人"的愁苦之象，来写愁思。妻思夫，夫想妻，虚实相生，从而将离愁别绪抒发得淋漓尽致，与纳兰此篇，十分相类。

浣溪沙

　　谁念西风独自凉①？萧萧黄叶闭疏窗②。沉思往事立残阳。

　　被酒③莫惊春睡重，赌书消得泼茶香④。当时只道是寻常。

赏　析

　　黄叶飘落成一根潺潺的弦，萧萧地弹拨一阕忆念之曲。雕花的小窗闭了，足不惊尘的你还会来拍打它吗？那年春天，帷幕重重遮蔽了整个季节的花事。你说花雕是花的泪水，豪饮如我，方才半杯就酩酊大醉。那册《花间词》我记得每一页，每一行。我赢得了那个小小的赌约。你衔口亲喂的茉莉香茗，涤荡了我三十年的忧郁。这些寻常的往事，何需我去翻动，一直在我灵魂深处翩翩飞舞。

---

①谁念句：意谓秋天到了，凉意袭人，独自冷落，有谁再念起我呢？"谁"字指亡妻。②疏窗：刻有花纹的窗户。③被酒：中酒、酒醉。④赌书句：用李清照故事。李清照《金石录后序》谓自己常与丈夫赵明诚比赛看谁的记性好，能记住某事载于某书某卷某页某行。经查检原书，胜者可饮茶以示庆贺。有时举杯大笑，不觉让茶水泼湿衣裳。此句以此典为喻说明往日与亡妻有着像李清照一样的美满的夫妻生活。

点 评

　　纳兰性德是中国词史上一位著名的"伤心人"，其词情真意切，清丽凄婉，特别是为悼念其早逝的妻子卢氏而写下的许多词篇，更是泣血之作，哀感顽艳。这首《浣溪沙》就是其中的一篇。

　　开篇"西风"便奠定了整首词哀伤的基调。词人明知已是"独自凉"，无人念及，却偏要生出"谁念"的诘问。仅此起首一句，便已伤人心髓，后人读来不禁与之同悲。而"凉"字描写的绝不只是天气，更是词人的心境。次句平接，面对萧萧黄叶，又生无限感伤，"伤心人"哪堪重负？纳兰或许只有一闭"疏窗"，设法逃避痛苦以求得内心短时的平静。"西风"、"黄叶"、"疏窗"、"残阳"、"沉思往事"的词人，到这里，词所列出的意向仿佛推出了一个定格镜头，长久地揳入我们的脑海，让我们为之深深感动。几百年后，我们似乎依然可以看到纳兰子立的身影，衣袂飘飘，"残阳"下，陷入无限的哀思。

下阕很自然地写出了词人对往事的追忆。"被酒莫惊春睡重，赌书消得泼茶香"。春日醉酒，酣甜入眠，满是生活的情趣，而睡意正浓时最紧要的是无人打扰。"莫惊"二字正写出了卢氏不惊扰他的睡眠，对他体贴入微、关爱备至。而这样一位温柔可人的妻子不仅是纳兰生活上的伴侣，更是他文学上的红颜知己。出句写平常生活，对句更进一层。

词人在此借用了赵明诚、李清照夫妇"赌书泼茶"的典故。李清照在《〈金石录〉后序》一文中曾追叙她婚后屏居乡里时与丈夫赌书的情景，文中说："余性偶强记，每饭罢，坐归来堂，烹茶，指堆积书史，言某事在某书某卷第几页第几行，以中否角胜负，为饮茶先后。中，即举杯大笑，至茶倾覆怀中，反不得饮而起甘心老是乡矣！"

这是文学史上的佳话，意趣盎然。一句"甘心老是乡矣"便写出他们情投意合、安贫乐道的夫妻生活。纳兰以赵明诚、李清照夫妇比自己与卢氏，意在表明自己对卢氏的深深爱恋以及丧失这么一位才情并茂的妻子的无限哀伤。倘若卢氏泉下有知，有如此一位至情至爱的夫君知己，亦能安息了。

比起纳兰，李义山算是幸运得多，当他问出"何当共剪西窗烛"时，是自知有"却话巴山夜雨时"的；而我们这位伤心的纳兰明知无法挽回一切，他只有把所有的哀思与无奈化为最后一句"当时只道是寻常"。这七个字我们读来尚且为之心痛，

何况词人自己，更是字字皆血泪。当时只是寻常情景，在卢氏逝世后却成了纳兰心中美好的追忆。大凡美好的事物，只有失去它之后我们才懂得珍惜，而美好的事物又往往稍纵即逝，恍若昙花一现。

浣溪沙

消息谁传到拒霜①？两行斜雁碧天长。晚秋风景倍凄凉。

银蒜②押帘人寂寂，玉钗敲竹③信茫茫。黄花开也近重阳。

赏 析

怎么还容得下一朵芙蓉花的盛开，在想念与想念之间。盼你归来的心，化作串串音符，在天上飘，在地下流淌。

手指，怎样在银色的帘帷上，弹出芬芳的乐曲？玉钗，怎样在翠绿的竹间，开出烂漫的花朵？

直到大雁南飞，直到黄花开遍重阳，直到一朵云飘进我的小屋，直到阳光开始想念我们相聚的下一个春天。

点 评

此为一阕思念之词，写重阳节到来，诗人又深切地怀念起

---

①拒霜：木芙蓉花，俗称芙蓉或芙蓉花，仲秋开花，耐寒不落，故名拒霜。
②银蒜：银制的蒜形帘押。③玉钗敲竹：用玉钗轻轻敲竹以排遣愁怀。

往日的情人来了，他彷徨
不安，踌躇难耐，遂赋此
以排遣孤寂无聊的幽情。
吴世昌《词林新话》云："此
必有相知名'菊'者为此
词所属意，惜其本事已不
可考。"此即言纳兰曾有
所恋之人，本词即为她而
作。既然本事无考，我们
也不必非去计较对方究竟
是谁，只把它当作一首爱
情词去欣赏就够了。

　　纳兰的爱情词深婉哀
怨，惯于从思念的对象着
笔，以倍增其强烈而深挚
的怀念之情。此阕亦是。
上阕写室外的景象，点出
盼望离人当归而未归的怨
离凄凉之情。"消息谁传
到拒霜"，是谁传来了消
息说，待到秋天木芙蓉花
开的时候他便回来？以设
问起句，突出了女主人公

一腔哀怨的心思。

那究竟是谁告知她漂泊的离人即将归家呢？是那狠心的萧郎寄来的红笺，还是芙蓉花开的秋季，抑或只是女主人公自己空渺的幻想？也许真是她自己，明知良人未有归期，可为了得到心灵上的慰藉，只好拟个归期骗骗自己。若是这样，她的怨倒是自怨自艾了。二、三句转写鸿雁长空，晚秋空寂之景，渲染了凄凉的氛围和心境。

下阕转入室内情景的刻画。"银蒜"两句，写女子在怅然愁苦之际，只好把玩银制的蒜形帘押，用精致的玉钗轻轻敲竹以排遣愁怀，这两个细节描绘，生动绝妙地表达了她孤独寂寞、百无聊赖的意绪。

结句"黄花开也近重阳"以重阳黄花照应开头，进一步烘托出深情思念之幽怀。黄花，即菊花，菊花开时，秋天已至，这时候芙蓉花也开了吧，但是思念的人，仍然没有归来。不仅没有归来，连那"消息谁传到拒霜"里美好的消息，也是虚假的了。如此结局，堪称残酷，读之亦备感凄凉孤苦，惆怅不欢。

浣溪沙

雨歇梧桐①泪乍收，遣怀翻②自忆从头。摘花销恨旧风流③。

帘影碧桃人已去④，屦痕⑤苍藓径⑥空留。两眉⑦何处月如钩？

赏析

撒几许秋雨在纸上，润湿久藏的情感，掀开心幕的一角，不再对梧桐隐瞒。

多少次在词里描摹，回忆的路，被泪雾遮断。多少次独倚斜栏，无语望天。

曾用相思把桃树瘦弯，曾让涌动的心潮，把缺月盈满。心曲悠悠，穿不过一袭帘影，情话绵绵，只凝成手边的一缕轻烟。

---

①雨歇梧桐：唐温庭筠《更漏子》词："梧桐树，三更雨，不道离情更苦。"②翻：同"反"，表示转折，相当于"反而"、"却"。③摘花句：意思是当初曾与她有过美好的风流的往事。杜甫《佳人》："摘花不插发，采柏动盈掬。"④碧桃人已去：唐崔护《题都城南庄》："人面不知何处去，桃花依旧笑春风"。⑤屦（xiè）痕：即鞋痕。屦，木板拖鞋。⑥径：小路。⑦两眉：代指所思恋之人。

对影举觞，看月缺月圆。参不透从古到今的痴心人，为何没有嫦娥奔月的决然。

——月缺是思，月圆是念。

点 评

这首《浣溪沙》，从内容看大概是纳兰写给他早年曾爱恋过的一位女子的。在青梅竹马的表妹、生死患难的卢氏之前，何来这样一位惊鸿照影的美人？

史籍已无从可考，可那份深切的思念却力透纸背，如岁月一般悠长，纵使青丝变成白发也无法忘怀。

词上阕从景起，情景交织。"雨歇梧桐泪乍收"，从秋雨写起，说的是秋雨已经消歇，梧桐树叶不再滴雨。

"泪乍收"似是语涉双关，可以说是梧桐停止滴雨，就好像停止了流泪，如此则梧桐已然通了人性，自是脉脉含情；也可以说是词人

听见秋雨暂歇而不再泫然流泪，如此则伤情毕现。但不管作何种解释，词人的伤感都是不变的。

这种伤感之情，也由"遣怀"二句点明。原来词人之所以伤感，都是因为他忆起了曾与伊人有过的一段美好的风流往事，即"摘花销恨旧风流"。

"摘花销恨"出自五代王仁裕《开元天宝遗事》卷二"销恨花"条："明皇于禁苑中，初，有千叶桃盛开，帝与贵妃日逐宴于树下，帝曰：'不独萱草忘怀，此花亦能销恨。'"

在这里，词人借以说明自己和昔日的恋人一起度过的那段美好岁月。是啊，那时候，伊人如花、笑盈春园，那时候，闲窗影里，琴曲相映，两人一起看云卷云舒，花开花落，何等浪漫，何等甜蜜！可是这一切都成了"旧风流"！一语"旧风流"，几多惆怅，几多悲伤！

下阕紧承"旧风流"，铺写眼前空寂之景。"帘影碧桃人已去，屟痕苍藓径空留"，化用了唐崔护《题都城南庄》中的"人面不知何处去，桃花依旧笑春风"，表达了好景不常在的感慨和无限怅惘的情怀。你看，帘影招招，碧桃依旧，长满苍藓的小径上，她那娇小的鞋痕犹在，可是人却不知何处去了。此情此景，真是叫人无限叹惋。"两眉何处月如钩？"结句遂以遥遥生问表达了深深的怀念之情。

浣溪沙

莲漏①三声烛半条，杏花微雨湿红绡②。那将红豆寄无聊③。

春色已看浓似酒，归期安得信如潮④。离魂入夜倩⑤谁招。

赏 析

这是春天的夜晚。一位寂寞的女子，默默地守候着流泪的蜡烛，在水一方。

在水一方。你就是那个古老故事中的伊人，有着杏花一样的小心思，被离别的微雨，一点一点地打湿。

从此，君问归期未有期。遥寄的南国红豆，还保留着他的体温。从此，徐徐的风和满地的小红花，年年撩起你心底的轻愁。从此，许多春天的夜晚，潮水来时，你女孩子的梦，已经梦不见他在春天归来。

---

①莲漏：即莲花漏，古代一种计时器。②杏花微雨：清明前后杏花盛开时的雨。红绡：代指红色花朵。③红豆：红豆树、海红豆及相思子果实的统称。古诗词中常以之象征爱情或相思等。那：犹奈。白居易《罢杭州领吴郡寄三相公》："那将最剧郡，付与苦慵人。"④信如潮：即如信潮，谓如定期到来的潮水一样准确无误。⑤倩：请。

点 评

此篇是以女子口吻写离情。

上阕景起，"莲漏三声烛半条"说得是已是深夜，蜡烛已经燃尽了一半。女主人公既听得见"莲漏三声"就说明她还未入睡，或是无法安寝。而此时杏花微雨，雨湿红花。此时落红满地的春景，推窗便可以看见，即使不看，也可以想见。下接以"那将红豆寄无聊"，用一细小情节便把相思无聊的情态勾画得活灵活现。

"红豆"一词，在古诗词中常象征爱情、相思。唐王维就有《相思》一诗："红豆生南国，春来发几枝？愿君多采撷，此物最相思。"是啊，红豆本相思之物，女主人公此刻却怨此红豆——为何要将红豆寄予我，平添一份相思愁苦？真乃无奈之语，心情低沉由此可见一斑。

下阕写失望的心情。"春色已看浓似酒"，用醇酒来比喻浓浓春色，言春已深，大概是取自金元好问《西园》诗："皇州春色浓如酒，醉煞西园歌舞人"，而在意境上有所更易——以纳兰词的愁苦哀怨取代了《西园》诗的暖意融融。并且，这里词人用了"已看"二字，给人一种恋人不在，即使是三春美景也无甚可赏的苦涩愁怨之感。于是，盼离人归来之心十分殷切。但是结果如何？"归期安得信如潮"，他的归期怎能和定期到来的潮水一样准确无误呢？

貌似归期不定，其实是"君问归期应无期"。这里"信如潮"用了李益《江南曲》中的典故。《江南曲》云"嫁得瞿塘贾，朝朝误妾期。早知潮有信，嫁与弄潮儿"，写的是一思妇因丈夫是瞿塘商贾，"重利轻别离"，天天不得相聚，而不由得暗中后悔："早知道还不如嫁给弄潮儿呢！毕竟潮水的涨落有确定的时刻。"纳兰用此典，也是表达相同的意思：潮来潮去尚且有期，唯牵挂之人滞留于外，几多埋怨，几多追悔。但追悔并非真悔，而是嗔怪至极的表现，骨子里还是盼望早日相聚，以解相思之苦。"离魂入夜倩谁招"正是言此，此女子思忖恋人归期不详，万般无奈，只好盼望与他梦里相逢。

然而"倩谁招"一语，使这最后的幻想都成了无望之想，遂露出无限失望之情。此之结尾，沉重凄苦至极，令人读之久久不能释怀。

浣溪沙

　　欲问江梅①瘦几分，只看愁损②翠罗裙。麝篝衾冷惜余熏③。

　　可耐④暮寒长倚竹，便教⑤春好不开门。枇杷花底校书人⑥。

赏　析

　　相思的时节，不期而至。梅花一样消瘦的女子，独伫在江边。

　　静静地，脉脉地。春风来时，她立在风中，裙也翩翩，发也翩翩。春风来时，她凝睇远方，思念如河，涟漪如歌。

---

①江梅：野梅。此处以江梅喻离去的侍妾沈宛。②愁损：因愁情而使人消瘦。③麝篝：燃烧麝香的熏笼。余熏：麝香燃后的余热。④可耐：可奈，无可奈何。杜甫《佳人》诗："天寒翠袖薄，日暮倚修竹。"⑤便教：即便是，纵然是。⑥校书人：唐王建《寄蜀中薛涛校书》诗："万里桥边女校书，枇杷花里闭门居。"薛涛是唐代名妓，能诗，故后世称能诗文的妓女为女校书。这里借指花下读书人。

黄昏。她寂寂地弹着琵琶，衣上酒痕诗里字，点点行行，总是凄凉意。月满西楼的时候，她还恋恋地等着，那个说过"曾经沧海难为水"的男子，来敲门。

却不知，在那株枇杷树下，青春原是一本伤感的书，爱情原是一只没有桨的小船。

点 评

这首词是纳兰性德写给沈宛的。卢氏逝世后，纳兰续弦了官氏，但此远未能抚平纳兰性德心灵上对卢氏的深切怀念，以及由此而带来的苦楚和忧伤。文友顾贞观目睹词人的影只形单，片羽告之"峰泖之间，颇饶佳丽"，愿亲自"泛舟一往"，从而带来了江南才女沈宛。沈氏从迢迢江南，不远万里，别亲离戚，就只为了能和仰慕许久、诗才斐然的纳兰性德相见。二人一见如故，并盟誓次年联姻。然而他们的金石之盟却遭到了素来疼爱纳兰的明珠所阻，琴瑟相和不足半年，沈宛就凄然返回江南。而纳兰自是深陷入思念之中，每当江梅盛开时，他便会想起他的那位"万里桥边女校书，枇杷花里闭门居"的宛妹。

词作从江梅写起，大概是"花稍小而疏瘦有韵"的梅花总让词人不由想起他的那位宛妹。否则词人怎么会问，要知江边的梅树瘦消了几分，只要看看她的腰肢如何清瘦便知晓了呢。显然，"欲问"两句用了互喻的手法，以梅喻人，又以人喻梅，看是梅瘦几分，实则是说人比梅瘦。而人为什么会消瘦呢，显然是愁情过度所致。"麝篝衾冷惜余熏"转而写室内环境。麝香的熏笼在独自燃烧，被子因无人拥盖而变得寒冷，而那麝香燃后的余热总让人心生怜惜。此处"惜"字既是写熏香，也是写女主人公追怀往事的心绪，既是惜香，也是惜人，写出了在这美好的春光里愁极无聊，寂寞无绪的情态。

下阕"可耐"二句同上阕"欲问"二句一样用了折进的手法，宛转含蓄地刻画其孤独愁苦的形影情状。"可耐暮寒长倚竹"一句，翻用杜甫《佳人》中诗句"天寒翠袖薄，日暮倚修竹"，写天寒日暮之际，女主人公倚修竹而临风，表现她形容憔悴和内心的寂寞哀怨。"便教春好不开门"，则把这种悒悒无聊之感深化一番，故而又透过一层。结句"枇杷花底校书人"，"校书人"原指唐蜀妓女薛涛，此处当指沈宛。此句写她站在枇杷树下，无限怅惘。"枇杷"音同"琵琶"，而琵琶在古诗词里是哀怨的象征，不禁让人想到白居易的《琵琶行》，如此结句，堪称简洁平易而幽婉杳渺。

浣溪沙

　　一半残阳下小楼，朱帘斜控①软金钩。倚阑无绪不能愁②。

　　有个盈盈③骑马过，薄妆浅黛亦风流。见人羞涩却回头。

赏　析

　　黄昏时分，你登上狭窄的小楼。夕阳被你娇小的步子挤下了山，留下栏杆一排，珠帘一条，飞鸟一双。

　　你就这样静静地伫立。左边的鞋印才黄昏，右边的鞋印已深夜。你的愁，很淡，很芳香。它让你又一次数错了，懒惰的分分秒秒。

　　终于，你骑一匹小马出城。怀中的兰佩，温软，如满月的光辉。他看你时，你也想看他。但是，你却莞尔回头。

点　评

---

①斜控：斜斜地垂挂。控，下垂、弯曲貌。②不能愁：不能控制心中的忧愁。③盈盈：谓仪态美好。此处代指仪态美好之人。严绳孙《虞美人》词："有个盈盈相并说游人。"

　　纳兰词总的来说都过于伤情悲切。当然，也有些明快的篇章，虽然为数极少，却是难得的亮色。比如这阕清新可人的《浣溪沙》。

　　上阕情语出之于景语，写女子意兴阑珊之貌。首句点明时间是黄昏，正是夕阳西下时分，朱帘斜斜地垂挂在软软的金钩上，一副颇无心情的懒散样子。

　　"倚阑无绪不能愁"是说这位女子倚靠着阑杆，心绪无聊，而又不能控制心中的忧愁。此三句以简洁省净之笔墨描摹了一幅傍晚时分的深闺女子倚栏怀远图，为下阕骑马出游做好铺垫。

　　下阕亦刻画了一个小的场景，但同时描绘了一个细节，活灵活现地勾画出这位闺中女子怀春又羞怯的形象。

　　"有个盈盈骑马过"一句，清新可喜，与清照"倚门回首，却把青梅嗅"有异曲同工之妙。特别是"盈盈"一词，形容女子，有说不出的熨帖生动，不由叫人想到金庸《笑傲江湖》中那位

美貌少女任盈盈，以及《笑傲江湖·后记》中金庸对她的评价：
"这个姑娘非常怕羞腼腆"。

"薄妆浅黛亦风流"一句则凸现了她的风情万种，"薄"、
"浅"形容她的容貌，"亦"字说她稍加打扮就很漂亮。那这
样一个袅娜娉婷的小女子出去游玩会发生什么样的趣事呢？

末句言，"见人羞涩却回头"。好一个"见人羞涩却回头"！
这只是少女一个极细微的，几乎叫人难以察觉的动作，词人却
捕捉到了，轻轻一笔，就活灵活现地勾画出闺中女子怀春又娇
羞的复杂心情。

可以说，骑马少女薄妆浅黛羞涩回头的神态，把原本显得
低沉的夕阳、小楼、斜挂的朱帘、软垂的金钩及无聊的心绪衬
托为一幅情景交融、极具美感的画卷，令人读来口角生香，有
意犹未尽之感。

浣溪沙

睡起惺忪①强自支。绿倾蝉鬓②下帘时。夜来愁损小腰肢。

远信不归③空伫望，幽期细数却参差④。更兼何事耐寻思。

赏析

假如雨后还是雨，忧伤之后还是忧伤，那么这离别之后的离别，幽居的伊人又怎能从容面对？在梦里，她在探测，远方的人用胳臂拥抱自己的距离。清晨醒来，她用三千烦恼丝，织成了一条彩虹的小径，等他归来。

"我再等一分钟，或许下一分钟，看到你闪烁的眼，很想温暖你的脸。"然而，无可奈何的花，已经落去；似曾相识的燕，也已归来。心上人却在何方？

守候不来，失落的女子，唯有"小园香径独徘徊"……

---

①惺忪：因刚醒而眼睛模糊不清。②绿倾蝉鬓：形容低垂着头，头发偏堕的样子。绿，指妇女似绿云的头发。蝉鬓，古代妇女的一种发式。因轻薄似蝉翼，故称蝉鬓。③远信不归：指对方没有来信。④幽期：男女间的私约。参差：依约、仿佛，意谓不甚分明。

点 评

这首《浣溪沙》，在那些并不熟悉纳兰词的读者看来，也许更像是历史上某个女词人的闺怨作品，而非出自一个位居御前侍卫，有着武官身份的满族男性的笔下。因为这首词在词体上有着很浓的女性化倾向，写一女子思念丈夫的幽独孤凄的苦况，属于伤离之作。

上阕写她的形貌。"睡起惺忪强自支"，说的是因刚醒而眼睛模糊不清，要打起精神，支撑住自己。一"强"字写出了挺起精神以迎清晨的艰难与不愿。看她早晨一副睡眼蒙眬、倦于起床的模样，便知昨夜睡得很晚，大概是夜深灯残，灯火明灭之际，才斜靠枕头，聊作睡去。"绿倾蝉鬓下帘时"一句是对她头发的描绘。

此处，纳兰用"绿"字来形容她的头发好似绿云，真是给人几多悠远的想象。佳人醒后下帘，头发偏堕也懒得梳理，大概是心有所怀吧。柳永《定风波》词就有"暖酥消，腻云亸（duǒ），终日厌厌倦梳裹"的句子，用以表达女子由于思恋自己的丈夫，连梳妆打扮之事也无心去做。果不其然，"夜来愁损小腰肢"，过度的哀愁已经令她身体受损了，可见心怀之深，愁绪之重。

那么究竟是什么让她"愁损小腰肢"呢？词之下阕从她的心理入手，将原因"娓娓道来"。

"远信不归空伫望"言对方远离却没有来信，只有苦苦凝望，寂寂等待。因为不通音信，所以相思难寄，这就必然使她对远方情人的思念更加迫切，相见的欲望更加强烈。遂有下句的"幽期细数"，即暗自数着相会的时日，希望能一解相思之苦。然而结果是"却参差"，即言由于心思太乱，故而数了又数，却仍然数不清相会的日期。

然而不管究于何因，幽期既误，他日再聚已成幻梦。于是发出"更兼何事耐寻思"的喟叹，感觉已经没有什么事情再值得思量了，心境遂臻于绝望。整首词的格调虽平淡幽远，但感情幽婉凄怨，秉持了纳兰词一贯的词风。

浣溪沙

　　残雪凝辉冷画屏①。落梅②横笛已三更。更无人处月胧明③。

　　我是人间惆怅客，知君何事泪纵横。断肠声④里忆平生。

赏　析

　　又是黄昏时分，瓣瓣梅花在横笛声中，依依飘落。月色如水。

　　一个寂寞的男子，眼神忧郁，歌喉忧伤，把岁月翻成发黄的线装书，蜷缩在记忆的角落。更鼓声声。

　　一个寂寞的男子，就是人世间伤心的过客，在回忆中往事中，潸然泪下。花落也断肠……

点　评

　　本词运用了老套的上阕写景，下阕抒情的手法，但景清情

---

①画屏：绘有彩画的屏风。②落梅：古代羌族乐曲名，又名《梅花落》，以横笛吹奏。③月胧明：月色朦胧。④断肠声：白居易《长恨歌》中"夜雨闻铃肠断声。"

切，颇令人动容。"残雪凝辉冷画屏"。残雪是指雪停后留在地面、房屋上的雪，此句是说院子里残雪的余辉衬着月光映在画屏上，使得绘有彩画的屏看上去也显得凄冷。而这时候，幽怨的笛声悄然响起。此处"落梅"并不是指梅花一瓣两瓣的随凉风飘落，而是指古笛曲《梅花落》，李白《司马将军歌》里有句："向月楼中吹落梅"。"已三更"说明此时已是夜深，词人无法安寝，静听那笛声呜呜咽咽声地惹断人肠，而屋外阒无一人，越发显得月光清辉如此朦朦胧胧。

上阕通过"残雪"、"凝辉"、"落梅"、"三更"、"月胧明"等字句，营造出了一种既清且冷，既孤且单的意境，大有屈原"世人皆醉我独醒"的孤独感，而这种感觉大抵只能给人带来痛苦和茫然。

下阕，词人紧接着便抛出"我是人间惆怅客"的感喟。好一句"我是人间惆怅客"！纳兰容若可谓是才华绝代的人物，奈何天妒英才，仅活了三十一岁。他在精神气质上颇似贾宝玉的贵胄公子，身居"华林"而独被"悲凉之雾"，读他的词，挚意深情而凄婉动人，这是因为婚后仅仅三年，妻子便因病早逝，自己的精神家园重新被毁，这对他的感情影响极大，之后写了许多篇哀感顽艳的回忆、悼念他妻子的诗词。知道了这些，就知道词人在写词时是怎样一种心情了，就不用再问为什么他说自己是人间惆怅客了。

接下来一句是"知君何事泪纵横"。这个"君"指的是谁？是朋友？是知己？还是那天上朦胧的月亮？都不是，而恰恰就是纳兰自己。当一个人倦了，累了，苦了，伤了的时候，便不禁会忍不住地自言自语，自怨自艾，自问自答，何况是纳兰这样的至情至性之人呢？词句至此，已令读者唏嘘不已，不料还有下一句，"断肠声里忆平生"更是伤人欲死，短短七字，不禁令人潸然泪下……

浣溪沙

五字诗中目乍成①。尽教残福②折书生。手挼③裙带那时情。

别后心期④和梦杳，年来憔悴与愁并。夕阳依旧小窗明⑤。

赏 析

在那首互通情意的五言诗中，你们的目光，平平仄仄，押韵完美。

你说，从你到她，相爱只有一盏月光的距离。她静默着。微笑，成双成对地，开遍她那诱人的嘴角。从此，小径上长出串串的脚印，月光播下长长的身影。

你们钻进两只蝴蝶的故事里，成为主角。那时候，谁也没有想到，夕阳已经备好一把离别的刀。而离别后，你的忧愁，长成了一棵没有年轮的树，永不老去。

①五字诗：即五言诗。目乍成：男女间以目传情。②残福：短暂的幸福。③挼（nuó）：揉搓。④心期：心相期许。⑤小窗明：唐方棫《失题》诗："夕阳如有意，长傍小窗明。"

点 评

这首词写别后相思。

上阕写追忆往日的恋情，写的也是初恋情态。"五字诗中目乍成"。想想你我互赠五言诗文，刚刚通过眉目传情而结为亲好的那时候，该是多么甜蜜！"目乍成"用了一个古老而浪漫的典故。《楚辞·九歌·少司命》曰："满堂兮美人，忽独与余兮目成。"朱熹注为："言美人并会，盈满于堂，而司命独与我睨而相视，以成亲好。"古代男女之间，禁忌甚多，遂有琵琶传幽情，锦字寄相思，不过最令人心旌摇荡的莫过于这眉目传情，秋波暗送了。

接下来两句就要说心心相印后的幽会了。因为是私订终身，没经媒婆之言，所以两人亲昵的时间很短暂，这心中的幸福感自然也很短暂。所以两人就要加倍珍惜，"尽教"二字即是言此，这是对幽会中男女双方心理的描绘。

"手挼裙带那时情"一句则是对幽会中女子神态的细节描绘。少女默默无语，纤手轻捻裙带，潜藏心底的深情却已一泄无遗。上阕用了两个细节描写，便刻画出当日相恋的幸福情景，其结句尤为鲜活动人。

下阕写今日的相思。"别后心期和梦杳"。一个"别"字将时间从幸福美好的当时，拉到倍添相思的如今。自离别后，心心相印的情话，白头偕老的誓言已经变得和梦一样渺茫遥远了。而一个"杳"字，诠释了离别的黯然销魂。这样，"年来憔悴与愁并"也就在情理之中了。

　　古代诗人、词人写自己颜色憔悴、形容枯槁，多用宛转之笔，比如《古诗十九首》有"相去日以远，衣带日以缓"，贺铸有"憔悴几秋风"（《小重山》），柳永有"衣带渐宽终不悔"（《蝶恋花》），赵汝茪有"罗裙小。一点相思，满塘春草"（《摘红英》），但是纳兰并没有如此委婉而出，而是直抒其怀，毫不隐曲。这也可以说是纳兰自遣之词的特点之一。结句"夕阳依旧小窗明"出之于景语，余有不尽之意。

　　从这首词中，词人以女子的身份诉说自己心中的忧苦，盼望自己的意中人能够早日回家。词人与妻子感情笃深，妻子却不幸英年早逝，离他而去。词人的人生是凄苦的，相爱的妻子早早离他而去，自己壮志未酬，他也因"寒疾"过早地离开人世。也正是由于他的凄苦人生才给后人留下诸多优秀的词篇。

　　或许人生就是如此，总是不完美地留下许多遗憾。像流星一样从天空划过，精彩只是片刻，留下的确是无尽的黑夜，而这黑夜需要一个人独自去承受。

浣溪沙

　　记绾长条欲别难①。盈盈自此隔银湾②。便无风雪也摧残。

　　青雀几时裁锦字③，玉虫连夜剪春幡④。不禁辛苦况⑤相关。

赏析

　　你又想起，长亭送别时的难舍难分。那一枝枝折下的柳条，轻轻垂下的，不是柳叶，而是花前月下的甜蜜，西窗剪烛的温馨。而如今，风再吹时，已是芳草天涯。已是盈盈一水间，脉脉不得语。

　　有人说，爱过，是世界上最富有的。却不知，缘分原是那薄薄的春幡，经不起离别的一握揉皱。等缕缕的叹息声，在舌尖上舞蹈时，我们已经老了。再彼此相望，才发现那张曾经熟读成诵的脸庞，早已不再相识。

_____

①绾（wǎn）：缠绕打结。长条：柳条，古人有折柳赠别的习俗。②盈盈：形容水的清澈。银湾：银河。③青雀：青鸟，传说是西王母的信使，后用为信使的代称。锦字：女子寄给丈夫或情人的书信。④玉虫：灯花。春幡：立春日做的小旗。旧时习俗，在立春之日将其悬挂枝头或戴在头上以示迎春。⑤况：正，适。

点 评

这是一首抒写离情别绪的词作。清丽典雅，又不失深情婉致。

上阕写离恨。"记绾长条欲别难"是写当时分别的情景。"长条"指柳条。在古人那里，柳与离别有密切关系，古人习惯折柳送别，所以见了杨柳就容易引起离愁，比如王昌龄的《闺怨》："闺中少妇不知愁，春日凝妆上翠楼。忽见陌头杨柳色，悔教夫婿觅封侯"，未言折柳，只是"忽见"，就离情殷殷了。"欲别难"道尽分离时难分难舍的景况。虽然别情难禁，十分不舍，但一别之后便音容杳然，天各一方了。这句"盈盈自此隔银湾"袭用《古诗十九首》"迢迢牵牛星，皎皎河汉女。盈盈一水间，脉脉不得语"，将自己和恋人比成牛郎织女，分居银河两边。然而牛郎织女还有七夕，还有鹊桥之会，还有"金风玉露一相逢，胜却人间无数"，可是作者和恋人之间有什么？故而，作者慨然叹曰："便无风雪也摧残"，意谓而今纵是无风雪摧逼的好时光，也依然是惆怅难耐。此言，直

中能曲，凄婉动人。

　　下阕连用典故，写企盼之情。"青雀几时裁锦字"。"青雀"，即青鸟，传说西王母饲养的鸟，能传递信息，后世常以此指传信的使者。"锦字"，织锦上的字。前秦苻坚时，窦滔未带妻室赴襄阳镇守。其妻苏蕙，因思念丈夫，织锦为《回文旋图诗》以寄，后世常以此指妻子寄书丈夫，表达相思之情。此句是说盼望着对方音信的到来。接下是"玉虫连夜剪春幡"。春幡，是指立春日做的小旗。古称"立春"春气始而建立，黄河中下游地区土壤逐渐解冻。《岁时风土记》："立春之日，士大夫之家，剪彩为小幡，谓之春幡。或悬于家人之头，或缀于花枝之下。"辛弃疾《立春日》也有"春已归来，看美人头上，袅袅春幡"。看来这"春幡"当为女子所剪，那么"玉虫连夜剪春幡"所言对象已经不是作者自己了，而是作者想象彼女正在灯下挑灯剪春幡的情景，这不禁让人疑窦顿起：上句分明是言作者自己，而这句怎么猝然言彼呢？其实不难理解。因为上句是盼信，既然锦字不回，作者只好思绪飘然离身，飞入她处，好悉知她的境况如何了。而女子剪幡，好像是盼春，其实是盼望着与情人重聚。此之笔法，堪称纡回曲折，含不尽意。但是这些愿望都成了无望。一句"不禁辛苦况相关"，让人顿从云端跌落，于是失落、忧伤萦怀，难以排遣。

浣溪沙

　　身向云山那畔①行。北风吹断马嘶声。深秋远塞若为情②。

　　一抹晚烟荒戍垒③，半竿斜日旧关城。古今幽恨几时平。

赏析

　　戍守的人已归了，留下边地的残堡。十七世纪的草原，那些身向云山的身影，留给了吹断马嘶的北风。射中过深秋的箭，挂过边塞的铁钉，被黄昏和望归的靴子磨平的晚烟。一切都老了，一切都抹上夕阳的锈。

　　只有一座旧城，不能再瞭望，不能再系马。你黯然地卸了鞍。你的行囊没有剑。历史的锁，没有钥匙。

点评

　　康熙二十一年（1682）八月，纳兰受命与副都统郎谈等出

---

①那畔：那边。②若为情：何以为情，是怎样的情怀。③荒戍垒：荒凉萧瑟的营垒。戍，保卫。

使觇梭龙打虎山，十二月还京。此篇大约作于此行中。与此一首写作同时尚有《沁园春》（试望阴山）、《蝶恋花》（尽日惊风吹木叶）等词作。这首词抒发了奉使出塞的凄惘之情。

"身向云山那畔行"。起句点明此行之目的地，很容易让人想起同是纳兰的"山一程，水一程，身向榆关那畔行"。"北风吹断马嘶声"中"北风"言明时节为秋，亦称"秋声"。唐苏颋《汾上惊秋》有："北风吹白云，万里渡河汾。心绪逢摇落，秋声不可闻。"

边地北风，从来都音声肃杀，听了这肃杀之声，只会使人愁绪纷乱，心情悲伤。而纳兰在此处云"北风吹断马嘶声"。听闻如此强劲，如此凛冽的北风，作者心境若何，可想而知。难怪他会感慨"深秋远塞若为情"。

下阕"一抹晚烟荒戍垒，半竿斜日旧关城"以简古疏淡之笔勾勒了一幅充满萧索之气的战地风光画面。晚烟一抹，袅然升起，飘荡于天际，营垒荒凉而萧瑟；时至黄昏，落日半斜，没于旗杆，而关城依旧。词中的寥廓的意境不禁让人想起王维的"大漠孤烟直，长河落日圆"以及范仲淹的"千嶂里，长烟落日孤城闭"。故而张草纫在《纳兰词笺注》前言中言，纳兰的边塞词"写得精劲深雄，可以说是填补了词作品上的一个空白点"。

然而平心而论，无论是"一抹晚烟荒戍垒，半竿斜日旧关城"、"万帐穹庐人醉，星影要摇欲坠"，还是"山一程、水一程，身向榆关那畔行，夜深千帐灯"，纳兰都不过是边塞所见所历的白描，作者本身并没有倾注深刻的生命体验，这类作品的张力无法与范仲淹"塞下秋来风景异"同日而语。

不过，纳兰的边塞词当中那种漂泊的诗意的自我放逐感的确是其独擅。比如本篇的结尾"古今幽恨几时平"，极写出塞远行的清苦和古今幽恨，既不同于遣戍关外的流人凄楚哀苦的呻吟，又不是卫边士卒万里怀乡之浩叹，而是纳兰对浩渺的宇宙、纷繁的人生以及无常的世事的独特感悟，虽可能囿于一己，然而其情不胜真诚，其感不胜拳挚。

观之此词，全篇除结句外皆出之以景语，描绘了深秋远寒、荒烟落照的凄凉之景，而景中又无处不含悠悠苍凉的今昔之感，可谓景情交练。最后"古今幽恨几时平"则点明主旨。

浣溪沙

　　万里阴山①万里沙。谁将绿鬓斗霜华②。年来强半③在天涯。

　　魂梦不离金屈戌④，画图亲展玉鸦叉⑤。生怜瘦减一分花⑥。

赏 析

　　没有楚天千里清秋，没有执手相看泪眼。只有阴山，胡马难度的阴山。这里，大漠孤烟直，长河落日圆。这里，猎猎的风，将你的寸寸青丝吹成缕缕白发。

　　岁岁年年，你望见的是连绵千万里的黄沙。黄沙的尽头，闺中的她管你叫，天涯。

　　魂牵梦绕中，你将她翩翩的画像打开。一遍遍回想，她的温柔她的笑。直到地老天荒，直到那些离别和失望的伤痛，已经发不出声音来了。

---

①阴山：今河套以北，大漠以南诸山的统称。②绿鬓：乌黑的头发。斗：斗取，即对着。霜华：指秋霜，谓白发。③强半：大半、过半。④金屈戌：屈戌，门窗上的环纽。此处代指梦中思念的家园。⑤玉鸦叉：玉制鸦形的叉子。此处借指闺里人之容貌。⑥生怜：犹甚怜、剧怜。此句谓最可怜者是家中的妻子，因思夫而消瘦。

点评

纳兰此篇，亦为边塞词，抒发了出使万里荒漠，与妻子分离的痛苦之情。

上阕写塞上荒凉萧索之景、岁月流逝之感。"万里阴山万里沙。""阴山"，不是确指，而是今河套以北、大漠以南诸山的统称。唐宋以后，诗人、词人写出塞似乎必写阴山，仿佛阴山就是出塞的象征。

从王昌龄的"但使龙城飞将在，不教胡马度阴山"，岑参的"四边伐鼓雪海涌，三军大呼阴山动"，到陈亮的"壮气尽消人脆好，冠盖阴山观雪"，无不如此。纳兰亦写阴山，且和"万里沙"并用，虽不如前辈们寄托遥深，但景色写来确实极其广袤。置身于这样一片茫茫沙漠之中，多愁善感的作者自是

感慨万端。"谁将绿鬓斗霜华。"这是反问，意谓是谁人使我青丝染成白发？古人常借绿、翠、霜等形容头发的颜色。如张孝祥《转调二郎神》有"绿鬓点霜，玉肌消雪，两处十分憔悴"，李白《秋浦歌》有："不知明镜里，何处得秋霜"。

而将两色相比，以衬人朱颜老去，也是惯常作法，如：叶梦得《念奴娇》"绿鬓人归，如今虽，空有千茎雪"。接下来一句点明白发之缘由。"年来强半在天涯。"纳兰本是满族人，塞外才是他的家乡，然而他现在竟称之以"天涯"，何种心情，可想而知。

昔日清高宗要寻侍郎世臣的错儿，见世臣"一轮明月新秋夜，应照长安尔我家"之句，便大为震怒，说盛京是我们祖宗发祥之地，是我们真的家乡，世臣忘却，以长安为家，大不敬！如果他看见容若这首词，不知要怎么说？

下阕写愁心、离颜。"魂梦不离金屈戍"。出塞半年以来，词人梦魂夜驰，飞越千山万水，去和家里的妻子相会。不是"徘徊不语，今夜梦魂何处去"不是"佳人何处，梦魂俱远"，更不是"梦魂纵有也成虚，那堪和梦无"。作者的梦魂从来就没有离开过故园和伊人。情痴如此，可嗟可叹。若言"魂梦不离金屈戍"说的是魂梦飞渡，静夜之怀，那么"画图亲展玉鸦叉"说的就是对画凝睇，白日相思。你看他亲自展开的妻子的画图，一遍又一遍地想象她的面庞，以至于发出"生怜瘦减一分花"的爱怜体慰之语。是啊，最可怜者，莫过于闺中妻子因思念丈夫而玉容憔悴了。纳兰能作此语，堪称千古之柔情人也。

浣溪沙

凤髻抛残①秋草生。高梧湿月冷无声。当时七夕记深盟②。

信得羽衣传钿合③，悔教罗袜葬倾城④。人间空唱雨淋铃⑤。

赏 析

抚摸不到她的青丝一缕。枯黄的秋草，就是她小小寂寞的坟，就是你遥遥的天涯。梧桐有多高，月亮有多远，你有多么沉默。还记得吗？

当她的长发缀满了春光，你就闻闻上面的花香。当她的脸庞映着夜的芬芳，你就吻吻上面的月光。你说，送给爱一片落叶，不要问为什么。只知道，在七夕的誓言里，它曾经那么鲜绿，那么烂漫过。而今，花自飘零水自流。你用夕阳葬下她的

①凤髻抛残：指鬓发散乱。凤髻是古代女子的一种发型。②当时句：指唐明皇与杨贵妃曾在七月七盟誓，愿永为夫妇。③羽衣：原指用鸟的羽毛织成的衣服，后代指道士或神仙所穿之衣。这里指道士。钿合：首饰盒。④罗袜：丝罗织成之袜。此处代指亡妻的遗物。倾城：绝色美女的代称。这里代指亡妻。⑤雨淋铃：据唐郑处诲《明皇杂录补遗》，唐明皇曾作《雨淋铃》曲以悼念杨贵妃。

芳魂，用泪流成河的喉，再唱一千遍，那首古老的歌。

点评

这是一首低徊缠绵、哀婉凄切的悼亡之作。词中借唐明皇与杨贵妃之典故，深情地表达了对亡妻绵绵无尽的怀念与哀思。

首句"凤髻抛残秋草生"言妻子逝世。"凤髻"指古代女子的一种发型。唐宇文氏《妆台记》载："周文王于髻上加珠翠翘花，傅之铅粉，其髻高名曰凤髻。""凤髻抛残"，是说爱妻已经凄然逝去，掩埋入土，她的坟头，秋草已生，不甚萧瑟。"高梧湿月冷无声"句描绘了一幅无限凄凉的月景。妻子去后，作者神思萦萦，而梧桐依旧，寒月皎皎，湿润欲泪，四处阴冷，一片阒寂。临此寞寞落落之景，作者不禁想起七夕时的深盟。据陈鸿《长恨歌传》云：天宝十载，唐玄宗与杨玉环在骊山避暑，适逢七月七日之夕。玉环独与玄宗"凭肩而立，因仰天感牛女事，密相誓心，愿世世为夫妇。""当时七夕记深盟"句即用玄宗杨妃之事来自比，言自己和妻子也曾像李杨一般发出"梧桐相待老，鸳鸯会双死"的旦旦信誓。

下阕尽言悼亡之情。"信得"两句亦用李杨典故以自指。据陈鸿《长恨歌传》，安史之乱后，唐玄宗复归长安，对杨贵妃思怀沉痛不已，遂命道士寻觅，后道士访得玉环，玉环则"指碧衣取金钿合，各析其半，授使者（指道士）。曰：'为谢太上皇，谨献是物，寻旧好也。'"此处作者的意思是说，原来相信道士

可以传递亡妻的信物，但后悔的是她的遗物都与她一同埋葬了，因此就不能如玄宗一般，"唯将旧物表深情，钿合金钗寄将去"。此言一出，即谓两人之间已经完全阴阳相隔，不能再幽情相传，一腔心曲，再也无法共叙。于是只能"人间空唱雨淋铃"。"雨淋铃"，即雨霖铃，唐教坊曲名。据唐郑处诲《唐明皇杂录补遗》云："明皇既幸蜀，西南行初入斜谷，属霖雨涉旬，于栈道雨中闻铃，音与山相应。上既悼念贵妃，采其声为《雨霖铃》曲，以寄恨焉。"作者用此语，意谓亡妻已逝，滚滚红尘，茫茫人间，如今唯有自己空自怅痛了。

一句"人间空唱雨淋铃",悲恻凄绝,哀伤怆恨,唱出了纳兰字字泣血的心声,如寡妇夜哭,缠绵幽咽,不能终听。

纳兰性德作为一个出身显赫的富家公子,虽然身世得到很多人的羡慕,但是自己并不快乐。他是个率性而自然的人,然而不如意的爱情让他饱受折磨。他自幼天资聪颖,读书过目不忘,数岁时即习骑射,后又入太学,举进士,成为皇帝的近臣,但是却十分厌恶官场的生活。加之婚姻悲剧事故的摧残,纳兰在之后所作的大部悼亡诗词中,一再流露出哀婉凄楚的不尽相思之情和怅然若失的怀念心绪。他的悼亡之词婉丽凄清,真挚深切让人不忍卒读。这一首词也同样如此,毫无矫揉造作的成分,只有一份真情融在其中,令人读罢不禁黯然神伤。

义山有诗"劝栽黄竹莫栽桑",沧海桑田,有几段感情经得起沧海桑田呢?世人最不愿看见的事往往是最常、最易发生的事。他现在为杨妃为之一哭,为亡妻为之一哭,而其情又有谁可以为之一哭呢?

浣溪沙

　　肠断班骓①去未还，绣屏深锁凤箫②寒。一春幽梦有无间。

　　逗雨疏花③浓淡改，关心④芳草浅深难。不成风月转摧残⑤。

赏 析

　　一袭白衣的忧伤男子。他不是归人，而是个过客。

　　他哒哒的马蹄已经远去。只剩下，你庭院深深的心事，被锁在寂寞的黄昏。钥匙已经被他带走。再没有呜咽的洞箫划过江南，没有归棹的桨声轻叩季节。

　　你有的仅是一帘幽梦，倾国倾城。梦中有微微的雨，淡淡的花，萋萋的芳草，缕缕的情丝。你说，我不愿醒来，你不要追问。东风来时，三月的柳絮满天飞舞。

---

①斑骓：身上有杂色斑纹的马。李商隐《对雪》诗："关河冻合东西路，肠断斑骓送陆郎"。②凤箫：排箫。③逗雨疏花：春雨撒在稀疏的花上。④关心：牵惹人的情思。⑤不成：难道。风月：春日的风光，此处喻为男女间情爱之事。转：渐渐。

点 评

这首词是以闺中女子的口吻写离愁别恨的。

上阕写的是丈夫远行在外，闺中人寂寂无聊，索寞伤怀的心绪。"肠断班骓去未还"一句表达了良人离去后闺中女子的魂销肠断、情思凄苦。"班骓"指毛色青白相间的骏马，古诗词中常以指称情人所骑之马，这里说的是征人。征人离家以后，迟迟不归，闺人寂寞难耐，索寞无聊，绣屏紧锁，凤箫也闲置起来不再吹奏了。"深"、"寒"二字分明写出了此女子"欲取鸣琴弹，恨无知音赏"而只好闲弃不奏的怅然情怀。清醒时的现实，总是惹人怅惘，于是闺中人只好假于梦境，希冀能慰藉现实中的寂寞孤苦。

"一春幽梦有无间。"幽梦固然美好，然而在有无之间，道是有还是没有？或是独处深闺，幽梦难寻，灯尽梦回，更觉寂寞难堪。

下阕笔锋一转，由渲染气氛烘托心情，转为描摹景物。其意虽转，但其情却与上阕接连不断。"逗雨疏花浓淡改，关心芳草浅深难。"迷离的春雨轻撒在稀疏的花上，让花改变了浓淡的颜色，牵惹人的情思的芳草也难辨深浅。明显的三春景色，意味思妇的惜春自怜。

"浓淡改"写娇嫩的花朵在雨水的敲打中颜色由浓转淡，"浅深难"写萋萋的芳草由浅而深，此二句皆寄寓春色易逝之感。

由此二句铺垫，自然引出"不成风月转摧残"，以情语为景

语作结：难道这男女之情也会像春天一般渐渐凋残？春色本来美好，但是在她看来，却如女子，青春一逝，则红颜将老，恰如流水年华一去不再。遂触景伤情，益增思念。全词凄婉缠绵，语虽淡而情浓。

浣溪沙

旋拂轻容写洛神①，须知浅笑是深颦②。十分天与可怜春③。

掩抑薄寒施软障④，抱持纤影藉芳茵⑤。未能无意下香尘⑥。

赏析

紫薇茉莉花残，斜阳照却阑干。轻声吟唱的，是你，洛神一样绝美的女子。月光下，一位翩翩多情公子，执笔作画，为你。

画下，你双眼皮的呼吸和袅娜的脚印。画下，

---

①旋：漫，随意。轻容：薄纱。这里指用来画画的素绢。写：画。洛神：洛水女神宓妃，古诗文中常用来代指美女。这句说随意拂拭素绢为她画像。②颦（pín）：皱眉。③天与：天生。可怜：可爱。④掩抑：抵挡。软障：布幔。这句说怕画中人因衣着单薄感到冷，所以画上布幔挡风。⑤藉：践，立。芳茵：华美的地毯。⑥香尘：女子步履扬起的灰尘。这里指人间。

131

你的酒窝，随微笑，一张一合，醉倒十坛美酒，他的忧愁。

你是春天的姐妹。皱皱眉头，就是微风一缕，细雨一丝。你有薄薄的寒冷，他有暖暖的夕阳。你们一起拥抱的时候，芳草开遍天涯。

点 评

这首词清新洒脱，写的是为一美若神仙的女子画像，表达了对这位女子由衷的赞美和怜爱。

上阕说为她画像。"旋拂轻容写洛神"，频频地拂拭绢纸为她画像。作者用"轻容"来指代画纸，用"洛神"来指代女子，皆含不胜爱怜之情。因为轻容是纱中最轻者，《类苑》云："轻容，无花薄纱也"；洛神是指传说中的洛水女神，名宓妃，以女神称人，褒爱之心，自是可见。"须知浅笑是深颦"。乍读此句似不可解者，为何浅浅微笑就是深深蹙眉？联系上句方知，此句是说，她的形象实在太可爱了，连不高兴时皱眉的样子都好像是在微笑。

这句实绝佳语，绝传神语。而后作者说她"十分天与可怜春"也就十分自然，丝毫不显矫揉造作。不仅不造作，反而清新生动：如此可爱，当是天生；如此美丽，好比春天。

下阕说画中的情景，但不是客观的描述，而是语带深情。词人对爱人的怜惜，使得他对画中"她"也照顾得无微不至。画中的"她""罗薄透凝脂"，他怕"她"衣衫单薄会感到寒冷，于是把"她"置身在华美的芳香褥垫上。"掩抑"、"抱持"即表明其怜爱之情切。

最后的收束又颇为浪漫，将眼前之人与画中人合一，说她是仙女下到了尘界。而"未能无意"又将她情意绵绵的情态勾出。这种情致绵绵的开怀之作，在纳兰词中实不多见，但也同样体现着纳兰词的真纯深婉。

浣溪沙

　　十二红帘窣地深①，才移划袜②又沉吟。晚晴天气惜轻阴③。

　　珠袚佩囊三合字④，宝钗拢鬓两分心⑤。定缘何事湿兰襟⑥。

赏　析

　　整个早晨，你想编一个花环，把两个人的爱围住。但花儿却滑落了。黄昏的时候，你垂下红帘，把自己深深地藏起来。可是藏不住的夕阳，流淌出来。落霞与孤鹜齐飞时，爱的，不爱的，都已告别。只剩柔情在徘徊不安。相爱的季节。

　　你虽然有柳树的腰肢，桃花的眼神，芳草的发髻。但春天又要走了，你不知道，花落谁家。夜晚，花瓣合起。你为谁憔悴？不过是缘来缘散，缘如水。

---

①十二红：太平鸟的别称。窣（sū）：下垂。②划（chǎn）袜：只穿袜子而不穿鞋。五代李煜《菩萨蛮》词："袜划步香阶，手提金缕鞋"。③轻阴：疏淡的树荫。④珠袚（jié）：饰有珠玉的腰带。三合字：在两个香囊上各绣三个半边字，合在一起即成三个字。男女双方各戴一个香囊以示爱情。⑤两分心：女子的发型，从中间分开。⑥定缘：前世注定的姻缘。何事：为什么。兰襟：衣襟。

点 评

此篇写闺怨。词只就少女的形貌作了几笔的勾勒，犹如两组影像的组接。

上阕描写闺中场景和她犹豫不定的行动。"十二红帘窣地深，才移划袜又沉吟"，绣织有太平鸟的红色帘幕垂挂在地上，刚刚移动了脚步又迟疑起来。

起首这两句，通过描写垂挂的帘幕和犹疑的行为，渲染出女主人公若有所思、怅然若失的情态，把她的生活环境和内心矛盾含蓄而细腻地揭示了出来，为全词营造出迷离恍惚的意境。以下一句，"晚晴天气惜轻阴"。"晚"点明时间已值傍晚，"晴"说明天气晴朗。因为时候已经不早了，所以树荫不再浓密，转而疏淡。此句表面上说的是少女对轻阴的怜惜，实际上是借物言己，惜阴以自惜，哀惋青春将逝，故要加倍珍惜。

下阕是其梳妆打扮的特写。"珠衱佩囊三合字，宝钗拢髻两分心。"缀有珠玉的裙带上佩戴着香囊，正切中了"三合"之吉日字；宝钗将发髻拢起，好像分开的两个心字。如此精妙的刻画，直使女主人公形神毕见了。而"三合字"与"两分心"既是对女主人公装束的如实描绘，也是对其和恋人双方爱情关系的指代。古代阴阳家以十二地支配金、木、水、火，取生、旺、墓三者以合局，谓之"三合"，据以选择吉日良辰。

钗不仅是一种饰物，还是一种寄情的表物。古代恋人或夫妻之间有一种赠别的习俗：女子将头上的钗一分为二，一半赠给对方，一半自留，待到他日重见再合在一起。辛弃疾词《祝英台近·晚春》中的"宝钗分，桃叶渡，烟柳暗南浦"，即在表述这种离情。故此词中"宝钗拢鬓两分心"实际上饱含女主人公与自己所爱分离的痛楚。也正是因此，才有了末句"定缘何事湿兰襟"的疑问：我俩的姻缘是前世注定的，你为什么还要泪湿衣襟呢？看其语气，是在反诘，似乎对前景充满信心，其实隐忧无限。或许女主人公早已清楚，这一美好姻缘在现实中屡遭创伤，几经磨难乃致难以为继，而自己又委实难断情缘，遂以慰语自安，亦求安人。

浣溪沙 寄严荪友

藕荡桥边埋钓筒①，苎萝西去五湖东②。笔床茶灶太从容③。

况有短墙银杏④雨，更兼高阁玉兰风。画眉闲了画芙蓉⑤。

赏 析

夏日的藕荡桥边，你住在亭亭的荷叶隔壁，用丝丝的绿萍问候湖水。你的钓竿已经归隐山林。而你，已归隐钓竿。

挥一挥左手，苎萝山从西边归来；挥一挥右手，太湖在东边流淌。

你有一支笔，可以闯入许多唐朝诗人的句子里，没有飞鸟的群山，没有人迹的小径。你有茶灶，可以采撷几片宋词，舀起三江水，煮成清茶一杯。你还有很多从容，留给妻子，在她眉间画上一对对云朵。你有一生的晴朗天气。

①藕荡桥：严荪友无锡西洋溪宅第附近之桥，荪友以此而自号藕荡渔人。钓筒：插在水里捕鱼的竹器。②苎萝：苎萝山，在浙江省诸暨市南。五湖：即太湖。③笔床：卧置毛笔的器具。茶灶：烹茶的小炉灶。④银杏：即白果树，又名公孙树。⑤画眉：指汉张敞为妻子画眉之故实，喻夫妻和美。芙蓉：指严氏故乡无锡的芙蓉湖（在无锡西北，又名射贵湖、无锡湖）。

点 评

严荪友即严绳孙。严绳孙（1623 — 1702），号藕渔，又号藕荡渔人，江南无锡（今属江苏）人。康熙十八年（1679）以江南名布衣身份被推荐参加"鸿博"考试，临场时，因目疾仅作成《省耕诗》一首即退场，期望能就此脱身。但康熙帝笼络士子之心正切，就援引唐代祖咏以咏雪诗二十字入选的掌故，破格以"久知其名"擢置二等末，授翰林院检讨，让他参与编修《明史》，不久充日讲官，迁右中允，又不久即告别官宦，回归故里，杜门不出，以书画著述终老。著有《秋水集》，小令特佳，清逸幽婉而时见冷隽藏锋。容若与严氏交情颇厚，寄赠不少，本篇大约作于康熙十六年（1677）。

此篇作法别致，即全是想象之语，全从对面写来，是对南归故里的荪友的生活情景的描绘。

开首"藕荡桥边埋钓筒，苎萝西去五湖东"二句，言荪友过着隐逸高致的生活，桥边垂钓，五湖泛舟，自在陶然之极。"埋"字表现出欣于垂钓，陶然忘机的沉醉情形，让人生出无限向往之心。"西"、"东"二字，分明有着苏东坡"竹杖芒鞋轻胜马"的潇洒飘逸，不禁令人歆羡。接下是"笔床茶灶太从容"，此言或执笔写写画画，或烹茶品茗，从容自乐。这种徜徉山水、从容度日的方式，正是自来遁迹山林者所乐的境界。词里突出地表现了这种闲适、超脱的襟怀。由景物入笔，又以景写人，很好地表达了苏友的山水性情。上阕三句平平叙述，几乎没有任何刻画渲染，但正是在这种随意平淡的语调和舒缓从容的节奏中，透露出作者对苏友一片萧散自得、悠闲自如的情趣的激赏。

"况有短墙银杏雨，更兼高阁玉兰风"。此二句系承上阕意，谓其居处更饶安闲之景，短墙银杏，高阁玉兰，著雨经风更加风流动人。"况有"、"更兼"二词的运用，更是把这种怡然自得的情怀荡漾得沁溢而出。末句"画眉闲了画芙蓉"。"画眉"用张敞画眉事典，寓指苏友家庭生活和谐，夫妻和美。"画芙蓉"指闲暇之余，可以游逛芙蓉湖，寄情山水，照应前面"藕荡桥边埋钓筒，苎萝西去五湖东"的意境，凸现了严氏清逸高朗、放情山水的品格。

纵览全词，作者满怀深情地描绘了南归故里的荪友的生活情景；不言自己对友人的怀念，而是写对方归隐之放情自乐。此种写法便显得更为深透，更加倍地表达出思念友人的情怀。

浣溪沙

欲寄愁心朔雁边①，西风浊酒惨离颜②。黄花时节碧云天③。

古戍烽烟迷斥堠④，夕阳村落解鞍鞯⑤。不知征战几人还。

赏 析

在边塞送客。寒秋苍茫，大地苍茫，你的别情苍茫。

"我寄愁心与明月，随风直到夜郎西。"在离别的筵席上，你始终无法做到红尘一笑，行到水穷处，坐看云起时。

因为，这里的天，是碧云天。这里的地，是黄花地；因为，这里，温一壶离愁，就能将心中的悲伤喝个够。孤帆远影碧空尽。

终于，故人走了。留下一股烽烟，一片夕阳，一座城楼，一件马鞍。有人说，守着它们一生的人，不知道有几个可以生还。

---

①"欲寄"句：李白《闻王昌龄左迁龙标遥有此寄》诗："我寄愁心与明月，随风直到夜郎西。"朔雁：边地之雁。②惨离颜：谓离别时忧愁凄苦之形貌。③黄花句：元王实甫《西厢记》："碧云天，黄花地，西风紧，北雁南飞。"④古戍：古时戍守之处。烽烟：古时边防报警的烽火。斥堠：侦察的人。⑤解鞍鞯：谓卸去行装以驻扎安营。

点评

纳兰词多偏婉约一脉，很多词读来忧伤默默，哀婉不尽。然而偏偏他也有几首偏向豪放的词，这首《浣溪沙》就是其中之一。下阕中"古戍烽烟迷斥堠，夕阳村落解鞍鞯"还颇有唐朝边塞诗的味道。然而

纳兰毕竟不是岑参那类边塞诗人，唐时的边塞诗是荒凉中透出豪迈，纳兰词却是豪迈转向了凄凉。

　　这首词写词人使至塞上，又于客中送客，由此联想到长年戍守边关的将士，遂不胜悲悯和伤怀之感。

　　上阕写客中送客。首句借用李白《闻王昌龄左迁龙标遥有此寄》诗："我寄愁心与明月，随风直到夜郎西。"李白这首诗是他听说王昌龄被贬谪为龙标尉后所作，其将自己的"愁心"寄予明月，不仅表现出李王二人的心灵都如明月般纯洁、光明，而且也意喻了只要明月还在，他们二人的友谊就会像皓月一样永远长久。词人引用李白诗句，自然道出了他对友人的一片深情：我将对你的一片情思寄予朔雁，希望它带着我的思念伴你至朔方，聊慰你孤寂的身影。"西风浊酒惨离颜，黄花时节碧

云天"两句描述了秋日边地惆怅的离别场景。"西风"句谓秋风中，浊酒一杯，为君饯行，离别的筵宴，不胜忧愁凄苦。"黄花时节碧云天"一句从高低两个角度描绘出寥廓苍茫、萧飒零落的秋景，渲染了离别的苦况，不禁叫人想起范仲淹《苏幕遮》"碧云天，黄叶地，秋色连波，波上寒烟翠"和王实甫《西厢记》"碧云天，黄花地，西风紧，北雁南飞。"

　　下阕写边关苍茫凄清之景。由于是塞外送客，且友人也是前往边地，所以别筵罢后，词人不禁想到边地戍守情形。"古戍烽烟迷斥堠，夕阳村落解鞍鞯"即是言此。古戍苍苍，烽火已燃，硝烟顿起，戍卒登楼眺望；残阳西落，军卒夕归，卸去行装，驻扎安营。此二句颇能见出纳兰边塞词的雄浑苍凉。结句"不知征战几人还"，袭用王翰《凉州词》"醉卧沙场君莫笑，古来征战几人回？"，表达了对边地士兵的悲悯之情，引人思索。

浣溪沙

败叶填溪水已冰，夕阳犹照短长亭①。何年废寺失题名②。

倚马客临碑上字，斗鸡人③拨佛前灯，净消尘土礼金经。

赏析

萧瑟秋风今又是。这样的季节，你身只影孤，踽踽独行，来到了一座废弃的庙宇。你看见叶子枯黄，在溪水里飘零。你看见长亭依旧，送别的人，却早已不在天涯行路。

你骑上骏马，奔走在无人的荒野。看见那些断壁残垣，那些荣辱浮沉，终是悲欢离合总无情。

人生，天下，江山，伊人，美酒，

---

① 短长亭：亭，古时设在路旁供行人休息的亭舍。因各亭之间的距离长短不一，故有"长亭"、"短亭"之说。②失题名：谓已荒废之古寺，其寺名亦不可知了。③斗鸡人：指贵族子弟。

剑，晓生梦绕。一片落红，一身孤独，一杯浊酒。万物都成空。

点 评

这首词大约是作者于旅途中见到了"废寺"，由此生情动感，遂填词以寄今昔之慨。

上阕写废寺之外景，荒凉冷寂，繁华消歇。"败叶填溪水已冰"。秋天的树叶凋零了，遂成"败叶"，而萧瑟的秋风又将这些枯叶吹到了溪水里。"填"字说明败叶之多，给人一种沉重压抑之感。"水已冰"说明时令已值深秋初冬。"夕阳犹照短长亭"说的是荒秋暮景。黄昏时分，夕阳斜照长亭短亭，而行人已经杳无踪影。此句表面上说的是亭，实际上是人，因为长亭也好，短亭也罢，在古代皆含送别之意。此句勾勒的残阳落照、野亭萧然的暮景与前句"败叶填溪水已冰"的意境十分相合，遂为全词定下凄凉的基调。有了背景的铺垫后，作者开始切入"废寺"主题。"何年废寺失题名。"古人游览庙宇时常题名以资纪念，这些题名经年遭受风吹雨打，最终模糊难辨，以至作者想要追问这究竟是哪一年的寺庙。这一句是正面渲染废庙的冷落苍凉。

下阕写废寺内景，残破不堪，香火断绝。"倚马客临碑上字，斗鸡人拨佛前灯"。此二句谓到此寺中之人已非往日的善男信女，而是前来闲游的过客，或是贵族豪门的公子哥们。其中"斗鸡人拨佛前灯"一句用了唐朝贾昌的典事。唐玄宗

好斗鸡，在两宫之间设立斗鸡坊。贾昌七岁，通晓鸟语，驯鸡如神，玄宗任命他为五百小儿长，每天赏赐金帛。贾昌父亲死，玄宗赐他葬器。天下人称其"神鸡童"。贾昌被玄宗恩宠四十年。天宝间，安史之乱爆发，玄宗仓皇奔蜀，贾昌换了姓名，依傍于佛寺。其家被乱兵劫掠，一物无存。大历年间，贾昌依存于寺僧，读佛经，渐通文字，了解经义。日食粥一杯，卧草席。作者用贾昌的故事显然是说寺庙的命运同人的命运一样，在风雨流年中饱经盛衰兴亡、荣辱浮沉，最终繁华不再，一切归于荒凉冷落。结尾"净消尘土礼金经"，更是精警妙出，充分体现了纳兰词"君本春人而多秋思"（梁佩兰评性德语）的凄凉哀婉之风。此句谓，那些临碑者也好，斗鸡人也罢，以及过去来到这里的贵宦雅宾、文人墨客，虽然贤愚有所不同，然而在这劳劳尘世，终同归一梦。这分明是"人生如梦"的感喟了，但是再也没有苏东坡"一樽还酹江月"的豪放与洒脱，有的仅是对"悲欢离合终成空"的无限悲凉的感怀。

霜天晓角

重来对酒，折尽风前柳。若问看花情绪，似当日、怎能彀①。

休为西风瘦，痛饮频搔首②。自古青蝇白璧，天已早、安排就。

赏析

人间四月天，你们又一次举起别离的酒杯。丝丝杨柳，丝丝话语，不能作别。

想当年，壮志凌云，逸兴湍飞，书生意气，挥斥方遒。那是少年的梦，那是侠客的情，令人魂牵梦绕。如今。同样是饮酒赏花。你却问，当时绽若烟花的菊，为何此刻却含苞如彼此指尖上沉重的心事？

西风北客两飘零。还是痛饮美酒吧。毕竟，人生如水泄平地，各自东南西北流。

①彀：同"够"。②搔首：以手搔头，是为人之焦急或有所思的情态。

点 评

这首词像是与友人共酌而抒发的感慨。

上阕说重又对酒作别，而此时的心境与当日大不一样，颇蓄惜别之情。"重来对酒，折尽风前柳"是说把酒话别。此处"对酒"与曹操《短歌行》中"对酒当歌，人生几何"以及柳永《蝶恋花》"拟把疏狂图一醉，对酒当歌，强乐还无味"二者中的"对酒"颇不相同。曹操语出慷慨，"对酒"表示及时行乐；柳永语出缠绵，"对酒"表示不胜春愁。纳兰对酒，只为送别，"劝君更尽一杯酒，西出阳关无故人"，是谓也。"折尽风前柳"是用折柳送别的旧典。汉代都城长安东门外的灞桥柳色如烟，都城人们送别亲友至灞桥而止，折柳枝为赠。此后折柳赠别成为我国民俗，故南朝范云诗有"春风柳线长，送郎上河桥"之句。而一个"尽"字，写出了词人的深情——似乎只有折完风前细柳才能显示出他对友人的惜别之情。

离别总是黯然销魂，也总能勾起千般感触、万种思量涌上心头。于是就有接下的"若问看花情绪，似当日、怎能彀"。这三句是说别情之外的心绪。饮酒赏花，当为人生快事，只是情绪低落，怎是以前所能相比？想当年少年意气，何等壮志。可如今，只有一声长叹。至此，上阕的情感基调已经由伤别转入对世事人生的感叹，词遂进入下阕。

"休为西风瘦，痛饮频搔首"。这是词人慰己慰友之辞。因为上阕里追忆往事，感慨万千，心潮汹涌而不能自持，所以词人就劝慰到，还是少叹于西风古道这些扫兴之事了，毕竟相聚不易，还是赶紧痛饮美酒吧。

最后三句，"自古青蝇白璧，天已早、安排就。""青绳白璧"，语出陈子昂《宴胡楚真禁所》"人生固有命，天道信无言。青蝇一相点，白璧遂成冤"，词人用此典，意谓自古英雄没有几个可酬壮志，给青蝇一点便成败物，我们又何多愁如此，既然上天早已安排好，就无须多言，且饮酒为乐吧。出句貌似洒脱，实大有不平之鸣，然劝慰之意殷殷，彰显出对友人的一片深情。

菩萨蛮

隔花才歇帘纤雨①，一声弹指②浑无语。梁燕自双归，长条脉脉垂。

小屏山色远③，妆薄铅华④浅。独自立瑶阶⑤，透寒金缕鞋⑥。

赏析

波渺渺，柳依依。双蝶绣罗裙的女子，你与幸福，只有一朵花的距离。但是春天却送来绵绵细雨，让你久坐闺中，辜负了美好的芳春。

天晴的时候，双燕已归，柳枝低垂。娇嗔如你，一春弹泪话凄凉。寒夜到来，你掩上望归的门。默默地，朱粉不深匀，闲花淡淡春。

想他的时候，你独自站在瑶阶

---

①帘纤雨：绵绵细雨。②弹指：极短的时间。③小屏句：小屏风上绘有远山的图案。④妆薄：淡妆。铅华：铅粉，化妆品。⑤瑶阶：石阶的美称。⑥金缕鞋：绣有金丝的鞋子。

上。柔肠已寸寸，粉泪已盈盈。

点 评

此词内容当是触眼前之景，怀旧日之情，表现了闺中女子伤春伤离的痛苦和不尽的深思。

上阕第一句"隔花才歇帘纤雨"，绵绵的春雨刚刚停止。"隔花"二字让人想起欧阳修的"隔花啼鸟唤行人"。欧阳修这句是描写春物留人，人亦恋春，明明是游人舍不得归去，却说成是啼鸟出主意挽留。

不过，此篇里的闺中女子是否有此心怀，不得而知。但对春雨，她分明有一种朦胧的娇嗔：蒙蒙的春雨持续了这么长时间，以至于弹指一算，离别已久，竟辜负了美好的春光，遂孤寂无聊，实在无语可述。

虽然此时"浑无语"，但是伤春的意绪已然萌动。于是她看见了梁间的燕子，也要感叹一下它们是"自双归"，一个"自"，似乎写出了她的艳羡之情。而杨柳枝也通了人性，含着无限情思垂下枝条。"梁燕自双归，长条脉脉垂"这两句笔势灵动，表达了此闺中女子郁积于心的留恋惆怅之情。

下阕仍是一句一景，只是视点由室外转到室内，大概是因为此女子临景伤春，不胜春愁，以至于退避屋内。

首句"小屏山色远"，这里的"山"是画屏上的山，如牛峤《菩萨蛮》所说的"画屏山几重"。这一句所写的情境，《花间集》

中颇多见，如毛熙震《木兰花》"金带冷，画屏幽，宝帐慵熏兰麝薄"，张泌《河传》"锦屏香冷无睡，被头多少泪"，都可作为理解此句的参考。

此处，值得玩味的是这个"远"字，虽然可以它理解为小屏风上绘有的远山之画图，但是给人的感觉似是另有所指，或者是远方的恋人，或者是一种幽远的情思。"妆薄铅华浅"三句，像是对她的特写，第一句言淡美的妆容，第二局言独伫瑶阶的寂寞，第三句言寒冷的金缕鞋。这三句既写出了她的自怜之情，也写出了她的孤寂之心，还写出了她得不到安慰与温暖的失望心理（不然就不会用"透寒"二字了），真可谓幽微深婉、饶有韵味。

菩萨蛮

新寒中酒①敲窗雨，残香细袅②秋情绪。才道莫伤神，青衫湿一痕③。

无聊成独卧，弹指韶光④过。记得别伊时，桃花柳万丝。

赏 析

那时，天气也刚好是这时。却醉倒了。心中有事，酒未入唇，人就醉了。

此时，冷雨敲窗。屋内，烛光摇曳，残香仍袅袅，伊人已不在。秋情依旧。

孤独的你，是那散落的梧桐叶子，经不起时光，风雨，化作黄叶飘去。

刚刚还在劝慰自己，不要黯然神伤。可青衫已湿，不知是何时滴落的泪。回想与伊人分别的时候，正是人面桃花相映红的三月。

①中酒：醉酒。②袅：烟雾萦绕。③青衫句：谓由于伤心而落泪，致使眼泪沾湿了衣裳。青衫，古代学子或官位卑微者所穿的衣服。④弹指：这里指极短的时间。韶光：美好的时光。

那姹紫嫣红的小园外，杨柳如烟，丝丝弄碧。当寂寞在唱歌的时候，伊人唱着寂寞，执子之手，与你分离……

点 评

此篇写春日与伊人别后的苦苦相思。上阕前二句写此时相思的情景，接二句转写分别之时的情景。下阕前二句再写此时无聊情绪，后二句又转写分别时的景象。小词翻转跌宕，伸张有致，其相思之苦情表现得至为深细。

"新寒中酒敲窗雨，残香细袅秋情绪"二句描画情景。初寒天气，敲窗密雨，袅袅残香，向人细诉悲愁的情绪。而人则似醉非醉，寂寞无聊。接下是"才道莫伤神，青衫有泪痕"。词人对自己说：不要黯然神伤，应该放开怀抱，岂料在不知不觉间又泪湿青衫。这两句，把伤心人的心理状态绘写得很细腻，与"为怕情多，不做怜花句"拒绝无奈的心态极为相似。

下阕承上阕，续写此际心绪无聊，谓自己坐卧不宁，百无聊赖。而此时韶光转瞬即逝。"弹指"为佛家语，指极短极快的时间。《僧祇》云："十二念为一瞬，二十瞬为一弹指。"但是即使韶光易过，词人的思念却依旧清晰如水波明镜，毫无裂痕。最后二句更进一层，说明不能忘却的旧情：当此拥被独卧之时，仍然记着与伊人分别时的情景，那时桃红柳绿，春色旖旎，更加显出今日的冷落凄凉。

这首词在写法上也别具特色。词人先写以酒消愁，百无聊赖的情绪，描绘了秋风秋雨萧瑟的画面，但当词人将凄凉的色调越涂越浓时，最后两句竟是别样的桃红柳绿。这甜美的回忆，与枯寂惨淡的现状的对比，温馨中夹杂着苍凉，使情更为惨淡。这不仅是事物冷暖色调的矛盾，更是词人心境矛盾的流露，夜晚的孤寂清晰可见。

其实，这样的写法在纳兰的词里数见不鲜。他常以绮丽的庭院，熏香的绣被，舒适的闺房作背景，却又峰回路转的描写西风吹吼，荒村野店，表达自我内心无法排遣的苦闷，构成了强烈的对比反差。如："屏障厌看金壁画，罗衣不奈水沉香"，厌看、无奈的本该是丑恶的事物，词人却将其与温馨联系起来，不协调的情调使愁益愁。

又如"春水鸭头，春衫鹦嘴，烟丝无力风斜倚。百花时节好逢迎，可怜人掩屏山睡。"春光美景，词人却不屑一顾，他怕这等的美丽加深了自己的悲哀。写法与此词如出一辙。

菩萨蛮

朔风①吹散三更雪，倩魂犹恋桃花月②。梦好莫催醒，由他好处行。

无端听画角③，枕畔红冰④薄。塞马一声嘶，残星拂大旗。

赏析

你领略过这里，猎猎作响的风，皑皑的雪，怅寥的十月。但你的梦，是一块三生石。

石上刻着桃花、月光和爱人的名字，情定三生。画角声响时，桃花花瓣，纷纷扬扬地飘落。你以泪水作字，镌刻在思念的脸庞，把寂寞的枕头染红。

推开都门，你听见汉马嘶风，边鸿叫月。浩瀚的星空，忧郁而苍茫。

①朔风：北风。②倩魂：倩娘之魂，用唐陈玄韦占《离魂记》之故事。桃花月：即桃月。农历二月桃花盛开，故称。此代指美好的时光。③画角：古代乐器，外加彩绘，故称画角。古时军中多用以警昏晓。④红冰：五代王仁裕《开元天宝遗事》"红冰"条载："杨贵妃初承恩召，与父母相别，泣涕登车。时天寒，泪结为红冰。"

点评

此阕词情景交融，形神结合，展示出一幅深秋初冬边塞生活的壮美图景，那凄紧的朔风吹不散征人的思家之念，塞外苦寒、风雪之夜与入梦归家、闺中旖旎形成了鲜明的对比，奈何画角一声、塞马长嘶终于带走梦

境，征人又再次面对冰冷的边塞清晨，缠绵中透着悲凉寂寞，格调分外凄清。

上阕由景入情，而荒景映衬凄情，强烈对比中动人神魄。"朔风吹散三更雪，倩魂犹恋桃花月。"词一开篇即以比兴的手法，写极自己对爱人的强烈思念之情。强劲的朔风吹散了三更雪，却吹不散自己对爱人思慕眷恋的缠绵之情。这里比兴手法的运用极大地强化了词作的艺术感染力。"梦好莫催醒"说明词人梦得以圆，他的梦魂回到了春光明媚、其乐融融的温柔之家，因为是极其甜美，所以词人嘱咐不要催他醒来，"由他好处行"。

下阕亦是写梦，但不再是写"好梦留人睡"，而是写征

夫在塞上被画角惊醒，梦中因思念而落泪，醒来枕边泪已如冰，这时候又听见帐外塞马长嘶，走出去，只看见军旗在夜风中猎猎作响，而天空星光已寥，留在大旗上的只有一点残辉，展眼望去，塞上天地清空苍茫。与上阕相较，下阕不但视角由小转大，更把读者的视觉、听觉间隔调动，"画角"、"马嘶"与化冰的情泪、伴旗的残星，交织成一幅声色纷呈的画面，让读者领受到一股悲怆无依的愁绪、一种苍茫阔大的意境，艺术上已臻极高境地。

纳兰性德的这类词，在边塞诗词由南宋的流于粗疏直至湮灭之后，一新世人耳目。更重要的是，这种情怀已渗入他的思想，使他不少词在婉约之中都显出豪放，不但内容敢于涉及生活许多方面，而且常常笔法奇崛，不受拘束，一反传统。如多首《金缕曲》，通篇作情语，让感情充分奔泻。所有这些，都给婉约词注入了新鲜气息，开拓了婉约词的境界。

菩萨蛮

问君何事轻离别，一年能几团圆月。杨柳乍如丝。故园春尽时。

春归归不得，两桨松花①隔。旧事逐寒潮，啼鹃②恨未消。

赏 析

再次打开信封里伊人的样子时，你已经到了天涯。剩有伊人，独自在你们暂相逢的花前月下，徘徊，遥遥地向你发问——夫君，你为何不重离别？

伊人话未毕，而泪长流。眼神里的问号，一夜飞度镜湖月，直至绝塞，直至你的身旁。其实，你又何尝不知，家中的她，长向月圆时候望人归？

只是王事，如松花江的寒流，阻你归去。伊人的遗恨，从此，与三百六十五日的残月共鸣。

---

①松花：松花江。②啼鹃：传说蜀王杜宇失位后魂化为子规鸟（即杜鹃），啼声哀苦。此鸟"规"字与"归"谐音，故后人以此鸟鸣作为思归之声，表达思归之意。

点 评

这首词大约作于康熙二十一年（1682）。作者扈从随行康熙帝由北京到盛京告祭祖陵。时值寒冬，词中可见故园之思。

上阕由问句起。"问君何事轻离别"，这句是故意模拟妻子口吻质问词人自己：你为何轻视离别？表面上是妻子恼我，骨子里是我谅妻子，笔致深情而委婉。接以"一年能几团圆月"句，其怅叹离多会少之情已见。

那词人真的是"轻离别"吗？《长相思》中言："风一更，雪一更，聒碎乡心梦不成，故园无此声。"词人不是"轻离别"，只是身为康熙皇帝的一等侍卫，他随扈出行，不得不离，不得不别。

"杨柳乍如丝，故园春尽时"二句出之以景语，以美好的春色反衬有家难归的悲凄。"乍如丝"是形容北地的杨柳的柳条已经细而长了，可见季节是在仲春，那么此时"故园"也就春意阑珊了。

　　下阕明确点出"归不得"之由，即扈驾从巡，身不由己。"春归归不得"一句上承"杨柳乍如丝，故园春尽时"，言春尽而不能归的怅惘心情。"两桨松花隔"，南朝民歌《莫愁乐》："莫愁在何处？莫愁石城西。艇子打两桨，催送莫愁来。"词人反其意而用之，谓被松花江阻隔，不能回去。表面是怨江，实际上是怨侍卫之差事阻其归家与妻子相聚。

　　结篇二句是此时心态的描写，即追思往事，令人心寒，犹如眼前松花江水的寒潮起伏，不能平静。

　　这阕词，话说得比较直致，但内容还有曲折，首句的拟言和结句的用典都为本词增加深沉宛转之情，深婉感人。

菩萨蛮 宿滦河①

　　玉绳②斜转疑清晓，凄凄月白渔阳③道。星影漾寒沙，微茫织浪花。

　　金笳鸣故垒④，唤起人难睡。无数紫鸳鸯，共嫌今夜凉。

赏析

　　独在异乡为异客的你，喜欢数北斗星。可数尽寒宵，也找不到，浩渺星空下家的方向。

　　你只看见，渔阳道上，那凄凄的白月光，照人总断肠。夜色微茫，天地苍凉。你的心，是忧郁的海，寂寞无浪花。呜咽如风，凄楚如雨。山一程，水一程，走得久了，便无家可归。

①滦河：在今河北省东北部，发源于内蒙古，流入渤海。②玉绳：星名，指北斗七星中玉衡之北二星。③渔阳：古县名，在今北京密云县西南。因在渔水之北而得名。滦河、渔阳均为词人自北京前往山海关所经之地。④金笳：古代铜制的管乐器。故垒：古时军营四周所筑的墙壁。

睡意袭来，你把自己交给梦，梦却把你交给《胡笳十八拍》，这首古老的断肠曲。夜凉如水。无数的鸳鸯，相亲相爱。孤独的男子，默默无语。

点 评

此阕是描写作者夜宿滦河的行役词。全词情景交融，先写滦河夜景，后写孤寂之情。词中正面描写与侧面描写并用，景中寄情，情中寄景，选景清丽，情调寂寥，用笔凝练，艺术手法甚为高超。

上阕全用白描写景，写夜宿滦河的月下之景，朦胧而凄迷。首句"玉绳斜转疑清晓"。"玉绳"乃玉衡的北二星，玉衡为纬书中所指北斗七星的第五星，是斗柄的部分。"玉绳斜转"，标志三更早过，已近黎明，与"疑清晓"相合，而此时词人犹然未睡，莫非心有所萦？"凄凄月白渔阳道"。只见寒月凄凄，渔阳道上一片寒白。"凄凄"二字，形容的是月亮，亦是凄凉悲伤心情的映照。接下是，"星影漾寒沙，微茫织浪花"，大概是由韦庄《江城子》"角声呜咽，星斗渐微茫"幻化而出，将秋夜、寒沙、星光、河水"漾"、"织"成绝妙的画图。

此二句以苍茫阔远、气势恢宏的境界，与词人悲苦凄凉的思乡情怀、孤单落寞的心情形成巨大的反差，显得深厚壮观，悲凉凄婉。

下阕，"金笳鸣故垒，唤起人难睡"。胡笳是古代北方民族

的一种乐器，类似于笛子。唐代诗人李颀专门写过一首听弹胡笳的诗——《听董大弹胡笳弄兼寄语房给事》，尽言胡笳悲切之声："蔡女昔造胡笳声，一弹一十有八拍。胡人泪落沾边草，汉使断肠对归客。"词人此处是用凄恻的金笳声来烘衬自己的孤寂神伤。结处，"无数紫鸳鸯，共嫌今夜凉。"鸳鸯本就成双成对，更有"无数"，这本是多么的缠绵缱绻。想象一幅场景：阳春三月，杨柳丝丝，细雨蒙蒙，闲居家中，有妻子相伴左右，一起吟诗作对，看鸳鸯戏水，何其乐哉！

但是词人此刻是扈从在外，离家千里，无人相伴，自是寂寞无限。因此鸳鸯愈缠绵，视此景，词人之心就越凄凉悲苦。继用金笳之后，词人复以紫鸳鸯之双宿再衬孤独之感，颇含悠然不尽之意。

菩萨蛮

　　白日惊飙①冬已半，解鞍正值昏鸦乱。冰合大河②流，茫茫一片愁。

　　烧痕③空极望，鼓角高城上。明日近长安④，客心愁未阑。

赏 析

　　十一月的边塞，十一月的古城。人在归途。

　　长烟落日孤城闭，这样的苍茫，你已经厌倦。浊酒一杯家万里。这样的牵挂，你已经不堪。所以，你要解鞍归去。

　　思归的马蹄，踏遍连绵的太行山，便成千山万水。再挥一鞭，明日就到家园。然而你却说，日暮乡关何处是，烟波江上使人愁。

点 评

　　这一阕羁愁归思之词当作于康熙二十三年冬（1683）纳兰

---

①惊飙：狂风。②冰合：冰冻。大河：黄河。③烧痕：野火烧过的痕迹。④长安：此处借指北京城。

跟随康熙南巡返程途中。有人会问，离家远行，思家成愁，此举合乎常情，但归程亦愁，似乎有悖常理。如此感发，究竟何时愁才得已？其实，这种愁思并非北行南归所独有。在词《赤枣子》中，他记春愁，"风淅淅，雨纤纤，难怪春愁细细添。"在《相见欢》中，他记夏愁："愁无限，消瘦尽，有谁知？"在《忆王孙》中他记秋愁："西风一夜剪芭蕉，满眼芳菲总寂寥。强把心情付浊醪。"在《忆秦娥》中他记外出漂泊之愁："长飘泊，多愁多病心情恶。"在《渌水亭秋夜》中记家居之愁："好天凉夜酒盈樽，心自醉。愁难睡。"可以说，词人之愁，如茫茫江水，永无尽期，此阕《菩萨蛮》只不过是至情词人的愁心一点罢了。

本篇以景语入词，写冬日归途中所见所感，个人离愁蕴含其中隐而不发。

首二句即以白描技法勾画一幅白日深冬归程图：狂风卷折的冬日，词人行在归途之上，时值黄昏，乌鸦乱飞，他停下来解开马鞍，让马休息饮水。"惊飙"是指暴风，李白曾有诗"八荒驰飙，万物尽凋落"，由此可见冬季寒风之凛冽。接下是"冰合大河流，茫茫一片愁"，此二句以简古之笔将这幅归程图拉伸至无限壮阔之处。就写景的雄廓壮丽而言，"冰合大河流"一句足以和"明月照积雪"、"长河落日圆"相媲美。

下阕，这幅归程图在横、纵两个方向继续延伸。放眼望去，苍茫的平原上是一片野火的烧痕；极目仰望，远远的城阙鼓楼上，人迹渐丰，让人想起繁华的北京城已经不远，然而旅途的劳苦抑郁之情，并未因此完全消减。末两句"明日近长安，客心愁未阑"，似出自谢朓《暂使下都夜发新林至京邑赠西府同僚》"大江流日夜，客心悲未央"，提起全词筋骨，有画龙点睛之妙。此词一贯的容若式离愁，词中所涉之景无不昏暗衰飒，令人凄然不欢，然结句言浅意深，词风壮阔处隐有太白遗风。

菩萨蛮

　　黄云紫塞①三千里，女墙②西畔啼乌起。落日万山寒，萧萧③猎马还。

　　笳声听不得，入夜空城黑。秋梦不归家，残灯落碎花④。

赏 析

　　边塞三千里，何处是尽头？

　　大漠孤城着甲衣，尽是金戈铁马忆。几缕风声萧瑟，数声枯鸦悲啼。日落西归，群山畏寒而呜咽。北风呼啸，战马巡狩亦回营。

　　纵然相思起，无人将把胡笳吹。

　　天已黑，夜已

---

①黄云：北方边地多沙尘，故其云称黄云。紫塞：长城。②女墙：城墙上呈凸凹状的短墙。③萧萧：马嘶声。④落碎花：灯花掉落。

深，空城待人归。欲入梦中寻故乡，却被秋风扰，执笔待把愁思藏。

点 评

上阕描绘边塞黄昏苍凉的秋色。首二句，"黄云紫塞三千里，女墙西畔啼乌起"。"黄云紫塞"，指黄河长城一带的西北边塞之地，距京师有数千里之遥。"黄云"出自唐诗人王之涣名句"黄河远上白云间"。"紫塞"，据《古今注》："秦筑长城土色皆紫，汉塞亦然"。一说雁门草皆紫色，故名。"女墙"，城上墙名女儿墙，词中指代城墙。此二句以如椽之笔写景，不胜开阔，直追盛唐边塞诗。单看之，无丝毫狭小局促、郁郁寡欢之感，谓词人被边塞特有的秋景深深吸引，亦无不可。接下是"落日万山寒，萧萧猎马还"，豪壮大气不改，初添萧索苍茫之感。上阕四句，连而读之，自是一幅流动的画面：近有城墙西边的"啼乌"，远则是落日与群山，在红红的落日与苍莽的群山的衬托中，又有猎马飞驰而来。词中的景，有声、有色、有动、有静，把边塞景色的特点，完全体现出来了。

下阕是描绘入夜之景和抒发思乡之情。"笳声听不得，入夜空城黑"。"笳声"指胡笳声。塞上本来就多悲凉之意，与词人的远戍之苦、思家之心，融合在一起，而胡笳吹起时，那呜呜的声音，使边地的开阔感和词人的惊异感顿然消失，充溢着的是一片悲凉的情调，词人的心情也随之沉重起来。所以词人说"笳声听不得",因此整阕词的词情在微微的灰白之后,忽然黯淡起来。而"空城黑"三字,又为词境增加了些许荒漠凄凉之意。这两句在肃杀中寓悲凉,展现出词人已经蓄满的感情,直至引出末二句"秋梦不归家,残灯落碎花"。"秋梦不归家"是抒情,是感叹,道出了深蕴的悲怆孤独的思乡之情。"残灯落碎花"是写眼前实景,诗人"归家"而不得,希冀于梦中,又不能入睡,就只能在"残灯"下独坐了。

菩萨蛮 寄梁汾苕中①

知君此际情萧索，黄芦苦竹孤舟泊②。烟白酒旗青，水村鱼市晴。

柂楼③今夕梦，脉脉春寒送。直过画眉桥④，钱塘江上潮。

赏 析

同是天涯沦落人，相逢何必曾相识。送别的时候，总是能想起白乐天的那首《琵琶行》。

其实，相逢就是再一次的离别。离别就已相识，不必沦落天涯。所以，送别的时候，可以不

①苕中：浙江湖州有苕溪，故称湖州一带为"苕中"。②黄芦句：唐白居易《琵琶行》诗："住近湓江地低湿，黄芦苦竹绕宅生。"③柂楼：船尾舵工操舵的小楼，此谓船中居宿。④画眉桥：顾贞观《踏莎美人》词"双鱼好托夜来潮，此信拆看，应傍画眉桥"。

必烟雨朦胧，不必高楼目断。

海内存知己，天涯若比邻。无为在歧路，儿女共沾巾。这是唐诗里的豁达从容。

才始送春归，又送君归去。若到江南赶上春，千万和春住。这是宋词里的轻松风趣。

如今，又是送别。你尽可以忘记往日的悲切。吟一首小诗，奏一曲古琴。一声声，一缕缕，你便已将故人送过了钱塘江畔……

点 评

梁汾是顾贞观的号。顾贞观，明代东林党人顾宪成的曾孙，生于崇祯十年（1637），幼习经史，尤好诗词。他少年时就和太仓吴伟业、宜兴陈维崧、无锡严绳孙、秦松龄等人交往，并加入他们的慎交社。虽然他年纪最小，但"飞觞赋诗，才气横溢"。清廷慕其才学，于康熙三年（1664）任命他担任秘书院中书舍人。康熙五年（1666）中举后改为国史院典籍，官至内阁中书，次年康熙南巡，他作为扈从随侍左右。康熙十年（1671），因受同僚排挤，落职返回故里。之后一直沉沦下僚。康熙十七年（1678）康熙下令开设"博学鸿词科"，他方才和一批文坛精英诸如朱彝尊、陈维崧、严绳孙、姜宸英一起被荐到京。康熙二十年（1681），其母去世，顾贞观回无锡奔丧。清康熙二十一年（1682年），他人在苕中，所以此阕副题为"寄梁汾苕中"。

　　此篇全从想象落笔，化虚为实，颇有浪漫色彩。上阕，首句是"知君此际情萧索"，设想梁汾此刻正于归途中，心情萧索。"知君"二字，几多感念，几多体味！"黄芦苦竹孤舟泊"一句，化用了白居易《琵琶行》中"黄芦苦竹绕宅生"以形容梁汾的情形颇似当年被贬溢江的江州司马。但途中停泊处却是水村鱼市，烟白旗青，一派平静安详。"水村鱼市晴"句，一改王禹偁《点绛唇》中"水村渔市，一缕孤烟细"的孤独苦闷情怀，而出之于平淡祥和。

　　下阕进一步想象夜间他在舟中作着孤寂轻梦的情景。夜宿柁楼，今夕一梦，春寒脉脉，为君送行。最后两句由萧索转为慰藉，以"直过画眉桥，钱塘江上潮"的谐语慰之，既温情又佻达。此处"画眉桥"，一是用临近的地名代指梁汾故乡，以烘托出一种温馨的气氛；二来暗用汉张敞为妻画眉的典故，喻祝他合家团聚。容若戏谑梁汾归心似箭，望他家庭和美幸福得享隐居钱塘江畔的安逸生活，亦显出真正的好友之间言谈无忌自如。

这一阕，不同于容若词中别的送别赠友词。虽以萧索起笔，却不再是铺天盖地普天万物同愁，而是有豁达的劝慰和祝福。尤其是最后两句，虽然有同情有隐怨，却又令人宽慰解颐。无怪有评家极口称赞结穴两句："笔致秀绝而语特凝练。"

菩萨蛮

萧萧几叶风兼雨，离人偏识长更①苦。欹②枕数秋天，蟾蜍下早弦③。

夜寒惊被薄，泪与灯花落。无处不伤心，轻尘在玉琴④。

赏析

在秋雨秋风萧瑟中，听你低吟：此情无计可消除，才下眉头，又上心头。

在离人的眼中，一夜五更，更更孤枕更更愁。寒的夜，薄的被，残的月。

一日不见，如隔三秋。那是诗经说的。见不到你的日子，短暂的瞬间，漫长的永远。那是你说的。

---

①长更：指长夜。 ②欹（qī）：依，倚。 ③蟾蜍句：谓月亮已过了上弦，渐渐地圆了。蟾蜍，代指月亮。早弦，即上弦。④玉琴：琴之美称。

曾经以为，伤心是会流很多眼泪的；原来真正的伤心，是流不出一滴眼泪。

点评

纳兰词颇受李后主的影响，人称"李重光后身也"。其善用白描写纯情便是明显的表现。本首通篇用白描的写法，然而举重若轻，虽无刻画，却能将愁人苦夜长，相思不已，无处不伤心的苦况、氛围描绘得淋漓尽致。

"萧萧几叶风兼雨"，上阕起调句，不仅点出节气，而且兼有渲染气氛，烘托情绪的作用。"萧萧"状风雨声，以声传情，用得自然而巧妙，为写相思怀人布设了特定背景。

"离人偏识长更苦"一句，承"风兼雨"而来，由隐而显，直抒离人的相思之苦。"偏识"二字，无理却有情，绘声绘色地写出了词人"屋漏偏逢连阴雨"式的幽怨之情。

"欹枕数秋天，蟾蜍下早弦"二句，从耳闻转写目见。被风雨声搅得无法入睡的离人，此刻斜靠着枕头，静静地数着秋夜的天空，看见月亮已过上弦，渐趋圆满。"蟾蜍下早弦"明写月，暗写人，谓月亮都圆了，可是自己还是不能归家团聚，与苏子"不应有恨，何事长向别时圆"有异曲同工之妙。

下阕承上阕耳闻、目见，转从心理感受方面摹写思家怀人之情。"夜寒惊被薄，泪与灯花落。"秋风雨夜，寒凉惊心，薄衾难御，独对此景，灯花闪烁，泪光闪烁。用"灯花"来渲染

青灯照壁，冷清寂寞的心境，唐人戎昱曾有"孤灯落碎花"，"孤"字既实写诗人环境的冷清，又传达出了他主观感受上的寂寞。纳兰此处"泪与灯花落"，较之戎昱，有过之而无不及，有些李商隐"蜡炬成灰泪始干"的感觉。结尾两句"无处不伤心，轻尘在玉琴"，是全词抒情达意的脉穴，写尽词人愁极而伤、伤情难遣的复杂情态，使其深细凄婉之情见于言外。

有人说，"纳兰多情而不滥情，伤情而不绝情"，他一生有过不少"悼亡之吟"、"知己之恨"，那些不幸的爱情经历为他的创作植入了影影绰绰的凄凉情怀。这首词就是表达心中寂寞之情、孤苦之意的一首代表作，字里行间，景中意外，都是纳兰性德无限孤寂、忧伤的情思。

菩萨蛮

为春憔悴留春住，那禁半霎催归雨①。深巷卖樱桃，雨余②红更娇。

黄昏清泪阁③，忍便④花飘泊。消得⑤一声莺，东风三月情。

赏析

你留不住将逝的春天，所以你比落花憔悴。

黄昏，雨来催归。在悠长，悠长，又寂寥的雨巷里，你

邂逅了一个丁香一样的，结着愁怨的姑娘。她有着，桃子脸樱桃嘴，怀揣着一抹柳色，走过江南小街，环佩叮当。但当你转身凝望时，在雨的哀曲里，消散了她的颜色，消散了她的芬芳，消散了她丁香般的

---

①催归雨：催春归去的雨。②雨余：雨后。③阁：含着。④忍：岂忍。便：就使，便教。⑤消得：经受得。

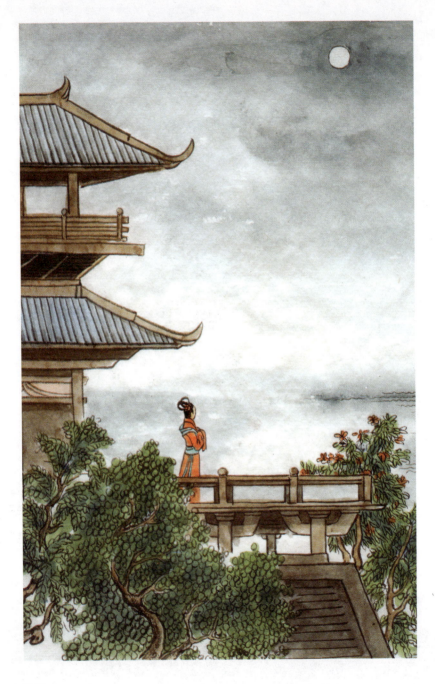

惆怅。

　　泪水的兰舟，泊在了你远望的眼神里。那封无法寄出的红笺，翩然从指尖滑落……

点 评

　　这是一首伤春伤怀之作。

　　词首句起势不凡，为全篇定下了留春不住而辗转憔悴的情感基调。春天就要过去了，我为春天的逝去而变得憔悴，能把春天留住的话该有多好啊！以下一句"那禁半霎催归雨"，以稍带夸张的手法，发出了留春无计的感问：可是春天哪里禁得住来催她回去的半霎雨滴呢？

　　起首二句营造了一种与欧阳修《蝶恋花》"雨横风狂三月暮，门掩黄昏，无计留春住"相类似的氛围和心境：同样的雨横风狂，催送着残春，主人公同样想挽留住春天，但风雨同样无情，留春不住。临此境，欧词中的女主人公感到无奈："泪眼问花花不语，乱红飞过秋千去"，只好把感情寄托到命运同她一样的花上；而纳兰词中的主人公生出无限怜惜："深巷卖樱桃，雨余红更娇"，于雨后愈显娇嫩的樱桃中暂得慰藉。关于"深巷卖樱桃，雨余红更娇"这二句，顾随《驼庵诗话》认为，其虽然清新鲜丽，但无甚回味，不耐咀嚼。但是小词未必语语耐嚼，才能为至境。绘画大师齐白石曾有一"不盈尺之作"，画的是红樱一盏，娇艳欲滴，敢问有何深意？只不过是认为其物趣天然、最是悦人罢了。纳兰此句亦是如此，虽无甚微言大义，但是于意境还是颇为相合的。

下阕，词人由怜惜转为伤怀。"黄昏清泪阁，忍便花飘泊"。这其实是个倒装句。词人实在不忍看到春天的花瓣都飘零凋落了，夕阳黄昏之中，他只得泪眼盈盈。而就在这时候，他听见一声黄莺的啼叫顺着东风飘忽而至，唤起了他对三月阳春的深情。末句，"消得一声莺，东风三月情"。"消得"本来是经受得住，这里谓无法经受，因为这一声莺啼，唤出了"东风三月情"。此处"三月情"应指惜春之情。但宋朱淑真有《问春》诗，诗中有"东风负我春三月，我负东风三月春"这样的句子，所以"三月情"或指恋情，亦无不可。

如此观之，此词似含有一段隐情，表面上是欲留春住，其实是想留人，想留而不能留，或才是诗人的心痛处。

结合上阕，可以这样来想象一个意境：春日黄昏后，深巷，伊人在巷中越走越远，诗人想留想追，话未出口，天上已下起了雨，不得已，只能返回，忽而雨停，伊人已不见了踪迹，只有雨后的樱桃红得娇艳，恰如伊人。自己一个人只能对落花流泪，而东风之中一声莺啼，又唤起三月里对她的深情……

菩萨蛮

　　晶帘①一片伤心白，云鬟香雾②成遥隔。无语问添衣，桐阴月已西。

　　西风鸣络纬③，不许愁人睡。只是去年秋，如何泪欲流。

赏　析

　　莫问白是谁的白，且记住水晶帘是你的，伤心是我的。蒹葭苍苍，白露为霜。遥隔的伊人，你到底在水的哪一方？

　　年年秋日，你为我添衣，为我温被。这些，当时只道是寻常。如今，你离我而去。添衣的时节，我的寒凉，从人间铺到天上。可是再也无人，为我披上温暖的衣裳。

　　夜深了，月儿不说话，路过的风不说话，翻旧的信笺不说话。只有络纬，悲鸣不止，不让去年的秋天，去年的你，进入我的梦。

---

①晶帘：即水晶帘。②云鬟香雾：谓头发乌黑如云，香气似雾浓。此代指所爱所思的女子。③络纬：即莎鸡，俗称纺织娘。

点 评

此词当是康熙
十六年（1677）秋之
作，亦是纳兰词中的
经典之作。至于内容，
一说是塞上思情之作，
一说是"悼亡"。观词
中"只是去年秋，如
何泪欲流"，确似悼亡
之音。

"晶帘一片伤心
白，云鬟香雾成遥隔"。上阕起二句说月夜之下又思念起妻子，
不胜伤感。"伤心"，极言之辞。"伤心白"即极白。李白有一首《菩
萨蛮》，写思妇盼望远方行人久候而不归的心情，其中就有"平
林漠漠烟如织，寒山一带伤心碧"的句子。此句谓在月光的映
衬下水晶帘看上去一片白。

"云鬟香雾"句，语出杜甫《月夜》："香雾云鬟湿，清辉
玉臂寒"，这是杜甫写给妻子的诗，词人用此亦代妻子。"无语
问添衣"一句，承上句，谓所思的人不在身边，即使天气寒冷，
也无法问她要不要加衣裳，照应了前句的"成遥隔"。"添衣"
两字，平淡深情。接下去是"桐阴月已西"。"桐阴"，梧桐树阴，
此句谓月已西沉，夜色已深。

下阕承前意脉，先说西风阵阵，络纬声声，不但难以入眠，且更令人添愁增恨。"只是"句，谓秋色和去年秋天相同。去年秋时人尚在，今年秋时，风景不改，人已不在。于是"如何泪欲流"。一个"欲"字用得恰到好处，"欲"是将出未出，想流不能流，将词人那种哀极无泪的情状摹写得极其精准。

这阕词所截取的，不过是生活中"添衣"这么一个细小的事。除却"云鬟香雾"的指代，言语极平实，上下阕折转之间也是从容淡定，然而于小处极见真情，凄婉动人之处，似是眼前梨花飞舞，细碎地散落一地，让人心意黯然。

菩萨蛮

乌丝画作回纹纸^①，香煤暗蚀藏头字^②。筝雁十三双^③，输他作一行^④。

相看仍似客，但道休相忆。索性不还家，落残红杏花。

赏 析

远方的伊人，把信写得长长的，没有最后一行。

每一个字，都像她的皱眉，她的笑，她浅浅的酒窝。展开信笺，古筝脉脉，你也无心去弹。它的十三根弦上，

---

①乌丝：指有墨线格子的笺纸。回文：原指回文诗，此处代指意含相思之句的诗。②香煤：有二解，一指妇女的眉笔，二是指点燃的香火。藏头字：藏头诗，一种游戏诗体，每句的头一字可组成完整的话。这句是说谱中每句的头字被墨涂掉了。③筝雁句：古筝上有十三根弦，每根弦两头各有一柱，斜着排列如雁行，故称。④输他句：指人是孤单的，不如筝柱成双。

飞起了十三双传递相思的鸿雁。

你知道。你的手，早已只属于她的荷包，她的口唇，她的双手围成的家。然而，杏花落了，你仍未还家。你在边塞，成了她今生最美的客。

点 评

容若妻妾中唯有沈宛擅长作诗，故此词可能是为赠沈宛而作。"乌丝画作回纹纸"，首句言妻子寄来书信。乌丝，即乌丝栏，有墨线格子的纸。唐李肇《唐国史补》："宋毫间，有织成界道绢素，谓之乌丝栏，朱丝栏。"宋袁文《瓮偏闲评》卷六："黄素细密，上下乌丝织成栏。其间用墨朱界行，此正所谓乌丝栏也。"回文，指回文诗，因须用回环的方式书写，所以称为"画"。

前秦窦滔妻子苏若兰曾作《回文璇玑图》一诗赠夫，后来就把妻子的信称之为回文锦书。词人收到妻子的书信后，便拆开来看，发现"香煤暗蚀藏头字"，即来信中，妻子用眉笔或火头蚀去了藏头诗的第一个字，让丈夫猜是什么意思。妻子此举，是要和词人玩诗词游戏，以通心曲，这自然会勾起词人的思念之情。于是就有了下一句的"筝雁十三双，输他作一行"。"筝雁"，即筝柱，柱行斜列如雁阵。《隋书·乐志下》谓筝为十三弦之拨弦乐器，故云。"输他"，犹言让他（它）。

此二句言十三根弦的筝柱前后排列，形成了齐齐整整的一行，意谓就让它静静地排列为一行，无心去弹拨了；而"十三

双"中的"双"字似乎道出夫妻分居两地，还不及雁柱成双的郁郁之情，可谓一语双关。

词的上阕，句句用典，层层铺垫，以古奥深雅之笔委婉道出词人收到妻子信后的思家怀人之情。

下阕出之于幽婉含蓄，抒发词人内心怅惘无奈的心情。沈宛于康熙二十三年（1864）归性德后，性德仍是十分忙碌，除平时需要入宫执勤外，还常随康熙出巡，或执行公务，在家中的时间很少。所以词人此处言："相看仍似客，但道休相忆。"末句"索性不还家，落残红杏花"为妻子赌气之语，意谓：索性不要回来了，杏花都落尽了，你还回来干什么。

妻子此语，自是针对词人行踪不定、归期遥遥而发的，所以故意以恼怒的口吻嗔怪他，并非真恨真怨，只不过是要用怨语气气他，以泄心头因相思疑心而产生的郁闷，而这恰恰也是对他深爱的一种曲折心理的表现。

整首词是一幅适宜远观之画，屋内诗句微浸墨，古筝静默，词人青衫独立在外，落花轻扬，枯残杏花枝丫于秋色之中鲜明。词意低回婉曲，结尾处悠然不尽，将纳兰痛失爱妻、恨意难平、相思无解的复杂心绪娓娓道来。

菩萨蛮

阑风伏雨催寒食①，樱桃一夜花狼藉。刚②与病相宜，琐窗③薰绣衣。

画眉烦女伴，央及④流莺唤。半饷试开奁⑤，娇多直自嫌⑥。

赏 析

雨下得永远没有最后一滴。待字闺中的女子，看见樱桃花的凋零，像一首安魂曲。

病中，她有时，温柔在一个人巴山夜雨的诗句里，比春天更为生动。有时，又长在相思树，那一圈圈不断扩大的年轮里。

寂寞的时候，她的衣袖空空，藏不住一点北方的风。清晨，她唤来小囡画眉。

梳妆镜前的她，多像娇美的桃花……为了最美丽地开放，

---

①阑风伏雨：连绵不断的风雨。寒食：寒食节，在农历清明前一或二日，其时禁火三天，食冷食。②刚：恰好。③琐窗：雕刻有连锁花纹的窗。④央及：请求。⑤奁（lián）：古代女子梳妆用的镜匣。⑥直：只。自嫌：自己对自己不满。

想了一千种姿势。

点 评

此类描写女子生活之作，纳兰词中屡见，风格颇近于温庭筠和韦庄。此词描绘了寒食节时候，一女子刚刚病起，乍喜乍悲的情态。

起二句先绘寒食节候之景，风雨不止，一夜之间樱花零落。这是全篇抒情的环境、背景，以下便是描绘她在这景象下的一系列的行动。首先是按节令而薰绣衣，"刚与病相宜，琐窗薰绣衣"。天雨衣潮，置炉熏衣，人在病中亦怯寒，喜欢炉温，故言"刚与"。

琐窗，指雕刻有花纹图案的窗子；绣衣，指华丽精致的衣物，"琐窗薰绣衣"的情景，想来是颇为高贵幽雅的，但似乎又透露出一种孤独无聊的气息。

熏完衣，然后就是打扮自己了，"画眉烦女伴，央及流莺唤"。此女刚刚病愈又逢寒食节将至，遂烦请女伴帮忙梳妆打扮，而此时小黄莺也偏偏在窗外啼啭，想来她的心情还是颇为欢愉的。然而"半饷试开奁，娇多直自嫌"。"半饷"谓许久、好久，"自嫌"是自己对自己不满。那她为何半晌才打开妆奁？无论怎么妆扮，皆自嫌不称心意，又是为何？小词并未明说，只是摹其细节去刻画她的心理，淡淡地透露了几许自伤的情怀，寄深于浅，寄厚于轻。

菩萨蛮

梦回酒醒三通鼓，断肠啼鴂①花飞处。新恨隔红窗，罗衫泪几行。

相思何处说，空有当时月。月也异当时，团圞②照鬓丝。

赏 析

去年今日此门中，人面桃花相映红。人面不知何处去，桃花依旧笑春风。想起逝去的她，你总是想起这首凄美的唐诗。

那时，吴山青，越山青，罗带结同心。那时，绣帘相依，燕子双飞来又去。可是如今，梦回酒醒的时候，泣血的杜鹃，声声断肠。

这一腔的相思，捂在心间，痛的时候，也不会喊疼。

点 评

此阕是月夜怀人之作，凄婉缠绵之至。

---

①啼鴂（jué）：杜鹃啼鸣。相传此鸟为蜀主望帝魂化，春末夏初时啼叫，其声惹人生悲。②团圞：指明亮的圆月。

上阕首二句，"梦回酒醒三通鼓，断肠啼鴂花飞处"。三更鼓之时酒醒梦回，显然是伤痛彻骨，酒也不能彻底麻痹。古人夜里打更报时，一夜分为五更，三更鼓即半夜时。"啼鴂"，即鹈鴂的啼鸣。鹈鴂一鸣，春将归去，夏季将至。《离骚》云："恐鹈鴂之先鸣兮，使夫百草为之不芳。"张先《千秋岁》云："数声鹈鴂，又报芳菲歇。"姜夔《琵琶仙》云："春渐远，汀洲自绿，更添了几声啼鴂"。半夜酒醒，情意阑珊，此刻耳边偏又传来鹈鴂的悲啼之声，于是伤情益增，愁心愈重，在美酒的放松抚慰下，人怎么能不清泪涟涟？

三四句，"新恨隔红窗，罗衫泪几行"。这是词人假借女子对男子的爱来寄托自己的情思，借女人的口来表达难以启齿、过于缠绵的情感，写得凄然销魂，沁人心脾。

下阕写借酒浇愁、见花落泪后的对月伤心、新恨旧愁。"相思何处说，空有当时月"。在古代，明月时常成为爱情的见证。玉蟾当空，有情人可以相互偎依看月，在月亮下畅叙幽情，山盟海誓或者临虹款步，即使不在一处，也可以相约同看天涯明月，寄取相思。但是此处，词人说"空有当时月"。一个"空"字表达了爱侣逝后作者无人可与"说相思"的无限悢怆之情。遂想起张若虚《春江花月夜》中的"江畔何人初见月，江月何年初照人？人生代代无穷已，江月年年只相似。不知江月待何人，但见长江送流水"，其关于人生、时光、自然之感慨，不禁使人哑然。末句，"月也异当时，团圞照鬓丝"，当头之明月犹在，但却与别时不同，它现在只是照映着孤独一人了。此情此景，直叫人想起崔护的"人面不知何处去，桃花依旧笑春风"与周邦彦的"当时相候赤阑桥，今日独寻黄叶路"，皆是一种"物是人非事事休"的留恋心情，让人"欲语泪先流"。

容若心肠九曲，总是为了一个情字。如丝如缕，萦回不绝。不过能将相思之苦，婉曲道来，絮而不烦，这亦是天赋情种，有如情花烂漫到难管难收，此等纵情执定亦是纳兰词题材狭窄却出尘高妙之处。

菩萨蛮 为陈其年题照①

乌丝曲倩红儿谱②，萧然③半壁惊秋雨。曲罢髻鬟④
偏，风姿真可怜。

须髯浑似戟⑤，时作簪花剧⑥。背立讶卿卿⑦，知卿
无那情⑧。

赏 析

夕阳，白云，青山，兰舟。冠盖满京华。你的《乌丝
词》，你用清贫的唇齿来吟咏。

一曲吟罢，惊得唐诗宋词里的秋雨，落向了天空。玉箫声
声，你的歌女，发髻都是平平仄仄的。

她的身影，如风拂杨柳，月照梨花。你的根根胡须，都是
江湖豪客。

醉酒后，你喜欢头戴红花，又是妙词一阕。那个秋波盈盈

①陈其年：即作者好友、清代著名词人陈维崧（1625—1682）。题照：在
画像上题词。②乌丝曲：指陈其年的《乌丝词》。红儿：唐代歌女杜红儿，
此代指陈维崧的歌女。 ③萧然：荒凉冷落的样子。 ④髻鬟：妇女的一种发
式。⑤须髯句：陈维崧多须髯，人称陈髯。⑥簪花剧：戴花为戏。⑦讶：含
惊诧之意。卿卿：男女之间彼此亲昵的称呼。 ⑧无那（nuò）：即无奈。无
那情，无法控制感情。

的女子，此刻正背对着你。她一回眸，你的柔情，便永远没有最后一缕。

点评

　　此篇副题为"为陈其年题照"。陈其年，即陈维崧，字其年，号迦陵，江苏宜兴人，工诗词文赋，为清初阳羡词派之首，与朱彝尊齐名。其年长容若三十岁，为忘年友，但二人交谊至厚。康熙十七年戊午闰三月二十四日（1678 年 5 月 14 日），其年在扬州，广东著名诗画僧大汕为他画了小像。是年秋，其年入京应博学鸿词科试，其画像亦带到京中，因画像不但画出了陈氏的形貌，而且画出了个性，于是引来了

众多诗朋词友的题咏。在诸多诗赋中，容若这首《菩萨蛮》词写得很别致，很风趣，颇有开玩笑的味道。

　　"乌丝曲倩红儿谱。"乌丝曲，指其年之作《乌丝词》，顺治

十三年（1656）至康熙七年（1668），其年居京华时所填之词，结集为《乌丝词》，誉满天下，为人称赏。红儿，即杜红儿，唐代名妓，后泛指歌妓。此处是借指其年身边的歌女。这句是说其年的《乌丝词》令歌儿舞女谱唱。

那谱唱的效果如何呢？"萧然半壁惊秋雨"，萧然，冷落凄清的样子。晋陶潜《五柳先生传》云："环堵萧然，不蔽风日。"显然是形容家境贫苦，事实也正是如此。徐乾学云：其年"所居在城北，市廛库陋，才容膝，蒲帘土锉，摊柱其中而观之"，"时时匮乏困仆而已"（《陈检讨维崧墓志铭》）家贫之甚，几至"入门依旧四壁空"的境地了。

惊秋雨，出自李贺《李凭箜篌引》"女娲炼石补天处，石破天惊逗秋雨。"李贺这两句诗是描绘李凭箜篌弹奏的乐声给人们的感受的：高亢的乐声直冲云霄，把女娲炼石补天的天幕震颤。好似天被惊震石震破，引出漫天秋雨声湫湫。用在此处，形容歌女谱唱的陈其年的《乌丝词》震惊世人、轰动京城，真是生动诡谲。

"曲罢髻鬟偏，风姿真可怜。"接下两句，写画像上的吹箫女子。严绳孙《金缕曲·序》云："题陈其年小照填词图，有姬人吹玉箫倚曲。"可见画上除了其年的画像外，还有此吹箫女子。——一曲唱罢，她发髻斜偏一旁，风姿妩媚，惹人生怜。

"须髯浑似戟，时作簪花剧。"下阕则一转，道出了其年既富湖海豪气，又不无绮艳，既刚且柔的性格和作风。"须髯"，据《清史稿》本传云："维崧清臞多髯，海内称陈髯。"可见容若言"须

髯浑似戟"当是实写。如此带有玩笑意味的话语（你的胡子长得简直跟长矛、钩戟一样），也说明他们二人之间的关系是颇为融洽的。"簪花剧"，簪花，古代遇典礼宴会佳节，男女皆戴花。剧，玩耍。李白《长干行》云"妾发初覆额，折花门前剧。""时作簪花剧"，是说陈其年时常头上戴花戏耍，以诙谐的口吻赞赏其风流倜傥，风采特异。

"背立讶卿卿，知卿无那情。"结尾二句再写画上吹箫女子，用的也是女子口吻——我盈盈背立，是因为我知道如果我站在你（指陈其年）面前，你会控制不住感情的，又有什么大惊小怪的？表面看来似是写陈其年不乏风流旖旎，声华裙屐之好，其实是以戏谑的口吻对这位忘年之友加以赞美。

|彩色详解|

纳兰词

②

〔清〕纳兰性德 著　聂小晴 主编

团结出版社
UNITY PRESS

减字木兰花 新月

晚妆欲罢，更把纤眉临镜画。准待①分明，和雨和烟两不胜②。

莫教星替③，守取④团圆终必遂。此夜红楼⑤，天上人间一样愁。

赏析

晚妆梳罢，又手执画笔。镜中，你的纤纤柳眉，是否正如窗外的一弯新月。

回首天边，烟雨正朦胧，让人看不分明的，是藏在烟雨后的一弯新月。

这样的夜空，不需要有星星，和我一起守着永恒誓言

---

①准待：打算等待。②和雨句：出自宋杜安世《行香子》词："寒食下，半和雨，半和烟。"③莫教句：出自李商隐《李夫人三首》诗："惭愧白茅人，月没教星替。"④守取：等待。⑤红楼：华美的楼阁，指富家小姐的住处。

的，是你，是在星海飘摇的一弯新月。

寂静的夜，寂寞的小楼，茫茫人间，你我同样的哀愁，想必也如天边的那弯新月。

点评

这首词是刻意描写新月，由新月而联想到人间情事，令人、物浑融，不粘不脱，自是上乘。

上阕以人拟物入手，摹画出新月的形貌。"晚妆欲罢，更把纤眉临镜画"。晚妆梳罢，又手执画笔，镜中的纤纤柳眉，是否正如窗外的一弯新月？由"晚妆"领起，自然是刻画初升的新月如佳人一抹淡淡的眉痕，烘托出一种清新轻柔的优美氛围。"准待分明，和雨和烟两不胜"，回首天边，烟雨正朦胧，让人看不分明的，是藏在烟雨后的一弯新月。这两句是说新月被烟雨所遮掩，月和烟雨均不甚分明。

联系前两句，也可以说，正是因为有这样一种氤氤氲氲的朦胧之美的映现，纤纤新月才像极了佳人的弯弯柳眉，其楚楚可怜的独特韵致也得以展现，从而使情与境谐，气氛浓重。

下阕先述待月圆之心愿，又转为描绘新月迷蒙、红楼闺怨，人月同愁。"莫教星替，守取团圆终必遂"，明里是说唯恐繁星灿烂而遮盖了新月，实际上引用李商隐却媒之典故，自剖心迹。

李商隐夫人王氏殁，有人做媒，义山却之，作《李夫人》诗："惭愧白茅人，月没教星替。"词人用义山诗句，将心中情思出之于典，给人一种仅为咏月的错觉，亦是良有以也。词人早年曾和表妹谢氏相爱，不幸的是，未及西窗剪烛，谢氏便进了皇宫，当了妃子，一场缱绻之爱顿成泡影（见《梦江南·昏鸦尽》）。

词人乃至情至性之人，心中伤痛无限，然而宫墙横亘，诸多不便，此种情事又怎可与人道出？于是幽愤遣怀，必出之于隐语。所以，此处"莫教星替，守取团圆终必遂"，是对宫中恋人的嘱咐叮咛，亦是自剖心迹，彼此要坚守承诺，心中不做第二人想，要相信一定可以等到团圆的那天。

接下来是"此夜红楼，天上人间一样愁"，落句绾合，由物入情，新月不明似天上人间一样愁，想象轻灵飘逸，亦凄清含婉，情致全出。

减字木兰花

　　烛花摇影，冷透疏衾①刚欲醒。待不思量，不许孤眠不断肠。

　　茫茫碧落②，天上人间情一诺③。银汉④难通，稳耐风波⑤愿始从。

赏析

　　"如果有一天，我喜欢的女孩不见了，我就是把整个江湖翻过来，上穷碧落下黄泉，也要把她找出来。嗯……那你说，她是会在碧落呢，还是黄泉？自然是碧落，仙女是不会去黄泉的。"多么美好的一段话，可是结局却是灰色的，不像我们年幼时听的美满童话。

　　上穷碧落下黄泉。寻到了爱人的踪影了吗？——两处茫茫皆不见。其实，见了又怎样，曾经相信在碧落的人，却活在了黄泉。爱如果有那么多回头路好走，世人又怎么会懂得珍惜两个字怎么写？

---

①疏衾：谓掩被孤眠而感到空疏冷寂。②碧落：青天、天空。③一诺：《史记·季布栾布列传》："楚人谚曰：'得黄金百斤，不如季布一诺'。"此指誓约。④银汉：银河。⑤稳耐：忍受。风波：喻患难。

茫茫碧落，天上人间情一诺。愿望越是美好如花，凋谢起来就越显得残酷伤人。

点 评

纳兰悼亡之作很多，本篇虽未标出，但显然又是一首怀念亡妻的作品。

上阕写冷夜孤眠，思量断肠的痛苦。首二句谓词人在凉薄的夜里独自醒来，眼前烛花摇影，寥落而感伤。"疏衾"言空疏冷寂之貌，再加上"冷透"二字，分明是神凄骨寒了，所以此之"冷"不仅是身冷，更是心冷。

三四句言心理感受。"待不思量"出自苏轼《江城子》"十年生死两茫茫，不思量，自难忘。"

苏轼这首词，是悼念爱妻王弗的，其将"不思量"与"自难忘"

并举，利用这两组看似矛盾的心态之间的张力，真实而深刻地揭示自己内心的情感。容若此处亦是如此，"待不思量"并不是说不想念爱妻，而是说年年月月，朝朝暮暮，虽然不是经常悬念，但也时刻未曾忘却。"不许孤眠不断肠"，亦出之于反语，词人因为深受相思之苦，所以告诫自己不要太过伤心，不要多想。

下阕点明与亡妻已成天上人间，生死异路，又痴情渴盼能够相逢重聚。"茫茫碧落"，用白居易《长恨歌》"上穷碧落下黄泉，两处茫茫皆不见"句意，谓亡妻之魂灵远在茫茫天宇，遥不可及。但是即便如此遥隔，两人的誓约，仍如季布之诺，金石难摧。

结尾二句，"银汉难通，稳耐风波愿始从"。明明爱妻已亡，词人却说她在碧落；明明爱妻已亡，词人却还想飞越迢迢难渡的银河，忍受风波患难与她重逢，与她团聚，与她从头开始。如此挚语，缠绵凄绝；如此深情，痴迷彻骨。

减字木兰花

　　从教铁石①，每见花开成惜惜②。泪点难消，滴损苍烟玉一条③。

　　怜伊太冷，添个纸窗疏竹影。记取相思，环佩④归来月上时。

赏析

　　伊人飘进了一瓣梅花里。在梅树里生长，她可爱的微笑，就是梅花的清香幽幽。而多情的你，已被诀别，温柔地诅咒成铁石心肠，不会笑，不会哭。

　　可是当梅花盛开，暗香浮动月黄昏时，你却脉脉含情地站在梅树下，时时凝睇，时时怜惜。寒冷的夜里，晶莹的露珠是梅的眼泪。你轻轻地呵了一口春天的空气，飘成暖暖的围巾，给寂寞的她披上。现在，请在心间，刻下那两个字。月亮出来时，你想念给她听。

---

①从教：任凭、听任。铁石：铁肠石心。②惜惜：可惜、怜惜。③玉一条：指梅树。④环佩：代指所思恋之人。姜夔《疏影》："想佩环月下归来，化作此花幽独。"

点 评

有评家说，由"添个"句可知此词乃题画词，所题是梅花，此言大抵不差。不过容若此阕咏梅词，却不同于其他词人的题咏之作。

古代咏梅的诗词很多，精绝者如姜夔的《暗香》《疏影》，陆游的《卜算子》。《暗香》一词，以梅花为线索，通过回忆对比，抒写今昔之变和盛衰之感；《疏影》则连续铺排五个典故，用五位女性人物来比喻映衬梅花，从而把梅花人格化、性格化，集中描绘了梅花清幽孤傲的形象，寄托作者对青春、对美好事物的怜爱之情。陆游的《卜算子》则借梅比喻为人的原则和品德，也堪称高妙。

但不管是姜夔，还是陆游，他们的咏梅手法再高妙，刻画得再精美，终究也是将梅花当作一件承载他们思想趣志的道具。容若此词则不然。综观全词，他仿佛是在感慨怜惜自己稚弱清高的爱人，那梅与他，仿佛是对月临影的故知，彼此是平然对坐的尊重，不存在谁被赏，谁被赞的问题，人与梅已经完全地合而为一了。因此，这首咏梅词，写得清奇别致，富有浪漫特色。

上阕始二句从心理感受上落笔，虽不正面描绘梅花，但梅花之神韵已出。"从教铁石，每见花开成惜惜"，纵使是铁石心肠之人，每一次见到这晶莹如玉、花开姣姣的梅花也总会流露出依依怜惜之情的。短短两句，三处强调——"从教"强调语气，"每见"强调频率，"惜惜"强调感情，于是梅花之含情脉脉之神韵顿现。继二句则把笔宕开，写梅边之竹。"泪点难消，滴损苍烟玉一条"，谓那朦胧的月色下，斑竹沥沥，就好像是玉条上滴洒了点点泪水。

　　下阕由梅及人，由人及梅，人融梅中，梅又露着人的深情，遂有"怜伊太冷，添个纸窗疏竹影"，谓怕梅花太冷，所以特加了竹林围护。这既是从护梅之竹，从侧面烘托梅之娇贵，又是把梅当人而加以体贴慰藉，尽赋予一腔柔情，此之构想，可谓奇绝。最后二句，"记取相思，环佩归来月上时"，宕笔写去，说梅花也有魂，她特于今夜月上时归来。归来作何？有前几句柔情之语铺垫，梅花归来怕是与词人共赴幽约吧。此阕咏梅词虽无一笔正面去刻画梅之形貌，但却又笔笔不离梅花，此正所谓"不即不离"，因而梅之形神反而历历可见。

减字木兰花

断魂无据①，万水千山何处去？没个音书，尽日东风上绿除②。

故园春好，寄语落花须自扫。莫更伤春，同是恹恹③多病人。

赏析

又是离歌，一阕长亭暮。万水千山面前，他是个漂泊的左括号，闺中的伊人，可是苦苦等待的右括号？

牵手，两人的爱才能完整。然而，王孙去，萋萋无数，南北东西路。

青鸟不传云外信，已有数月。被思念灼伤的你，挪移天下的高山，用来望归。

你相信，必有菊，开在家园的南山。必有落花，飘若伊人的裙裾。只是，再也不能伤春。

病中，空空的杯盏，装满天涯，装满故乡，装满八月十五

①断魂：忧伤的梦魂。无据：无所依凭。②绿除：长满绿草的台阶。③恹恹：形容精神萎靡的样子。王实甫《西厢记》："恹恹瘦损，早是伤神，那值残春。"

奔走相告的月光。

点评

这是一首缱绻清远的相思之作，写法颇为清奇巧妙，像是夫妇书信往来问答。

上阕以闺中妻子的口吻说相思。"断魂无据，万水千山何处去？"起句化用韦庄《木兰花》"万水千山不曾行，魂梦欲教何处觅"，拓开境界，写梦魂飞渡万水千山，于私情中写出高远苍茫。

那么，妻子为何要梦魂远渡呢？因为整日春风吹来，台阶上的草都绿了，而所思之人却没有音书寄来。"没个音书"，用的是明白如话的口语，像极了妻子埋怨娇嗔的口吻。

而"尽日东风上绿除"，明是写景暗写心情，反衬出妻子如萋萋芳草般的愁情：东风吹绿满阶绿草，一片春光照眼，这本是赏心悦目之景，却因为东风无法为她传递书信而显得凄然。

下阕以远行在外的丈夫的口吻嘱对，说他与妻子一样地相思着。"故园春好，寄语落花须自扫"，故园春色美好，你就把一腔心思寄给落花吧。"落花"一语双关，寓指的是飘零在外的丈夫，其本身则是指即将消逝的美好春色，所以才有后句的"莫更伤春"。而"莫更伤春"中的"春"，既是实指，也是虚指，指眼前春光，亦是指两人的感情牵挂。这三句可谓词约义丰，含蓄蕴藉。末一句"同是恹恹多病人"，情意深长，道出两人心有灵犀为情所苦的情状。"恹恹多病人"化用了《西厢记》："恹恹瘦损，早是伤神，那值残春。"《西厢记》全名《崔莺莺待月西厢记》，是元代著名戏曲作家王实甫的杰作。书中，张生闲观普救寺之时，巧遇了寓居于此的相国小姐崔莺莺。二人相爱，却遭到父母反对，在侍女红娘的帮助下，有情人终成眷属。

原诗句"恹恹瘦损，早是伤神，那值残春。罗衣宽褪，能消几度黄昏？风袅篆烟不卷帘，雨打梨花深闭门；无语凭栏杆，目断行云"，是描绘崔莺莺的相思苦状，流淌着忧伤愁闷的情绪，可谓中国古代女子共同的心语诉说。容若化用其语，却不易其景，不改其情，与整首词词境十分相合。

减字木兰花

花丛冷眼，自惜寻春来较晚。知道今生，知道今生
那见卿。

天然绝代，不信相思浑不解①。若解相思，定与韩
凭②共一枝。

赏析

夜风飒飒，落花如
雨，烛影幢幢，洒落惨光
如水。

此刻，你是不是又想
起了那青梅竹马却成为妃
子的表妹？此刻，你是不
是想说，连理千花，相思
一叶，毕竟随风何处？不
然，为何青衫有泪痕？不

---

①浑不解：犹言全不解。②韩凭：又作韩朋、韩冯等。李冗《独异志》：
"宋康王以韩朋妻美而夺之，使朋筑青陵台，然后杀之。其妻请临丧，遂投
身而死。"后人以此故事用于男女相爱，生死不渝之情事。

然，你为何想起那么凄绝的韩凭故事？

明天，希冀许久的明天，便是相会的日子。可你，你却不知，要说什么。

说幽意？说相思？诉衷情？夜深了，梧桐叶上，飘落春雨潇潇。想起古老的诗歌，你欲语泪先流。

一缕香魂未断绝。是耶？非耶？化为蝴蝶。

点评

这首词大概是容若为宫中的恋人而作。上阕言苦恨相逢太晚。首二句连连用典，"花丛冷眼"，化用元稹《离思五首》（其四）"取次花丛懒回顾，半缘修道半缘君"。元稹这句诗的意思是，自己不再寻花觅柳，经过"花丛"且懒于回看，这半是缘于修道，半是缘于你。此处容若用"冷眼"代之"懒回顾"，其"曾经沧海难为水，除却巫山不是云"的忠贞之情，较之元稹，更甚矣。次句"自惜寻春来较晚"，用的是杜牧与湖州女有约，因寻芳来迟而未成的典故。据说唐朝著名诗人杜牧游湖州，认识了一位姣美少女，只是尚未成年。杜牧和少女的母亲约定，再过十年，待少女成人时来娶。十四年之后，杜牧出任湖州刺史，而长大成人的姑娘已在三年前嫁人生子。杜牧感叹之余，做了一首《叹花》：自是寻春去较迟，不须惆怅怨芳时。狂风落尽深红色，绿叶成阴子满枝。容若用此典，也谓自己与所恋女子擦身而过，无缘结为夫妻。接下两句是"知道今生，知道今生那见卿"，今生

难见，既说明对方未死，又表示容若欲见而不能，此之苦情凄然销魂，令人怅惘彷徨于无地。

然而爱恋之心无可化解，总是深深思念她。"天然绝代，不信相思浑不解"，心中所念的绝代佳人一定会理解这样相思的苦楚。"不信"二字，语出决绝，掷地有声。

末句，"若解相思，定与韩凭共一枝"，再用韩凭故事，以第二人称"卿"寄希望于对方，口气绝似以词代柬。韩凭的故事发生在战国时代，韩凭为宋大夫，娶妻何氏，是一绝色美女，康王下韩凭于狱，夺其妻，其妻密传书韩凭，表明以死明志的决心，于是韩凭自杀。何氏设法使身上衣服腐化，与康王登高台，趁康王不备，纵身跳下，康王连忙拉住她的衣服，因衣服早经腐化，衣裂人坠而死。她留遗书于衣带上，求与韩凭合葬，康王又恨又恼，故意把他们分葬两处，遥遥相望。不料，一夜之间，两座坟上各长出一棵梓木，根连于下，枝连于上，有二鸟如鸳鸯，栖于枝上，且暮悲鸣。

容若和韩凭怅恨无奈相当，韩凭妻被宋康王所夺，身为下僚无能为力，唯有悲泣而已，与妻子也只有死后魂魄化鸟相守。这种遭遇和眼睁睁看着恋人被送入宫的容若何其相似？而只有人入深宫，而非其他去处，才使执着王孙如纳兰者，也感叹绝无再见的希望。此阕最是凄厉，锋芒直指帝王。

卜算子 塞梦

　　塞草晚才青，日落箫笳①动。慽慽②凄凄入夜分，催度星前梦。

　　小语绿杨烟，怯踏银河冻③。行尽关山到白狼④，相见惟珍重。

赏 析

　　塞草萋萋的时候，你是北方帐外吹箫的人，伊人可是南方家中听见的那人？

　　月破黄昏。你听见凄恻的胡笳声声，哀怨泪沾衣。但是，最苦的仍是梦魂，宵宵不到伊身旁。

　　凄凉而寥廓的星空下，伊人却来，执子之手。一枝梨花春带雨。道一声珍重。道一声珍重。那一声珍重里有缠绵的忧愁——一丝离情浓如酒。情到深时无怨尤。

点 评

　　词人厌于扈从生涯，时时怀恋妻子，故虽身在塞上而念怀

---

① 箫笳：管乐器名。②慽慽：悲伤貌。③银河冻：此处谓河水已结冰。④白狼：即白狼河，今辽宁省之大凌河。

萦绕，遂朝思暮想而至于常常梦回家园，梦见妻子。此篇即记录了他的这种凄惘的情怀。

上阕写催其成梦的塞上情景。起二句勾勒了落寞寂寥的大漠风光。天色欲晚，塞草青青，箫笳在落日映照的黄昏里，悲声阵阵。"箫笳"指的是箫和笳。笳是边地独有，其声悲切寒苦，箫则不独于边地，江南江北皆有，但大漠箫声，更显沉郁苍凉，李白《忆秦娥》中有"箫声咽，秦娥梦断秦楼月"，谓玉箫的声音悲凉呜咽，将秦娥从梦中惊醒。有了凄冷的边塞氛围后，当写特殊氛围下的个人体验了。

"恓恓凄凄入夜分，催度星前梦"。"恓恓凄凄"出自李清照《声声慢》"寻寻觅觅，冷冷清清，凄凄惨惨戚戚"，谓自己入夜后愁惨的心情。既是愁惨，那么也会像李易安一样，"乍暖还寒时候，最难将息"。但是容若没有"三杯两盏淡酒"，他是"催度星前梦"，即催促引度妻子的梦魂来到边塞，与自己相会。"星前梦"一语，大概是借用了汤显祖《牡丹亭·游魂》"生性独行无那，此夜星前一个"的句意而加以发挥。《牡丹亭》又名《还魂记》，是汤显祖的传世之作，小说描写了杜丽娘与柳梦梅生死离合的爱情故事。纳兰在此处用以指代夫妻情深，是以纵使关山阻隔，也愿梦魂相聚。

下阕写梦中温馨情景。"小语绿杨烟，怯踏银河冻"。河水已经结冰，行人不敢踏脚，绿杨也早已被一片寒雾笼罩，但是日夜思念之妻此时却来到了身边，与词人轻声细语地交谈。可天寒路远，她是怎么来到的呢？"行尽关山到白狼"，一定是行遍了关山，才找到了在白浪河的丈夫的，真是路途遥遥，关山难度，十分艰辛。然而好不容易相见了，却只道了一声珍重。"相见惟珍重"，结句语淡而情浓，缠绵委婉之至，颇含悠然不尽之意。

采桑子

彤霞久绝飞琼字^①，人在谁边。人在谁边，今夜玉清^②眠不眠。

香消被冷残灯灭，静数秋天。静数秋天，又误心期到下弦^③。

赏 析

我所思兮在桂林，欲往从之湘水深。侧身南望涕沾襟。

《四愁诗》里，那个忧心烦快的男子，是绝望的。叠唱"人在谁边"的你，却更绝望。

湘水深深，毕竟还有舟楫可渡。宫门幽幽，又有什么可以渡？

所以，你只有等待。残灯明灭枕头欹，谙尽孤眠滋味。而伊人，在"清且浅"的河汉中，行行渐远，行行渐渺。成一种仙音，让人终生留恋。

---

①飞琼：指仙女许飞琼。传说许飞琼是西王母身边的侍女，后泛指仙女。这里代指所思念的人。字：书信。②玉清：仙女名。这里指所思念的人。③心期：心愿。下弦：下弦月。

点 评

这首《采桑子》，上阕写仙境，下阕写人间。天上人间，凡人仙女，音书隔绝，唯有心期。

首一句"彤霞久绝飞琼字"，便点出仙家况味。道家传说，仙人居住的地方有彤霞环绕，于是彤霞便作了仙家天府的代称。飞琼是一位名叫许飞琼的仙女，住在瑶台，作西王母的侍女。据说瑶台住着仙女三百多人，许飞琼只是其中之一，她在某个人神相通的梦境中不小心向凡间泄漏了自己的名字，为此而懊恼不已——按照古代的传统，女孩家的名字是绝对不可以轻易示人的。最后"飞琼字"的"字"是指书信。如此，整句话即谓：许久没有收到仙女许飞琼从仙家天府寄来的书信了。那么，既无书信可通，不知道仙女现在正在哪里呢？她为何还不寄信给我呢？她心里到底在想什么？——叠唱"人在谁边"，叹息反侧。

"今夜玉清眠不眠"，玉清也是一位仙女的名字，在人间也留下了几多美丽的故事。据唐人笔记，玉清为梁玉清，她是织女星的侍女，在秦始皇的时代里，太白星携着梁玉清偷偷出奔，逃到了一个小仙洞里，一连十六天也没有出来。天帝大怒，便不让梁玉清再作织女星的侍女，把她贬谪到了北斗之下。"今夜玉清眠不眠"，也就是说容若在惦记着那位仙女：今夜你在玉清天上可也和我一般的失眠了吗？——容若自己的无眠是这句词里隐含的意思：正因为我无眠，才惦记着你是否和我一样无眠。容若是在思念着一位仙女吗？这世间哪来的仙女？这，就是文人传统中的仙家意象了。仙女可以指代道观中的女子，也可以

作为女性的泛指。写爱情诗，毕竟无法直呼所爱女子的名姓，所以总要有一些指代性的称谓。

词的下阕，由天上回落人间，由想象仙女的情态转入对自我状态的描写。"香消被冷残灯灭"，房间是清冷的，所以房间的主人一定也是清冷的，那么，房间的主人为什么不把灭掉的香继续点燃，为什么不盖上被子去暖暖地睡觉，就算是夜深独坐，又为什么不把灭掉的灯烛重新点起？那是因为，房间的主人想不到这些，他只是静静地坐在漆黑的房间里"静数秋天"，静静地计算着日子。也许仙女该来信了吧？也许该定一下相约的时间了吧？等待的日子总是过分的难捱，等待中的时间总是过分的漫长。待到忽然惊觉的时候，才发现"又误心期到下弦"。就在这一天天的苦捱当中，不知不觉地晃过了多少时光。这末一句，语义朦胧，难于确解，但意思又是再明朗不过的。若"着相"来解，可以认为容若与仙女有约于月圆之日，却一直苦等不来，捱着捱着，便已是下弦月的时光了；若"着空"来解，可以认为容若以满月象征团圆，以下弦月象征缺损，人生总是等不来与爱侣团圆的日子，一天一天便总是在缺损之中苦闷地度过。此正如《诗经·关雎》所言：求之不得，寤寐思服；悠哉悠哉，辗转反侧。

采桑子

谁翻①乐府凄凉曲，风
也萧萧。雨也萧萧，瘦尽
灯花又一宵②。

不知何事萦怀抱③，醒
也无聊。醉也无聊，梦也
何曾到谢桥④。

赏 析

你听，你听。谁在历史深
处轻声哼起了《葬花吟》？

雨声淅淅沥沥，打着李易
安眼眸里栽种的那株芭蕉。我
悄悄地打开心窗，那些我们曾

---

①翻：本来是指演奏，但"乐府"是指可以歌唱的歌曲，所以此"翻"应该
理解为歌唱。②瘦尽句：意思是说眼望着灯花一点一点地烧尽，彻夜不眠。
③萦怀抱：缠绕在心中。④谢桥：谢娘桥。相传六朝时即有此桥名。诗词中
每以此桥代指冶游之地，或指与情人欢会之地。晏几道《鹧鸪天》："梦魂
惯得无拘检，又踏杨花过谢桥。"纳兰反用其意，即在梦中追求的欢乐也完
全幻灭了。

经——命名的青鸟，飞向了一把把铜锁。我等你敲门。所有的门，所有的灯都在等。火焰还没有熄灭，我的眼睛始终在点燃着它。

千山万水，天下的风景都在这里。其实我知道自己为何这样伤心，只是无奈。我是一只华丽的酒杯，你是我的酒，我的河流，却已经干涸，不知流向何处。而桃花，依旧笑着春风。而我，再也不是你的良药，再也不能进入你的梦。

点 评

究竟是谁在静寂的夜里翻唱着凄切悲凉的乐府旧曲？此时此刻，一灯荧荧如豆，四壁默默昏黄，词人茕茕孑立，落寞清寂的影子投在墙上，如一段段伤心的往事。萧萧的风声随之伴和，那是李煜悲歌的惆怅；雨声亦复萧萧，那是苏东坡悼亡的感伤。如斯风雨之夜，词人唯有孤灯相映，独自听了一夜的雨，眼见灯芯燃尽、散作灯花。一"瘦"字，仿佛让人寻觅到李易安那比黄花还瘦的身影；一"又"字，表明了夜不成眠已不止一日，这愁情的沉重，怎堪言说？

那么，词人为何连连彻夜难眠呢？是身世遭遇的感慨？是理想失落的悲愁？抑或是触物思人的感伤？

词人的回答是："不知何事萦怀抱"。原来这一怀凄婉，却是情发无端，是一种对社会、人生朦胧而迷惘的体验和追问。因为无法命名，所以词人清醒时百无聊赖，即使借酒沉醉也难遣满怀愁情。

那无论是清醒或是沉醉，都难以逃避的苦闷究竟何为呢？追问到底，倏然笔锋一转，荡出一句"梦也何曾到谢桥"，于是所思之人呼之欲出，跃然纸上，读者便可豁然明白，此词当是一篇思念之词。因为所谓"谢桥"，代指谢娘所在之地。谢娘者，于唐宋诗词通常泛指所恋之美人。在此处，词人重新翻用了北宋晏几道的名句："梦魂惯得无拘检，又踏杨花过谢桥"。于晏几道，虽身陷俗尘，但是灵魂终究是自由的，如同晴空之羽，可以飘然入梦，在梦中与心爱之人相会。然于纳兰更多的是绝望：纵能入梦，果真能如愿到访谢桥，重与离人相聚吗？

尽管思念热烈如火，可是梦境终究不能随心所欲地掌控的。记得在《红楼梦》第一百零九回中，宝玉在黛玉死后日夜悬念，然而黛玉芳魂竟不入梦，于是宝玉慨然叹曰："悠悠生死别经年，魂魄不曾入梦来。"这句诗可视为"梦也何曾到谢桥"的另一注脚。

或许所恋之人，今生不复相见，后约无期，而连魂梦也未可重逢，致使词人不由自主地向小晏抗辩，以冰雪般的声音幽幽地质疑：天若有情，又怎会让人欲梦也无缘一见？

采桑子

严霜①拥絮频惊起，扑面霜空。斜汉②朦胧。冷逼毡帷火不红。

香篝③翠被浑闲事，回首西风。何处疏钟④，一穗⑤灯花似梦中。

赏析

塞上的夜，沉沉如水。月落的时候，秋霜满天，罗衾不耐五更寒。

曾几何时，小园香径，人面如桃花。你牵着她的手，闭着眼睛走，也不会迷路。那时的翠被，是多么的温暖。那时回廊下，携手处，花月是多么的圆满。

如今，边塞，在每个星光陨落的晚上，你只能一遍一遍数自己的寂寞。守护一朵小小的灯花。在梦中，已是十年飘零十年心。

---

①严霜：严寒的霜气。②斜汉：秋天的天河（银河）斜向西南，故称斜汉。③香篝：熏笼。古代室内焚香所用之器。④疏钟：稀疏的钟声。⑤穗：谷物等结的穗，这里指灯花。

点 评

此篇苦寒、孤寂。作于何年何地，难以确考，而从词中描写的情景看，可能是作于扈驾巡幸途中，有论者以为是在其妻卢氏病殁之后。

词中是写边塞寒夜的感受。上阕全用景语，写塞上寒夜，而景中已透露出凄苦伤感。首句"严霜拥絮频惊起"，"絮"字似乎可作两解，一指柳絮般的雪花，二是指絮被。作雪花解，整句话谓严寒的霜气卷起雪花如飞絮飘扬；作絮被解，则是说在寒冷的霜夜，半卧着以絮被围裹身体。但观"频惊起"三字，"絮"应该为絮被，因为夜里奇寒，拥被不能取暖，几次三番地被寒冷惊起。屋里的境况如此，那外边如何呢？

"扑面霜空。斜汉朦胧。"天空寒雾迷漫，银河斜横长空，但朦胧不清，冷气相逼，使得行军的毡帐里燃起的炉火也红不起来。

下阕，联想、回忆、幻境相结合，写似梦非梦的心理感受。"香篝翠被浑闲事"。回想当初家中，熏笼焚香，其暖融融，怀拥翠被，温暖舒适。当然，这种暖意不仅是身体上的，更是心理上的。因为"香篝"也好，"翠被"也罢，都是隐隐地指向词人的妻子的。这一切在那时都是"浑闲事"，再平常不过了，但在现在，却是殊难想象，遥不可及的。"回首西风"。回头看帐外，只有西风在吹，方知在"冷逼毡帷火不红"的环境中，"香篝翠被"的生活确实似在"梦中"，离自己已经很遥远了。最后两句，"何处疏钟，一穗灯花似梦中"。这时词人听到稀疏的钟声，而帐中只有"一穗灯花"，在灯光朦胧中似在梦中，不知身在何处，孤凄情怀，不免难以忍耐。词中景情俱到，含思要眇，良多蕴致。

采桑子

冷香萦遍红桥梦^①，梦觉城笳。月上桃花，雨歇春寒燕子家。

筝篌^②别后谁能鼓，肠断天涯。暗损韶华^③，一缕茶烟透碧纱。

赏析

那一夜，你宿在红桥。睡中，郁金香的冷香幽幽。醒来，只有孤寂的空城，凄楚的笳声。自从离别后，天也悠悠，地也悠悠。伊人的离去，让你断肠的琵琶，永远地爱上了休止符。

高山流水的琴韵，已无处可寻。而所谓青春，本是一杯浓浓的香茶，只是后来，香气越来越淡。寄词红桥桥下水，扁舟天涯谁是伊？

点评

这首词叙述所爱的女子离去后的苦闷心情。上景下情。景象的描绘由虚到实，虽未言愁而愁自见。抒情之笔又直中见曲，

---

①冷香：清香之花气。红桥：此指一般的赤栏桥。②筝篌：古代一种类似琵琶的弹拨乐器。③韶华：美好的年华。

且再以景语绾住。其黯然伤神之情状极见言外了。

上阕描写春夜。红桥指红色栏杆的桥，不是扬州的红桥。作者扈驾南巡到扬州，是在康熙二十三年（1684）十月至十一月间，与这首词描写的时令不符。红桥是夜宿地点，用"冷香"，与下面"雨歇春寒"有关。"萦遍"二字，描写花香之浓郁，梦中也能闻到。"梦觉"句，写梦醒后的情景。雨已停歇，月亮破云而出，城楼上隐隐传来笛声，窗外的桃花在月光下散放清香，帘栊间燕子静静地栖息。作者用白描的手法，写春夜的景色，简练而贴切。正如张继《枫桥夜泊》诗，只用"月落乌啼"、"江枫渔火"数字，就烘托出秋夜的气氛。

下阕写别后的怀念，一别之后，箜篌空悬，不免睹物思人，黯然神伤。而令人肠断者，岂是无人会弹箜篌，实是怀念伊人远隔天涯。"暗损"二句慨叹美好年华的消逝。一缕茶烟，飘进碧纱窗，使人产生"今日鬓丝禅榻畔，茶烟轻飏落花风"的心情。

采桑子

凉生露气湘弦润①，暗滴花梢。帘影谁摇，燕蹴②风丝上柳条。

舞鸥③镜匣开频掩，檀粉慵调④。朝泪如潮，昨夜香衾⑤觉梦遥。

赏析

长夜微凉。而我只觉寂寞。柳树又绿了，我以为它们不会的。

不是你说的吗，等你回来的时候，柳树才会绿如烟海的。究竟是他们在骗我，还是你。你看到了么，燕子都回来了。回不来的你，在哪儿呢？

手指碰到了琴弦。凝了露水，铮的一声低响，余音宛转。可是我却不想再弹了。

镜匣里面都是你送给我的胭脂，眉黛，发钗。我能做的却只是茫然地看着镜子。

①湘弦：琴瑟之弦，这里代指琴瑟。②蹴（cù）：踏，逐。③舞鸥：镜背镂刻的装饰。④檀粉：浅红色的脂粉。檀粉慵调，懒得匀调香粉。⑤香衾（qīn）：被子。

眼前渐渐地就模糊起来，时光在耳边飞快退回，细碎的断裂声。怎么就又哭了呢？我都以为自己已经没有眼泪了。

点 评

这首词是从闺中女子的角度写的，描写她清晨醒来的所见所思，空灵别致。

首句"凉生露气湘弦润，暗滴花梢"，此描绘的是静物。晨起凉生，寒冷的露气浸润了琴瑟，露珠滴在了花梢上。湘弦，即湘瑟，屈原《远游》："使湘灵鼓瑟兮，令海若舞冯夷。"因此称琴瑟的弦为湘弦，即湘灵所鼓之瑟弦。此处"湘弦润"颇多玩味。

时值清晨，而湘弦被露气润湿，说明了这弦昨晚曾被人弹拨过，并且弹完之后，不知为何没有放回匣中。那她昨晚为何要弹琴？阮籍《咏怀》诗："夜中不能寐，起坐弹鸣琴。"她是女子，自然没有阮籍政治理想不能实现的痛苦，但是弹琴遣怀解忧的心思多少是相通的。这样，容若以貌似平淡的景语在开篇就为全词留下悬念。

"帘影谁摇，燕蹴风丝上柳条"，此是描绘动景，眼光锐利细腻，捕捉瞬间景物情状似在无意间，却使词句于此灿然生色。将此句改作现代诗也许更显其轻灵：

是谁把帘子的影儿摇动，风来如丝。

一只燕子斜飞。

抓住其中一根。

轻轻一荡。

翻身跃上了柳条。

回到词中，"蹴"意为踩或踏，以风为秋千之绳，荡上柳条，其实这只是一种视角的错觉，当时的情形实际是，风吹来丝丝凉意，忽见一只燕子飞上了柳枝，但词人换了一种角度来捕捉了瞬间的错觉，可说是一个美丽的错觉，这样不但表现了燕来之迅捷与轻盈，还产生了无限的诗意。

下阕，"舞鹍镜匣开频掩，檀粉慵调"，这句杂糅数典说她开镜梳妆的情态。根据南朝宋范泰《鸾鸟诗》序：古时有一人，偶获一只鸾鸟，非常喜欢，但是却不能让它鸣叫。于是就用金色的笼子装饰它，用珍贵的食物饲喂它，但是鸾鸟却越来越悲伤，三年不鸣。其夫人说："曾听闻鸟见其类而后鸣，你为何不悬一面镜子映照它呢？"此人从其言。鸾鸟看见自己孤单的身影后，慨然悲鸣，哀响云天，振动一下翅膀后就死了。

《异苑》里也有这样的故事，有一山鸡，爱其羽毛，映水则舞，魏武时南方献之。公子苍舒命人置一面大镜，鸡鉴形而舞，不知道停止，以至于最后累死了。后人就以鸾或山鸡图案镌刻为镜子背面的装饰。

容若用上面的典故，是说她对镜理妆时，看到别离后自己孤单憔悴的形貌，自怜自伤，镜匣频开频掩，香粉也懒得匀调。那她为何摆出一副慵懒疏倦的样子呢？就是刚刚她不是还看到了"帘影谁摇，燕蹴风丝上柳条"这样令人喜悦的情景吗？究

竟为何呢？

　　且看结尾："朝泪如潮，昨夜香衾觉梦遥。"清晨醒来，她泪如泉涌，昨夜的香衾依旧，但是美好的梦再也没有了。到此，首句"凉生露气湘弦润"的悬念算是解开了。昨夜她有萧郎相伴，一起弹琴吟唱，可谓琴瑟相合。但是恋人夜里就离去了，于是她再无心弹琴，独卧不成眠。清晨起来，想起此事，顿觉分外悲伤，虽有燕子柳枝暖融之景相慰，但仍是忧愁万分，不想理妆，只想流泪，然而无论如何，幽期已成佳梦，遥不可寻。

采桑子

土花曾染湘娥黛^①，铅泪^②难消。清韵谁敲，不是犀椎是凤翘^③。

只应长伴端溪紫^④，割取秋潮^⑤。鹦鹉偷教，方响前头见玉箫^⑥。

赏 析

再也没有桂花，开在南山。飞来飞去袭人裙。伊人已随风而逝。只有泪水，潸然滴落在湘妃竹上。但你不愿相信。

清晨，踟蹰。黄昏，徘徊。她的倩影，她的芳魂，明明是盈盈在目。或许，远嫁他乡的只是蝴蝶，思念远方的只是东流的水。伊人只应，终生眠在紫色的砚台中，用微笑，为你收割秋天的书卷香气。再回首，誓言仍在红楼中。惘然此情，已成追忆。

---

①土花：器物因受泥土侵蚀而留下的锈迹斑点。湘娥：舜的妃子女英、娥皇。黛：女子画眉之物，这里代指女子的眉毛。②铅泪：泪水。这里也指湘妃竹上的斑渍。③犀椎：用犀牛角制成的小槌，为打击乐器。凤翘：形状像凤凰的首饰。④端溪紫：用广东德庆县端溪所产石制成的紫色砚台，即端砚。⑤秋潮：秋波，指女子的眼睛。⑥鹦鹉句：偷教，即偷学。方响，打击乐器，由十六枚厚薄不一的铁片制成，分两排悬在架上，用小槌击打。

点 评

这首词是写一段深隐的恋情的。"土花曾染湘娥黛",这首句就殊难理解。土花,是指器物因受泥土侵蚀而留下的锈迹斑点。湘娥,是指舜的妃子女英、娥皇,此处作为女子的代称。黛,当然是女子的眉黛。此句字面之义是:器物上被泥土侵蚀后留下的斑点怎么会把她的眉黛染得斑痕累累?

有人曾根据这字面意思,判断这是一首咏物词,所咏之物为金石古物什么的。其实,这句话是暗指所爱女子已经死去,被泥土掩埋。

接下一句"铅泪难消",是说虽然所爱女子已经故去,可是湘妃竹上的斑渍始终难以消除,她似乎还在流泪。正因此,才有下一句"清韵谁敲,不是犀椎是凤翘"的错觉。

清韵,即清雅和谐的声响,指竹林晃动发出的声响,白居易有诗曰"风竹散清韵,烟槐凝绿姿。"犀椎,古代打击乐器方响中的犀角制的小槌。凤翘,此处代指所恋之女子。"清韵谁敲,不是犀椎是凤翘"的意思就是说,清韵声声,那不是谁敲击乐器,而是她的凤翘触动了青竹的清雅和谐的响声,令人怀疑彼女或许本来就没有死。

但这毕竟是错觉。他们本应该成为相伴相守的伴侣,但却分离了。"只应长伴端溪紫,割取秋潮","只应"二字道出了这种爱人永逝的怅恨:你为什么要舍我而去呢?你应常在书桌前陪我,看我将这秋色秋意写成卷卷诗篇的啊!结尾二句"鹦鹉偷教,方响前头见玉箫",用了两个典故,表达了回忆过去令人产生睹物思人的悲痛之情。

《青林诗话》载，蔡确被贬新州，有个叫琵琶的侍儿跟随着他。有一鹦鹉，聪明非常，蔡确每次一扣响板，鹦鹉就呼琵琶。后来，侍儿琵琶死了，蔡确有一次误触响板，鹦鹉仍然呼琵琶不止，蔡确遂怏怏不乐。玉箫，人名，也有一段故事。唐朝韦皋少游江夏，寄住于姜氏家。姜氏令小青衣玉箫侍奉他，渐生感情。后来韦归，七年不至，玉箫遂绝食死。后来转世，仍为韦侍妾。将这两个故事连起来，"鹦鹉偷教，方响前头见玉箫"是说鹦鹉之言犹在，但是再也唤不回来那个女子了，她已经永远地逝去了。这个结尾很含蓄，很婉曲，但真情灼人，动人心魄。

采桑子

　　而今才道①当时错，心绪凄迷。红泪②偷垂，满眼春风百事非③。

　　情知此后来无计④，强说欢期⑤。一别如斯，落尽梨花月又西。

赏析

　　也许，我哒哒的马蹄是美丽的错误。也许，我不该在你的门前踟蹰流连，不该去敲爱情那扇肝肠寸断的门。

　　再度春风，已是物是人非事事休，欲语泪先流。那段苦涩的故事，不过是些山，将没入云海。不过是弹指的瞬间，却留下永恒的疼痛。

　　我们终于知道，相聚后，那再一次高高举起的，却不再是花，而是天涯。一别如斯。年年如别。

----

①才道：才知道。宋晏几道《醉落魄》词："心心口口长恨昨，分飞容易当时错。"②红泪：血泪，美人泪。③满眼句：宋赵彦端《减字木兰花》词："满眼春风，不觉黄梅细雨中。"④无计：无法。⑤欢期：佳期，多指男女情事。

点 评

这是阕怀人之作，至于所怀何人，不甚明晰，或是沈宛，或是入宫的表妹谢氏。但不论所怀何人，"心绪凄迷"总为其旨。

首句"而今才道当时错，心绪凄迷"，用的是歧义之语。"当时错"，现在才明白、才后悔，可是当时"错"的究竟是什么呢？是当初不该与你相识？是当初与你相识后而没有相知？还是当时就该牢牢抱住你、不放你离去？"错"，可以是此，可以是彼，词中并未交代清楚，这反倒给读者留下了广阔的想象空间。"红泪偷垂，满眼春风百事非"。红泪，形容女子的眼泪。当初，魏文帝曹丕迎娶美女薛灵芸，薛姑娘不忍远离父母，伤心欲绝，等到登车启程以后，薛灵芸仍然止不住哭泣，眼泪流在玉唾壶里，染得那晶莹剔透的玉唾壶渐渐变成了红色。待车队到了京城，壶中已经泪凝如血。容若用这个典故，不知道有没有更切合一些的涵义呢？

有情人无奈离别，女子踏入禁宫，从此红墙即银汉，天上人间远相隔。这，是否又是表妹的故事？容若没有明言，只说那个女子，她在偷偷垂泪，至于为谁伤心，不得而知。

"满眼春风百事非"，这似乎是个错位的修辞。要说"百事非"，顺理成章的搭配应是"满眼秋风"而非"满眼春风"，但春风满眼、春愁宛转，由生之美丽感受死之凄凉，在繁花似锦的喜景里独会百事皆非的悲怀，尤为痛楚。此刻的春风和多年前的春风没什么两样，但此刻的心绪却早已经步入了秋天。

"情知此后来无计，强说欢期"，回想当时的分别，明明知

道再也不会有见面的机会了，但还是强自编织着谎言，约定将来的会面。这里的"欢期"是相见、相聚的意思，而"强说"一词让这份期待中的欢期变得难以预见。明知道不能相见，却偏偏想要相见的矛盾心情，令整首词充满凄迷悲伤之感。

"一别如斯，落尽梨花月又西。"那一别真成永诀，此时此刻，欲哭无泪，欲诉无言，唯有"落尽梨花月又西"——情语写到尽处，以景语来作结；以景语的"客观风月"来昭示情语的"主观风月"。这既是词人的修辞，也是情人的无奈。正是：无限愁怀说不得，却道天凉好个秋。

采桑子

明月多情应笑我，笑我如今。辜负春心①，独自闲行独自吟。

近来怕说当时事，结遍兰襟②。月浅灯深③，梦里云归何处寻。

赏 析

是谁说过，思念是一种痛，一种无可名状，又难以痊愈的痛。

我想，回忆也是。你曾说过，我像风，放浪不羁，快意人生，时常吹得你的心，无所适从。你也说过，你像水，微风乍起时，荡起的涟漪中止了你宁静的生活；而当风平浪静后，你也只能端坐如云，重新静守那一湖的寂寞……

我笑了，对你说我要做伴你一生的夏夜晚风；你也笑了，水晶般的眸子里潜藏着淡淡的忧伤。现在我有点懂了，时光变幻，四季交替，哪里又有永远的夏夜和不息的晚风呢？因此我

①春心：指春日景色引发出的意兴和情怀。②兰襟：香洁的衣襟，指美女之衣衫。一说喻指良友。结遍兰襟，谓情分深切。③晏几道《清平乐》词："犹记那回庭院，依前月浅灯深。"

们的故事，注定是一场失速的流离，一场彷徨的关注，一场风花的悲哀，一场美丽的悲剧……谢却荼蘼，起身轻叹，一曲《长相思》勾起来伤心，时光苍茫的洪涛中，一曲一调地演绎着那古老的歌谣——"生死契阔，与子相悦；执子之手，与子偕老"……

点 评

容若这阕词，清新隽秀，自然超逸，明白如话，非常自然。但是所写为何，尚有争议。有人说是怀友之作，由"结遍兰襟"佐证。——当然，说容若"结遍兰襟"，也并非夸饰之语，他的确广交游，善交游，有很多志同道合的朋友。

而容若本人也是极重友情，他的座师徐乾学之弟徐元文就曾在《挽诗》中赞美道："子之亲师，服善不倦。子之求友，照古有烂。寒暑则移，金石无变。非俗是循，繄义是恋。"

但是"兰襟"一词，还有别义，晏几道《采桑子》"别来长记西楼事，结遍兰襟"中的兰襟，指的就是美女之衣衫。元好问《泛舟大明湖》"兰襟郁郁散芳泽，罗袜盈盈见微步"中的兰襟，也是此义。除此之外，容若此词里还有"春心"、"当时事"、"梦里云归"等婉曲之词。但最让人感觉其不似怀友之作的地方还在于，容若此篇多次化用晏几道词句。凡此种种，都说明此篇合该是写情之作，是追怀过去的一段情事。

首句，"明月多情应笑我"，实为倒装，应理解成："明月

应笑我多情"，显然是化用了苏轼的"故国神游，多情应笑我、早生华发。"东坡啸出此句，那是因为他由凭吊周郎而联想到自己徒抱壮志，想为国分忧而不可得，而生命短促，人生无常，自己白发已然。故东坡的笑，苦笑也。那容若的笑，又是什么笑呢？"笑我如今。辜负春心，独自闲行独自吟"。这句极其自然朴素，化用前人词句，了无痕迹，如同己出。晏几道曾作过一首《采桑子》词，和容若此篇无论在用韵还是在词句上都大大相像：前欢几处笙歌地，长负登临。月幌风襟，犹忆西楼着意深。莺花见尽当时事，应笑如今。一寸愁心，日日寒蝉夜夜砧。

容若词"笑我如今"与晏词"应笑如今"相对，"辜负春心"与"一寸愁心"相对，"独自闲行独自吟"与"日日寒蝉夜夜砧"相对。可以说，容若上阕词简直就是晏几道下阕词的翻版。晏词下阕的意思是，那啼叫的黄莺和盛开的花朵曾见尽了当时月光柳影下两情依依、情话绵绵的情景，如今，它们恐怕会笑话我的寸寸愁心、丝丝寂寞。知道了晏词言何，容若此言何义，也就十分明朗了。容若曾经和她（谢娘或沈宛）有过一段"双鸳池沼水溶溶"的美好恋情，那时他与佳人同调宝瑟，同拨金猊，同唱鹧鸪词。可是如今，只有"独自闲行独自吟"的失落和惆怅了，而那些燕舞莺歌的明媚的春光，也只有辜负殆尽了。

所以下阕，词人会说，"近来怕说当时事，结遍兰襟"。所谓"当时事"即是往昔的情事，也就是"结遍兰襟"，情分极深。那他为何怕说当时情事呢？末句，"月浅灯深，梦里云归何处寻"，因为夜静更阑，残月渐落，孤灯将灭，面对此情此景，他知道已然是事随云去，己身难到，"梦逐烟消水自流"了。爱人已经失去，空提往事，只会令人心生无限怅惘，遂只好"怕说"，不说了。

采桑子 咏春雨

嫩烟分染鹅儿柳①，一样风丝②。似整如欹，才着春寒瘦不支。

凉侵晓梦轻蝉腻③，约略红肥④。不惜葳蕤⑤，碾取名香作地衣⑥。

赏析

春天的雨，有着美丽的唇。说出的第一句，是薄薄的雾，轻轻地凝在杨柳眉间，天也朦胧，地也朦胧。春风吹来的时候，她便瘦弱晴丝，托不起一只荡秋千的蝴蝶。

春天的雨，又像是闺中的女子，眼角都是三月天气，因此喜欢睡懒觉，不喜欢

---

①鹅儿柳：浅黄似雏鹅毛色的嫩柳。②风丝：风中细柳枝。③蝉腻：轻盈透明的蝉鬓。腻，滑泽。④红肥：指花朵因雨水滋润而更加鲜艳。⑤葳蕤（wēi ruí）：鲜丽的样子。⑥名香：落花。地衣：指地毯。

小花伞。她的小脚，常放在云的怀里，偶尔打江南雨巷走过。

然而无情的还是她，推着春雨的小车，轻碾落花无数。

点评

容若有着一种不可言喻的自然情节，他的词"纯任性灵"，给人一种"纤尘不染"的感觉。敏感任情的天性与人生的真切体验化成的词，感觉特别的自然流丽、清新秀隽。比如这首咏春雨的《采桑子》。

春雨如何表现？是不是句句皆需有"春"有"雨"？后蜀欧阳炯曾写过一首描写春景的《清平乐》："春来阶砌，春雨如丝细。春地满飘红杏蒂，春燕舞随风势。春幡细缕春缯。春闺一点春灯，自是春心缭乱，非干春梦无凭"，句句不离"春"字，不但颇不达意，反而显得矫揉造作，给人以堆砌之感。容若此阕咏春雨之词，妙在词中无一句春雨，却又句句不离春雨。

首句即从初春之弱柳写起，别是一番心思。"嫩烟分染鹅儿柳，一样风丝"。春雨微细若烟雾，落在泛起鹅黄色的柳枝上，仿佛是空中飘撒着游丝一样。说"嫩烟"，说"鹅儿柳"，说"催"，都使人感到这是春天特有的那种毛毛细雨，也即"沾衣欲湿"的"杏花春雨"。这种细雨，似暖似冷，如烟如梦，情思杳渺难求，正如秦观《浣溪沙》："自在飞花轻似梦，无边丝雨细如愁。""似整如欹，才着春寒瘦不支"，这句是说微风吹来，细雨若直若斜，就好似弱柳刚被春寒，娇瘦不支。容若词，"瘦"字用得实在妙极，这"瘦"一出来，清婉也就有了。

"凉侵晓梦轻蝉腻，约略红肥"。古人言弱柳，总是不自觉地将它与娇弱的美人联系起来，比如张先《满江红》"过雨小桃红未透，舞烟新柳青犹弱。记画桥深处水边亭，曾偷约"中就用新柳隐喻他娇美的恋人。容若此句也是如此，将弱柳拟人，托以闺中女子。也许有人会问，容若此词里并未直言闺中女子啊。的确，直言确实没有，容若用的是"轻蝉"借代。明叶小鸾《艳体连珠发》："如云美焉，是以琼树之轻蝉，终擅魏主之宠。"容若此处，即以轻蝉这一古代妇女发式代指闺中人，谓春雨凉意袭人，晓梦初醒，令人烦恼，但略显安慰的是，她又看到红花已绽，略显鲜丽。然而"天公不作美"，这"约略红肥"喜人的春景，转眼之间就变成了"绿肥红瘦"。末句，"不惜葳

263

蕤，碾取名香作地衣"。春雨真是无情，一点怜花之心也没有，就这样催落名香，化作红红的地衣一片。春雨欺花，所谓风流罪过，明是怨春，实是惜春情怀，由此描摹刻画便将春雨之形神表现得尽致淋漓。

好事近

马首望青山，零落繁华如此。再向断烟衰草，认藓碑题字①。

休寻折戟话当年②，只洒悲秋泪。斜日十三陵③下，过新丰猎骑④。

赏析

总有隐隐青山，总有嶙峋瘦马，也总有匆匆的赶路人。他们今生一遇，就凋零了天涯芳草，几个朝代的繁华。

寒蝉凄切。秋风中冰冷的碑文，像一把多年失修的锤子，凿在历史那泛黄的墙壁上，声声寂寞，声声悲。

孤星映月，你听见猎猎的风衣，卷走尘土，一袭袭罩在，古老的十三陵上，像一阵急促的咳嗽声，碎裂在新王朝的上空。

①认藓碑句：意即可辨认出长满苔藓的古碑上的题字。藓，苔藓。②折戟：折断的戟。杜牧《赤壁》诗："折戟沉沙铁未消，自将磨洗认前朝。"③十三陵：明代的十三座皇陵，在今北京市昌平区北天寿山一带。④新丰：地名，在今陕西西安市临潼区东北，汉初刘邦建国后，迁家乡父老居于此。猎骑（jì）：打猎者的坐骑，代指猎人。

点 评

这是一首描写秋猎的词，词中所描绘的是在北京十三陵地区的行猎。十三陵是明朝国君的墓地，理应有一番繁华雄伟的景象的，然而容若到此，看见的是什么呢？

首句"马首望青山，零落繁华如此"，通过马头向前望去，眼前是一脉青山，都市的繁华早已不见，只有一片萧索冷落的景象。诗人似乎有些不甘心，那昔日的辉煌盛景果真就难以再寻了吗？

"再向断烟衰草，认藓碑题字"。看来，确实如此，如今只有"断烟衰草"中的长满苔藓的石碑，尚且存留着一些"繁华"的记忆。

"认藓碑题字"一句，大约是出自唐可止《哭贾岛》诗："暮雨滴碑字，年年添藓痕"。

面对眼前这份萧索冷清的景象，看着被枯草掩埋的石碑，纳兰心中感慨万千。"衰草"就是干枯的草，而所谓的"藓碑"则是指长满了苔藓的石碑。此句是说，被苔藓覆盖了的石碑上，还可以模糊地辨认出之前所刻下的碑文，时光就是这样无情，人们还以为将真实留在石碑上就可以万古长存，其实在时光面前，任何东西都是脆弱、不堪一击的。

想到此，纳兰便心生悲凉。自己的生命也不过是白驹过隙，匆匆几十年犹如流星划过，很快就没了。自己没有去做自己想做的事情，而是整日陪在皇帝身边，做些并不情愿的工作，这样的日子什么时候才能够到头啊？所以，在下片的时候，纳兰便将遐想止住，他知道无益的多想毫无意义，所以他才会无奈地写道："休寻折戟话当年，只洒悲秋泪。"所谓"折戟"就是断戟被沉没在沙里，指惨败。

"休寻折戟话当年"，此句出自杜牧《赤壁》诗："折戟沉沙铁未消，自将磨洗认前朝"。杜牧于会昌二年（842）出任黄州刺史期间，曾游览黄州赤壁矶，在江边淤沙之中发现一支折断了的铁戟。

这支铁戟，经过了六百多年还没有被时光销蚀掉，经过一番磨洗之后，杜牧鉴定它曾是赤壁之战的遗物，于是抚今追昔，发出了"东风不与周郎便，铜雀春深锁二乔"的兴亡之感。容若此处是"休寻折戟话当年"，显然反用杜诗，意谓不要寻思那古往今来兴亡之事，单是眼前的秋色便已令人生悲添慨了。

结尾二句，"斜日十三陵下，过新丰猎骑"，斜日照耀下的明十三陵已非当年的十三陵，大清王朝的宫廷侍卫们组成的打猎队伍正昂然从这里走过。这两句所绘情景形成了一种强烈的对比，颇含兴亡之感和轮回之叹，令人深思。在《赤壁》诗里，杜牧把赤壁大战成败的关键归结为偶然的"东风"，固然有些牵强，那么大明王朝的灭亡又是有什么原因造成的呢？明代也曾有过兴盛的时期，如今却只剩夕照十三陵；现在清王朝的"新丰猎骑"虽赫赫扬扬，将来会不会也零落殆尽呢？词作就此打住，余悠悠不尽之意，启人联想。

好事近

何路向家园，历历①残山剩水。都把一春冷淡，到麦秋天气②。

料应重发隔年花③，莫问花前事。纵使东风依旧，怕红颜不似。

赏 析

歌云：不要问我从哪里来，我的故乡在远方……

生命如风筝，漂泊得再远、再久，那线的一端，系住的

---

①历历：分明可数。②麦秋天气：谓农历四五月麦熟时节。③隔年花：去年之花。

始终是故乡。如今，关山的路，阡陌万千。却没有一条可以回乡。

春风，从你的胸膛打马经过，折掉了你一季的快乐之枝。你只有举起千斤的目光，把重重的山峦，眺望成一马平川，让思归的心，恣意驰骋……

家中那株盛开的海棠花，凋谢后尚可重发。可是既逝的红颜，她能再度与自己演绎烂漫的花前事吗？衾凤冷，枕鸳孤，最销魂。

点评

在容若心中，爱情的位置非同一般，他往往把与妻子的别离、相思看得比什么都重要，故他在长年的护从、入值的生涯中，总是为离愁别恨所困扰。本篇所写，则又是一回的分别，并且从"料应重发来年花"、"怕红颜不似"之语来看，还是写在妻子死后的，因是一篇伤悼之作。

"何路向家园,历历残山剩水"。由于是随扈在外,关山迢递,无路通向家园,所以心头眼底的山山水水都成"残山剩水"了。

"残山剩水"本义是指国土分裂,山河不全,如范成大《万景楼》诗:"残山剩水不知数,一一当楼供胜绝。"那容若此句,是说大清朝山河破碎了吗? 显然不是,容若作此语,其实是移情作用使之。

按照现代的"移情说",在创作过程中,物我双方是可以互相影响、互相渗透的。比如,把"我"的情感移注到"物"中,就会出现像杜甫《春望》"感时花溅泪,恨别鸟惊心"之类的诗句;而"物"的形象、精神也同样会影响到诗人的心态、心绪,如人见松而生高风亮节之感,见梅而生超尘脱俗之思,见菊而生傲霜斗寒之情。

容若公干在外,远离家园,因思家而心生忧伤,这种主观感情投射到路途中的山水之上,遂有"残山剩水"。这与秦观由于心烦意乱,移情于物,将群山说成"乱山"(《南歌子》"乱山何处觅行云?")的写法是一样的。

"都把一春冷淡,到麦秋天气。"这二句是说,已经一春未归,转眼之间,已是春尽夏初之时。结合前句,麦秋天气的山水当然是清山秀水,旖旎风光,但是词人却说"残山剩水",可见离愁真能淡褪了一切色彩,别情果然令人触目神伤!

"料应重发来年花,莫问花前事",下阕承接上阕离愁情绪,道出无限心伤的深层原因。此处,"来年花"之典来自后主李煜事。

根据《南唐书·昭惠周后传》记载,后主曾与周后移植梅花于瑶光殿之西,等到花开之时,周后已经死了,后主睹花忆怀,因之成诗:"失却烟花主,东风不自知。清香更何用,犹发去年枝。"意谓当初一起栽花,相约花开共赏,如今,梅花已开,然而蛾眉已残,空留这一树梅香,又有何用?容若用此典,当是自指:今年芳菲消歇的花枝上,来年还会芬芳重发,可是自己的妻子将何在焉?于是他就告诫自己,不要回忆花前月下的往事,因为即使东风还是昔日的东风,可是红颜已非昔日的红颜,玉人已经永远地逝去了……

人生就是这样错过一场又一场美景,有些人对这些错过不以为然,但对于纳兰来说,每一次错过都是一道伤痕。他用伤痕累累的心,吟咏出这些千年,甚至万年之后都不会被忘记的词。他与他那些隐约的心事,统统被记载了下来。

一络索 长城

野火拂云微绿①，西风夜哭。苍茫雁翅列秋空，忆写向、屏山②曲。

山海几经翻覆。女墙③斜矗。看来费尽祖龙④心，毕竟为、谁家筑?

赏 析

四面的沙粒都安静下来，将方圆万里的夜晚，交给大漠的野火。秋风夜哭，你仿佛长了两千岁，立在秦汉时的边关上，手边的雁翅，无限苍茫。时间如高僧入定，落日在凝固，

①野火：磷火，即俗称的"鬼火"。②屏山：像山一样曲折的屏风。③女墙：城墙上呈凸凹形的矮墙。此指长城。④祖龙：秦始皇。

山河在翻覆。你从秦朝返回，一脸怅惘，一脸感慨。古老的长城上，朔风正在猎猎地吹。不知为谁。

点评

纳兰主词要抒写"性灵"，又当有风人之旨，骚雅之意。本篇即可视为一例。其于篇中对秦始皇修筑万里长城不无褒贬，同时也寓含鉴今之深意。

"野火拂云微绿，西风夜哭"。首二句写塞上所见所听。词人看见的是大漠荒野之夜，磷火绿光闪闪，好像与天上的云朵连到了一起；听见的是阵阵西风呼啸，俨然如战场冤魂的哀哀夜哭。词作一开头就给读者展现了一幅野火连天、秋风悲咽的凄厉悲壮之图。

接下一句，"苍茫雁翅列秋空"，把前两句勾勒的壮阔的景致拉得开阔无际：空旷辽阔的秋日，大雁翅列长空，词人仰望，顿觉一片苍茫。至此，词人已经把秋日边地的寥廓之景写到了极致，若再作类似于"大漠孤烟直，长河落日圆"的闳阔之语，就会显得境界单一，缺乏灵动。那该如何应对？

且看容若下句："忆写向、屏山曲"。好一句"忆写向、屏山曲"！忽地将大开大合之景凝入小小的屏山，真不愧才子笔法也！所谓"屏山曲"，就是屏风曲折如山，容若这里是说雁阵列空的景象就如同屏风所绘，从而将时空从空旷的大漠挪移到了温馨的家中，伸缩驰骋可谓极其灵动，呈现一种迷离之美。

此之笔法，堪与姜夔的"已入小窗横幅"相比。

姜白石有一首非常著名的咏梅词《疏影》，其最后三句是"等恁时，重觅幽香，已入小窗横幅"，意思是等到那时再重寻梅花的幽香，已经为时已晚，因为那时花已落，香已残，只剩下空秃的疏影，而美丽的梅花则已经变成了小窗上的图画了。一个是雁列长空，倏然飞入曲折屏山；一个是梅花飘落，翩然嵌入小窗横幅，其时空变幻，均是妥帖浑成，不着痕迹。

下阕，词人由写景转为抒情。"山海几经翻覆，女墙斜矗。"想当初，秦始皇费心劲力，终于统一六国，而后又修筑了举世闻名的万里长城，然而几经山河变换，几经兴亡更替，赳赳不可一世的始皇安在？的确，六国破灭，好似一场梦幻；祖龙雄威，已非昔日，曾经的万里长城，也残余为"女墙斜矗"了，那么，曾费尽移山心力的始皇，究竟是为谁修建这绵延万里的巍巍长城呢？"看来费尽祖龙心，毕竟为、谁家筑？"这可以说是即景抒情，但词人的忧患意识和苍凉之悲感亦充溢满纸，深具感发的魅力，启人深长思之。

一络索

　　过尽遥山如画，短衣①匹马。萧萧落木不胜秋，莫回首、斜阳下。

　　别是柔肠萦挂，待归才罢。却愁拥髻向灯前②，说不尽、离人话。

赏析

　　莫问马蹄声。吟鞭一指，过尽青山，便是天涯。无边落木萧萧下，不尽长江滚滚来。征途中的秋，沉郁如杜甫的七律。

　　所以，那寂寥的秋景，回首顿成悲。一场寂寞凭谁诉。独在家中守候的那人，思念成锁。你打马归来，是唯一的钥匙。

点评

　　此是一首别有情趣的抒发离愁别恨的小词。

　　"过尽遥山如画，短衣匹马"。词人身着短衣，乘着骏马，奔驰在征途上，那历历如画的青山，已被自己远远地甩在了身后。一"尽"字说明了行程之远，一"匹"字，彰显了征途之寂寞。

---

①短衣：古代北方少数民族尚骑射，故穿窄袖之衣，称为短衣。②拥髻句：汉伶玄《飞燕外传》附《伶玄自叙》："通德（伶玄妾）占袖，顾示烛影，以手拥髻，凄然泣下，不胜其悲。"

"萧萧落木不胜秋",承"遥山如画"而来,显得大气磅礴。"萧萧落木"显然出自杜甫《登高》中的名句"无边落木萧萧下,不尽长江滚滚来"。杜甫诗里,落木而说"萧萧",并以"无边"修饰,如闻秋风萧瑟,如见败叶纷扬,无论是描摹形态,还是形容气势,都极为生动传神。

容若虽去其"无边",只袭用"萧萧落木"四字,但景物之萧瑟和意境之深远,还是历历如绘的。而"不胜秋"三字,也说明了容若为何要弃老杜"无边"二字之缘由:仅是无边落叶,就已经让人不能经受秋天的萧寥了,倘再加之以"无边",此情此景,则何人可堪?所以就有了下一句的"莫回首、斜阳下",只顾策马而行吧,千万不要回头,那夕阳西下,落木萧萧的景象会让人断肠的。

"别是柔肠萦挂,待归才罢"。此句字面的意思是:我是特别地牵挂你啊,这种柔肠百转的思念之心只有等你回来以后才能停止。

在下阕的开端,纳兰便用如此直白的语气写出了思念之情,这种感情如此浓烈,所以在分离之后,更显得孤寂和落寞。在这首词的最后,纳兰自己也写道:"却愁拥髻向灯前,说不尽、离人话。"闲愁越想越多,只有当两人重新见面之后,才能化解,离人话说不尽,说得尽的只有彼此之间对对方的牵挂。

这就出现了一个问题:这个"我"指的是谁?是容若还是别人?若是容若自己,怎还会有"待归才罢"之语呢?显然,这句话说得并不是词人自己,而是与自己遥隔千里的妻子。

这就是此阕小词的别致之处：词的上阕写的是征途之景，其见闻感受皆从自己一方落墨，下阕则是从闺中人一方写来的，是作者假想中的情景。

因此，其高明之处不在于按题中应有之义诉说了柔肠千转的思念之情以及对归家团聚之日的渴望，而在于最后做了一笔反面文章，强调自己怕发付不了他日两人相聚，灯前絮话时她的那种'说不尽、离人话'的无限深情，因而又添新愁。这较之唐代诗人李商隐的名句"何当共剪西窗烛，却话巴山夜雨时"，意思更深了一层。所以此篇极有浪漫特色，极见情味。

雨中花

楼上疏烟楼下路，正招余、绿杨深处。奈卷地西风，惊回残梦，几点打窗雨。

夜深雁掠东檐去，赤憎①是、断魂砧杵。算酌酒忘忧，梦阑酒醒，梦思知何许②。

赏 析

突然之间，我已不知自己是谁。那莫可名状的茫然，那没有名字的忧愁。如举杯言散，尽离欢。从此，你在天涯，我在海角。

夜已深，如孤雁的哀鸣。蓦然回首，看见你的笑，千回百转的温柔。我就悲伤，伤到骨里。永远都不会忘记，你站在杨柳深处，向我挥手，微笑的样子。

想起你，我就灿若桃花般。满眼的荒芜过后，我知道，你要远走。

是否，你还是你，我还是我？是否，愁思无痕？是否，寂寞无怨？今夜，我希望能这样无伤大雅地痛彻心扉。

---

①赤憎：可恨、可厌之意。②何许：怎样、如何。

点 评

此篇写秋夜愁思，全词用意象烘托，至于愁思为何，却不易言喻。

上阕由梦境起，前二句写梦中情景。楼上是冷落的烟火，楼下是寂寞的小路。迷蒙的杨柳深处，正有绰绰的身影召唤着他。"正招余、绿杨深处"，绿杨是离别的意象，容若曾经写过一阕凄凉的塞上离愁别恨之作《蝶恋花》，开篇一句就是"又到绿杨曾折处"。"正招余"，招他的是谁？是亡妻？是恋人？还是故人？

"奈卷地西风，惊回残梦，几点打窗雨。"后三句写西风夜雨惊断了梦魂。

"奈"字承前句的"正"字，写出正好有梦却猝然被扰的无奈之情。"西风""残梦"、"打窗雨"，皆是凄冷的意象。

下阕写夜深不寐。"夜深雁掠东檐去"，递出了鸿雁的意象。午夜梦回，与词人一样被惊醒的是鸿雁，鸿雁受惊雨中凄飞的苦境暗合了词人苦闷愁怨的心境：他们同是黑夜中寂寞凄苦的"伤心人"。

接下一句又出现了"砧杵"的意象。古人有秋夜捣衣、远寄边人的习俗，因而寒砧上的捣衣之声便成了离愁别恨的象征。词人说砧杵"断魂"，又说"赤憎"，究竟是何事让他愁绝如此呢？"算酌酒忘忧，梦阑酒醒，愁思知何许。"写借酒消忧，但梦尽酒醒，愁思仍不得解。

整首词前面只是一些意象的连缀，只在结尾处提到愁绪，然而对于因何而忧愁却并无点出，或是故园之思，或是怀人之苦，或是悼亡之痛，或是人生家族之忧。抑或词人之愁，从来就不是一端，而是纠结着思乡怀归、相思怨别、恐惧凄惶、寂寞寥落诸种情绪，难以断然分开。

这样的情绪一旦反映到词中，就形成其词缠绵往复、恍惚迷离的特色，让人只觉浑茫茫一片感伤落寞，有一股无法压抑的巨大的悲哀、恐惧、沉痛涌流其中，并与对个体、家族、人生的思索连在一起。或许也正是这种复合性，才使得容若的词常常笼罩着一种不易言喻的氛围，具有言有尽而意无穷的美学效果。

清平乐

烟轻雨小，望里青难了①。一缕断虹垂树杪②，又是乱山残照。

凭高目断③征途，暮云千里平芜④。日夜河流东下，锦书应托双鱼⑤。

赏析

"天青色等烟雨，而我在等你。"这里是塞上。烟雨蒙蒙的时候，总能想起故乡。想起雨后屋檐下，守望如虹的你。踏上征程，我已难回鞍辔。

所谓登高，无关望远。不过是看晚云，一

---

①望里句：一眼望去，茫茫青色一片，没有尽头。难了，不尽。②杪（miǎo）：树梢。③凭高：登高。目断：望断。④平芜：平远的草地。⑤锦书：书信。双鱼：信使。

遍遍地错过家园。不过是看乱山中，夕阳如血，梦魂如烟。

大江流日夜，客心悲未央。你的信，鸿雁何时传到？

点 评

容若的边塞诗词中，总是不时地流露出一己之愁思。这首征程思乡之作，写塞上离情，全凭景物化出。

"烟轻雨小，望里青难了"。烟轻轻的，雨微微的，塞上是一望无际的青色。此二句是写细雨轻烟之中的远山之景。

"青"字是写青翠的山色，"难了"即是杜甫《望岳》"岱宗夫如何？齐鲁青未了"中的"未了"，是写青翠之色的莽莽苍苍。

"一缕断虹垂树杪，又是乱山残照"，二句言雨后的景象，同样苍茫寂寥，但是多了些凄惨冷落：一缕断虹垂在树梢，山峦错杂堆叠，又是残阳斜照时候。用"乱"形容山，是移情于物，足见心烦意乱；用"又是"修饰"乱山"，可知此广阔荒寒之景已经屡见不鲜。

下阕仍然是实景，苍茫凄凉。"凭高目断征途，暮云千里平芜。"容若此时扈从康熙，正走到一座高岭上，他凭高远望，将要踏上的征途被茫茫的暮云隔断，只有草木丛生的旷野迤逦千里。

自古诗人词客，善感多思，每当登高望远，远目临风，更易引动无穷的思绪：家国之悲，身世之感，古今之情，人天之思，错综交织，纷然而至，例如陈子昂登上幽州古台，便发出了"念天地之悠悠"的感叹。可是,词人"凭高目断",却不是为了去寻求感慨,而是计算征程,希望能早日结束扈从生活,好回到故园,与日思夜想的妻子团聚。

结尾二句,"日夜河流东下,锦书应托双鱼"就是承此意而来。山下有河,日日夜夜,向东流去,见此情景的容若遂在心底呼唤:妻子啊,快点把书信装在双鱼腹中,托人给我捎来吧!此篇全作景语,但无处不寓征人怀思之苦情。

清平乐

凄凄切切，惨淡黄花节①。梦里砧声②浑未歇，那更乱蛩③悲咽。

尘生燕子空楼，抛残弦索④床头。一样晓风残月，而今触绪⑤添愁。

赏析

思亲重阳佳节，却是惨淡黄花节。

黄昏的余晖里，你坐在孤独的风里，影子犹如深秋的落叶。想起伊人玉兰花瓣般的面容，你总是意犹未尽。有时候嘴角略带甜蜜，有时候哀愁泻于双目间。而她已经走了那么远，那么远。

①黄花节：重阳节。黄花，菊花。②砧声：捣衣声。③那更：更何况，更兼。蛩（qióng）：蟋蟀。④弦索：弦乐器之弦，代指弦乐器，如琵琶、筝等。⑤触绪：触动了心绪。

梦中，你见过最深情的面孔，最柔软的笑意。在炎凉的世态之中，灯火一样给予你温暖的方向。虽然现在，你已经无法再拥抱，路途念念不忘的失去。

回忆，是一种味道。无法释去，更无法追寻。

点 评

这首词是作者在重阳佳节为感爱妻之逝而作，为悼亡词。

"凄凄切切"，首句即极尽伤情之词。这四个字，孤立来看，看不出其凄凉几何。它实际上是脱自欧阳修《秋声赋》中的"凄凄切切，呼号愤发"，在欧阳修啸出此伤心句之前，其实是很有一番铺垫的："噫嘻悲哉！此秋声也，胡为而来哉？盖夫秋之为状也：其色惨淡，烟霏云敛；其容清明，天高日晶；其气慄冽，砭人肌骨；其意萧条，山川寂寥。故其为声也，凄凄切切，呼号愤发。"所以，知此，

就会知道当词人写下这四个字时，其悲心若何。

"惨淡黄花节"，这句点明时令是重阳。而重阳佳节，正是登高，遍插茱萸，赏菊饮酒之佳时，词人何以会觉得"惨淡"？作者并未马上说出缘由，而是继续描摹惨愁之景。"梦里砧声浑未歇"，古人有秋夜捣衣、远寄边人的习俗，因而寒砧上的捣衣之声便成了离愁别恨的象征。此处词人不仅听到砧声，而且这催人发愁的砧声还更鼓未歇。这副情景本来已经使人不胜其苦了，偏偏这时候又传来悲咽的蛩声。

"那更乱蛩悲咽"，墙边蟋蟀鸣叫，亦是触发人们秋思的。李贺《秋来》诗云："桐风惊心壮士苦，衰灯络纬啼寒素。"至此，上阕以实写制造了不胜悲伤凄楚的氛围，词人内心的秋潮已经开始暗自汹涌了。

下阕，"尘生燕子空楼，抛残弦索床头"，本于宋周邦彦《解连环》词："燕子楼空，尘锁一床弦索"，点出悼亡之情，让内心潮水汩汩流出。燕子楼，在江苏徐州，唐时张建封的爱妓关盼盼曾居于此，张死后，盼盼仍居此楼十余年不嫁。这里借指亡妻的居室。因为妻子已经亡故，所以言"燕子空楼"。因为亡故已久，所以曰"尘生"，而床头的琴弦也早已束之高阁，任其蒙尘抛残。

末二句，"一样晓风残月，而今触绪添愁"。"一样晓风残月"，此句显然是化用柳永《雨霖铃》里的词句："今宵酒醒何处？杨柳岸，晓风残月。"柳永的"晓风残月"，似工笔小帧，无比清丽，且客情之冷落，风景之清幽，离愁之绵邈，皆凝于其中。然而词人在"晓风残月"前添了"一样"二字，就变"古语为吾语"了，送别之意尽去，而悼亡之音弥浓，颇有崔护"人面不知何处去，桃花依旧笑春风"的物是人非之情。

最后一句，"而今触绪添愁"，点明玉人已殒，睹物思人，触绪添愁的主旨，而词人本就相思无绪的心怀，此时也就愈益伤情彻骨，无法排遣了。

清平乐 忆梁汾①

才听夜雨，便觉秋如许。绕砌蛩螀②人不语，有梦转愁无据③。

乱山千叠横江，忆君游倦④何方。知否小窗红烛。照人此夜凄凉。

赏 析

劝君更尽一杯酒，西出阳关无故人。这世间让人感动的，原本也有友情。也许，昔日伴君今夜须沉醉的友人，早已一马远去，只剩西风古道上的黄尘。也许，曾经少年风流的哒哒马蹄，如今只有一行形影孤寂的不舍嘶鸣。

但只要彼此的心灵是贴近的，就算千山万水也可以交换心意。正如诗云：忆君无所赠，赠子一片竹。竹间生清风，风来君相忆。也许，总有一天，我们也会化为一片竹林，在风中升华彼此的情谊。

①梁汾：即作者挚友顾贞观。见《菩萨蛮·寄梁汾苕中》（知君此际情萧索）②蛩螀（qióng jiāng）：蛩，蟋蟀。螀，蝉。③无据：不可靠、不足凭。④游倦：倦于游宦，谓仕宦不如意而漂泊潦倒。

点 评

这是一首秋夜念友之作，抒发了作者对顾梁汾深切的怀念和深挚的友情。全篇亦情亦景，交织浑融。

"才听夜雨，便觉秋如许"。容若似乎有一种"雨情结"，而"雨"在容若的词里，又似乎总有一种凄清哀婉的情调，并且常常和"秋"联系起来，比如"萧然半壁兼营秋雨"、"一朵芙蓉著秋雨"、"夜雨做成秋"、"秋雨，秋雨，一半西风吹去"等等，简直不胜枚举。此处亦然，一开篇就以"才听夜雨"为全词奠定了秋夜感怀的基调，似乎预示着词人对友人的怀顾也将似这秋雨一般，绵绵不断，细若愁思。

"绕砌蛩螀人不语"，写完了秋雨，词人转写蟋蟀和寒蝉。在古诗词里，蛩吟多是催愁之声，比如程垓《卜算子》"楼下蛩声怨"，用如泣如怨来形容"蛩声"，以显主人公的凄怨情怀。而寒蝉多作凄声，比如柳永《雨霖铃》中的"寒蝉凄切"，用作写临别情景，愈加增其哀戚。此处，词人将蛩蝉并举，谓寒蝉之哀嘶与秋蛩之低吟连成一片，如此，则词人之愁绪几何，寂寞几许，读者自可想见。所以在这种不胜寂寥的情形下，只能是"人不语"，窗外的秋声已让他不忍听闻了。于是词人只好寄希望于梦了。但结果如何呢？"有梦转愁无据"，终于因忆念故人而成梦了，但是梦醒成愁，故梦也不可靠，不能慰人相思了。观之上阕，词作从窗外写起，以实笔出之，由"夜雨"和"蛩蝉"有声而"人不语"的秋声秋意中，引来了对故人的怀念。

过片转而虚写。词人于梦中想象，极目远望，只见水天空阔、乱山无数；那么，对方此去之远，其觌面之难早已不言自明了。"乱山千叠横江"，由于江山阻隔而与梁汾不得相见，遂点到"忆君"之题旨。"忆君游倦何方"，"游倦"，即倦游，指仕宦不得意而思归隐，张孝祥《水调歌头·过岳阳楼作》曾有"湖海倦游客，江汉有归舟"，辛弃疾《水调歌头》也有"倦游欲去江上，手种橘千头"。此处，词人遥问友人倦游于何方，包含着其对湖海漂泊、怀才不遇的友人的深切关怀。

"知否小窗红烛。照人此夜漂凉。"在古典诗词中，"灯"或"烛"似乎常与孤独寂寞相连，灯下的情景也是相聚的少，离散的多，因此"灯"就成为表现相思离别之情的最好意象。这在纳兰词中也有所述："夜寒惊被薄，泪与灯花落。""秋梦不归家，残灯落碎花。""月浅灯深，梦里云归何处。""因听紫塞三更雨，却忆红楼半夜灯。"当然还有此处的"知否小窗红烛，照人此夜凄凉"。对友人无形的思念，通过有形的灯烛倾诉着或伤别或念远或期盼的感情。这夜不能寐的绵绵思绪，通过夜色中飘摇跳荡的烛火，连接着朋友的天涯路和词人的小轩窗，表现了一种无以名状的凄清冷落之情。

在发出了"忆君游倦何方"的内心思语之后，词人终以"小窗红烛"之眼前景收束，更加突出了"此夜凄凉"的氛围和心境。

清平乐

塞鸿①去矣，锦字②何时寄。记得灯前佯忍泪③，却问明朝行未。

别来几度如珪④，飘零落叶成堆。一种晓寒残梦，凄凉毕竟因谁。

赏析

醉笑陪君三万场，不诉离伤。这豪迈的承诺，你再一次无法做到。

漂泊太久，你的离伤已经累累。家书不来，你累累的伤痕不愈。都说，时间是水，

---

①塞鸿：边塞的雁。②锦字：书信。③记得句：唐韦庄《女冠子》词："别君时，忍泪佯低面，含羞半敛眉。"④如珪（guī）：本为美玉，这里喻缺月。

回忆是水波中的容颜。那夜离别，她憔悴的容颜，如莲花的开落。她挽留的唇，如月光的叮咛。可是你，挥一挥衣袖，还是走了。

如今，月亮圆了又缺。你已走到了异地的落叶里。她忧伤，你就飘零成堆。

点 评

又是一首塞外怀妻的小令，凄婉哀怨中透露出一丝寂寥难眠的心境。

"塞鸿去矣，锦字何时寄。"塞鸿，即塞雁，秋季南飞，春季北返。古诗文中常以之比喻远离家乡，漂泊在外的人。"锦字"用典，《晋书·列女传》载前秦时，窦滔被流放到边疆地区，其妻苏蕙思念不已，遂织锦为回文旋图诗相寄赠。诗图共八百四十字，文辞凄婉，宛转循环皆可以读。"塞鸿去矣"，望着塞上的鸿雁向南飞去，容若不禁长思：妻子啊，你的书信何时才能寄到？

"记得灯前佯忍泪，却问明朝行未"，由盼望家书到来，转为追忆与她分别时的情景。此二句，化用唐韦庄《女冠子》词："别君时，忍泪佯低面，含羞半敛眉"，融合无间，犹如灭去针线痕迹，有妙手偶得之感，把一幅既温馨又感伤的画面呈现在我们面前：妻子忍着眼泪为丈夫打点行装，依依话别，却总是小心翼翼地问：明天真的就要走了吗？她多么希望能从丈夫嘴里得到不走的消息，哪怕只是推迟一天，再多一天团聚的日子啊。这种情深一往的夫妻感情，从只言片语中便浓重地渲染了出来，让读者感动不已。

"别来几度如珪，飘零落叶成堆"，下阕描绘此时的愁思与寂寞。"如珪"，指月圆而缺，南朝江淹《别赋》："乃至秋露如珠，秋月如珪……与子之别，思心徘徊。""几度如珪"，是说分离时间的长久。"落叶成堆"，点出秋色已深，渲染了离情的凄苦：算算又过了好些日子了，月亮圆了又缺，随风飘落的叶子叠了一层又一层。我每天都在寒冷中醒来，连一个完整的梦都不曾有了，这些还不是因为没有了你在我身边陪伴，嘘寒问暖吗？末二句，"一种晓寒残梦，凄凉毕竟因谁"，以残梦凄凉绾结，突出了孤独难耐，相思怨别的深情。

谒金门

风丝①袅，水浸碧天清晓。一镜湿云青未了②，雨晴春草草③。

梦里轻螺谁扫④，帘外落花红小。独睡起来情悄悄⑤，寄愁何处好。

赏 析

整个春天，演绎的不过是一场落花和流水的故事。有情愿，有不情愿，也如花开花落般的简单。但你的心，从未静如止水。

梦里，你忧愁如柳丝，牵来几朵单身的白云。梦里，你那画眉的指头，抚摸着伊人的浅浅沉吟，浅浅笑。可是醒来，依旧是风雨夜水茫茫，依旧是古渡横空船。

一次次，你唯有轻轻地掬起一捧相思水，喝在口里，渴在心里。

---

①风丝：因风飘荡的柳丝。②一镜湿云：指倒映在水面的云。一镜，谓水平静如镜。未了：不尽。③草草：匆促。宋张炎《采桑子》词："客里看春多草草。" ④轻螺：细眉。螺，即螺黛，青黑色颜料，可用来画眉，因作女子眉毛的代称。扫，画。⑤悄悄：忧愁貌。

点评

　　此篇写法别致，即以乐景写哀情，形成强烈的反差，从而凸现了伤春意绪，伤离哀怨。

　　上阕以轻倩妍秀的笔触，描写室外美好的春景。首句，"风丝袅，水浸碧天清晓"，容若喜欢将风中的柳丝说成"风丝"，比如"帘影谁摇，燕蹴风丝上柳条"、"嫩烟分染鹅儿柳，一样风丝"，还有这句"风丝袅"。

　　容若如此称谓风中柳丝，简洁自不必说，更重要的是将这两种轻盈飘柔的意象融合在一起，常常能给人一种逗惹春思的感觉。比如此处"风丝袅，水浸碧天清晓"：微风吹来，袅袅的杨柳，丝丝弄碧；清晓时分，碧蓝的天空，澄澄地倒映水中，真是给人几多牵引，几多遐想。

接下来，纳兰便从这景色中看到了愁绪，他写道："一镜湿云青未了,雨晴春草草。"所谓"一镜"就是指像一面明镜的平水。"一镜湿云青未了",承"水浸碧天"而来,谓水面上映出的云朵,一望无际，青色连绵。"青未了"本来是形容翠绿的山色,譬如杜甫"岱宗夫如何？齐鲁青未了",用"青未了"是表现山势坐落之广大,青翠之色浩瀚无涯,笔致简劲有力。因为此处容若用"青未了"形容的是"湿云",所以笔致就由刚劲转为飘杳,尽显青云身姿之轻盈。

"雨晴春草草"。上阕的前三句,写的是清晓雨霁,水天青青,柔风细细。这本应该是一片令人振奋的风光,但词以"春草草"三字陡然折转,露出了心中的苦涩。草草,劳心烦恼之意,如《诗经·小雅·巷伯》："骄人好好，劳人草草",李白《新林浦阻风诗》："纷纷江上雪，草草客中悲。"

那词人为何会觉得雨过天晴，春色反而令人增添愁怨呢？"梦里轻螺谁扫，帘外落花红小"。过片点明烦恼之由,即梦中还曾与伊人相守,还曾为她描画眉毛,梦醒则唯见帘外落花，故生惆怅，难以排解。于是,"独睡起来情悄悄,寄愁何处好",独自醒来,但感忧心悄悄,这缭乱的愁思,不知何处能寄？纳兰以反问结束整首词,他自己也不知道,这一腔的幽思该如何化解,提笔像是自问，又好像是寻求答案。这种矛盾的心情让人看后不由得心疼，爱一个人，真的就如此纠结吗？

清平乐

孤花片叶，断送清秋节①。寂寂绣屏香篆②灭，暗里朱颜消歇③。

谁怜散髻吹笙④，天涯芳草关情⑤。懊恼隔帘幽梦，半床花月纵横。

赏析

又是冷落清秋节。月亮，是柔软又冰凉的花朵，重阳夜，它没有开。守望天涯的女子，寂寂的房间，寂寂的心坎，寂寂的人生。只是无人怜惜。

两个人的爱，原来隔有一帘幽梦。所以，平生不会相思的人，才会相思，便害相思。

①清秋节：即九月九日重阳节。②香篆：篆香，形似篆文的香。③暗里句：李白《寄远》诗："坐思行叹成楚越，春风玉颜畏消歇。"④散髻：解散发髻。五代皇甫松《梦江南》词："双髻坐吹笙。"⑤关情：动情、牵惹情怀。

点 评

此词抒写少妇清秋懊恼、思念丈夫之情怀。但其情婉而隐，词中只用清秋孤花片叶、天涯芳草，以及寂寂绣屏、香篆熄灭，半床花月之景，将深隐的愁情具象化，极迷离惝恍，极空灵含婉。

上阕写愁。"孤花片叶，断送清秋节"，二句点出室外景和时节。"孤花"谓菊花是孤零零的，"片叶"谓叶子似只有一片，此二句显然是移情入景：由于女主人公的内心是寂寞的，所以当其以孤独之眼观物时，万物皆带孤独之情。既如此，这采菊饮酒的重阳节，怎会不被断送呢？

"寂寂绣屏香篆灭，暗里朱颜消歇"，此二句承上句"断送"，自然转入室内景和景中人。在寂寂的闺房，她黯然独处，绣屏也显得孤单冷落，而篆香又熄灭了；终日鸾孤如此，她秀美的容颜已经憔悴得不成样了。"暗里朱颜消歇"，脱自李白《寄远》诗："坐思行叹成楚越，春风玉颜畏消歇"，但比白诗愁情更甚：白诗里是"畏消歇"，即还没有消歇，背景是暖煦的春风；而容若词里是"消歇"，已然成果，背景是寂寂的绣屏和已经熄灭的香篆。

下阕写思。"谁怜散髻吹笙"，承接上阕末句而来，"朱颜消歇"应予惋惜，可是无人怜之。"谁怜"一词，叩心击骨，自身消歇无人怜，却还要去怜别人，这就产生了下句的"天涯芳草关情"。关情者何？当然是那位让她魂牵梦绕、行役在外的玉郎了。于是在自己照影吹笙，饱尝落寞后，又希冀晚上与他梦中相会，谁知好梦却被惊醒。"懊恼隔帘幽梦"一句，写出了"好梦难留人谁"的恼情恨意。既然梦不成，那就只有醒来。"半床花月纵横"，醒来之后，只有半床的月下花影，纵横交错，惹人相思不止。

容若的这首词，轻幽柔婉，缠绵悱恻，致力于追求结构链和情感链的完美统一。全词在结构链的连接上，上阕先点出时令，景物由外而内，由高而低，由大而小，由景而人；下阕承己而写，由己及人，由笙及梦，由梦及醒，由醒及恼，层层写来，针线细密。在情感链的连接上，上阕由花之"孤"而自然点出"断送"之念，以"断送"一词总揽全篇。再接以"寂寞"、"灭"、"暗"、"消歇"等词一路回应"断送"；下阕由"消歇"而生，由"冷"而"照"而"吹"，而"梦"而"懊恼"，环环递接，链条甚紧。其缜密的结构链与柔密的情感链相应相绾，有机地结合在一起，颇具匠心。

清平乐 弹琴峡题壁①

泠泠②彻夜，谁是知音者。如梦前朝何处也，一曲边愁难写。

极天关塞云中③，人随落雁西风。唤取红襟翠袖④，莫教泪洒英雄。

赏 析

泠泠彻夜，谁是知音者？如梦前生何处也，一曲心愁难写……曾说，用一弦锦曲，写尽绮丽，写尽温柔。写尽前生的缘，写尽今生的梦……可奈今生，早已忘却锦曲的调子。任泠泠弦音，随风飞去，舞作迷茫的幽叹。

如梦的前朝繁华，如

---

①弹琴峡：据《大清一统志·顺天府》："弹琴峡，在昌平州西北居庸关内，水流石罅，声若弹琴。"②泠（líng）泠：形容水流声清脆。③极天句：谓居庸关的形势极其险要。④红襟翠袖：指歌女。

今再无寻处。唯有边塞的西风，若似曾相识的笑颜。锦弦音，再斑斓时，你孤独得都不是自己了。寂寞的心，一半高山，一半流水，只是琴韵早已不再悠扬。

点 评

此篇为行役塞上之作。词中抒发了关塞行役中的"边愁"及作者的兴亡之感。

词作由泠泠水声起兴。"泠泠彻夜"，清越的流水声，整夜响动不停。用"泠泠"形容流水的清脆悠扬，自是十分精当。容若既是饱学之士，化用陆机《招隐诗》中的名句"山溜何泠泠，飞泉漱鸣玉"，也就十分自然。然而唐刘长卿曾作过一首《听弹琴》诗，里面也有"泠泠"二字："泠泠七弦上，静听松风寒。古调虽自爱，今人多不弹。"可见这"泠泠"既可以形容流水，亦可以描述琴声。此处容若正是由潺潺的流水声联想到泠泠的琴声，从而发出"谁是知音者"的疑问。

那容若为何又会因琴声而发问"谁是知音者"呢？这里面有一个古老而清雅的故事。晋大夫俞伯牙，善乐，曾游泰山，观沧海，感慨寄于琴内，奈何无人能会其意。一日，伯牙焚香抚琴。一樵夫立于旁侧，久不离去。伯牙为之惊异，问曰："知何曲否？"答曰："孔子赞颜回。"伯牙听罢，遂重抚一曲。樵夫曰："巍巍乎若泰山，洋洋乎若流水。有高山流水之音"。伯牙为之叹，此知我人也！遂与钟子期结为挚友。翌年，伯牙闻子期卒。以头抢地，绝琴断弦，誓永不复鼓。人究其因，方知知音无觅也。显然，此处容若由溪声而琴声，由琴声之知音而人之知音，这一连串的联想，都是据此高山流水的故事而来的。

"如梦前朝何处也，一曲边愁难写"，

看来，这鸣琴一样的水声勾起的还不仅仅是知音难觅的慨叹，这前朝如梦、边愁难写的无端意绪、种种悲感，皆复杂地交织在一起。至此，整个上阕，都是从听觉上引来的愁情落笔。

下阕转而从视觉、从眼前景上进一步渲染这种愁情。"极天关塞云中"，关塞的形势极其险要，似在极天，似在云中。"极天"言关塞之远，"云中"谓关塞之险，皆出之于夸张之辞。这样险要的边关之地，自然是极其寥廓辽远的。"人随落雁西风"，猎猎西风之中，只有南回的北雁伴随着羁旅边关的漂泊之客。在上阕里，词人说，"一曲边愁难写"，那么此时，在极天云中的关塞，而行军中又伴随着"落雁"和"西风"，这时候"边愁"会如何？更到哪里去找知音者呢？

"唤取红襟翠袖，莫教泪洒英雄"，结尾二句，由辛弃疾《水龙吟·北固亭怀古》中词句"倩何人，唤取红巾翠袖，揾英雄泪"化出，自然浑成，表达了难以名状的孤独寂寞的情怀，深切感人。

忆秦娥

长飘泊，多愁多病心情恶。心情恶。模糊一片，强分哀乐①。

拟将欢笑排离索②，镜中无奈颜非昨。颜非昨。才华尚浅，因何福薄。

赏 析

一壶漂泊浪迹天涯难入喉，你走之后，酒暖回忆思念瘦。自从搭上了人生这班车，就注定了天涯倦旅，半零落依依。不知道下一站，在春，还是秋？

一程又一程，人笑我笑，人哭我哭。早已经厌倦了漂泊，厌倦了流浪，可却不得不继续走下去，身心皆已疲，镜里朱颜老。

天地是如此广阔，社会却是如此嘈杂，人生竟是如此的无奈。举杯豪饮，纵情高歌，难解心中郁闷。像生一样苦，像死一样苦，像梦一样苦，像醒一样苦……

---

①强分：谓不可分而硬是要分。哀乐，偏义复词，偏于乐。②离索：指离群索居之寂寞。

点 评

这是一阕抒发厌恶仕宦生涯的心情的小词。在侍卫生涯的几年中，容若一直都在康熙身边奔忙，几番北征，几度南巡，皆伴其左右。

在许多人看来，能与皇帝一同顾盼江山，合该是怎样的一种荣宠啊。清代名士高士奇出身寒微，初以卖字为生，后经纳兰性德父亲明珠的推荐，做了皇帝的文学侍从，经常跟随侍卫们一起当差，便写出了"身随翡翠从中列，队入鹅黄者里行"的诗句。

但是纳兰性德这位贵胄公子对"侍卫"这一职位并无兴趣，他虽然得到过皇帝无数次赏赐，却不甘心把自己的生命消磨在这个尊贵而又碌碌无为的位置上，做皇帝御座前的小摆设。

他苦于仕宦漂泊，厌恶金阶伫立的侍卫生涯，渴望能与爱妻长相厮守，过一种平淡的日子。

然而这种渴望，对他而言，却是不能，王权倾轧下的纳兰，永远是御座下的孤独身影。他只能在"山一程，水一程"的羁旅之中，写下"长飘泊，多愁多病心情恶"的凄凉诗句，将自己的满腔哀怨离恨织进像本阕《忆秦娥》一般血泪迸发的词里。

"长飘泊，多愁多病心情恶"，词作开门见山，直吐胸中郁郁之气。因为长年累月，如风抛残絮般地漂泊在大江南北，所以愁生如蒿，身体和心情都每况愈下。"多愁多病心情恶"句，显然借鉴了苏轼的"多情多感仍多病，多景楼中"，连用"多"字言情发端，以其奇兀给人以强烈的印象。因为"心情恶"，所以会"模糊一片，强分哀乐"。

这两句有些难解，表面谓哀与乐，模糊一片，分辨不清；实际上是说心中已经无乐，硬是要分的话，也只有随人强作的乐态而已。这或许就是使命，是宿命的归结。纳兰百般挣扎之后，依然还是一道在王权倾轧下的寂寞背影，他明白自己的处境，自然也就不会心情好起来。

"拟将欢笑排离索，镜中无奈颜非昨"。离群索居的寂寞和心头的烦闷郁结久压心中，词人感觉自己都快经受不住了，于是他希望能用欢笑把它们排遣掉。可是，对镜一看，已非昨日之容，无情的岁月，已使词人脸上失去红润的颜色。

"颜非昨"，此极简短之句，却蕴含着无比深厚的内容：多愁多病之身，长年漂泊之境，朱颜衰败之景，种种不如意事都在其中。遂于结尾爆发一声喝问："才华尚浅，因何福薄。"是啊，我纳兰容若又非李白、杜甫、苏轼那样才华盖世之辈，为何福薄如此呢？

过去词家论词，认为浅露乃词作大忌，对此，容若似乎忘得一干二净。在这首词里，他简直不作任何掩饰，直喷苦水，丝毫含蓄意味也没有。很清楚，当他对宦途厌恶得无法自制之时，便如骨鲠在喉，不吐不快，完全置词作传统的要求于不顾了。

醉桃源

斜风细雨正霏霏①。画帘拖地垂。屏山②几曲篆香微。闲亭柳絮飞。

新绿密，乱红稀。乳莺残日啼。余寒欲透缕金衣③。落花郎未归。

赏 析

落花有意随流水，流水无心恋落花。其实落花未曾厚于流水，流水又何曾负于落花？花自飘零水自流。到底是谁的错？

或许他们都没有错，错就错在命运不该如此安排，让他们相遇，相爱，却不能相守。我追逐着你，就如流水追逐着落花，看着前方的你近在咫尺，却如在天涯。

有一种感觉总在失眠时，才承认是怀念。有一种目光总在分手时，才看见是依恋。有一种心情总在离别后，才明白是失落。有一种梦境总在醒来后，才了解是眷念。有一种缘分总在失去后，才相信是永恒。

①斜风句：唐张志和《渔歌子》词："斜风细雨不须归。"霏霏：雨雪纷飞的样子。②屏山：绘有山的屏风。篆香：像篆字的香。③缕金衣：饰有金丝的衣服。

点评

小词描写女子的闺中情绪，清新雅致，颇有"花间"风味。

首句，"斜风细雨正霏霏"，"斜风细雨"叫人想起唐张志和作的《渔父》词里的那句"青箬笠，绿蓑衣，斜风细雨不须归"，当然张词描绘的是一幅斜风细雨垂钓图，表现的也是作者浸沉在江南春色的自然美景之中的欣快心情。

此处"斜风细雨"与"霏霏"连用，突出风雨正盛，已经没有渔翁的浪漫和闲适，有的似乎只是闺中女子的盼晴之心。

"画帘拖地垂"，这句由室外景转向室内景。房屋是华美的，画帘垂地，此刻静无人声，曲折的屏风掩住了室内景象，那尚未燃尽的篆香，余烟袅袅。

接下来，场景再由室内转回室外，从视觉和听觉两个方面写开。"闲亭柳絮飞"，闲亭，即寂静的小亭，此为静景；"柳絮飞"，柳絮

如浮云，并无根蒂，天地阔远，随风飞扬，此为动景。这表面的一动一静之景，其实反映了女主人公的心情亦在动静之间，颇不能平。

　　"新绿密，乱红稀"，下阕首二句仍是室外景。春雨初霁，绿色的叶子由于雨水的滋润渐转葳蕤；而盛开的花朵在雨水的敲打之下，已是落红阵阵，顿显稀疏。一"新"一"乱"，一"密"一"稀"，对比鲜明，直追李清照的"绿肥红瘦"。接下一句"乳莺残日啼"，"残日"说明已是黄昏时分，此时身在闺中女主人公听见了乳莺的啼叫声。春天莺啼，自能唤得人春心萌动，况且还是乳莺啼呢。"余寒欲透缕金衣。落花郎未归。"果然，一声莺啼唤起了寂寞几许。因为"余寒"指雨后的寒冷，而雨后的薄寒又怎能"欲透缕金衣"呢？一个"透"字，隐隐写出了心中的冷意。"落花郎未归"，结尾如春光乍泄，点醒题旨，表达了伤春伤别的愁情，有含蓄不尽之致。

画堂春

一生一代一双人①，争教②两处销魂。相思相望不相亲③，天为谁春。

浆向蓝桥④易乞，药成碧海难奔⑤。若容相访饮牛津⑥，相对忘贫。

赏析

她是你心中的最美，你以为你们可以白头偕老，相拥至死。触手可及的幸福，满得似要溢出来。生活好甜，梦里都要笑出来。

一生一代一双人，别无所求。只是那红线，偏生短了那一截。绕来绕去，兜兜转转，终究，还是散了。

将门贵胄又如何，失了她，你一无所有。曾经见过天花乱

---

①一生句：语本唐骆宾王《代女道士王灵妃赠道士李荣》诗："相怜相念倍相亲，一生一代一双人。"②争教：怎教。③相思句：语本唐王勃《寒夜怀友》诗："故人故情怀故宴，相望相思不相见。"④蓝桥：在陕西蓝田县东南蓝溪上，传说此处有仙窟，为裴航遇仙女云英处。此处用这一典故是表明自己的"蓝桥之遇"曾经有过，且不难得到。⑤药成句：反用嫦娥偷吃西王母之灵药奔月宫的故事，意思是纵有深情却难以相见。⑥饮牛津：指传说中的天河边，此借指与恋人幽会处。

坠的美，所以那些所谓的绝色，对你而言，太渺小。相思相望
不相亲，几多无奈。

点 评

这首小词是容若对一段可遇不而可求、"相思相望不相亲"
的苦涩恋情的真挚独白。他毫不遮掩,敢于直面这悲剧式的情缘,
很有些宝黛之恋的意味。这首描写爱情的《画堂春》与纳兰以
往大多数描写爱情的词不同,以往纳兰的爱情词总是缠绵悱恻,
动情之深处也仅仅是带着委屈、遗憾、感伤的情绪,是一种呢
喃自语的絮语,是内心卑微低沉的声音。

而这一首《画堂春》却是仿佛换了一个人,急促的爱情表白,
显得苍白之余,还有些呼天抢地的悲怆,仿佛是痛彻心扉的呐喊。
也许,只有一次痛入骨髓的失去,才能够发出如此的悲怆之声。

首句便是"一生一代一双人,争教两处销魂",明白如话,
无丝毫妆点:明明是天造地设的一双人,却偏要分离两处,各
自销魂神伤、相思相望。对恋人来说,这样的遭际真是残酷至
极,也难怪容若会追问:"天为谁春。"在幽幽凄凄的容若看来,
纵使塞北莺飞、江南草长又能怎样,万千锦绣的山川美景,只
关乎万千世人,与他,却无半点关系。

下阕转折,接连用典。"浆向蓝桥易乞",此是裴航的一段
故事:裴航在回京途中与樊夫人同舟,赠诗以致情意,樊夫人
却答以一首离奇的小诗:"一饮琼浆百感生,玄霜捣尽见云英。

蓝桥便是神仙窟，何必崎岖上玉清。"

　　裴航见了此诗，不知何意，后来行到蓝桥驿，因口渴求水，偶遇一位名叫云英的女子，一见倾心。此时此刻，裴航念及樊夫人的小诗，恍惚之间若有所悟，便以重金向云英的母亲求聘云英。

　　云英的母亲给裴航出了一个难题："想娶我的女儿也可以，但你得给我找来一件叫作玉杵臼的宝贝。我这里有一些神仙灵药，非要玉杵臼才能捣得。"裴航得言而去，终于找来了玉杵臼，又以玉杵臼捣药百日，这才得到云英母亲的应允。——这不仅仅是一个爱情故事，在裴航娶得云英之后还有一个情节：裴航与云英双双仙去，非复人间平凡夫妻。

"浆向蓝桥易乞"，句为倒装，实为"向蓝桥乞浆易"，容若这里分明是说：像裴航那样的际遇于我而言并非什么难事。言下之意，似在暗示自己曾经的一些因缘往事。到底是些什么往事？只有词人冷暖自知。

那么，蓝桥乞浆既属易事，难事又是什么？是为"药成碧海难奔"。这是嫦娥奔月的典故，颇为易解，而容若借用此典，以纵有不死之灵药也难上青天，暗喻纵有海枯石烂之深情也难与情人相见。

这一叹息，油然又让人想起那"相逢不语"的深宫似海、咫尺天涯。"若容相访饮牛津"仍是用典。有一古老传说，谓大海尽处即是天河，海边曾经有人年年八月都会乘槎往返于天河与人间，从不失期。天河世界难免令人好奇，古老的传说也许会是真的？

于是，那一日，槎上搭起了飞阁，阁中储满了粮食，一位海上冒险家踏上了寻奇之路，随大海漂流，远远向东而去。也不知漂了多少天，这一日，豁然见到城郭和屋舍，举目遥望，见女人们都在织布机前忙碌，却有一名男子在水滨饮牛，煞是显眼。问那男子这里是什么地方，男子回答："你回到蜀郡一问严君平便知道了。"

严君平是当时著名的神算，上通天文，下晓地理，可是，难道他的名气竟然远播海外了吗！这位冒险家带着许多的疑惑，调转航向，返回来时路。一路无话，后来，他当真到了蜀郡，也当真找到了严君平。

严君平道："某年某月,有客星犯牵牛宿。"掐指一算,这个"某年某月"正是这位海上冒险家到达天河的日子。那么，那位在水滨饮牛的男子不就是在天河之滨的牛郎么？那城郭、屋舍，不就是牛郎、织女这一对金风玉露一相逢的恋人一年一期一会的地方么？

"若容相访饮牛津，相对忘贫"，容若用典至此，明知心中恋人可遇而不可求、可望而不可亲，只得幻想终有一日宁可抛弃繁华家世，放弃世间名利，纵令贫寒到骨，也要在天河之滨相依相偎、相亲相爱，相濡以沫。

眼儿媚

重见星娥碧海查^①，忍笑却盘鸦^②。寻常多少，月明风细，今夜偏佳。

休笼^③彩笔闲书字，街鼓^④已三挝。烟丝欲袅，露光微泫^⑤，春在桃花。

赏析

你很少在你的词中开心地笑过。你笑的时候，也是若有所思，仿佛她已经化作了一只蝴蝶，永远地栖息到了你的心上。一旦稍微展眉，那只蝴蝶就会受惊飞

①星娥：神话传说中的织女。碧海查：犹碧海槎。查，同"槎"，木筏。②却：再。盘鸦：妇女发髻的名称。③笼：通"拢"，握、拈之意。④街鼓：更鼓。挝（zhuā）：敲打。⑤微泫：本指水微微下滴流动之貌。此处是形容爱妻的脸光彩照人。

走。但这一晚，你却快乐无比。

你刚刚远行回来，伊人心花开了，却强忍着笑容。她的一切都和平时没有什么不同，但不知为什么，她在你眼里却有一种异乎寻常的美丽。

炉香静静地飘着，外面的街巷里，三更的鼓声刚刚打过。夜已阑珊。你再也不想写什么了。推开了手头的纸和笔，坐在那里，微笑地凝视着她那如桃花般动人的面孔。人生若只如初见，那该多好。

点评

此篇写归家与爱妻重逢之喜悦，其中表现出的夫妻爱情之快乐、喜悦之情感，在纳兰词中极为少见，实为难得。

"重见星娥碧海查"，首句即说别后重新见到了妻子。容若将妻子称为"星峨"，是有本依。星娥，指神话传说中的织女。神话故事中，织女与牛郎的故事无人不知无人不晓，他们真心相爱，却遭到了王母的阻隔，只能在每年七夕时节，于鹊桥上相会片刻，但就这如此艰难的爱情，他们也是坚持了千年。这个爱情故事感动了许多人，这些人里自然也有纳兰，因为他本身也是一个爱而不得的人。

后来有人将"星娥"用作诗词里的典故，用"星娥"代指明眸善睐的美女。

李商隐《圣女祠》诗有"星娥一去后，月姊更来无？"义山名之圣女"星娥"、"月姊",那是因为圣女乃天界神仙,颇难得见。此处容若承袭义山,用"星娥"称呼自己的妻子,意谓自己常年扈从在外,不能还家,见妻子一面就如同乘碧海槎去天河见织女一面一般。

那容若归家后重见的"织女",她在干什么呢?"忍笑却盘鸦",她忍住欢笑,重新梳绕着她乌黑的发鬓,显得妩媚动人。一个"却"字,把妻子内心深处一股难名状的喜悦激动之情恰当地反映出来。

见此"无声胜有声"的情景,作者遂感叹道:"寻常多少,月明风细,今夜偏佳",意即往日虽也曾有过类似的情景,可是今夜,玉蟾皎皎,清风细细,自然胜过了那时的感受。上阕写夫妻相契的欢好,情溢于词,韵传字外。

"休笼彩笔闲书字,街鼓已三挝",下阕前二句进一步写欣喜之情状:面对姣好美艳的妻子,便不再拈笔作字,纵然是夜已深,还是喜不自持。"休笼彩笔闲书字"一句,化用赵光远《咏手二首》之二："慢笼彩笔闲书字，斜指瑶阶笑打钱。"

原诗表达的是一副怅然无绪的心情，此处，作者用一"休"字告诫自己：不要再援翰以遣闲心啦，好好与佳人共享眼前花辰吧。于是在袅袅沉香之中，他仔细地端详着妻子，看她秋波盈盈，言笑晏晏，好像春天里的桃花一般。"露光微泫"，出自南朝宋谢灵运《从斤竹涧越岭溪行》诗："岩下云方合，花上露犹泫。"谢灵运的这句诗，描摹山水，不陶而净，不绘而工，容若借之形容爱妻光彩照人的容颜，十分精当，给人以无穷的美感和无尽的联想。"烟丝欲袅，露光微泫，春在桃花"，这最后三句亦情亦景，清新委婉，情致深厚。

朝中措

蜀弦秦柱不关情①，尽日掩云屏②。已惜轻翎退粉③，更嫌弱絮为萍。

东风多事，余寒吹散，烘暖微醒④。看尽一帘红雨⑤，为谁亲系花铃⑥。

赏　析

当寂寞的眼神爱上伤春，聆听花开的声音也是一种销魂的美丽。想念的日子里，你会在心底轻吟一曲。

忧伤，在唇齿间轻轻流动，说与飞絮，诉与蝴蝶。然飞絮尚无语，蝴蝶亦翩翩。玉箫吹到肠断处，你便掩上了红窗。爱如落花飘零的美丽。春风不能解忧，只能断肠。

---

①蜀弦秦柱：指筝瑟。相传筝为秦蒙恬所造，故称秦筝、秦柱。关情：动情。　②云屏：云母屏风。　③轻翎：蝶翅。退粉：宋罗大经《鹤林玉露》载："杨东山言《道藏经》云：蝶交则粉退，蜂交则黄退。"④烘暖微醒：指东风和煦，暖意融融，令人陶醉。微醒：微醉。⑤红雨：落花。⑥花铃：为防鸟雀伤花而系在花上的护花铃。

点 评

这是一首描绘暮春之景和抒发伤春怨春之情的小词。

首句即说春日寂寂，百无聊赖，纵是有动听的乐曲也不能引起愉悦之情。"蜀弦秦柱不关情"，蜀弦，即蜀琴，泛指蜀中所制之琴。秦柱，犹秦弦，指秦国所制琴瑟之类的乐器。唐彦谦《汉代》："别随秦柱促，愁为蜀弦么。"既然琴瑟逸韵都难以使她动情，那么就只有整日地掩上云母屏风，独自忧伤了。"尽日掩云屏"，而掩上屏风，又是因为窗外春景，不忍再睹。那外面是什么样的景致呢？"已惜轻翎退粉，更嫌弱絮为萍"，蝴蝶已经褪粉，柳絮也飘落水中，这预示着春事已消歇。"已惜"说明他的惋惜怜爱之情，而"更嫌"分明是一种懊恼的情怀了。此二句景语，已蓄伤春之意。

下阕转写薄情的东风。"东风多事，余寒吹散，烘暖微醒"。表面的意思是，东风真是多事，吹散了春日余寒，送来融融的暖意，令人陶醉。说"东风多事"，可是后两句"余寒吹散，烘暖微醒"，哪里是作怨语，分明是对春风褒奖有嘉嘛。这不是自相矛盾？

且看后面一句，"看尽一帘红雨"，红雨，指落花纷纷如雨，李贺《将进酒》诗"桃花乱落红如雨"，史肃《杂诗》"一帘红雨枕书眠"，似为此句所本。那为何会花瓣散落如雨，满地落花狼藉？此一追问，便知当然是"东风多事"了。结合前三句，方知原来作者是怨东风带走了明媚的春光，尽管它吹散了余寒，送来了温暖，但它又摧残花落，令人心伤。

花是春天的象征，落花飘零满地，意味着万紫千红的春天也将匆匆而去。遂有了结尾句的叹问："为谁亲系花铃？"花铃，指为防鸟雀而置的护花铃铛。据王仁裕《开元天宝遗事花上金铃》载，天宝初年，有一宁王，喜好声乐，风流蕴藉，诸王皆不如他。春天到来，他在后园中系上了很多的红丝为绳，缀满了金铃，系在花梢之上，遇见有鸟雀聚集在花枝，就令园吏敲击铃铛惊吓它们。后来，诸宫都效仿宁王此举，是为惜花。

此处，作者反用"金铃"之典，意思是说东风刮得如此之甚，花瓣落成红雨，飘零殆尽，纵使惜花，在花枝上缀满金铃，可这又是为谁而系呢？"为谁亲系花铃"，结处此语，充满着愁绪无着，愁怀难遣的寂寞感和失落感。小词亦景亦情，其情中景，景中情自然浑融，空灵蕴藉，启人远神。

摊破浣溪沙①

　　林下荒苔道韫家②，生怜玉骨委尘沙③。愁向风前无处说，数归鸦。

　　半世浮萍随逝水④，一宵冷雨葬名花。魂似柳绵⑤吹欲碎，绕天涯。

赏 析

　　侬今葬花人笑痴，他年葬侬知是谁？

　　终于明白黛玉为何要葬花了。花有情，草有心，风也流泪，雨也会有伤痕。所有的刻骨并且铭心过的，都将烟消云散。

　　长安古道的风尘，江南迷茫的烟雨，那些风花雪月的事，那些俗世红尘的恩怨。葬花原是想念。想念一段过往的美丽情愫，想念那走过的路，那牵过的手。

---

①摊破浣溪沙：一作"山花子"。②道韫：东晋王凝之的妻子谢道韫。道韫有文才，曾以"未若柳絮因风起"的咏雪名句而为人称赏。此代指亡妻卢氏。③生怜：深怜、甚怜。玉骨委尘沙：指亡妻掩埋坟墓中。④半世句：谓半生的命运如同浮萍随水漂流。⑤柳绵：柳絮。

点评

这首词，有人认为是悼亡之作，但至少表面看上去也像一首咏物词，至于所咏何物，或是雪花，或是柳絮，迷迷蒙蒙，不能道明。

"林下荒苔道韫家"，句子开头的"林下"二字，十分不似用典，极易忽略，其实，这正是谢道韫的一则轶闻：谢遏和张玄各夸各的妹妹好，都是天下第一。当时有一尼姑，与二人皆识，有人就问这位尼姑："你觉得到底谁的妹妹更好呢？"尼姑说："谢妹妹神情散朗，有林下之风；张妹妹清心玉映，是闺房之秀。""林下之风"是说竹林七贤那样的风采，"林下"一词就从此出，那位谢妹妹正是谢道韫。

接下来，道韫，即谢道韫。谢道韫在诗词中的意象一重一轻大约共有两个，重的那个与下雪有关：谢家，有一天大家在庭院赏雪，谢安忽然问道："白雪纷纷何所似？"谢安哥哥的儿子谢朗抢先回答道："撒盐空中差可拟"（就像往天上撒盐一样）。众人大笑。

这个时候，侄女谢道韫答道："不如比作'柳絮因风起'更佳。"——仅仅因为这一句"柳絮因风起"，谢道韫便在古今才女榜上雄踞千年。从这层意思上说，容若写"林下荒苔道韫家"，或许和雪花有关，或许和柳絮有关。轻的那个，是从谢道韫的姓氏引申为"谢娘"，而谢娘这个称呼则可以作为一切心爱女子的代称。从这层意思上说，容若写"林下荒苔道韫家"，或许是在怀人。

但是歧义仍在，究竟确指什么呢？下一句"生怜玉骨委尘沙"，不仅没有确认前一句中的歧义，反倒对每一个歧义都可以作出解释。生，这里是"非常"的意思，而"玉骨委尘沙"既可以指女子之死，也可以指柳絮沾泥，或者是雪花落地。前一句里留下来的三种歧义在这里依然并存。

"愁向风前无处说，数归鸦"，点明愁字，而"归鸦"在诗歌里的意象一般是苍凉、萧瑟。乌鸦都在黄昏归巢，归鸦便带出了黄昏暮色的感觉，如唐诗有"斜阳古岸归鸦晚，红蓼低沙宿雁愁"；若是离情对此，再加折柳，那更是愁上加愁了，如宋词有"柳外归鸦，点点是离愁"，有"长亭柳色才黄，远客一枝先折。烟横水际，映带几点归鸦"。归鸦已是愁无尽，前边再加个"数"字，是化用辛弃疾"佳人何处，数尽归鸦"，更显得惆

怅无聊。

"半世浮萍随逝水,一宵冷雨葬名花",下阕开头是一组对句,工整美丽。上句是柳絮入水化为浮萍的传说,而"半世"与"一宵"的对仗,时间上一个极长,一个极短,造成了突兀陡峭的意象;推敲起来,"半世浮萍随逝水"似乎是容若自况,"一宵冷雨葬名花"则是所咏之人或所咏之物。我,半生如浮萍逝水,不值一顾;你,名花国色,却毁于一宵冷雨。

末句"魂似柳绵吹欲碎,绕天涯",化自顾敻词"教人魂梦逐杨花、绕天涯",却明显比顾词更高一筹,以柳絮来比拟魂魄,"吹欲碎"双关心碎,"绕天涯"更归结出永恒和漂泊无定的意象,使情绪沉痛到了最低点。

那此篇所言,到底为何?或是伤悼,或不是。总之是:扑朔迷离,含思要眇,情致深婉,耐人寻味。

摊破浣溪沙

风絮飘残已化萍①，泥莲刚倩藕丝萦②。珍重别拈香一瓣③，记前生。

人到情多情转薄，而今真个悔多情。又到断肠回首处，泪偷零。

赏　析

君本天上多情种，不是人间富贵花。君是浊世翩翩佳公子，舍得下荣华富贵，却抛不开纠缠错结的万千情丝。

亡妻的一颦一笑，一缕香魂，都让你柔肠寸断，落泪如雨，魂梦相依。手中的一杯淡酒，心头的几度思量，无人

①风絮句：旧说柳絮飘落入水为浮萍。②泥莲：荷塘中的莲花。倩：请。
③一瓣：犹一炷。

懂，无人知。

莹莹白兔，东走西顾。衣不如新，人不如故。再回首，春已去，花又落，用心良苦成蹉跎。

点 评

这是一首深透缠绵的悼亡词。

首句，"风絮飘残已化萍"，这是杨花入水化为浮萍的传说，所传达的是"飘零无据"的意象，一个"已"字说明了这已是完成时，更是回天乏力了。"泥莲刚倩藕丝萦"，泥莲，即是泥中的莲花，唐诗里有"泥莲既没移栽分，今日分离莫恨人"。显然，词人用泥莲和藕丝，是为了表达相思萦怀、依依不舍的情绪。

"珍重别拈香一瓣，记前生"，这一句略微费解，从上句之杨花与浮萍、泥莲和藕丝来看，这里"别拈香一瓣"似是说，分别之时两人手里各自拈着一瓣花瓣，以待来生转世之时，凭此花瓣的标识来重续姻缘。但是，更可靠的解释是：此处之香，指的是烧香的香。

香的种类有许多，诸如线香、末香、瓣香等，容若这里所说的"香一瓣"应该就是瓣香。瓣香乃香中极品，是把檀香木劈成小瓣做成的，唯其尊贵，所以后来遂被作为香的泛称。

"珍重别拈香一瓣"，这个"拈"字也表明"香一瓣"应是瓣香而非花瓣，此是因为有一专门称谓——"拈香"。所谓拈香，并不能望文生义地理解为手里拈着一支香，而是"烧香"之义。

容若伤情伤世，心向佛门，焚香读经，甚至自号为楞伽山人，许多词作都带着浓浓的出尘色彩。所

以，"珍重别拈香一瓣，记前生"，这是明知今生已矣，但求来生，以心香一瓣为记，但愿前缘可续、并蒂重开。

"人到情多情转薄，而今真个悔多情"，这是容若的一个名句。情，是容若词作中、生命里的一个永恒主题，他似乎永远是为情而生、为情而伤的。这里表面似乎在说：情太多了便物极必反，如今也开始后悔当初的多情，但这果是容若的真心之语吗？当然不是，仅是他的自我开解而已，因为后面马上就是多情得无法自拔的句子："又到断肠回首处，泪偷零"。

多情和无情，有时候乍看上去确实难以区别。唯其多情，恰似无情，这样的感触早在杜牧的时候就已经有了："多情却似总无情，唯觉樽前笑不成。蜡烛有心还惜别，替人垂泪到天明。"人已无情，所以由蜡烛来替人垂泪。明知情深难寿，却依然情无反顾。人和人毕竟不同，只有挚情的人，才能够理解挚情的人。

摊破浣溪沙

　　欲话心情梦已阑①，镜中依约见春山②。方悔从前真草草③，等闲看。

　　环佩④只应归月下，钿钗⑤何意寄人间。多少滴残红蜡泪，几时干。

赏析

诗人说：

世界上最远的距离，不是生与死的距离，而是我站在你面前，你却不知道，我爱你。

世界上最远的距离，不是我站在你面前，你不知道我爱你，而是爱到痴

---

①梦已阑：梦醒。阑：残，尽。②依约：隐隐约约。春山：女子眉毛的美称。③方悔句：清彭孙遹《卜算子》词："草草百年身，悔杀从前错。"④环佩：古人衣带所佩之玉器，后专指女子之妆饰物，这里借指所爱之人。⑤钿钗：女子之妆饰物，代指已逝爱人的遗物。

迷，却不能说我爱你。

世界上最远的距离，不是我不能说我爱你，而是想你痛彻心脾，却只能深埋心底。

世界上最远的距离，不是我不能说我想你，而是彼此相爱，却不能够在一起。

所以，天下有情人，若你们相爱，却无法在一起，不妨现在就大声告诉他（她），我日夜都在想你；若你们有幸相守相携，求你们彼此好好珍惜，莫待人去楼空时，却那样地一声叹息：方悔从前真草草，当时只道是寻常……

点 评

这是一阕悼亡词，虽然体为小令，但却抒情委婉深挚，一波三折。首句"欲话心情梦已阑"，化自辛弃疾《南乡子·舟中记梦》的"别后两眉尖。欲说还休梦已阑"，辛词正巧也是记梦，也是话未说而人已醒，容若埋怨勾起他睹物思人的那些钿钗环佩，辛弃疾埋怨的是那"不管人愁独自圆"的前夜的月亮：

敧枕橹声边。贪听咿哑聒醉眠。变作笙歌花底去，依然。翠袖盈盈在眼前。

别后两眉尖。欲说还休梦已阑。只记埋冤前夜月，相看。不管人愁独自圆。

辛词写梦中思念之人，用的是"翠袖"；容若写梦中思念之人，用的是"春山"，虽用词有异，但手法皆同。春山在古诗词里的意象众多，这里是形容女子的眉毛。最早的出处或许是卓文君的一段轶事，她的眉毛被形容为"如望远山"。这个比喻堪称绝妙，比柳叶眉之类的形容好过百倍，让人能参其美却无法具体勾勒，能意会而不可言传。后来，眉和山的关系便被牢固地建立起来了，诗词里常用之语便有"远山"、"春山"、"远山长"、"春山翠"，等等。接下一句，"方悔从前真草草，等闲看"，这一句大约化自彭孙遹"草草百年身，悔杀从前错"，与"当时只道是寻常"意同，谓总要在失去之后才懂得珍惜。

下阕对句益发沉重，"环佩只应归月下，钿钗何意寄人间"，上句用杜甫《咏怀古迹》五首之三的"画图省识春风面，环佩空归夜月魂"，是过昭君村而吟咏昭君之作；下句用白居易《长恨歌》"唯将旧物表深情，钿合金钗寄将去"，是杨贵妃死后，方士为之招魂，"上穷碧落下黄泉"，终于得见，杨贵妃取金钿钗合，合析其半，让方士转交唐明皇以念旧好。容若引用这两个典故时，反用其意，说旧时故物何必再见，徒然惹人伤感，不能自拔。这样的话，自是"人到情多情转薄，而今真个悔多情"，愈见其心情沉痛。

这两个典故同时还点明：伊人已逝，心期难再。词义到此而明朗，自是为卢氏的悼亡之作无疑。

末句"多少滴残红蜡泪，几时干"，明说蜡烛流泪，实指自己泪涟；明问蜡泪几时干，实叹自己伤痛几时能淡。词句暗用义山之名句"蜡炬成灰泪始干"，所以，问蜡泪几时干实属明知故问，容若明明知道蜡烛要等到成灰之时泪才会干，也明明知道自己要等到生命结束之日才会停止对亡妻的思念。

摊破浣溪沙

　　一霎①灯前醉不醒，恨如春梦畏分明②。淡月淡云窗外雨，一声声③。

　　人道情多情转薄，而今真个不多情。又听鹧鸪啼遍了，短长亭。

赏析

　　这是一个至情至性、至温至柔的男子。豪放是外在的风骨，忧伤才是内伤的精魂。　人到情多情转薄，而今真个悔多情。

　　道无情，其实却有情。深爱一个人，又怎舍得，让其成为身边得到又失去的美丽？如果时间能把思念稀释了，那你为什么还在对她的思念里沉沦？

　　所以，不是人到情多情转薄。而是，情到深处是淡定，变得和呼吸一样自然从容。

　　情到深处是坦然，变得和生命一样坚定稳固。因为爱着，

---

①一霎：一刹那，谓极短的时间。②恨如句：言怕醉中梦境与现实分明起来。③淡月二句：出自温庭筠《更漏子》："梧桐树，三更雨，不道离情正苦。一叶叶，一声声，空阶滴到明。"

所以失去。我爱你，是可以到不爱的地步。或许这才是爱的最高境界。

点 评

容若的这几首词，词牌都是"摊破浣溪沙"（又叫"山花子"，较为雅致）。"摊破浣溪沙"实际上就是由"浣溪沙"摊破而来。

所谓"摊破",即是把"浣溪沙"前后阕的结尾,七字一句摊破为十字,成为七字一句、三字一句,原来七字句的平脚改为仄韵,把平韵移到三字句末,平仄也相应有所变动。

这首词可与前词《摊破浣溪沙》(风絮飘残已化萍)对比来看,都是写离恨而自怜自伤太甚的哀词。全词以"一霎灯前醉不醒"起句,又以"又听鹧鸪啼遍了,短长亭"做结,上下阕结构相似,皆做前景后情之语,交织浑成。犹如人从梦中惊起,尚带着三分迷惘。

首句,"一霎灯前醉不醒",因为离愁,所以醉得分外快,仿佛刹那间就在灯前沉醉了,又不愿从梦中清醒过来面对伤人的离别,害怕醉中梦境和现实分明起来。"恨如春梦畏分明"一句,容若化用唐人张泌《寄人》诗"倚柱寻思倍惆怅,一场春梦不分明",以"畏"字更替原诗的惆怅之情为矛盾哀沉。接下来两句,"淡月淡云窗外雨,一声声",谓偏偏在这似梦非梦,愁恨盈怀的时候,窗外的雨声淅沥不断。这两句,亦属它山之石。前一句是借鉴了宋李冠《蝶恋花》词中的"数点寒声风约住,朦胧淡月云来去",以淡月、淡云之浅浅轻盈反衬离人长夜心情之沉重凄苦;后一句脱自花间派的鼻祖温庭筠《更漏子》词中"梧桐树,三更雨,不道离情正苦。一叶叶,一声声,空阶滴到明",以三更雨衬写愁绪冥冥,离心悠悠。

下阕,"人道情多情转薄,而今真个不多情",前一句"人道情多情转薄"在《摊破浣溪沙》(风絮飘残已化萍)也有,且在同一位置,兴许是容若本人对此句感慨良深吧。情感是共通的，却也是渐入的，"而今真个不多情"，"真个"这看似极平常极淡的两字，却是不寻俗之光亮，值得再三玩味，因为少了这两个字，便品不出容若那比秋莲还苦的内心。前番是情深转薄，现在是情深到无。还要加上"真个"两字强调，越读越有"愁多翻自笑，欢极却含啼"反语意味。而反语一旦读穿，比直语更让人心酸。"而今真个不多情"看似比"而今真个悔多情"果决，其实心意更凄绝。

结尾二句，"又听鹧鸪啼遍了，短长亭"。古人认为鹧鸪的叫声似是在说"行不得也哥哥"。长亭作别，远行愁苦，鸟犹如此，人何以堪？显然，容若并非"而今真个不多情"，只要一想到短长亭前的离别，听到鹧鸪的悲啼，他就会产生如"湘江日夜潮"一般的无涯愁海。

落花时

夕阳谁唤下楼梯，一握香荑①。回头忍笑阶前立，总②无语，也依依。

笺书直恁无凭据③，休说相思。劝伊好向红窗醉，须莫及，落花时。

赏 析

抬头，楼上珠帘卷处，窗前美人盈盈的身姿，如水的笑容。沁人的芳香，毫不迟疑地扑到身前。那些缤纷的美好，就如此温柔地拥入襟怀。思君如流水，何有穷已时？

斜阳路过了，招手，轻唤，下楼梯。笑语已闻，芳容相许，执手，偕老。

点 评

容若对纯真爱情的执着追求，对恋人妻子的真情挚爱，使他的许多词中描写的爱情生活十分旖旎动人，比如这首极富情

①香荑（tí）：荑原为茅草的嫩芽，这里指女子白嫩的手指。②总：纵然，虽然。③直恁：竟然如此。无凭据：不能凭信。

趣的《落花时》，写的就
是他与恋人之间的那种
心心相印的温情和且亲
且嗔的缠绵怜爱。

上阕，"夕阳谁唤
下楼梯，一握香荑"，
夕阳西下时分，伊人从
楼上被人唤出，下得楼
来与人相亲，她的手指，
白嫩如荑。

"一握香荑"并非
说她手里握着一把香
草，此句乃是对伊人形
貌的刻画，正如《诗
经·卫风·硕人》"手
如柔荑，肤如凝脂"，
用柔嫩的白茅芽比喻美
人的手指，描绘庄姜之

美。古代男女相约，十分不易，但是伊人下得楼来，却忍笑伫
立，一语不发，叫人摸不着头脑。

"回头忍笑阶前立，总无语，也依依"三句，是描绘女子
的神情：本该见情郎了，她却回头忍笑，婷婷地在阶前倚立，
静默无语；但即使没有言语，在情郎眼里，也还是那样楚楚动

人。描写二人相会时，容若从女子落笔，写得精致活泼，数十字之间将伊人的形貌神情，心波暗涌，情人间且亲且嗔的复杂心态写得清透，读来惟妙惟肖。

下阕道破伊人忍笑伫立，一语不发的原因。"笺书直恁无凭据，休说相思"，她嗔怪情人信中相约却失约，故假意娇嗔说，书信中的期约竟如此不足凭信，你误期爽约，请你不必再说对我的相思了。但真是"休说相思"吗？"劝伊好向红窗醉，须莫及，落花时"，大约是看见情人慌乱着急，自己心下又不忍，遂以俏皮的口吻转口来抚慰情人珍重春光好沉醉，不要因为犹豫而耽误了两人相处的好时光，言语间隐有"有花堪折直须折"的雅骚之意，含情女子的曲款心事，不言而喻，而彼此且亲且嗔的复杂心态，亦活灵活现。

精准的用词中，看得出其中缱绻的情意，离愁，离恨，相爱，相守，爱情之中的种种，纳兰尽悉把握词中。生命犹如朝露，虚幻间便很快度过了一生，如果不及时把握，那悔恨的将会是自己。

这阕《落花时》虽写情人幽会，但细致入骨，周身春光亦仿佛流转不定，眉目相照时只见缱绻未露轻薄，其风流蕴藉处颇有北宋小令遗风，言辞殊丽，一似月照清荷。珍重而亲昵，这是容若风骨心境高于一般市井词人的地方。

锦堂春 秋海棠

　　帘际①一痕轻绿，墙阴几簇低花。夜来微雨西风软，无力任敧斜②。

　　仿佛个人睡起，晕红不著铅华③。天寒翠袖添凄楚，愁近欲栖鸦④。

赏 析

　　庭院静静的。寂寞的思妇，凭倚在阶前的石栏杆畔。初秋之夜，如一袭藕荷色的蝉翼一样的纱衫，飘起淡淡的哀愁。秋海棠开花了，如擎出一个古代的凄美的故事。

　　多情唯有春庭月，犹为离人照落花。秋海棠一样寂寞的思妇，就像凄清又惆怅的丁香姑娘一样，冰冷的气息中氤氲着薄而密的雾气，散发着幽幽馨香。

　　此时，落红成阵，风飘万缕愁煞人……

点 评

　　据《采兰杂志》载：古代有一妇女怀念自己心上人，但总

---

①帘际：帘边，即帘幕之外。②敧（qī）斜：歪斜不整。③铅华：指脸上搽的粉。④欲栖鸦：谓乌鸦欲栖息之时，即指黄昏时候。

不能见面，经常
在一墙下哭泣，
眼泪滴入土中，
在洒泪之处长出
一植株，花姿妩
媚动人，花色像
妇人的脸，叶子
正面绿、背面红
的小草，秋天开
花，名曰断肠花，

又名八月春，即今秋海棠。容若此篇，就是一首咏秋海棠之词，
兼以表达作者淡然惆怅的心情。

　　上阕写花之色泽形貌，及其风雨凄凉的境遇。首二句点出
秋海棠生长之地，"帘际一痕轻绿，墙阴几簇低花"，"帘际"即
帘外，"墙阴"即墙角阴处，从门帘远远望去，只见一抹淡淡的
绿痕，近而视之，在墙角的背阴处，有几簇海棠花独自微弱盛开。
"几簇低花"，一"低"字，画出秋海棠难禁风雨之情状。这就
是下二句的"夜来微雨西风软，无力任欹斜"。雨是微微的，风
是软软的，但是即使是这样的风雨，秋海棠也难以经受，被吹
打得欹斜不整。

　　下阕以人拟花，进一步刻画花之风采神韵。"仿佛个人睡起，
晕红不著铅华"。将海棠与娟娟女子相连，亦属前人笔法。比如
苏轼《海棠》诗："东风袅袅泛崇光，香雾空蒙月转廊。只恐夜

深花睡去，故烧高烛照红妆。"容若此处将秋海棠喻为美人，自然没有东坡借海棠的圣洁、幽寂抒写自己虽遭贬官，但仍孤特自立的高洁情怀，而是另有一番情事。据《太真外传》载，明皇有一次登沈香亭，召妃子。妃子那时正好是早晨醉酒未醒，明皇就令高力士叫侍女把她扶掖至沈香亭中来。至亭后，妃子醉颜残妆，钗横鬓乱，只拜了一下就不能再拜了。明皇遂笑曰："这哪里是妃子醉，分明是海棠睡未醒嘛。"显然，容若此句"仿佛个人睡起，晕红不著铅华"就是唐明皇李隆基的那句"是岂妃子醉，直海棠花睡未醒耳"，谓微雨软风后，秋海棠花朵的颜色仿佛是姣美的少女刚刚睡起，脸上还泛着红晕。

结尾二句，"天寒翠袖添凄楚，愁近欲栖鸦"，继续以海棠喻美人，绮丽中增添几许凄凉悲哀。"天寒翠袖"，取自杜甫《佳人》诗中"天寒翠袖薄，日暮倚修竹"，原句是形容"幽居在空谷"的绝代佳人忠贞的节操，容若此用是表现秋海棠女子形象的孤寂凄楚。"愁近欲栖鸦"，化用赵令畤《乌夜啼》词"年年春事关心事，肠断欲栖鸦"，一曰"肠断"，一曰"愁近"，其实都是昏鸦归巢引起的怅惘之情。此结尾二句，如何看也不似写秋海棠，分明是写女子秋日黄昏无情无绪的心思，是写词人自己秋日里苦闷无聊、寂寂难遣的情怀。也许这秋海棠，又是道具一件，虽然华美佳丽，但是演绎的，恐怕仍是容若自己的伤心事吧。

河渎神

凉月转雕阑①，萧萧木叶声乾②。银灯飘落琐窗③
闲，枕屏④几叠秋山。

朔风吹透青缣被⑤，药炉火暖初沸。清漏沉沉无
寐，为伊判得憔悴⑥。

赏析

月，遥遥悬挂于寥落的天空上，最是冷清，最是孤寂。谁
家今夜扁舟子，何处相思明月楼？问天无语，觅人无踪。

无你的日子，我独自用孤单支撑着落寞的风景，寂寥地行
走在长长的雨巷，用一季散落的丁香铺满每一个冰凉的夜。

我清澈的思念，虽然美丽如诗，却只能在夜晚穿梭，落入
枕边。思念遥相寄，相思比梦长。红尘俗世永远是一个人的漫
游，一个人的烦忧，永远是一个人的月朗星稀，一个人的地老
天荒。

---

①雕阑：即雕栏，雕花的栏杆。②乾（gān）：形容声音清脆响亮。③琐窗：
雕作连锁形花纹的窗。④枕屏：枕前的屏风。⑤青缣（jiān）被：青色细绢缝
制成的被子。缣：细绢。⑥为伊句：语本宋柳永《凤栖梧》词："衣带渐宽
终不悔，为伊消得人憔悴。"判：同"拼"，甘愿、情愿。

点 评

这首词，绝大篇幅都是景物描绘，只于结尾处点旨，表明秋夜相思之情。

"凉月转雕阑，萧萧木叶声乾。"这两句写室外景色，寒月转过雕栏，落叶萧萧，飘落时发出清脆的响声。时为秋夜，月亦为秋月，所以"凉月"不仅写出作者内心的寒凉之感，也隐约点名时令。"萧萧木叶声乾"一句，化用柳永《倾杯》词中成句"空阶下、木叶飘零，飒飒声乾"颇为得法，似乎招之即来，挥之即去，取以表达自己秋日冷落情怀，而不露明显的斧凿痕迹。

接下"银灯"两句，转写室内景象。"银灯飘落"，银灯里点燃的灯芯草会结花，习习晚风吹来，灯花旋而飘落，此说明作者独坐已久。"琐窗闲"，"琐窗"指镂刻有连琐图案的窗，"闲"字谓无意趣，表明作者无寥的心思。"枕屏"，指床头枕边的屏风。寂寂的枕屏在秋夜里静默着，好似几叠秋山连绵到远方，引起作者对远人的无端怀想。上阕之景是从大景写到小景，从室外写到室内，都是肃杀凄凉之景。

下阕前二句仍是景语，是继上阕的结二句写室内之景。"朔风吹透青缣被"，"朔风"指北风，北风凛冽，似是要把青色细绢缝制成的被子吹透，秋寒如此，可见一斑。接下一句，"药炉火暖初沸"，化用王次回《述妇病怀》诗句"无奈药炉初欲沸，梦中已作殷雷声"，写恹恹病中情景。——那本来无恙的作者为何会遭疾？结尾二句点明是因为相思而致多愁多病。"清漏沉沉无寐，为伊判得憔悴"，清漏声声，悠远隐约，那人再也无法安眠，但即便如此憔悴，为了伊人，我也无怨无悔。"为伊判得憔悴"，显然脱自柳永《凤栖梧》中名句"衣带渐宽终不悔，为伊消得人憔悴"，这一结缩在一片凄凉景象的烘托之下，更显实密厚重。

　　这首词妙在紧拓"秋夜相思"，却又迟迟不肯说破，只是从字里行间向读者透露出一些消息，显得影影绰绰，扑朔迷离，千回百折，直到最后一句，才使真相大白。词在相思感情达到高潮的时候，戛然而止，激情回荡，感染力更强了。

四和香

麦浪翻晴风飐①柳，已过伤春候②。因甚为他成僝僽③？毕竟是春迤逗④。

红药⑤阑边携素手，暖语浓于酒。盼到花铺似绣，却更比春前瘦。

赏 析

片片红云处，芍药花开放。红色的芍药，开在麦浪翻滚的春天，开在栏杆边，一年一年，为谁红？

那个叫红药的女子，再也不能拥她入怀，似是从未相聚过。自别后，忆相逢，花开如你，你比花还瘦。栏杆边的那一束芍药，花团锦簇地热闹了一个春天。秋天一到，就寂寥了。孱弱，儒雅，却是这等的、这等的痴心。

念桥边红药，年年知为谁生？

点 评

此篇写伤春怀人意趣，温柔旖旎。"麦浪翻晴风飐柳，已过

①飐（zhǎn）：风吹使摆动。②候：时令，时节。③僝僽（chán zhòu）：憔悴，烦恼。④迤逗：惹起，引逗。⑤红药：芍药。

伤春候"，风中绿麦，似是海浪，涟涟无边，清香幽幽；杨柳飐飐，随风飘扬。"麦浪"、"风飐柳"说明春去夏来，伤春季节已过。起二句，格调清新健朗，似表明作者内心也是自有一番愉悦之情的。但果真如此吗？

"因甚为他成偢俕"，"偢俕"即憔悴，愁苦，周紫芝《宴桃源》词有"宽尽沈郎衣，方寸不禁偢俕"，由此可知"偢俕"绝非一般的忧愁、烦恼，而是因哀愁而颜色憔悴，形容枯槁，就是柳永所说的"衣带渐宽"。然而毕竟"已过伤春候"。既然为春感伤的时候早已过了，那词人为何还落寞依然？

这一点，词人似乎并不自知，所以才会有"因甚"的"扪心自问"。但真的不知吗？"毕竟是春迤逗"，上阕结句点出伤春意绪仍在。而这"春"字又不止于自然之春，个中亦含"春

怀"、"春情"的内蕴。因而就有了下阕的回忆之语。

"红药阑边携素手,暖语浓于酒",此二句承"春迤逗"而来,点明烦恼之由。"红药",即芍药,"红药阑"即古诗词中常提及的芍药栏,药栏,亦泛指花栏。最早见于南朝梁庾肩吾《和竹斋》:"向岭分花径,随阶转药栏"。南宋赵长卿《长相思》中有:"药栏东,药栏西,记得当时素手时"。《牡丹亭》里也有:"转过那芍药栏前"。

这两句是缅怀当初两人幽会情景:犹记那日,在开满殷红芍药的阑边,他携起了她的素手,而她也不避闪,温言软语,笑意满眸。这一切如今想来,令人动情,亦使人伤感。

"盼到花铺似绣,却更比春前瘦",结二句再转回写此时之情景与感受,盼到花铺似绣,却仍不能相见,翻转之中更透过一层地表达出斯人独憔悴的情态,苦恋的悲哀。

添字采桑子

闲愁似与斜阳约，红点苍苔，蛱蝶飞回。又是梧桐新绿影①，上阶来。

天涯望处音尘断②，花谢花开，懊恼离怀。空压钿筐③金缕绣，合欢鞋④。

赏析

等你，在夕阳下，在翩翩的蝶舞中。夕阳沉落，明月升起。

等你，在对影成三人的酒杯中。望断江南山色远，人不见，草连空。

等你不来。相思也成为一种伤害，爱也成了一道讳疾忌医的伤痕。

花谢，飘落一地忧伤。情到深处人孤独。

点评

这首词，写一闺中女子殷切盼望心爱的人由远方归来的

---

①又是句：出自欧阳修《摸鱼儿》："卷绣帘、梧桐秋院落，一霎雨添新绿。" ②天涯句：出自李白《忆秦娥》："咸阳古道音尘绝。" ③空压：闲置。钿筐：有金银贝壳等镶嵌物的筐。④合欢鞋：绣有鸳鸯或鸾鸟的鞋子。

情怀。词中对人物面貌举止着墨不多，对其内心活动的刻画和环境景物的描写却极深，极细致。

"闲愁似与斜阳约"，用笔极为精湛优美，一上来就给人以美的享受。写"闲愁"的句子，宋词里多如牛毛，名句就不可胜数，比如贺铸有"试问闲愁都几许？一川烟草，满城风絮，梅子黄时雨"，戴复古有"这一点闲愁，十年不断，恼乱春风"，李清照有"一种相思，两处闲愁"。容若的可贵之处在于，他写"闲愁"，能自铸别辞，尽脱前人窠臼："闲愁似与斜阳约"，不说正当愁绪满怀之时，偏又逢夕阳西下，而说愁情仿佛是与夕阳有约，一个"约"字就把闲愁写活了，一年三百六十五日，日日黄昏都有夕阳，那岂不是说日日黄昏，闺中人都有闲愁吗？容若这句"闲愁似与斜阳约"，可谓一空依傍，角度新颖，构思奇特。

"红点苍苔，蛱蝶飞回。又是梧桐新绿影，上阶来"，这四句是首句闲愁情怀的景物化。前两句谓粉红色的蛱蝶翩然飞来，落在了苍苔之上，远远望去似是红色装点了苍台。后两句是从欧阳修诗句"梧桐秋院落，一霎雨添新绿"（《摸鱼儿》）脱化而来，容若把"新绿"换成"绿影"，且将"梧桐"、"新绿"叠合成一个新的意象，化用前人诗句，天衣无缝，浑然一体。而"上阶来"一句，又把梧桐绿影活化了，给人以逗引春愁之感。

过片点明离愁。"天涯望处音尘断，花谢花开，懊恼离怀。""音尘断"，似是出自李白《忆秦娥》中"咸阳古道音尘绝"，添以"天涯望处"，更显远人音信杳无，闺中人引颈西望后的失望寂寞。"花谢花开"，化用韩偓《六言三首》诗句"半寒半暖正好，花开花谢相思"，意思是说花谢花开，盼了一年又一年，而远人仍未归来，于是懊恼离怀倍添于心。

"空压钿筐金缕绣，合欢鞋。"结尾二句，化离情为绮景，点明闺人心事。值得注意的是此处的"合欢鞋"。合欢鞋，既指鞋上所绣图案，又指制鞋工艺。图案，是指鞋上常绣有莲、藕、鸳鸯、鸾鸟等物；工艺，是说将两鞋帮并齐，依照图样用针绣透两帮而缝纳，完毕之后，再用刀自两帮间剖开，于是两鞋帮就有了相同的绒状花样，称为合欢绣。除此之外，合欢鞋还有另一说：双行双止，永不分离，并且"鞋"音近于"偕"，所以"凡娶妇之家，先下丝麻鞋一两，取和谐之义"（《中华古今注》卷中）。比如王涣《惆怅诗》："薄幸檀郎断芳信，惊嗟犹梦合欢鞋"。容若这两句说的是，远人不归，闺中人所制合欢鞋无人穿用，只能闲置在筐筐之中。词人并未直接诉陈怀人之语，而是借景于合欢鞋以曲折说之，使词意婉转层深，独具韵致。

荷叶杯

帘卷落花如雪。烟月。谁在小红亭。玉钗敲竹乍闻声，风影①略分明。

化作彩云②飞去。何处。不隔枕函③边。一声将息④晓寒天，断肠又今年。

赏析

心爱的女子，她知道，这是你寂寞不安的表示……

你爱月夜访竹，问竹，清洁如许，可有愁心，可愿共人知？

她听出来了，你是在寻觅一位红颜知己。其实，她就是一竿冰清玉洁的翠竹。种在你的屋前，朝夕看着你，守住你。

①风影：随风晃动之物影，这里指那人的身影。②彩云：心爱女子的代称。③枕函：枕头。④将息：珍重、保重。

在落花如雪的月夜里，朦朦胧胧中，你又看到了她立在小红亭边绰绰的身影。又仿佛听到了几声玉钗轻敲翠竹的声音。

是她回来了吗？踏着溶溶烟月而归，不改昔日的风貌？只是一瞬的回眸，伊人已化作彩云飞。从此，心如黄河九曲。往昔的珍重，便成了今日的断肠。

点评

此篇是怀念妻子卢氏之作，浮想联翩，颇有浪漫特色。

上阕写梦中幻景，别饶风致。"帘卷落花如雪。烟月。谁在小红亭。"在落花霏霏如雪的月夜里，朦朦胧胧的烟雨中，仿佛看到了妻子正亭立在小红亭里，身影历历，卓然可爱。

"帘卷落花如雪"，将落花喻为雪花，凸显其轻盈、散漫之态，前人已有之，宋之问《寒食还陆浑别业》诗"洛阳城里花如雪，陆浑山中今始发"，王安石《钟山晚步》诗"小雨轻风落楝花，细红如雪点平沙"，似皆为其本。

接下一句，写词人仿佛听到了几声玉钗敲竹般的声响，"玉钗敲竹乍闻声"，此之空寂幽静，与高适《听张立本女吟》中"自把玉钗敲彻竹，清歌一曲月如霜"的意境颇似：一个纤弱女子，在皎皎月下，情不自禁地从发髻上拔下玉钗，敲着阶沿下的修竹，打着拍子，朗声吟诵起来。以钗击节大约是唐宋以来文人歌吟的习惯，而本词中的那位"小红亭"里的女子，信手击竹，对月而吟，大概是求"知音赏"吧。知音者谁？当然是多情的词人了。

　　然而这毕竟是梦中情景，词人并非在揣度妻子心事，而是写他梦中的景象。"风影略分明"，正是言梦中妻子的身影不甚分明，影影绰绰，朦朦胧胧。整个上阕写梦中情事，活泼生动，风致嫣然。

　　下阕则由幻象转为奇想的描绘。"化作彩云飞去。何处"，"彩云"，是对心爱女子的代称，大约出自李白《宫中行乐词》中的"只愁歌舞散，化作彩云飞。"这句是说她的形影化作彩云飞逝了，然而飞往何处呢？词人并未作答，显得含吐不露，更为意蕴深藏。

　　接下又转而回到现实中来，直叙此时不能忘情的心境。"不隔枕函边"，意谓与她的枕边的情义总是隔不断的。最后二句，"一声将息晓寒天，断肠又今年"，"将息"，即珍重、保重，宋谢逸《柳梢青·离别》词有"香肩轻拍。尊前忍听，一声将息"，容若此处是用当年曾有过的嘱咐珍重的情景，和此际无限伤感之语作对比，凄情苦况尽在其中，令人凄然悯然。

荷叶杯

知己一人谁是？已矣。赢得误他生①。有情终古似无情，别语悔分明。

莫道芳时②易度，朝暮。珍重好花天③。为伊指点再来缘④，疏雨洗遗钿⑤。

赏析

终于，你等到了。高山流水遇知音。她是那么冰雪聪明。

吹花嚼蕊弄冰弦，赌书消得泼茶香。真真神仙眷侣。然而，那一支高山流水曲，还未来得及演绎，知音便已去。

你伤心至极，醒也无聊，醉也无

---

①他生：犹来生。②芳时：花开时节，即良辰美景之时。③好花天：指美好的花开季节。④再来缘：来世的姻缘，用韦皋、韩玉箫事。⑤钿：指用金、银、玉、贝等镶饰的器物。这里代指亡妇的遗物。

聊。梦好也难留，真个残忍。黄泉碧落，你恨不能随她而去。

只是高堂在上，幼子在下，你有你的责任。真爱已矣。只向从前悔薄情。天上人间，从此眉不展。

点 评

这是一首怀念亡妻的小词，凄婉哀怨，动人心魄。"知己一人谁是？已矣。"词发端显旨，开头径直道出"知己"二字，点明了卢氏对自己无可替代的重要正在于相知相许，琴瑟相得，这一定位在悼亡词中显得格外珍贵动人。然而，这样一位知己竟然猝然离世，凄然归天，令人悢然心痛。"已矣"一句，虽只有两字，但是笔力千钧，直抒伤痛之情，已是先声夺人。接下来"赢得误他生"，却笔锋勒马，由刚转柔，用情语铺叙。"赢得"即落得，"他生"即来生，李商隐《马嵬》诗有"海外徒闻更九州，他生未卜此生休"，"误"即来生被误，属于正话反说，意思是今生遇见你，不可能有别的选择了，其实是指生死不渝。此篇前三句，连连转折，感情却层层升腾：先说"知己一人"正是爱妻，接着倏然一句"已矣"，再接着一句说爱妻虽亡，但是两人情意至死不渝。

接下两句，"有情终古似无情，别语悔分明，"前一句化用杜牧《赠别》中诗句"多情却似总无情，惟觉樽前笑不成"，表达了对亡妻铭心刻骨的缅怀。"有情"，指双方本来就有真挚感情，此刻死别，更是思绪万端，黯然销魂。也许词人应当表

现两人曾经缱绻缠绵的柔情，但实际上，却是默然与妻子亡魂相对，无以为语，所以说"终古似无情"。"终古"字强调，说明这是一种普遍现象。为什么"有情"反而似"无情"呢？这是因为，在死别的情绪高潮中，一般的言语和感情根本不足以充分表达深浓的怀念和追悼，而永别的伤感痛苦又使得词人近乎铁血心肠；也许是最多情的人反而会有这种漠然无情的表情。说"似"，又正道出这"无情"的表象下蕴藏着"有情"的实质。这"有情"与"无情"的矛盾统一绝妙地反衬出情之深刻，刻骨铭心。也正因为如此，才有了后一句的"别语悔分明"。按常理来说，词人思念卢氏，念及她对自己的温柔体贴，病体沉沉时尚不忘嘱咐自己千事万事，这些话事后想起来应该会非常分明，怎会言"悔"呢？其实，"别语悔分明"同"有情终古似无情"一样，都是一种错位的表达：词人后悔将别语记得太分明，是因为妻子千嘱咐、万叮咛之后，就飘然而逝，而一想起对自己的深情别语，他就痛不欲生。假若别语记得不是很分明，自己也就不会这么痛苦了。"别语悔分明"，淡淡一句，却蕴含极深，用情彻骨。

下阕，"莫道"三句，仍是抒发这剪不断的丝丝挂念，缕缕哀思。"莫道芳时易度，朝暮"，意谓不要说良辰美景能轻易度过，我朝朝暮暮都忖念着你啊。既是"朝暮"思念，那么这良辰美景，也应是虚设了。那又为何要"珍重好花天"，爱惜这美好的花开季节呢？这是因为要"为伊指点再来缘，疏雨洗遗钿"，即要收拾好亡妻遗物，使她来生看见此物时，为她指点，让她能记起前生。

"为伊指点再来缘"一句，用的是韦皋、韩玉箫事。韦皋年轻时游历江夏，住于姜使君处教书。姜家有一婢女，名叫玉箫，年仅十岁，常往服侍韦皋，二人久而生情。后来韦皋因事离开，便和玉箫约定：少则五年，多则七年，一定回来接走玉箫。五年过去了，韦皋没有回来，玉箫总是在鹦鹉洲上默默祈祷，就这样又过了两年，到了第八年的春天，玉箫绝望了，悲伤之下，绝食而死。后来，韦皋出任蜀州，当时祖山人有少翁的法术，能使死者魂魄出现在人面前。韦皋见玉箫魂魄，就和她说，明日就托生，十二年后再为侍妾。

后来有一次，适逢韦皋诞日，东川卢尚书献一歌姬祝寿，年十二，名字就叫玉箫。于是韦皋唤她，发现就是以前的婢女玉箫。词人用此典故，是深感从前美满已成绝望，深痛知己的永诀，幻想再续前缘，深切感人。最后"疏雨洗遗钿"一句，清淡凄冷，有景有情，全词情意飞流直下，到这里收刹非但没有不妥，还恰到好处地催人泪下。

寻芳草 萧寺①记梦

客夜怎生②过？梦相伴、倚窗吟和③。薄嗔④佯笑道，若不是恁⑤凄凉，肯来么？

来去苦匆匆，准拟⑥待、晓钟敲破。乍偎人、一闪灯花堕，却对着琉璃火⑦。

赏析

这荒野古寺，鸦啼阵阵，远磬声声。这霜寒时候，西风断雁，萧萧落木。漂泊处谁相慰，谁知你冰霜摧折，壮怀都废？若不是恁凄凉，肯来么？

但她来。密语移灯，闲情枕臂。她来，烧灯时候，酒暖葡萄。

①萧寺：泛指佛寺。②怎生：怎样。③吟和：吟诗唱和。④薄嗔：假意嗔怪。嗔（chēn），怒，生气。⑤恁：如此。⑥准拟：准备、打算。⑦琉璃火：指寺庙中的琉璃灯。

她来，并吹红雨，同依斜阳。她来，被酒春睡重，赌书泼茶香。她来，纵不语，也依依。

你拥她在怀里，拥得更紧。在梦里，不愿醒来。

点 评

这是一首记梦之作，表达了对所爱之人的深深思念和怨离之情。这首词的副标题为"萧寺纪梦"，所谓的萧寺便是指佛寺，纳兰寄宿佛寺，在佛门圣地，寂静暗思，不由得心生感叹。

首句以"客夜怎生过"提问和起，第二句以后便具体描述征人怎生度过孤眠之夜。客夜无聊，他一早便进入梦乡。在梦中，他回到家里，和妻子窗下联诗。鸾笺分韵，红袖添香，闺房之乐，甚于画眉。

他还见到，妻子对他"薄嗔佯笑"，怨他归来太晚，以为他只一心一意勤于王事，忘记她独守空房。这上阕的几句，把少年夫妻久别重聚的神态，写得跃然欲活。它简直使人感觉到，征人确已回到了妻子身边，共同度过了一个难忘的夜晚。

然而，那一晚回家，相聚的时间很短，天亮时又得匆匆离别。于是这一对会少离多的人，尽量俄延，打算等到"晓钟敲破"，没法再拖延下去时才肯分手。

到最后，分手时间真的到了，夫妻俩紧紧偎依在一起，情意缠绵，难分难舍，谁知道，那时灯花一闪，随即熄灭，他们也掉进了黑暗的深潭里。下阕这几句，感情真切，词人只约略

点染了夫妻不肯分离的情景，便表现出他们之间感情的深厚。

词最后一句，"却对着琉璃火"，写得最为精彩。就在灯花一闪的刹那间，征人醒了。原来，在他眼前的灯，并不是那盏照着他们俩在依窗吟和的灯，而是借宿于萧寺里的"琉璃火"。

重聚的欢乐，离别的依恋，这一切，原来都是一场春梦。值得注意的是，琉璃佛火，在寂寞的殿堂里闪烁，分外使人感到虚无空幻。午夜梦回，征人对着它回味着梦里的悲欢离合，此中滋味，真不足为外人道。

这首词，从梦中重逢写到梦中再别。梦里重逢固然喜出望外；梦中分手，也还掺和着柔情蜜意，然而，作者酣畅地描写客夜梦境的缠绵，却在于表现自己在萧寺的荒凉，表现对妻子的无限思念。

南歌子

　　翠袖凝寒薄①，帘衣入夜空②。病容扶起月明中。惹得一丝残篆③，旧薰笼。

　　暗觉欢期过，遥知别恨同。疏花已是不禁风，那更夜深清露，湿愁红④。

赏析

　　因为你不在，以前我们一起时做的事，现在都惹得人伤心。你多么可恨，竟让我一人独自，看那清凉如水的月色。白色的月光下，镜中的我，脸色竟然也是这般苍白。不，我不要你看到我这般憔悴的模样。我一定要面若桃夭，唇如樱桃，巧笑倩兮，眉目流盼，看你归来。

　　夜已深了，你睡了吗？还是与我一样，独望残月呢？是否还记得，我为你点燃的薰笼味道？那时，你曾说，你喜欢这味道，因为这味道可以让你想起我。你若有一天远行，定要带它在身边才好。

---

①凝寒：严寒。杜甫《佳人》诗："天寒翠袖薄，日暮倚修竹。"②帘衣：帘子。空：空寂。③残篆：将要燃尽的篆字形的香。④愁红：即惨绿愁红，指残花败叶。

你这样每晚因思念我而哭泣,生病了如何是好?愿托明月,将我对你的思念,送至你的身边。其实却也是不必的,因为你我的思念,早已穿越千里,到达对方身旁。其实我们一直都在一起,不曾分离。

点评

《南歌子》也名《水晶帘》《碧窗梦》等,都是很美的名字。原是唐教坊曲名,后用作词牌名。这阕《南歌子》,全从对方落笔,写她苦苦相思的情态,被人评为容若"哀感顽艳,得南唐二主之遗"的代表之一。

首二句是说,入夜,帘幕里空空寂寂,他不在身旁,不免单寒凄冷。"翠袖凝寒薄",系用杜甫诗《佳人》"天寒翠袖薄,日暮倚修竹"句意,杜诗写了一位为丈夫所遗弃的妇人自保贞节的德操品行。这里用以描摹女主人公不胜清寒之貌，同时暗示她离居的忧伤，和对远人一往情深的盼望。"帘衣入夜空"，帘衣，就是帘子，帘是用来隔开屋里屋外，似是人穿的衣裳，故曰。"空"既可以指帘内空寂，也可以指帘外空漠，总之是衬人离怀之语。此句，意境幽夐美妙，直叫人想起陆龟蒙的"画扇红弦相掩映，独看斜月下帘衣"：一位绝色女子，在月光之下，神色黯淡，思念归人。

"病容扶起月明中"，清凉如水的夜晚，一人独自，身难暖，心亦寒，更何况"病容扶起"？"病容扶起"，也就是扶病而起。想必是皎洁的月光下，她对镜自视，发现自己倏然憔悴许多，而此僝僽模样，她又不想让远人看到，所以辗转反思，难以成眠，于是只好"病容扶起"，看那如水月色了。

"惹得一丝残篆，旧薰笼"。夜已深了，篆香也将要燃尽，她还没有睡，独望残月后，她又凝视着旧时的薰笼，想起往日与他一起点燃熏笼的情景。"惹得"二字，精妙非常，似是说那淡白色的烟丝丝缭绕，分明是她对他的心，万般牵挂，不能割舍。

"暗觉欢期过，遥知别恨同"，下阕首二句终于点明离别相思的题旨了。二人的欢期已经过了，但即便分离已久，她仍然知道，恋人和自己一样，都在思念着对方。接下三句，"疏花已是不禁风，那更夜深清露，湿愁红。"表面意思是说，花朵已经稀疏冷落，不能经受风吹，又怎么经得起夜深露重呢？于是经风著露，只落得个惨绿愁红。实际上，"疏花"是与上阕的"病容"相对应的，古人常有把女子比成花朵，以花朵经受风雨摧残喻女子青春易逝的写法，词人此处亦然。所以表面上谓花朵一片惨淡，实际上是说女子再也不能经受离愁别恨的折磨，否则就会憔悴红颜，身心交瘁，伤心彻骨。这最后三句，写花写人，一语双关，情韵宛然。

南歌子 古戍

古戍①饥乌集，荒城野雉飞。何年劫火②剩残灰，试看英雄碧血③，满龙堆④。

玉帐⑤空分垒，金笳⑥已罢吹。东风回首尽成非，不道兴亡命也，岂人为。

赏析

戍守的人已归了。留下，边地的残堡。一千八百年前的草原，如今，是沙丘一片……

百年前英雄系马的地方，百年前壮士磨剑的地方，这儿你黯然地卸了鞍。一切都老了，一切都抹上风沙的锈。

撩起沉重的黄昏，唤来守更的雁。趁着月色，做一个铿锵的梦。谁自人生来，要回人生去？古今成败，原是过眼云烟，创痛与悲戚最永恒。

①古戍：指古代将士守边的地方，一般有营垒、烽火台等设施。②劫火：佛家语，指世界毁灭时所起的大火，后亦借指灾火、兵火等。③碧血：指志士仁人所流的血。④龙堆：汉代西域地名，汉后诗文中代指北方边塞沙漠。⑤玉帐：军中将帅所居军帐的美称。⑥金笳：笳的美称。笳是古代北方民族的一种乐器，类似笛子。

点 评

这首边塞词，不啻是一篇吊古战场文，悲凉慷慨。

首句即吸收李白《战城南》"乌鸢啄人肠，衔飞上挂枯树枝"和沈佺期《被试出塞》"饥乌啼旧垒，疲马恋空城"的诗意，表现了萧萧古戍、饥乌群集的惨切之景。次句，"荒城野雉飞"，是化用刘禹锡"麦秀空城野雉飞"句意，把古战场阴森怖栗的情景写得活灵活现。接下"何年"三句，颇有唐朝边塞诗的味道，但容若毕竟又不是岑参那类边塞诗人，唐时的边塞诗是荒凉中透出豪迈，容若却是豪迈转向了凄凉。"何年劫火剩残灰"，是哪一年的战乱造就了如今一切的皆似残灰？惨淡的历史已遥不可考，如今只有看英雄们当日的碧血，化作了这蛮荒的土色。"试看英雄碧血，满龙堆"，"碧血"，典出《庄子·外物》："人主莫不欲其臣之忠，而忠未必信，故伍员流于江，苌弘死于蜀，藏其血三年，而化为碧。"后来就把忠臣志士所流之血称为"碧血"。容若此处谓，君不见那些忠魂碧血，不管何方埋骨，到头来不

都是付与这无边瀚海了

吗？上阕，古戍、荒城、劫灰、

碧血……组成的是一幅凄惨悲凉的大

漠边城之景，奏响的是一曲旧堡败垒的苍凉沉

郁悲歌。

　　下阕前两句承接上阕，继续铺写古战场萧然之景。"玉帐空

分垒，金笳已罢吹"，军中将帅的军帐再也不能分开营垒，悲咽

的金笳也已永远停吹了。"空分"、"已罢"，四字写出昔景的黯

然难以淹留。既然古战场遗下了残灰，遗下了英雄的战骨，玉

帐成空，金笳已罢，那就说明厮杀斗争，恩仇荣辱，一切都成

过去，于是，词人不禁废然道："东风回首尽成非，不道兴亡命也，

岂人为"。"东风回首"，出自李煜《虞美人》词"小楼昨夜又东风，

故国不堪回首月明中"，此处是说如今回首前朝往事，但觉物是

人非，事事皆休。所以，词人最终感言，兴亡之理，不在人为，

而在乎天命，遂见纳兰词哀伤风骨。——在那片八旗子弟抛头颅、

洒热血的战场上，容若既不缅怀"开国英雄"的功烈，更不悲

歌慷慨，从中吸取振奋精神的力量，却在那里冷冷清清忧忧戚

戚地寻寻觅觅。这种行径，还真颇有点"不肖子孙"的意味。

秋千索

　　药阑携手销魂侣①，争不记看承人处②。除向东风诉此情，奈竟日春无语。

　　悠扬③扑尽风前絮，又百五韶光④难住。满地梨花似去年，却多了廉纤雨⑤。

赏 析

　　当年，虹是湿了的小路，月的足迹深深，美人的足迹深深。那个男子柔柔地牵着，心爱之人的纤纤素手，一步一吻地，在那药栏之畔流连，流连。慢慢步远，身旁星群散了。

　　再回首，男子两袖空空，美人被一朵柳絮带走。东风不起，相思的心花不开。往事如寂寞空城。唯有梨花，忆起雨后的故事。忆起凋零。

点 评

---

①药阑：芍药花的围栏，也泛指一般花栏。销魂：极度的悲愁或欢乐。②争：怎。看承：特别看待。③悠扬：飘扬。④百五韶光：清明前后的美好春光。百五，寒食节，即清明前二日，因从冬至到寒食日共一百〇五，故称。⑤廉纤雨：毛毛细雨。

　　这是一首怀人之作，至于写给哪位红颜，难以考证，我们只将其作为一首爱情词看待。

　　上阕侧重写孤寂之情。"药阑携手销魂侣，争不记看承人处"，当年曾与心爱的人携手款步在园亭中药栏之畔，虽然现在已时过境迁，但又怎能不记起当时特意相迎相会的情景呢？此二句写对往日欢会的追忆，珠玑情深，字字流连，比如"携手"、"销魂"、"争不记"、"看承"都是浓语。当然浓语蕴浓情，那这一腔如醇酒一般的深情厚谊，伊人不在，都付与谁呢？"除向东风诉此情，奈竟日春无语"，意思是除了向春风诉说以外，真是别无选择。然而令人无可奈何的是东风不起，春天整日不作一语，如此不解人意。显然，此处作者把春天拟人化了，既指自然界之景观，又含社会之人事，颇似于朱淑真的"把酒送春春不语，黄昏欲下潇潇雨"，把主客双方的不同情意和心态共织于一体，显出艺术的涵蕴美。

　　下阕着重写景，景中含情。"悠扬扑尽风前絮"，词人鹄望的东风终于来了，但却不是倾听他的哀诉，而是吹起柳絮飘扬，四处飞舞。古代，杨柳飞絮是暮春的使者，而此处说"扑尽风前絮"，一"尽"字，道出了柳絮全被春风吹去后春也将尽的隐隐惆怅与怜惜。而这时候，又正是清明寒食时节，此时春色最浓，却是将残之候，所以清明前后的美好春光总是难以驻留。"又百五韶光难住"，一个"又"字，惜春怀人的怅惘之情又叠加层。接下一句，承前句"风前絮""韶光"，谓柳絮、梨花依然如昔，但伊人却踪影难觅，遂不胜悲怅。"满地梨花似去年"，化用刘方平《春怨》"寂寞空庭春欲晚，梨花满地不开门"，将"不开门"三字替换为"似去年"，词句遂由表现失落女子青春已逝的凋零之感转为表现风景依稀，犹似昔年，而人事已非的伤怀情绪。结句用"却多了廉纤雨"收束，谓天公不作美，廉纤的细雨又沾湿了满地的梨花，令人难以为怀，更平添了含婉忧伤的情韵。

忆江南 宿双林禅院有感

心灰尽、有发未全僧。风雨消磨生死别，似曾相识只孤檠①，情在不能醒。

摇落后，清吹②那堪听。淅沥暗飘金井③叶，乍闻风定又钟声，薄福荐倾城④。

赏析

此恨何时已？萦绕于心头的痛，是前生而来的无奈，是生死两茫茫的凄凉。

为何依旧不能忘记，夕阳西下后蓦然的回首？为何仍然记起，如梦似梦里，伊人端坐画眉的样子？何不喝了孟婆汤？何不从此萧郎是路人？

忘记霓裳舞，忘记琵琶弦，把前尘往事里的久远的感动，尽力地忘记掉。可梦寐思之，琵琶弦上，还在空寂的房间里说着相思。

相思的缘，仍在这样的月夜里，引了柔肠千转，惹了灯花

①孤檠：指孤灯。檠，灯架。②清吹：北方风俗，夜间在亡者灵前奏乐。③金井：井栏上有雕饰之井。④薄福：薄福之人，作者自称。荐：祭献，使僧人念经以超度亡灵。倾城：美女，此处代指亡妻。

同落。衣上泪痕，诗里字，点点
行，总是相思意。

心记得那久远的微笑，那含泪
的别离里是不能忘记的永远。情在
不能醒。索性多情，索性多情。

点评

这是一篇悲悼卢氏的悼亡
词。卢氏于康熙十六年（1677）
五月去世后，直到康熙十七年
（1678）七月才葬于皂荚屯纳兰祖
坟，其间灵柩暂置于双林寺禅院
一年有余。

容若在这一年多时间里，不
时入双林寺守灵，写下了多首悼
亡词。

除这篇外，还有《忆江南》（挑
灯坐）、《寻芳草·萧寺记梦》、《青
衫湿·悼亡》和《清平乐》（麝烟
深漾）。此阕《忆江南·宿双林禅
院有感》，哀感凄绝，词人心灰意
冷之情，历历溢于言表。

　　"心灰尽、有发未全僧",劈头就表述心曲:如今已是心如死灰,除了蓄发之外,似乎与僧人无异了。

　　"有发未全僧",出自陆游《衰病有感》"在家元是客,有发亦如僧"。陆放翁是国仇家恨,郁郁于心,千回百折,遂有万事聚灰之感,所以是"有发亦如僧";容若纵然槁木死灰,然而仍是不能忘情于卢氏,所以是"未全僧"。但何以如此呢?"风雨消磨生死别",只缘与所爱者作了"生死别",而风雨凄厉,无情地消磨着伤心的岁月。如今,昔欢成非,似曾相识的也只有这盏孤灯,相伴在凄苦的夜晚。

　　"似曾相识只孤檠",这句不禁让人想到白居易的"同是天涯沦落人，相逢何必曾相识"，然而乐天罹厄贬官，还可以听琵琶曲暗抒幽怀，与琵琶女互相同情，互诉衷肠，然而容若只今唯有独对"只孤檠"，可以从中找寻几许旧日踪迹，却始终不能从痛苦中解脱出来。

"情在不能醒"，一句于执迷中道破天机：不是不想自拔，而是人在情中，"心似千丝网，中有千千结"，不能由己。

卢氏的确是已经不在人世了，可是他不敢相信，不愿相信，然而事实竟又是如此残忍冷酷地摆在他面前。"摇落后，清吹那堪听"，她的逝去像花朵一样凋零，夜间在她灵前的奏乐声，凄清难以听闻。

"淅沥暗飘金井叶，乍闻风定又钟声"，淅沥的风雨中，寂寂的金井旁，梧桐树叶，怅然飘落满地；好不容易风声初定，寺庙凄冷清凉的钟声复又敲响，于是薄福之人叫来僧侣，让他们念经以超度妻子的亡魂……"薄福荐倾城"，凄艳至极，沉痛至极。

浪淘沙

紫玉拨寒灰,心字全非[①]。疏帘犹是隔年垂,半卷夕阳红雨[②]入,燕子来时。

回首碧云西,多少心期[③]。短长亭外短长堤。百尺游丝[④]千里梦,无限凄迷。

赏析

深夜时分,你径自取来一段红烛,红如牵绊人一生的缱绻缠绵。你伸出纤细白皙的手指,一笔一画地刻上缘字。缘,铭刻在三生石映照的前世今生中,被时光风干成绮丽的传说,嵌在他的灵魂。很

---

① 紫玉二句:紫玉,指紫玉钗。心字,即心字香。见《梦江南》(昏鸦尽)注④。②红雨:比喻落花。③心期:心愿、心意。见《浣溪沙》(五字诗中目乍成)注④。④游丝:飘着的蛛丝。

美，不是么？

你刻意地把那缘字对向他，点燃。等它化作一池红泪，等缘，四散成空。即便缘灭，你依旧执拗地，不想放手。可心呢？非要等到死，才是罢休么。

悲欢离合总无情，一任阶前，点滴到天明。天涯路，已望断。他仍未归来。熏香里那一个心字，早已全非。留不住，真的留不住。才发现所有的心愿，全都枉费，已成灰。

点评

本篇采用从对方落笔的手法，写春怨，写闺中少妇寂寞无聊，伤春伤情的情状。

上阕写她在室内百无聊赖的情景。"紫玉拨寒灰，心字全非"，"紫玉"即紫玉钗，"寒灰"即心字香烧完之后的冷灰，亦可喻指心如死灰。"心字"就是心字香烧完之后灰烬落在地上构成心字的形状。此句谓只见她拿着紫玉钗拨弄心香的灰烬，把原本那好端端的一个心字模样全都拨弄乱了。

"疏帘犹是隔年垂"，再看那竹帘，自从去年垂下之后就再也没有动过。"隔年"，一般用作"下一年"、"明年"之义，但也可用作"去年"，比如贺铸《定风波》"露萼鲜浓妆脸靓。相映。隔年情事此门中，粉面不知何处在。无奈，武陵流水卷春空"。联系上下文，便知此处"隔年"当是去年之意。

"半卷夕阳红雨入，燕子来时"，红雨并非红色的雨，而是纷飞的落花，如果用动词来表达，就是"落红如雨"。"半卷夕阳"，"半卷"是承接上一句"疏帘犹是隔年垂"而来，是说这位女子把那垂了很久的帘子半卷了起来，马上便透进了夕阳，也飘进了纷纷的落花。"燕子来时"作为上阕的结语非常巧妙，似乎平淡无奇，但一经思虑，却别有一番滋味，似言燕子来了人却没来，似是在思念着谁。

"回首碧云西，多少心期"，下阕起头，开始转写她所见的室外景象。"心期"即心愿，从上阕看到燕子飞来，转而"回首碧云西"，以"碧云西"来感叹"心期"，自见几分渺茫和惆怅。心期或许在盼着那人能与燕子一同归来，却望断碧云，渺茫无极。

"短长亭外短长堤"，"短长亭外"，为诗词语言，盖为两义：一是送别，二是思归。容若这句是化自宋谭宣子《江城子》"短长亭外短长桥"，只把"桥"字换成了"堤"，大约是押韵之故。

末句"百尺游丝千里梦，无限凄迷"，"游丝"是飘荡的蛛丝，比喻意象就是心思，比如李商隐"几时心绪浑无事，得及游丝

百尺长"。游丝长，就是心绪无聊；游丝乱，就是心绪乱。

那么在此，心绪的无聊纷乱，又是何为？答案就在"千里梦"里——思念远人。思而不得，无限凄迷。结句"无限凄迷"与发端之"心字全非"相呼应，通篇情景浑融，凄迷动人。

浪淘沙

夜雨做成秋，恰上心头①。教他珍重护风流。端的②为谁添病也，更为谁羞？

密意未曾休，密愿难酬。珠帘四卷③月当楼。暗忆欢期真似梦，梦也须留。

赏 析

与秋雨有约的女子，在这萧瑟时节，你是为了谁害了那相思之病，又是为了谁而红晕满颊？

相爱的时候，满天的星，颗颗都是永远的春花；遍地的花影，簇簇都是永远的秋月。

①夜雨二句："秋"上"心"头，为"愁"字。②端的：究竟、到底。③珠帘四卷：谓楼阁四面的珠帘卷起。

可厮守一生的心愿，却遥如高楼飘缈的歌声。月光下，参差的往昔情事，暗忆如流水。你的寂寞，你的美。蝶飞如梦，梦飞如蝶。

点 评

这首词描写一个思念情人的女子，以该女子的口吻诉说自己的心事。笔势灵动，自然流美。首二句谓夜雨过后，天气乍凉，带来秋意，引起人心中的愁思。

"夜雨做成秋，恰上心头"，脱胎于宋吴文英《唐多令》词"何处合成愁，离人心上秋"。"心"字上面加"秋"字，成为"愁"字，是汉语特有的文字结构手法，又近于字谜游戏。然而在词意的表达上，似乎是信手拈来，涉笔成趣，毫无造作之嫌，且紧扣主题秋思离愁。

"教他珍重护风流"，"他"指夜雨，意谓希望夜雨能好好地保护人间的美好事物，不要给人带来烦忧。那词人为何会有此语？——因为她已染疴憔悴，不能再经风着雨。

"端的为谁添病也，更为谁羞？"，二句写自己目前之心情，用"为谁"提问，其实自己心里明白。如果直接道出，就如元稹《会真记》里崔莺莺诗："不为旁人羞不起，为郎憔悴却羞郎"，谓不是为了旁人，就是为了你，我才一身憔悴一身病，羞于相见呀！

下阕，"密意未曾休，密愿难酬"，慨叹自己的情意尚未了结，心中的愿望又难以实现，唯有在夜雨过后，皓月当空之时，卷起帘子，对月沉思。"珠帘四卷月当楼"，化用杜牧《怀钟陵旧游四首》"一声明月采莲女，四面朱楼卷画帘"，插入"珠帘"、"月"、"楼"之景语，使词意变得比较舒徐，有顿挫。

最后二句写对往日的回忆。"暗忆欢期真似梦，梦也须留。"此时想起过去的恩爱，恍如南柯一梦。但即使是梦，也值得珍惜。一片痴情，怨而不怒，深得诗教温柔敦厚之旨。

浪淘沙

野宿近荒城，砧杵①无声。月低霜重莫闲行，过尽征鸿书未寄，梦又难凭。

身世等浮萍，病为愁成。寒宵一片枕前冰②，料得绮窗③孤睡觉，一倍关情④。

赏 析

十年踪迹十年心。如今，身在荒城。眉间心上，无计相回避的思念，如影随形。

寸寸柔肠，盈盈粉泪，你焉能不知生如浮萍，愁多成病？奈何青鸟不传云外信，家乡的断肠花开也未？此刻的她，独自睡去，寂寞吗？

想了一生，念了一生，痴了一生的那个女子，仍然是烙在你胸口的最深的伤痕。

---

①砧杵（zhēn chǔ）：捣衣石和棒槌。亦指捣衣。②寒宵句：谓寒夜无眠，枕边一片冰冷凄清。③绮窗：饰有彩色雕画之窗，代指闺人、思妇。④一倍关情：更加倍地牵动情怀了。

点 评

此为塞上思闺之作，抒发对妻子的相思相念之情。

上阕由描述野宿孤寂入手。"野宿近荒城，砧杵无声"，词人在野外过夜，靠近一座萧然荒凉的古城，因远离故园，所以听不见砧杵声声。"砧杵"，是捣制寒衣用的垫石和棒槌。这里指捣衣时砧杵相击发出的声音。在古诗词中，砧杵常用以代指闺中人为征人制寒衣，故砧杵之声寓有思妇之怨，或寓有征人思妇之意。如乐府诗《子夜四时歌·秋歌》："佳人理寒服，万结砧杵劳。"韦应物《登楼寄王卿》："数家砧杵秋山下，一郡荆榛寒雨中。"此处，词人因寄身塞外，宿于荒城，远离住家，所以言"砧杵无声"。但"此处无声胜有声"，砧声虽无，思家之心却有。所以，词人紧接着说"月低霜重莫闲行"，意谓寒月低沉，霜露渐重，切莫独自悄然缓行。"莫闲行"不是说"不闲行"，而是说因思家难耐出来闲步后发现"月低霜重"，已倍添闺愁，所以就告诫自己不要再"闲行"了。

"过尽征鸿书未寄，梦又难凭。"歇拍前一句化用宋赵闻礼《鱼游春水》"过尽征鸿知几许，不寄萧娘书一纸"，谓好未有收到家中妻子的来信；后一句翻用唐毛文锡《更漏子》"人不见，梦难凭，红纱一点灯"，谓音讯不见，想索之于梦以求慰藉，但是梦又难以依靠。"梦又难凭"，一"又"字，顿显沉吟至此的无限怅惘之情。

下阕推开去写身世之感。"身世等浮萍，病为愁成"。身世，指人的经历和遭遇。南朝鲍照《游思赋》："抚身事而识苦，念亲爱而知乐。"此句系用与韦庄《东吴生相遇》："十年身事各如萍，白首相逢泪满缨"，用随风漂泊的水上浮萍，刻画了自己多年来随波逐浪、流离失所的身世和此刻的凄清孤独、愁苦成病。

容若毕竟是至情至性之男子，并非一味地自遣幽怨愁苦，而是想到自己身为一堂堂男子，如今都被别离所伤，"病为愁成"，那家中娇弱的妻子又何以堪？她一定是寒夜无眠，清晨起来，枕边泪水也凝成寒冰，而一想到她独自绮窗孤眠，他的满腔柔情就更加倍地牵惹起来。"寒宵一片枕前冰，料得绮窗孤睡觉，一倍关情"，这后三句转为从对方写来，料想此时闺中的妻子更会伤情动感，这就加倍地表达出相思的恨怨之情。

浪淘沙

闷自剔残灯，暗雨空庭。潇潇已是不堪听，那更西风偏著意，做尽秋声①。

城柝②已三更，欲睡还醒。薄寒中夜③掩银屏，曾染戒香④消俗念，莫又多情。

赏析

一夜，又是一个一夜，无数个一夜。你不管红尘，只管剪掉凋残的灯花。但你剪不掉的是愁，篝纹灯影，青绫湿透。

篆香清焚中，你想安放一下自己备受多情磨折的心。曾染戒香消俗念，怎又多情？你如此诘问自己。哪里知道，多情种子，乍一相逢，已是"风波狭路倍怜卿"。

一个眼神交接，亦是教你辗转反侧，心事费相猜。自古多情空余恨，好梦最易醒。为何你仍然放不下？是还爱着，还是伤得不够深……

①那更二句：那更，犹云况更，兼之。著意，犹专意、用心。秋声，万木零落之声。②柝（tuò）：梆子，巡夜时敲击以报时。③薄寒：逼迫的寒气。薄，迫也。中夜：半夜。④戒香：佛教说戒时所点燃之香。这里以戒香代指超脱尘世烦恼的忘机之意。

点 评

本就多情的容若，偏要无情起来，结果仍是陷入多情的烦恼之中。此篇即写这种矛盾的心情，给词人倍添的愁苦。

首句，"闷自剔残灯，暗雨空庭"，且不管因为何事而心情愁闷，只顾剔掉残余的灯花，把灯拨亮，听闻幽暗的夜雨打在空寂的庭院。"闷自剔残灯"，这句的落脚点不在"剔"字（剪剔灯芯的动作），而在"自"字。"自"字是体现词人心绪的，谓千般事、万种情，皆都不管，只管自己剔着自己的"残灯"，是一种索寞无绪的心情。

"潇潇已是不堪听"，"潇潇"，承"暗雨"而来，意思是疾风暴雨的声音。如《诗经·郑风·风雨》："风雨潇潇，鸡鸣。"因为心中颇不自聊，所以一听见洪霖疾雨，就愁绪纷纭，不能经受。而这时，西风又偏偏送来秋声，似是专门增添愁人懊绪。

"那更西风偏著意，做尽秋声"，这两句由初稿"那更西风不解意，又做秋声"锤炼而成的。"不解意"而做"秋声"，秋风原无心欺人，这是客观描写，显得意浅。改作"偏著意，又做秋声"后，西风是有意作虐，这是主观描写，所以意深，并且又加一"尽"字，更见恣肆至极。

下阕言明时间已至三更，而词人仍是难以安寝。"城柝已三更，欲睡还醒"，"城柝"指城上的打更声。"欲睡"将睡未睡，有睡意，但是睡不着，所以"还醒"。

当然词人难以成眠，除了愁情萦心之由，还因为天气的寒冷，即"薄寒中夜掩银屏"，"薄寒"，指逼迫的寒气，源自宋玉《九辩》"憭栗增欷兮，薄寒之中人"。这句是说半夜寒凉袭人，遂将屏风紧掩。"曾染戒香消俗念，莫又多情"，末二句作告诫之辞。诗人自悔多情，想从中自救，故"曾染戒香"去消解之。但秋夜秋声却偏偏又触动了他的多情。

本来是多情，偏要学无情，结果仍是陷入多情的烦恼中，如此矛盾的心情，又使诗人平添了更多的愁苦。此翻转层进的表达之法，使所要抒发的感情更加深透，更能启人联想。

浪淘沙

清镜上朝云①，宿篆犹薰，一春双袂尽啼痕。那更夜来山枕侧②，又梦归人。

花底病中身，懒约溅裙③，待寻闲事度佳辰。绣榻重开添几线，寂掩重门。

赏析

清晨，夜来香还眠着，他旧时的味道。入梦的伊人，已经醒来。然而，天涯无归客，何以烟雨梦归人？

窗外，梨花已经飘零一地。窗内，她泪眼蒙蒙，晚风中对着枝头最后一束，喃喃哀求，留住！留住！可否？可否？

日夜思君不见君，共饮长江水。黄昏，看那飘缈的云，仿佛是遥遥无期的音讯。

点评

此篇是借女子伤春伤离写作者之离恨。

---

①清镜二句：清镜，明镜。宿篆，夜来点燃的篆香。②山枕：枕头。③溅裙：化指情人或某女子，这里指女伴。

词由景起，"清镜上朝云，宿篆犹薰"，清晨，朝云映到明镜里，夜来焚烧的篆香还未燃尽。说"清镜"，谓"朝云"，都说明主人公应该是一闺中女子。所以，接下一句，"一春双袂尽啼痕。""袂"，指衣袖；"啼痕"，即泪痕。此句似是由韦庄《小重山》"罗衣

湿，红袂有啼痕"和顾夐《虞美人》"画罗红袂有啼痕"化出，添一"尽"字，以突出泪水之多，愁怨之炽，心伤之甚。本来啼痕满袖，已经是泪干肠断，够伤心的了，可又兼以夜来孤眠，无人于枕侧相伴的孤苦清寥，该如何消受？而孤眠无梦也罢，偏偏又梦见了归人，此之千愁万怨的郁郁之怀，千回百转，翻转折进，又叫人怎么忍受？

所以，下阕起首就说："花底病中身"。终于病了，为愁，为离，为伤，为梦而染病了。病中的她，懒散倦怠地站在花底，再也不想与女伴相约了。只有"待寻闲事度佳辰"。纵有良辰美景，无人相伴，愁绪难解，一"闲"字点出她的寂寞难耐。末二句，"绣榻重开添几线，寂掩重门"，"绣榻"句，用的是添线之典。据《岁时记》，魏晋时，宫人用红线量太阳的影子，冬至后，太阳的影

子就会添长一线。此处言"添几线",意谓已经过了好几年了。"寂掩重门",戴叔伦《春怨》诗中有"金鸭香消欲断魂,梨花春雨掩重门",用黄昏时雨打梨花的景象,衬托了一位深怀相思之情的女子的孤寂的心态,容若此句似是由此化出。这两句是说,不是不想二人相携,畅叙幽情,而是一别就是几年,实在无法相聚啊!如今唯有寂寞地关上一层又一层的门,空怀相思了。词于平实率直中见真婉深致,且不乏情韵流漾。

鹧鸪天

冷露无声夜欲阑①，栖鸦不定朔风寒，生憎画鼓②楼头急，不放征人梦里还。

秋淡淡，月弯弯，无人起向月中看。明朝匹马相思处，如隔千山与万山。

赏 析

一望无际的大草原，那是胡马的故乡。空空无痕的碧云天，那是大雁的旧居。

那么，征人的故乡在哪里？当年送别他的人，如今可好？

当年事依稀犹记，可当年人却再也无缘重逢……

①阑：将尽。②生憎：甚憎。画鼓：饰有彩画之鼓。此处指更鼓。

也许，记起了杨柳岸边，和风的细语。以为会天长地久，可杨柳是别离的情绪。

也许，记起了花前月下，夜色的柔和。以为时光就此定格，但月总有阴晴圆缺。

那些日子都已过去。如今，别君只有相思梦，遮没千山与万山。如今，只有淡淡的秋、弯弯的月。只有以千山万山为脚。思念的时候，就往故乡的方向，一步一步地挪移。

点评

这篇亦是写征人对闺中妻子的相思之情，清丽空灵，明白如话。

起首两句，"冷露无声夜欲阑，栖鸦不定朔风寒"，化用唐王建《十五夜望月寄杜郎中》"中庭地白树栖鸦，冷露无声湿桂花"写塞上早寒。寒夜将尽，于夜深时分悄然暗凝的露水，此刻寂然无声；北风凛冽，把已经栖息的乌鸦吹得惊飞不定。这两句，一静一动，与词人颇难平静的心境暗合。

"生憎画鼓楼头急，不放征人梦里还"，这两句顿然打破首二句动静之间的平衡，呈现出一种焦躁不安，令人着恼的气氛。"生憎画鼓楼头急"系用辛弃疾《鹧鸪天》"只愁画角楼头起，急管哀弦次第催"，谓可憎的画鼓偏又楼头急响，声声恼人，令征人无法入梦还乡。"不放征人梦里还"，"征人"显然是词人自指。"不放"，即不让，宋词里有"守

定花枝，不放花零落"的诗句。此处用"不放"形容急骤
的画鼓声，似是说这鼓声急如行军，能将人的梦魂擒住，
不让其归家与妻子团聚。如此寒夜，画鼓扰人，有梦难回，
于是懊恼惆怅，个中况味，实在是可想而知。

　　过片拈出秋，点出月，进一步绘景并烘托氛围。"秋淡淡，
月弯弯"，"淡淡"，原作澹澹，谓颜色淡，不浓。比如李煜有"澹
澹衫儿薄薄罗"，唐元稹有"款款春风澹澹云"。"澹澹"二字，
一个用以形容衣衫，一个用以描绘春风，都是清雅妍美，美不
胜收。

　　容若是"秋淡淡"，但秋乃一抽象词汇，不像衫、云那样具
体，怎能以"淡淡"形容呢？实际上，秋"淡淡"，是指秋天那
种淡淡的气息、氛围，与后面的"月弯弯"形成相互关照的关

系，共同衬托词人内心深重的思念。后面一句"无人起向月中看"，也不是说真的无有一人看月，而是说除了自己一人以外，再也没有谁起身在月光下凝望，从而突出了他的孤独寂寞、凄清伤感。

结尾两句"明朝匹马相思处，如隔千山与万山"，化用岑参《原头送范侍御》诗"别君只有相思梦，莫遮千山与万山"，出之于虚笔，料想明朝更会越行越远，归程阻隔，相思更烈，归思难收了。

于中好

　　别绪如丝睡不成，那堪孤枕梦边城。因听紫塞①三更雨，却忆红楼②半夜灯。

　　书郑重③，恨分明，天将愁味酿多情。起来呵手封题处④，偏到鸳鸯两字冰。

赏析

　　人间销魂是离别。冬天的边城，形单影孤的你，没有月夜一帘幽梦，没有春风十里柔情。只有，被离别的刀锋划伤的伤痕。

　　窗外，塞上的冷雨萧萧。远在家中的她，可是孤灯痴痴地想你？

　　书已成，却是那么的沉重。你已厌倦漂泊，甚至思念，都已不是一杯对饮的酒。今夜好冷，你的双唇已经冻僵，再也不能以吻封缄。天水一方，相见遥遥，一寸柔肠情几许？

点评

---

①紫塞：边塞。②红楼：见《减字木兰花·新月》注⑤。③书郑重两句：唐李商隐《无题》诗："锦长书郑重，眉细恨分明。"④呵手：天寒时呵气暖手。封题处：书札的封口签押处。

　　此篇所写，仍是思念。词人出使塞上而依然魂牵梦绕着闺人，他对妻子的爱可谓铭心刻骨了。

　　首句"别绪如丝睡不成"，化自梅尧臣"别绪如丝乱"，别后情怀最难堪，寤寐思服，辗转反侧，但这还不算最难过。最难过的是"那堪孤枕梦边城"，孤零零地躺着，在"梦边城"。此处"梦边城"，殊为难解，按照常规的句法，这应该是说"梦见边城"，但联系后文，这里却应该是"梦于边城"。容若此刻正在边塞公干，孤枕难眠。

　　"因听紫塞三更雨，却忆红楼半夜灯。""紫塞"，即边塞，语出鲍照《芜城赋》："北走紫塞雁门。"紫塞原本应该实有其地，就在雁门关附近，但后来便被诗人们用来泛指边塞了。"红楼"，指华美的楼阁，如苏轼《水龙吟》："小舟横截春江，看翠壁红楼起。"这里代指家中的楼阁。

　　两句谓沉沉寒夜里，听着边塞的雨声，不知为何，心却回到了家乡，回到了妻子的红楼，看着楼上白色的窗帘微微透出浅黄的灯光。夜深了，她还没睡，她一定也在想念我吧？

下阕"书郑重，恨分明"，化用李商隐"锦长书郑重，眉细恨分明"。李商隐的原诗是一首《无题》："照梁初有情，出水旧知名。裙衩芙蓉小，钗茸翡翠轻。锦长书郑重，眉细恨分明。莫近弹棋局，中心最不平。"这首诗的背景是李商隐新婚不久之后，在仕宦旅途上遭遇了不公正的待遇。诗的前四句是描写妻子王氏之美，后四句很传神地写出了妻子对自己的深切关心以及为自己所遭受的不公的愤愤不平。容若截取"书郑重"、"恨分明"二语，语义有些让人迷惑，大概容若是要把我们引向李商隐的原诗也说不定。至于引到李商隐原诗的哪一步，甚为难说，也许只是引到"妻子对丈夫的关切和命运与共"这一层；也许容若仅仅是断章取义，是说自己正在给她写信，写得郑重其事，相思之恨也甚是分明；也许这个"书"是指自己收到的书，"恨"是指书信里的恨；也许，还有更深的什么涵义……但无论如何，这又属于"如鱼饮水，冷暖自知"的事了。

接下来"天将愁味酿多情"，真是无限多情的一笔，把"愁"和"多情"用"天"关联了起来，是说"愁"和"多情"就是天生的一对。我愁绪萦怀，因为我对你多情；我对你多情，所以愁丝如织。一个"酿"字，更显匠心。

"起来呵手封题处，偏到鸳鸯两字冰"，以一个小细节、小动作作为收尾，愈显巧妙。封题，是古代书札封口处的签押。容若辗转反侧，终于还是按捺不住思念，起来写信，写好后，因为天冷，所以呵着手给信笺签押，偏偏签押到鸳鸯两字的时候毛笔的笔尖被冻住了。"偏到鸳鸯两字冰"从字面看，可以存在好几种解释，至于"鸳鸯"，明显比较奇怪：在书信封口上签押，为何要签"鸳鸯"两个字呢？——也许有什么特殊讲究，也许这只是寄信人和收信人的名字吧？那个"冰"字，可以理解为手，可以理解为毛笔，字面上都讲得通，但真正"冰"的那个应该是心才对。

于中好

送梁汾①南还，为题小影

握手西风泪不干，年来多在别离间②。遥知独听灯前雨，转忆同看雪后山。

凭寄语，劝加餐。桂花时节约重还。分明小像沉香缕，一片伤心欲画难③。

赏析

茫茫尘世，谁是知己？离别的伤感都同出一辙。握紧你的手，泪在风中干了又湿。因离别，情更重。朋友间的亲切，朋友间的关心，尽在琐碎的杂事中。无语的浓烈的感情，在

①梁汾：作者的好友顾贞观。②年来句：从康熙十五年到二十年之间，梁汾于十七年初曾南回，词人亦多次扈驾到昌平、霸州、巩华、遵化、雄县等地巡幸。③"一片"句：唐高蟾《金陵晚望》诗："世间无限丹青手，一片伤心画不成。"

彼此心底游动。唯有你最懂。丹青在右，你在左，描得了外在的形体，描不了知己的情感。伤情处，笔无法落下。你走了，我多么思念。

你离我那么远，那么久我们会失去联系。想要说的话太多，以至于已经无法言说。我们是哥们，我们是兄弟，我们是知己。隐隐青衫，泪流满面。

一片伤心画不成，是写给我最爱的红颜；一片伤心欲画难，是写给你的，我最好的朋友。

点 评

这是一篇送别之作，送的是顾贞观。当时，顾贞观正在京城，逢母丧欲南归，容若欲留不得，更想到和顾贞观虽然心心相印，却聚少离多，此番又将长别，愈发难舍。

"握手西风泪不干"，劈头便是一派伤别景象，这伤别却不是小儿女的临歧泪沾襟，而是男人之间的萧瑟与苍凉。握手、西风、泪不干，这只是几个再平常不过的字眼，组合在一起却以天然之工营造了极强的感染力。"握手西风泪不干，年来多在别离间"，这两句既是因果，也是递进，知心人难得聚首，陌路人天天面对，这样的日子确实难过。

"遥知独听灯前雨，转忆同看雪后山"，这两句转而描述具体场景，前一句是虚拟未来，后一句是回忆过去——我在京城，遥想你独对孤灯，凄凉听雨，忽然回想起当初我们一同雪后看山的快乐日子。这又是诗歌当中的一个套路：拟境出"你"的孤独，来表达"我"的孤独。也即，容若的意思是：在你离去之后，我很孤独。但容若表达这个"我孤独"的意思时却用到"你孤独"的拟境手法。杜甫的"香雾云鬟湿，清辉玉臂寒"就是运用这一手法的名句。

"凭寄语，劝加餐"，下阕转折，从伤感转为关切，这句化自王彦泓"欲寄语，加餐饭。难嘱咐，鱼和雁"，更古老的源头能在汉魏找到，如："长跪读素书，其中意何如：上言加餐饭，下言长相忆"，还有"思君令人老，岁月忽已晚。弃捐勿复道，努力加餐饭。"都是思念、叮嘱、关切的意思。加餐饭是个非常朴素的说法，就是劝人多吃饭，这种词汇真是汉魏风格，未经雕琢，质朴感人。

"桂花时节约重还"，这是容若与顾贞观相约，要顾贞观在桂花开放的时候重回北京。最后两句"分明小像沉香缕，一片伤心

欲画难"，小像即人物肖像，切题"送梁汾南还，为题小影"，这句是说梁汾的小像在缕缕沉香的轻烟里历历可见。"一片伤心欲画难"，化自唐代高蟾诗"一片伤心画不成"。高蟾这首诗，题为《金陵晚望》，是在晚上来眺望金陵这座六朝金粉地，兴起沧桑兴废之慨叹："曾伴浮云归晚翠，犹陪落日泛秋声。世间无限丹青手，一片伤心画不成。"是说金陵之地，风景可以画得出，但历史的苍凉兴废任再好的丹青国手也是画不出的。容若借境高蟾诗，也是说梁汾形容固然可画，但那伤情却难画，自己对朋友的深情厚谊难画。"一片伤心欲画难"，此之结句，极尽深情地表达了诚挚的友情和一往情深的伤别之意。

|彩色详解|

纳兰词

③

〔清〕纳兰性德 著　聂小晴 主编

团结出版社

于中好

十月初四夜风雨，其明日是亡妇生辰

尘满疏帘①素带飘，真成暗度可怜宵。几回偷拭青衫泪，忽傍犀奁见翠翘②。

惟有恨，转无聊。五更依旧落花朝③。衰杨叶尽丝难尽，冷雨凄风打画桥④。

赏析

回来了，从天涯，我回来了。可你在哪儿，在哪儿呀？你说过要等我回来，相

---

①疏帘：编织稀疏的竹帘。②犀奁：犀角制做的镜匣。翠翘：古代女子之首饰，即翡翠翘头。此处代指亡妻生前之遗物。③落花朝：落花的早晨。④画桥：饰有彩绘图案的桥。

约白首，为何失言，为何失言？我回来了，回来了，你听见了吗，听见了吗？

是我来晚了，我日夜兼程，可还是来晚了，你走了，带着一怀的愁绪，走了，带着眷恋与不舍，走了。你走了，留下一缕青丝，一支碧钗，留下思念与我相伴；你走了，留下一叠素稿，半壁残诗，留下寂寞与我相伴。物是人已非，从此，孤灯伴冷衾，箫音独自鸣。

点 评

这是一首悼亡之作。词序云："其明日是亡妇生辰"，可知十月初五日是为其亡妻卢氏之生日。自然这又引发了词人对亡妻深深的怀念，遂赋此以寄哀思。

起首句，"尘满疏帘素带飘"，夜已深沉，窗帘上落满尘土，风儿静静地吹了进来，室内一片死寂，只见素带飘动。此处，值得注意的是一系列冷落寂静意象：窗帘是"疏帘"，带是"素带"，动作是"飘"，"尘满"，则说明疏帘许久没有打扫，所以这句整体给人营造出来的感觉是：物是人非，人去楼空，往事尘封。

"真成暗度可怜宵"，"可怜宵"，通俗言之，即可爱之夜，为诗人钟情之语。比如宋谭宣子《江城子》"可爱风流年纪可怜宵"，苏轼《西江月》"莫教空度可怜宵。月与佳人共僚。"初四之夜，是个"可怜宵"，本是最当珍重的一个晚上却只有词人一人孤单度过了，所以说"暗度"，自是凄凉孤寂之意。

　　"几回偷拭青衫泪，忽傍犀奁见翠翘"，词人在这个寂寥的夜晚，好几次想起妻子，总要偷偷地抹上几回眼泪，忽然看见妻子的梳妆盒旁边躺着一支翠翘，更不由得睹物思人。"偷拭青衫泪"，这个"偷"字颇令人费解。既然是一人夜不能寐，独自沉思往事，流泪即流泪，何必"偷偷地抹去眼泪"呢，难道怕谁人看见？问题就在于此处"偷"，不是实指，而是虚笔，作为一个符号意象，它传达的一个意思是：情何以堪。

　　"惟有恨，转无聊。五更依旧落花朝"，夜不能寐，转眼已是五更天，马上就要天亮了。"落花朝"即落花时节的早晨。十月初五不是落花时节，五月才是。卢氏之死正在五月。词人由妻子的生辰想到忌日，"依旧"二字无限悲伤：无论如何，妻子也不可能死而复生，失去的便永远也回不来了，以后的每一天皆是一落花朝呀。

　　"衰杨叶尽丝难尽，冷雨凄风打画桥"，最后两句以景语作结，"衰杨"不是杨树，而是柳树，"丝"谐音"思"，此是诗人们颇为常用的一个谐音双关。"衰杨叶尽丝难尽"，用今之白话言即是：卢氏虽然死了，但她永远活在我的心中。

河传

　　春浅，红怨，掩双环①。微雨花间昼闲，无言暗将红泪弹。阑珊②，香销轻梦还。

　　斜倚画屏思往事，皆不是③，空作相思字。记当时，垂柳丝，花枝，满庭蝴蝶儿。

赏析

　　许多的往事，才下眉头，却上心头。那一天，绣榻旁，春雨淅沥，你们，听雨，谈天。那一天，雕栏曲处，杨柳依依，你们，赏花，倚栏。

　　一切的时光，都如开在衣角的春天，温柔又腼腆。而什么时候，如水的月光，被你们遗失了呢。

————————————

①双环：门环。掩双环：关起门来。　②阑珊：衰落的样子。　③皆不是：都不称心如意。

想起时，却似十年踪迹十年心，空余叹息，以及无望的回首。当时的样子，天真烂漫。连纯白枕头都留着美梦的余香，像春日里的细风，轻轻的，暖透小小的你。而如今，月似当时，人似当时否？

点 评

此词写微雨湿花时节，闺中女子的一段难以诉说的柔情。全词以形象出之，极缠绵婉约之致。

"春浅，红怨，掩双环"，首句即描摹了一幅残败的暮春图景。春色已浅，凋零的春花，也似充满了怨愤的情绪，令人不忍目睹，只得把门关上，独自沉吟。

"掩双环"，主语当然是闺中女子了，于是自然过渡到下两句"微雨花间昼闲，无言暗将红泪弹"微雨蒙蒙，一人独立花间，白日里，空虚无聊，只有弹泪无言。此处，"昼闲"是因，"泪弹"是果，因为索寞无绪，无人可说，所以只有静默无语，流下悲伤的泪水。

"阑珊，香销轻梦还。""阑珊"，本义是将尽、衰落，既可以指物，亦可以指人。此处，"阑珊"二字并没有主语，所以既可以说春色阑珊（春色将尽），亦可以说意兴阑珊（精神低落）。但不管作何解，传达出来的情感基调皆同，即感伤春逝之情。"香销轻梦还"，化用李清照《念奴娇》"被冷香销新梦觉"，以"轻梦"替掉易安"新梦"，虽是一字之移，

含义却大不一样。"新梦"，是梦乡新到；"轻梦"，是指做的很浅的梦，梦乡说不定还没有到。梦乡未到，一下子就醒了，梦中的情景消逝，眼前一片凄凉，那人早已不在身边了，这种表达，就句意而言，比易安更为凄苦哀怨。

"斜倚画屏思往事，皆不是，空作相思字。"上阕说闺中女子怅怅地醒来，这里说她醒来后，斜倚着画屏，开始思念往事。但是左也不是，右也不是，一切都令人伤感，都让人倍感凄清，此时此刻只剩相思二字占据了全部情怀。

"相思字"，即相思语、相思字句，亦为词人最为钟情之词。譬如苏轼有"向彩笺写遍，相思字了，重重封卷，密寄书邮"，辛弃疾有"相思字，空盈幅；相思意，何时足？"，张炎有"薛涛笺上相思字，重开又还重摺。"词人此处，"空作相思字"，意谓她面对一片春景不由伤感，意中人不在身边，对景伤情，将写满了相思字也无计可施。

"记当时，垂柳丝，花枝，满庭蝴蝶儿。"最后四句回忆起当时与意中人相会的情景：柳丝，花枝，蝴蝶，春光旖旎。而如今往事皆非，空作相思意。全篇荡漾着一种淡淡的哀伤，写尽了"思往事"的刻骨铭心的寂寞情怀。

木兰花令 拟古决绝词柬友①

人生若只如初见，何事秋风悲画扇②。等闲变却故人心③，却道故心人易变。

骊山语罢清宵半④，泪雨霖铃终不怨⑤。何如薄幸锦衣郎，比翼连枝当日愿⑥。

赏 析

初见惊艳，再见依然。这也许只是一种美好的愿望。蓦然回首，曾经沧海。只怕早已换了人间。所以你说，人生若只如初见？

是的，人生若只如初见，所有往事都化为红尘一笑，只

---

①古决绝词：古诗《白头吟》："闻君有两意，故来相决绝。"唐元稹已有《古决绝词》三首，所以本副题有"拟"字。决绝，断绝交情，永不再见。柬友：即以男女情事的手法告之朋友，与其绝交。②何事句：此用汉班婕妤被弃典故。班婕妤为汉成帝妃，被赵飞燕逸害，退居冷宫，作《怨歌行》诗，以秋扇为喻抒发遭弃的怨情。③等闲：轻易地，平平常常。故人：情人。④骊山句：《太真外传》载，唐明皇与杨玉环曾于七月七日夜，在骊山华清宫长生殿里盟誓，愿世世为夫妻。⑤泪雨句：唐郑处海《明皇杂录》载，唐明皇奔蜀途中夜雨闻铃声，伤悼刚死去的贵妃，遂作《雨霖铃》曲以寄哀思。⑥何如二句：薄幸，薄情。锦衣郎，指唐明皇。此二句谓其当年虽有比翼连枝之誓言，而终于薄情。

留下初见时的惊艳、倾情。忘却也许有过的背叛、伤怀、无奈和悲痛。这是何等美妙的人生境界。

正如，君子之交淡如水。正如，相濡以沫，不如相忘于江湖。正如，有情不必终老，暗香浮动恰好，无情未必就是决绝，我只要你记着：初见时彼此的微笑……

点 评

这首词，看似明白如话，实则用典绵密。

"人生若只如初见，何事秋风悲画扇"，秋风画扇，是诗词当中的一个意象符号——扇子夏用，迨至秋风起了，扇子又该如何呢？汉成帝时，班婕妤受到冷落，凄凉境下以团扇自喻，写下了一首《怨歌行》："新裂齐纨素，皎洁如霜雪。裁成合欢扇，团团似明月。出入君怀袖，动摇微风发。常恐秋节至，凉飙夺炎热。弃捐箧笥中，恩情中道绝。"

扇子材质精良，如霜似雪，形如满月，兼具皎洁与团圆两重意象，"出入君怀袖"自是形影不离，但秋天终会到来，等秋风一起，扇子再好也要被捐弃一边。——这就是秋风画扇的典之所出。"人生若只如初见，何事秋风悲画扇"，人之与人，若始终只如初见时的美好，就如同团扇始终都如初夏时刚刚拿在手里的那一刻，该是多好？

下面两句"等闲变却故人心，却道故心人易变"，看似通俗易懂，如叨家常，其实也是用典，出处就在谢朓的《同王主簿怨情》："掖庭聘绝国，长门失欢宴。相逢咏荼蘼，辞宠悲团扇。花丛乱数蝶，风帘人双燕。徒使春带赊，坐惜红颜变。平生一顾重，宿昔千金贱。故人心尚永，故心人不见。"谢这首诗，也是借闺怨来抒怀的，最后两句"故人心尚永，故心人不见"，正是容若"等闲变却故人心，却道故心人易变"一语之所本。

意思大约可解为：你这位故人轻易地就变了心，却反而说我变得太快了。

下阕继续用典，"骊山语罢清宵半，泪雨霖铃终不怨"，这是唐明皇和杨贵妃的故事。"七月七日长生殿，夜半无人私语时"，此长生殿就在骊山华清宫，这便是"骊山语罢清宵半"，后来马嵬坡事过，唐明皇入蜀，正值雨季，唐明皇夜晚于栈道雨中闻铃，百感交集，依此音作《雨霖铃》的曲调以寄托幽思。

"何如薄幸锦衣郎，比翼连枝当日愿"，这里的"薄幸锦衣郎"仍指唐明皇，"比翼连枝当日愿"则是唐明皇和杨贵妃在长生殿约誓时说的"在天愿作比翼鸟，在地愿为连理枝"。此处容若的意思应该是：虽然故人变了心，往日难再，但无论如何，过去也是有过一段交情的。——以过去的山盟海誓对比现在的故人变心，似有痛楚，似有责备。

这首词，若作情事解，则看似写得浅白直露；若依词题解，实则温婉含蓄，怨而不怒，正是"君子绝交，不出恶声"的士人之风。但我们始终无法说清容若的这首词到底是真有本事，还是泛泛而谈。也许这是他一位故友的绝交词，也许只是泛泛而论交友之道，皆很难说。

虞美人

　　春情只到梨花薄①，片片催零落。夕阳何事近黄昏，不道②人间犹有未招魂。

　　银笺③别梦当时句。密绾同心苣④。为伊判作⑤梦中人，长向画图清夜唤真真⑥。

赏析

　　你一伸手就触到故去的我。秀眉微蹙，似笑非笑。多么近。贴紧心、贴紧魂的近。来，把手交给我，并请一遍遍呼唤我……

　　桃花开后该是梨花了。花香郁郁的夜。本该是谁的青丝枕了翡翠衾，本该是谁的胭脂染了芙蓉帐，本该是谁的红袖添了香。但没有，没有。

　　我在画里，看画外的你，枕角孤馆，迷离醉影，一穗灯花残。今夜不必独酌独醉，独唱独卧。我带着你，从画中来。

　　身前是烟尘缭乱的尘世，身后是亘古不变的蛮荒。进一步

---

　　①梨花薄：谓梨花丛密之处。薄，指草木丛生之处。②不道：犹不管、不顾。③银笺：白色的笺纸。④绾：缠绕。同心苣（jù）：象征爱情的同心结。⑤判作：甘愿作。⑥真真：女子的代称。此处借指所思之情人或妻子。

是三生石，退一步是奈何桥。来，我握紧你的手，该忘记的都忘掉。该记住的，你要记得牢牢。记住这韶光永夜，抵死温存。我与你。来，把你给我。任谁也无法看见。任谁也无法拘管。在梦想与真实的交界，我，与你缠绵。

点评

这首词以春到梨花，又风吹花落之兴象写对亡妻的刻骨相思。

上阕侧重写景。起首两句，"春情只到梨花薄，片片催零落。""薄"，指草木丛生之处。语出《楚辞·九章·思美人》中的"揽大薄之芳茝兮，搴长洲之宿莽。"《淮南子·俶真训》也有"鸟飞千仞之上，兽走丛薄之中"之句。"梨花薄"，即梨花密集之处。

"春情"这两句，并非是说梨花因为春光消褪而凋残变薄，而是说春到梨花盛开，来不及欢喜就风吹花落。以春光比喻相处的美好时光，用凋谢梨花来指代心中的爱人，不写悼亡而流露悼亡之伤，感情抒发自然而清丽。

　　"夕阳何事近黄昏，不道人间犹有未招魂。""夕阳"一句，
显然是反用李商隐《乐游原》"夕阳无限好，只是近黄昏"，
意谓"无限好"的夕阳为什么偏偏出现在黄昏呢？容若此问，
似是无理至极，因为日出日落，乃自然之规律，并不是人能
决定的。那容若为何有此怪诞一问呢？且看后一句："不道人
间犹有未招魂"。此句一出，则一切皆明。在容若看来，夕阳
之景是无边无际、灿烂辉煌的，然而这种硕硕之美却出现在
黄昏，很快就会消失，没于无边的黑暗之中。夕阳虽有"无
限美"，但又是如此的无情，此时此刻，我还未来得及给亡妻
招魂，它就要落了，真是毫不为人计啊！
"夕阳何事近黄昏"，语似无理，
然而词中的无理之语，却
是至情之语。其相思
之痛苦，自是不言
而喻了。

　　下阕写追忆之
怀。前二句承上阕
意脉勾画当日的
浓情蜜意。"银笺
别梦当时句，密
绾同心苣。"遥想
当时，那素白的
信纸，纸上那些

缠绵的字句，都在我的梦里历历在目，那时我们密结同心，多么恩爱呀！"别梦"，指离别后思念之梦。"同心苣"，指织有同心苣状图案的同心结，古人常以之象征爱情。苣，即衣带。"同心苣"，同"罗带同心"，"同心"都是古人表达相思的常用符号。如晏小山的"罗带同心闲结遍，带易成双，人恨成双晚"；温飞卿的"垂翠幕，结同心，待郎熏绣衾"；牛峤的"窗寒天欲曙，犹结同心苣"，俱是此中极品。

"为伊判作梦中人，长向画图清夜唤真真。"结句则化实为虚，写想象中的情景。前一句较好理解，意谓为了她（亡妻），自己甘愿长梦不复醒，在梦中与她一生相会。后一句则用唐代赵颜的典故，表达痴情心愿。

唐朝有一进士，名为赵颜，某日在一个画师那看到一张美女图。赵颜恋上画中女子的美艳，便问画师是何许人，画师告诉他只要每天呼画中美女为真真，不分白天黑夜，连呼百天，真真就会答应，这时让她服下百家彩灰酒便可让其复活。赵颜遵循画师的指点，果然得到了真真。然而几年之后，赵颜听信谗言，给妻子喝了符水。真真遂将以前喝下的百家彩灰酒呕出，流着泪对赵颜说："妾本地仙，感君至诚才与你结为夫妻，今夫君既已对我见疑，再留下也没有意思，我将带着两个孩子回去，不会让他们给你增添烦恼"。说完，拉着两个孩子朝画屏走去，赵颜大惊，拉也拉不住，再看画屏上，真真已换了愁容，双眼泪盈，身边赫然多了一双儿女。赵颜后悔也为时已晚。他再像从前一样声声长唤，真真和一双儿

女却是千唤不回头。

"长向画图清夜唤真真",容若此句究竟何意?是渴望着能美梦成真,幻想着像传奇故事中那样,只要长唤不歇,伊人就会从画图上走下来和自己重聚?还是谓自己也像赵颜那样因辜负了妻子,而后悔不迭,遂日夜呼唤她,希望得到她的谅解?但不管如何,容若宁愿一遍遍沉湎于梦境,这就真实地体现了他的痴情和忠贞,而这种真实正是悼亡之作最珍贵和最感人的地方。

虞美人

曲阑深处重相见，匀泪①偎人颤。凄凉别后两应同，最是不胜清怨②月明中。

半生已分孤眠过③，山枕檀痕浥④。忆来何事最销魂，第一折枝⑤花样画罗裙。

赏析

湖水色罗裙。一波一波迤逦荡开。水波上亭亭生出长长一茎莲花。淡喜薄嗔。比莲更娟静比莲更洁净的，是她的容颜。他惊起，握她的手：

①匀泪：拭泪。②不胜清怨：难以忍受的凄清幽怨。③分（fèn）：料想。④山枕：枕头。因其两头高中间低，形如山，故名。檀痕：带有香粉的泪痕。浥（wò）：浸渍、染上。⑤折枝：中国花卉画法之一，不画整枝，而只画其中一段。

这么单薄，你冷不冷？

灯影憧憧，她浮起一朵莲的微笑，笑着摇头。终又见，这云鬟凤鬓。他伸手拉她入怀，一把盈盈瘦骨。依稀何时？而斯时身置何地？她在他怀里，一盏红蜡，一扇疏窗，一片昏罗帐。

点 评

从内容看，此词是容若对一位昔日的恋人而发的，遗憾的是这位意中人早已同词人劳燕分飞了。

这种不可求的爱情使词人的心灵饱受折磨，于是他总是追忆着、怀念着她，总是为他们痛苦的恋情呻吟唱叹。

"曲阑深处重相见，匀泪偎人颤"，起首二句，显然是从李后主《菩萨蛮》"画堂南畔见，一向偎人颤"之句化出，活画出当年与伊人相会的情景，是在曲阑深处，她心情激荡，轻轻落泪。二句读来，叫人心旌摇曳。

然而后两句词意陡转，道破这原是记忆中的美妙而已，现在已经是别后凄凉，凄清幽怨到让人不堪承受了。

"凄凉别后两应同，最是不胜清怨月明中"，这两句是说，分别之后，你和我应该同样凄凉吧，最不能忍受的明月照耀时的凄凉哀怨。"两应同"，谓词人先是自己感到凄戚，然后再料想对方也应该和他一样悲伤。此三字的关情点缀，为本来春光凄凉一片的词境，稍稍增添了几丝温暖气息。

　　"半生已分孤眠过，山枕檀痕涴"，下阕发端二句凄惨悲伤，将"两应同"的暖意尽去，紧承上阕"凄凉别后"，将失意一倾到底，尽管用词精美婉约，可是凄怆词意并未因此而消减，依然辛酸入骨。"半生已分孤眠过"，半生已经孤零零地渡过，思念却未消减，依旧是泫泫红泪，沁湿了枕头。想来与她别离不过数年，容若却觉得半生已过，心态一老如斯。到底是怎样一种难以排遣的离愁别绪，让容若说出了如此的伤感话语？

　　"忆来何事最销魂，第一折技花样画罗裙。"这两句是说最令人销魂者，首推你那绘有折枝图样的彩色罗裙。

　　此之结句，并未托出究竟是何种离情萦怀，而是专摹其罗裙，借物映人，将追忆情怀推向极致，遂显含婉隽美。

虞美人

彩云易向秋空散①，燕子怜长叹。几番离合总无因，赢得一回偢偢②一回亲。

归鸿旧约霜前至，可寄香笺③字。不如前事不思量，且枕红蕤欹侧④看斜阳。

赏 析

霁月难逢，彩云易散。美好的事情，总是匆匆地逝去，决绝地远离。握手西风泪不干，年来多在别离间。友人走了，燕子怜你。

太不舍，你才会写下那么多的词句来祭奠，来纪念。静夜里，有幽香来袭，是不变的珍贵。烟雨黄昏后，珍珠满枝头。念君秋风里，瑟瑟使人愁。

点 评

以恋人口吻作寄友诗，亦是诗家常用技法。同前篇一样，此

①彩云易散：美丽的彩云容易消散。比喻美满的姻缘被轻易拆散。②偢偢（chán zhòu）：埋怨、嗔怪。③香笺：书信之美称。④红蕤（ruí）：即红蕤枕，一种红色的玉石枕，这里代指枕头。欹侧：侧卧。

篇也是寄好友顾贞观之词。全词似是从闺中人的角度写的，借她相思的愁情难耐，痛苦矛盾的心理来写自己对友人的思念之情。

起首句"彩云易向秋空散"，"彩云"，古诗词里以借指美丽而薄命的女子，盖由《高唐赋》"旦为朝云"而来，最先使用此词的似是李白，其《宫中行乐词》中有"只愁歌舞散，化作彩云飞"，宋晏几道《临江仙》中也"当

时明月在，曾照彩云归"。但最先用"彩云易散"四字的，却是白居易《简简吟》"大都好物不坚牢,彩云易散琉璃脆"。容若此句"彩云易向秋空散"便是由乐天诗句化出，由于是赠友，所以当解为：彩云容易消散，美好的事情多磨，终于与相知有素的朋友分手了。

"燕子怜长叹"，亦非自铸之辞，而是由李商隐《无题》四首之四："东家老女嫁不售，百日当天三月半……归来辗转到五更,梁间燕子闻长叹"演化而来。义山这两句描写的是无媒难嫁，自伤迟暮的东家老女归来后的痛苦心情：在寂寥的夜里，她辗转难眠，直到五更，连不解人情的梁燕都听到了她的喟然长叹。容若此处，改"闻"为"怜"，虽是一字之移，但含义赫然有别。"燕子怜长叹"，包含了两个心理过程，首先是即"闻长叹"，燕

子听到了他们离别时的声声叹息；其次，才是"怜长叹"，即怜惜这一对好朋友的怅然分襟。由此可见，容若眼中梁燕更为多情，这也反映出词人的惜友之情，更为深挚，更为殷厚。"几番离合总无因，赢得一回僝僽一回亲"，二句是说和顾贞观的几次相聚与分别，使得词人一会欢喜，一会忧愁。

"归鸿旧约霜前至，可寄香笺字"，下阕首二句从字面上可作两解：一为归来的鸿雁和往年一样在霜落前到达，我可以托付它捎去信笺；二为虽然先前已经约好，于秋间相会，虽然如此，但也应该寄封书信以慰相思啊！然而玩味词意，似是后解更切合本义，也与结尾二句相合。"不如前事不思量，且枕红蕤欹侧看斜阳"，"前事"未有确指，不过从词意看，盖言此前"几番离合总无因"以及香笺不寄之事。唉！那些不愉快之前事，不如不想，我还是枕着我的红蕤仙枕，侧卧观赏斜阳吧！这最后二句的自宽自慰之语，很有"愁多翻自笑"的妙趣，使词情更显深婉。

虞美人

银床淅沥青梧老①，屧粉秋蛩扫②。采香行处蹙连钱③。拾得翠翘④何恨不能言。

回廊一寸相思地⑤，落月成孤倚。背灯和月就花阴。已是十年踪迹十年心。

赏析

流光飞转，物是人非之后，曾经依偎相随的佳人，早已远去而不可再寻。伤痛如何不多？还有什么可以重新拥有？

也许只有这相同的旧日回廊，相似的月灯花

①银床：井栏的美称，也指辘轳架。淅沥：象声词，形容风雨声、落叶声等。②屧粉：借指所恋女子的踪迹。秋蛩：蟋蟀。③连钱：草名，叶呈圆形，大如钱，故称。④翠翘：女子的头饰，指翡翠翘头。⑤回廊：用春秋吴王"响屧廊"之典。此处借指与所爱之人曾有过恋情的地方。

影。在相恋的人之中，最痛苦的是谁呢？是烟消云散的那个？还是碧海青天夜夜心的这个呢？

已是十年踪迹十年心。十年之后，我们是朋友还可以问候，只是那种温柔再也找不到拥抱的理由。

点评

这首缅怀昔日恋人的《虞美人》，又是表面明白如话、水波不兴，实则用典绵密、潜流滚滚的一篇。

"银床淅沥青梧老"，"银床"，一般有两种解释，一为井栏，一为辘轳。此处，银床是指井栏，因为容若这句是依本于前人《河中石刻诗》中的"井梧花落尽，一半在银床"。"屟粉秋蛩扫"，"屟"，鞋之木底，与粉字连缀即代指女子，此处借指所恋女子的踪迹。此二句是说秋风秋雨摧残了井边的梧桐，蟋蟀不再鸣叫，她那美丽的身影踪迹难寻。

"采香行处蹙连钱"，采香行处，传说吴王在山间种植香草，待到采摘季节，便使美人泛舟沿一条小溪前往，这条小溪便被称为采香径。如此浪漫的名称自然成为诗人们常用的意象，比如姜夔有"采香径里春寒"，翁元龙有"香深径抛春扇"。容若此处是用"采香行处"来比喻当初那心爱的女子曾经流连的地方。"连钱"，草名，叶呈圆形，大小如钱，故称。但文徵明曾作《三宿岩》诗，里面有"春苔蚀雨翠连钱"，谓青苔被雨水侵蚀，好像连钱的斑纹。所以，"连钱"又可以代指苔痕。如此，则这句应解为：所爱之人旧日的行经之处已经长满青苔，久无人迹，这就与前一句"银床淅沥青梧老"在意境上契合无间了。

接下来"拾得翠翘何恨不能言"，化用温庭筠《经旧游》成句："坏墙经雨苍苔遍，拾得当年旧翠翘。"温庭筠的这一句庶几是容若上阕词的缩影："坏墙经雨苍苔遍"就等于"银床淅沥青梧老，屧粉秋蛩扫"，"拾得当年旧翠翘"就等于"采香行处蹙连钱，拾得翠翘何恨不能言"。因此容若这句"拾得翠翘何恨不能言"，未必是说在爱侣昔日行经之地拾到了她当初遗落的一只翠玉首饰，伤感而不能言，或许只是要把我们引到温庭筠的"拾得当年旧翠翘"而已，表达的仅仅是一种情感，而未必真是写实。

下阕开始，"回廊一寸相思地，落月成孤倚"，"回廊"，用春秋吴王"响履廊"之典。据宋范成大《吴郡志》，响履廊，在灵岩山寺,相传吴王令西施等美女穿着木鞋履步其上,咔哒作响,回音缭绕。"一寸相思地",是化用李商隐的名句"一寸相思一寸灰",容若说出"一寸相思",给人即刻联想就是"一寸灰",更显出怀念与伤逝。

末句"背灯和月就花阴,已是十年踪迹十年心",本自高观国《玉楼春》词中的"十年春事十年心,怕说湔裙当日事",乃点题之句,是说距离当初欢会已经过了十年,而此十年之中,不管她在何方,我都魂牵梦绕,心怀系之。十年,对于容若而言,就是他全部生命的三分之一,就是他成年生活的几乎全部时光,而缅怀故地,依然不能忘情,其挚情挚性,由此可见一斑。

虞美人 为梁汾赋

凭君料理花间课①，莫负当初我。眼看鸡犬上天梯②，黄九自招秦七共泥犁③。

瘦狂那似痴肥好④，判任⑤痴肥笑。笑他多病与长贫，不及诸公衮衮向风尘⑥。

赏析

顾子，你曾言：人人争唱饮水词，纳兰心事有谁知。君言此，表君知。初相识，你玉树临风立于我面前，我知道，我生命中的知己来到了。

只有在你面前，我才完全是我自己，我的人前尊耀，背后落魄，我所有的心不甘情不愿在你面前可以尽情展现。细细想来，那些江南俊杰们，严绳孙、朱彝尊、陈维崧、吴汉

①料理：本为指点、指教。此处为辑集。课，指词作。花间，词人以后蜀赵崇祚编的《花间集》比喻自己的词作。②天梯：道教中所说的登天的云梯。鸡犬上天梯，即一人得道，鸡犬升天之意。③黄九：北宋诗人黄庭坚，因排行第九，故云。秦七：北宋词人秦观，因排行第七，故云。此借指词人与顾贞观。④瘦狂、痴肥：比喻官场失意者与得意者。作者以瘦狂自喻，而以痴肥比喻那些脑满肠肥的人。⑤判任：一任、任凭。⑥诸公：此指仕进得意、占据险要地位者。衮衮：谓络绎不绝。风尘：指仕途、官场。

槎等不肯为朝廷折腰，却愿意和我这奸相之子、皇帝近侍亲近，皆因有你。一生诗文交与你，知君不负当初我，终结成为《饮水词》。

真的是这样：霸业等闲休，跃马横戈总白头。莫把韶华轻换了，封侯。多少英雄只废丘。来、来、来，顾子，牵你手共走江湖。金裘花马换美酒，与君同销万古愁。

点 评

词题"为梁汾赋"，梁汾即顾贞观，为容若的第一知音。这首词当写于容若与顾贞观结交的初期，事由是：容若委托顾贞观把自己的词作结集出版。对于古代文人而言，为人辑集庶几等同于托妻寄子，是把自己的全部心血托付出去。这等事情容若若要托付出去，舍顾贞观之外再无旁的人选。而此篇也正可以看作是二人同怀同道的率真写照。

"凭君料理花间课，莫负当初我"，容若这是叮嘱顾贞观：我的词集选编出版之事全权委托你了，切莫辜负当初我将你引为知己的本意啊。此处容若用"花间课"，并非说他的词风效法《花间集》，只不过是以之代指自己的词作罢了。事实上，容若的词风和词学主张都是远远超出花间的。花间一脉是词的源头，属于"艳科"，花间之美在于"情趣"，而非"情怀"。而容若的词学主张，虽是从花间传统而来的，仍然提倡"情趣"，但同时主张性灵，主张填词要独出机杼、抒写性情。也就是说，这是处

在情趣和情怀之间的一个点，是为性情。所以，为容若所推崇的前辈词人，既非温、韦，也非苏、辛，而是秦七、黄九。这便是下一句里的"眼看鸡犬上天梯，黄九自招秦七共泥犁"。

"鸡犬上天梯"，此是淮南王刘安"鸡犬升天"的典故，谓刘安修仙炼药，终有所成，一家人全都升天而去，就连家里的鸡犬也因沾了一点药粉而跟着一起升天了。这句是说眼看小人入仕朝廷，登上高位。"黄九自招秦七共泥犁"。秦七，即秦观；黄九，即黄庭坚。秦七婉约，黄九绮艳，故而并称。泥犁，本指地狱，此处用黄庭坚事典：黄庭坚年轻时喜好填词，格调绮艳温婉，人争而传之。当时，有一关西和尚，名叫法云，斥责黄庭坚，说他作的黄色小调，撩拨世人淫念，罪过太大，将来要堕入地狱的。此处，秦七和黄九显然就是容若和顾贞观的自况，而容若用这个典故，也是说：我们不求富贵显达，只耽于填自己的艳丽小词，你们那些鸡犬尽管升天好了，我们即使下地狱也不后悔！

下阕，"瘦狂那似痴肥好，判任痴肥笑"，瘦狂和痴肥是南朝沈昭略的典故。沈昭略为人旷达不羁，好饮酒使气，有一次遇到王约，张目视之："你就是王约吗，为何又痴又肥？"王约当下反唇相讥道："你就是沈昭略吗，为何又瘦又狂？"沈昭略哈哈大笑道："瘦比肥好，狂比痴好！"容若用这个典故，是断章取义式的用法，与顾贞观自况瘦狂，把对立面比作痴肥，表面是说你们痴肥尽管笑话我们瘦狂，我们既然不如你们，那就随便你们怎么笑吧！但是实际上却是说：你们这些痴肥满脑肥肠，无所用心，也配笑话我们？此时的容若，哪里是一个多情种子，分明是一位狂放豪侠么！

末句"笑他多病与长贫，不及诸公衮衮向风尘"，"笑"字上承"判任痴肥笑"——痴肥们所笑为何？笑的是我们的多病与长贫。这里，多病与长贫实有所指，多病的是容若，长贫的是顾贞观，两个人放在一起，遂为贫病交加。容若最后语带反讽，谓我和顾贞观一病一贫、一狂一瘦，实在比不上你们各位痴肥风风光光地衮衮向风尘呀。"举世皆誉而不加劝，举世皆非而不加沮。"我走我路，任人评说。这是一个"德也狂生耳"的旷达形象，也是一个绝世才子的风流自赏。

虞美人

　　风灭炉烟残炧①冷，相伴惟孤影。判教狼籍醉清樽②，为问世间醒眼是何人？

　　难逢易散花间酒，饮罢空搔首。闲愁总付醉来眠，只恐醒时依旧到樽前。

赏析

　　举世皆浊我独清，众人皆醉我独醒。那是屈原沉重的感喟。判教狼籍醉清樽，为问世间醒眼是何人？那是你悲苦的叹息。

　　世上人皆浑浑噩噩，却活得简单快乐，若独清独醒，便活得悲凉寂寥。你的时代并不需要你。所以没有红袖为你添香，没有英雄为你温泪。

　　你始终是一个孤独者，在人生戏剧惨白的舞台上演出苍凉的悲剧。你是一尊华丽的雕塑，是情为你安上了那颗会滴泪的心。你永远是心的所有，唇是远离。

---

①残炧（xiè）：烧残的烛灰。②判：甘愿，不惜。樽：古代盛酒的器具。此处借指醇酒。

点 评

本词有"为问世间醒眼是何人"一句，有人据此推测是容若为好友顾贞观作的。与否如此，无法考证。但从本篇秉承骚踪，蕴含骚人之旨来看，此说还有颇有道理的。

首二句即以冷风、残烟、烛灰、孤影交织而成一幅孤寂凄凉的室内独居图景。"风灭炉烟残灺冷，相伴惟孤影"，冷风吹灭了香炉中的残烟，燃尽的烛灰早已不再温热；陪伴他的，只有自己孤单的影子。他既是自感忧愁如此，漫漫长夜该如何打发呢？

借酒消愁吧。"判教狼藉醉清樽"，即是说我情愿喝得酩酊大醉，借着醇酒来麻醉自己。"判教"、"狼藉"，都是决绝之语，这就说明词人之愁并非一般愁楚，其中定然包孕许多痛切和无奈，否则他也不会大声质问苍天，谁是这世间清醒不醉之人呢？"为问世间醒眼是何人？"这句质问，似也点明了词人为何会有满腔郁郁之怀。《楚辞·渔父》说，"屈原既放，游于江潭，行吟泽畔，颜色憔悴，形容枯槁。渔父见而问之曰：'子非三闾大夫与？何故至于斯！'屈原曰：'举世皆浊我独清，众人皆醉我独醒，是以见放！'"显然，容若这句"为问世间醒眼是何人"正是由此化出。历史上，屈原因为独醒，所以悲愤太深，以致憔悴可怜。如今，容若因为清醒阅世，所以"闲愁"萦怀，以致孤清之感难以排遣。"为问世间醒眼是何人"，"是何人"？还不是容若自己？

"难逢易散花间酒，饮罢空搔首"，花间饮酒，李白《月下独酌》有"花间一壶酒，独酌无相亲。举杯邀明月，对影成三人。"由于此句中有"难逢易散"，所以这里的"花间酒"应指美景良辰时与知己（即顾贞观）畅饮的酒宴：为何能与知己畅饮的盛宴总是相逢难，离别易，而人去宴散后，只能对着满桌的空杯搔首长叹。"饮罢空搔首"，辛弃疾《虞美人》有"一尊搔首东窗里，想渊明《停云》诗就，此时风味"，也是抒发知音稀有，一人独居的寂寞与苦闷，词境与容若此句很像。

"闲愁总付醉来眠，只恐醒时依旧到樽

前"，既然闲愁萦怀，难以排遣，我还是用美酒和梦乡来逃避它吧。但只怕醒来之后，满腔的愁思就会让我又一次来到酒杯的面前。全词迂回曲折，结尾二句又绕到"酒"字，但此时已非"判教狼藉醉清樽"了，而是对酒产生了怀疑，心中隐忧赫然可见，这大概又是李白的"抽刀断水水更流，举杯销愁愁更愁"了吧。

鹊桥仙

倦收缃帙^①，悄垂罗幕，盼煞一灯红小。便容生受博山香^②，销折得、狂名多少。

是伊缘薄，是侬情浅，难道多磨^③更好。不成^④寒漏也相催，索性尽、荒鸡唱了。

赏析

那月，缘起。洁白的月光，轻轻洒落在散开的书卷。你和

---

①缃帙：书的浅黄色封套，代指书卷、书籍。②生受：享受。博山香：放在博山炉中烧的香。③多磨：好事多磨。④不成：语助词，表示反诘。

她交斝对饮，手把金樽，珠光流转。那一夜，你拥着那玉样的美人，一棹春风，烟水含香。那一夜，金风玉露一相逢，便胜却人间无数。然而佳期，却如梦。

月落，缘尽。卷帘青空，枯比黄花。如花美眷，终也却是，人走茶凉。只是你，仍不知道叶子的离开，是因为风的追求还是树的不挽留。爱情随风而逝。你拥着，那些湿凉的、破裂的露珠，静静地哭了。

点 评

是阕描绘了与恋人如胶似漆的蜜意浓情和这段恩爱情缘失

去后的痛苦失落的心情。上阕忆旧，清丽欢快。下阕抚今，忧伤抑郁。

"倦收缃帙，悄垂罗幕"，起首两句写二人在书房里甜蜜相聚的情景。他们相对读书，读着读着，就把那一帙帙翻动过的书，丢弃一边，只顾沉醉在爱情的温馨中，谁都懒得把书收起。书房里的帷幕，悄然而垂，环境几多安谧宁静，似乎偌大的世界，此刻只有他们两人。此处，"倦"、"悄"两字，委婉曲折地表达出了书房里的脉脉情思。

"盼煞一灯红小"，第三句写相聚时的心情。他们多希望灯火暗淡下去，好让他们在朦胧之中感受梦一般的幸福。在以上的描写中，"倦收"、"悄垂"和"盼煞"，一款一紧，恰好表现出相爱者外表和内心的冲突，他们抛弃书卷，默默无言，但是内心却翻滚着感情的波涛。这样的情态，不涉轻狂，却显得旖旎甜蜜。

"便容生受博山香"。博山，即博山炉，旧时妇女在博山炉里燃起檀香，用以熏衣。"生受博山香"，即是说耳鬓厮磨，彼此得以亲近。而"便容"二字则说明他想不到她会爱他，竟让他获得爱情的温暖。幸福来得如此之快，这使他充满喜悦，自然引出了"销折得、狂名多少"的想法。主人公觉得，为了她，为了幸福，即使受到指责嘲讽，也颇为值得。然而激动也罢，欢愉也罢，此一切皆成过去。下阕，"是伊缘薄，是侬情浅"两句一落，情绪尽变，也表明了上阕所写，不过记忆中的愉悦。如今，再难相聚。为何零落如此，谁也不知。

紧接着，词人还追问一句：难道多磨更好？人常言，"好事多磨"、"祸兮福所倚"，现在失去了爱情，难道反是将来获得幸福的先兆？以上三句，词人诘问，如发连珠，感情强烈，道出了失恋者极度苦恼的心情。他似乎在怨她，又似乎在怨己，绝望之余，又觉得仍有一线希望残存。此之微妙的心理，于三个问号中和盘托出。

一首小词，连发三问，此种表达已属罕见。更使人吃惊的是，词人还要再问一次："不成寒漏也相催？"难道更漏也要催人起来，存心不让人安睡吗？此一问，无理至极，失眠之人与漏声更有何干？然而，此句一下，又清楚地表明失恋者从苦恼转为愤懑，觉得谁也不同情他，甚至连寒漏也来作践。如此愤懑之情，到了极限，遂迸发出最后一句，"索性尽、荒鸡唱了"。他再也不准备睡了，索性眼睁睁地迎接黎明，此心一横，便不计较扰人清梦的荒鸡之鸣了。

这首词，上阕轻倩的旋律和下阕忧郁的调子形成了鲜明的对比，当读完全词，读者就会于一片嫣红的词采中，觉察到失恋者心情的阴冷。此也是容若爱情词所表现的特有色调。

鹊桥仙

　　梦来双倚，醒时独拥，窗外一眉新月。寻思常自悔分明①，无奈却、照人清切②。

　　一宵灯下，连朝镜里，瘦尽十年花骨③。前期④总约上元时，怕难认、飘零人物⑤。

赏析

　　"白月光，心里某个地方。那么亮，却那么冰凉。每个人都有一段悲伤，想隐藏，却欲盖弥彰。白月光，照天涯的两端。在心上，却不在身旁……"

　　一个人的离开，两个人的孤单，莫言别后苦。有心无人疼，有缘没有份。情的深浅，究竟是敌不过，缘的深浅。

　　春花秋叶，冷雨凄风，如果可以，再相见，也只是"梦来双倚，醒时独拥，窗外一眉新月。"沉思往事，西风又凉，他，独自走向寂寞的长路。

――――――――――――

①悔分明：后悔将往事记得太清楚。②清切：清晰真切。③花骨：形容女子骨弱如花，此指憔悴。④前期：指以前的约定。⑤飘零人物：作者自称，谓失意之人。

点 评

本篇像是悼亡之作，又像是写给分别十年之久的某一恋人的。风格恍惚隐晦，思绪跌宕跳跃，颇有李商隐无题诗的幽眇朦胧。

"梦来双倚，醒时独拥，窗外一眉新月。"起首三句写从梦中醒来，唯见一弯新月，空寂素寞，而梦中双倚的情景不见了。此处，"梦"与"醒"相对，"双倚"与"独拥"相对，梦中与情人并倚阑干，醒来却独自拥衾而卧，虽不言愁，但愁思已跃然纸上。"窗外"句写醒后的情景，见新月如眉而引起回忆。描摹新月，最为熨帖者，莫过于用"钩"字形容，比如李煜有"无言独上西楼，月如钩"，秦观有"又是一钩新月照黄昏"，谢逸有"一钩新月天如水"。但是此处，词人却偏偏不用"一钩"，而是别用"一眉"，这是因为此刻他眼中的新月，已不是新月，而是恋人的弯弯月眉。

"寻思常自悔分明，无奈却、照人清切。"这三句转而痛悔当时、怨恨此际，心绪颇为矛盾——我亦曾寻思，对于往昔情事，自己原本不应该记得这么清楚，若能模糊一些，淡忘一些，也许就不会像今天一样痛苦不堪了。然而月光照得如此清澈，纵欲淡忘也不能啊。"无奈却、照人清切"，此句与前句"一眉新月"暗合，因为他眼中的新月就是伊人的秀眉，

所以月光如许，往事亦如许，怎么能反而淡忘呢？

下阕，"一宵灯下，连朝镜里，瘦尽十年花骨"三句是遥想情人的景况。"一宵"并非言只有一宵，而是言每一宵，与"连朝"

同义，是说情人年年灯下愁思，对镜含悲。"花骨"，花本无骨，此是虚拟，是以花骨比喻女子弱骨珊珊，容颜消瘦衰老。如宋史达祖《鹧鸪天》："十年花骨东风泪，几点螺香素壁尘。"十年里，她灯下镜中，郁郁寡欢，鸟啼花怨，能不玉肌瘦损，憔悴消骨么？

最后二句归结到自身。十年来漂泊风尘，形容憔悴，过去与情人常约定在元宵夜相会，将来假如能重见，恐怕她已不认识我这个"飘零人物"了。"前期总约上元时"，若变将来时为现在时，就是欧阳修《生查子》"去年元夜时，花市灯如昼，月上柳梢头，人约黄昏后"的意境，这当然是无限温馨甜蜜，然而"怕难认、飘零人物"一句又道出了如今自己大不如意的怅惘和忧伤，其中既有哀婉的怀思，也有身世之感的隐怨。所谓"飘零人物"，显然是有感慨的，至于感慨为何，读者自可以根据容若身世来揣想了。

南乡子

　　飞絮晚悠飏，斜日波纹映画梁①。刺绣女儿楼上立，柔肠。爱看晴丝②百尺长。

　　风定却闻香。吹落残红③在绣床。休堕玉钗惊比翼④，双双。共唼⑤苹花绿满塘。

赏析

　　黄昏，夕阳揉进了水中。湖水泛起柔柔的波。刺绣女儿默默地站在小楼上，轻轻地抬头，看着惊鸿掠过后渐远的影子。痴痴地，傻傻地，许久，许久，低头时已是，一寸柔肠情几许。

　　徐徐的风停了。她的眼眸明净清亮，略带忧伤。轻拈一瓣落花，翦翦双眸，对花频语，多少愁，多少怨，多少思，多少盼……

　　轻叹，花可解人多情？在那个百鸟啼啭垂柳倒映的湖边，是否会相逢偶然？又是哪一个男子的唇音，在她心底里长久地

---

①"飞絮"二句：悠飏，飘飞。画梁，饰有彩画的屋梁。②晴丝：指虫类所吐的丝，或指空中的游丝。游丝参见《浪淘沙》（紫玉拨寒灰）注④。③残红：败落的花瓣。④比翼：鸳鸯。⑤唼（shà）：水鸟或鱼吃食。

奏着和弦？

点 评

此篇小词专意刻画了"刺绣女儿"伤春的形象，在他那大量的伤感词之外，倒显得清新可爱。

"飞絮晚悠飏，斜日波纹映画梁。"起首二句勾勒了一幅清新明亮的水墨画卷：傍晚时候，柳絮飘飞，落日余晖斜射，将天地染成一片暖融融的橘红色；湖水泛起幽波，缓缓将倒影打散了，又合拢，波光眼影中掩映着那饰有彩画的屋梁画梁。

在这样一幅春日融融的画卷中，女主人公翩然出场。"刺绣女儿楼上立"，这句以特写镜头将"刺绣女儿"推出：小楼也映在橘色的水中，波纹摇荡，点点闪烁落日的金色光芒，整座楼都好像微微晃动起来，衬得那默立在小楼上的女子，更是身姿摇曳，飘飘宛若水中的凌波仙子。有了画面之后，当点染女主人公的心理了。那她是何种心思呢？——"柔肠"，以极为简短的两字，形象地道出了她情意的缠绵。

有了画面，有了心思，接下来就是摹画她的动作了。"爱看晴丝百尺长"。"晴丝"，也即"游丝"，指飘荡的蛛丝。飘荡的蛛丝能有多长？最多不过三五尺吧，但容若却说"晴丝百尺长"——这并非词人违反常识，因为在诗词里，"晴丝"和"百尺"基本是一个固定搭配，比如唐李商隐《日日》诗："几时心绪浑无事，得及游丝百尺长"。宋黄机《夜行船》词："百尺游丝，胃莺留燕，判与南园一醉"。晴丝即是蛛丝，那为何"刺绣女儿"爱看蛛丝呢？难道它有何含义么？——当然有，晴丝的比喻意象即是心思，比如汤显祖《牡丹亭》中有"袅晴丝，吹来闲庭院，摇漾春如线"。那么此处，女主人公心思是什么呢？——显然是

少女怀春，但是词人并没有说破，而是继续写景。

下阕，"风定却闻香，吹落残红在绣床。"风渐渐止了，阵阵淡淡香味却传了过来，少女目光轻转，绣床已铺满一层细细的花瓣，香气袭人。"残红"即落花，也是古诗词里常用的一个意象，诗人们大都将其与明媚春光、美好韶华、爱情相思等相联系。这在宋词里俯拾皆是，比如张先的"惜春更把残红折"，苏轼的"携手佳人，和泪折残红"，周邦彦的"雨过残红湿未飞，疏篱一带透斜晖"，陆游的"鸠雨催成新绿，燕泥收尽残红"，简直不胜枚举。此处，"吹落残红在绣床"一句，隐隐地写出了少女孤寂的春怀。这可从下句的"休堕""比翼""双双""共唵"等语涉相思之词看出。"休堕玉钗惊比翼，

双双。共唼苹花绿满塘。"结尾三句是说少女的娇媚的自言自语、自我告诫，意思是说你不要把玉钗丢在地上，那样会吓走比翼双栖的鸳鸯，你再看看碧绿的池塘，成双成对的水鸟、鱼儿正吞食着、唼吸着满塘绿色的浮萍……显然，词人是用小心"休堕玉钗"的细节、怕"惊比翼"和观"共唼苹花"的心理，反衬出她的略显寂寂的怀春之情，从而使少女思春的形象鲜活灵动，美妙传神。

南乡子 捣衣①

鸳瓦已新霜②，欲寄寒衣转自伤。见说③征夫容易瘦，端相④。梦里回时仔细量。

支枕⑤怯空房，且拭清砧⑥就月光。已是深秋兼独夜，凄凉。月到西南更断肠。

赏析

长安一片月，万户捣衣声。秋风吹不尽，总是玉关情。又到秋风乍起，又是寒叶萧瑟。

空房自伤的闺中女子，又开始月下捣衣，为夫君重新浣洗和裁剪过冬的寒衣。一砧一杵，一思一念。梦中爱人消损的容颜，一直栖息在她心头最柔软的地方。

寒衣兼明月，千里寄相思。相思也难寄，夜夜成断肠。

---

①捣衣：古代服饰民俗。即妇女把织好的布帛，铺在平滑的砧板上，用木棒敲平，以求柔软熨帖，好裁制衣服，称为"捣衣"。又，妇女洗衣时以杵击衣，使其洁净，也称"捣衣"。②鸳瓦：即鸳鸯瓦。③见说：听说、闻说。④端相：仔细看。⑤支枕：将枕头竖起、倚靠。⑥砧（zhēn）：即捣衣石。

点评

"捣衣"是古诗词中常见的题目，所写都不离征夫怨妇的内容。本词也是如此，词人以一个丈夫戍边在外自己留在家中的年轻妇人口吻，一气呵成，哀而成篇，将其思、其苦、其怨的心理活动细腻地表现出来。

"鸳瓦已新霜"，因为古时捣衣，多于秋夜进行，所以词作首句即点明时令。"鸳瓦"，即鸳鸯瓦，只是称物，无甚特殊含义。"新霜"是初霜，前几日还未下霜，近几日突然落霜了，是为"新"。屋外，鸳鸯瓦上已结了一层薄薄的清霜，那屋内呢？

"欲寄寒衣转自伤"，屋内孤灯下，她对着准备为他寄去的寒衣暗自心伤。此处，"欲"、"转"二字颇值得留意。"欲"是做好衣服，将寄未寄；而"转"说明先前心情并非"自伤"，但是一想到寄给丈夫寒衣就感到伤心。

那她为何如此呢？元朝姚燧曾作过一首清新别婉的元曲《寄征衣》："欲寄君衣

君不还，不寄君衣君又寒。寄与不寄间，妾身千万难"，惟妙惟
肖地道出了思妇内心的苦楚。那么此处，这位女子是否也同《寄
征衣》中的女主人公一样，有着"妾身千万难"一般的心思？

　　且看下句"见说征夫容易瘦，端相"。看来，不是"千万难"
的心思，而是牵挂丈夫，唯恐玉郎憔悴：都说戍边在外的人受
尽苦寒，相貌容易消瘦，真想再好好地看他一眼啊。然而细细

端详还不够，"梦里回时仔细量"，还想在夜梦中与他相遇，执手相望。

"支枕怯空房，且拭清砧就月光。"然而她并没有入梦，因为寒衾孤单，空房寂寞。既然夜不能寐，而牵挂之心又盈盈于怀，所以只有趁着月光再为他缝制一件秋衣。而此时"已是深秋兼独夜"，秋寒意重，孤单夜长，所以月下捣衣，一砧一杵，一思一念，无不透着牵挂，无不透着哀怨，无不透着凄凉。至此，一个让人怜惜不已的怨妇形象跃然纸上。然而词作并未结束，词人继续渲染她哀怨的心情。

末句，"月到西南更断肠"。蓦然回首，发现斜月沉沉，挂在西南方向，想着天下多少有情人早已相拥而眠，不由得更加让我欲断肠！

此之结句情景并茂，其幽怨之情，自是承接前面的"自伤"、"怯空房"、"凄凉"层层写来的，所以情致幽婉，情调凄绝。全词犹如一曲秋夜箫声，呜咽婉转，的确是一篇"断肠"之作。

南乡子 柳沟①晓发

灯影伴鸣梭，织女依然怨隔河②。曙色远连山色起，青螺③。回首微茫忆翠蛾④。

凄切客中过，料抵秋闺一半多。一世疏狂应为著，横波⑤。作个鸳鸯消得么⑥。

赏 析

又一次，你离开了她。你离开了她，成为天涯孤旅，成为人间惆怅客。

金风玉露一相逢，便胜却人间无数。那是天河里，牛郎织女的美好传说。而你们，你们的别离滋味，浓于酒，使人瘦。但你总是这样安慰自己，两情若是久长时，又岂在朝朝暮暮。

可惜，没有朝，更没有暮。一相逢，离别无数。因此，你厌倦了。

侍卫的无聊，鞍马的漂泊，辗转的人生，你都厌倦了。你

①柳沟：柳沟城，在今北京延庆县八达岭北。古时为关隘。②灯影二句：鸣梭，用梭子织布。织女，织女星。河，天河，银河。③青螺：以青色的螺髻喻山。④翠蛾：本指女人之眉毛，后代指美丽的女子。古代女子以青黛描画修长的眉毛，故称。⑤横波：女子的眼波。这里代指所爱之女子。⑥消得：值得。

只希望一世疏狂，作个鸳鸯，醉生梦死又何妨……

点 评

　　此篇是词人为妻子而作，描绘的是柳沟清晨晓发时的情景，抒发了与爱人被迫分离的痛苦和幽怨。清晨于柳沟晓发，词人却出之于想象之笔，从家中的妻子写起："灯影伴鸣梭"，天色未明，依然是灯影憧憧，摇曳着她娇弱的身影，伴着她在静寂的寒夜里拿着梭子，织着布。当然这只是虚景，只是词人的臆想，一旦从美好的想象世界里抽身而出，词人就会发现自己并不在温馨的家里，而是在客地清晨的柳沟，早已与妻子分别。

"织女依然怨隔河"，这句用牛郎织女的民间传说表明词人已同萧娘分袂。古代民间把织女星与牛郎星被阻隔在银河两岸的传说衍生成故事，谓牛郎、织女遥遥相望却不能厮守，唯有每年七月七日相会一次。后人以此作为夫妻或恋人分离，难以相见的典故。此处，词人是说早晨准备出发时天未透亮，银河清浅，天际的织女星仍隐隐亮着，仰首瞭望青灰色的天空，银河的对岸，今夜却不见牵牛星在。

"曙色远连山色起，青螺。回首微茫忆翠蛾。"接下三句写清晨晓发，行军路中对妻子的记想。晨光初露，绵绵曙色掩映之中，青翠山色，若隐若现。那青色螺形的山形，真是像极她的螺髻。渐行渐远，再回首时，看到微茫中的远山，遂再一次地由那翠蛾似的山形想到了闺中的她。这上阕，虽然写的是清晨柳沟晓发的情景，但是或展开想象（鸣梭），或借用传说（织女），或使用比喻（青螺），或直接回忆（忆翠蛾），句句围绕闺中人写相思，写眷恋，写忆想，无限多情。

下阕则言情抒慨，表达与所恋之人被迫分离的隐恨和幽怨。"凄切客中过，料抵秋闺一半多"，因为长久寄身客地，行在他乡，宦从别处，所以感觉在客中度过的凄切日子，比在闺中陪伴爱人日子的一半还要多。"料抵秋闺一半多"，"料抵"说明此是假想之语，所以用到"秋闺"，不一定是实指，却形象地说明了自己在外奔波时间之长。

　　"一世疏狂应为著，横波。作个鸳鸯消得么。"这三句写出了渴望消闲的痛苦心情。"疏狂"即放荡不羁，容若作此语，是效仿魏晋时的竹林七贤。他曾在寄张见阳的信中牢骚道："弟比来从事鞍马间，益觉疲顿；发已种种，而执愗如昔；从前壮志，都已隳尽。昔人言身后名，不如生前一杯酒，此言大是。弟是以甚慕魏公子之饮醇酒近妇人也。"

　　此处"魏公子之饮醇酒近妇人"说的就是作为竹林七贤之一的阮籍的一桩轶事：阮公邻家，住的是一美貌少妇，在酒肆卖酒。阮籍时常去那饮酒，酒醉，便睡在少妇的近旁。一开始，其夫颇为怀疑阮籍心怀不轨，观察几日后，发现阮公终无他意。容若说自己"甚慕魏公子之饮醇酒近妇人也"，其实就是本词中的"一世疏狂应为著"：他曾有过"逸四海"之"猛志"，奈何美好青春皆消磨于鞍马之间，越发感觉疲顿劳苦，心生厌倦之情，而从前壮志，都已销尽，遂只愿像魏公子阮籍一样任诞放达，不拘于人间礼法。而那在别人眼中可以赢得皇帝器重的金贵差事，在他看来，也终抵不过所爱女子的一双横波目，他只愿"作个鸳鸯"，管他"消得"不"消得"。

　　"一世疏狂应为著"，"一世疏狂"四字展露容若心曲，然而他始终也没疏狂起来，只是高贵的御座下那孤独的影子，只是一只被囚禁在金笼里的婉转高歌的鸟。

红窗月

　　燕归花谢，早因循①、又过清明。是一般风景，两样心情。犹记碧桃影里、誓三生②。

　　乌丝阑纸娇红篆③，历历④春星。道休孤⑤密约，鉴取⑥深盟。语罢一丝香露、湿银屏⑦。

赏 析

　　誓言是开在舌上的莲花，它的存在是教人领悟，爱已入轮回。三生的誓言，滴水穿石。似此星辰非昨夜。我以为那些事已经被遗忘很久，结果想起来，还以为就是昨夜发生。

　　遇见，你已不在身边。一别如斯呵。常常别了一次，就错了今生。遇见，只想你明白。誓三生，与迷信无关，与信仰无关，我只是需要一个理由，许自己一个期限，可以在等待时更坚定。遇见，只要你记得。心仪一个人，是我一个人的事，从一开始，我的付出就只是付出，你的回应也只是让它有归属，仅仅，乐于此时。

―――――――――――――――――――

①因循：指顺应自然。②三生：佛家语，指人的前生、今生和来生。③乌丝阑纸：有黑色线格的纸。篆：印章。④历历：清晰的样子。⑤孤：辜负。⑥鉴取：察知了解。取，助词，表示动作之进行。⑦银屏：镶有银饰的屏风。

然后，紫陌红尘，碧落黄泉。或许有一天，连这归属也不需要了，我仍是我，你仍是你，而我们，已不再是我们。

点评

这首词写离情，大约是写给昔日一恋人的。

上阕摹写景物，念及回忆，交代背景。"燕归花谢"，娟娟春花已经凋谢，双双燕子归来。这首句不仅点明了时序为暮春，而且以"燕归"暗衬伊人不归，"花谢"遥寄韶光易逝之感。"早因循、又过清明"，以"早"字领起，表达春去匆匆的扼腕心绪。"因循"，随意、轻易之意。你看，花已谢，燕已归，明媚的春光如此轻易滑过，转眼之间，又过了清明，春光将尽也！一个"又"字，急促相承，进一步表现出一种无可奈何的叹惋。

接下二句点出本题，即风景如旧而人却分飞，不无伤离之哀叹。"是一般风景，两样心情"，伊人去后，风景明丽如昨，人却是两地相隔，思念恋人之心，在美好春景的映衬下，欲显难耐。于是就回想起当初，在碧桃影深处，幽香初动时，他与佳人，脉脉相对，彼此心中情意涌动，萌生出情定三生的铮铮

誓言。此即是"犹记碧桃影里、誓三生。"所谓"三生",即前生、今生、来生。此处,词人说自己当初曾与恋人"誓三生",乃是极言两人爱情之深厚。

下阕忆旧,追忆当时相亲相恋的往事。"乌丝阑纸娇红篆,历历春星。"执起伊的手,看着伊的眼,那乌丝纸上写下的鲜红篆文,如今想来,仍犹如夜空的星斗一样清晰。谓"乌丝阑纸",谓"娇红篆",都说明这所书写之字,必非二人"吟诗作赋北窗里"式的寻常翰墨,而是别有寄托,别有深意之辞。

那寄托为何?深意为何?"道休孤密约,鉴取深盟",原来这贵重丝绢上,记取的是二人的海誓山盟,它作为凭证,见证着互不辜负的密约。而深盟誓毕,已是深夜,一丝清淡的露珠湿了银色的屏风。"语罢一丝香露、湿银屏",这既是昔日之景,又是今日之景。

那时,"一丝香露"和"银屏"见证了两人的爱情秘誓,但是如今"香露"依旧,"银屏"依旧,伊人却再也不见了。此之情境,当又是晏几道《临江仙》"琵琶弦上说相思。当时明月在,曾照彩云归"和欧阳修《生查子》"今年元夜时,月与灯依旧。不见去年人,泪满春衫袖"的情境了。

踏莎行

　　春水鸭头①，春衫鹦嘴②，烟丝无力风斜倚。百花时节好逢迎，可怜人掩屏山睡。

　　密语移灯，闲情枕臂。从教③酝酿孤眠味。春鸿不解讳相思，映窗书破人人字④。

赏析

　　春水朵朵涟漪，悄悄爬上了鸭子的头。鹦鹉薄薄的嘴唇，轻声一唤，山上的春花都红了。烟丝靠着风的肩膀，把百花时节，荡得左边一朵，右边一簇。可是你却睡得可爱，眼睑的屏风虚掩着，给多情的往事留着一道缝儿。

　　那时候，我们说了，四只耳朵都装不满的话，以手臂为枕，为梦。可是就在大雁飞过时，你醒了。讨厌，队也不能成个"人"字。

---

①鸭头：指绿色。也叫鸭头绿。②鹦嘴：鹦鹉红嘴，因以鹦嘴指红色。③从教：任凭、听凭。④书破：本指书写错乱，此处喻指雁行不成"人"字形。人人：即人，重言表示亲昵。

点 评

这又是容若很可爱别致的一阕词。写春景如画,摹春怨如见,清丽凄婉。

"春水鸭头,春衫鹦嘴。"这两句用比喻。写春天的河水,涟涟碧绿,翠如鸭头一般颜色。"烟丝无力风斜倚",春天的风,也是轻缓,而略带温暖的,连淡白的烟丝都吹不散,摇摇曳曳,仿佛是在依靠着风似的。

前三句,分别以轻妍倩美的笔触描摹了春水、春花和春风,而这三般景致,正是春天丰韵之所在。所以接下来,用"百花时节"轻点带过,为三春之景作结,为女子春思牵出线头。春天到了,水绿衫红,柳絮斜倚,百花盛开,如此的百花时节,正是情人幽会的好时节，可她却偏偏掩起了屏风，独自沉睡。这上阕既描绘了春景宜人，又于结处点出"可怜人"无聊无绪的情态。春景与她形成了极大的反差，这就透露了"可怜人"的独自忧伤。

下阕二句承上阕结句，追忆往日良宵共度的情景。"密语移灯，闲情枕臂。"那时，天色渐渐暗了，你将灯移过来，火焰跳跃，只映得亮我脸上的朵朵红晕。我们说着那些秘密的话语，头枕着手臂，互相端详着，永远也不疲惫。然而，当年的亲密无间，如胶似漆，却酿成了今日孤眠的痛苦。"从教酝酿孤眠味"，这句诗，分明有着范仲淹"残灯明灭枕头敧，谙尽孤眠滋味"的凄然感人力量。

"春鸿不解讳相思，映窗书破人人字。"结尾二句，自"孤眠味"外，取来雁字，真是愁上加愁。自然界的大雁，飞行时总成人字，所以睹雁字而思及远人就成了古诗词里的传统。比如晏几道的"天边金掌露成霜，云随雁字长"。李清照的"雁字回时，月满西楼"。周密的"雁字无多，写得相思几许"。而此处，词人说"春鸿不解讳相思，映窗书破人人字"。谓大雁不知避讳此时的相思，偏偏从窗外飞过，却不成"人"字的阵形，真是一支生花妙笔，旁逸斜出，从烦怨的心理上再加深加细地铺写相思的苦情，构思之巧妙，令人观止。

踏莎行 寄见阳

倚柳题笺①，当花侧帽②，赏心应比驱驰好。错教双鬟受东风，看吹绿影③成丝早。

金殿寒鸦，玉阶春草，就中冷暖和谁道。小楼明月镇长闲④，人生何事缁尘⑤老。

赏析

出门七步是红尘，多少人在熙熙攘攘、尔虞我诈中迷失了方向，迷失了自我，从心底渴求回归自然，回归宁静悠闲的生活。然而从古至今，又有几个人能真正遂了心愿？

晋陶潜，葛巾漉酒，是何等的放荡不羁。宋林逋，梅妻鹤子，是何等的潇然洒脱。明唐寅，闲卖青山，又是何等的风流倜傥。更有诗云：车尘马足富者趣，酒盏花枝贫者缘。若将富贵比贫贱，一在平地一在天；若将贫贱比车马，他得驱驰我得闲。

人人都知道"赏心应比驱驰好"的道理，可更多的人仍

---

①倚柳题笺：指作诗填词等悠闲自适的生活。②侧帽：斜戴着帽子。形容洒脱不羁，风流自赏的装束。③绿影：绿发，指乌黑发亮的头发。④小楼：指自己的家。镇长：经常、常常。⑤缁尘：黑色灰尘，即风尘。

在生活的旋涡中身不由己地苦苦挣扎着。你这位千古伤心人便是这众多不如意之人中的一个……

点评

　　这是一篇寄给友人张见阳的寄赠之作。词中表达了作者对侍卫护从生涯的厌倦，对安闲自适生活的渴望。

　　"倚柳题笺，当花侧帽。"起首两句写词人风流自赏。"倚柳题笺"，表面上谓斜倚着垂柳题作诗填词，实际上出自南宋刘过《沁园春》中的"傍柳题诗，穿花劝酒"，这是古代文人清水映兰式的风雅。"当花侧帽"，表面是说在花丛中斜戴着帽子行走，实际上也是有行文出处的。

　　"侧帽"一词，语出北史独孤信传："因猎日暮，驰马入城，其帽微侧。诘旦而吏人有戴帽者，咸慕信而侧帽焉。"译成现代文就是：北周独孤信，形貌清丽，为当时美男子，所以常有人以他为模仿的对象。某天，他出城打猎，不知不觉中天色已晚，而他要赶在宵禁之前抵家，所以加鞭策马。由于马骑太快，头上的帽子被吹歪了，也来不及扶正。不明就里之人目睹此状，大感惊艳，觉得他潇洒异常。于是第二天起，满街都是模仿独孤信侧帽而行的男人。

容若此处，在"侧帽"一词前添上"当花"二字，其风流倜傥之处，比之北周独孤信，自是有过之而无不及。

"赏心应比驱驰好。"此句一出，当知词人前二句渲染自己风流自赏的意图何在了。他是"醉翁之意不在酒"：他说自己"倚柳题笺"也好，"当花侧帽"也罢，其实都是为了与鞍马驱驰的索然寡味相对比，是为了强调"驱驰"生涯使他辜负了赏心悦目的美好时光。所以接下两句，词人会说自己无奈地坠入滚滚红尘之中，身不由己，满头黑发早早地被生活所累，染上了白霜。

"错教双鬓受东风，看吹绿影成丝早。""错教"，即不该教，亦即说明选择天涯漂泊的生涯，选择金阶侍立的职务，都是个错误。然而他有选择的权利吗，他能摆脱"天已早、安排就"的一切吗？

纳兰之所以在开篇就渲染自己的风流自赏，其用意就在于拿过去的理想与眼前的现实做对比，结论当然是显而易见的："赏心应比驱驰好"。当年的"倚柳题笺，当花侧帽"，虽然远离英雄的梦想，但它毕竟是自由自在、惬意浪漫的生活。如今虽然受到皇帝的器重，在仕途上一帆风顺，但他每天不但要值班、宣谕，还要扈驾巡征、狩猎，这种寡然无味的工作消耗了他的大量时间和精力。所以，对别人而言原本是一件风光无限的事情，对纳兰而言却成了无尽的苦楚，因此他才会发出"错教双鬓受东风，看吹绿影成丝早"的感慨。

"金殿寒鸦，玉阶春草，就中冷暖和谁道。"在下阕里，他把自己比拟为殿上的寒鸦和殿阶的春草，只能整天枯寂地在一旁兀立，没有人知道他的冷暖，而他也辜负了闺中的少妇，让她只能夜夜空对露头明月。终言之，他觉得侍卫官的生活，百无一是。

在给友人张见阳，也就是本篇《踏莎行》所赠之人的信中，他曾不加遮挡地写出了自己对仕宦生涯的无奈和幽愤："弟比来从事鞍马间,益觉疲顿,发已种种,而执行芟如昔,从前壮志,都已隳尽。"

"人生何事缁尘老",词作最后一句诘问,力透纸背:这世间,到底有多少风尘琐事让我在无奈中悄悄老去啊?!

"人生何事缁尘老",一声感叹,重如千钧,苍茫冷落充满了对人生的困惑和现实生活中种种不如意的苦恼⋯⋯

临江仙 寄严荪友①

别后闲情何所寄，初莺早雁相思②。如今憔悴异当时。飘零心事，残月落花知。

生小不知江上路③，分明却到梁溪④。匆匆刚欲话分携⑤。香消梦冷，窗白一声鸡。

赏 析

诗云：我寄愁心与明月，随风直到夜郎西。词云：欲凭江水寄离愁，江已东流那肯更西流。如今，暮云过了，秋光老尽，伴明月清风共一醉的知己好友已在千里。

你的思念，何物可寄？只能憔悴，心事如落花飘零，无人知。于是，"从别后，忆相逢，几回魂梦与君同"便成了你最大的心愿。哪里知道，清晨一声鸡鸣，便已梦逐烟销水自流。

---

①严荪友：即作者友人严绳孙，字荪友，江苏无锡人。详见《浣溪沙·寄严荪友》"评析"。②初莺：指暮春时。早雁：指初秋时。此谓春去秋来。③江上路：江南之路。④梁溪：在今江苏无锡市西，源出惠山，流入太湖。此代指严绳孙的家乡。⑤分携：分手。

点 评

严绳孙在二十多岁时，抛弃举子业，游历于山水之间，与朱彝尊、姜宸英被誉为江南三布衣。清顺治六年（1649），参加由江南名士太仓吴伟业主盟的慎交社，结识了一批东南名流。顺治十一年（1654），与邑中顾贞观、秦松龄等十人结云门社，时称云门十子。康熙十四年（1675）结识纳兰性德，成为莫逆，这一首寄赠之作就是纳兰写给他的，表达了对挚友深切的怀念之情。

"别后闲情何所寄"，首句即径直抒怀而来。词之常例是起句叙景而不言情，但在纳兰词中，却往往是景缘情设，语因情工，词因情遣，从不拘限。

词中，作者思友之心，愈益难耐，所以开篇七字就将友人去后自己寂寂无聊的心事道出。"初莺早雁相思"，对远方朋友的别思之情，无人能懂，只有那早归的雁莺能懂我的那一片心思。"初莺"，即早莺，早莺其实不早，仅是诗词里的一个意象。不仅不早，早莺啼叫，一般是春色将暮之时。"早雁"，即初秋的大雁，借指秋日。这句在言词人怀友之心无人能解的同时，又叠加了一层相思的含义，即春去秋来，无日不相思念友。

"如今憔悴异当时。飘零心事，残月落花知。"三句写别后的憔悴和寂寞，明白如话。

"异当时"，当时曾与友人聚集在花间草堂，谈诗论文，观摩书画，推心置腹，畅叙友情。然而如今，只有孤身一人，似是在天涯飘零，此种心事，大概只有残月落花知道了。

"残月落花知"，等于不知。因为花已凋零，月已转残，它们只会勾起词人思怀往日相聚时其乐融融的情景。

"生小不知江上路，分明却到梁溪。"过片两句写梦中情景。词人由思念至深至切而生出梦幻。

在梦里，生来不知江南路的他，却来到了荪友的家乡。"分明"一词，是说梦境清清楚楚，简直就像是现实中来到了江南一样，此与"生小不知"的对比映衬，更见出词人这一虚拟之笔的深挚感人。

"匆匆刚欲话分携"，然而但好梦难留，正欲话别后相思时，梦中温馨的情谊却忽而消逝了，令人不胜怅惋。

"香消梦冷，窗白一声鸡。"结处化用唐胡曾《早发潜水驿谒郎中员外》"半床秋月一声鸡，万里行人费马蹄"，将其拳拳的友情，深切的怀念，表达得含婉不尽，启人联想。

临江仙 永平道中①

独客单衾谁念我，晓来凉雨飕飕。缄书②欲寄又还休。个侬③憔悴，禁得更添愁。

曾记年年三月病，而今病向深秋。卢龙④风景白人头。药炉烟里，支枕⑤听河流。

赏析

行在羁旅的男子，思念更如春草，渐行渐远还生。家中的她，还好吗？

一纸憔悴寄相思？又怕她知晓自己瘦损的容颜，为我担忧为我愁。这么多年了。年年伤春，年年病在深秋。

他脸上沧桑更浓，不再是那个动辄一声弹指泪如丝的

①永平：清代永平府，在今山海关一带，纳兰护驾巡游关外，此为必经之地。②缄书：将信札封口。③个侬：那人，此指家中妻子。④卢龙：明清时为永平府府治所在地。⑤支枕：将枕头竖起、倚靠。

少年公子了。甚至没有皱眉,他只是眼眸忧郁,神色忧伤地靠在那里。在药炉烟里,支枕听河流。

点 评

这篇《临江仙》作于永平道中,永平是指清代的永平府,其故境在今河北省东北部滦河以东,长城以南的地区,是出关通辽东的必经之路,由此可知容若作此词时是初登征程后不久。用词体咏边塞风情,宋元以来并不多见。纳兰几度扈驾宸游或奉命出使塞上,写了几十首边塞词,这对词史是一大贡献。其中不无豪迈的气度和壮阔的场面,但绝少开怀乐观,而是大多苍凉悲怆的意绪。严迪昌《清词史》云:"几乎是孤臣孽子的情绪。"此篇客中卧病之作也是如此。"独客单衾谁念我,晓来凉雨飕飕。"起首二句写自己孤眠独卧的寂寞。因为身在永平道中,在山海关一带,所以言"客";因为远离故园而无妻子好友相伴,所以言"独"。合在一起,"独客"就道出了羁旅孤独的心理感受。"单衾",与"独客"相契,传达的是一种"罗衾不耐五更寒"的感觉,此是从身体感受而言的。有了心理、身体两方面的铺垫后,"谁念我",这一深情感慨,就从衷心自然流发出来。"晓来凉雨飕飕",是写单衾独卧后清晨醒时的情景,也是对"谁念我"的答言和反衬:清晓寒凉,冷雨飕飕,偌大的世界,似乎只有它们挂记着我,衬托我的忧愁。

"缄书欲寄又还休,个浓憔悴,禁得更添愁。"接下来三句写家书作毕，欲寄还休的矛盾心理：写好了书信又犹豫，家中娇妻因为自己外出而担忧、憔悴，如若收到我生病的家书，必愁上添愁，身体娇弱的她，如何经受得住呢？"缄书欲寄又还休"，与李清照《凤凰台上忆吹箫》中的"生怕离怀别苦，多少事、欲说还休"有异曲同工之妙，也道出了词人虽在羁旅，虽在病中，但仍牵挂娇妻，关念切切的多情。

"曾记年年三月病，而今病向深秋"，下阕进一步写乡关客愁的难耐，思念闺阁中人心情的难解。"年年三月病"，不是说词人年年三月都会生一场大病，而是花用韩偓《春尽日》诗："把酒送春惆怅在，年年三月病恹恹。"说自己年年三月都会伤春，都会因春愁忧思成疾；如今远在塞外，不见闺中人，只有以恹恹病躯独向深秋，谙尽孤寂滋味。

"卢龙风景白人头，药炉烟里，支枕听河流。"结尾三句，用眼前景表达无穷无尽的愁怀。深秋季节，卢龙地区风景萧疏，令飘零人物增添伤感之情，而致暗生白发。所以终日只有拖着病躯，身向药炉烟里，于客舍中支起枕头，侧耳听着隐隐的水声，而心思如游丝缕缕，水烟漠漠……

临江仙

长记碧纱窗外语，秋风吹送归鸦。片帆从此寄天涯。一灯新睡觉①，思梦月初斜。

便是欲归归未得，不如燕子还家。春云春水带轻霞。画船②人似月，细雨落杨花。

赏析

为什么总是不能忘记那些细碎的往事呢？

碧纱窗外，是你的寂寞、伊人的等待。喃喃细诉的，不是风，而是零乱的心。归鸦总是随着秋风而来，这份欲归的心情，诉向谁边？

漂泊异乡，是春风，也该把故园的柳吹拂成丝了吧？是春

① 新睡觉（jué）：刚刚睡醒。觉：睡醒。②画船：装饰华丽，绘有彩画之游船。

雨，也该把故园的花润成鲜丽了吧？然而，守望的，只有一盏昏黄的灯；入梦的，也只是那斜斜的残月。

不是你这一生只爱孤寂、只爱漂泊，而是想归都不能啊。燕子寒来暑往，路途虽远，行程虽苦，总还有到家的一日，而你呢？

又是春天了。画舫游于灯影桨声，穿于红尘扰攘。而你，任风鼓白色长袍，心淡如月光。细雨无声地落下来落下来，杨花湿了，重了，落了，漂泊的你，也有靠岸的一天吗？

点评

这篇仍写厌恶仕宦，天涯思归之情绪。

春天到来了，而分别是在去秋薄暮，长别既久，今又相思顿起，故于起句劈头就"长记"别时的情景。"长记碧纱窗外语，秋风吹送归鸦。"秋风袅袅，吹送寒鸦归巢，而我却不得不离家奔赴王事。碧纱窗外，你我依依别话的情景，早已长铭于心，时时念及。

接下来，"片帆从此寄天涯。""片帆"紧承"窗外语"、"归鸦"而来，写自己从此羁旅天涯，漂泊他乡的孤旅之景，思归的主旨很是明显。"一灯新睡觉，思梦月初斜"是写自己在客舍的凄迷之情：刚刚睡醒，独对一灯荧荧如豆；因为天涯孤旅难耐，所以梦里也在思念故园，思念家中美妻。

下阕接前意脉，再伸欲归不得，连秋去春归的小燕子都不如的恨憾。

　　"便是欲归归未得，不如燕子还家。"化用顾敻《临江仙》"何事狂夫音信断，不如梁燕犹归"，将燕子和自己作对比，颇有深意。是啊，燕子要飞便飞，来去自如，可以随时飞回旧巢，但自己王事在身，身不由己。比着比着，他不禁希望有朝一日能与心上人徜徉在春云春水之间，欣赏着烟柳画船，沐浴着杨花细雨，享受一番舒心写意的生活。

"春云春水带轻霞"，"春云春水"化用高观国《霜天晓角》"春云粉色，春水和云湿"，巧妙地表现了水天一色，云映水中的景象，而"带轻霞"三字，更为这幅旖旎风光画卷，点带了几许迷离的绚烂烟霞，使其无限迷人。在如此迷魂淫魄的春景掩映下，词人携着如花似月、皓腕凝雪的妻子，步履款款，徜徉在湖边画船，看那细雨飘若晴丝，柳絮飞如雪花，真是惬意无比，浪漫无伦。

"春云春水带轻霞。画船人似月，细雨落杨花。"最后宕出一笔，描绘想象中与伊人春光共度的情景，化虚为实，极其浪漫，这就使小词更富深情远致了。

又是一首表达相思的词。纳兰写词时似乎从不考虑同类题材自己已写过太多，或者在他眼里，此时的相思不能等同于彼时的牵挂，今日的愁绪和昨天的烦扰也是两个模样。纳兰这样想着，便确实写出了主题相同，但意境相异的佳作，一句有一句的悲伤，一首有一首的味道。

临江仙

塞上得家报，云秋海棠①开矣，赋此

六曲阑干三夜雨，倩谁护取娇慵②。可怜寂寞粉墙东。已分裙衩③绿，犹裹泪绡红④。

曾记鬓边斜落下，半床凉月惺忪⑤。旧欢如在梦魂中。自然肠欲断⑥，何必更秋风。

赏析

当秋海棠开花的时候，它并不想绽放什么。它只是寂寞。

曾几何时，你和伊人漫步花下。那时，它是欢乐的，如水的映影，风的

---

①秋海棠：多年生草本植物，叶大花小，开红花，故又称"八月春"。②娇慵：指秋海棠花。③裙衩：比喻海棠的枝叶。④绡红：生丝织的薄绢。⑤惺忪：刚睡醒时眼睛模糊不清的样子。⑥肠欲断：双关语，既指人，也指花。秋海棠又名断肠花。

轻歌。

如今，伊人已逝，燕去楼空。它只有怯怯的痛，如往事，蹉跎成河。再开时，已是断肠花对断肠人。不雨也潇潇。

点评

这首词作于纳兰出访塞外途中，收到家书，得知自家院中的秋海棠开花的消息，思绪万千，睹物思人，想起曾经与亡妻点点滴滴的生活片断，不由大发感叹。

上阕化虚为实，从想象中落笔。"六曲阑干三夜雨"，化用晏殊《蝶恋花》"六曲阑干偎碧树，杨柳风轻，展尽黄金缕"，写阑干曲折，秋雨绵绵。"六曲阑干"，"阑干"是唐宋词中常用意象，常常作为一种必不可少的装饰性场景，见证风景和人物心态的变化。至于"六曲"，同"六曲屏山"一样，都是诗词语言袭称。此处，容若是运用"六曲阑干"这一意象构筑出一种浮华绚丽的美景，为写秋海棠的香艳之美作铺垫装饰。

接下来一句，写连绵的秋雨过后，秋海棠开花了。花开若何？"倩谁护取娇慵"，娇慵，原是形容女子的柔弱倦怠，这里用以形容秋海棠，显然是以人拟花：秋海棠花是如此的娇艳，请谁来保护娇美又慵懒的她呢？

"可怜寂寞粉墙东。已分裙衩绿，犹裹泪绡红。"三句继续以人拟花，写花之容貌。可爱的她在粉墙的东面寂寞兀立，那好似女子之翠绿裙衩一样的绿叶，托出了粉红色的花蕾，好像是薄纱一样的花瓣上宿雨犹存。"可怜"、"已分"、"犹裹"，皆是语中含睇，笔带流连，清丽可人。

下阕追忆人之往昔。以花喻人，人比花娇。"曾记鬓边斜落下，半床凉月惺忪"，与王彦泓"可记鬓边花落下，半身凉月靠阑干"只有几字之异，实际上也正是由王诗化出，道出了花前月下的美好往事：记得你曾把花插在头上，那时，月儿高悬，洒下半床清辉。一觉醒来，花儿从鬓边轻轻滑落，望着睡眼蒙眬的你，我不由如痴如醉。然而，"旧欢如在梦魂中"，那花辰旧欢，似是一场春梦，在醒来后，了无痕迹。

"自然肠欲断，何必更秋风"，结尾二句，系用双关，描绘了此时肝肠欲断凄苦之情。有一个美丽的传说：古时一位痴情女子，遭情郎抛弃后，肝肠寸断，伤而落泪，泪入土中，生出一花，人曰：秋海棠，又称"断肠花"。此处，"自然肠欲断"即是缘此传说，谓秋海棠本来就是断肠花，让人哀愁，哪还禁得起萧瑟秋风呢？当然这仅是双关语的表意，内在含义是：每每想起这些刻骨铭心的往事，就好像做一场秋梦，忍不住的肝肠寸断，哪还禁得起那些凄风惨雨呢⋯⋯花虽年年开，人却一去不回来。这真是断肠人对断肠花，回忆越美就越痛苦⋯⋯

也许，一阕词读罢，也只记得一句"旧欢如梦"。旧欢已然成一梦，那么新人呢？我们都看到，这位续娶的夫人是极爱纳兰的。她定然非常年轻，还是满脸稚气的，见花开了，赶紧簪一枝在鬓下，然后喜滋滋地给夫君写一封书信报知花信，一副小儿女情态。斯人已逝，海棠依旧，她可知她簪花的样子，与昔年的旧人多么相似？然而，纵使知道这花中有几多故事，她依然希望花开博得枕边人一笑。这样的爱，带着些许委屈，有自得其乐的意味。只要你能让我爱着你，我愿意为你心中藏着"她"的那个小房间，细心拂拭打扫。这一切，在塞上秋风中黯然神伤的纳这一切，在塞上秋风中黯然神伤的纳兰，你可知晓？

临江仙 孤雁

霜冷离鸿①惊失伴，有人同病相怜。拟凭尺素寄愁边，愁多书屡易②，双泪落灯前。

莫对月明思往事，也知消减年年。无端嘹唳③一声传，西风吹只影，刚是早秋天。

赏 析

瘦马载你，在这边塞荒地，渐行渐远。秋风萧瑟天气凉，草木摇落露为霜。一只失群的孤雁，用孤独的雁蹼划破了长空，想回到故乡。却不知，在地上，还有一个同样无依无靠的可怜人。

夜深，如愁绪盈满。家书写尽，只是无奈。在这一夜乡心两处同的时刻，月华也绝裾而去，留给你因思念而憔悴的容颜。再清晨，雁声伴你，瑟瑟寒风中，匹马单衣……

点 评

孤雁在古典诗文中有着特殊的意义，它或象征天涯孤客，

①离鸿：失群的大雁。②屡易：屡次重写。③嘹唳：声音响亮而凄清。这里指孤雁叫声。

或比喻夫妻失偶，或喻指友朋失伴，等等。故诗人咏孤雁实系咏孤独之凄怀。这首咏"孤雁"之作亦如是，诗人描绘了"刚是早秋天"里的一只孤独的大雁，又将人雁合一，情景合一，因而雁之孤影与人之孤独，交织浑融，抒发了孤寂幽独的情怀。

词作开门见山，写孤雁的失群惊魂。"霜冷离鸿惊失伴，有人同病相怜"，一只失群的孤雁在深夜的冷霜中凄凄独飞，那呼唤同伴的辗转哀鸣一声声划过夜空，传进愁情正炽、夜深无眠的词人耳中，让他不能不生出"同病相怜"之感、"愁多"魂销之叹。"有人同病相怜"，好一个"同病相怜"！一下子就把人和雁，一个天上，一个地下的距离拉近了，合二为一。

鸿雁在古诗词里，常作信使代称，如晏殊的"鸿雁在云鱼在水，惆怅此情难寄"，所以接下来，词人马上由离鸿想到了写信抒怀。"拟凭尺素寄愁边，愁多书屡易，双泪落灯前。"夜深人静，辗转难眠，也想写封家书将心中的苦闷说给她听，无奈愁绪太多，写了又写，改了又改，终不成书，以至于最后，不由一声感叹，泪珠滚滚滴落灯前。

过片写家书不成后的独对明月的内心感受。因为在明月皎皎的夜晚，所有过往的回忆都会潺潺流动起来，异常明晰深刻。而每一次情不自禁的思量，都会摧折心肝，损耗青春的容貌，消减健康与寿命。所以词人袭用唐白居易《赠内》诗"漠漠暗苔新雨地，微微凉露欲秋天，莫对月明思往事，损君颜色减君年"告诫自己往事已如缕如烟，切莫胡思乱想，自添愁绪。

然而"树欲静而风不止"，远处又无端传来一声悲怆的雁鸣，牵怀动绪不止。"无端嘹唳一声传"，"无端"一词，用得极好，表面是说"嘹唳一声"的没有来由，实际上是说自己无缘无故，不知来自何方的凄凉愁绪。最后两句"西风吹只影，刚是早秋天"，既是写雁，也是写人——孤雁和我又要在这初秋时节瑟瑟寒风中，形孤影单地上路了——一语双关，留给我们一个极富画面感的联想空间……

蝶恋花

　　辛苦最怜天上月。一昔如环，昔昔都成玦^①。若似月轮终皎洁，不辞冰雪为卿热^②。

　　无那^③尘缘容易绝。燕子依然，软踏帘钩说^④。唱罢秋坟愁未歇^⑤，春丛认取双栖蝶^⑥。

赏析

　　那是海上生出的明月，天涯共此时的惆怅。歌者寂寞的独语，在苍白的夜色中，踽踽独行。没有四月紫色的弹奏，没有夏花温柔的烂漫，只有枯叶，只有夕阳。

　　试问情深深几许？杨柳再也堆不起沉重的烟尘。寒夜的琵琶，我把你听成了万里愁肠。记不起你的名字。宋朝的柳郎琴声吟唱，所有的宋词，都是红粉知己。你的何在？脉脉人千里，风情两处，烟水万重。我写的离愁，已有千岁，只是鸿雁在云鱼在

---

①一昔句：昔，同"夕"，一夜。玦（jué）玉，半环形之玉，借喻不满的月亮。这句是说，一月之中，天上的月亮只有一夜是圆满的，其他的夜晚就都是有亏缺的。②不辞句：意思是不怕严寒而为你送去温暖。卿，"你"的爱称。③无那：无奈，无可奈何。④软踏句：意思是说燕子依然像过去那样，轻轻地踏在帘钩上，呢喃絮语。⑤唱罢句：意思是说哀悼过了亡灵，但是满怀愁情仍不能消解。⑥春丛句：认取，注视着。取，语助词。

水，此情谁寄？

爱上一个人，要用一生来忘记。回忆犹如一根银针，冷不防就刺进骨髓。你是我终身的疼痛。

点评

面对"爱情"这两个字，人们常常感叹：好辛苦！这样的感情体验，到了纳兰性德笔下，获得了这样充满诗意的表述："辛苦最怜天上月！"

不是吗？你看那天上的月亮，"一昔如环，昔昔都成玦"，等得好辛苦，盼得好辛苦！

人间夫妇，往往如此。词人夫妇，更是如此。纳兰性德身为宫中一等侍卫，常要入值宫禁或随驾外出，所以尽管他与妻子卢氏结婚不久，伉俪情笃，但由于他的地位独特，身不由己，因此两人总是离别时多，团圆时少，夫妇二人都饱尝相思的煎熬。

而今，仅仅是婚后三年，卢氏年仅二十一岁芳龄，竟然离纳兰性德而去了，这给词人留下了怎样一个无法弥补的终生痛苦与遗憾！在难以消释的痛苦中，词人让心中的爱妻逐渐化作天上一轮皎洁的明月。

这是一个凄切的梦。词人希望这个梦真的能够实现，希望妻子真的能像一轮明月，用温柔的、皎洁的月光时刻陪伴着自己。他还想：如果高处不胜寒，我一定不辞冰雪霜霰，用自己的身、自己的心，去温暖爱妻的身、爱妻的心。

但是，那终归是一场梦。尘世因缘毕竟已经断绝，令人徒唤奈何。唯有软踏帘钩的堂前燕，依然相亲相爱，呢喃絮语，仿佛在追忆这画堂深处昔日洋溢的那一段甜蜜与温馨。

此情此景，让人不禁想起宋人欧阳修同样的伤心和怅惘："去年元夜时，花市灯如昼。月上柳梢头，人约黄昏后。今年元夜时，月与灯依旧。不见去年人，泪湿春衫袖。"

  词人现在的愁绪，真是剪不断，理还乱。凄苦之中，他想到了李贺。"秋坟鬼唱鲍家诗，恨血千年土中碧。"他想用哀悼来减轻内心的思念，却不知这样做，反而增添了幽恨。于是，他只有祈愿化作一只彩蝶，于来年春日，在那烂漫花丛中与爱妻的精灵形影相随、双栖双飞……

蝶恋花

又到绿杨曾折处①。不语垂鞭，踏遍清秋路。衰草连天无意绪②，雁声远向萧关③去。

不恨天涯行役④苦。只恨西风，吹梦成今古。明日客程还几许，沾衣况是新寒雨。

赏析

昨夜的行程，顷刻便从春天抵达了清秋。那匹叫作忧伤的汗血马，飞驰过一路的凄凉。山高水长，你们的海誓山盟，在未及告别的古道上，已经去意彷徨。

暗夜下，倚鞍小寐。梦中，一盏青灯下读伊人的红笺，却永远看不清她的相思。而窗外盛开着一树落寞的海棠，冷冷地看你在梦中哭泣。当天光唤醒遥远的前方，你依然是跃马扬鞭的旅人。

没有梦，没有今古，只有无尽的江山在脚下。而前路，只有驿站，你如何停住脚步？

---

①绿杨曾折处：曾经折柳赠别的地方。②无意绪：百无聊赖。③萧关：古关名，故址在今宁夏固原市东南。④行役：因服役或公务而跋涉在外。词人于康熙二十一年（1682）八月出使黑龙江梭龙，此词即作于此时。

点 评

又是一篇凄凉的塞上离愁别恨之作。

"又到绿杨曾折处",词的起句,用一"又"字,说明他离家已经不止一次了。过去离家,在这里折柳赠别;今番远出,又在这里折柳临歧。旧景重现,倍添惆怅。这一句,"又"与"曾"互相呼应,恰切地表达出词人对不断行役的愁烦情绪。

"不语垂鞭,踏遍清秋路。"词人独自离去了,他默默不语,无力地垂着马鞭,闷闷不乐的神态宛然如现。很清楚,如果容若热衷于名利,当他又一次得亲銮驾时,大概会唱出"春风得意马蹄疾"、"踏花归去马蹄香"之类的句子。但是,出于对仕途的厌倦,他含愁带恨地离开了京城,陪皇帝出发。而这种无聊无赖的情绪,又竟贯穿在踏遍清秋路的过程中。一路上,词人无精打采,怅然若丧,似乎是魂离躯壳。

"衰草连天无意绪",承"清秋"而发。凉秋九月,塞外草衰,枯草连天,当是实景。但草的枯荣,是自然现象,这里说连衰草也无聊无味地伸到天边,单调索寞,这实际上是词人自己"无意绪"的反射。"无意绪"三字,是全诗之眼,整首词的描写都是围绕着这三个字展开。

放眼平芜,毫无意趣,抬头仰望,也是兴味索然。"雁声远向萧关去",长空雁叫,远向萧关,它离开温暖的南方,这和征人步入穷荒一模一样。所以,听到雁声戛然长鸣,添愁惹恨。

下阕。"不恨天涯行役苦",说不恨,那不过是反语,因为从全篇的意味来看,恰恰是要表现天涯行役之恨。然而词人觉得,行役之苦毕竟是有限的,如果把它与虚度光阴之苦两相比较,那么行役之苦也不算甚。容若在一首调寄《金缕曲》的词里说过:"两鬓萧萧容易白,错把韶华虚度。"他认为经年蹭蹬于山程水驿,等闲间白了少年头,才是最堪痛心疾首之事。为了强调这一点,下面便跌出"只恨西风,吹梦成今古"一句。西风,与清秋、衰草、雁声相联系。秋风起了,吹梦无踪,一瞬间便觉年华飞逝，使人有今昔云泥之叹。想到这里，词人感到这征戍的幽恨没完没了。最后两句，"明日客程还几许，沾衣况是新寒雨。"渐行渐远，道路迢递，到明日，离愁别绪又不知要添多少？何况寒雨绵绵，沾衣惹袖，这客途秋恨，比刚刚离京时一定更浓更深了。

整首词，从折柳开始，以寒雨收束，暗用《诗经·小雅·采薇》"杨柳依依，雨雪霏霏"之诗意，真切感人，实是词中上品。

唐多令 雨夜

丝雨织红茵①，苔阶压绣纹，是年年、肠断黄昏。到眼芳菲都惹恨，那更说，塞垣②春。

萧飒不堪闻，残妆拥夜分③，为梨花、深掩重门。梦向金微山下去④，才识路，又移军。

赏析

暮雨又潇潇，点滴无聊，又将梨花瓣轻敲。梨花飘落的时候，肠断黄昏。你叹息一声，轻轻掩上了房门。

想起远方。想起远方他的春天，他的瘦损，你只能对花泣诉。"青青子衿，悠悠我心，但为君故，沉吟至今。"孤寂的夜里，你行也思君，梦也思君。奈何从此银汉路迢迢，两地煎熬，忍待何时鹊踏桥？

泪眼蒙眬中，无语叹今宵。

点评

这是一首拟闺怨词。词人全从对方写来，假想雨夜黄昏时

①红茵：红色地毯，这里指一地红花。②塞垣：边境地带。③夜分：夜半。
④金微山：即今之阿尔泰山。诗词中常用来泛指边塞。

候的闺人思我之情景。词从雨中红花写起。"丝雨织红茵",霏霏的雨是细细的,所以言"丝雨"。丝雨飘飘,朦朦胧胧,落在花瓣上,像是女子用丝线编织着什么似的。这个"织"字,联想巧妙,用笔工致,直是将春雨的迷离之美写活了。"红茵",本义是红色垫褥,此处形容红花开遍,犹如铺了红色的地毯。这是写花红。"苔阶压绣纹","苔阶",是生有苔藓的石阶。"压绣纹",是说阶上青苔苍苍,似是织物上的花纹。这是写阶绿。首二句以丝雨、红花、苔藓、石阶为抒情主人公勾勒了一个冷艳凄迷的意境,为下文的女主人公的伤心断肠,寂寞相思伏了暗线。

"是年年、肠断黄昏",此抒情之句将首二句营造的意境在时间上进行无限延伸。"是年年",是说红花满地、苔痕上阶的景象、黄昏悲伤的愁情,不是今年才有,而是年年如此,情意一出胸膛,便倍加深厚;语气一吐唇间,便愈益沉痛。

"到眼芳菲都惹恨,那更说,塞垣春。"花草满园,蝶飞燕舞,如斯好景,衬人哀伤心肠,本来就"惹恨",更何况思念的人又远行塞垣,经久未归,年年春天,年年不能相携呢!一边是伤春惹起的幽恨,一边是远人不归牵出的幽怨,一经"那更说"三字的连接、强化,遂生成如潮水般的相思苦情。

下阕夜雨萧萧,再添心中之愁。"萧飒不堪闻,残妆拥夜分。"窗外是萧飒的风雨,不忍听闻;窗内是伤心的闺人,泪罢妆残。百无聊赖,万般无奈中,她只能寂寞地拥夜而坐。而这个时候,

她又看见夜雨催落梨花，那片片飘零片片飞的白色梨花，让她不忍目睹，于是便掩上了层层的门，但是她心湖里那一圈圈又是怜，又是怨的痴情，早被引出。

"为梨花、深掩重门"，化用戴叔伦《春怨》诗"金鸭香消欲断魂，梨花春雨掩重门"，用黄昏时雨打梨花的景象，衬托了一位深怀相思之情的女子的孤寂的心态，同时又再次渲染出一种凄凉的意境、哀怨的心情。

"梦向金微山下去，才识路，又移军。"这三句写她的梦境。"金微"，即今之新疆阿尔泰山。唐贞观间以铁勒卜骨部地置金微都督府，乃以此山得名。此处词人说"金微"，非谓他真到了金微山，而是化用唐人张仲素诗典而已。张仲素《秋闺思二首》其一云："碧窗斜月蔼深晖，愁听寒螀泪湿衣。梦里分明见关塞，不知何路向金微。秋天一夜静无云，断续鸿声到晓闻，欲寄征衣问消息，居延城外又移军。"此处，词人"梦向金微山下去"和"才识路，又移军"两句就是分别从张诗颔联"梦里分明见关塞，不知何路向金微"和尾联"欲寄征衣问消息，居延城外又移军"化出，意思是说在梦里她到了关塞，那关塞正是她魂牵梦萦的地方，因为她的良人就出征到那里。她不由大喜：快，去金微山下找他！可是，刚刚摸清路，他又到了别处，真叫人愁绪万端，寝食难安。如此结句，含思隽永，朦胧要眇，在全文词意上也更推进一层，谓即使相思也是所思无处，这便更增添了伤痛之苦情。

踏莎美人 清明

拾翠归迟①，踏青②期近，香笺小叠邻姬讯③。樱桃花谢已清明，何事绿鬟斜亸、宝钗横④。

浅黛双弯⑤，柔肠几寸，不堪更惹其他恨。晓窗窥梦有流莺，也觉个侬⑥憔悴、可怜生⑦。

赏析

喜欢一个人，真的好痛好难。

一开始是明亮的，全世界似乎都变粉红色。一切看在眼中都是美好，就算天崩地裂，只要还能看到他的微笑，那也没什么。可是渐渐就变了，向着我们所不能控制的地方滑过去。再也不会快乐了。

他看不到呢……无论做什么，说什么，他都注意不到，读不懂其中的意思。微笑依旧，看在眼里却只剩沉闷的痛。

有时候真的是怎么也想不明白，爱情究竟是由谁来安排。

---

①拾翠：本意是拾取翠鸟的羽毛作首饰，后指女子游春。②踏青：清明前后的郊游。③香笺小叠：女子的书信。邻姬：邻家女子。讯：通"信"。④绿鬟：乌黑的头发。亸（duǒ）：下垂。⑤浅黛：女子画得很淡的眉毛。⑥个侬：这个人或那个人。⑦生：用在形容词词尾，无义。

苦苦追求的得不到，
得到了的却弃之若敝
屣。怎么就会这么不
公平……

点评

"踏莎美人"是
顾贞观自度曲。一半
《踏莎行》一半《虞
美人》，合起来倒也
雅致不俗。副题为"清
明"。清明正是游春
踏青的好时节，古代有游春的习俗，本篇即以此为题的咏节令
之作。

上阕前二句说游春拾翠归来得迟了，而踏青之约日近。"拾
翠归迟"，拾翠，本意是拾取翠鸟的羽毛作首饰，语出曹植《洛
神赋》："或采明珠，或拾翠羽。"后多指女子游春。比如杜甫《秋
兴》诗："佳人拾翠春相问，仙侣同舟晚更移。""踏青期近"，"踏
青"即春天出城到郊外游览。古代诗词中常以踏青和拾翠并提，
如吴融《闲居有作》："踏青堤上烟多绿，拾翠江边月更明"。这
一联泛写春来游春的活动，而将春天少女的心事隐含于"迟"、
"近"二字之中。

"香笺小叠邻姬讯",结下一句承前说邻女有约踏青。"香笺",即信笺,大约因其出自邻家少女之手,散发着香气,所以言"香"吧。"邻姬讯",是说收到了邻家女孩的信。那信上所写为何?"樱桃花谢已清明,何事绿鬟斜嚲、宝钗横。"信上写道:樱桃花已经谢了,都到了清明,你怎么还是一幅慵懒无力的样子呢?"绿鬟斜嚲、宝钗横",写女主人公疏慵倦怠之貌:绸缎般的长发松松绾起,随意地斜着,一支钗禁不住,就要从流云一般的发间滑出来,可谓生动逼真,清丽轻灵。

下阕则自叙心怀,亦是对邻家少女的答复:不是我不喜欢春天的踏青,而是本来就心绪不佳,愁怀不解,实在不愿再去沾惹新恨了。"浅黛双弯,柔肠几寸",浅黛,指女子画得很淡的眉毛。双弯,即轻轻地皱着眉头。柔肠,柔曲含情的心肠。几寸,当是几丝愁绪萦怀。这八个字,写这个少女的淡淡心事、淡淡愁,堪称清丽含婉,风韵别致。"不堪更惹其他恨。"风流含蓄之后接以率直坦露,则显得灵巧高妙。

现在,这位少女自吐心怀说不愿再去沾惹新恨了,但是此种幽幽心事又有谁知道呢?故于结处说唯有那清晓窗外的流莺明了。"晓窗窥梦有流莺,也觉个侬憔悴、可怜生。"意即我心事重重地睡去,清晨从梦中醒来,即使是那婉转啼鸣的莺儿也觉得我很憔悴,惹人怜爱。结尾二句,幽思含婉,清丽轻灵,表达出百无聊赖的阑珊意绪。

鬓云松令

枕函香，花径漏①。依约②相逢，絮语黄昏后。时节薄寒人病酒③，铲地④梨花，彻夜东风瘦。

掩银屏，垂翠袖。何处吹箫，脉脉情微逗⑤。肠断月明红豆蔻⑥，月似当时，人似当时否？

赏 析

还可以回到从前的么？梨花一般的女子站在远处，静静地看着他幸福。

他，现在真的好吗？辗转反侧，不能成眠的时候，寂寞的女子总会遥望那弯月牙儿。

不知道他是否拖着疲惫的身体，走在回家的路上，偶尔抬抬头，感受一下温柔的月色。月似当时，人似当时否？

①枕函二句：谓花径泄漏春光，致使枕头上尚留余香。 ②依约：隐约、仿佛。③病酒：谓饮酒过量，沉醉如病。④铲（chǎn）地：无端，平白无故地。⑤逗：引发、触动。此指逗引出感情来。⑥豆蔻：多年生常绿草本植物，有肉豆蔻、红豆蔻、白豆蔻等品种。此喻指所恋之人。

点 评

这首词是写月夜怀念所爱之人的痴情。

柔情婉转，语辞轻倩，似丽人姿容初展，风神微露。

上阕从痴情入忆的感受写起。"枕函香，花径漏。依约相逢，絮语黄昏后。"起首四句写回忆里的室外情景：在花径泄露春光，枕头都留有余香的美好日子里，他与伊人在黄昏时见面，絮语温馨情意绵绵。

清初满族进取有为的贵族子弟，每日晨昏定省弓马骑射，汉文满文蒙文都需温习。一天的功课安排颇紧，唯有黄昏时分才有空闲，这也是为什么容若词中屡屡出现黄昏夕阳的字眼，除了《采桑子》里有"月度银墙"之语，《落花时》又写："夕阳谁唤下楼梯，一握香荑。回头忍笑阶前立，总无语，也依依。"可知容若与伊人相会也多在晚间。

"时节薄寒人病酒，铲地梨花，彻夜东风瘦。"接下写与伊人分别后，如今夜间的景况。在清寒的天气里，词人借酒消愁，沉醉不醒，而东风彻夜无息，无故吹落梨花满地。一夜过尽后再看满树梨花竟似瘦减不少。

"掩银屏，垂翠袖。何处吹箫，脉脉情微逗。"下阕四句写别后词人相思成痴、痴情入幻的迷离之景。前两句写她在闺房里，寂寞地掩着屏风，青绿色的衣袖低低垂下，似是欲说还休。

后两句，词人心魂则由彼处，倏然飞回此处，写这时候他依稀听到了她那脉脉传情的箫声，只是不知人在何处。"何处吹箫"，箫中含情；"脉脉情微逗"，情转温软醉人。

"肠断月明红豆蔻"，接下来一句则再由幻境回到现实。写如今夜色沉凉，月光照在院中的红豆蔻上，那红豆蔻无忧无虑开得正盛，让人触景伤情。"月似当时，人似当时否？"于是又联想到曾与她同处在月下的情景，而如今月色依然，人却分离，她还依稀如旧么？

月亮永恒，恋情却苦短，"肠断月明红豆蔻，月似当时，人似当时否？"人，尤其是至情之人，又怎能经受住如此一问？在这月的孤独落寞中，昔日繁华凋零，容若反问这句清丽而沧桑的"月似当时，人似当时否？"比起小山的"当时明月在，曾照彩云归"，更显情深、意浓，凄凄惨惨戚戚历历可见。

调笑令

明月。明月。曾照个人离别。玉壶红泪①相偎，还似当年夜来②。来夜。来夜。肯把清辉重借。

赏 析

你已不再归来。晴朗的夜晚温凉悄然，凄凉的明月清辉下，银河早已入睡。我久已不在你的耳旁，不知你的眼泪是否还会把我记起。

也许在左手与右手的相偎中，有人会亲切地回想起我的过去。枕着你的名字，我无法入眠，天上一轮明月，依然固守着她的寂寞。可在我住过的窗口，不会再有你脉脉的凝视。

---

①玉壶红泪：美人之眼泪。②夜来：魏文帝宫中美人，即薛灵芸。魏文帝为改名夜来。

点 评

词牌名为"调笑令",始于唐,开始多写宫怨、田园、闺怨之类题材。后来随着边塞、咏史、咏怀等题材的介入,称之"调笑令"稍嫌轻薄,故又有人以严肃的名称名之,曰:"转应曲"。容若这首《调笑令》,虽是短制语浅,但能深婉意远,因是精妙之作。

"明月。明月。曾照个人离别。"起首化用冯延巳《三台令》"明月,明月,照得离人愁绝",写皎洁的明月,曾用洁白的清辉照他与人离别。那与谁离别呢?明月,明月,纳兰是想劝慰吧?海内存知己,自然天涯共此时,何必以身形羁绊?或者也是在祝福,既不得相守,便不如放开心胸祈祷,但愿人长久,千里共婵娟。然而那一片月明中,纳兰好似又眼睁睁地看见那个人由远及近渐渐走向了他,思心之距时,又远远地推开了他,狠狠地退出了他的视野。他们心意相交,却终天各一方。永远,相守时难以实现的诺言;遥远,离别时执手相看泪眼,一个转身便耗尽了一生的时间。

"玉壶红泪相偎,还似当年夜来。"玉壶红泪,用薛灵芸事典。当初,魏文帝曹丕迎娶美女薛灵芸,薛姑娘不忍远离父母,伤心欲绝,等到登车启程以后,薛灵芸仍然止不住哭泣,眼泪流在玉唾壶里,染得那晶莹剔透的玉唾壶渐渐变成了红色。待车队到了京城,壶中已经泪凝如血。所以后世便以"红泪"形容女子的伤心,也可以用来泛指悲伤之泪。此处,"玉壶红泪相偎"，是说词人独自伤心流泪吗？若是词人自己泪水涔涔，怎来"相偎"？

且看后一句，"还似当年夜来。"此句一出，豁然开朗。"玉壶红泪相偎"原是当年的情人流着眼泪与自己相依相偎的情景，这一句本来应该放在"还似当年夜来"后面的，却被词人前置了。

此处"夜来"，字面意思是说当年之夜，但其实还是用薛灵芸的典故。《拾遗记》云："灵芸未至京师十里，帝乘雕玉之辇以望车徒之盛，嗟曰：'昔者言朝为行云，暮为行雨，今非云非雨，非朝非暮。'改灵芸之名曰夜来。"

由此可知，"夜来"指的就是薛灵芸。那词人两番用此典故，将明月夜与情人分手和三国时薛灵芸入宫联系在一起，究竟是何意图呢？有情人无奈离别，女子踏入禁宫，从此红墙即银汉，天上人间远相隔。这，是否又是表妹的故事？说不清。唯一能说清的，只是这最后一问：今后的夜晚，明月还会把它的清冷光辉借给我，照亮曾经的欢聚吗？

点绛唇 _{寄南海梁药亭①}

一帽征尘，留君不住从君去。片帆何处，南浦沈香雨②。

回首风流，紫竹村③边住。孤鸿语，三生定许④，可是梁鸿侣⑤？

赏 析

好朋友要走了。这一走，梦破南楼，山长水阔知何处？

你知道，从此千帆过尽，或许不会再有他。所以你百计留他。

可是来去苦匆匆，泪沾长襟，但留天涯一时，留不得漂

①南海：指广东省。梁药亭：作者的好友梁佩兰，字芝五，号药亭，广东佛山市南海区人，清初著名诗人，与屈大均、陈恭尹并称为"岭南三大家"。康熙二十七年（1688）进士，官翰林院庶吉士，有《六莹堂前后集》十六卷。《清史列传》卷七十一有《梁佩兰传》可参。②南浦：南面的水滨，泛指送别之处。沈香：沈香浦，在今广东南海琵琶洲。相传晋广州刺史吴隐之曾在这里投下沈香，故名。③紫竹村：未详，可能是北京西郊紫竹院附近的一处村庄。④三生：指前生、今生和来生。⑤梁鸿：字伯鸾，系汉扶风平陵人，家贫而好学，尚气节，为隐逸之士，与妻子孟光相敬如宾。

泊一世。留君不住。好朋友走了。带着黄昏的一片晚云，他走了。思君如流水。你燃起一缕沉香，紫竹村里的风流，像一首老歌。

点评

梁药亭为了参加进士考试，长期滞留京师，故与容若相识，结为知己。药亭在《赠成容若侍中》诗中写道："及尔见君子，和颜悦且康。顾念我草泽，自忘躬貂珰。"足见二人相交之友情非同一般。但药亭仕进不利，故于清康熙二十年（1681）离京返粤，此篇大约作于是年。当药亭离京后，容若填此寄赠，表达了对他的深切的怀念。

"一帽征尘，留君不住从君去。"起首一句写药亭意欲南归，留也留不住的惜别眷恋之情。"留君不住从君去"，这句虽然势平语简，但是送别之情却有几许翻转，其依本于宋蔡伸《踏莎行》

词云：“百计留君，留君不住。留君不住君须去。”将蔡词三句凝成的深情厚谊收缩于简短一句之中，自是含蕴深远。

"片帆何处，南浦沈香雨。"次二句，承"从君去"而发，写药亭踏上归途。南浦，出自江淹《别赋》："春草碧丝，春水绿波。送君南浦，伤如之何！"本指南面的水边，后泛指水边送别之地，与陆上送别之地"长亭"相对。沈香雨，谓沈香浦之雨。沈香浦在广州市西郊之江滨，相传晋代广州刺史吴隐之曾投沉香于其中，因以得名。药亭此时正在南海（今广州市），故云。这两句是说梁佩兰将要乘船回到多雨的家乡。

"回首风流，紫竹村边住。""回首"二字一出，当知下阕开始转入回忆，词人回顾往日隐居紫竹村边，那潇洒风流的生活实在令人怀恋。风流若何？是谈诗论文，观摩书画？还是推心置腹，畅叙友情？词人未有明说，只以"紫竹村"三字，隐隐点出几许隐逸情怀，淡泊情调，让读者自行联想。

结尾三句，仍出以想象之语，怀念之中更见对友人的款款深情。"孤鸿语"，孤鸿在诗词里是离别的意象，叶梦得《虞美人》云："万里云帆何时到，送孤鸿、目断千山阻。"写两人之间隔着千山万水，舟船难通，只能目送征鸿，黯然魂销。此处容若也是说，药亭南去，一如孤雁南飞，令人伤感，令人寂寞。然而友人确是回到了家乡，独自悄悒，又有何用？所以接下二句便转写对友人的赞许："三生定许，可是梁鸿侣？"梁鸿，字伯鸾，系汉扶风平陵人，家贫而好学，不求仕进，娶同县孟光为妻，夫妇二人同入霸陵山中，以耕织为业，咏诗书，弹琴以自娱。结尾处，词人别然牵出三生之语，谓如果说人真的有前生，那么药亭的前生定然是梁鸿一样的人物，便于谐趣中见出对药亭的一往情深。

忆王孙

暗怜双缕①郁金香，欲梦天涯思转长。

几夜东风昨夜霜，减容光，莫为繁花又断肠。

赏析

　　闺中的女子，怜惜着小院里的郁金香花，偷偷地。花开的心事，是不能说的。

　　梦是花朵紫色的根须，想探探情郎的天涯，是否比她的思念绵长？

　　春风中有些薄薄的寒冷，她的玉手有些微微的凉。如花的容颜憔悴时，她听见，忧伤在郁金香花里一瓣一瓣地敲门。

---

①双缕（xiè）：指郁金香成双成对。缕，拴、缚，此处谓两花相并。一说缕，指袜，郁金香为袜上图案。

点评

这首词写闺中女子思念远方的情人，以淡语出之，平浅中见深婉，自然入妙。

"暗怜双缕郁金香，欲梦天涯思转长。"起首二句由景及人，睹物而思及远方的心上人。双缕，可作两解。一为"成双的捆在一起的"，以此修饰"郁金香"，反衬人之孑然。二是借代女子的袜子，因古代有一种女袜有丝带与衣着相连，"缕"本指那起牵连作用的丝绳并在此借指整个袜子，而"郁金香"则是袜子上的图案。

此处，若作前解，是写花，想必郁金香在二人的爱情生活中有过一定的关系，所以见花而思念之情变得更加强烈。若作后解，是写闺中女子因思念远人而引起的自怜爱惜。此处关注的重点并非是哪一种解释更符合词人本意,而是这个"暗"字。——此一"暗"字用得很别致,有"私"的含义,似言事涉私情,非他人所知。

"几夜东风昨夜霜,减容光,"此二句一出,当知"暗怜双缕郁金香"一句中,主人公"怜"的是成双成对的郁金香花。这里也是言几夜的风霜又使美丽的花消褪了容光。

但"减容光"又非独言花,它还可以形容女子的容颜憔悴。元稹《莺莺传》中,莺莺在被张生抛弃的绝望中,曾写道:"自从消瘦减容光,万转千回懒下床。不为傍人羞不起,为郎憔悴却羞郎。"此处容若是不是暗用了莺莺诗意,写女主人公因思念玉郎而辗转僝僽?若如此,则"东风""霜"云云,摧残的并非仅是郁金香花了,还有她的花容月貌。

末句,"莫为繁花又断肠",有人曾解为:说不要为花的凋谢而伤感,实际上却正是在为此而伤感,故作自我安慰之语,就比较含蓄。令人读了觉得含思婉转,哀而不伤,很合乎我国传统诗教"温柔敦厚"的旨意。

此种解读,稍显迂腐。因为"莫为",正是因思至断肠亦无可奈何的恨恨之辞,古人诗中所道的"莫"都不能简单地从字面去解,如李后主"独自莫凭栏",并非真是劝人莫要凭栏,或表自己拒绝凭栏的态度,此句本来就是凭栏之语,"流水落花春去也"正是凭栏之见也,害怕独自上高楼,又不得不登临凭栏,此真真内心起伏无定也,而容若此词既然前有对"郁金香"的"暗怜"之语,可见词人空对落花黯然神伤,真与欧阳公"泪眼问花花不语,乱红飞过秋千去"情致一也。

忆王孙

刺桐花底是儿家，已拆秋千未采茶。

睡起重寻好梦赊①。忆交加②，倚著闲窗数落花。

赏 析

刺桐花开了。花瓣儿嫣然飘进了情窦初开的少女的心窗。总是漫天情，总是夜来香。

四月这美丽的季节，有一种淡淡的忧伤。她坐在家门前，微笑朦胧着羞红的脸。梦里花落知多少……

数一片落花，就想起曾经，窗前的月光，把两个人的影子缝成一个的日子。

点 评

这首词是篇抒写童稚回忆的，清新自然，明白如话。稚气散漫的词人只轻轻几笔的勾画便使意象鲜明，境界全出。

首句点明主人公身份：年轻女子。"刺桐花底是儿家"，儿家，即是我家，是中国古代女子口语，如张先《更漏子》："柳

---

①赊：渺茫、稀少。②交加：谓男女相偎，亲密无间。

阴曲，是儿家。门前红杏花。"李从周《清平乐》："叮咛记取儿家：碧云隐映红霞；直下小桥流水，门前一树桃花。"寥寥数语，听来无不给人以温柔旖旎，天真烂漫之感。

接下"已拆秋千未采茶"一句，点明时令。古时，二月以后农事渐忙，故古人

常于寒食清明后，拆掉秋千。秋千既拆，新茶未采，正是晚春时节。"睡起重寻好梦赊"，写少女春梦。醉眠之中，她做了好梦，但是醒后，美梦却渺茫难寻。"好梦赊"，好梦到底是何梦？

"忆交加，倚著闲窗数落花。"这句"忆交加"点明了好梦乃是"交加"之梦。交加一词，出于韦庄《春秋》："睡怯交加梦，闲倾潋滟筋。"指男女相偎，亲密无间。睡梦之中，全是与心上人相守相聚的情景，醒来之后，却只有回忆。本想倚靠着闲窗，静数落花，但脑海里却满是关于两人在这窗前依偎看花的回忆。

这首小令与纳兰其他作品的风格截然不同，倒与南宋中

期杨万里的诗（如《小池》："泉眼无声惜细流，树阴照水爱晴柔。小荷才露尖尖角，早有蜻蜓立上头。"）有所相似，采用白描的手法，用近乎口语的语言，描写生活细节的小情趣，生动地刻画出了一个情窦初开的渴望与心上人厮守的小儿女形象。

菩萨蛮

过张见阳山居①，赋赠

车尘马迹纷如织，羡君筑处真幽僻。柿叶一林红，萧萧四面风。

功名应看镜②，明月秋河影③。安得此山间，与君高卧闲。

赏 析

一箪食，一瓢饮，不改其乐。那是颜回的淡泊。

采菊东篱下，悠然见南山。那是陶潜的宁静。

《圣经》云：你出自尘土，必归于尘土。

人生在世，功名权势，终究如同镜花水月，一场空而已。与其车尘马迹，忙忙碌碌，不如垂钓碧溪，对一张琴，一溪云，一壶酒。且逍遥，信步其中。

---

①张见阳山居：在京郊西山。②功名句：谓容颜易老而功名难就。③秋河影：指银河。

点评

纳兰与张见阳交情很深，在《饮水词》中有很多篇是写给张见阳的，这篇就是其中之一。

张见阳擅山水画，人称其"得董源、米芾之沉郁，兼倪瓒之逸淡"，家藏有名画极为丰富，因此他临摹古画能达到形神逼肖的地步。又工书法，学晋唐人体势，并善刻印。这样的人自然而然成为康熙年间的名士，当时的名流如高士奇、曹寅等都与其交往友好。

此篇为过张见阳故居之作，抒发了词人对悠闲自适的隐逸生活的向往。

"车尘马迹纷如织"，首句写己况，自己身在繁华中，门前车尘马迹来来去去。"车尘马迹"，本即熙攘之景，再加上"纷如织"，这就生动淋漓地道出了都市喧嚣热闹至极的情形。

那都市繁华不好吗？君不见，"宝马雕车香满路"，何其繁丽，何其蔚然！然而词人觉得不好，觉得厌烦。而正是因为他素来厌倦高门华阀的贵族人家的生活，厌倦侍卫官单调乏味的生活，所以当他过见阳山居之所时，才会发出"羡君筑处真幽僻"的感喟，表达对见阳山居的羡慕之情。

"羡君筑处真幽僻"，"真幽僻"，幽僻在何处？——幽僻在红彤彤的一林柿叶，幽僻在萧萧作响的四面秋风。"柿叶一林红，萧萧四面风"，两句景语，悠然恬淡，萧散疏落，既是友人居所幽静的具体体现，又是词人羡慕的缘由。——上阕以己处之喧阗与友人处之清幽作对比，递出心中艳羡之情。

下阕则抒发了归隐山林的渴望。"功名应看镜，明月秋河影。"二句牵出"功名"二字。功名如何？"看镜"、"明月"、"秋河"云云似是在说功名利禄之事无非是镜中之月，河中之影一样，如烟如云，虚无缥缈。而正因为功名虚幻如梦，所以要舍弃它，追求山泽鱼鸟一般闲适的生活？

非也。此处的"功名应看镜"，所用并非"镜花水月"的意象，而是用杜甫《江上》诗"勋业频看镜，行藏独倚楼"的诗意。

全诗如下："江上日多雨，萧萧荆楚秋。高风下木叶，永夜揽貂裘。勋业频看镜，行藏独倚楼。时危思报主，衰谢不能休。"显然这两句诗中，杜甫是嗟叹勋业未成而容颜易老，正如金圣叹在《杜诗解》中指出："频看镜"者，老年心热人，忽忽自忘其白，妙在一"频"字。

所以容若此处所写"功名应看镜，明月秋河影。"两句，实非是将功名利禄视若镜中之月，而是说，与其整日忙忙碌碌，对镜忧老，叹息不止，倒不如放下心来，栖此碧山，与友人高卧，畅叙幽情，惬怀为闲。

　　此之句意，上承前句之"羡君筑处真幽僻"的"羡"字，说明正是由于自己放不下功名利禄，故此才生出"羡君"的感叹；下启尾句"安得此山间，与君高卧闲"的"安得"二字，表达了"与君高卧闲"的闲适还只是一种期盼，一种理想，不知何时才能实现。小词质朴显露，但情深意切，不失为佳作。

菩萨蛮 回文①

客中愁损②催寒夕，夕寒催损愁中客。门掩月黄昏，昏黄月掩门。

翠衾孤拥醉，醉拥孤衾翠。醒莫更多情，情多更莫醒。

赏 析

醒莫更多情，情多更莫醒。问世间，情为何物？

情是才下眉头、又上心头的缠绵，是剪不断、理还乱的悱恻。情是口角处噙香的温柔，还是眉宇间低回的婉转。情是戒不了的瘾，情是治不愈的病。情是幸福时的酸楚，情是寂寥时的痛楚。情是说不清、道不明的心结，情是忘不了、放不下的牵挂。

情为何物？情在不能醒。

点 评

这首小词，每两句都是反复回文。"客中愁损催寒夕"，从最后一个字"夕"倒着往前读，就是下一句"夕寒催损愁中客"。

---

①回文：诗词中的一种修辞手法。即某些诗词字句，回环往复读之均能成诵。②愁损：愁煞，极度的忧愁。

整首词倒读，也是极协音律的回文词。由于有这两个特点，因此每一句开头的一字和结尾的一字也要押韵，如"客·夕"、"门·昏"、"翠·醉"、"醒·情"皆是如此。

"回文"之作大多虽为游戏文字所作，不过这首"回文"词却不仅仅是为了文字游戏所作。它有感情、有韵味、有意境，深入地表达了作者"情在不能醒"的无奈情绪。

先看第一联回文句："客中愁损催寒夕，夕寒催损愁中客。"前一句写词中主人公愁绪孤寂，独身的孤冷似乎把周遭的空气都凝结，寒冬似乎是因为他而提早来临。后一句写呼呼的寒气使得本已孤冷愁怨的主人公似乎更加愁怨冷寂。虽是回文，但前后两句的意思并不重复，下句是作更深一层的演绎。

接下一联："门掩月黄昏，昏黄月掩门。"门内人为不触景伤情，把能引起遐思的良辰美景关在门外；门外，月色撩人，昏黄多情，照着孤独掩着的门，更显落寞。前一句为情，后一句为景，亦情亦景，情景交融。

"翠衾孤拥醉，醉拥孤衾翠。"门里人漫漫长夜独坐，披着翠衾抱着酒壶，"举杯销愁愁更愁"；夜凉如水，醉意弥漫，主人翁拥着翠衾觉得似乎没那么冷，像那个她就在旁边，温柔温暖……这一联，写借酒浇愁，写醉酒拥人，矛盾中见深沉蕴藉。

最后一联："醒莫更多情，情多更莫醒。"为全词精警之笔。夜风吹来，词人仿佛清醒了许多，但感着此情此刻，心里却更加地痛苦。爱之深，痛之切啊！对于自己的"多情"，词人都有点害怕了，以至于告诫自己醒来以后不要再有多情之举。

然而因为情多，清醒却愈发痛苦，那还是不要清醒吧，毕竟在醉生梦死中，能忘记冷酷现实里的一切。全词读罢，但觉其中充满幽怨愁绪，寂寒情恨，痛苦万分。如此深厚之内蕴，恐怕绝非普通游戏之作可以道出。

菩萨蛮

　　飘蓬只逐惊①飙转，行人过尽烟光远。立马认河流，茂陵②风雨秋。

　　寂寥行殿③锁，梵呗琉璃火④。塞雁与宫鸦⑤，山深日易斜。

赏析

　　天寿山的最后一抹残阳，余晖斜洒在空寂的山林深处。一阵嗒嗒的清脆马蹄声，敲碎了那里的悲凉与寂寥。时间穿梭，光阴荏苒，人生犹如没有根茎的浮萍随波流转，不知道方向，不知

①惊飙：狂风、暴风。②茂陵：一为汉武帝陵墓，在今陕西兴平市东北，一为明宪宗陵墓，在今北京昌平区北天寿山。此以明宪宗陵墓茂陵代指十三陵。③行殿：即行宫。④梵呗：指僧人作法事时的歌咏颂赞之声。琉璃火：即琉璃灯。⑤宫鸦：栖息于行宫中的乌鸦。

道尽头。熙熙攘攘的红尘中，那些曾经来来往往的人们也在岁月中渐行渐隐，没有了踪影。只见远方，一匹银鞍骏马，一位白衣公子，且行且停，且吟且叹，最终消失在一片苍茫暮色之中……

点 评

此为过昌平十三陵的感怀之作。全词用白描之法，堆积意象，将今昔之感，兴亡之叹，黍离之悲，用景语化出，婉曲有致，厚重有力。

起首二句"飘蓬只逐惊飙转，行人过尽烟光远"，便是意象的堆积。"飘蓬只逐惊飙转"，表面写飘蓬不定，随风乱舞，实则暗示出世界的命运如飘蓬一般不定，世界是脆弱的、轻浮的，人生亦然，只有命运的"惊飙"是主宰者，其吹向何方，人即随之何方，完全不由己身。而"惊飙"也无固定的方向，只是"转"，或此或彼，不能停驻。于是，人生、王朝、世界、命运，这一切皆是茫然无据，词人栖身其中迷失道路，完全不辨方向。

"行人过尽烟光远"，行人过尽，路亦不见尽头，这句描绘出一种场景上的"空旷"，虽然没有提到"我"在何处，但读者明显能感觉到"我"就在这个"空旷"的中央，孤独、无助，不知何去何从。

起首两句，简洁地营造出了迷茫、空旷和孤独的氛围，然后"立马认河流"便顺理成章地具有了字面之外的涵义：迷茫的词人需要停下来细细思考，辨别方向。此之"方向"，含义语带双关，既是实指在明陵一带行路的方向，更是在力图辨认人生、世界、命运的方向。辨认出来了吗？不知道，词人没说，话锋却一转，"茂陵风雨秋"，点明时间和地点，作为上阕的收尾。

但是，此之收尾，不只是点明时间和地点而已，同时在用意象的堆积转达着更深的含义。茂陵，是汉武帝的陵墓，是历代诗人经常吟咏的，明陵当中，明宪宗的陵墓也叫茂陵，所以，容若这里用茂陵二字，一是以明宪宗之茂陵代指整个的十三陵，二是让人联想到汉武帝的茂陵。西汉之世以武帝朝为最盛，这个最盛者，这个千古一帝，最终也只不过是一抔黄土。这种对照给词人的刺激，甚为强烈，由此出发而怀古，便生出了许多的情绪与感悟。

下阕更是白描。行殿，即行宫。梵呗，指僧人的唱经声。琉璃火，即琉璃灯，也即玻璃制的油灯。塞雁，大雁远渡，随季节而在江南、塞北之间往返。宫鸦，栖息在宫殿里的乌鸦。除了开头"寂寥"二字，再没有一点抒情之语，但苍凉之感跃然纸上。尤其是末一句"山深日易斜"，是一个精彩的无理之句——此处的日斜是指日落，而太阳的易不易落和山之深不深无半点关联，容若却说：在这里，因为山很深，所以太阳容易落，于悖谬处见真理，发人深省。

采桑子

那能寂寞芳菲节①，欲话生平。夜已三更，一阕悲歌泪暗零②。

须知秋叶春华③促，点鬓星星④。遇酒须倾，莫问千秋万岁名。

赏 析

芳菲节不会寂寞。芳菲时节，怎会不寂寞？

别人的一生，如花间闲步，庭中赏月。你的一生，却系在，浪迹天涯的马尾上。人生几何，譬如朝露，去日苦多。你只能在寒凉如水的夜，唱起一阕千年的悲歌。忧郁如你，落寞如你，凄苦如你。而浮生若梦，为欢几何？

所以，还是饮吧，饮吧。千秋万岁名，不如，这尊前一杯酒。

点 评

此篇写春日独处的寂寞，抒发了人生无常，转瞬即逝，不胜今昔的感慨。词以疑问语气开篇，"那能寂寞芳菲节，欲话生平"。

---

①芳菲节：指春天。②一阕：一首。零：落。③秋叶春华：代指秋季春天。④星星：喻白色。

芳菲节，春天花木繁盛时节。欧阳修《玉楼春》词云："洛阳正值芳菲节，秾艳清香相间发。"可以想见，芳菲时节，姹紫嫣红、满城春色的胜景。但是此篇中，词人的心情似与佳景甚不相合——"寂寞芳菲节"。是啊，一边是莺啼燕语、百花盛开，一边是茕然独处，形影相吊，两相比衬之下，词人的内心能不感到寂寞惆怅吗？

因此，在这个时候，"欲话生平"自然是再也不能了。"生平"，指词人的一生的经历景况。容若自二十二岁起，便担任康熙侍卫，扈从銮驾南巡北征。侍卫一职十分辛劳，容若"性耐劳苦"，恪尽职守旦夕不懈，但是让容若痛苦的并不是辛劳，而是违背理想和本性。他在八年的光阴中，熟练的弓马只能用于担任警卫和奉陪狩猎，杰出的诗才也只能用于涂写那些言不由衷的应制篇章。他的年华和精力，都被耗费在无休无止的扈驾出巡中，入仕前的一切憧憬和抱负，到头只是一场幻梦。

如今又是一年一度的芳菲时节，但是词人却因志不得伸、失去自由而终日悲愤哀伤不已。值此如水春夜，他却独自不成寐，挨到三更时分，愁情更浓，于是只有悲歌一曲，想到这乏味的人生则唯有"泪暗零"而已。

"须知秋叶春华促，点鬓星星。"词人风华之年，尽在枯燥的鞍马间度过，然而时光荏苒，秋叶飘零，春花盛开，年复一年地催促着人由少到老，除了徒增白发之外，了无生趣。

"遇酒须倾，莫问千秋万岁名。"既然理想渺茫，人世如风，等不到"人生得意须尽欢，莫使金樽空对月"的时候，那么何妨有酒就干，任诞放达，身后名不如生前一杯酒？结处化李白《行路难》中名句："且乐生前酒一杯，何须身后千载名。"颇得太白逍遥超脱之风。

采桑子 九日

深秋绝塞①谁相忆，木叶②萧萧。乡路迢迢。六曲屏山和梦遥。

佳时倍惜风光别③，不为登高。只觉魂销。南雁归时更寂寥。

赏析

独在异乡为异客，每逢佳节倍思亲。遥知兄弟登高处，遍插茱萸少一人。

明日便是农历九月初九，是一年一度的重阳佳节。古俗此日需登高，饮菊花酒，佩戴茱萸来消灾。你却遥遥地站在那山的高处，远眺来时路，耳

①绝塞：遥远偏僻之地。②木叶：落叶。③别：与众不同。

畔南雁长鸣。乡愁磨损了眉头，怎么你醒也寂寥，梦也寂寥？

坐也魂消，睡也魂消？那乡路蜿蜒渐渐入了梦。梦又如何？梦中也迢迢，故园仍遥。

点评

九日，即农历九月九日，是为重阳节。古俗此日需登高，饮菊花酒，佩戴茱萸来消灾。容若此时正使至梭龙，自然佳节思亲，倍感形单影只、孤独寂寞，遂填词以寄乡情。

上阕写秋光秋色，落笔壮阔。"深秋绝塞谁相忆"，深秋，点明时令；绝塞，道出地点。秋景每以萧瑟动人心魄，而出使之地又如此僻杳，于是词人自然而然就会发出一句诘问：有谁惦记着我呢？

是啊，到底"谁""相忆"词人呢？作者没有回答。他只是继续摹写落叶萧萧的肃杀萧索之景。但是思乡的琴曲已被弹起，兀自在心间缭绕盘旋。

"乡路迢迢，六曲屏山和梦遥。"迢迢，遥远之貌。杜牧《寄扬州韩绰判官》诗云："青山隐隐水迢迢，秋尽江南草未凋。"屏山，因屏风曲折若重山叠嶂，或谓屏风上绘有山水图画等，故称"屏山"。六曲，指十二扇的屏风。此处，"六曲屏山和梦遥"紧接在"乡路迢迢"之后，点出了边塞山势回环，路途漫长难行，遥应了"绝塞"一词，亦将眼前山色和梦联系起来，乡思变得流水一样生动婉转，意境深广。下阕抒写佳节思亲之意。"佳时倍惜风光别，不为登高"两句，似是出自王维的《九月九日忆山东兄弟》：
"独在异乡为异客，每逢佳节倍思亲。遥知兄弟登高处，遍插茱
萸少一人。"词人轻描淡写地将王维诗意化解为词意，写逢此重
阳佳节，故园正风光美好，令人倍增离愁别绪。

"只觉魂销，南雁归时更寂寥。"结句又承之以景，借雁南
归而烘托、反衬出此刻的寂寥伤情的苦况：春秋代序，雁去雁还，
就算风凄雨苦，它们也要定期地、执着地返归旧乡。面对这横
空雁字，远离亲朋、身处"绝塞"、独味凄凉的词人，怎能不心
神摇曳，思归之情倍增？一方面，由雁的相伴而还，想到自己
独自飘零异乡，恰如失群的孤雁；另一方面，词人也从鸿雁的
定期还乡，产生人不如雁的悲哀，从而渴望着自己也能像鸿雁
一样可以自由地往还，回到亲人朋友的身旁。

容若一向柔情细腻，这阕《采桑子》却写得十分简练壮阔，
将边塞秋景和旅人的秋思完美地结合起来。仅用寥寥数十字写
透了天涯羁客的悲苦，十分利落。

采桑子

　　海天谁放冰轮①满，惆怅离情。莫说离情，但值凉宵总泪零。

　　只应碧落②重相见，那是③今生。可奈④今生，刚作愁时又忆卿。

赏 析

　　遇见，若早知与你只是有缘无分的一场花事，在交会的最初，按捺住激动的灵魂，也许今夜我就不会在思念里沉沦。

　　遇见，你可曾知道，有时候，你我之间只隔了一道墙；有时候，只是隔了一扇门；有时候，只是隔了一丛花，一株柳的隐约相望。可是，偏偏不能再有一丝接近。

　　遇见，你已不在身边。无论今宵，酒醒何处，也不过杨柳岸，晓风残月，满地月光惘然。你我之间，如若花期错落，你开在暮春，而我，盛于夏末。

　　于是，你成了我的水月镜花。从此，紫陌红尘，碧落黄泉。从此，天长地久有时尽，此恨绵绵无绝期。

---

①冰轮：月亮。②碧落：天空。③那是：哪是，岂是。④可奈：怎奈。

点评

又是一篇悼亡之作。爱妻的早亡使词人无日不伤悲，特别是会逢良辰美景之时，他更是痛苦难耐了。所以此时他正逢高天朗月，其凄怀又起，怅恨悠悠了。

"海天谁放冰轮满，惆怅离情。"上阕前二句因离情而责怪月亮：是谁让天宇中的月儿变得那么皎洁明亮，难道他没有看到我的离情惆怅吗？词人恼月照人，又增"月圆人不圆"的怅恨，这种借月以表达怀念之情的写法与苏东坡的"不应有恨，何事长向别时圆？"朱淑真的"多谢月相怜，今宵不忍圆。"有异曲同工之妙。

"莫说离情，但值凉宵总泪零"。接下二句，写这种离情已不堪提起，每到凉夜，总要使人伤心落泪。只是反反复复地说离情，而不说明是怎样的离情。

"只应碧落重相见，那是今生。"直至下阕的"碧落重相见"，才知道先前所说之离情，并非一般之生离，而是凄然断肠的死别。白居易《长恨歌》诗里有"上穷碧落下黄泉，两处茫茫皆不见"之语，是说贵妃死后，明皇命方士通天彻地去寻。容若作此语，说明爱人亡故。然而就算碧落重逢，也正如李商隐《马嵬》诗中所说的"海外徒闻更九州，他生未卜此生休"。即使能够重见，已不是今生的事了。

至于今生呢，偏偏在忧愁之时总会想你。"刚作愁时又忆卿"。语简情深，哀婉之处动人心魄。愁上浇愁，苦上加苦。容若心思之凄婉低徊，由此亦可见一斑。

既然无力逃脱记忆的深渊，他也只能寻求一些希冀，今生最想实现的事情，不过是再见一面，再走一遭，却已是天上人间。纳兰明白，只应碧落，才有重见的可能，可今生，又如何去到那里啊！她依然消失人世，他只能遥望不舍。这希冀他大概是想了一千一万遍，却也没能想清吧！相思相忘却不相见，故人故情啊！纳兰啊，你怎么就这样执着于这无法实现的重聚呢？可奈可奈！因触景而伤了情，因伤了情，又再回忆了已亡人？这个无限循环的怪圈啊，就这样将一个人折磨得容颜憔悴。

采桑子

白衣裳凭朱阑①立，凉月趖西②。点鬓霜微，岁晏③知君归不归？

残更目断传书雁，尺素还稀。一味相思，准拟④相看似旧时。

赏 析

月夜，翩翩的男子一袭白裳，凭栏而立。凉风入袂，他望月的神态是那么优雅，那么忧伤。万水千山之外，南国的故人，此时也在凭栏。

小桥上，月色下，目光随流水，远处，无边也无际。只是不知道，岁末了，故人为何还不归来？

守望的人只有凝眸，凝眸。鸿雁在云鱼在水，惆怅此情难寄。

点 评

这是一首怀念南方友人之作。全篇形象勾勒，景物描写，心理刻画，处处表现其"一味相思"的情结。

---

①朱阑：红色的栏杆。②趖（suō）：走，移动。趖西：向西落下。③岁晏：岁末。④准拟：料想，希望。

上阕起首两句描写词人残夜凭栏的情景。"白衣裳凭朱阑立，凉月趖西。"词人一袭白衣，临朱栏而立，此时寒月清冷，向西落去。

凭栏，是个意象，其在古诗词里多与离别相思，怀念远人等寂寞、哀伤、幽恨情怀相关。趖，较为生僻，原意为缓行，习惯多指日月运行偏西。

"点鬓霜微，岁晏知君归不归？"两句由景物转入自身心理。"点鬓霜微"，鬓霜，形容鬓发斑白如霜。词人在句首句尾分别添加以"点"、"微"二字，是实写自己略微衰老，不是李白的"白发三千丈"，而是近似于苏轼《江城子·密州出猎》的"鬓微霜"。但是词人所关注的，却不是这"点"、"微"二字，而是"鬓霜"。因为接下一句就是"岁晏知君归不归。"时候已至岁末年关，南方的故人仍未归来与自己相聚，而此时词人的鬓发都已经斑白了，如此年复一年，短暂的人生能有几多促膝而谈的时光呢？

"残更目断传书雁，尺素还稀。"过片转写书信稀少，从另一个角度衬托怀念友人之情。"残更"，照应上文的"凉月趖西"，

指夜色将尽。"传书雁"和"尺素"皆是用典。古人有"雁足传书"和"鱼传尺素"的说法,前者见于《汉书·苏武传》,后者见于古诗《饮马长城窟行》(客从远方来),是诗文中常用的典故。

此处,词人在"传书雁"前添以"目断"二字,尽显久久守望等候之意,比起"断鸿难倩"等语又增加了许多风致,略似于赵长卿的"过尽征鸿来尽燕,故园消息茫然。"

"一味相思,准拟相看似旧时。"结尾二句点出相思之意。"一味",自是承上凉月、鬓霜、岁晏、传书雁、尺素层层铺垫而来,犹如百川汇海,自然流畅。"准拟",即希望、期待。词人希冀在不久的将来,南方的友人能够归来团聚,像旧时一样与自己把酒言欢,秉烛夜谈。结处平淡语浅而流美深婉。

纳兰这词,清清婉婉,秋景静美处,读之如确实能见到纳兰身着秋衫伫立窗前,看月色西沉,盼雁回信至,读来痛心,也觉孤楚。天下苦情之人不少,如此日日夜夜,任世事洪流都冲不掉的思念痴心至此,凄婉之中,更欲垂泪。世事如风而过,故时旧人,穿越岁月洪荒,终究已不在眼前。只能凭空回忆——好似你还站在那里,朱栏依旧,人事依旧,再见你,朱颜不改,情谊仍在。

清平乐

麝烟①深漾，人拥缑笙氅②。新恨暗随新月长，不辨眉尖心上。

六花③斜扑疏帘，地衣④红锦轻沾。记取暖香如梦，耐他一晌寒岩⑤。

赏 析

麝烟袅袅的时候，伊人已经驾鹤作别，悠然飘逝。花自飘零水自流。

留给你的是伤情，无计可消除，才下眉头，却上心头。留给你的是遗恨，让你梨花带雨，让你无法释怀，让你衣带渐宽。留给你的是，如落英缤纷般的点点伤心雨，碧海青天夜夜流，直流到你心深处。

在那里，零落成泥碾作尘，只有香如故。

---

①麝烟：燃烧麝香散发出的烟。②缑（gōu）笙氅（chǎng）：鹤氅，用鸟的羽毛制成的外套。氅，外套。③六花：雪花有六瓣，故称。④地衣：地毯。⑤寒岩：高处的山崖。

点评

此篇亦是悼亡之作，似与《忆江南·宿双林禅院有感》词境相类。

首句"麝烟深漾"，写麝香熏香在屋子里袅袅回荡，为全词铺下朦胧凄迷的氛围。"人拥缑笙氅"，"人"当指作者本人。缑笙氅，即鹤氅，用鸟的羽毛制成的外套，是古代官僚贵族时髦的披戴。如白居

易《新制绫袄成感而有咏》云："鹤氅毳疏无实事，棉花冷得虚名。"那此处，词人言"缑笙氅"，是点明自己的贵族身份么？那"缑笙氅"中的"缑"、"笙"又是何意？

这就得从"缑笙氅"的由来说起。据汉刘向《列仙传·王子乔》："王子乔者，周灵王太子晋也。好吹笙，作凤凰鸣。游伊洛之间，道士浮丘公接以上嵩高山。三十余年后，求之于山上，见桓良曰：'奉告我家，七月七日待我于缑氏山岭。'至时，果乘白鹤驻山头，望之不得到，举手谢时人，数日而去。"后世因之把外套称之为

鹤氅或者缑笙氅。此处，词人用"缑笙氅"，显然并非点明富贵身份，而是借指丧服。

所以接两句便是："新恨暗随新月长，不辨眉尖心上。"新恨，指由爱妻逝世之旧恨所引起的新的伤心事。眉尖心上，范仲淹《御街行》词云："都来此事，眉间心上，无计相回避。"李清照《一剪梅》词也有："此情无计可消除，才下眉头，却上心头。"词人此篇融入前人愁语，化作"不辨眉尖心上"，又接于"新恨暗随新月长"句后，表明其愁情不止，愁怀无限。

"六花斜扑疏帘，地衣红锦轻沾。"过片转写雪花飞舞之景。雪花随风而飘，斜扑在稀疏的窗帘；织有红锦的地毯，轻轻地沾着些许六花。雪花，地衣，斜扑，轻沾，意象和动作都是一派轻盈灵动之貌，词人刚刚还愁情似海，此刻内心却倏然愉悦起来。——岂不是自相矛盾吗？难道是"以乐景写哀景，一倍增其哀乐"？

且看结尾两句："记取暖香如梦，耐他一晌寒岩。"暖香，指春天的花香。这里借喻与妻子共度的温馨时光。一晌，谓很短的时间。寒岩，即高寒的山岩。"记取"句中，词人的思绪陷入美好的回忆当中，因此看见眼前的雪花飞舞，不仅不觉得寒冷，反而还觉得翩翩轻灵。

然而一旦从回忆中抽身而出，种种温情转瞬间便消失不再，词人便觉得"一晌寒岩"都无法忍受。这样，眼前之景与还能记取的梦中情形成极大的落差，遂使悲愁不绝。全词亦情亦景，交织浑融。语言明白如话，而情致绵长。

眼儿媚

　　林下闺房世罕俦①，偕隐②足风流。今来忍见，鹤孤华表③，人远罗浮④。

　　中年定不禁哀乐，其奈忆曾游。浣花⑤微雨，采菱斜日，欲去还留。

赏 析

　　今夕何夕，月淡风轻。那一段沁人心脾的曲调，永远在琵琶的弦上凝而不发；那一章绝美的诗句，永远在红笺中让人沉醉；那一番闭月羞花的容貌，永远在红烛下动人心魂……那可是京城第一美人，你的心上人吗？今夕何夕，柔云淡月。

　　你在静默中温馨回望，唯恐今生与她失之交臂，竟许下"山无陵，天地合，乃敢与君绝"的誓言。雪纷纷，比翼齐飞；意浓浓，风雨同舟。今夕何夕，月逝西窗。

　　再归来，"大堂内春秋帐冷，庭院外海棠凋零"，想当初

---

①林下：形容闲雅、超脱。俦：同类。这句意谓其人不同凡类。②偕隐：夫妻一起隐居。③华表：古代官殿、城垣或陵墓前所立石柱。鹤孤华表：比喻去世。④罗浮：罗浮山，在广东省。⑤浣花：古时蜀地风俗，以每年四月十九日为浣花日。

海誓山盟，看如今劳燕分飞。

曲未终，弦已断，有凰，无凤。步入中年的你，其情何堪？

点 评

词人偶至旧日与心爱女子同游之地，却见物是人非，遂怀想万千。这篇即写此种感慨。

"林下闺房世罕俦"，林下，非言山林之下；闺房，弗指女子卧房。林下闺房，是用典。

《世说新语·贤媛》中有一则故事：谢遏和张玄各夸各的妹妹好，皆是天下第一。当时有一尼姑，与二人皆识，有人就问这位尼姑："你觉得到底谁的妹妹更好呢？"尼姑说："谢妹妹神情散朗，有林下之风；张妹妹清心玉映，是闺房之秀。"此处，词人将林下、闺房并举，毕现伊人的风致绝伦、不同凡响。

夸赞完心爱女子后，词人接下来便说道："偕隐足风流。"偕隐，指夫妇相携隐居，这里用的是东汉鲍宣桓少君夫妇同归乡里的典故。（详见《后汉书》）既然心上人是谢妹妹、张妹妹一般的人物，那么若能与此女子结为夫妇，一起隐居，待老终身，岂不是人生快事？

然而那只是美好的愿望，如烟似梦。"今来忍见，鹤孤华表，人远罗浮。"此三句，词人联用事典，抒写伊人已逝的怅然之情。"鹤孤华表"，据《搜神后记》，辽东人丁令威在灵虚山学道成仙，后化鹤归来，落于城门华表柱。有少年想射它，鹤说："有鸟有鸟丁令威，去家千年今始归。城郭如故人民非，何不学仙冢累累。"后以鹤归华表比喻去世。罗浮，即罗浮山。

据唐柳宗元《龙城录》，隋时赵师雄迁罗浮，日暮于林间酒肆旁，见一美人淡妆素服出迎，与语，芳香袭人。因与酒家共饮。雄醉寝，及至酒醒，始知身在梅花树下，美人已去，雄惆怅不已，才知是遇上了梅花神。词人两番用典，写爱人故去，先前种种良愿，诸般美好，皆似醉酒之后的南柯一梦。

过片转写如今中年的哀伤。"中年定不禁哀乐"一句，用谢安事典。

南朝宋刘义庆《世说新语·言语》："谢太傅语王右军曰：'中年伤于哀乐，与亲友别，辄作数日恶。'"翻译成现代汉语即是：人到中年，很容易感伤。每每和亲友告别，就会难受好几日。

词人言"中年定不禁哀乐"，实际上正是"中年伤于哀乐"

的另一种表达，添一"定"字，似是强调。紧接一句，"其奈忆曾游"，伤感无奈之下，他不由得回想起当年和伊人一起游玩的情景。

何种情景？"浣花微雨，采菱斜日。"微雨洗涤花树，夕阳之下，水边采菱，诸般情形，皆同往昔。但是物是人非，佳景虽常在，丽人却永逝。所以，词人在旧地徘徊流连，将去却难以离去。这也就是最后一句的"欲去还留"。不忍触及旧痛，故曰"欲去"；不能忘记旧情，故曰"还留"。词人缅怀之情，缱绻缠绵，如江水滔滔，如琴音绕梁。

纳兰这首词，表面上看，更像是首馈赠之词，写给一位隐居的友人，赞扬他对生活的田园之态。字句之中，纳兰表露了对退隐凡尘，隐居林下生活的向往，也无意倾吐了对理想生活的渴望。履贵处丰的公子，却不满于生活轨迹的局限性，出入于俗世丑态，违其志所向。赞美之中同时表达了他所渴望的生活形式，正如这友人的田园情趣，只需小屋一间就可。因而，既有赞美友人豁达之心，又能坦言自身对隐居无限向往，一词双关。

纳兰并无贪心，只求有"种豆南山下，草盛豆苗稀"的净土一方，于他就已足够。

少年游

算来好景只如斯，惟许有情知。寻常风月，等闲谈笑，称意即相宜。

十年青鸟①音尘断，往事不胜思。一钩残月照，半帘飞絮，总是恼人时。

赏 析

深爱一个人的时候，就会失去自信，便常常要问："你喜欢我什么啊？"

是啊，你喜欢我什么呢？答案其实真的很简单，爱就爱"称意"这两个字啊！

看着你，眼睛觉得舒服；听到你，耳朵觉得舒服；摸到你，手指觉得舒服；闻着你，鼻子觉得舒服……就是称意。称意了，便即相宜了，此风此月不再寻常，此等谈笑亦不再等闲，心花绽放最美丽的光芒！

不需要你有万贯家财，不需要你有显赫家世，不管你做的是什么，不管你拥有的是什么。我要的是你，仅仅是你而已，除了

---

①青鸟：神话传说中西王母的取食、传信的神鸟。后以之代指信使或传递爱情的信使。

你，其他的一切，在我眼中都是虚幻，都是不存在。

点评

晏殊的《珠玉词》有"长似少年时"之句，此调故名《少年游》。容若此篇，耽于回忆，表达了初恋失败的痛苦。

上阕以议论、叙事出之。起首两句写只要"有情"，便无处不是"好景"。"算来好景只如斯，惟许有情知。"人常言道好景如斯，其实景物本身，本无好坏之分。在有情人心中，就算是雨打芭蕉，春花凋残，杜鹃啼血的凄凉，也可以演绎"朝朝暮暮情"的缱绻缠绵。

所以，纵是平常风光月色，平常言谈笑语，只要"称意"，就令人心满意足了，也就是容若的接下三句，"寻常风月，等闲谈笑，称意即相宜。"的确，只要是"称意"——不需要怎样的花容月貌，情人眼里自然有西施；不需要怎样风花雪月的刻意的

浪漫，只要双手紧握，眼波流转交织，哪怕是相对无语，有情人自会心有灵犀。容若的这一番爱情感言，直叫人想起现代诗人徐志摩的一段文字："我

将在茫茫人海中寻访我唯一之灵魂伴侣。得之，我幸；不得，我命。"

然而下阕却陡然转折，"十年青鸟音尘断，往事不胜思。"青鸟，传说是西王母的信使，后用为信使的代称。李璟《摊破浣溪沙》词云："青鸟不传云外信，丁香空结雨中愁。"容若这句"十年青鸟音尘断"，想必由此化出。与心爱的人分离十年之久，对方杳无音讯，生死未卜，忆及往日情事，怎能不令人不胜深思怀念?

"一钩残月照，半帘飞絮"，接下两句再用此时情景进一步烘托相思之情难耐。一钩残月，伴照离人孤独如许；半帘飞絮，牵惹愁人思绪难平。此时此刻，相思萦怀的容若，还想着那句"称意即相宜"吗? 殊不知人再合适、再称意、再相宜，若不属于自己，她的称意，带来的只有无限的伤痛，最后只有"不胜思"的"往事"，那残照的月光，那满帘的飞絮，都变成了恼人的缘由。这样的相遇，只能说是"相见争如不见"了吧? 称意、相宜，又有何用?

"总是恼人时。"语方点醒题旨。简淡清新，直中见曲，质而能婉。

浪淘沙

　　双燕又飞还，好景阑珊[①]。东风那惜小眉弯[②]，芳草绿波吹不尽，只隔遥山。

　　花雨[③]忆前番，粉泪偷弹。倚楼谁与话春闲，数到今朝三月二[④]，梦见犹难。

赏析

　　画堂之上，双燕呢喃；翠帘之外，芳春阑珊。佳人独倚窗。心中的玉郎，却在何处？

　　暮春的花，落满伊人的眼眸，浅浅淡淡，绿绿红红，惹得她好不心烦。

　　轻轻的风，也是玉郎的温柔；绵绵的雨，也是玉郎的细语。

---

①阑珊：将尽、零落、衰歇之意。②眉弯，指眉头紧皱。③花雨：落花纷飘。
④三月二：古代以三月三日为"上巳"节，三月二日为上巳前一日。

伊人却低垂她美丽的容颜，泪水湿了玉绣锦罗。玉郎不长见，天涯数重山。

点 评

此篇仍是作者借"闺怨"的形式抒发自己的离愁。

上阕写景，景中寓情。"双燕又飞还"，双燕飞还，指暮春时节。着一"又"字，说明弹指间，已经过去了许多年时，有不胜韶华之感。而一年好景，也已阑珊将尽。

接下两句，"东风那惜小眉弯，芳草绿波吹不尽"，东风吹得春来，又将春吹去，哪里会顾惜时光如流水，年华易老，伊人之愁眉紧蹙？芳草绿波，别情无极，东风亦不能把离愁尽数吹去。末句，"只隔遥山"，交代佳人生愁的原因——与情人关山远隔，相见无缘。

下阕写人。"花雨忆前番，粉泪偷弹。"花雨，即落花如雨。"花雨"的意象，绮艳伤感，诗人词人写春日离愁，尤喜用之。后来又由此衍生出"梨花雨"、"桃花雨"、"杏花雨"等"花雨"意象。粉泪，即女子之眼泪。以其饰粉，故云。如欧阳修《踏莎行》"寸寸柔肠，盈盈粉泪"。女主人公看见落红如雨，便勾起心事，回忆过去的欢情，唯有暗垂粉泪。

"倚楼谁与话春闲，数到今朝三月二，梦见犹难。""倚楼谁与"，承上"偷弹"而来，续写无人能解的寂寞心情。"三月二"，古代以三月三日为"上巳"节，三月二日为上巳前一日。上巳

节是游春之日，人们到水边洗濯、饮酒、欢聚等，为驱邪避祸，消除不祥。杜甫《丽人行》:"三月三日天气新,长安水边多丽人。"

这三句，词人写的是女主人公的内心活动：倚楼远望，谁能与我共诉衷情，以消心中岑寂？一天天地等待期盼，明天就是欢会的上巳节了，可是仍然不见情人的踪影。

结句，"梦见犹难"。该女子终因相思之苦而生责怨，梦见尚难，更何况真个见面！词于结处，表达了深深的叹息。

全词无一"愁"字，却句句是愁，显示出作者遣词造句的匠心。

东风齐着力

　　电急流光①，天生薄命，有泪如潮。勉为欢谑②，到底总无聊。欲谱频年离恨，言已尽、恨未曾消。凭谁把、一天愁绪，按出琼箫③。

　　往事水迢迢④。窗前月，几番空照魂销。旧欢新梦，雁齿小红桥⑤。最是烧灯时候，宜春髻、酒暖蒲萄⑥。凄凉煞、五枝青玉⑦，风雨飘飘。

赏析

　　是谁在吹奏玉箫？那箫声如此凄切，更使人销魂。窗前的明月，又一次照着月下这销魂之人。往事如同江水般连绵涌上心间，梦里、回忆里都是你我往日的欢会，在难忘的元宵佳节，久久地欣赏你那形状美丽的发髻，饮着那暖人的葡萄美酒。如今梦已醒，忆成空，只有凄风冷雨，寂寞孤灯，怎不叫人断肠伤情！

---

①电急流光：形容时间过得极快，犹如电闪流急。②欢谑：欢乐戏谑。南朝梁刘勰《文心雕龙·谐隐》："怨怒之情不一，欢谑之言无方。"③琼箫：玉箫。④迢迢：形容遥远。也作"迢递"。⑤雁齿：比喻排列整齐之物，常比喻桥的台阶。⑥蒲萄：即葡萄酒。⑦五枝青玉：指灯。《西京杂记》谓，咸阳宫有青玉五枝灯，高七尺五寸，作蟠螭，以口衔灯，灯燃，鳞甲皆动。

一世相恋，半载离别，重逢恨晚，天人永隔。你的影子清晰如昨，我的心正肝肠寸断……

点 评

纳兰在这首词里诉说了自己透彻心扉的伤感与苦情：时光飞逝，人生苦短，又加上天生福薄，想到这些不觉泪如雨下。即使强颜欢笑，最后也是百无聊赖。想要将胸中的愁苦写下，然而所有的语言都已说尽，但心头之恨仍然未消。

词的上片写人生苦短，泪眼蒙眬之凄迷感受。"电急流光，天生薄命，有泪如潮。"短短十二个字，就将内心的愁苦通通宣泄出来，纳兰写苦情的词，最为感人，原因便在于此，他从不将情绪复杂化，越是白描的词，越容易打动人心。

"泪"是此片的关节。后面所写,虽然都是与泪无关,但可以看出,纳兰的这首词里,字字句句,都藏着眼泪。"勉为欢谑,到底总无聊。"在伤心的时候,欢乐也变得无聊了,勉强的笑容,总是难以持久的,放下面具,自己真的无法遏制悲伤。

"欲谱频年离恨,言已尽、恨未曾消。"离恨就是这样,就算千言万语一切都已消失,但离愁却不会消失。纳兰写自己的悲戚,默然无语,千愁万怨似乎随着两行泪水咽入胸中,无法言说。

在上片的最后,纳兰写道:"凭谁把、一天愁绪,按出琼箫。"一怀愁怨,触绪纷来,胸中的郁闷无法排遣,于是只得吹箫排解。在词的下片开始,纳兰便更是将清愁写入骨髓深处,让它们同寂寞一起流淌。

"往事水迢迢。窗前月,几番空照魂销。"提到离愁,便不能不写到往昔,一个过去丰富的人,往往最有忧愁的资格,纳兰就是这样的人,他的"旧欢新梦,雁齿小红桥",都是他的忧伤来源,这首词在这里声情凄苦,词音细滑,似满心而发出的感慨,读过之后,令人感到悲伤欲绝。

"最是烧灯时候,宜春髻、酒暖蒲萄。凄凉煞、五枝青玉,风雨飘飘。"结尾两句,融情入景,表达了绵绵无尽的哀愁。这首词可以因声传情,声情并茂。纳兰将词演绎得通篇宛转流畅,环环相扣,起伏跌宕,真是一首好词。

满江红 茅屋新成却赋①

　　问我何心，却构此、三楹茅屋②。可学得、海鸥无事，闲飞闲宿？百感都随流水去，一身还被浮名束。误东风迟日杏花天③，红牙曲④。

　　尘土梦，蕉中鹿⑤。翻覆手⑥，看棋局。且耽闲孏酒⑦，消他薄福。雪后谁遮檐角翠，雨余好种墙阴绿。有些些欲说向寒宵，西窗烛。

赏析

　　世事是这样不如人意，我多想造几间草房，在那里过着自由自在的生活。把酒言欢，看雪赏雨，打猎植柳，不甚快哉！可造化弄人，冲破重重桎梏，飘然隐逸，简直如白日梦，只能让感慨随流水消散，而自己还被功名束缚。

---

①却赋：再赋。却，再。②三楹茅屋：泛指几间茅屋之意。楹，房屋一间为一楹。③杏花天：杏花开放时节，指春天。④红牙：乐器名，檀木制的拍板，用以调节乐曲的节拍。⑤蕉中鹿：形容世间事物真伪难辨，得失无常等。蕉，通"樵"。⑥翻覆手：形容人反复无常或惯耍手段。⑦孏酒：沉湎于酒，醉酒。

点 评

陶渊明一句"采菊东篱下，悠然见南山"羡煞多少人，亦有数辈先贤与陶渊明同一行径，不为五斗米折腰，每日过着看"山气日夕佳，飞鸟相与还"的优哉日子。纳兰虽人在仕途，却淡泊功名，欲效陶渊明等先贤的心情则更为明显，他有诗云："吾本落拓人，无为自拘束。倜傥寄天地，樊笼非所欲。"

康熙二十三年（1684 年），顾贞观南归整三年，为招顾贞观回京，纳兰特地修建了几间茅屋，并写下了这首词以迎接顾贞观。

这首词的上片侧重叙志。问我为什么要造这几间草房，可是为了像海鸥那样无忧无虑，自由自在？将心中的感慨都付与流水，抛开这人世浮名的束缚，在那春天赏花歌舞。

下片点出为何要摆脱"浮名束"。是因为这人生如梦，变幻无常，令人无可奈何，不如冷眼旁观，与友人把酒言欢，消受清福。一起看雪赏雨，西窗剪烛。

与这首词同时完成的还有一首明志诗《寄梁汾并葺茅屋以招之》："三年此离别，作客滞何方？随意一尊酒，殷勤看夕阳。世谁容皎洁，天特任疏狂。聚首羡麋鹿，为君构草堂。"可见他与顾贞观的友情之深厚。

诗词的字里行间，更洋溢着对现实生活的不满。譬如海子的《面朝大海，春暖花开》："从明天起，做一个幸福的人／喂马，劈柴，周游世界／从明天起，关心粮食和蔬菜／我有一所房子，面朝大海，春暖花开。"表面上看，是对世俗生活的回归，"我"

要"关心粮食和蔬菜"了；实质上说，还是对现实生活的抛弃，因为所谓"面朝大海"，即是背离现实——"喂马，劈柴，周游世界"这样的日子，看似简单，我们都明白，无论有多少个明天，这种日子也不会实现的。纳兰也是如此。诗人所选择的心目中的全新的生活，恰恰是最普通、最平实的生活，他把进行正常生活当作一种理想化的升华，这说明什么问题呢？说明他现在进行的生活是不正常的、背离他们自身理想的。

纳兰是权臣的长子，康熙帝的近侍，朝廷的重点培养对象，天生贵胄，多少人艳羡。作为被艳羡的对象，纳兰本人，却表现了让人惊讶的冷静，有出离尘世的透彻眼光。纳兰在审视自己当前的人生状况时，用了两个比喻：蕉叶覆鹿，翻手为云、覆手为雨。

"蕉中鹿"即指蕉叶覆鹿。砍柴人去打柴，阴差阳错下打死了一头肥硕的鹿。打柴人特别高兴，但是鹿太大，他带不走。

他急中生智，将鹿藏在了芭蕉叶下。等他回来时，却找不到鹿了，他非常讶然，以为只是做了一个白日梦而已。"翻手为云、覆手为雨"典出《史记·郦生陆贾列传》，现在指人手段高明、权势大，其原本的意思，形容人反复无常。

这两个典故都指向同一个意向：命运的无常。打柴人前一刻还在为天降的好事欣喜若狂，下一刻发现那种喜悦的由来——一头鹿如同它的出现般，凭空消失了。他甚至开始怀疑自己命运中那一小段极度欢愉的时间是黄粱一梦，对实际发生的现实也产生了怀疑。当繁华的命运过后，我们独自啜饮生活的残酿时，谁又能说服自己昔日的繁华真的在自己身上出现过？

人们能相信的，只有现在，只有此刻，超出这个范畴的，我们脆弱的神经无法承受。说服自己相信一个失去的美好，远比说服自己忍受此刻的贫凉要难。

而事实上，有几人的一生能永远保持那种高调的繁华呢？烟花盛放，必然会走向寂灭；三春似锦，一定会走向秋凉。生命的本质是高低起伏的，如同抛物线，这条线的终点，一定是向着远方寂静的地平线。

可是，像纳兰这样在春日的繁花中欢乐畅饮酒浆的人，还是一个人世阅历尚浅的年轻人，竟然能把命运审视得如此通透，真真让人佩服。陶渊明若知纳兰，当引为知音。

水调歌头 题西山秋爽图

空山梵呗①静，水月影俱沉。悠然一境人外，都不许尘侵。岁晚忆曾游处，犹记半竿斜照，一抹映疏林。绝顶茅庵里，老衲正孤吟。

云中锡②，溪头钓，涧边琴。此生着几两屐，谁识卧游心③？准拟乘风归去，错向槐安④回首，何日得投簪⑤？布袜青鞋鞿⑥约，但向画图寻。

赏析

暮色之中，传来清朗的诵经声。周围水月俱静，悠然空寂，岂可被凡尘俗世所侵？

在云深之处，孤峰绝顶，有一个老僧正在独吟。多想像他那样乘风归去，抛却人间功名，可是只能从画中追寻。人生苦短，倏忽而逝，而自己的心愿何时才能实现？

---

① 梵呗：僧人作法事时念诵经文的声音。② 锡：即锡杖，谓僧人出行。③ 卧游：指欣赏山水画、游记、图片等代替游览。④ 槐安：槐安国或槐安梦的省称。⑤ 投簪：丢下固冠用的簪子，比喻弃官。晋陆机《应嘉赋》："苟形骸之可忘，岂投簪其必谷。"⑥ 布袜青鞋：多指隐者或平民的装束，借指隐居。

点评

在人们的印象中，题画诗似乎可供发挥的空间不大，多为应景之作，但是也不乏佳品，譬如苏东坡的《惠崇春江晚景》，就有"春江水暖鸭先知"的佳句。题画诗中我们最熟悉的当属王维的《画》："远看山有色，近听水无声。春去花还在，人来鸟不惊。"浅淡生动，情境、意趣无一不足。

纳兰的这首《水调歌头》也是题画之作：上片侧重景与境的描写。空山梵呗，水月洞天，这世外幽静的山林，不惹一丝世俗的尘埃。还记得那夕阳西下时，疏林上一抹微云的情景。在悬崖绝顶之上的茅草屋中，一位老和尚正在沉吟。下片侧重观画之感受与心情的刻画。行走在云山之中，垂钓于溪头之上，弹琴于涧水边，真是快活无比。隐居山中，四处云游，一生又能穿破几双鞋子，而我赏画神游的心情又有谁能理解？往日误入仕途，贪图富贵，如今悔恨，想要归隐山林，但是这一愿望要到何日才可以实现呢？只希冀从这画中得到安慰。

"只在此山中，云深不知处"的隐士生活为许多古代士人所倾慕。空山不见人，青枝茂密，绿叶扶疏，一个简朴的小茅棚里，老僧正微闭双目虔诚地念诵经卷。他念诵的是什么经文不可而知，只听到梵音声声在静谧的山林中悠远回荡，把寂静的夕阳无限拉长。

诗人对这种生活产生了无限向往，看着这幅画作，禁不住神游开去，觉得官宦日子真是受罪。这种心态类似于今天的城市白领梦想着去乡下承包一块土地，开垦自己的一块菜园，养一群鸡鸭。

纳兰为我们描述的美景，确实美若天外，让我们心生向往。有些东西，包括某些生活的方式，我们一生也不可能真正拥有，但是，这并不妨碍我们去体味、去追求。向往美、向往一种极致的洒脱，到底比追求一些黑暗的、无聊的生活要好。

秋 水 听雨

　　谁道破愁须仗酒，酒醒后，心翻醉。正香消翠被①，隔帘惊听，那又是、点点丝丝和泪。忆剪烛幽窗小憩②。娇梦垂成③，频唤觉一眶秋水④。

　　依旧乱蛩⑤声里，短檠⑤明灭，怎教人睡。想几年踪迹，过头风浪⑥，只消受、一段横波⑦花底。向拥髻⑧灯前提起。甚日还来，同领略夜雨空阶滋味。

赏 析

　　谁说消愁一定要喝酒，酒醒之后，心反而醉了。伊人已不在身边，寂寞无聊，却听得窗外淅淅沥沥地下起了秋雨，可知那雨水是伴着泪水流下的呢！记得当初秋夜闻雨，西窗剪烛，

---

①翠被：翡翠羽制成的背帔。②忆剪烛：语出唐李商隐《夜雨寄北》诗："何当共剪西窗烛，却话巴山夜雨时。"谓剔烛芯。后以"剪烛"为促膝夜谈之典。元杨载《题火涉不花同知画像》诗："鹣鹣衾暖鸣鞭疾，翡翠帘深剪烛频。"小憩：短暂休息。③垂成：事情将近成功。④秋水：秋天的水，比喻人（多指女人）清澈明亮的眼睛。⑤短檠：矮灯架，借指小灯。唐韩愈《短灯檠歌》："一朝富贵还自恣，长檠焰高照珠翠；吁嗟世事无不然，墙角君看短檠弃。"⑥风浪：比喻艰险的遭遇。⑦横波：水波闪动，比喻女子眼神闪烁。⑧拥髻：谓捧持发髻，话旧生哀，是为女子心境凄凉的情态。

你当时刚要睡着却又被频频唤醒，眼神迷离的情景。

现在已经是秋虫哀鸣，灯光明灭，可寂寞却叫人无法入睡。回想这几年的足迹，经历的风风雨雨，只有与你相守的日子最让人安慰。想和灯烛前拥髻的你诉说，又不知什么时候才能再回来，让我们一起领略这秋雨缠绵的无尽秋意！

点 评

读纳兰一首《秋水》，禁不住想起林黛玉的一首《秋窗风雨夕》。黛玉病卧潇湘馆，秋夜听雨声淅沥，心下凄凉，遂仿《春江花月夜》之格作词曰："泪烛摇摇爇短檠，牵愁照恨动离情。谁家秋院无风入？何处秋窗无雨声？"字字句句的秋情，字字句句的伤悲。曹雪芹在代书中人作词时拿捏得向来很准，譬如第七十回"林黛玉重建桃花社，史湘云偶填柳絮词"，他让身世飘零的黛玉作词曰："叹今生谁舍谁收？嫁与东风春不管，凭尔去，忍淹留。"人物哀哀凄凄的形象跃然纸上。到了心思缜密、踌躇满志的宝钗则一改倾颓气色:"韶华休笑本无根,好风凭借力,送我上青云!"颇有男儿声韵。

黛玉毕竟是闺阁女儿,有悲,无阅历;有情,无情事。一篇《秋窗风雨夕》下来,华美流畅,感动的,却更多是黛玉自己。因她身处秋境,身系飘零,词句引导出的是内心深处的悲伤,但在多数读者身上,难以引发共鸣。纳兰性德不同,同为少年才俊,纳兰毕竟年长些,阅历多些,在这篇《秋水》中引入自己的感情经历,旁人看了更易懂。

怀念故人的心碎的词句,偏偏用了让人心碎的典故。"忆剪烛幽窗小憩"一句,典出晚唐李商隐《夜雨寄北》:"君问归期未有期,巴山夜雨涨秋池。何当共剪西窗烛,却话巴山夜雨时。"这是李商隐身居遥远的巴蜀写给远在长安的妻子的诗句。唐人的旧句子,或华丽或雄浑,难见这种朴实无华又深情的小文字,多么亲切有味。每每夜深读起,齿颊生香,心下平和,幸福中,裹杂着一些缠绵的思念、小小的忧愁。只是这种小伤悲的词句,用到纳兰的词中,便是大悲痛了,有苏东坡《江城子》"千里孤坟,无处话凄凉"的悲哀——只因李商隐的妻还在世,在远方的长安城等待着丈夫归来,还能有"共剪西窗烛"的日子;而纳兰的妻香魂已逝,纵使世人为她写情词万言也唤不回来伊人的一声回应。

梁何逊写"夜雨滴空阶,晓灯离暗室";蒋捷说"悲欢离合总无情,一任阶前点滴到天明";纳兰叹息道"甚日还来,同领略夜雨空阶滋味。"斯人去后,诗人的生命里只剩下"乱蛩声里，短檠明灭"，漫长的秋夜，雨滴敲打着空阶无法入眠。年轻的纳兰不知独自熬过了多少个失眠夜，他也曾想过借酒浇愁，得出的结论却是"谁道破愁须仗酒"？这酒醒后，心反而醉得更深，痛得更多。

妻子离世后，纳兰的日子，秋雨绵绵，恨绵绵。纳兰三十一岁英年早逝，对他来讲，也许其中的裨益远大于遗憾。

苏幕遮 咏浴

鬓云松，红玉①莹。早月多情，送过梨花影。半晌斜钗慵②未整。晕入轻潮，刚爱微风醒。

露华③清，人语静。怕被郎窥，移却青鸾镜④。罗袜凌波波不定⑤。小扇单衣，可奈⑥星前冷。

赏析

月色初上，穿过梨花，多情地映照着她蓬松的发髻、红润的肌肤。无奈她娇惰慵懒，迟迟不肯梳妆，脸上泛着红潮，享受着拂面的清风。

直到月色清冷，夜阑人静，才开始梳妆，又怕被爱郎窥见，于是悄移明镜。看她怜步微移，步履轻盈，衣着单薄，怎么能耐得住这夜晚的寒冷呢？

----

① 红玉：比喻红色而有光泽的东西。② 慵：慵懒。③ 露华：清冷的月光。④ 青鸾镜：即镜子。⑤ 罗袜：丝罗所制之袜。凌波：形容女子脚步轻盈，飘移如履水波。语出曹植《洛神赋》："凌波微步，罗袜生尘。"⑥ 可奈：怎奈，可恨。

点评

这首词以写女子形貌起，以自己的心情结尾，以形寄情，情景交融，抒写了女子怀人伤春的情愫，同时，也抒写了自己怀己伤春、思念恋人的心情。

起首四句勾勒出一幅女子美丽的图景，"鬓云松，红玉莹。早月多情，送过梨花影。"女子应该是刚刚起床，或者是懒得梳妆，头上的

发髻松松地挽起，这样不修边幅，反倒是更显得女子多了几分妩媚的神韵，红润的肌肤使得女子看起来更加可人。用"红玉"形容女子肤色，使得女子的样貌更添加几分姿色。

这位女子在傍晚时分走出闺阁，月亮已经挂上树梢，女子的倩影影影绰绰地在门前晃动。这样闲暇的时光，真的是好生惬意。古代女子一向还是比较讲究穿着整洁、打扮齐整的，这首词的这位女子为何迟迟不肯梳妆，难道不怕她的情郎看到后，心里不满意吗？

"半晌斜钗慵未整。晕入轻潮，刚爱微风醒。"纳兰并没有对此做更多的解释和描绘，他只是轻描淡写地对女子慵懒的形态，一而再、再而三地描述。女子衣衫不整，妆容不画，只是迷蒙地站在那里，微风吹过她的裙摆，使得这位女子看来，可爱又惹人怜惜。

上片单纯的描述过后，下片的情节有了转变，女子一直等到夜深人静之后，才动手打扮，这里的描述更增添了几分情趣。女子内心丰富的活动，在纳兰的笔下，显得活泼。"露华清，人语静。怕被郎窥，移却青鸾镜。"

当清冷的月光洒满大地的时候，女子轻轻移动脚步，来到镜子前面，梳妆打扮，但是她为了不被情郎发现，只得轻手轻脚。女子可爱的神态动作在词中被烘托出来，让读者忍俊不禁，这个女子的可爱，岂止一分两分？

"罗袜凌波波不定。"这是纳兰化自曹植《洛神赋》："凌波微步，罗袜生尘"中的这一句，用来形容女子小心翼翼的样子，轻手轻脚、脚步轻盈、就好像漂移如履水波似的。女子的轻盈、内心的担忧全部写出。

而在这首词的最后，"小扇单衣，可奈星前冷。"纳兰有些怜惜地担忧到，她穿得那么少，会不会被冻坏了。

这首词写女子的心情活动，通过层层渲染铺垫，直抒胸臆，情深意挚，将女主人公的可爱形态抒写得淋漓尽致，使人感觉到她的青春年华是如此美好。

淡黄柳 咏柳

三眠①未歇，乍到秋时节。一树斜阳蝉更咽，曾缩灞陵②离别。絮已为萍风卷叶，空凄切。

长条莫轻折。苏小恨，倩他说。尽飘零、游冶章台③客。红板桥④空，溅裙人⑤去，依旧晓风残月。

赏析

三眠柳还没有来得及休息，秋天就乍然降临了。寒蝉幽咽，经过灞陵离别。如今飞絮飘落水面成为浮萍，风卷落叶飞舞，空留悲凉凄切。

不要轻易折取柳条作别，苏小小的遗恨还需要它来诉说，那章台游玩之客看它零落殆尽，如今送别的红板桥已经空寂无人，伊人已去，徒留晓风伴残月。

---

① 三眠：指柽柳，又名人柳，即三眠柳，此柳的柔弱枝条在风中摇曳，时时伏倒。《三辅故事》："汉苑中有柳状如人形，号曰人柳。一日三眠三起。"故柽柳又称三眠柳。② 灞陵：古地名。故址在今陕西西安市东。汉文帝葬于此，故称。三国魏改名霸城，北周建德二年废。③ 游冶：出游寻乐。章台：秦宫殿名，以宫内有章台而得名，此处指妓楼舞馆。④ 红板桥：红色木板搭建的桥。⑤ 溅裙人：代指情人或某女子。

点评

这首词咏秋初之柳，作为咏柳之作，纳兰以写景开始，以抒情终结。通过初秋时节柳条暗黄色的清新场景，写出柳枝带给他的惆怅与安慰。古人一般写到柳条，总是与离别有关，纳兰的这首词也不例外。

通过写柳，抒发了纳兰别有怀抱的人生感悟，词中借景言情，即景发感，营造出了一个温婉感人的情景，离别场面让人仿佛历历在目，与纳兰一同经历送别的伤痛。这首词的基调若即若离，柔美空灵，十分优美。

上片开始，点名时节，"三眠未歇，乍到秋时节。"时令为初秋时分，一个"乍"字刻画出了秋天的突然而至，为写离别之苦展开铺垫。此处虽然没有写道离别，也没有刻画离别，但却从一个"乍"字，就凸显出了离别的伤感。

"一树斜阳蝉更咽，曾绾灞陵离别。"伤感蔓延开来，离别便顺理成章地牵引出来，夕阳西下，在树梢上的太阳，更显得日落西山的迷茫。而后面一句，则是直接描写柳条变得枯黄，柳叶凋零，柳絮早已化作浮萍随风而逝，秋天真的到来了。"絮已为萍风卷叶，空凄切。"纳兰兀自悲切，感伤这季节的无情和人世间无情的变更。

而到了下片，纳兰却表现出一种温情脉脉的情绪来，他轻柔地写道"长条莫轻折。"不要轻易地折断柳条诉说离别，离别虽有遗憾，但只要不告别，内心便依然充满温情。而后一句"苏小恨，倩他说。"则是在写一代名妓苏小小。

苏小小的爱情故事凄婉动人，离别是这个故事的主题，纳兰用苏小小的典故写出自己的惆怅与伤感，他达到了托物抒怀、借景言情的目的。而后的两句，自然也是围绕离别而写："尽飘零、游冶章台客。红板桥空，溅裙人去，依旧晓风残月。"

词写到这里，颇有几分柳永的风范，但纳兰更显得干脆，既然红桥之上，离别已经无法挽回，那么就干脆道别了吧。就让自己与这晓风残月，独自相守，为离去的人祝福。这首词写出了词人悲凉的心境。

苍凉的景色中透露内心的悲凉。在万物凋零的秋天，词人在一片美景中悲哀地感伤，整首词的情致极为凄婉，是首上乘之作。

青玉案 辛酉人日①

东风七日蚕芽②软。青一缕，休教剪。梦隔湘烟征雁远。那堪又是，鬓丝吹绿，小胜③宜春颤。

绣屏浑不遮愁断，忽忽年华空冷暖。玉骨几随花骨换。三春醉里，三秋别后，寂寞钗头燕。

赏 析

正月初七是为人日，桑树吐新芽，青青一缕。而离人却远隔千里，犹如南征之雁不在身边。纵然是绿鬓如云，金衣玉胜，也只能顾影自怜。

时光流转，年华易逝，那春愁别恨岂是绣屏就能遮蔽的。如今容颜变换，青春流逝，那离愁别绪年复一年，不曾间断。

点 评

"东风七日蚕芽软。青一缕休教剪"。正月初七是人日，这天刚好是桑树吐新芽的日子，春天已经露出了端倪，树木开始

---

① 人日：旧俗以农历正月初七为人日。② 蚕芽：即桑芽。③ 小胜：即玉胜，又称华胜。古代一种玉制的发饰，为花形首饰。

泛出绿色。

看到这春日即将来临的景象，纳兰并没有为新一轮的生命轮回感到兴奋，而是隐隐不安地担忧到"梦隔湘烟征雁远"。思念之人不在身边，远在千山万水之外，就好像南飞的大雁一样，遥远得无法看到。甚至，就连思念也抵达不了。

没有与相爱的人在一起，就算是这春日再怎么美好，也失去了本来的意义。在这个所有人都欢庆的节日里，自己却是形单影孤，独自一人在春日里看着万物复苏，生命回环。想到这里，纳兰的内心不禁又泛起波澜。

"那堪又是，鬓丝吹绿，小胜宜春颤"这一句，写绿色开始四处长出，绿色是生命的颜色，这个春天又要来临了。词人流露出无可奈何的惆怅情怀。"小胜"即玉胜，又称华胜。古代一种玉制的发饰，为花形首饰。纳兰看到春色盎然，但是想到不在身边的恋人，便提不起精神来欣赏这春景。看着恋人的发簪，想念着恋人的容貌，备感孤独。上片境界阔大而情调哀伤，而在下片的时候，则是直接抒写离情。

"绣屏浑不遮愁断，忽忽年华空冷暖。"山川遮不断思念，年华过去，但对于恋人的思念依然永不停歇。纳兰想到远在他方的恋人虽然早已是容颜不再，但一想到她，自己的内心便是暖融融的。

"玉骨几随花骨换。"这是感慨时光太过匆匆，但是"三春醉里，三秋别后，寂寞钗头燕"。在青春的流逝中，岁月一年一年变迁，自己的思念却是从没有停止过。这首伤别离的词，写纳兰与相爱的人不能享受一起的苦恼，最后以寂寞结尾，在这个人日里，纳兰独自品尝寂寞，享受寂寞，却是最终被寂寞所淹没。

纳兰的心苦，只有他自己知道。

青玉案 宿乌龙江①

　　东风卷地飘榆荚②，才过了，连天雪。料得香闺香正彻。那知此夜，乌龙江畔，独对初三月。

　　多情不是偏多别，别离只为多情设。蝶梦③百花花梦蝶。几时相见，西窗剪烛④，细把而今说。

赏析

　　乌龙江一带天气早寒，夏天刚刚过去，冬天便立即到来。想必此时闺中正是花香四溢的时候，哪里知道在乌龙江上的离人正独自黯然神伤！

---

①乌龙江：即黑龙江。②榆荚：榆树之荚，榆树结的果实。③蝶梦：《庄子·齐物论》："昔者庄周梦为胡蝶，栩栩然胡蝶也，自喻适志与！不知周也。俄然觉，则蘧蘧然周也。不知周之梦为胡蝶与，胡蝶之梦为周？周与胡蝶，则必有分矣。此之谓物化。"后以"蝶梦"喻迷离恍惚的梦境。④西窗剪烛：犹言剪烛西窗，指亲友聚谈。语出李商隐诗《夜雨寄北》："何当共剪西窗烛，共话巴山夜雨时。"此指与所思恋的人聚谈。

并不是因为多情而多了离别，而是因为离别偏就是为多情人而设的。与你身处离别，犹如迷离恍惚之梦境。什么时候才能与你相聚，秉烛夜谈，诉说我的衷情呢！

点 评

这首词的写作时间和背景，赵秀亭在《纳兰丛话》中有所提到："性德《青玉案·宿乌龙江》上片云：'东风卷地飘榆荚，才过了、连天雪。料得香闺香正彻，那知此夜，乌龙江畔，独对初三月。'此亦清康熙二十一年（1682）春夏扈从东巡之作。乌龙江，即松花江，此指驻跸之大乌剌虞村，地在鸡林(今吉林市)下游八十里。圣祖于三月二十八至四月初三皆驻大乌剌，故'独对初三月'云云全为写实。"

看来，这是纳兰外出公干，内心悸动，写下行役在外、思念爱妻的深情，以表达内心的温存之词。

这首词的艺术成就很高，其中黄天骥在《纳兰性德和他的词》中对这首词的评价很高："冬天，诗人到了乌龙江畔，远离家乡，思念自己的亲人，渴望着团聚。这词一气呵成，不事雕饰，是作者真朴感情的自然流露。"

"东风卷地飘榆荚"，东风刮过，带着寒冷，将地面飘落的榆荚卷起，飞舞空中。这夏天才刚刚过了，冬天就要来了。对于没有秋天过渡的黑龙江，纳兰显得还是十分不适应，来到这个地方，看到"才过了，连天雪"，不禁感慨时光匆忙，天地之大，

一不小心，自己竟然与妻子相隔了这么远。

"料得香闺香正彻。"想到妻子的房间里定然是花团锦簇，家里现在正是春暖花开的日子，可是自己却在这天寒地冻的远方。想到这里，纳兰内心也忍不住要不平衡一下了。离开心爱的妻子，离开热爱的家乡，来到这里，难道真的是天意弄人？

上片的最后一句，纳兰似是在问，也似是在回答"那知此夜，乌龙江畔，独对初三月"。在这黑龙江的夜里，想念着远方的妻子，渴望有朝一日的团聚。那时再回想起自己曾独自一人在远方思念亲人，那时的幸福必定会更加强烈。

为什么人世间总是要有离别呢，既然团聚是亲人们最大的幸福，为什么老天总是要时不时地就让亲人们尝尝留别之苦？纳兰在下片对这个问题进行了思索，他写道："多情不是偏多别，别离只为多情设。"

或许这正是上天对相亲相爱人们的一种考验，要用离别去考验他们之间的真情，看这真情是否经得住离别的考验。想到这里，纳兰似乎宽心了许多。他盼望着回去的那一天，便可以和亲人们在窗前，安然地诉说着今日的愁苦。"蝶梦百花花梦蝶。几时相见，西窗剪烛，细把而今说。"

纳兰的心，在自我的不断安慰中，渐渐柔软，变得透明。这个男子的多情，在此时，显得愈发可爱。

海棠月 瓶梅①

重檐②淡月浑如水，浸寒香③一片小窗里。双鱼冻合④，似曾伴、个人无寐。横眸⑤处、索笑⑥而今已矣。

与谁更拥灯前鬓，乍横斜、疏影疑飞坠。铜瓶小注，休教近、麝炉烟气。酬伊也、几点夜深清泪。

赏 析

月光如水洒在屋檐上，瓶中的梅花开了，小窗里沉浸在一片清香当中。天气寒冷，双鱼洗已经结冰，孤单的人儿不能入睡。回想当时的眉目传情，而今都已一去不返。

当初与谁一起在灯下花前，看那梅花的疏影？如今，又是铜瓶花开，麝烟缭绕，而你却不在身旁了，唯有以这几滴相思之泪寄托我的深情。

点 评

词的上片通过写闺中人的相思之苦，来抒发伤逝之情。这

---

① 瓶梅：插在瓶中以供观赏的梅花。② 重檐：两层屋檐。③ 寒香：清冽的香气，形容梅花的香气。④ 双鱼：双鱼洗，镌刻有双鱼形象的洗手器。冻合：犹言冰封。⑤ 横眸：流动的眼神。⑥ 索笑：犹逗乐，取笑。

首词借瓶梅抒发相思和伤逝之情。纳兰写词，总是充满离愁哀怨，这首词的基调也是如此，但却又有些不同，整首词虽然弥漫着一些孤寂之感，但总的来说，还是比较温暖清淡，犹如淡淡的白月光，从窗口轻柔地洒下，让人心头明亮。

"重檐淡月浑如水，浸寒香、一片小窗里。"月光是古往今来，众多词人抒发思念之情的最佳选用之物。纳兰说淡月如水，月光如水一样清澈，也如水一样冰凉。洒下的月光在屋檐下形成一道冰冷的帘子，隔开了窗内与外面的景物。

　　而此时，屋子里的梅花开放了，绽放的花朵散发出幽香，小屋内一片暗香，屋外月光冰凉，屋内清香四溢。乍一看来，这首词的意境十分清淡，并无相思之苦，也无伤逝之情，只是对景物的一种白描，可是继续读下去就能发现，原来淡然未必就是平静，不说并不代表不在乎。

　　"双鱼冻合，似曾伴、个人无寐。"这里的一个需要解释的是"双鱼"，是指双鱼洗，镂刻有双鱼形象的洗手器，宋张元幹《夜游宫》词："半吐寒梅未坼，双鱼洗，冰澌初结。"这里是说洗手器皿中的水都已经冻成了冰，凝结在了一起，天气的寒冷程度可想而知。这样的天气，钻进被窝，美美地睡上一觉，是再舒服不过的了。可是满心愁绪的纳兰，却是无论如何也睡不着的。

　　"横眸处、索笑而今已矣。"睡不着的原因自然是内心有所牵挂，那美丽的眼眸，那动人的微笑，而今看来，都是无法忘怀。在深夜里，独自躺在床上，孤枕难眠，想到恋人的容颜，清晰如昨，可是眼下却是天涯海角，无法相见，这怎能不叫人悲伤！

　　纳兰这首伤逝词，写到上片，悲伤过度。到了下片的时候，纳兰似乎沉思了许久，慢慢提笔写道："与谁更拥灯前髻，乍横斜、疏影疑飞坠。"回忆往昔，当日与谁一起相拥灯前，与谁一起看花飞花落，与谁一起海誓山盟，与谁一起想着如何去天长地久？

往日的美好，却都早已在岁月的流逝中一同不见了，"铜瓶小注，休教近、麝炉烟气。"如今，又是铜瓶花开的时候，可是檀香冉冉升起的烟雾中，再也看不到你笑颜如花的脸庞了。"酬伊也、几点夜深清泪。"我只能在此刻，用泪水祭奠我们共同拥有的过去。

纳兰的这首词以悲情结尾，结束全词，整首词清新自然，虽然是悲切，但却读起来让人没有压抑之感，是首好词。

菊花新 送张见阳令江华①

愁绝②行人天易暮，行向鹧鸪声里③住，渺渺洞庭波，木叶下、楚天何处？

折残杨柳应无数，趁离亭笛声吹度。有几个征鸿④，相伴也、送君南去。

赏 析

你就要赴任到遥远的江华，此刻送行为之生愁添恨，而天色也仿佛变得晦暗迷蒙了。故人将去的江华，此时也正是秋色凄凉，令人惆怅。

依依难舍，杨柳折断了无数次，本应趁着长亭离宴上的笛声作别，却仍不忍分手离去。天空飞过几只征雁，就让它们陪你远行，与你做伴吧。

---

① 江华：汉置冯乘县，唐置江华县，改曰云溪，寻复故，唐初置县在五保之地，神龙初迁于寒亭北阳华岩之江南，故名江华，在今湖南江华东南，现为江华瑶族自治县。②愁绝：极度忧愁。③鹧鸪声里：鹧鸪声含有惜别之意，同时指张见阳将去的江华之地，地在西南方，故云。④征鸿：征雁。

点 评

这首词为送别之作，是纳兰送给他的好友张见阳的一首词，此人是康熙年间名重一时的人物，与纳兰惺惺相惜，结下了深厚情缘。

张见阳的一幅《墨兰图》上，曾找曹寅题过词，曹寅的那首《墨兰歌》中不但夸赞了张见阳的画工了得，也深情描述了张见阳与纳兰之间的真挚友谊和笃厚感情。

"折扇郢风花向左，鸾飘凤泊惊婀娜。巡枝数朵叹师承，颠倒离披无不可。潇湘第一岂凡情，别样萧疏墨有声。可怜侧帽楼中客，不在薰炉烟外听。盛年戚戚愁无谓，井华饮处人偏贵。饧桃敢信敌千羊，孤芳果亦空群卉。张公健笔妙一时，散卓屈写幽兰姿。太虚游刃不见纸，万首自跋纳兰词。交渝金石真能久，岁寒何必求三友。祇今摆脱松雪肥，奇雅更肖彝斋叟。"

"太虚游刃不见纸，万首自跋纳兰词。交渝金石真能久，岁寒何必求三友。"这句就可以看出张见阳与纳兰之间的深厚感情。纳兰与张见阳和曹寅都有很深的交情，纳兰英年早逝，让二人十分悲痛。之后张见阳每画一幅画都要在画上题纳兰的词，以纪念纳兰和他的友谊。在纳兰生前，二人就已打下了友谊的根基。

这首词是纳兰为张见阳送行而作的。词的字里行间充满了离别的愁恨，朋友间的友谊不会因为距离和时间的长度而逐渐淡漠，真正的友谊是能够跨越千山万水，抵达人心深处的一种情感。

"愁绝行人天易暮"，人要走，留不住的尽是相思情，仿佛知道纳兰内心的凄苦，连上天都不忍再看，暮色深重，愁煞赶路人。"行向鹧鸪声里住"这句话里有个说道，便是所谓的"鹧鸪声里"，这是指张见阳将去的江华之地，地在西南方，故云。而且鹧鸪本身也含有惜别之意，是许多词人爱用的一个词。

"渺渺洞庭波，木叶下、楚天何处？"清楚了友人要去的地方，但是自己无法相陪，这真是哀愁的一件事情。

上片写到离别之苦，下片别接着写送别之情，依依惜别，不忍分离，可是离别总是要面对的，纳兰只得化悲痛为安慰，对自己说，朋友不过是远去，来日方长，总有见面的一天。

"折残杨柳应无数，趁离亭笛声吹度。"话虽如此，依然是舍不得离开，不知道送过了多少路程，不知道走过了多少亭子，就是舍不得说分手。但是天下无不散的宴席，送君千里，终须一别，自己不能将朋友送到他要去的地方。但是友人这一路上是否安全，他依然担心，正巧头顶上盘旋几只大雁，那就让大雁为自己护送友人，一路南下吧。"有几个征鸿，相伴也、送君南去。"情感的真挚到最后陡然升起，友人之间的情谊无须再多说，彼此心意了然。

临江仙

点滴芭蕉心欲碎，声声催忆当初。欲眠还展旧时书。鸳鸯小字^①，犹记手生疏^②。

倦眼乍低缃帙乱^③，重看一半模糊。幽窗冷雨一灯孤。料应情尽，还道有情无。

赏　析

心欲碎，不知是芭蕉心碎，还是离人心碎。"早也潇潇，晚也潇潇"，古往今来的诗词中，芭蕉似乎总喜欢同雨相伴出现。雨滴芭蕉，入梦，美酒半酣有唐汪遵心恋江湖；入画，王摩诘《雪打芭蕉》令人忘却寒暑，白石老人大叶泼墨酣畅淋漓；入乐声，《雨打芭蕉》淅淅沥沥，似雨滴蕉叶比兴唱和，急雨嘈嘈，私语切切，诉尽人间相思意。

点　评

说起这芭蕉心，正如易安所言，"舒卷有余情"。禅语云"修

---

①鸳鸯小字：指相思爱恋的文辞。《全元散曲·水仙子·冬》："意悬悬诉不尽相思，谩写下鸳鸯字，空吟就花月词，凭何人付与娇姿。"②生疏：不熟练。③缃（xiāng）帙（zhì）：浅黄色书套。亦泛指书籍、书卷。

行如剥芭蕉", 如果我们的心已被世间种种欲念所裹, 那么修行便是将层层伪装脱去, "觅心"即找回纯真的自我, "明心"则是彻悟尘世的一切杂念, 方可见性。

纳兰心中, 芭蕉心在其不展吧? 因其不展, 枝枝叶叶才藏得住纳兰梦萦半生的回忆, 层层叠叠容得下纳兰多愁又敏感的心。其实何止善感的纳兰, "此夜芭蕉雨, 何人枕上闻", 纵是梅妻鹤子的林逋也难掩芭蕉雨下那些撩人的情思。

"忆当初", 短短三字便如一把利剑斩断今生。今生已作永隔, 窗外雨声风声入耳, 曾有多少夜晚流逝于情意缱绻的呢喃? 未来又将有多少不眠的孤夜, 唯有旧忆聊以回味? 所幸，过去的日子并未消逝于流年，在那发黄的红笺之上仍可略窥一二。

"鸳鸯小字，犹记手生疏"，怕是纳兰也在怀念把笔浅笑的她吧。当年的娇俏语长萦耳畔，那副欲语还休的羞涩模样犹在心头，鸳鸯小字里，似可见这位解语花的身姿若隐若现。然而，以为是一生一世的一双人，所托竟几页满蘸相思意的旧时书。南宋蔡伸曾慨叹，"看尽旧时书，洒尽今生泪"。蔡伸是书法家蔡襄之孙，官至左中大夫。名门之后，位高权重又如何？三更夜，霜满窗，月照鸳鸯被，孤人和衣睡。

旧时书一页页翻过，过去的岁月一寸寸在心头回放。缃帙乱，似纳兰的碎心散落冷雨中，再看时已泪眼婆娑。"胭脂泪，留人醉"，就让眼前这一半清醒一半迷蒙交错，梦中或有那人相偎。

又是一窗冷雨，纳兰看到了半世浮萍随水而逝，如记忆中挥之不去的她，"一宵冷雨葬名花"。还是纳兰身边这盏灯，只是不再高烛红妆，唯有寒月残照，灯影三人。太白对孤灯空长叹，"美人如花隔云端"。故人入梦，又渐行渐远，"是邪？非邪？立而望之，偏何姗姗来迟"。汉武帝为李夫人招魂，灯影明灭处，留得千古一帝不得见的叹息。

罢了，一梦似千年，从来是"人生长恨水长东"。刘禹锡一句"东边日出西边雨"，留多少痴念在人间。已道无情，而情至深处难自已。这般深情厚谊，在纳兰心中恐怕已不是简单的有情，而是人生难得的知心人。如果说情是前生五百次的回眸，爱是百年修得之缘，那么知心便是三生石畔日日心血的倾注。

有情无?

纳兰笃定不念今生，料想今生情已尽。一心待来生，愿来生再续未了缘，可有来生?

虞美人

绿阴帘外梧桐影，玉虎牵金井①。怕听啼鴂出帘迟②，恰到年年今日两相思。

凄凉满地红心草③，此恨谁知道。待将幽忆寄新词，分付芭蕉风定月斜时。

赏析

提到虞美人，脑海中总躲不过后主的绝笔，"春花秋月何时了，往事知多少"。才忆起故国月明，便有项王一曲悲歌回响耳畔"虞兮虞兮奈若何"。战场上的争斗虞美人无奈，却愿为连理枝再续前缘。传说战后受到战争蹂躏的土地遍开虞美人，那如鲜血般浓艳的色彩是地下安眠人的呓语。后主也罢，虞姬也罢，那些长眠的精魂也罢，花开艳丽的虞美人背后站立的竟是无情的决绝与分离。

---

①玉虎：井上的辘轳。金井：栏上有雕饰的水井，一般用以指宫庭园林里的井。②啼鴂（jué）：啼鸣的杜鹃鸟。③红心草：草名，一说为红心灰之俗称。相传唐代王炎，梦侍吴王，久之，闻宫中出輂，鸣箫击鼓，言葬西施。吴王悲悼不已，立诏词客作挽歌。炎应教作了《西施挽歌》，有"满地红心草，三层碧玉阶"之句。后以"红心草"作为美人遗恨的典故。

点 评

这应是作于春末夏初的一首词吧。

帘外树已成荫，不似那只得遥看的朦胧草色。若是糊上松绿色的软烟罗作为窗纱，更应是春意盎然。说到这号称"百树之王"的梧桐，民间盛传其知时知令，"梧桐一叶落，天下皆知秋"便是知秋的写照。《魏书·王慰传》中曾有言"凤凰非梧桐不栖"，说的便是这百鸟避之的青桐。不同于人们印象中的法国梧桐——那些写在张爱玲笔下秋风里那簌簌的梧桐，那些遍布衡山路淮海路的老树——这绿阴帘外的梧桐，正是"一株青玉立，千叶绿云委"的青桐。

玉虎金井，极尽巴洛克式的奢华，可再精美的雕饰也不过是深井和缠于深井之上用以汲水的辘轳。"玉虎牵金井"的描摹下，看到的是"雕栏玉砌应犹在"的背影，只为等待那宿命般的"朱颜改"。抑或，我们也可以换一个角度思量：纳兰日思夜想的那人今已栖于梧桐枝上，她的命运犹如那看似繁华的辘轳，被紧紧牵于皇家金井之上。今生能让纳兰作此隐晦叹息的，除了他的表妹还能有谁呢？"虞美人"之曲不负其名。

"郎骑竹马来，绕床弄青梅"，纳兰当时或许并不知他的人生中相思相望不相亲的人，不只是他的表妹。梧桐雨，长恨歌，纳兰短暂的生命中几度春秋，"春风桃李花开日，秋雨梧桐叶落时"，竟像是偈语一般，划过他的人生。纳兰与表妹此时虽是生离，却难言再见。思之而不得之，纳兰的周遭似有着一层离情别怨。连那窗外杜鹃之声，似也在用自然的语言诉说着，预言着，让人不忍听闻。

鸟鸣无心，听者有意。听不得杜鹃的啼血声声，它最勾人伤怀。"山无陵，天地合，江水为竭，冬雷震震夏雨雪，乃敢与君绝"，纵然没有鸟鸣，年年今日，两人异地相对同相思。此恨谁知？天知，空中划过啼血杜鹃；地知，便开出了似红泪般的红心草。那红心草开于飘过淡淡柳絮的湖畔，开于光影错落的月下荷塘，开于花径绿篱畔。它吐露着新叶，新叶也泛着红晕；它羞涩地绽开小花，小花也羞赧地顶着深红的小帽。低头，不语，晴空过处，只那么寂静地，婷婷而立。

"自在飞花轻似梦"，携红心草梦回春秋，便有一曲《西施挽歌》。

相传唐代王炎，夜梦侍吴王，闻言西施已香消玉殒，应诏作此诗。"满地红心草，三层碧玉阶。"从此，红心草如那逝去的美人，在"春风无处所"的季节，娉娉婷婷地摇曳于浮云飘过的微风中，微叹"凄恨不胜怀"。

即使是这样凉薄的一叹也难容于尘世。李清照对芭蕉，叹"阴满中庭，叶叶心心舒卷有舍情"。这无端的情愫抑郁于胸中，剪不断，亦载不动；不能大声哭，也不能放声笑。"何处合成愁？离人心上秋。"梦窗以芭蕉说文解字："不雨也飕飕。"红樱桃，绿芭蕉，云破月来的良宵，漏断人静的春夜，这纠缠于胸的幽幽往事只得寄存于诗行中。风飘飘，雨潇潇，月子弯弯千年同照九州；离人魂，昨夜梦，年年今日，但见流光无情把人抛。

采桑子

　　严宵拥絮频惊起，扑面霜空①。斜汉朦胧②，冷逼毡帷火不红。

　　香篝翠被浑闲事③，回首西风。数尽残钟④，一穗灯花似梦中。

赏析

　　在寒冷的毡帐里，征人听到稀疏的钟声，而此时毡帐里一点微弱的灯光提醒他，家在很远的地方，自己现在身处的是不知何处的塞外，一时之间，孤凄情怀，不免难以忍耐。

点评

　　这首词作于何年何月何地，已经难以考究，从词中所描写的情景来看，大约是写于扈驾巡幸途中，还有一种说法是这首词写于纳兰妻子卢氏病殁之后，本就心情孤寂，偏又逢爱妻离去，来到塞外，看着那片苦寒之地，自然是有感而发。

　　这片孤苦之词的背景已经无从推断，但从词的内容可以看

────────────────────

①霜空：秋冬的晴空。② 斜汉：指秋天向西南方偏斜的银河。③香篝（gōu）：熏笼。古代室内焚香所用之器。④残钟：稀疏的钟声。

出，纳兰当时做这首词的心境并不平静。

这首词写塞外的苦寒、孤寂：霜气卷扬着雪花阵阵飞起，扑面而来的是冬日寒冷的天空。天空的银河迷蒙昏惑、模糊不清，寒气袭来，连帐篷中的炉火都不再暖和。在家中时那熏香缭绕枕衾温暖的往事，真是让人不堪回首。面对"一穗灯花"，耳边几许"残钟"，一切都好似在梦中一般。

整篇词围绕着边塞的寒夜进行描写，上片用的全是景语，用"严宵"、"拥絮"来透露塞上寒夜的寒冷，也从中透露出自己的凄苦心境。频频地惊起，拥着被子，能感受的除了满面的寒气，只有塞外无际的空寂。

这里的"絮"也做两个解释，一个就是上文中所写到的棉被，意思便是半夜用被子裹着身体。还有一个是指柳絮般的雪花。整句话的意思便是严寒的霜气卷起雪花，令其如柳絮般飞舞在空中。不过从"频惊起"这三个字来推敲，这里的絮当是作棉被来解。

因为夜里太过寒冷，几次从睡梦中被冻醒，屋内尚且如此，屋外的旷野上更是不用说了，"扑面霜空。斜汉朦胧，冷逼毡帷火不红"。天空寒雾迷漫，银河仿佛横亘在夜空上的河流，被寒气所笼罩，在这样的天气下，军营里的炉火，再怎么添加柴火，也是烧不旺的。

既然在清冷的夜里清醒过来，想要再睡着也不是那么容易的事情，万籁俱寂，一人独行，这样的时刻，最容易胡思乱想了。于是纳兰的下片便峰回路转，从景转心，开始了联想、回忆、幻境相结合的心理描写。

"香篝翠被浑闲事",一段似梦非梦的描述,仿佛让读词的人与他一同回到了温暖的家中,守着暖炉,怀拥翠被,温暖舒适。这里的描述并非完全是身体上向往的舒适,更多的则是表达心理上的一种向往,向往轻松自由、宽松舒适的环境。

"香篝"是古人在室内焚香所用的器具,而"翠被"则是被面艳丽柔软的被子,这两样事物看似是纳兰对家的渴望,实则是纳兰在思念家中的某位人,很可能就是他的妻子。不过身在塞外毕竟是现实,纳兰也知道这一切都是"浑闲事",他"回首西风",一切不过是想象出来的美梦一场罢了。

· 品读国学经典　汲取无穷智慧 ·

|彩色详解|

纳兰词

④

〔清〕纳兰性德 著　聂小晴 主编

团结出版社
UNITY PRESS

采桑子

拨灯书尽红笺也①，依旧无聊。玉漏迢迢②，梦里寒花隔玉箫。

几竿修竹三更雨，叶叶萧萧。分付秋潮，莫误双鱼到谢桥。

赏析

在灯下给她写信，即使写满了信纸仍是意犹未尽，心里依旧惆怅无聊。偏又漏声迢迢相伴，不但添加愁绪，而且令人如醉如痴，仿佛在梦中与她相见，却又朦朦胧胧不甚分明。室外秋雨敲竹，滴在树叶上，点点声声，淅淅沥沥。将这孤独寂寞的苦情都付与此时的秋声秋雨中，不要忘了将书信寄给她才好。

点评

这首《采桑子》，一开篇便是无聊，写过信后，依旧无聊，虽然词中并未提及信的内容，信是写给谁的，但从"依旧无聊"

---

① 红笺（jiān）：红色笺纸，多用以题写诗词或做名片等。② 玉漏：古代计时漏壶的美称。

这四个字中，就已经可以猜到一二了。纳兰总是有这样的本事，看似在自说自话，讲着不着边际的胡话，却总能营造出引人入胜的氛围，令读词的人不知不觉地沉沦。

纳兰将自己日常生活中的小事变为一台表演，读者成了观众，与他一起沉思爱恋。词中的"红笺"二字透露出纳兰所记挂的人定是一名令他着迷的女子，红笺是美女亲手制作，专门用来让文人雅客们吟诗作对用的。

不过，诗词中红笺多是用来指相思之情，只要写出红笺，一切便都在不言之中了。下接一句"玉漏迢迢，梦里寒花隔玉箫"，引自秦少游的词句"玉漏迢迢尽，银河淡淡横"。漏是古时候计时的一种器具，不过用到古诗词中，为了美观，常被叫作玉漏、银漏、春漏、寒漏，等等。

诗词中，"漏"一向是寂寥、落寞、时间漫长的意象，在这里也不例外。以"玉漏"表达长夜漫漫、时空横亘的无奈之情，时间是相思最大的敌人，纳兰大概在这首词中是想表达自己爱着一个人，却无法接近。在接下来一句"梦里寒花隔玉箫"中，揭晓了纳兰感慨时光的缘由。

"玉箫"并非是指乐器，而是一个典故，是一个人名，宋词里有"算玉箫、犹逢韦郎"，玉箫和韦郎并称，讲的是一段郎情妾意的凄美爱情。玉箫是唐代韦皋的侍女，二人日久生情，定下终生。后来韦皋因事离开，和玉箫约定：少则五年，多则七年，一定会回来将玉箫接走，却没料到他一走之后便杳无音信。苦等了七年的玉箫想着情郎是不会回来了，便绝食而死，为这

段无疾而终的情感殉葬。旁人可怜这个女子，便将韦皋留下的玉指环戴在了玉箫的中指上，然后下葬，在玉箫死后不久，当了大官的韦皋回来了，看到玉箫的坟墓，他十分悲痛。其情感动了一位方士，施法术让玉箫的魂魄重新投胎，二十年后，一名女子来找韦皋，看她的中指，隐隐有一个环形的凸起，正是当年那个玉指环的形状。这名女子便做了韦皋的侍妾，弥补了上辈子的遗憾。

这个故事从此也令"玉箫"这个词成了情人誓言的典故，在纳兰这首词里，"玉箫"一词为心头所思念的情人。而"寒花"又为何物？

顾名思义，就是寒冷季节里开放的花，寒冷季节开放的花有梅花、菊花，纳兰在这里到底是指什么呢？其实根据上面的分析已经可以知晓，纳兰是在思念一位女子，这女子必然是他所钟爱的人，此刻他们距离两地，纳兰在梦中想要与她相见，但梦境毕竟不是现实，所以，就算再怎么思念，二人还是无法牵手相望。

所以，纳兰所谓的"寒花"大概也不过是借了一个"寒"字，来表达内心凄冷的感觉吧？下片不再写心情，转而写窗外的景色，既然无法入睡，那干脆看着外面的景色，来缓解内心的惆怅吧！

"几竿修竹三更雨，叶叶萧萧"，雨后的夜景，树木萧萧，好比自己的心情，无奈之中透着几分茫然。最后结尾"分付秋潮，莫误双鱼到谢桥"，呼应了开篇的那一句"拨灯书尽红笺也"，也算是一种心意的表达，希望能够凡事完满结束。

要交代一下的是，"分付秋潮"中的"秋潮"是有来历的，秋潮的意象表示：有信。潮水涨落是有一定时期和规律的。人们便将潮水涨落的时期定为约定之期限，在潮水涨落几番之后，要回来的人便要如约回归。

这是诗词中的一个主要意象，诸如唐诗名句"早知潮有信，嫁与弄潮儿"。"秋潮"在这里也是如此意境，上片一开始便是说词人正在写信，在词的结尾，词人写的这句"分付秋潮，莫误双鱼到谢桥"，便是说信要寄出去了。要将信托付给秋潮，告诉那个收信的人，自己的心意是怎样的。

浪淘沙

　　蜃阙半模糊①，踏浪惊呼。任将蠡测笑江湖②。沐日光华还浴月，我欲乘桴③。

　　钓得六鳌无④？竿拂珊瑚⑤。桑田清浅问麻姑⑥。水气浮天天接水，那是蓬壶⑦？

---

①蜃（shèn）阙：即蜃楼。古人谓蜃气变幻成的楼阁。　②蠡（lí）测：即蠡酌，以瓠瓢测量海水。比喻见识短浅，以浅见量度人，"以蠡测海"的略语。笑江湖：《庄子·秋水》中，"秋水时至，百川灌河。河伯欣然自喜，以天下之美为尽在己"，后见到大海，则望洋兴叹云："吾长见笑于大方之家。"③乘桴（fú）：乘坐竹木小筏。《论语》云："道不行，乘桴浮于海。"　④六鳌：神话中负载五座仙山的六只大龟。相传渤海之东，有一深壑，中有岱舆、员峤、方壶、瀛洲、蓬莱五山，乃仙圣所居之地。然五山皆浮于海，常随潮波上下往返。《列子·汤问》："帝恐流于西极，失群仙圣之居，乃命禹强使巨鳌十五，举首而戴之。迭为三番，六万岁一交焉。五山始峙而不动。而龙伯之国有大人，举足不盈数步而暨五山之所，一钓而连六鳌，合负而趣归其国，灼其骨以数焉。于是岱舆、员峤二山流于北极，沉于大海，仙圣之播迁者巨亿计。"⑤珊瑚：许多珊瑚虫的骨骼聚集物，树状，供玩赏。⑥麻姑：中国神话人物。东汉时应召降临蔡经家，能掷米成珠，相传在绛珠河畔以灵芝酿酒以备蟠桃会上为西王母祝寿，故旧时为妇女祝寿多绘麻姑像以赠，称麻姑献寿。⑦蓬壶：即蓬莱。古代传说中的海中仙山。晋王嘉《拾遗记·高辛》："三壶则海中三山也。一曰方壶，则方丈也；二曰蓬壶，则蓬莱也；三曰瀛壶，则瀛洲也。形如壶器。"

赏析

古人云，仁者乐山，智者乐水。然而能与上摩天的五千仞岳相比拟的，不是三万里河，而是纳百川之海。海以其宽广能容劝慰失意人，激励青云子，古往今来不知引多少英雄竞折腰。唐孟浩然凌云壮志未酬，问沧洲何在，意欲沧海寄余生。海上云帆直挂，那是飘摇的凌云壮志。

点评

康熙二十一年，纳兰随皇帝东巡，时年二月驻扎于蝉山海关。登澄海楼面朝大海，见天之苍茫，海之茫茫，可见纳兰小心翼翼隐匿于胸的豪迈。纳兰作词，向来以明白如话。可当他面朝大海时，这些凝结于胸长长短短的诗句竟难抒胸臆。一首浪淘沙，短短五十四个字，六次用典，这在纳兰毕生的作品中也是并不多见的。

纳兰这首词，大约是东临碣石的新篇。建安十二年秋，曹操彻底消灭了袁绍残部班师途中，曾于此地作《观沧海》歌以咏志。千载白云悠然过尽，一千四百多年后的纳兰面对着难得一见的海市蜃楼，那若隐若现的繁华，像极了天上宫阙，似恍然一梦，误入仙境。

这便是海。波涛汹涌的狂暴过后有海市蜃楼的妩媚，水天无边的缥缈背后总惹人追寻流传千年却无人见过的仙人去处。"以管窥天，以蠡测海"，身后入仙境的东方朔不知在嘲讽武帝不识千里马，还是自讽一介书生妄测天威，都是管窥蠡测之事，终见笑于大方之家。《秋水》中的河伯观天上来的黄河之水自诩尽天下之美，行至北海才明白什么是大方之家。河伯望洋兴叹的感慨犹在耳畔，庄生在一片汪洋不见中闻道神语，转录如许仙人事于人间，方才有了纳兰笑江湖的想象。未免惋惜，本应在仙家击水三千的庄子，却囿于尘世结无情游，似又一谪仙屈生人世。

"日月之行，若出其中；星汉灿烂，若出其里。"孟德慨而慷的感叹，满溢踌躇壮志；纳兰也出英雄略同之语。如众生灵一般，大海"集日月之精华，会天地之灵气"，方能纳百川，生万物。"道不行，乘桴浮于海"，孔子的政治理想偏废后也想过散发弄扁舟的吧，连赌气之语都说得诗意盎然。"我欲乘桴"，纳兰以手写心时似也露出了"道不行"的隐痛吧。

海上洪波涌起，似有仙山涌动，似闻踏浪高歌。现代人的思维浪漫早已被剥离，那些令古人充满遐思的潮起潮落被理智与科技分析后仅得一句简明而冰冷的"天体引潮力"。"六鳌骨已霜，三山流安在？"从来语出惊人的太白远望沧海时也不禁有问三山六鳌踪迹何觅。传说渤海之东的仙山竟以巨鳌为载。巨鳌迭三层，六万年轮岗一次，古人的时空观显然要放松缓慢许多。正如桃花源一般，仙人之所难免有凡人闯入。不知何处的龙伯人士不知以什么作饵，竟钓得修炼成神的六鳌。自此岱舆、员峤两山无所依托，"流于北极，沉于大海"，便剩下传统意义上的蓬莱三山。千年前的《列子·汤问》某种意义上是正宗的中国神话，毫不逊于希腊引以为傲的奥林匹斯山。

斗柄转回，人间寒暑屈指可数的几遍，年华便悄悄离去，不带走一片云彩。文人墨客常感慨岁月蹉跎，言沧海桑田却多为夸大之语。凡夫俗子怎敌得道仙人？古有麻姑亲见东海三为桑田。东汉时麻姑应王方平之邀作客人间，点米成珠，仙酒为乐，宴于蔡经家。麻姑言蓬莱之水已减半，"海中复扬尘"。莫不是沧海桑田之事再现？此问始于东汉，千百年来高悬于明月酒杯间没有答案，直到现在沧海依旧水澹澹。

白浪滔天，一片迷蒙中，哪得见蓬壶？纳兰在这万里一色中岂能仅仅赞叹海之壮阔，望而无思？非也，非也。纳兰那颗敏感的心早已澎湃，只是没有一个淋漓的出口释放那些心底隐

着的言语吧。"挥手谢人境，吾将从此辞"，千年的穿越也不过
一瞬，蓬壶杳然，人间轻换，还有什么值得久久留恋于这真真
假假的尘世间？

清平乐

　　将愁不去^①，秋色行难住。六曲屏山深院宇^②，日日风风雨雨。

　　雨晴篱菊初香^③，人言此日重阳。回首凉云暮叶^④，黄昏无限思量。

赏 析

　　找不到烦恼的缘由，却总也挣不脱这种没有缘故的心情，失落是每个人都体会过的。人们在人生中不断追求，前行的过程中，难免会有不如意的时刻，但纳兰却不应该是一个烦恼的人，在旁人眼中，他享尽了荣华富贵，可是在他自己看来，却并不如意。

点 评

　　这首词是重阳节的感怀之作：绵绵清愁挥之不去，无尽的

---

① 将愁：长久之愁。将，长久。② 六曲屏山：如山峦般曲折往复的屏风。
③ 篱菊：谓篱下的菊花。语出晋陶潜《饮酒》诗之五："采菊东篱下，悠然见南山。"后用以为典实。④ 凉云：阴凉的云。南朝齐谢《七夕赋》："朱光既夕，凉云始浮。"

秋色也难以留住。屏风掩映下那深深的庭院，整日愁风冷雨，不曾停歇。好不容易天晴了，菊花吐露出芬芳，听说今天正是重阳节。回望天边那阴云和暮色中的树叶，不由产生无限的思绪。

"将愁不去，秋色行难住。"愁苦无法挥去，就连美丽的秋色都无法挥去愁闷。此处"将愁"表示长久的愁闷，秋色最是伤人的，因为寂寥，故而最能引起人们的伤感，因为迟暮，因而能让人们无法释怀。

在秋色中想挥手赶走哀愁，这无疑是愁上加愁，而纳兰也丝毫不避讳自己对于忧郁的无能为力，他坦然地告诉人们自己真的是"将愁不去"。比起晏殊的含蓄和隐藏，纳兰就好像一个孩子，毫无忌讳地将自己内心深处的感受讲出来，丝毫不怕被世人耻笑。

或者正是因为这份坦白，纳兰的词更显得有种直白的魅力，无人能够替代。而后接下一句是："六曲屏山深院宇，日日风风雨雨。"屏风掩映下的庭院，日日风雨，愁云惨淡，人在这里，怎会不被感染！

纳兰居住的庭院，为何会让他感到哀愁？其实境由心生，所谓的庭院深深，还不是自己内心凄苦，所以才看什么都显出一副悲凉模样吗？是谁让纳兰如此哀伤，是谁家的女子让纳兰神色清冽地立于窗前，眉头紧锁，无限恨，无限伤。

纳兰的这首词是否为一个女子所作，不得而知。或者，这根本就不是纳兰为任何人写的词，而只是他在重阳之时，想起往昔，感怀往事的作品。我们无从知晓。纳兰的许多作品都是这样，看似表达了对某个人深深的思念，但其实这个人却好像虚无缥缈似的，让人摸不到任何踪迹。

"雨晴篱菊初香，人言此日重阳。"下片的风格稍显婉转，不再如上片那样晦涩，下片写到天气放晴，菊花绽放，香气扑鼻。然后词人才恍然大悟，原来是正逢重阳之日。重阳是一个让人伤感的节日。古人写道"每逢佳节倍思亲"，说的便是重阳，重阳节是个让人思念故人的节日。纳兰身逢重阳，想起往日，必然是感慨万千。今昔往日，多少不同，而今一同从脑海中掠过，那些过往，仿佛还历历在目。

黄昏正在换取这一天里最后的一抹阳光，暮日下的世界，被覆上了迷离的光芒。黑暗即将到来，带走这一天的明亮，重阳节也很快就会过去。第二天依然是崭新的一天，"回首凉云暮叶，黄昏无限思量"。只是在这即将告别白日的时刻，纳兰回首天边的云朵和落木，心头不禁思绪万千。这首重阳节感伤的词，写出了词人深埋心底的忧伤。

菩萨蛮

窗间桃蕊娇如倦，东风泪洗胭脂面。人在小红楼，离情唱《石州》^①。

夜来双燕宿，灯背屏腰绿^②。香尽雨阑珊^③，薄衾寒不寒？

赏 析

东风始来，三月的桃蕊初绽，不胜娇美，慵懒如同刚刚睁开睡眼的少妇。初上绣楼，凭依窗子，远眺之时，"忽见陌头杨柳色"，想起久久未归的游子，苦涩的离情溢满心头，泪水湿了新妆。唇齿之间，这一首《石州》曲，吟遍了古今多少离情别绪。忽而想起昨夜那来宿的双燕，"落花人独立，微雨燕双飞"，形只影单的少妇备觉凄凉，灯烛背对屏风，回首处，昏暗不明。春意料峭，微雨将尽，那远方的人是不是只有一张薄衾，又是温，是寒呢？

①《石州》：乐府商调曲名。②绿：昏暗不明。③雨阑珊：微雨将尽。

点 评

短短四十来字，上片写尽了春闺情愁，下片写尽了销魂之感。

这首词写的是游子思妇的离别之情，在古典诗词中极为常见。早在初唐张若虚的笔下，就有了"谁家今夜扁舟子，何处相思明月楼"的春闺情怀。丈夫离家，日复一日，思念并没有因时间而成为习惯。某日初上翠楼，忽见桃红，心底多少愁思，涌上心头，难下眉头。"窗间桃蕊娇如倦"，看似写"桃花"，其实写"人面"。"桃之夭夭，灼灼其华"，"桃花"自古便是红颜的象征，都是一种脆弱的美。"人面桃花相映红"，是写花的美，也是写人的美；是写人对桃花的欣赏，更是写人对自己的怜惜。人见桃花烂漫，不由联想到自己也是青春如许，却春闺独居，难以与心中思念的人共相朝夕。春日本多情，"泪洗胭脂面"便知闺中人心中的愁苦，非窗前的一缕薄烟，也非耳际的一阵轻风，它的厚重也许根本没有什么事物可以用来比拟，也不需要用什么来比拟，既无它诉，便只得轻吟一首哀婉的《石州》曲。

"夜来"二字起首，便知漫漫长夜中闺中人的凄婉心境。南唐亡国词人李煜说，"寂寞梧桐深院锁清秋"，正是如此；南宋女词人李易安说，"莫道不销魂，帘卷西风，人比黄花瘦"，正是如此；温庭筠说，"过尽千帆皆不是，斜晖脉脉水悠悠，肠断白蘋洲"，也正是如此。一夜料峭春雨不止，人也久久难以入眠，双燕因深夜寒冷而借宿檐下，相依相偎，触动了闺中人的心事。灯烛背对着屏风，因而昏暗不明，似也困乏欲睡，此时此刻，已至深夜，唯有人独醒着。"薄衾寒不寒"的设问中，其实早已预设了回答：闺中人"半夜凉初透"，凄凉境地下，不由想到远在异乡的人是否能禁得住这番春寒？由物（燕）及己，由己及人，才有了"寒"的意蕴。

　　一面是春愁如许，一面是凄婉销魂，都是对于闺中人痛楚心理的刻写，在这个过程中间，还有着景致之间的鲜明对照——一明一暗。总体看来，上片"明"在"桃"字，下片"暗"在"背"字。如果不是春日风和日丽，明媚如新，又怎能一推窗而见桃红一点，娇蕊动人？如果不是背向屏风，又怎知闺中人听闻燕声时，回首间，"屏腰"昏暗不明。但无论是"明"，还是"暗"，无论是白天所见，还是夜晚所闻，所投射的都是闺中人的离情别绪。在一明一暗的对照中，更加凸显了闺中人心绪的低沉。

附：纳兰容若传

▶楔子

　　清顺治十一年，十二月十二日，大雪已经落了好几天，把整座北京城都给笼上了一层银白色的幕帏，千里冰封，连紫禁城金黄色的屋顶也都被雪白的雪给覆盖住了，宫殿变得像是雪塑冰雕一般，褪去了往日的巍峨雄伟，带上了一些别样的晶莹洁白。

　　覆雪的屋顶蜿蜒着，从紫禁城一直延伸到四周的寻常民居上、花木上，在寂静的夜里勾勒出连绵起伏的曲线。

　　在这些被大雪覆盖住的屋顶下面，有一处寻常的宅子，和其他官员的宅子相比，并没什么特别之处，一样的青砖青瓦，一样三进三出的四合大院。

　　昨夜下了一夜的雪，雪珠儿拉拉扯扯连绵不断，直到快天亮的时候，才缓缓停了，雪光透了上来，乍一看，就像是已经天亮了一样。

　　天际开始有了一些光芒，蓝色琉璃般的曙色渐渐亮了起来，薄薄的，透明的，从雕花的窗棂间像是有生命似的钻到屋里，缝隙间隐隐有着一丝儿清冷之气，带着新雪的气息，缓缓飘散在屋内如春的暖意之中。

屋子里点着红泥火炉,炉中的红炭大部分都已被烧成了灰,只有些火星儿还间或一闪。绸帷低垂,把暖炉带来的暖意都给笼在了金装玉裹之中,一室皆春。

兴许是累了,仆役们要么斜靠在墙壁上,要么就低着头,都抵不住浓浓的睡意,在打着瞌睡。

描金绣纹的罗帐内,明珠夫人——英亲王第五女觉罗氏正沉沉地睡着,秀美的脸庞上还带着重重的憔悴之态,身旁,则躺着她刚出生还不满一天的孩子——纳兰容若。

对全家人来说,

这个孩子的降生，代表着满族最显赫的八大姓之一的纳兰氏，有了正式的继承者！

而尚在沉睡中的孩子，完全不知自己已经降生到一个与皇室有千丝万缕关系的天皇贵胄之家，从此富贵荣华，繁花似锦；更不知在今后的岁月中，他的名字，总会与"词"联系在一起，且被后人们赞为"清朝第一词人"。

家家争唱饮水词，纳兰心事几人知？

在他短短的三十一年人生之中，他家世显赫，他仕途亨通，他名满天下；而他更有着爱他的妻子，仰慕他的小妾，还有才貌双全至死不渝的情人，心意相通的朋友。对历朝历代怀才不遇最终郁郁而亡的无数人来说，他已经算得十分的幸运，简直就像是上苍的宠儿，来到这人间，体验一番红尘颠倒、人世沧桑。

也许正因为是如此吧，上苍终究舍不得让自己的宠儿离开太久，只不过匆匆三十年，就再度把他召回到自己的身边，留下一些隐隐约约的传说，在风中耳语着，述说着他与那几位女子缠绵悱恻的爱情，与知己相濡以沫的友情，还有他内心不为人知的痛苦——

不是人间富贵花，却奈何生在富贵家！

他流传至今的349首词，清丽哀婉，仿佛能挑动人心中最深处的那根弦，颤动不已。

人生若只如初见。

王国维有评——

"北宋以来，一人而已！"

▶第一章

诞生　谁怜辛苦东阳瘦

　　纳兰性德，原名成德，字容若，号楞伽山人，武英殿大学士明珠长子。现存词作 349 首，刊印为《侧帽集》《饮水集》，后多称《纳兰词》。

　　其词哀婉清丽，颇有南唐后主遗风。

　　"桐花万里丹山路，雏凤清于老凤声。"

　　顺治十一年甲午，农历腊月十二日，纳兰容若降生于京师明珠府邸。

　　第一次见到纳兰容若这个名字，是在我很小的时候偷偷看梁羽生的武侠小说时。那时年纪小，似是而非，也未必就能把小说给看懂了，可当眼中突然出现"纳兰容若"四个字的时候，不知为何，小小的心弦竟为之轻轻颤动了一下。

　　也许是因为那四个字组合起来，有种奇妙的、仿佛画一般意境的音节吧？

　　字简单，并不生僻，一旦组合在了一起，却给人一种美妙的感觉，令人不禁心驰神往。

那有着这样一个美丽名字的少年公子，该是怎样的风度翩翩、宠辱不惊？该是怎样的谦谦君子、温润如玉？

瞻彼淇奥，绿竹猗猗。有匪君子，如切如磋，如琢如磨。

几千年前那些善良的人们，在《卫风·淇奥》中赞道："有匪君子，如琢如磨，如圭如璧"，便是对翩翩君子们最恰到好处的描写。

君子当如玉。

君子当翩翩。

君子当是浊世佳公子，来于世，却不被世俗所侵。

而千年前的人们又怎么会预料得到，在千年后，竟有一位出生在冬季大雪纷飞之时的少年，仿佛是那传世的诗篇中走出来的一般，翩翩来到我们的眼前。

纳兰容若，自此，风容尽现，带着他与生俱来的绝世才华，仿佛天际翩然而落的一片新雪，带着清新的气息，缓缓地、缓缓地坠入这尘世间。

那时，他还只是个小名"冬郎"的少年，浑然不知自己今后的命运，注定要在金装玉裹的锦绣堆中惶惶然荒芜了心境，纠缠在理想与现实的隔阂中来回地碰撞着，而与几位女子缠绵悱恻中，终是痛苦了自己的心，情深不寿。

而那时，他也只是像所有的年轻人那样，在暮春时节，看落花满阶，带着少年天真的眼波流转。

看天下风光，看烟雨江南，看塞外荒烟，夜深千帐灯。

那时，少年不羁。

那时，少年得志。

第一节　纳兰家世

有这样一种人，他似乎生来就该被我们所钟爱，小心翼翼地呵护着，不吝于用最美好的词汇去描述着他的形象，去赞美他无以伦比的才华。

仔细想来，纳兰容若不正是如此？

即使他早已辞世几百年，我们依旧乐于用这世上无数美好的形容词，去形容他，去想象着他那短暂的一生。

浊世翩翩佳公子，当是最恰当的描述了。

纳兰容若是满洲正黄旗人，父亲鼎鼎大名，正是康熙年间名噪一时的重臣明珠，官居内阁十三年，"掌仪天下之政"，倒是完完全全当得上"权倾朝野"四个字，只可惜这个长袖善舞的人物，在官场中也免不了经历荣辱兴衰、起起落落，在他晚年的时候，被康熙罢相，一下子从官界的顶峰狠狠摔了下来。

总之这一下摔得够惨，很多关于他的资料就都因此湮没不详了，反正家破人亡那是免不了的。而和他同样鼎鼎大名，只不过是在另一个范围有名的儿子纳兰容若，却因为过世得早，反而避过了眼睁睁看着自己的家在一夕之间从云端跌入谷底的悲剧。

在北京的西郊有一块《明珠及妻觉罗氏诰封碑》，上面记载的，就是这位曾经权倾一时的明珠的仕途经历，从一开始的云麾使，逐步升到太子太傅、英武殿大学士兼礼部尚书，完全称得上是平步青云、扶摇直上，甚至可以说得上是飞黄腾达。

这样一位在官场之中长袖善舞的人物，自然不可能是庸碌之辈。

根据记载，明珠在平定三藩、统一台湾、抗御外敌等重大事件中，都是相当关键的角色，若非最后跌了那狠狠的一跟头，未尝不会继续风光下去。

和电视剧《康熙王朝》中演的稍微有点不一样的是，现实中的明珠，与阿济格的女儿成婚，倒可以说是冒了很大风险的。

阿济格是多尔衮的哥哥，战功赫赫却没什么政治头脑，最后落得个被囚禁的下场，儿女们赐死的赐死，贬为庶人的贬为庶人，这样的姻亲关系，对明珠来说，肯定是不能帮助他在官场中步步高升、一路青云直上的。当然，如人饮水，冷暖自知，以当时明珠一介卑微的小侍卫来说，能"高攀"上阿济格的女儿，到底是怎么想的，也只有明珠自己知道了。

反正在以后的岁月里，两口子还是把日子给过了下去。

在外，明珠在官场中游刃有余；在内，觉罗氏把家操持得妥妥当当，让自己的丈夫毫无后顾之忧。

若是以政治婚姻来说，这样的相处也未尝不是一种美满。

而就在这样的"美满"之下，纳兰容若出生了。

对当时的明珠与觉罗氏来说，他们也完全没有料到，这个出生于寒冬腊月的孩子，未来将会被赞誉为"清朝第一词人"吧？

明珠与纳兰容若，一对父子，同样的大名鼎鼎，却又如此的不同。

一个在官场长袖善舞，一个在词坛游刃有余。

纳兰容若永远也不明白，父亲是怎么在无数人虎视眈眈中一步一步毫不犹豫而又铁腕地攀爬到顶点的位置，一人之下万人之上，在百官之中呼风唤雨。

就像明珠永远也不可能明白，自己为儿子精心规划的，已经铺设好了的那条通往鲜花与荣誉的道路，为什么儿子却是如此的不情不愿以至于抗拒。

想来想去，只能说，因为他们毕竟是不同的人吧？虽然有着最为亲近的血缘关系，但生长环境不同，成长之后自然也就不同。

这也是古往今来，天下的父母与孩子之间最难解决的一个问题。

没有父母敢说自己百分之百地了解自己的孩子，也鲜有孩子会尝试着主动去了解父母。事实上，对孩子来说，尤其是年纪稍微大一点的，处于青春期的孩子，能够不和父母处处对着干就已经很好了。

当然，要是假想一下纳兰也跳着脚和父母逆反的画面，我是想象不出来，但可以确定的是，纳兰容若确确实实选择了一条与他的父亲截然不同的人生道路。

他把他的才华、他的天分在诗词上尽情地发挥了出来，淋漓尽致。

第二节　"性德"之名的由来

1655 年 1 月 19 日，也就是顺治十二年甲午，农历腊月十二日，纳兰容若生于京师明珠府。

那时候，他父亲明珠才二十岁，风华正茂，为这个孩子，取名叫成德。

纳兰成德。

其实纳兰一直都是叫"成德"，只是在他二十多岁时为了避皇太子的名讳，才改名叫"性德"，也只用了一年而已。

但是在人们约定俗成的观念中，更喜欢叫他"纳兰性德"，以至于本名反倒鲜有人知晓了。

那我们也不妨约定俗成一下，还是用那个人们都十分熟悉的名字来称呼公子吧！

纳兰降生之后，他的父亲明珠就为他起名叫"成德"。

"成德"二字，在古代典籍里面出现的次数不少。

南宋朱熹《论语集注》："言学者当损有余，补不足，至于成德，则不期然而然矣"；《宋史》中也有言："惟俭可以助廉，惟恕可以成德"；《易经》中更说："君子以成德为行，日可见之行也。"

同样是"成德"两字，意义却各有不同，究竟当时明珠是想到了哪一句才会给儿子起名"成德"的，至今无人知晓，只是"成德"成了纳兰的名字，一直沿用了下来。

但不管是哪句，至少有一点是可以猜到的，明珠是希望自己的孩子长大之后能当真如"成德"二字一样，成为一名君子。

天下的父母，都是望子成龙的，从古到今，从皇侯贵族到贩夫走卒。每一个孩子的降生，都会带给父母新的希望，而名字，就是父母给予孩子的第一个祝福，也是期望。

纳兰倒是一点儿也没辜负父亲的好意。

如今说起纳兰，用到最多的句子，就是"浊世翩翩佳公子"。

"公子"常见，古往今来最不缺的大概就是这"公子"了，上到几十岁下到几岁，泛滥的程度大概可堪比现在的"美女帅哥"俩词儿。只要稍微有点人模人样，走上大街，生理性别为男性的，可能都能被叫作"公子"。但是古往今来，够得上这资格的，还当真是屈指可数，到了现代，一说起这几个字，人们脑海中条件反射出现的，大概就是纳兰性德这个名字了。

古人的习惯，除了姓名之外，还会给自己起字，所谓"名字"是也。纳兰身为一名汉文化的真正仰慕者，也自然而然地给自己起了字，就是"容若"。所以严格说起来，纳兰名"成德"，字"容若"，只是有时候他也会效法汉人的称谓，以"成"为姓，署名"成容若"，他的汉人朋友们也大多用"成容若"这个名字来称呼他。

不过有一个名字，却算得上是容若父母的专属，那就是他的小名——"冬郎"。

也许是因为出生在冬季的关系，容若的小名唤作"冬郎"。

看着这个名字，让人想起另外一位"冬郎"来。

"冬郎"除了是容若的字之外，也是唐朝诗人韩偓的字，李商隐曾经写过一首七绝赠与韩偓，其中有两句"桐花万里丹山路，雏凤清于老凤声"，便是"雏凤清声"一词的由来。而韩偓是著名的神童，吟诗作文一挥而就，才华横溢，所以说，大概明珠也有把自己儿子比作那神童韩偓的意思吧？

究竟明珠有没有这么认为，那就是天知地知了。

不过最常见的解释，还是因为容若在寒冬腊月出生，所以才起了这么个小名儿。

纳兰容若是满洲正黄旗人，算得上是根正苗红的"八旗子弟"。

在大多数人的观念中，说起"八旗子弟"，大概脑海里浮现出来的第一个画面，就是《唐伯虎点秋香》里面四大才子招摇而过，摇晃着扇子"妞，给爷笑一个！不笑？那爷给你笑一个"的场景，尤其是到了清朝后期，那更几乎等同于纨绔子弟的代名词。

若是纳兰容若也是这般模样，想必也就不会有王国维的"北宋以来，一人而已"的高度评价了。

也许是因为那时候清朝入关不久，一些坏的习气还没沾染上，所以纳兰容若这个"八旗子弟"，表现出更多的是——一种正面的清新的气质。

据说他最早的诗词记载，是在他十岁的时候。

十岁已经能成吟，由此可见明珠夫妇对纳兰容若的教育是很下工夫的，后来更是请来名士大儒顾贞观做纳兰容若的授课师傅，也让容若从此有了一位亦师亦友的忘年之交。

据说有一首词《一斛珠·元夜月蚀》，是他十岁的时候所作。

星球映彻，一夜微褪梅梢雪。紫姑待话经年别。窃药心灰，慵把菱花揭。

踏歌才起清钲歇。扇纨仍似秋期洁。天公毕竟风流绝。教看蛾眉，特放些时缺。

如今看来，这首词若说是个十岁孩子写的，词风又未免显得太过成熟了一些，而且用典颇多，从"紫姑""窃药"，到"踏歌"等，颇有些风流之态，十岁的孩子，当真能写得出来这样的词吗？

这确实是一个值得疑惑的问题。

不过，我们的纳兰公子是出了名的自小聪敏，读书过目不忘，也说不定当真有可能写出一首成熟的词来，这首词究竟是不是纳兰十岁时候写的，各有各的说法，但是，在那些言之凿凿说此词为纳兰容若十岁所写的笔记记载中，大多会大肆渲染地描写当年那年仅十岁的稚子是如何出口成吟的。

于是我们就不妨窃喜一下，至少这也算是一种对纳兰容若——冬郎才华的肯定吧！

只不过说起神童，很多人都会想到王安石笔下的《伤仲永》，再有天赋又如何？若得不到学习机会与正确的引导，最终也只能是"泯然众人矣"。

好在身为父母的明珠夫妇，对儿子的教育从来都是毫不放松的，所以我们才能见到纳兰容若那些清丽美妙的词句，而不是哀叹着，惋惜着，伤容若。

第三节　幼有词才

冷香萦遍红桥梦，梦觉城笳。月上桃花，雨歇春寒燕子家。

箜篌别后谁能鼓，肠断天涯。暗损韶华，一缕茶烟透碧纱。（《采桑子》）

如果说纳兰容若一辈子都没经历过一丁点儿的挫折，那就是骗人了。

人生在世，不如意事常八九，帝王尚且有烦恼，更何况寻常人家？

所以天之骄子的纳兰容若，也不可避免地遇到了挫折。

那一次是康熙十二年，癸丑。

纳兰容若十九岁。

十七岁时纳兰容若就入了太学，国子监祭酒徐文元十分赏识他。

十八岁，纳兰容若和其他莘莘学子一样，参加了顺天府的乡试，毫无悬念就中了举人。

有时候看到这里总会忍不住想到另外一个著名的"举人"来。

范进考了一辈子的试，生活穷困潦倒，一直考到五十四岁才中了个秀才，后来终于中了举人，竟是欢喜得发疯了，挨了岳丈胡屠夫一巴掌才清醒过来。

虽然是小说家言，不过从有八股文考试起，难道不是有无数个"范进"，一辈子就只想着能考取功名，然后全家都鸡犬升天吗？

"太宗皇帝真长策，赚得英雄尽白头。"

自隋唐开始的八股文考试，让古往今来千千万万读书人都一头栽了进去。考了一辈子的试，考到白发苍苍依旧是个童生的人，也不知有多少。连宋代文豪苏洵都曾发出过"莫道登科易，老夫如登天"的感慨，其难度也就可想而知了。

而纳兰容若与那些白头童生们相比，他已经是十分幸运而且出众了。

年仅十八岁就中了举人，在其他人眼中，无疑是该羡慕与嫉妒的。

所以，连老天爷都觉得他太顺利了，该受点挫折，于是纳兰容若在十九岁准备参加会试的时候，突然得了寒疾，结果没能参加那一年的殿试。

自然榜上无名。

在纳兰的一生当中，这大概可以算是他第一个小小的挫折了吧？

他没能参加那次殿试，待病好之后，是后悔呢，还是并不以为意呢？从他淡泊名利的性格上来看，大概有很大的可能是后者。

无论如何，纳兰容若并没有参加这一次的殿试，在其后的两年中，他一边研读一边还主持编撰了一部儒学汇编——《通志堂经解》，更编成了《渌水亭杂识》。

闲暇的时候，他依然继续着自己的诗词。

这一年，他写了几首《采桑子》，各有不同，其中一首，便是："冷香萦遍红桥梦，梦觉城笳。月上桃花，雨歇春寒燕子家。箜篌别后谁能鼓，肠断天涯。暗损韶华，一缕茶烟透碧纱。"

不知为何，纳兰容若身在北京，可他的词，却总隐隐透着一股江南三月的气息，从他的词里，能看到的是江南的小桥流水、杨柳明月，字里行间流露出来的，是月夜下二十四桥氤氲的蒙蒙水汽，婉转而又清新。

也许容若前生是自江南雨巷中翩然走来的少年公子，撑着伞，缓缓走过时光的流转。

在某一天夜里，他刚刚结束了当天的编撰工作，月上中天，府里的其他人早已歇息了，他也吹灭了蜡烛，关上房门，向自己的寝室慢慢走去。

途中，经过蜿蜒曲折的长廊，穿过小巧精致的别院，在扶疏的花木中穿梭而过，分花拂柳间，花木深处，一缕淡淡的、虚无缥缈的香气就在夜色中缓缓地氤氲，一丝儿一丝儿地转进容若鼻里。

那是不知何处飘来的一缕冷香，在这漆黑的深夜中仿佛是从梦境中飘散出来的一样，带着冷冷清清的味道。

那是谁的梦呢？

纳兰容若不由得停下了脚步。

银白色的月亮高高悬挂在夜空中，柔柔的月光洒了下来，给寂静的院子镀上了一层银白色。院子里的花木在月光的照耀下，都像是笼了层银纱一般。

青石板的地面还微微有些湿润，那是不久前才下了一场小雨，润润的。空气中那淡淡的冷香也越发显得清新了，花木也更加青翠。

早晨就盛开了的桃花被雨水打掉了一些，还剩下一些在枝头上，继续颤巍巍地开放着，含羞带怯，在清冷的夜色里带来一丝儿娇俏的意味。月亮高挂在树梢之上，像一只妩媚的眼，静静地看着春雨过后的满树桃花，满庭落芳。

不知什么地方隐隐传来箜篌的乐声，若有若无，和着那股淡淡的冷香，浸着夜的冷清，在清新的空气中慢慢地、宛转地飘散着。

容若凝神听着，细细分辨，却听不出来是哪里传来的乐声。

也许是哪家的女子，在思念着离家的丈夫吧？

那若有若无的箜篌声里，或许寄托的，就是那痴情的女子苦苦等候的相思之情。

箜篌别后谁能鼓，肠断天涯。

纳兰容若静静地听了许久，也在院子里停留了很久。

那箜篌声不知何时缓缓地消失了，夜重新宁静下来。

容若这时才继续往前缓步走去。

走向自己的寝室。

室内，侍女们早已掌了灯，静候着公子回来。

窗边的几案上，一缕茶香幽幽地、婀娜地飘散，绕过几案，从碧青色的窗纱间透了出去，与窗外的夜色融为一体。

有时候我想，纳兰容若十九岁那年因急病而不能参加殿试，对他来说，未尝不是件幸运的事情。至少，他能有几年的时间去做自己喜欢的事情，编撰书籍，吟哦诗词，而不是在官场中渐渐地消磨掉他天生的才华。

可是，这也只是后人的胡乱揣测罢了。

他当时到底是如何想的，如今谁又能说得清楚呢？

那年，容若不过十九岁。

十九岁，以现代人来说，大概还在教室里挥汗如雨，一门心思准备着各项考试的年纪；要不就是在玩着网游，聊着QQ，在网络上消磨着青春。

可容若的十九岁，已经在主持编撰《通志堂经解》与《渌水亭杂识》。

也许以当年的观点来看，十九岁，已经算得上是个成年人了，所以他也相应地承担起了自己年纪应该承担的责任。

编撰着书籍，同时学习着，为几年后的又一次殿试作好准备。

只是，在空闲下来的时候，他心心所念的，还是自己所喜爱的诗词吧。

所以，在这样一个月上中天的夜晚，那一缕幽幽的冷香，那一缕淡淡的乐声，才会让素来"以自然之眼观物，以自然之舌言情"的容若，有感而发，从而写下这首《采桑子》吧？

只是，在他心目中，暗损了韶华的，究竟是什么，如今已经不得而知。

只有那词里清新的气息，在幽静的夜色中飘然而来，让人口角噙香。

桃花羞作无情死，感激东风，吹落娇红，飞入闲窗伴懊侬。

谁怜辛苦东阳瘦，也为春慵，不及芙蓉，一片幽情冷处浓。（《采桑子》）

乍一看，这首词就像是一首普普通通的描写桃花的诗词。

不过中国的文人们向来有借物喻情的习惯，我们在从小到大的语文学习中，对课本上出现的古诗词，总是会从字句解释翻译，再到中心思想与作者所要表达的情怀，然后就是一篇完整的关于诗词的翻译。

我们也不妨这样尝试一次。

之前已经说过，这一年，纳兰容若十九岁，刚刚经历了人生中的第一次重大打击。

说他完全没有沮丧，没有失望，那也未免太过于神化纳兰容若了，所以，我想，那个春天，纳兰必然也是有些郁郁寡欢的。

心境的失落，自然也让他目中所见，不可避免地带上些沉抑的色彩。

"桃花羞作无情死。"

在纳兰容若的眼中，桃花并不仅仅是单纯地开在春季的植物而已，他看到的，更多是桃花的多情，桃花的羞涩，桃花的落寞。

已然是活生生的一般。

在中国古代的文学中，桃花常常被用来当作感情的象征。最有名的，当属唐朝诗人崔护的"去年今日此门中，人面桃花相映红。人面不知何处去，桃花依旧笑春风"。

诗里，那位让诗人念念不忘的美丽女子，正如桃花一般，美丽，却也漂泊，不知在何年何月，已经不见了踪影。正如张爱玲笔下那月白色衣衫的女子，在几经漂泊辗转，年老之后回忆起年轻时对门的那位年轻人，会忍不住轻轻地说道："于千万人之中遇见你所遇见的人，于千万年之中，时间的无涯的荒野里，没有早一步，也没有晚一步，刚巧赶上了，那夜没有别的话可说，唯有轻轻地问一句'噢，你也在这里吗？'"

在不知不觉间，桃花隐隐有了一种悲剧的味道，虽然是美好的象征，却也散发着"人去楼空"的凄凉与惆怅，弥漫着悲凉的伤感。

美丽，却也凄婉。

在容若的笔下，桃花也正如之前无数歌咏它们的诗词一般，带着淡淡的忧伤味道。

花开花落，天道循环，可是容若笔下的桃花，却是那么的多情，仿佛有着灵性的精灵一般，眷恋着春天。如此多情的桃花，却也是那么害怕寂寞，在春雨纷飞的季节，羞于如此落寞地死去，跌落枝头，满庭落芳。

《红楼梦》中曾有黛玉葬花，把那满地的落花都细细地扫进绢袋里，然后埋于土中，随岁月化去。在纳兰容若的眼中，那无奈从枝头落下的桃花，心有不甘，却并未随之落入沟渠之中，而是被东风缓缓吹进窗间，与窗前相倚之人陪伴。

于是，纳兰容若笔锋一转，便是"感激东风"，让桃花"飞入闲窗"，来陪伴自己。

那时，纳兰容若心情怎样呢？正如词中所言，"飞入闲窗伴懊侬"，是懊侬的，烦恼的。

他是贵族公子，少年得志，少年成名，在无数人的眼中，是令人羡慕的，这样的天之骄子，怎么可能还会有着烦恼？

但他偏偏很烦恼。

至于他当时在烦恼的，究竟是什么，已无从得知，总之，当他见到被东风吹到窗前的桃花瓣时，却是想到了，这从枝头被吹落的桃花，恰恰是东风送来与自己做伴的、无声的伴侣。

接着，纳兰容若又自叹"谁怜辛苦东阳瘦"。

东阳，指的是南朝时候的美男子沈约，他曾经出任东阳太守，于是世人皆以"东阳"称之。南朝向来有以瘦为美的风尚，再加上沈约是出名的美男子，于是"东阳瘦"竟成流行的风流之态。而这里纳兰容若用东阳沈约自比，倒也颇为得体。

他与沈约倒是蛮多相似之处，都以才情为世人仰慕。纳兰容若在这里用"东阳瘦"的典故自比如今愁闷孤寂的心态，倒也贴切。

可以想象，当时的纳兰容若，大概是病情还未痊愈，看着窗外繁花似锦春意盎然，自己却只能被困于这病榻之上，心情自然不免有些烦闷，孤寂之下，当然会对这些不请自来的伙伴格外珍惜了。

桃花多情，像是知道了他如今孤寂的心情，于是借东风一程，特地飞入窗前，与人为伴，可落英缤纷，像是在无声地告诉自己，春天即将过去了。

只是，却不及芙蓉，一片幽情冷处浓。

这里的幽情，究竟是指谁的情愫呢？不得而知，只是纳兰容若颇有自比"不及芙蓉"的意思，大概是指"李固芙蓉"的典故。

相传唐代李固落第后在巴蜀遇到一位老妇人，预言他次年会在芙蓉镜下及第科举，第二年李固果真金榜题名，而金榜上恰有"人镜芙蓉"四个字，后来这一典故就被称为"李固芙蓉"。而容若的这句"不及芙蓉，一片幽情冷处浓"大概也是写他在无奈错失殿试机会之后的懊恼之情吧？

但年后，纳兰容若再度参加了殿试，金榜题名。

只不过在当时，纳兰容若开始有些郁闷，所以才会写下"桃花羞作无情死"的句子，更自比东阳，"谁怜辛苦东阳瘦"。

整首词里，有着一股淡淡的懊恼之意，却在字里行间显得清新，而且一如既往的温婉。

纳兰词以小令见长，虽然如今我们都习惯将"诗词"二字连起来说，俨然一个词语，但是在古代，"诗"与"词"的待遇，是大不相同的。

写诗，向来被看成是文人立言的正途，大概是因为诗的格律与平仄要求严谨，从而正好符合古代礼教的规范，于是诗才是正途。而填词，向来被"正统人士"看成是小道，没什么地位。也许是因为词本身就是一种比较通俗的艺术形式，是流行在市井酒肆之间的，所以大多数都比较绮丽浮华，笙歌燕舞、花前月下，但撇开那些糟糠之作，好的词却都不约而同地透着股清冷的味道，更不乏雄浑之作，只是因为词这种艺术形式的诞生来自市井之间，所以向来被正统的文人们所看不起。

而纳兰容若却偏偏在这"被正统文人看不起"的词上面，大绽光华。

▶第二章

初恋 一生一代一双人

"一生一代一双人,争教两处销魂。相思相望不相亲,天为谁春?"

康熙六年丁未年,纳兰容若十三岁。

也就在这一年的七月,康熙皇帝亲政。

康熙七年,纳兰府迎来了三年一度的选秀,纳喇氏入宫。

纳兰容若是以"清朝第一词人"的称号扬名的。

后人对他也颇多推崇,有赞其为"国初第一词手"的,也有赞他"纳兰小令,丰神炯绝"的,而最多的,还是说其"《饮水词》哀感顽艳,得南唐二主之遗",尤其是在《词话丛编》中,对纳兰词颇多赞扬。

当然,也有一些批评的声音,陈廷焯的《白雨斋词话》就明确地这样说道:"容若《饮水词》,才力不足。合者得五代人凄婉之意。"

想来,也许是因为他的词大多以花前月下的题材为主,所以给人比较小气的感觉，虽然也偶有雄浑之作，不过终究还是显得视野并不很宽阔，也就难怪有后人会说他的词略显局限了。

撇开这些不谈，光是说他的《饮水词》，确确实实清丽美妙，初读，颇有后主的感觉，再读，便是妙不可言。

也因为纳兰词中的那些对感情与心境的细致描写，很多人都不免对这位豪门公子的感情生活有了兴趣。

"八卦"乃是人类的天性，谁都抵抗不住自己的好奇心，所以狗仔队才会有如此旺盛的生命力，堪比"小强"。之所以我们乐于见到八卦，尤其是名人的八卦，火得一塌糊涂，也可以说是因为其在很大程度上满足了观众们的猎奇心理。

而有着"清朝第一词人"美誉的纳兰容若，有着权臣公子身份的纳兰容若，不消说，也会有不少人关注着他的八卦。

从古到今皆然。

第一节　青梅竹马

根据记载，纳兰有妻子卢氏，妾颜氏，后来卢氏病故，便续弦官氏，还有著名的江南才女沈宛，这些算是时人笔记上明确记载了的，不过在野史中，不少人言之凿凿地说，其实纳兰还有个心爱的表妹，后来被选进了宫里，劳燕分飞，纳兰一直念念不忘。

纳兰和他这位传闻中的"表妹"，后人研究说，也许这便是《红楼梦》中贾宝玉与林黛玉的原型。

当初乾隆在看过《红楼梦》之后，曾说过这样的一句话："此乃明珠家事作也。"明珠家与曹家有着相似的荣衰经历，难免会有人认为，明珠是"贾政"的原型，那么纳兰容若，自然就是"贾宝玉"的原型了。

至于那位传说中的表妹，大概也就因此而"诞生"了吧？

又说，这位表妹才貌双全，与纳兰容若青梅竹马两小无猜，倒是公认的男才女貌，一双璧人。

那时年少的纳兰容若，还有那位美丽的少女，若是就这么一直青梅竹马下去，大概成亲也是顺理成章的事情了。

但是，现实总是残酷的。

如果这位"表妹"当真是存在的，那么按照当时的规矩，凡到选秀女之年，一般是三年一次，家里有十三岁到十五岁少女，而且是嫡亲女孩儿的旗人家庭，都必须先参加选秀，只有落选后，才能自行婚配，这是一种强制性的制度，所有的旗人家庭都不能拒绝。

所以，纳兰容若的表妹就这样被选进了皇宫之中。

以她的家世、相貌、才华，大概落选的可能性也蛮小，而结果一点也没有意外，她果真被选中了，宫门一入深似海，从此萧郎是路人。

纳兰容若当时是什么样的心情，大概能猜得到，总之是念念不忘。据说是为她愁思郁结，无论如何都想再见一面，后来伪装后混进了宫里，终于才与自己的表妹见到最后一面。

当然，这只是传说，并没有任何的史料依据，但纳兰的这桩似是而非真假莫辨的感情，或者说是初恋，在后人的猜想中，逐渐变得朦胧而美丽起来，带着"此事古难全"的遗憾，演绎出无数的版本。

电视剧《康熙秘史》中，钟汉良扮演的纳兰容若，与石小群扮演的表妹惠儿，便是青梅竹马的一对儿，后来惠儿被选进宫里，阴差阳错之下更被选为康熙的妃子，从此两人顿成陌路。而在其他的演绎纳兰容若的电视剧中，不管中间过程如何的不同，结局都是一样的，那才貌双全的少女不得已进了皇宫，从此与情投意合的表哥天各一方，徒留无数遗憾。

夕阳谁唤下楼梯，一握香荑。回头忍笑阶前立，总无语，也依依。

笺书直恁无凭据，休说相思。劝伊好向红窗醉，须莫及，落花时。

（《落花时》）

曾有人说过，少年时代的感情是最纯洁的，因为那时双方都还年少，脑中还不曾被世俗的柴米油盐酱醋茶给充斥，才可以全心全意地，在心里装着另外一个人，没有任何目的，只是完完全全地想着对方，依赖着对方。

我想，容若与小表妹也该如是吧？

因着家世的关系，两家来往较多，容若与小表妹年纪相仿，自然而然地就很快熟络起来。

郎骑竹马来，绕床弄青梅，同居长干里，两小无嫌猜。

唐代大诗人李白的这首《长干行》，写的可不就是容若与他的小表妹？

不管最后的结局是怎么样，至少当时，少男少女们是完全没有想到未来的变数的。

在纳兰容若大概四五岁的时候，他除了读书之外，还多了一样功课，那就是骑射。

满族人入关之后，面对着辽阔的中原，面对着博大精深的中原文化，他们自豪却又自卑着，羡慕的同时却又恐惧着。

自豪的，是这一望无垠的江山社稷终究被他们所统治。

自卑的，是因为很清楚自己可以用刀剑打下江山，却不可能继续用刀剑统治一个高贵的文明。

羡慕的，是绵延几千年包罗万象的中原文化，给他们带来一个全新的视野。

恐惧的，却是害怕自己这少数者最终和历史上无数的异族一样，被中原文明强大的同化能力湮没。

所以，统治者一再强调着"祖宗家训"。

祖祖辈辈都是以骑射讨生活，打下了这片江山，所以八旗子孙们必须保持骑射的传统，不可有丝毫的懈怠。

居安思危。

他们羡慕着却又恐惧着几千年绵延不断的中原文化。

纳兰容若那时候不过是个几岁的孩子，对于"骑射"背后的含义，他未必明白。只不过觉得是在自己喜欢的读书之外，又多了一样功课而已。

他也没觉得自己有什么不同。

当时旗人刚入关没多久，尚且保持着旺盛的斗志，所以八旗的子弟们也都是个个舞刀弄棒、弓马娴熟。所以小纳兰也和其他人一样，在读书之余，还要挤出时间来习武。

或者说，是在习武的空暇，挤出时间来读书。

也许因为父亲明珠是朝廷里难得的几位支持汉文化的人之一，更因为父亲精通汉语，纳兰从小耳濡目染，也对汉文化产生了浓厚的兴趣。

在习武之余，他像海绵一样吸收着一切能够接触到的文化。

在这方面，明珠的开通与赞成，也让纳兰在年复一年中逐渐地文武双全起来，而不是和其他的八旗子弟一样，弓马娴熟，却对汉文化一无所知，甚至连汉语都不大会说。

所以说，纳兰容若后来以词扬名，也并非没有道理的。

如今说起他，很多人条件反射地都会想到纳兰的文，但事实上，当时的纳兰，是名副其实的文武双全的。

与其他的旗人子弟相比，纳兰容若便显得太优秀了。

文，他享有赞誉；武，他是皇帝身前的御前侍卫，负责保护皇帝的安危，谁能说他武艺不好呢？只是在漫长的学习岁月之中，纳兰渐渐地发现，骑射变成了不得不完成的任务，而读书，才让他真真切切地感觉到快乐。

文武之道一张一弛，在骑射与读书之间，纳兰究竟比较喜欢哪一个，谁也说不清，只是，旗人的武，与汉人的文，就这样奇妙地在纳兰身上，达到了一个最好的融合。

纳兰容若一直都记得，那是一个阳光明媚的午后，自己正和以往一样，在武术师傅的教导下，学习着武术的基础。

蹲马步对一位四五岁的孩子来说，未免太枯燥了，而且是那么的辛苦，换作别家娇贵的小公子，只怕早就受不了号啕大哭起来。

但小小的容若却咬着牙忍耐了下来。

因为他记得父亲曾经严肃地对自己说过，骑射乃是旗人之本，祖辈们靠骑射打下了江山，你身为旗人，怎么可以不习骑射？

马步不知蹲了多久，小纳兰也不禁觉得膝盖开始酸起来，有点支撑不住了，又不敢撒娇不练，正在咬牙苦撑的时候，长长的走廊上，母亲婀娜地走了过来，唤他今天就到此为止，家里来客人了。

纳兰容若连忙去沐浴更衣，跟随母亲去前厅，迎接客人，这时候，他才看到，原来是自己那位久已闻名却一直不曾见过的小表妹，来家做客了。

在电视剧《康熙秘史》上，小表妹的全名叫作"纳喇惠儿"，与明珠一个姓氏，都是"纳喇"氏，那我们也不妨就当纳兰的小表妹就是纳喇氏吧。

总之，小小的纳喇惠儿就这样在明珠府里住了下来。

那时候，年幼的小表妹并不知道，自己进京的目的，是为了等她长到花季妙龄的时候，被父母送进宫里去。

在纳兰容若之后，明珠夫妇很久都不曾再有过孩子，所以在当时，小小的纳兰容若是没有弟弟或者妹妹的。也许是因为自己长期都被人当成弟弟一样的照顾，所以对这位小表妹，纳兰容若表现出很大的好奇心来。

而更让他感到惊喜的，是这位年纪比自己还小的妹妹，居然也对汉人的文化颇感兴趣，两个孩子兴趣相投，很快就熟络了起来。

　　与纳兰容若不一样，小表妹身为女孩儿，堂而皇之地可以不用去学习骑射，所以她能够安安心心地坐在书房内，听着授课先生的讲解，专心地聆听，只不过偶尔，一双黑漆漆亮晶晶的大眼睛，也会悄悄地从窗缝间偷看正在专心习武的表哥。

　　她也是旗人子孙，自然知道习武骑射是男孩子必须学习的功课，在授课师傅重重地一声咳嗽下，又忙不迭地把目光收了回来，专心在自己眼前的白纸黑字上。

　　孩子总是在一天天长大。

　　不知不觉间，幼童变成了少年，容若变得英俊洒脱，器宇不凡，而原本雪娃儿似的小表妹，也出落得亭亭玉立，俨然一朵含苞待放的鲜花一般。

大人们瞧在眼里，都暗自欣慰。

以小表妹的才貌双全，一旦选秀进了宫，再加上娘家的支持，还愁不能在皇宫之中找到立足之地吗？

他们暗地里打着如意算盘，却全然忽略掉了，或者说是刻意忽略掉了少年容若与小表妹之间那淡淡的萌动，只是以为，那不过是两个孩子一起长大的兄妹之情而已。

当时的少年纳兰与小表妹，又哪里会预料到，未来，竟然是如此的残酷。

年少的他们，大概根本就不曾想过以后的事情。

纳兰容若年长了一些，就和其他人一样，列席在八旗战士们的阵营里，和周围无数年纪相仿的年轻人一样，是一位年轻的战士。

这天，少年纳兰从军营里回来，沐浴更衣过后，拜见了父母、姑姑等人，却未见到表妹的身影，有些困惑，又不好明问，只得悻悻然往内堂走去。

走着走着，他突然发现，自己的脚步，竟是在不知不觉中走向表妹居所的方向。

夕阳西下，精致的绣楼掩映在繁花绿树之中，仿佛也带着少女的娇羞，在昏黄的阳光中，镀上了一层淡淡的金色。

也许是心有灵犀，当纳兰容若刚走到楼下，表妹惠儿也正从楼梯上款款地走了下来。

四目相对，皆是一怔，旋即都笑起来。

纳兰容若想问表妹为何之前没在前厅，但怎么想都不知该从何问起。向来机智灵变的他，不禁有些讷讷起来，看着表妹那双明亮的眼睛，更是说不出来了。

少年纳兰再聪明，也猜不透女孩子的心思。

甚至连小表妹自己，也未必说得明白。

她不知道为什么当快到表哥回家时辰的时候，自己会突然开始在意起仪容来，见镜子里的人儿左不顺眼右不顺眼，一会儿觉得头发散乱了，一会儿又觉得早上插的那支簪子与身上的衣裳不搭配，所以，一反常态，并未和往常一样去前厅迎接归家的表哥，而是在自己的闺房内细细地重新梳妆，直到自己满意了，才走出闺房，哪知刚一下楼，却见表哥正在自己的绣楼前踌躇不前。

小表妹本是有些忐忑，可见到表哥迟疑的模样，竟忍不住笑了起来。

见到小表妹忍笑的神情娇憨可爱，纳兰容若越发觉得讷讷起来，想分辩些什么，但你看着我我看着你，竟谁都无话可说，于是便忍不住"噗嗤"一声笑出来。

一笑，两位年轻人顿时不复之前的羞涩与尴尬。

惠儿和往常一样走到表哥身边，一双乌溜溜的大眼睛看向纳兰容若，大概是想说些什么吧，最后却是脸微微一红，就径直往前走去。

纳兰容若急忙跟了上去。

两个年轻人也不知低声说了些什么，间或传来一阵银铃似的笑声。

纳兰容若后来写了一首《落花时》，也许是这段无忧无虑的美妙时光在他的记忆里实在印象太深，所以在词中这样写道："夕阳谁唤下楼梯，一握香荑。回头忍笑阶前立，总无语，也依依。"

写的，分明就是年少时与表妹两小无猜的画面。

从词中我们可以看得出来，当时的少年纳兰与表妹，是如何的情投意合，在他们这一双年轻人的眼中，这世间任何事物都是美好的，当然，还有两位年轻人之间那纯真的感情。

夕阳下，美丽的少女缓缓步下绣楼，细白柔嫩的手就藏在精致的袖子里，有些犹豫，又有些含羞带怯，像是想要朝面前的少年伸去，但因着少女的矜持，迟疑着，但对方却已经伸手握住了少女的香荑。

双方相视而笑，多么美好的画面。

想必纳兰容若也是想过，若是能真的执子之手，说不定就当真可以与子偕老了吧？

可现实的无情，却让他"与子偕老"的美好愿望，从此变成了虚空泡影，只能在自己的笔下，抒发着对这段有始无终的懵懂感情的惋惜。

休说相思。

若相思刻骨，如何才能不说？如何休说？

第二节 一生一代一双人的原型

一生一代一双人，争教两处销魂。相思相望不相亲，天为谁春？
浆向蓝桥易乞，药成碧海难奔。若容相访饮牛津，相对忘贫。

（《画堂春》）

有多少人最先牢记的纳兰容若词，便是这一句"一生一代一双人"。

很多时候，被感动并不是因为一篇被华丽的辞藻修饰得天花乱坠的文章，也许就只是那么一句话。

简简单单的一句话。

"一生一代一双人"，那是一对天造地设的璧人，天作之合，当不为过。

而纳兰容若笔下的那"一双人"，指的又是谁呢？

既是一双，定是一对恋人，其中一人，毫无怀疑，自然是纳兰容若，另外一人，大概便是少年容若的初恋纳喇氏了。

那时候，纳兰容若也正年少，而惠儿也是位青春年少的美貌少女，两人才貌相当，正是典型的"一生一代一双人"。

对于将来的命运，纳兰容若与惠儿尚未知道，未来会如此残酷地给他们开了这样一个大大的玩笑！

对一对相互倾心的少年恋人来说，那个时候，大概世界上所有的一切，在他们的眼中都是充满了朝气而美丽的吧？没有阴霾，只有灿烂的阳光；没有世俗的侵扰，只有单纯的世界。所以，纳兰容若与纳喇氏，就像全天下所有情窦初开的少年少女一样，带着年轻人特有的单纯，全心全意地，享受着他们的爱情。

都说少年时候的感情是最单纯的，友情如是，爱情何尝不是这样呢？

纳兰容若一直清楚记得，那是一个阳光明媚的午后。

碧空如洗，蓝得仿佛透明一般，阳光从枝蔓间洒了下来，在地面上投出斑驳的光影。

紫藤花的藤蔓下，纳兰容若就那样随意地躺着，也许是读书读累了，他用几本书枕在脑袋下，闭着眼，小憩着。

耳中传来轻轻的脚步声，纳兰容若听出那脚步声是谁，却不睁眼，只是依旧装睡，但脸上抑制不住的笑意却泄露了真相。

果然，那轻柔的脚步声在耳畔停了下来，随之传来的，是少女轻轻的笑声，仿佛清风一般，接着，几朵花瓣就掉到了纳兰容若的脸上，痒痒的。

这下子，纳兰容若再也无法继续装睡，只好睁开眼睛，满脸笑容，看向那正俯身看着自己的少女。

那时候紫藤花正当花期，一串一串，或淡或浓，在阳光下仿佛紫水晶的瀑布一般，而那娇俏的少女就正立于紫藤花瀑之下，一身淡绿色的衣裙，就像是画中的人儿，活生生地站在自己面前。

那天两人聊了一些什么，说过一些什么，早已在记忆里模糊了，只有小表妹婀娜的身影，还有漂亮的面孔上那纯净的笑容，在脑海里深深地烙下了影像，在每当回忆起来的时候，就带着紫藤花的香气涌了上来。

表妹的笑容是那么的清楚，以至于在以后的岁月中，每当回想起来，会清楚到觉得原来回忆也是一种残忍。

当那天，父母、姑姑把自己和表妹都叫了过去的时候，见到满屋子的长辈，还有长辈们脸上那种严肃的神情，纳兰容若心中，就隐隐有了不妙的预感。

与他同样心思的，自然还有惠儿。

也许是属于女性的那种特有的敏感，也可以说是第六感，让惠儿潜意识里觉得，即将发生的事情，会完完全全地、彻彻底底地改变自己未来的命运。

这样的预感让惠儿不禁轻轻咬住了唇，担心地看了看表哥后，便看向了自己的母亲。

果然，长辈们接下来的话，让纳兰容若与惠儿都清楚地明白了一件事，无法回避的一件事。

小表妹已经到了选秀的年纪。

那时候的旗人少女，每一位都会得到一次"选秀"的机会，这是属于旗人少女的特有的"福利"。

通过"选秀"，也许就能一夕之间飞上枝头变凤凰，然后全家鸡犬升天。

那时候的明珠，尚未成为康熙最器重的大臣，又因为先祖的关系，对自己在朝廷中的前途，是有些惴惴的。

纳兰明珠的祖父金台什，是叶赫部的贝勒，后来被清朝的开国皇帝努尔哈赤给斩杀。他的儿子尼雅哈、德勒格尔归顺了努尔哈赤。而明珠，正是尼雅哈的第二个儿子。

对于自己的出身，明珠一直担心会影响到自己的仕途，而娶了阿济格的女儿为妻，这对天生就是个政治动物的明珠来说，不能不说是个冒险的选择。

阿济格虽然是努尔哈赤的儿子，又军功赫赫，贵为英亲王，却在残酷的政治斗争中落了下风，最后被收监赐死，家产也被悉数抄没。

大概正因为如此，当时只不过是个小小大内侍卫的明珠，才有机会"高攀"上爱新觉罗氏，成为皇亲国戚之一。

在纳兰容若少年的时候，父亲在朝中的地位虽然正在不断地上升，可并未完全稳固，所以，父亲需要再找一条渠道，来把自己的家族和爱新觉罗家族牢牢地联系在一起，从而达到自己稳固地位的目的，而这样的渠道，莫过于让自己家族的少女成为康熙皇帝的后宫妃子一途，是最好的选择。

于是从很早之前，他们就已经安排好了小小的惠儿的命运，如今眼见其已经长成了娇俏美貌的妙龄少女，即使在京城同龄的旗人少女之中，也是出类拔萃的人尖儿，这般的人才，在选秀之中，毫无疑问会胜出。

这时候，纳兰容若与小表妹才第一次清楚地认识到，横在他们之间的，是多么残酷的现实。

家族的利益当然被放置在了第一位，所有的一切，都必须为此让路！

包括两小无猜的爱情！

于是在多年之后，我们看到了这样的一阕词。

一生一代一双人，争教两处销魂。相思相望不相亲，天为谁春？

浆向蓝桥易乞，药成碧海难奔。若容相访饮牛津，相对忘贫。

也许我们还该说，"不是冤家不聚头"，这是《红楼梦》中贾母形容林黛玉与贾宝玉的话，如今看来，岂不也正是说的纳兰容若与惠儿？一双天造地设的佳人，却因为残酷的世事而最终有缘无分。

于是,这样天造地设的"一生一代一双人",却是"争教两处销魂"。

心心相印的一对恋人,只能分居两处,互相思念着,如何不销魂?更加残酷的是,两人之间并非是永远的相离,也不是从此天涯海角,连一面都见不到,相反,是近在咫尺。

"相思相望不相亲",这是对一双互相深爱的恋人来说,最残酷的惩罚了吧?

彼此能够相望,彼此相思着,却不能相亲,何等的残忍!

如果当真爱有天意,那么,那灿烂的春光又是为谁而来呢?

怨不得纳兰容若会在上阕词的最后一句,几乎是从自己心底喊出这四个字——

"天为谁春"!

我们仿佛能够看到这样的画面。

当纳兰容若最终与小表妹再度见面的时候,早已是斗转星移,物是人非。

昔日娇羞的少女,已成为了皇帝后宫之中的妃嫔,给家族带来了另外一种荣耀。

也许是省亲,也许是因为入宫庆贺,总之,纳兰容若终于再一次见到了自己的表妹,那记忆中的少女。

可是,见到了又如何呢?

四目相对,千言万语,最终只能化为他与她之间深深的凝望。

不敢说,不敢讲,纵有千样相思,万般心事,也只能深深地隐藏在自己的心里，在眼神交汇的瞬间，讲述着自己的心意。

纳兰容若写词，善于用典，在这首词里面也不例外。

这首《画堂春》的下阕中，开首的两句，便是两个典故。

浆向蓝桥易乞，药成碧海难奔。

两个典故，一是裴航乞药，二是嫦娥奔月。

裴航乞药是出自唐人笔记里面裴航蓝桥遇仙女云英的故事。

传说裴航为唐长庆间秀才，游鄂渚，梦得诗："一饮琼浆百感生，玄霜捣尽见云英。蓝桥便是神仙宫，何必崎岖上玉清。"裴航买舟还都路过蓝桥驿，遇见一织麻老妪，航渴甚求饮，妪呼女子云英捧一瓯水浆饮之，甘如玉液。航见云英姿容绝世，因谓欲娶此女，妪告："昨有神仙与药一刀圭，须玉杵臼捣之。欲娶云英，须以玉杵臼为聘，为捣药百日乃可。"裴航终于找到月宫中玉兔用的玉杵臼，娶了云英，夫妻双双入玉峰，成仙而去。

第二个典故便是大家都耳熟能详的"嫦娥奔月"的故事了。

"药成碧海难奔"这句明显是出自"嫦娥应悔偷灵药，碧海青天夜夜心"。嫦娥偷吃了丈夫后羿从西王母处求来的长生不老药，独自飞升月宫，不老不死的生命换来的是千年的孤寂。当她在月宫之中凝视着人间的时候，不知道有没有后悔过自己当初的选择呢？但为时已晚，只能是碧海青天夜夜心，空对着冷冷清清的月宫，怀念着当初的幸福生活。

也许当年纳兰容若想起被送进宫里的小表妹同时，还有月宫之中那孤零零的嫦娥吧？

在纳兰容若的眼中，小表妹又何尝不是嫦娥一般的仙子呢？

可是，如今却也像那嫦娥一般，独居深宫，冷冷清清，寂寥半生。

如果嫦娥不曾偷吃长生不老药，自然结局又是不同；如果表妹不曾进宫，那么他与她的命运，也将截然不同吧？

"饮牛津"出自《博物志》，当然，这里的"牛津"指的不是名校牛津大学，而是《博物志》上的一篇记载。

天河与海通，有人居海上，年年八月，见浮槎去来不失期。多赍粮乘槎而往。十余日至一处，遥见宫中多织妇，一丈夫牵牛，渚次饮之。其人还至蜀间严君平，曰："某年某日有客星犯牵牛渚"，计年月，正此人到天河时也。

说的，应该是牛郎织女的故事。

"若容相访饮牛津，相对忘贫。"

如果我能像那牛郎一样，不惜排除万难去天上寻找织女，只要两人能够从此在一起，即使是做一对贫困夫妻，也是心满意足的。

回想起来，纳兰容若总会觉得他与小表妹之间，青梅竹马的时间，竟是那么的短暂。

都说缘定三生，也许他们之间这段短暂的欢乐，却正好是用三生三世的缘分兑换而来，来也匆匆，去更匆匆。

《红楼梦》中有一首判词叫作《终生误》，是这样写的："都道是金玉良缘，俺只念木石前盟。空对着，山中高士晶莹雪；终不忘，世外仙姝寂寞林。叹人间，美中不足今方信：纵然是齐眉举案，到底意难平。"

对纳兰容若来说，他与小表妹的那段感情，又何尝不是如此呢？

那段纯洁的爱情，最终因为现实的无情，而有缘无分，空自叹息着，天为谁春！

第三节　宫墙柳，爱别离

风鬟雨鬓，偏是来无准。倦倚玉阑看月晕，容易语低香近。

软风吹遍窗纱，心期便隔天涯。从此伤春伤别，黄昏只对梨花。

（《清平乐》）

现在网络文学很发达，小说文章的种类已经不是单纯的几种就能概括了，洋洋洒洒无数，还有专门针对女性读者的小说，其中有一种，叫作"宫斗文"。顾名思义，小说讲的就是后宫之中的各种钩心斗角、尔虞我诈，看一群初进宫的年轻女孩子，最后谁能笑傲众佳丽之上，成为六宫之首。

虽然是小说，夹杂了作者们的想象，但古往今来，后宫之中的生活，从来都是不足为外人道，谁都不觉得那是个美妙的地方。《红楼梦》中贾元春省亲的时候，也搂着贾母与王夫人一干亲戚大哭"当初把我送到那见不得人的去处"。据说某朝皇帝驾崩之后，皇后变成太后，下的第一道命令就是免除了她故乡那些年轻女子的当年选秀，由此可见，后宫之中，其实并不如小说中描写的那样美丽。

那里虽然是全天下最富贵的地方，却也是无数年轻女子的坟墓，日复一日把自己的青春白白浪费在皇宫深院之中。

唐诗中有着不少的宫怨诗，李白、王昌龄、顾况、白居易、杜牧、朱庆余、杜荀鹤等众多诗人，笔下都描写过那些宫女们寂寞、无助而又孤苦的哀怨。

"寂寞空庭春欲晚，梨花满地不开门"，这是唐朝诗人刘方平笔下的名句，生动地写出了深宫之中的少女，是如何的寂寞孤苦，青春易逝，再是花容月貌，也只能被湮没在后宫无数的青春少女之中，一年一年，白白蹉跎了岁月，最终只能是"白头宫女在，闲坐说玄宗"。

也许在其他人看来，这些美丽的少女们，一旦进了宫，等待着她们的，将是大富大贵，飞黄腾达，但那看起来美好无比的富贵与地位，却是要她们在几千几万同样年轻貌美的女子中杀出一条血路来，说不定还能"成功"，失败的，要么被深宫给吞噬掉，要么就是白白蹉跎了青春，麻木地看着自己的满头青丝缓缓变成苍苍白发。

纳兰容若的这位表妹，究竟在入宫后是荣幸地成为了嫔妃，还是像无数的秀女一样，被吞噬在深深的后宫之中，已经无法得知，唯一可知的便是，当宫门重重关上的同时，也隔断了两位年轻人情投意合的心。

只是隔着一座高高的宫墙，从此形同陌路。

选秀对这位小表妹来说，代表的，却是异常残酷的现实，利刃般无情地切断了她与表哥之间那萌动的情弦。

看着镜子里那漂亮的面孔，双颊上还带着少女特有的红晕，小表妹不知道有没有后悔过，自己不如长得丑一点，蠢笨一点，或许能避免这样的命运了吧？

一声叹息，是为那从此被宫墙高高圈住不得自由的小表妹，也是为墙外明知是空还苦苦守候，抱着一丝遥不可及希望的少年纳兰容若。

相思刻骨，阻隔在他们之间的，不仅仅是皇宫那巍峨耸立的宫墙，更有自己身后庞大的家族。

司马相如与卓文君成为千古佳话，可他们却不是，他们无法任性，更不能让整个家族来为他们的任性买单。所以，小表妹只能在宫墙内"寂寞空庭春欲晚"，而少年容若则在宫墙外，"伤春伤别，黄昏只对梨花"。

可以猜想，当与自己情投意合的小表妹被送进皇宫之后，少年纳兰是怎么度过了那段愁思郁结的日子的。

回想着昔日与小表妹花前月下，情投意合相谈甚欢的日子，如今屋舍依旧，长廊依旧，甚至院子里的玉兰花树也依旧，但早已物是人非，却仿若远隔天涯。

微风缓缓拂过，透过窗纱带来一丝儿一丝儿的凉意。天边，夕阳渐渐落下，偌大的庭院中，一条人影寂寥地站立着，黄昏只对梨花。

这里，纳兰容若用了"梨花"一词，倒是和唐代诗人刘方平笔下的"寂寞空庭春欲晚，梨花满地不开门"中的"梨花"一词，有些异曲同工之妙。

那些深宫之中的妙龄少女们，不管来自天南地北也好，豪门寒户也罢，最终也逃不出"寂寞空庭春欲晚"的命运，空对着"梨花满地不开门"，何其的无辜，何其的悲凉。

于是在无数个夜晚，每当纳兰容若思念起那位咫尺天涯的小表妹时，叹息的，大概便是两人终究有缘无分，错身而过吧？

湿云全压数峰低，影凄迷，望中疑。非雾非烟，神女欲来时。

若问生涯原是梦，除梦里，没人知。（《江城子》）

乍看这首词，就像是一首普普通通的写景词，除了纳兰词一贯的清新之外，并没什么特别的地方。

风雨欲来，天上的云也显得厚重湿漉，朝远处起伏的山峦压了下来，那一层又一层的山峰烟雾缭绕，隐约迷离，仿佛被一层又一层的云雾给包裹住一般。是仙境？梦境？还是人间？远远望去，竟让人有些不禁怀疑，那到底是不是山峰了，或许是传说中的蓬莱吧？所以山峰间才会有着祥云缭绕。

可是，若当真是蓬莱仙境，为何神女却又迟迟不曾出现？

在这里，纳兰借用了宋玉《高唐赋》《神女赋》里神女的典故，意指神女来时云雾缭绕，身影朦胧，叫人见了却看不见神女的真面容，只能暗自揣测。

而这一场经历，难道竟然是梦境吗？

或者说，只能在梦中，才能与自己心目中的"神女"相见了吧？

最后两句，引自唐朝诗人李商隐《无题》中的两句："神女生涯原是梦，小姑居处本无郎。"

或许是纳兰为了表达自己对青梅竹马恋人的怀念之情，所以他在这里引用了李商隐的这两句诗，想说的，大概就是追思往事，尽管曾经有过刻骨铭心的恋情，有过青梅竹马的情投意合，但到头来，终究抵不过现实的无情碾压，那些美好的回忆，不过是做了一场幻梦而已。

于是纳兰也自己问自己，除了在梦里，还有谁知道自己的这番心事，知道自己对那小表妹的思念之情呢！

有时候，他远远望着那巍峨的宫门，宫殿屋顶一层一层逐渐往远处延伸，高低错落，乍一看，何尝不像云雾缭绕的层峦叠嶂？

自己心心思念着的小表妹，就在其中"云深不知处"，竟不知何时才能再见到一面。

现实无情地阻断了他与表妹之间的联系，更像狂风暴雨一般把两人感情的萌芽扼杀在了摇篮之中，即使如此，纳兰并未就此放弃爱情上的追求。

即使知道这番相思注定是空，也不妨抱着这份感情惆怅终身。

皇宫巍峨，宫殿屋舍高低起伏，而深深的宫闱之中，从古至今，又有多少妙龄少女把自己的青春葬送在了里面。

但即使如此，每一年还是有无数的人前仆后继，妄想着自己能够与众不同，在美女云集的后宫之中杀出一条血路来，然后荣登顶点。

只不过，皇后从来只得一人！要么就是等你死在了这皇宫里，皇帝发个慈悲，追授个名衔算是安慰罢了。

这种东西，却让无数的女人争抢到头破血流。

大概皇帝也就乐于见到这样的局面吧？

不管是男是女，见到异性为了能得到自己的青睐而争夺得你死我活、头破血流，谁都会觉得虚荣心得到了满足。

皇帝是不是人？当然是！

天子天子，上天之子，那还是个人！

而且是个男人！

所以在他看来，后宫三千佳丽，不过是他拥有的财产而已，重要性大概也就和笔墨纸砚等用具差不多，说重要？未必；说不重要？他又在意的很。

无数的美貌少女为了一个男人争夺得要死要活，谁不在意？

拥有天下的权势，拥有天下的荣誉，拥有天下的美人，也就难怪那么多人想当皇帝了。

好色的皇帝，不少。

不过当了这皇帝，要被人说不好色，那也难，毕竟坐拥后宫佳丽三千人，外人眼中，不好色才怪。

那时候年少的纳兰容若，心里有没有这样腹诽过，谁也说不清楚，毕竟按年纪算，只怕刚好是现在人们常说的"叛逆期"，正是开始有了自己主见的时候。

不过当时的康熙皇帝与他乃是同年出生，纳兰多少岁，康熙也就多少岁，所以在某种程度上来说，惠儿还算是幸运的，至少不用红颜伴白发，一树梨花压海棠。

但在纳兰眼中，那高高的巍峨的宫墙，是如此的罪大恶极，生生地阻断了自己与表妹，从此只能一个墙内，一个墙外，徒留遗憾。

彤云久绝飞琼宇，人在谁边，人在谁边，今夜玉清眠不眠？

香销被冷残灯灭，静数秋天，静数秋天，又误心期到下弦。(《采桑子》)

张爱玲曾经这样绝望而且悲凉地说过："生在这世上，没有一种感情不是千疮百孔的。"

那时候，年轻的纳兰容若，就已经从自己失败的初恋那儿，早早地尝到了这样的滋味儿。

如同金庸笔下的《神雕侠侣》里面情花的滋味。

情之为物，本是如此，入口甘甜，回味苦涩，而且遍身是刺，你就算小心万分，也不免为其所伤。多半因为这花儿有这几般特色，人们才给它取上这个名儿。

那甜美的初恋，和小表妹的两小无猜、青梅竹马，最终还是在现实那巨大而且无情的车轮面前，毫无抵抗能力地被压成了齑粉，然后在时间一遍遍的冲刷下，渐渐变成苍白的印子，然后消失无踪。

曾经那些欢乐的岁月，无忧无虑的过往，在回忆里逐渐变得苦涩起来。

如果还能相见，大概，这份苦涩也会变成甜美了吧？

可是，那道巍峨的宫墙，就像是一道永远无法跨越的鸿沟，深深地隔开了他与自己心爱的少女，再也无法得知对方的任何消息。

她过得是好还是不好？在宫中有没有受到什么委屈？……

种种的担心与思念，最终都变成宫墙外无可奈何的叹息。

如果能把自己的相思之情尽数写在信笺之上，送到宫中的表妹手里，想必也是好的吧？

只可惜，这不过是纳兰容若一相情愿的幻想而已。

他一封封写满自己心事的信，最后也只能静静地压在水晶镇纸的下面，永远都无法送出去。

"彤云久绝飞琼字"，这便是纳兰容若此刻心境最好的写照了吧？

《太平广记》中记载过这样的一个故事：

唐开成初，进士许濬游河中，忽得大病，不知人事，亲友数人，环坐守之。至三日，蹶然而起，取笔大书于壁曰："晓入瑶台露气清，坐中唯有许飞琼。尘心未尽俗缘在，十里下山空月明。"书毕复寐。及明日，又惊起，取笔改其第二句曰"天风飞下步虚声"。书讫，兀然如醉，不复寐矣。良久，渐言曰："昨梦到瑶台，有仙女三百余人，皆处大屋。内一人云是许飞琼，遣赋诗。及成，又令改曰：

'不欲世间人知有我也。'既毕，甚被赏叹，令诸仙皆和，曰：'君终至此，且归。'若有人导引者，遂得回耳。"（出《逸史》）

故事讲的是唐朝开成初年，有个叫许瀍的进士在河上游玩的时候，突然得了一场离奇的大病，不省人事，亲友们都十分担心，在身边守着，就这样过了三天，在第三天的时候，许瀍突然站起身来，在墙壁上飞快地写出来一首诗："晓入瑶台露气清，坐中唯有许飞琼。尘心未尽俗缘在，十里下山空月明。"写完之后继续倒头昏睡，和之前一样怎么叫都叫不醒，众位亲友面面相觑，惊愕不已。到了第二天，许瀍又突然站起身来，把墙壁上的第二句改成了"天风飞下步虚声"，这次倒是没有再度倒头继续昏睡，而是像是喝醉了一般，也不算清醒，浑浑噩噩的，过了很久才渐渐地能够开口说话。亲友们担心地询问，他就说："我在梦里到了瑶池仙台，那里有三百多位美丽的仙女，都住在一间金碧辉煌的大屋子里面，其中一人，自称许飞琼，问我可能赋诗？等诗写好了，她又说：'不愿意让世人知道我的存在。'让我改掉其中的一句。诗改完之后，很受赞赏，于是其他的仙女又依韵和诗。许飞琼就说：'您就到此结束，先回去吧。'自己就像是被人引导着似的，又回到了人间。只是回想之前的一切，不知是真是假，是梦是幻。"

古代的笔记小说里面，这种遇仙的故事层出不穷，甚至还有仙女与人间的男子结为了夫妻的。而许飞琼所代表的仙女形象，从古至今，都可以说是男性心目中的梦中情人。

所以，在这里，纳兰容若用"许飞琼"的典故来代指自己心爱的恋人，也并不为过。

"彤云"指的是红霞，传说在仙人们居住的地方有着彤云红霞缭绕，这里纳兰容若很明显是用来代指皇宫，而"玉清"应该指的是道教中仙人所住的玉清宫，自然也是代指深宫，没什么疑义。

心爱的表妹身在这冰冷的皇宫内，音讯渺茫。如今，自己因为思念着她而夜不能寐，那皇宫内的人儿，是不是也和自己一样，今夜无眠呢？

大概对双方来说，这都是一个不眠之夜吧！

这巍峨华丽的宫墙之内，在每一个凄清的夜晚，对着镜子里的人影，惠儿只能在夜半无人之时，暗自垂泪，为她还未来得及开花便已经枯萎了的初恋，还为着心中那最深的思念。

镜子里的那张少女的面庞，还是那么的美丽，那么的年轻，只是惠儿很清楚地知道，有些东西，已经永远地从自己的双眸里失去了，变成了内心深处最刻骨铭心的记忆，支撑着她在这步步惊心的皇宫之中，坚持下去，然后在午夜梦回的时候，在她最不经意的时候，悄悄涌上心头，夜不能眠。

"香销被冷残灯灭"，这样的不眠夜，接下来又会有多少呢？在思念里度日如年地等待着秋天，等待着冬天，一年又一年，在光阴的流逝中怀念着自己那份夭折的初恋。

一道高高的宫墙，囚住了多少花样少女的青春，又断绝了多少像纳兰容若一样还未来得及发芽就被扼杀了的爱情。

有时候，我和你之间只有一堵墙的距离，那却是世界上最遥远的距离，永远都无法接近。

欲语心情梦已阑，镜中依约见春山。方悔从前真草草，等闲看。

环佩只应归月下，钿钗何意寄人间。多少滴残红蜡泪，几时干？

（《摊破浣溪沙》）

古时候形容女子的眉毛，都是一成不变地形容成"远山"。

这个形容实在是好，常说美女是"眉目如画"，那眼若点漆，一双弯弯的眉毛，又何尝不像那青翠的远山呢？

第一个把女子的眉毛形容为"远山"的人，是刘歆，他在《西京杂记》中这样描写卓文君："文君姣好，眉色如望远山，脸际常若芙蓉，肌肤柔滑如脂。"从此，后来人随之衍生出"眉如远山""眉若春山"等无数的词语，专为形容女子的眉毛。

那第一个被形容为"眉若远山"的卓文君，也算是中国古代鼎鼎大名的奇女子，她慧眼看中司马相如，不惜连夜私奔。两人才貌双全，连"私奔"这码子事情都能给他们弄成一段佳话，倒也算是奇观了。只不过司马相如毕竟还是有些男人的劣根性，日子一长也动起了歪脑筋想要纳妾，气得卓文君一怒之下和他摊牌，"闻君有两意，故来相决绝"——

正室和小三，你只能要一个！别想着什么齐人之福，我才不会和另外一个女人共享丈夫！

卓文君算得上那个时代少见的性情女子，说得出做得到，而且行事风格干脆，绝不拖泥带水，从她毅然和司马相如私奔就看得出来了，她绝对不是那等只会哭哭啼啼怨天尤人的女子，所以她这狠话一放，顿时把司马相如的那点花花肠子都给吓了回去，再不敢提此事，一对夫妻，倒也继续做了下去，恩爱如旧。

而同样和眉毛有关的典故，另外一个便是同样是汉代的、鼎鼎大名的"张敞画眉"了。

根据《汉书·张敞传》的记载，京兆尹张敞与妻子十分恩爱，每次妻子化妆的时候，他就亲自为妻子描画眉毛，渐渐流传开来，八卦的结果，就是被当时的皇帝汉宣帝知道了，专门招来张敞询问，张敞回答说："臣闻闺房之内，夫妇之私，有过于画眉者。"汉宣帝当然也没因为这件事责怪张敞。后来，"画眉"的典故，就成为了夫妻恩爱、闺房之乐的代名词。

当纳兰容若望向镜子里的时候，看到的，或许便是恋人，那一对弯弯的远山一般的眉毛吧？

梦中，心爱的小表妹正在对着镜子，细细地描画着她那一对好看的眉毛，那身影是如此的熟悉，仿佛从来不曾离开过自己一样。

可是，为何当睁开双眼，眼前所见的，只有空荡荡的房间？

难道刚才见到的一切，

不过是一场梦境而已吗？

"欲语心情梦已阑。"

人生中，有多少事，是用语言也无法表达的呢？

那时候如果我能够更勇敢一点，能够大胆地说出自己的心意，也许，你就不会被送进皇宫，而我，也不会在每一次醒来的时候莫名地失神了吧？

我们不妨大胆地假设一下，在某天夜里，纳兰容若从睡梦中醒来，对着那静寂无声的镜子，回想着以前那些欢乐的日子。

过去的时光越是欢愉，如今就越发苦楚。

回忆的滋味，竟然是如此的苦涩难咽！

而在纳兰容若怀着这样的心情写下这阕词的时候，用"春山"这个典故，除了用来形容恋人的美丽之外，是不是言外之意还影射着，那卓文君与司马相如的故事呢？

如果自己当初能够更有勇气一些……

如果对方当初能够更有勇气一些……

是不是他们也能像司马相如与卓文君那样，携手离开，成就另外一段属于他们的佳话？

唐玄宗曾经写过一首婉约的小令《好时光》：

髻偏宜宫样，莲脸嫩，体红香。眉黛不须张敞画，天教入鬓长。

莫倚倾国貌，嫁取个有情郎。彼此当年少，莫负好时光。

画眉之乐，若非有情郎，如何感同身受？所以才要"彼此当年少，莫负好时光"。

只是，纳兰容若与惠儿的好时光，早已随风远去。

当年年少，如此而已。

第四节　一次冲动的冒险

相逢不语，一朵芙蓉着秋风。小晕红潮，斜溜鬟心只凤翘。

待将低唤，直为凝情恐人见。欲诉幽怀，转过回阑叩玉钗。（《减字木兰花》）

有一句古话叫作"艺高人胆大"，用来形容那时候的纳兰容若，倒也贴切。

当时纳兰大概还不到二十岁，正是血气方刚的年龄，有着那么一股子冲劲儿，再加上自己本身也会一些武艺，有些时候一冲动，难免会做出些叫人瞠目结舌的事情来。

小表妹被选秀入宫的事情，对纳兰容若来说，不啻晴天霹雳，是一次重重的打击。

原本以为水到渠成的的感情，就这样被现实斩杀在摇篮之中，那小小的种子还没来得及生根发芽，就被狂风暴雨连根拔起，徒留无奈与辛酸。

对小表妹来说，大概从她迫不得已入宫的那一刻开始，就已经向自己今后的命运低头了吧？她知道这是无法反抗的，所以，妙龄少女默默接受了这一切，接受了命运的安排。

但纳兰容若，却对这样安排的命运，发出了他微弱的抗议。

他也不知道当时自己怎会有那么大的胆量，竟然做出那样惊世骇俗的事情来，稍有差池，便是灭族之罪，以至于当事情过后，纳兰每每想起，都不禁汗流浃背。

但那时年少的纳兰容若，终究还是凭着自己的血气方刚，凭着自己的冲劲，做出了那件任性的事情来。

说是任性，也大有孤注一掷义无反顾的意味。

对纳兰容若，或许这便是他短暂的一生中，最初的，也是最后的一次任性吧？

自从小表妹入宫之后，纳兰容若心心念着，相思刻骨，却无计可施。

皇宫大内，哪是说进去就能进去得了？就算你是权臣之子，也没有例外。

看着巍峨的宫墙，纳兰容若什么法子都想过了，却还是想不出能潜进皇宫的法子来。

就在那一年，宫中有重要人物过世，既然是国丧，皇宫自然也不能免俗，大办法事道场，每日和尚喇嘛，出入宫廷，并无阻拦。

这时，纳兰容若看到每天那些僧人们能够自由进入宫廷，灵机一动，他竟然想出个十分冒险的办法来。

他悄悄地用重金买通一名僧人，换上僧袍，装成一名小僧人，混进了入宫操办法事的僧人队伍之中。

也许是怕被人认出来，他一直低着头，小心地注意着周围的一切。

如今披上了僧袍，纳兰容若一下子有些后怕起来。

私混入宫，一旦被发现，这就是死罪，而且全家人都会受到牵连。退一步说，就算当真混进了宫，那后宫如此庞大，妃嫔宫女那么多，真的能在短时间内找到表妹吗？

再退一步说，就算上天眷顾，自己顺利地找到了表妹，见到之后呢？自己要怎么做？

带她逃出这铁打一般的皇宫？

纳兰容若静静地想着。

他知道自己在用最大的冒险，去追寻一个遥不可及的渺茫希望。

但是从他披上这件僧袍开始，就已经没有退路了。

纳兰不糊涂。他并非不明白这么做的后果，也并非看不清现实。

可纳兰还是不想放弃。

所以，当僧人们的队伍开始缓缓往前行进的时候，纳兰容若没有片刻犹豫，就跟着队伍一路往前走。

因为这些僧人每天都会进出皇宫，守门的侍卫并未怎么留意，验过领头者的进出令牌，再草草扫视了几眼，就放他们进宫，丝毫没有发现，权相明珠之子纳兰容若混在这队僧人之中。

纳兰容若一直都低着头，偷偷地张望，见顺利进了宫门，不禁暗自松了口气。

身后，陈旧笨重的门轴发出"吱嘎"的声音，重重宫门就一层层地打开，然后关上。

那一声又一声的关门声音，让纳兰容若越来越紧张。

他已经步入了深宫——

这个外臣、男人们的禁地！

他猛地睁大了双眼，连忙低下头去。

因为他看见迎面过来了一队巡逻的侍卫。

那些侍卫里面，有不少人，都曾经和纳兰容若一起，在旗营里操练过，彼此都是认识的，如今稍有不慎，纳兰就很有可能被对方认出来！

这令纳兰容若不禁紧张起来，绷紧了浑身的弦，低下头，把自己的面容隐藏在合十的手后。

暗自祈祷着。

上苍如果真的开眼，就请保佑我能够见到她一面！

一面就好！上苍，我的要求并不多，仅仅是一面就好！

见到她如今怎样，见到她如今可否安好……

纳兰在心中暗自向上苍乞求着。

纳兰容若就这样满怀心事混在僧人的队伍之中，一起往前走着。

宫殿深邃，长廊迂回曲折，就像是永远也走不到尽头。

纳兰容若并不在乎这队僧人到底会走去哪里，他在乎的，是自己究竟能不能见到表妹一面。

偶尔有宫女从队伍旁边经过，多是踏着小碎步，迅速地离开，根本不敢和外面来的人有任何接触，甚至连看都不敢看向这群僧人。

这时候，纳兰容若发现，这些年轻的宫女，无论环肥燕瘦，都是穿着同样颜色的衣裙，绣着同样的花纹，梳着同样的发髻，甚至连鞋子、手绢都一模一样，青春的面孔上，也同样都带着一种熟练的、经过刻意训练的、弧度恰到好处的微笑，漂亮、优雅，却毫无生气。

纳兰容若不禁担忧起来。

小表妹喜怒哀乐都流于面上，她那样活泼的个性，在这皇宫之中，当真应付得来？

可再是担忧又怎么样呢？走到现在，他依旧不曾发现表妹，甚至连相似的身影都不曾见过。

正当他以为这一次冒险会是徒劳一场的时候，前方的长廊拐弯处，出现了几位宫女的身影，远远地，朝着僧人的方向走了过来。

纳兰容若的心，一下子提到了嗓子眼儿。

因为他看到其中一位宫女的身影，与自己的表妹是那么的相似，却又有些不敢确定。

只是觉得，那婀娜的身影，与记忆中小表妹的身影十分相似。

那究竟是不是小表妹呢？

纳兰容若不禁朝那方张望着。

双方走得越来越近了，纳兰也不由得期待起来，期待着擦肩而过的刹那，可天不遂人愿，那几位宫女在长廊的拐弯处，往另一个方向走去。

纳兰见状顿时有些着急起来。

也许是冥冥之中真有天意，仿佛心有灵犀一般，那女子中突然回头看向僧队的方向。

四目相对。

纳兰的一颗心顿时激烈地跳动起来。

即使相隔如此之远，纳兰容若还是认了出来，对方正是自己的小表妹，虽然穿着和其他宫女一般无二的衣裳服色，梳着一模一样的发髻，但那是自己的小表妹！

心心念着的小表妹！

对方似乎也认了出来这位僧人是谁，却不敢有丝毫异样的举动。

她只是迅速把脸转了回去，身子却不由自主地晃了一下，就像是脚下的花盆底没有踩稳一样，微微有些踉跄，步子也拖拉起来，像是很不想离去，却被前后不明所以的同伴挟着，不由自主地继续往前走。

她的背影看起来是那么的凄凉，带着无力抗拒的无可奈何，只是在快要走远的时候，突地抬起手，像是要去扶一扶自己发髻上的玉簪，纤细的手指却轻轻扣了扣，仿佛在告诉纳兰容若，她已经见到了他。

"待将低唤，直为凝情恐人见。"

纳兰容若不是不想开口唤她，是理智及时地阻止了他，告诉他，若是出声，便是灭族之祸！

身为明珠之子的纳兰知道，今日的胆大包天，已经是极限。

而小表妹也知道，一旦自己情绪失控，会是什么样的后果。

他们都很清楚他们没有任性的条件！

最大的限度，只能是四目相对，然后，纳兰容若便目送着对方远去，远远地走进深不见底的后宫深处。

这一场预料之外的见面，只是发生在一瞬间，对这对年轻人来说，代表的却是前半生的告别，与后半生的永诀。

他们已经不可能再有见面的机会。

曾经萌动的美好感情，被现实残酷的狂风暴雨给摧残得一丝儿不留。

当后来，过了很多年之后，纳兰容若有时候会想起这一次年少轻狂的重逢。

大概是因为过去太久了，纳兰容若竟会觉得，那次惊心动魄的重逢，当真发生过吗？或许只是梦幻一场吧？

但不管是梦幻也好，现实也好，纳兰容若都深深地记得，当时表妹离去的身影，是那么的无可奈何，那么的恋恋不舍。

"欲诉幽怀。"

他们都有满腔的话想要倾述给对方，但却只能把那些话深深地藏在心里，藏了一天又一天，一年又一年，最终，化成纳兰容若笔下这首《减字木兰花》——

相逢不语，一朵芙蓉著秋雨。小晕红潮，斜溜鬟心只凤翘。

待将低唤，直为凝情恐人见。欲诉幽怀，转过回阑叩玉钗。

年少时候的轻狂与任性，年少时候美好的纯洁的感情，还有那无奈的遗憾，随着岁月的流逝，最后，只在字里行间余下淡淡的、浅浅的哀伤，纪念着当时的错身而过。

第一最好不相见，如此便可不相恋。

第二最好不相知，如此便可不相思。

第三最好不相伴，如此便可不相欠。

第四最好不相惜，如此便可不相忆。

第五最好不相爱，如此便可不相弃。

第六最好不相对，如此便可不相会。

第七最好不相误，如此便可不相负。

第八最好不相许，如此便可不相续。

第九最好不相依，如此便可不相偎。

第十最好不相遇，如此便可不相聚。

但曾相见便相知，相见何如不见时。

安得与君相决绝，免教生死作相思。

从皇宫中平安回来的纳兰容若，回想起自己的这次冲动冒险，也不禁后背上满是冷汗。

他当时只凭着一腔热血就什么也不顾地伪装成僧人混进宫中，只为着追寻那一丝最最渺茫的希望！

好在上天终究还是眷顾他的，在他以为自己再也见不到表妹的时候，朝思暮想的恋人便和自己错身而过。

终是见到了一面。

最后一面。

但也是错身而过，他往东，她往西，就像两条交叉线，一次交集之后，便是越行越远，最终相隔天涯。

对于儿子的这次冒天下之大不韪，很难说明珠究竟知道不知道。

如果明珠知道儿子竟然做出这么一件胆大包天的事情来，他们全家人的脑袋就这样在毫不知情的情况下，去鬼门关滚了一回的话，只怕就算父母再淡定，儿子再优秀，一顿暴打都是免不了的！

纳兰容若简直就是在拿全家人的性命赌博！

好在上苍向来是站在他这边的，所以，他赌赢了，安然无恙。

但是一颗心还是紧紧系在深宫之内，系在小表妹的身上。

这么多年的感情，怎么可能说放就放？说遗忘就遗忘？

所以在宫中的喜讯传来之后，全家人都为之欢呼雀跃，只有年少的纳兰容若，皱紧了双眉，闷闷不乐。

那喜讯是什么呢？

是才貌双全的惠儿顺利得到了康熙的青睐，成功地从宫女变成了嫔妃。

对明珠来说，这个消息意味着他在朝廷中的权势变得更加稳固，在宫中也有了靠山，这个消息是真真切切的喜讯，所以，全家上上下下，都欢天喜地、张灯结彩的，准备着庆祝。

就在这一片喜庆的气氛中，纳兰容若却颇有些"冠盖满京华，斯人独憔悴"的感觉。

为了家族的利益，牺牲的，是自己与表妹之间最纯真的感情，自己却无法抗拒，无能为力。

这是纳兰容若第

一次感觉到来自现实的、不可抵抗的巨大压力，让一直生活在最优裕的环境中、向来一帆风顺的纳兰容若也开始清楚地了解到一件事，那就是当理想与现实发生碰撞的时候，胜利的，从来都是现实！

后来，纳兰容若把自己对表妹的这番遗憾之情写进了词中，便是这首《减字木兰花》：

花丛冷眼，自惜寻春来较晚。知道今生，知道今生哪见卿。

天然绝代，不信相思浑不解。若解相思，定与韩凭共一枝。

开篇四字，便是化自唐代元稹的《离思》诗："取次花丛懒回顾，半缘修道半缘君。"接下来的"自惜寻春来较晚"，则是借唐代杜牧的一段情事，来写明自己的后悔之情，如果当初自己能更多一点勇气，能早一点向父母提出想要娶表妹为妻的想法，说不定，后来的一切就不会发生了，又哪里有现在的"惆怅怨芳时"？哪来现在的悔之晚矣？

自己的一片相思之情，现在也只能深深埋在心里，无人能解。

词中弥漫着一股悔恨之意，但是纳兰容若知道，此恨绵绵无绝期，过去了的，已经不能再重来，他从此只能在词里行间表达着自己的后悔、不舍，还有怀念。

用张爱玲的一段话来作最后的总结，却是正好：

传奇里的倾国倾城的人大抵如此。到处都是传奇，可不见得有这么圆满的收场。胡琴依依呀呀拉着，在万盏灯的夜晚，拉过来又拉过去，说不清的苍凉的故事。

▶ 第三章

婚姻　感卿珍重报流莺

"感卿珍重报流莺。惜花须自爱，休只为花疼。"

康熙十三年，纳兰容若娶妻卢氏。

对于纳兰容若的初恋，明珠、觉罗氏等一干大人不会没有察觉，只是再怎么两小无猜、才貌双全对他们来说，意味着的，不是有情人终成眷属的美满，而是如何才能最大限度地利用这一双儿女的才与貌，来为他们的家族争取到更大的利益，与更稳固的靠山。

也许明珠、觉罗氏等人一开始也曾想过让这对孩子白头偕老，顺水推舟，成就一段才子佳人的完满童话。

可童话的最后，往往只是写"王子与公主从此幸福地生活在一起"，而从来只字不提之后的柴米油盐，更只字不提当童话结束之后，随之而来的种种现实。

成人的世界总是残酷的。

所以那来自外星球的小王子一直不愿长大，他宁愿永远是个单纯的孩子，看着自己那株心爱的玫瑰，在湛蓝的天空下慢慢绽放花蕾。

纳兰容若却不能不长大，不能不在家族的安排下，踏上那条早已安排好的道路，即使心有不甘。

惠儿被送进了皇宫，纳兰容若则准备着参加科考，准备着踏上仕途。

还有一个问题，也开始摆在了纳兰容若的面前，不得不去面对。

他已经到了该成婚的年纪！

第一节　妻子卢氏

纳兰容若的第一位妻子卢氏，乃是两广总督卢兴祖的女儿。

论家世，两人门户相当，对习惯用审视的目光来看待一切的成人们来说，是一个非常好的选择。

论相貌，据说卢氏"生而婉娈，性本端庄"，是相当有才华而且性格温柔的女子。

纳兰与卢氏，倒真真像是天造地设的一对。

卢氏的出现，也让决心要慢慢忘记表妹、忘记那段年少感情的纳兰容若，重新找到了生命中另外一抹亮色，另外一段美满的感情。

康熙十年，也就是辛亥年。

这一年的二月份，原本担任左都御史的明珠，接到一道命令，让他与徐文元两人担任经筵讲官。

什么是经筵讲官呢？

就是给皇帝讲解经义的角色，只是个虚衔，就是去当皇帝的老师。给这个天下最尊贵的学生读书念书的，一般都是由翰林院饱学之士。

徐文元是国子监祭酒，相当于现在的教育部长兼大学校长，而且这大学还是重点名校，当皇帝的老师，那倒是实至名归，毫无异义。

明珠也担任这个职位，却有点挂名充数的感觉。

其实，就是徐文元是汉人，这让八旗贵族铁帽子王爷们有些不爽了。

非我族类其心必异，要是这徐文元讲着讲着把咱们的皇上给讲成了反清复明那怎么办？

所以他们左思右想，干脆把明珠给推出来和徐文元一起当这个皇帝的儒学师傅！

矮子队里选高的，和其他人旗人相比，明珠确实算得上精通汉人儒家文化了，虽然和徐文元这饱学之士相比，那是相差了老长一截儿！

不过也没什么人在乎，大家都知道，这是因为讲官队伍里需要一个有分量的旗人大臣罢了，难道还当真指望他给皇帝讲书不成？

巧合的是，徐文元又是纳兰容若的老师，或者说是校长！

那年纳兰容若也刚上了太学，身为国子监祭酒的徐文元，对这名聪慧过人，精通汉家文化的学生是深为器重，赞不绝口。

对明珠而言，这"经筵讲官"更是个虚衔，他当时是左都御史，公务繁忙着呢。

当然，那时候，明珠也万万没有想到，就在这一年的十一月，他被一纸调令，升为了兵部尚书。

明珠扶摇直上，其他人自然会忙不迭地前来巴结，本来就是众家少女心目中理想夫婿的纳兰容若，也就当仁不让地成了香饽饽，顿时身价百倍、炙手可热。

年纪轻轻，却没有半分飞扬跋扈之气，反倒是个举止闲雅的风采公子，也就难怪少女们会为之倾心了。

明珠想必也知道自己儿子有多炙手可热，他倒是不急，他在慢慢地寻找着最合适的人选。

要是说明珠只顾着自己的政治生涯把儿子的终身幸福拿来做了筹码的话，也未免有失公允，毕竟婚后的纳兰容若与卢氏，夫妻恩爱，举案齐眉，感情十分深厚。卢氏因难产过世之后，纳兰容若因为悲伤，写出不少悼念亡妻的词句，这都是有目共睹的。

不过站在明珠的角度，究竟是因为卢氏是两广总督的女儿才选择了这个儿媳呢，还是这个儿媳恰好是两广总督的女儿，已经说不清楚了。总之，当纳兰容若与卢兴祖的女儿定亲的消息传出来之后，京城里有多少少女那颗期待的芳心霎时间全碎成了碎片，就不得而知了。

对于这场婚事，纳兰容若并没怎么反对。

或许是因为他很清楚地知道，自己与表妹已经再无相见的机会，从此萧郎是路人，他与她，此生无缘，她在皇宫之中，而自己……是不是也该从年少的轻狂之中渐渐成熟了呢？

　　所以，面对父亲的提议，纳兰容若只是默默地点了头，应允了这门婚事。

　　这门婚事在当时来说，完全称得上是一场天作之合，双方门第相当，权贵与权贵的结合。男方年少英俊，才气逼人；女方贤良淑德，温柔端庄，无论从什么方面看，都是天造地设的一对璧人。

　　不过，当时的婚姻还是包办的，自己的另一半不到新婚之夜是看不到真面目的，西施也好，东施也罢，不到揭盖头的刹那，一切都只是想象。

　　所以，纳兰容若虽然早就从父母的口中得知对方才貌双全，不亚于表妹，几乎挑不出什么毛病来，但毕竟从未见过面，心中也不禁有点忐忑。

　　换做卢氏，又何尝不是？

　　她是大家闺秀，从小在深闺之中娇生惯养，大门不出二门不迈，鲜有踏出去的机会，即使如此，她也并不孤陋寡闻，早就听说过纳兰容若的大名，甚至和其他无数的少女一样，也曾在听到那文雅的名字的时候，芳心暗跳。所以当父母们说自己未来的丈夫就是那公子纳兰容若的时候，卢氏竟是惊讶得愣住了。

　　对父母给她决定的这门婚事，自然她也毫无异义，少女羞涩着，一声不出，瞧在父母的眼中，则代表了应允同意。

　　纳兰容若写过一首《临江仙》——

　　绿叶成阴春尽也，守宫偏护星星。留将颜色慰多情。分明千点泪，贮作玉壶冰。

独卧文园方病渴，强拈红豆酬卿。感卿珍重报流莺。惜花须自爱，休只为花疼。

这首词里面，纳兰容若用了不少与爱情相关的典故，所以这首词一般都是被归为爱情主题。

当然，确实如此。

纳兰容若的词作里面，以爱情为主题的，占了大多数，如果说他少年时候的那些词，还透着一股子年轻人的轻狂与无忧无虑，那如今经历过一场感情挫折的纳兰容若，在词间流露出来的，已经开始隐隐带着一缕忧郁的清冷味道。

这首《临江仙》自然也不例外。

"绿叶成阴春尽也"，明显乃是化自唐代诗人杜牧的《叹花》一诗中的句子："自恨寻芳到已迟，往年曾见未开时。如今风摆花狼藉，绿叶成阴子满枝。"

故事讲的是昔日诗人在家乡遇到一位倾心的姑娘，又担心自己配不上她，于是决定去京城打拼前途，等到多年后他终于成为一名官员，觉得已经有本钱去提亲了，于是返乡，哪知昔日的心上人早已成婚多年，连孩子都有几个了，诗人遗憾之际，便写下了"绿叶成阴子满枝"的诗句。

在《红楼梦》中，贾宝玉见到大观园里"只见柳垂金线，桃吐丹霞，山石之后，一株大杏树，花已全落，叶稠阴翠，上面已结了豆子大小的许多小杏"，宝玉因而想到："才病了几天，竟把杏花辜负！不觉到'绿叶成阴子满枝'。"更联想到昔日一起结诗社的邢岫烟，也和薛家定了亲，过不了多久，只怕也是子女绕膝。当然，贾宝玉的心思，是巴不得能与自己的姐妹们一辈子在一起，在大观园这个世外仙境中无忧无虑无拘无束的，永远不用长大，永远不用与外界的世俗沾染上丁点儿的关系！

而纳兰容若却清楚地知道，随着年岁渐长，有些事，是他必须去做的，那是他身为一个社会人的责任与义务。

"独卧文园方病渴"这句，纳兰容若是在自比司马相如了。

汉代的时候，司马相如曾为孝文园令，患有消渴疾，故此后文人常自称文园，也以文园病渴来指代文人患病。

而这里，纳兰容若除了自比司马相如之外，下一句"强拈红豆酬卿"，也是在借红豆的典故在描写相思之情。

或者说，是对未来妻子的憧憬之情？

总之，对于已经"名花有主"的纳兰容若来说，他的词里面，爱情的主题开始逐渐占据多数起来。

十八年来堕世间，吹花嚼蕊弄冰弦。多情情寄阿谁边？

紫玉钗斜灯影背，红绵粉冷枕函偏。相看好处却无言。（《浣溪沙》）

纳兰容若的妻子是明珠与觉罗氏夫妇亲自为爱子挑选出来的媳妇儿。

父辈们甚为满意这位人选，两家人都颇为期待这场婚礼。

也许有人要说，这卢兴祖看姓氏不是汉人吗？清朝一直坚持满汉不通婚，怎么身为满族贵族的明珠家，却和身为汉人的卢兴祖结成了儿女亲家？

其实这是一种误解，所谓的满汉不通婚，指的并不是满族与汉族相互间不通婚，而是限制旗人与非旗人通婚。卢兴祖是汉军镶白旗人，任两广总督，封疆大吏，对明珠家来说，是个最好的选择。

除开一双儿女的匹配，明珠考虑的，还有一些政治上的因素。

他自己是京官，中央要员，而未来亲家是封疆大吏，朝廷与地方，一旦被姻亲这条纽带牢牢地联系在一起，那就是一件互惠互利的事情，稳赚不赔！

当时纳兰容若的这场婚礼，在某种程度上来说，也算得上是万众瞩目。

首先，这是康熙的心腹重臣明珠家的喜事，结亲的另外一家是两广总督，封疆大吏，可谓是强强联手。

其次，就是因为这场婚礼的主角儿，是京城众多少女心目中的白马王子。

总之，不论外界反应如何，到了成亲的好日子，明珠府顿时喧天地热闹起来。

其实对沉迷于汉文化的纳兰容若来说，这种热闹的、锣鼓震天、笑语喧哗的热闹场面，大概并不是他所乐于见到的。

我们现在看古装片，见到成亲的场面总是吹拉弹唱，操办得喜庆热闹，就以为古代的婚礼仪式当真是这样来举行的，其实不过是以今度古，真正的汉族婚礼仪式隆重却并不张扬，并不是一路敲锣打鼓，生怕别人不知晓。

这场婚礼不光是代表着纳兰容若从此要步入人生的新阶段，

对其他人来说，也是一场名正言顺巴结明珠与卢兴祖的好机会。

明珠心知肚明，所以，这场婚礼，他操办得是无比热闹喧哗。

反正没有人会嫌婚礼太过热闹，也没有人会嫌婚礼太过喧哗，在这一天中，所有的热闹与喧哗，都是可以原谅的。即使是纳兰容若，在这样的气氛之中，也不得不勉为其难地应酬着来宾们喧闹的恭贺声。

这一场喧哗直到快深夜的时候，才渐渐地安静下来。纳兰容若也终于有了机会，与那刚刚拜堂成亲的妻子得以单独相对。

那卢氏究竟是什么样的呢？根据记载，说卢氏"生而婉娈，品性端庄，贞气天情，恭客礼典。明珰佩月，即如淑女之章，晓镜临春"，然后又说她是"幼承母训，娴彼七襄，长读父书，佐其四德"，看来，在当时，大家都公认卢氏是一位端庄美丽、家教严谨的淑女。

而这些称赞卢氏的话，想必父母也早已给纳兰容若一遍又一遍地讲过，所以在踏进新房的时候，他心中，还是兴奋地期待着的。

婚床旁站着长辈与侍女，床沿正中，坐着刚与他拜堂成亲的新娘。

少女穿着一身大红金线滚边绣满吉祥花纹的新娘嫁妆，头上盖着同样绣满了吉祥花的大红色盖头，双手规规矩矩地放在膝盖上，动作优雅，坐姿优美，但还是看得出来，新娘有着一丝儿隐隐的紧张与……拘束。

或者说是不安。

毕竟她也与纳兰容若一样，面对着的，是全然陌生的、却要与自己从此携手度过后半生几十年的人，虽然早就听说过对方的名字，但如今当真面对面了，却又羞涩胆怯起来。

她盖着盖头，看不见对方的相貌，只能从盖头下偷偷地看出去，却只能见到一双穿着靴子的足，缓缓地走向自己。

少女便一下子紧张了，纤长的手指局促地紧紧抓住了自己的衣角。

对方似乎也有些紧张，脚步踌躇起来，像是呆站了半晌，才在周围长辈们的戏谑声与侍女们的轻笑声中，拘谨地揭开了新娘子的红盖头。

这时，她才第一次看见他的脸。

他，也是第一次见到自己的妻子。

新娘羞涩却惊讶地睁大了双眼。

她没有想到，纳兰容若会比自己想象中的更加儒静，更加的清俊文雅，漂亮的面孔顿时红得仿若玫瑰花瓣一样。

纳兰容若也是一怔。

烛光下，少女的面孔还带着新娘特有的羞涩红晕，那张脸并不是多么倾国倾城的美艳，却是眉清目秀，眼波清澈，带着一种温柔亲和的感觉。

相看却无言。

周围的人早已经识趣离开了，把这个空间留给了这对刚刚结为夫妻的年轻人。

都说一见钟情，对如今的纳兰容若与卢氏来说，更像是一见倾心。

蜀弦秦柱不关情，尽日掩云屏。已惜轻翎退粉，更嫌弱絮为萍。

东风多事，余寒吹散，烘暖微醒。看尽一帘红雨，为谁亲系花铃。
（《朝中措》）

纳兰容若与卢氏少年夫妻，十分地恩爱美满，这是有目共睹的。

婚后的两人，鹣鲽情深，叫人看了都不禁羡慕不已。

难怪经常会有人难掩艳羡之情地说，纳兰容若当真是上苍的宠儿，连婚姻也比别人美满，妻子宽厚温柔，善解人意，如何不羡煞旁人？

不过他们似乎也忘记了，纳兰容若与卢氏的婚姻美满，也正是因为他们都出身豪门，不用去担心柴米油盐酱醋茶，不用去担心生计问题。

所谓"贫贱夫妻百事哀"，如果纳兰容若与卢氏也像大多数人一样，每日里要为着生计而奔波，大概那纯洁的感情也会在日复一日的现实磨砺中渐渐变成无可奈何的麻木，最终相对两无言。

不过他们就好像《红楼梦》里面的贾宝玉与那些贵族小姐们一样，拥有在世人眼中完美的家庭条件与生活环境，所以才能用最纯洁的感情，去全心全意地、不受任何干扰地去体验那种最最纯粹的爱情！

两人都正青春年少，最浪漫的年纪，再加上一见倾心，所以从纳兰这个时期的诗词，任何人都能感受到他们之间的那种令人心旷神怡、悠然神往的感情。

新婚夫妻，自是风光旖旎无限的。

在小两口的眼中看来，这个世界的任何事物，都是那么的美好。甚至于纳兰容若因为急病而错失殿试的遗憾，也在婚后的岁月中慢慢消失在了脑后。

卢氏嫁入府后很快就赢得了府中上上下下众人的喜爱。

明珠与觉罗氏颇为满意这个儿媳，下人们也十分敬重这位少夫人，纳兰容若发现，卢氏在很多的方面与他都很为相似。

例如对很多事物的见解，有着一份同样难得的纯真！

也许是因为新婚生活的美满，让纳兰容若在这段时间所写的词，也同样的带着难掩的幸福与旖旎。

"蜀弦秦柱不关情"中的前面四个字,指的是筝瑟。相传筝这种乐器乃是秦朝时候的名将蒙恬所造,所以又称做秦筝、秦柱,而传说蒙恬也是文武双全之人,武能平定六国、驱逐匈奴,文可为秦始皇出谋划策,为公子扶苏的老师,而这里纳兰容若借用秦筝的典故,是不是也有点自比蒙恬的意思呢?

也许,更像是在一次夫妻间的抚琴弄舞之间的玩笑话。

看着眼前身姿婀娜绰约的妻子,纳兰容若自然也不甘落后,戏谑着说一句:"蜀弦秦柱不关情。"

屋内还有些寒气,和煦的东风从窗户吹了进来,把那淡淡的寒意缓缓吹散了,暖意融融,令人陶醉。

帘外的花瓣儿被吹得纷纷落下,仿若红雨一般。

花树下,那纤细婀娜的身影正婷婷地站着,为了防止那些鸟雀把娇嫩的花儿给啄伤,她正一个一个地往花柄上系小小的护花铃。

护花铃很小,所以卢氏全神贯注地做着这件工作,身后传来熟悉的脚步声,卢氏只微微回头,嫣然一笑,面如桃花。

那笑容温温柔柔的,就像是三月的春风,曲曲绕绕地钻进了纳兰容若的心里,那温暖慢慢地蔓延开来,直到溢满心房。

旋拂轻容写洛神,须知浅笑是深颦。十分天与可怜春。

掩抑薄寒施软障,抱持纤影藉芳茵。未能无意下香尘。(《浣溪沙》)

《纳兰词》整体风格都偏向清丽哀婉,这是众人都异口同声公认的，不过，即使如此，在纳兰容若词作里面，也并非全部都是婉约的、哀伤的词作，也有"何年劫火剩残灰""休寻折戟话当年"的雄浑之作，更有欢快的轻松之作。

就像这首《浣溪沙》。

这是纳兰词里很少出现的带着轻松与欢愉情绪的作品。

"旋拂轻容写洛神"，开篇第一句，便活灵活现地描写出一幅夫妻间相处愉快的画面。

对当时新婚燕尔的纳兰容若与卢氏来说，每一分每一刻在一起的时光，都是十分幸福的，再加上当时的纳兰容若还未入仕，所以不存在什么被公务所扰的问题，两人从而可以完完全全地生活在属于他们近乎完美的世界中。

其实纳兰容若不光在词上有着耀眼的成就，在绘画方面也是颇有造诣的。

纳兰容若对琴、棋、书、画均颇有研究，曾经师从禹尚基、经岩叔等人学习绘画，后来更与严绳孙、张纯修等画家成为了好朋友。

纳兰容若的书房，一向都是自己亲自收拾的，有了卢氏之后，这个工作，便不知不觉被卢氏无声无息地接了过去。

每天，卢氏都会细心地替他整理好书桌，再在案上摆上一瓶时令的鲜花，让那淡淡的花香飘散在空气里，沁人心脾。

这天，纳兰容若和往常一样，缓步前去书房，刚走到门口，就听见卢氏轻柔地说话声。

"原来这幅画放在这儿了。"

纳兰容若好奇。

平常这个时辰，卢氏早已收拾完书房了，今日却是为何耽搁了呢？

他好奇地迈进去，却见卢氏正与小侍女在一起，手里拿着一幅画，微微歪着头，那神情有些疑惑，又有些高兴。

就像是一个发现了新玩具的孩子一般。

听见丈夫的脚步声，卢氏也未把那幅画收起来，而是回头看着丈夫，清秀的面孔上绽出温和的笑容。

"在看什么？"纳兰容若走上前，却见那是一幅洛神图。

"你画的？"纳兰容若问道。

卢氏摇了摇头，微笑道："不是。"

纳兰容若听了越发好奇，便细细看去。

大概是不知名的画家所作，并未题款，也没有印章，但线条细腻，用色淡雅，画中的洛神飘然于碧波之上，当真是翩若惊鸿、婉若游龙，身姿卓越，髣髴兮若轻云之蔽月，飘飖兮若流风之回雪。洛神的脸微微向后侧着，低着眼，像是正在看向身后，又像是正在依依不舍地收回目光，相当传神。

纳兰容若好奇地看着，突地想起，新婚之夜自己与妻子的初见，岂不是当年曹植初见甄宓一般的心情吗？

画中的女子貌若芙蓉，云鬓峨峨，瑰姿艳逸，当真是神仙之态。

而眼前正淡淡微笑着的女子，又何尝不美呢？

也许是情人眼里出西施，在纳兰容若的眼中，妻子卢氏又何尝不是"仪静体闲，柔情绰态"？

无论是浅笑，无论是皱眉，无论是娇嗔，无论是害羞，种种的神态，种种的表情，都是美的。

纳兰容若从妻子手中接过画轴来，当下就挂在了墙上。

曹子建终究与甄宓错身而过，下半辈子，他只能在回忆中苦苦追寻着自己的洛神，回想起以前的种种，到如今都成了钝刀子割肉，长长久久地伤痛。

自己与曹子建相比，该是幸运的吧？

心爱的妻子就在自己眼前，持子之手，自然是能够与子偕老的！

那时候的纳兰容若完全没有怀疑。

他真的以为，与妻子就能这样一直下去，直到天长地久。

但是熟读诗书的纳兰容若似乎忘记了，白居易的《长恨歌》中，"天长地久"四个字之后的，是"有时尽"。

他怎知道，这段幸福的时光，只有三年而已。

所以他才会轻轻地说一句——

"当时只道是寻常。"

第二节　妾室颜氏

后人说起纳兰容若，最常用的八个字，就是"慧极必伤，情深不寿"。

的确，我们读纳兰词，最先感受到的，就是在那字里行间流露出来的对恋人、对妻子的深情。

不过我们也要辩证地看问题。

纳兰容若毕竟是清代人，那时候，男人三妻四妾很正常，尤其是像纳兰容若这样的豪门贵公子，如果只有一位妻子，那在外人看来，是完全不可想象的事情。

所以，纳兰容若在妻子卢氏之外，还有一位妾——颜氏。

颜氏家世不详，并没记载她是哪家的女儿，也并未像卢氏一样，有人专门赞扬她美丽端庄、贤良淑德。

大概，她只是个普普通通的旗人女儿。

因为"满汉不通婚"，所以，颜氏应该是旗人，当然，论家世，那是肯定比不上正室卢氏的显赫。

关于纳兰容若是什么时候纳了颜氏为妾的，有两种说法，一种说颜氏入门是在纳兰容若与卢氏大婚之前；另外一种说是在纳兰容若新婚没多久。

但不管是哪一种，唯一相同的就是，颜氏进了明珠府，而她进门的目的，或者说是作用，就是赶紧传宗接代，扩大门楣。

这也是明珠与觉罗氏忙不迭地为儿子娶妾的原因。

他们想要赶紧看到孙子辈的孩子了！

对于父母的这个要求，纳兰容若不得不接受，也不得不接受这个突如其来的妾室。

因为这是他身为长子的责任！

而颜氏呢？

她对自己的命运，对自己成为纳兰容若的妾室，又是怎样的感觉呢？

我们无从得知，甚至在被人们所津津乐道的、关于纳兰容若与表妹、卢氏、续弦官氏还有沈宛之间缠绵悱恻的爱情故事背后，颜氏总是被遗忘到角落里，一如她在丈夫身边的尴尬地位。

妾室到底地位有多低呢？这么说吧，也就是比丫头稍微高那么一点而已，而且因为处于主子不是主子、奴婢不是奴婢的夹缝地位，处境更是尴尬。正室有能自由处置妾室的权力，甚至可以直接将妾卖给人牙子，也就是人贩子！古代妾室的处境地位可见一斑。

所以，若是遇到个生性嫉妒或者厉害点的正室，小妾的处境会相当的凄惨。

《红楼梦》里面有个颇具喜剧色彩也颇为悲剧的人物——赵姨娘。她就是贾政的小妾，虽然给贾政生了一儿一女，却连抚养自己孩子的权利都没有，还不能直呼儿女的名字，只能和其他的佣人们一样，唤探春为"小姐"，探春也从来不认她是自己的母亲。赵姨娘在贾府的地位，甚至还比不上那些有权有势的丫头，不要说王熙凤的心腹平儿，就连晴雯、芳官等丫头，也从不正眼看她，对她颇为轻蔑。在文中，赵姨娘曾经说过这么一句话"有好东西也到不了我这儿"，可知她在家中的尴尬地位了。还有同为妾室的苦命女香菱，遇人不淑不说，最后更是被薛蟠的正室夏金桂折磨致死。

好在颜氏不是赵姨娘，卢氏也不是夏金桂。

卢氏性格温厚，她并未因为自己是正室而处处刁难颜氏，也未仗着纳兰容若的宠爱而有恃无恐，反倒是对颜氏温柔亲厚，俨然姐妹一般。

颜氏则顺从恭谦，全心全意尽着她身为姜室的责任，与卢氏一起，把丈夫伺候得无微不至。

但是，她却往往被人遗忘，彻底被湮没在纳兰容若与卢氏琴瑟和鸣举案齐眉的爱情光环之下，悄然跟随在丈夫的身边。直到最后，她选择了留下，安静地守护了他一生。

爱情是一个难解的谜题，从来没有人能解开。

不管是在电视里，还是在小说中，我们都常常见到这样的情节，两位女子同时爱上了一个男人，不管过程如何，结局都只能是其中的一位女子与意中人白头偕老，另外一人只能黯然神伤，一遍又一遍地询问着："为什么你爱的是她而不是我？"

当爱情一败涂地，她唯一能做的，就是想要知道，自己为什么会输给另外一人？

她未必就比另外一人逊色，只是因为她恰好爱上了一个不爱自己的人。

她唯一的错，就是阴差阳错，她爱的人并不爱她，如此而已。

人生若只如初见，何事秋风悲画扇？等闲变却故人心，却道故人心易变。

骊山语罢清宵半，泪雨零铃终不怨。何如薄幸锦衣郎，比翼连枝当日愿。（《木兰花令》拟古决绝词）

在玩《仙剑奇侠传四》的时候，当看到千佛塔中那痴心不改为丈夫守灵的女子姜氏时，总是会让我不由自主地想起颜氏。

她们同样都深爱着自己的丈夫，却又同样不被丈夫所爱，只能默默地把自己的感情隐藏在心里，看着丈夫对另外的女人念念不忘。

姜氏眼睁睁地看着丈夫在临死之前想念着琴姬，她到底有多恨？到底有多伤心？除了她自己，无人能知。她只能空对着丈夫的灵位，一遍又一遍地述说自己的爱情。姜氏终究是看不开，追随丈夫到了阴曹地府，却被鬼差告知，她与丈夫缘分已尽，对方已经转世，无论她在鬼界等待多久，也永远不可能再见到自己的丈夫了。

那性子坚强如烈火般的姜氏，选择的是一条决裂的，也是绝望的道路。

而颜氏却柔如溪水。

她从进门的那一天开始，就默默地接受了自己的命运。

她平静地看着纳兰容若与卢氏天天抚琴念诗；看着纳兰容若

在卢氏亡故之后痛不欲生；看着丈夫后来续弦官氏，更有了情人沈宛。面对这一切，颜氏只是默默地选择了接受，甚至于在纳兰容若病故之后，她也选择了留下，守护一生，甘之若饴。

在纳兰容若的一生之中，感情所占的比重是不可忽视的，其中，又被进宫的表妹、卢氏与沈宛各占据了三分之一，颜氏则像是被完全遗忘了。有时我不禁心想，或许对颜氏的感情，纳兰容若并非一无所知，也并非一无所动的吧？

他不是不知道颜氏对自己的感情，只是一个人的心可以很大很大，包容爱人所有的一切，也可以很小很小，小得只够容纳下一个人。

正像阿桑《一直很安静》那首歌里面唱的那样，“明明是三个人的电影，我却始终不能有姓名”。《仙剑》中林月如说“吃到老，玩到老”，但是时间却不给她幸福的机会，就已经“原来我已经这么老了”，最终与李逍遥生死相隔。

温婉美丽的颜氏又何尝不是如此？只是她还来不及体会到幸福的滋味儿，纳兰容若就已经永远地离开了这个世界。

她听了那么多年的“对不起”，到了最终，得到的依旧还是一句充满歉意的“对不起”。

于是我更愿意相信，纳兰词中这句家喻户晓的“人生若只如初见，何事秋风悲画扇”，或许有那么几分的可能性，是写给颜氏的，写给那被自己不得不辜负了的女子。

人生若只如初见，当初与颜氏的第一次见面，其实也是那么美好而且淡然吧？

与表妹、卢氏、沈宛等人不同，纳兰容若与颜氏之间的感情，是平静又安稳地发展着，没有跌宕起伏的浓烈感情，也没有生死与共的焚心似火，只是像潺潺的流水一样，平淡的、静静的，在两人相处的岁月中慢慢地酝酿，最终转为仿佛亲情一样的爱情。

君子之交淡如水，我想，纳兰容若与颜氏之间的感情，也是这般淡如水，却柔如水、韧如水的。

纳兰容若如此聪明而且善解人意，怎么会不知自己有多爱卢氏，就有多辜负了颜氏？

他并不是看不到颜氏的好，只是天意弄人，他已经不能再把心分出来一块给那位可怜的女子，唯一能说的，只有一句"对不起"。

当时初见，是如此的美好，哪里想得到后来的分离？

"何事秋风悲画扇"，这句用的乃是汉代班婕妤的典故。

班婕妤是古代的名女子之一，也是才女，是汉成帝的妃子，后来被赵飞燕陷害，自愿前去长信宫侍奉王太后，等于是退居冷宫，后来孤伶伶地过完了一生。她曾写了一首诗《怨歌行》，用团扇来形容自己，抒发被遗弃的怨情。这里，纳兰容若是说，本来相亲相爱的两人，为何会变成如今的相离相弃？

也许他是在借着这首词，写出自己对颜氏说不出口的愧疚。

不是你不好，只是前前后后，阴差阳错，刚好晚了那么一点儿时间，于是只好辜负了你。

如果不是这样，从当初一见面开始，我们也是能够相亲相爱的吧？

只是如今我还来不及向你说出自己的心意，命运便无情地让我们生离死别。

很多时候，当我们迟疑的时候，只是以为还有时间去开口。

很多时候，当我们后悔的时候，才发现早已是故人心变，物是人非。

多年以后，当颜氏看着丈夫遗留下来的《饮水词》，读着这首《木兰花令》，会不会潸然泪下？会不会在念吟着"比翼连枝当日愿"的时候，回想起当年与丈夫之间平淡的点点滴滴，如今却是一分一毫都让她怀念不已。

这首《木兰花令》还有着一个小小的副标题——

"拟古决绝词"。

决绝词是什么呢？是古乐府旧题，属于乐府诗中的相和歌辞。

元稹也曾写过决绝词，共三首。

乍可为天上牵牛织女星，不愿为庭前红槿枝。

七月七日一相见，故心终不移。

那能朝开暮飞去，一任东西南北吹。

分不两相守，恨不两相思。

对面且如此，背面当何知。

春风撩乱伯劳语，况是此时抛去时。

握手苦相问，竟不言后期。

君情既决绝，妾意已参差。

借如死生别，安得长苦悲。

噫！春冰之将泮，何余怀之独结。

有美一人，于焉旷绝。

一日不见，比一日于三年，况三年之旷别。

水得风兮小而已波，笋在苞兮高不见节。

翾桃李之当春，竞众人而攀折。

我自顾悠悠而若云，又安能保君皓皓之如雪。

感破镜之分明，睹泪痕之馀血。

幸他人之既不我先，又安能使他人之终不我夺。

已焉哉，织女别黄姑。

一年一度暂相见，彼此隔河何事无。

夜夜相抱眠，幽怀尚沉结。

那堪一年事，长遣一宵说。

但感久相思，何暇暂相悦。

虹桥薄夜成，龙驾侵晨列。

生憎野鹤性迟回，死恨天鸡识时节。

曙色渐瞳昽，华星次明灭。

一去又一年，一年何可彻。

有此迢递期，不如生死别。

天公若是妒相怜，何不便教相决绝。

此词写得颇为决绝，"君情既决绝，妾意已参差。借如死生别，安得长苦悲"。

如今纳兰容若用了这个古老绝情的题目，难道是要与爱人决绝吗？

自然不是。

他写出这首决绝词，无非是想到，自己总有一天会离去，徒惹亲人们伤心，不如就让自己来当一次无情的决绝之人吧？

他与人保持着距离，是怕当相互之间感情深厚之后，会因为时光的流逝而不得不分离。世界上多远的距离，都比不过生与死的隔阂！只是一个字的差异，却代表着永不相见。

所以，他才会在生命的最后关头，对官氏、沈宛、颜氏那么冷淡？

谁道飘零不可怜，旧游时节好花天，断肠人去自经年。

一片晕红才着雨，晚风吹掠鬓云偏。倩魂销尽夕阳前。（《浣溪沙》）

这首《浣溪沙》，据说是纳兰容若在见海棠花开之后写的。

海棠多开在春季，盛开之后煞是好看，也难怪纳兰容若会写下这首词了。

从词里行间，描写的确实是海棠。

无论是"飘零"，还是"晕红"，都是海棠花盛开之后，从枝头缓缓落下的画面。

海棠在古代的诗词中出现次数很多，最家喻户晓的，应该就是宋代女词人李清照的《如梦令》吧？

昨夜雨疏风骤，浓睡不消残酒，试问卷帘人，却道海棠依旧。知否？知否？应是绿肥红瘦。

易安居士笔下，惟妙惟肖地写出了爱花人对自然事物的爱惜，其中"绿肥红瘦"四个字，更是被人津津乐道，交口称赞。

那经历过一夜风雨之后的海棠，艳丽的花儿已不复昨日的繁丽，显得憔悴零落，只有那翠绿的叶子，却越加青翠娇艳了。

这样一幅雨后海棠的画面，出自李清照的笔下。

在纳兰容若的词中，海棠又有了另外一番风情。

正是海棠花开的好季节，院子里的海棠树花枝上，晕红的海棠正娇艳地绽放着。

昨夜也下了一场小雨，花瓣上还残留着雨珠儿，微风吹过，雨珠就从摇曳的花枝上纷纷落下，翠绿的枝叶轻轻地摇动着，那绿色是那么的柔和，衬托着晕红的海棠花。

也许这株海棠花树上，当真栖息着海棠花神吧？那美丽的花神，又是在想念着谁？

断肠人在天涯，可又有谁知道，断肠人也许就在眼前呢？颜氏又何尝不是断肠人呢？

夕阳西下，看着那株院子的海棠花树，颜氏只是站得远远地看着。

她无法过去，正如清晨的时候，看到纳兰容若与卢氏在海棠花树前笑着、说着，开心地赏花，那两人的背影是如此相配，又如此天造地设，完全没有第三个人插足的余地。

如今，人影早已不在，只有那株海棠花树还依旧，自己依旧无法走过去，走近纳兰容若曾经走过的地方。

康熙十四年，纳兰容若二十一岁。

在这一年，纳兰容若有了他的第一个孩子——富格。

纳兰容若一生共有三子四女,后来其中一个女儿嫁给了雍正年间的骁将年羹尧。

他的长子富格出生于康熙十四年,这一年对明珠府来说,双喜临门。

十月的时候,明珠又被调为吏部尚书。

从兵部尚书到吏部尚书,明珠的仕途越走越通畅,越走越顺利,康熙对他的倚重是如此明显,任何人都看得出来,他是皇帝跟前最炙手可热的大臣!

而在府内,让上上下下都开心欢喜的是颜氏果然不负众望,为纳兰容若生下一个儿子。

颜氏的温柔、惠淑,让本来不得不纳妾的纳兰容若,也逐渐开始接受了这名静美的女子。如今,竟是当父亲了!

但是,与对卢氏的爱情不同,他对颜氏,更多的是敬重。

颜氏并未因为丈夫对正室的宠爱而心生怨恨,一直都是那么的安静、宽厚,与卢氏相处融洽,让明珠府里的人都为之敬佩。

这个孩子从出生的那一刻开始,就受到了全家人的喜爱,明珠更亲自为孙子起名,叫作"富格",也有种说法叫作"福哥"。

寻常人家给孩子起名字,一般都会用吉祥的字眼,表示对孩子的祝福与期望。明珠家虽然是权贵,也一样不能免俗,小小的还未睁开眼睛的富格,就拥有了来自家人的第一份礼物——名字。

纳兰容若初为人父,难掩欢喜之情,卢氏更是欢欣不已,就像这个孩子是她亲生的一样,不但对富格疼爱有加,连对产后虚弱的颜氏,照顾得也是无微不至。

在纳兰容若那短暂一生的感情生活中，没有那种小气善妒的女人，搅得全家鸡犬不宁，反而个个都是那么的大度与温厚，像是纳兰容若那宽厚真诚的性子，也感染了他身边的女人们，她们展现出来的，都是人性之中的美好与真诚。

在这段时间内，纳兰容若是幸福的。

他有着显赫家世，有着天赋才华，有着娇妻美妾，如今更有了健康的儿子，人生至此，夫复何求？

所以，这时候他写的词，大多洋溢着幸福，描写他们的夫妻恩爱。

好比这首《蝶恋花》：

露下庭柯蝉响歇。纱碧如烟，烟里玲珑月。并著香肩无可说，樱桃暗结丁香结。

笑卷轻衫鱼子缬。试扑流萤，惊起双栖蝶。瘦断玉腰沾粉叶，人生那不相思绝。

也许是在某一天风和日丽，纳兰容若看见院子里，卢氏正抱着小小的富格站在树下，身旁，是已经可以起身散步的颜氏。她坐在躺椅上，仰着秀美的脸，温柔地看向卢氏，还有怀中的富格。

树上，夏蝉的鸣叫声此起彼伏。也许是被蝉叫声从睡梦中惊醒，富格突然"咯咯咯"笑起来，伸出了小小的拳头，对着空气一张一抓，仿佛要抓住那弥漫在空气中的清脆叫声。

富格的这个样子，让卢氏与颜氏也不禁笑了起来。

像是心有灵犀一般，卢氏突然回头，看见了不远处长廊下正含笑看着自己的丈夫，嫣然一笑。

颜氏也顺着卢氏的目光看了过来，也是淡淡一笑，不过与卢氏的坦然欢喜不同，她的笑容，更多是对丈夫的尊敬。

阳光从扶疏的枝叶间漏了下来，卢氏一边哄着怀里的富格，一边低下头来笑着对颜氏说了几句什么，颜氏便点点头，两旁的侍女连忙搀扶着她起身，一行人缓缓进屋去了。

太阳没多会儿就下山了，夜晚时分，廊下都挂起了灯笼，昏黄的光芒照亮了长廊。

纳兰容若正往回走，却见之前下午卢氏与颜氏乘凉的院子里，一个婀娜娉婷的身影正一会儿往东一会儿往西。

黑暗中，几点星星一样的萤光正缓缓地飞舞着。

纳兰容若好奇地过去一看，却见是还有些孩子气的妻子卢氏，挽起那绣有鱼子花纹的衣袖，手中持着一柄团扇，笑嘻嘻地在院子里扑着流萤。

见到丈夫过来，卢氏才停了下来，拭了拭额上的香汗，面对丈夫的疑问，笑着回道："想捉几只放在布袋里，给富格玩儿。"

树丛中栖息的蝴蝶被吓到了，扑腾着飞出几只，在黑夜里闪了几下，就又缓缓地停在了树木草丛中。

有一只蝴蝶大概是慌不择路，一下子扑到纳兰容若的手中。

卢氏见了，顿时"哎呀"一声，用纤手捂住了嘴，甚是惊讶，夫妻俩相顾"噗嗤"笑出来。

纳兰容若看着眼前香汗淋漓的妻子，突然想起唐代诗人杜牧的《秋夕》诗来。

眼前的画面，可不就是轻罗小扇扑流萤？

幸福是什么呢？幸福就是这眼前的点点滴滴，慢慢汇聚起来，然后在记忆里慢慢发酵，最终深深地铭刻在了心底，在多年后回想起来，依旧会忍不住为之微笑。

只是，到那个时候，幸福已经成了回忆。

烟暖雨初收，落尽繁花小院幽。摘得一双红豆子，低头，说着分携泪暗流。

人去似春休，厄酒曾将醉石尤。别自有人桃叶渡，扁舟，一种烟波各自愁。（《南乡子》）

纳兰容若十九岁的时候，错失了人生第一次殿试的机会。

他为此事写下一首七律《幸举礼闱以病未与廷试》：

晓榻茶烟揽鬓丝，万春园里误春期。

谁知江上题名日，虚拟兰成射策时。

紫陌无游非隔面，玉阶有梦镇愁眉。

漳滨强对新红杏，一夜东风感旧知。

诗中既有对好友能够金榜题名的高兴与祝福，也有对自己错失殿试机会的惋惜与枉然。

如今三年已经过去，在这三年中，他不但娶妻生子，更组织编撰了《通志堂集》与《渌水亭杂识》，而且更多的时候，他在授课老师徐乾学的精心指导下，准备着再一次的殿试。

这一年，是康熙十五年。

其实纳兰容若在这一年中还有个小小的插曲。

头年皇子保成被立为太子，于是为了避皇太子名字中那个"成"字讳，纳兰便把自己的名字从"成德"改成了"性德"，这也就是我们最耳熟能详的名字的由来。到了第二年，皇太子保成改名叫胤礽，纳兰也就不用再继续避讳，又重新用回了自己原来的名字"纳兰成德"。

康熙十五年的殿试，纳兰容若果然考中了二甲第七名进士。

一般说来，在殿试金榜题名之后，皇帝都会给这些十年寒窗苦读终于鱼跃龙门的学子们分派官职，进行委任，不过纳兰容若在考中进士之后，却并没有马上获得委任，只是据传将参与馆选，可这个消息并非很确切。

纳兰容若倒也不怎么在乎。

其实，如果说第一次的殿试因为造化弄人，让他不得不错失的话，那这第二次的殿试，对纳兰容若来说，更多的，大概就是抱着一种弥补以前遗憾的心态。

如今考上了，金榜题名了，当年的憋闷，也就随之烟消云散，所以，派不派官职，又有什么差别呢？

他本来就不是那要以科举来改变自己命运，削尖脑子也要往官场里钻的人。

对纳兰容若来说，所谓的官职大概还比不上卢氏重要，比不上颜氏，也比不过刚出生没多久的儿子富格。

所以这个时候的纳兰容若，还是那么自由自在，无比幸福。

世人都是不同的，有些人喜好热闹，有些人喜好安静。

就像《红楼梦》中的贾宝玉与林黛玉，宝玉喜欢热闹，是因为觉得迟早有离散的一天，不如趁着大家都还在一起，尽一天欢乐是一天；而林黛玉素喜安静，却觉得既然总会有分别的那天，为了避免分别后的忧伤，还不如不深交好。

根据"纳兰性德原型说"，那贾宝玉正是曹雪芹根据纳兰容若而创作出来的艺术形象，只是我觉得，贾宝玉那种富贵闲人的形象，在某种程度上倒确实很像此时此刻的纳兰容若，而从纳兰容若的诗词与生平中我们可以看出，在他的性格之中，更多的，是一种词人所特有的清冷与忧郁，也可以说是所谓的艺术家特有的气质，那是种从骨子里透出来的忧愁。

别人见到红豆，想起来的，是"红豆生南国，春来发几枝"，而在纳兰容若的眼中，这一双红豆子，若是有一天两两分开，又该是怎样的寂寞？

据说幸福的人见不得凄冷分离的孤独画面，那是因为会让他们不由自主地想起，眼前的幸福终究抵不过时间的流逝，总有一天会分手，最终忍不住伤心。

一日，纳兰容若看着雨后湖心中那一只飘摇着的小舟，孤孤单单，在雨丝中飘飘忽忽，不知要驶往哪里去。

手心里，是刚刚摘下的一双红豆子。

那是之前卢氏放到他手中的。

两颗小小的红豆，晶莹红润，好像两颗小小的红宝石一般，在自己的掌心之中静静地躺着，像是在述说着卢氏说不出口的感情。

只是，如今眼前这两颗红豆还能紧紧地依偎在一起，但是一年之后呢？两年之后呢？十年之后呢？

就像他与卢氏，是不是真的就能像成亲之时说的那样，与子偕老共白头呢？

是不是真的能够一直相互陪伴着，走到人生的最后？

那时候，纳兰容若并没有想到，自己这番突如其来的念头，竟成了往后岁月的预言。

只是他当时并不知道而已。

第三节　心有灵犀的红颜知己

在纳兰容若短暂的三十一年岁月中，他的感情向来是被人们所津津乐道的，除了那位扑朔迷离的表妹，另外几位，都是有证可考的，原配卢氏，续弦官氏，还有妾室颜氏。

但是在纳兰容若生命的最后一年中，还出现了一位女人，那便是江南才女沈宛。

清代谢章铤的《赌棋山庄词话》中说：

容若妇沈宛，字御蝉，浙江乌程人，著有选梦词。述庵词综不及选。菩萨蛮云："雁书蝶梦皆成杳。月户云窗人悄悄。记得画楼东。归骢系月中。醒来灯未灭。心事和谁说。只有旧罗裳。偷沾泪两行。"丰神不减夫婿，奉倩神伤，亦固其所。

此评价颇高，对沈宛的才学，更是赞扬不已。

在电视剧《康熙秘史》之中，沈宛的真实身份，是辅政大臣鳌拜没有血缘关系的女儿青格儿，她命运坎坷，在得知自己的真实身世之后，虽然与钟汉良饰演的纳兰容若两情相悦，却不得不黯然离开，后来在康熙南巡的时候，才与纳兰容若重逢，但有情人终成眷属，也不过在一起短短一年。

当然，这是电视剧，真实性无从得知，就像那位扑朔迷离的表妹在这部电视剧中叫作"纳喇惠儿"一样，谁又说得出是真是假？

但是，沈宛这位才女，却是真真实实，在史料上可查的。

据说沈宛十八岁便有《选梦词》展现于世，纳兰容若见到了《选梦词》，引为知己，后来在顾贞观等朋友的介绍下见了面，相互属意，沈宛便从此跟了纳兰容若。只是一年后纳兰容若病故，她伤心之际，黯然回到江南，孑然一身。

如果说纳兰容若因为看到了沈宛十八岁的词集《选梦词》而

倾心的话，让人觉得有些不可能，那时候纳兰容若年已而立，不再是懵懵懂懂的少年儿郎，又经历了爱妻卢氏的亡故等打击，若这么快便移情别恋，有些不太像他的性格。

不过在沈宛的词中有一句"雁书蝶梦皆成杳"，倒是透露出些许的真相。

他们相见之前，应该也是和现在的笔友一样，鸿雁来去，书信交往，相互间慢慢倾心，最终水到渠成。

只是沈宛一直没有成为纳兰容若的正式妻子，她只是个情人。

沈宛与卢氏、官氏、颜氏不同的是，她是个名副其实的汉人，当时满汉不通婚，这就让她无法踏进明珠府，再加上并非良家出身，或者说，是类似柳如是、董小宛的身份，也让她只能和纳兰容若保持着一种没有名分的关系。

纳兰容若把她安置在德胜门的外宅之内，两人才学相近，情人间的生活倒也旖旎风流，而从沈宛与纳兰容若的词中也看得出来，两人是当真互相拿对方是知己，相知相惜的。只是造化弄人，半年后，纳兰容若突然病故，沈宛伤心欲绝，孤独无靠，只好含泪返回江南，留下一段让人扼腕叹息的遗憾。

黄昏又听城头角，病起心情恶。药炉初沸短檠青，无那残香半缕恼多情。

多情自古原多病，清镜怜清影。一声弹指泪如丝，央及东风休遣玉人知。（《虞美人》）

康熙二十三年，纳兰容若三十岁。

从康熙十六年开始到如今，纳兰容若已经当了整整七年的御前侍卫。

在这段时间内，他从三等御前侍卫升为一等，深得康熙皇帝的信任，正是前途似锦的时候。

可是，对纳兰容若来说，这样小心翼翼的侍卫生活，是他所希望所追求的吗？

答案是很明显的，所以，他觉得有些厌倦了。

这个囚禁着他一颗诗人之心的囚笼，要什么时候才肯打开笼门，放他离开呢？

这个时期纳兰容若所写的词，明显地带有一种"无聊"的意味，无论是在给卢氏的悼亡词中，还是其他题材的词中，这种冷清的感觉贯穿始终。

他已经做了整整七年的侍卫，卢氏，也离开他整整七年了。

纳兰容若后来续弦官氏，但他的爱情早已随着卢氏的身故而逝去，哪里还能再重新爱上别的女人？

就在这一年的九月，金秋之时，顾贞观从江南再度回到了京城。

与他同行的，还有纳兰容若早已闻名却从未见过的江南才女——沈宛。

在这次沈宛上京之前，纳兰容若就已从好友们的描述中知道了这位女子的名字。

沈宛，字御蝉，江南乌程人。

古人说，"仗义每多屠狗辈，由来侠女出风尘"，江南秦淮，明末清初，确实出了不少有名的风尘女子，才艺双绝，貌美如花。

其中最有名的，应该是如今我们耳熟能详的"秦淮八艳"了。

不管是吴梅村笔下"恸哭六军俱缟素，冲冠一怒为红颜"的陈圆圆，还是被后人穿凿附会为董鄂妃的董小宛，还有那风骨铮铮的柳如是，侠肝义胆的李香君，礼贤爱士、侠内峻嶒的顾横波，长斋绣佛的卞玉京，擅长书画的马湘兰，以及颇有侠气的寇白门，她们虽然出身低下，被世人看不起，但在当时国家危难的时刻，相比较一干明朝官员的贪生怕死，所谓"文人"的卑躬屈膝，这些向来被轻视、生活在社会最底层的女子们，却表现出了崇高的气节。这些能歌善舞、擅长诗画的女子的名字，也与当时诸多叱咤风云的历史人物联系在了一起，留下了浓墨重彩的一笔。

她们虽然是青楼女子，却同样关心国家大事，与复社文人来往密切，其中李香君、卞玉京、董小宛等人与明末四公子之间的风流韵事，也是一时的佳话。

其中最有名的，当属陈圆圆。

当年李自成进京，抢走了陈圆圆，吴三桂一怒之下引清军入关，彻底改变了历史的脉络，虽然把责任全部推到陈圆圆这一个弱女子身上太不公平，不过，假如当时李自成没有强占陈圆圆，想必历史的发展，我们现在是怎么也猜想不到的。

古来才女总是与才子联系在一起的，沈宛虽然不像她的前辈们那么鼎鼎大名，但是在江南也小有名气，而且这名气传进了纳兰容若的耳朵里。

若要用"秦淮八艳"中的人物来比拟的话，沈宛应该相似于马湘兰，那"秦淮八艳"中唯一没有与明末清初那段政治与历史牵扯上关系，以善解人意、擅长诗词绘画而闻名的灵秀女子。

对纳兰容若来说，他此时需要的，不是寇白门之类的风尘侠女，而是沈宛这样善解人意，叫人见之愉快的女子。

沈宛，刚好适合。

所以就在这一年的年底，纳兰容若纳了沈宛为妾。

其实纳兰容若究竟有没有和沈宛举行过婚礼，也是个颇多争议的问题。

在当时，满汉不通婚，沈宛的汉族身份注定了她无法进入明珠宅邸，只能住在外面的别墅内。

纳兰容若把沈宛安置在北京西郊德胜门的宅子内，他尽力地给予沈宛一切，却唯独不能给她的一个家。

而这，却正是沈宛所要的。

半年后，沈宛也离开了京城，她并不知道，这一去，便是永别。

"予生未三十，忧愁居其半。心事如落花，春风吹已散。"

这是纳兰容若的诗句，像是为自己写下了短暂一生的总结，如此忧伤，如此寂寞。

题外话一句。

"秦淮八艳"中的马湘兰，虽然并没有倾国倾城的美貌，但是一位善解人意而且才华出众的女子，完全可以称得上是女诗人、女画家。她与纳兰容若没有什么关系，但是与一位和纳兰容若关系十分密切的人，却有着很好的交情。

那人便是曹寅。

曹寅擅长诗词，马湘兰擅长绘画，曹寅曾经接连三次为《马湘兰画兰长卷》题诗，都记载在了曹寅的《栋亭集》里面，可见交情是很深的。

当然，并不是说马湘兰与曹寅之间有什么暧昧关系，其实按照年龄来说，两人之间应该就是如同良师益友那般的关系而已。

欲问江梅瘦几分，只看愁损翠罗裙。麝篝衾冷惜余熏。

可耐暮寒长倚竹，便教春好不开门。枇杷花底校书人。（《浣溪沙》）

在后人的记载或者传记中，沈宛都是作为纳兰容若情人的身份出现的，渐渐地，连她的存在都成为了一桩谜案。

沈宛是不是真实存在？

沈宛究竟真实身份是什么？

所谓"一千个观众就有一千个哈姆雷特"，这里也一样，众说纷纭。不过，我想沈宛的身份虽然成谜，但是这个人是肯定存在的。

当时陈见龙曾经填了一首词，赠与纳兰容若，题目便是"贺成容若纳妾"。

成容若便是纳兰，他字容若，以自己名字"纳兰成德"中的"成"字为姓，给朋友们的信笺中都是署名"成容若"，朋友自然也以这个名字来称呼他。

陈见龙正是为祝贺纳兰容若与沈宛的结合，写了这首《风入松》：

佳人南国翠娥眉。桃叶渡江迟，画船双桨逢迎便，细微见高阁帘垂。应是洛川瑶璧，移来海上琼枝。

何人解唱比红儿，错落碎珠玑。宝钗玉臂樗蒲戏，黄金钏，幺凤齐飞。潋滟横波转处，迷离好梦醒时。

这首词上半阕写婚嫁迎娶，下半阕写新婚燕尔，词句华丽，情真意切。

对于好友的祝福，纳兰容若坦然地接受了。

沈宛与卢氏不同。

相比较卢氏的温婉宽厚，沈宛知书达理，才学不输纳兰容若，也因此，两人在文学上颇多共同语言。

这个时候的纳兰容若，已经有了官职在身。他是康熙皇帝跟前的大内侍卫，负责着保护皇帝的工作，公务十分繁忙，再加上本来就是有家室的人，所以与沈宛在一起的时间，自然不会很多。

好在沈宛是明白纳兰容若之人，否则也不会在鸿雁传书之间互通心意，最后两两倾心。

她知道丈夫繁忙，所以自己总是乖巧地待在德胜门的宅子里，寂寞而又带着期盼地等着，等着纳兰容若的每一次到来。

精通诗词之人似乎都有个比较相似的毛病，那就是容易多愁善感，悲春伤秋。而沈宛既然是以诗词闻名，自然也不可避免地有着一颗纤细敏感的心。

虽然对纳兰容若的公务繁忙，她并没什么怨言，但日子一长，未免就开始多愁善感起来。

黄昏后，打窗风雨停还骤。不寐乃眠久。渐渐寒侵锦被，细细香销金兽。添段新愁和感旧，拼却红颜首。

这首《长命女》大概是沈宛这段时期所作，流露出一股哀婉之情。

某一天的黄昏后，雨倒是停了，可屋檐边缘，那雨珠儿却还在滴滴答答地落着，滴在房下的台阶上。雨后的寒意渐渐侵了进来，本来温暖的棉被也有些润润的感觉，触手摸去，有些凉凉的了。下一句"细细香销金兽"，大概是化自李清照的《醉花阴》中"瑞脑销金兽"一句，只是，在李清照笔下，那室内香炉里轻烟缭绕飘散，欢愉嫌日短，苦愁怨更长，此情此景下，心中所念的，都是远在千里之外的丈夫，也难怪会"莫道不消魂，帘卷西风，人比黄花瘦"了。

也许在女词人的心里，对愁绪，对思念之情，所见所想所感都是一样的吧？所以当沈宛孤独地看着屋内香炉内那缭绕的轻烟在空气里慢慢飘散的时候，想到的，是"添段新愁和感旧"，在日复一日的等待中，红颜也寂寞。

不过，在这样寂寞的冷冷清清的日子里，也是有着暖色的。

想必是梅花开了，所以这天，纳兰容若对沈宛戏谑一样的这样说道："欲问江梅瘦几分，只看愁损翠罗裙"，言下之意是把沈宛比喻成梅花，见到沈宛眉间那一缕淡淡的愁思，所以才半是开玩笑半是认真地笑道，若要看梅树瘦了几分，只要看眼前人的腰肢消瘦了几分便知道的。

虽是戏谑之语，言下之意却是在说，自己清楚沈宛内心的愁苦。

沈宛又何尝不知？

只是知道归知道，有些话，她始终说不出口。

正如纳兰容若，也有着不能言说的苦衷。

这首词的最后三个字"校书人"，典故用的有点生僻。

在唐代诗人王建的《寄蜀中薛涛校书》一诗中，有这样两句："万里桥边女校书，枇杷花下闭门居。"

薛涛是古代名伎，也是颇有名气的女诗人，她所制的"薛涛笺"更是大名鼎鼎，乃是文雅风流的象征，而因为王建的这首诗，后世人便把能诗文的风尘女子称为"女校书"。

在这首《浣溪沙》里面，纳兰容若用了"校书人"的典故，倒并不是专门为了指出沈宛出自风尘的尴尬身份，不过是见沈宛在花下看书，那画面颇为美妙，才有感而发，借指花下读书人而已。

脂粉塘空遍绿苔，掠泥营垒燕相催，妒他飞去却飞回。

一骑近从梅里过，片帆遥自藕溪来，博山香烬未全灰。(《浣溪沙》)

纳兰容若与沈宛在一起短短的大半年时光中，还是十分美满的。

倒不是说他与官氏与颜氏的感情不好，而是在思想层次上，在卢氏之后，纳兰容若也许是再次找到了与自己心意相通的人。

不论沈宛的出身如何，至少在诗词的意识形态层面上，她和纳兰容若是平等的，或者说，一位文艺男青年，一位文艺女青年，金风玉露一相逢，自然是越聊越投机，最后结局理所当然是"便胜却人间无数"。

于是我们倒回去说一说沈宛与纳兰容若的初见吧。

那是康熙二十三年，甲子。

九月的一天，暑气还未完全散去，空气里还有些闷热，即使穿着薄薄的夏衫，汗水还是从身上每一处肌肤沁出来，黏黏的。

马车在一处看似寻常的宅院面前停下来，里面有人下了车，被门口的下人恭恭敬敬地接进屋内的人，正是纳兰容若。

这处宅院乃是顾贞观在京城的宅子。当然，论豪华，比不上当时已经贵为太子太傅的明珠宅邸那么金碧辉煌，只是普普通通的院子，但里面布置得颇为雅致，一看便知主人花费过不少心血，小桥流水，绿草茵茵，在这京城之中，竟难得有着江南水乡的雅致与秀气。

大概，那是因为宅院主人本来就出身江南的关系吧？

每次纳兰容若来到这儿的时候，都会忍不住这样赞叹。

顾贞观早已等待在廊下，见自己的学生兼忘年之交按时到达，笑着迎上去。

纳兰容若的脸上又何尝不是带着笑容？

但顾贞观不愧是纳兰容若多年的好友，只有他，从这位年轻自己很多岁的好朋友眼中，看到的不是欢愉，而是忧愁；看到的，是他挣不脱樊笼的苦恼与闷闷不乐。

好在这一次，顾贞观从江南回到京城的时候，还另外带来一人，纳兰容若的信中所言的"天海风涛之人"。

"天海风涛"一语出自李商隐的《柳枝五首》序：

柳枝，洛中里娘也……生十七年，涂妆绾髻，未尝竟，以复起去。吹叶嚼蕊，调丝擫管，作天海风涛之曲，幽忆怨断之音……

李商隐诗中的"天海风涛"，写的正是李商隐的红颜知己柳枝。柳枝的身份乃是歌伎，而纳兰容若所言的天海风涛，指的，自然是沈宛了。

于是纳兰容若与沈宛，得以相见。

那时候的纳兰容若，大概并未有纳沈宛为妾的念头。他对这名聪慧的江南女子，更多的，是惜才，基于一种"同是天涯沦落人"的惺惺相惜。

沈宛不幸，沦落的，是她的身，在风尘中打滚，只是这样的女子，还依旧能在那么复杂的环境中保留着一份纯真，在她的诗词中，毫无遮掩地表达了出来。

而纳兰容若的"天涯沦落"，自然不是说他出身风尘，他的所谓"沦落"，其实指的是自己无心官场与权势。

所以，在沈宛随着顾贞观来到京城之后，纳兰容若也来到了这座宅子。

他终究是好奇，好奇这位与自己"同为天涯沦落人"的才女。

与其他女子不同，沈宛是素雅的、淡静的。

她穿着一身颜色淡雅的绿色衣裙，面容秀美，并未和其他歌女一样化浓艳的妆，只是淡扫蛾眉，略施粉黛，乌黑的发髻上插着一支银白色的簪子，简简单单的凤尾样式，怀抱琵琶，安静地坐在那儿，轻声弹唱。

她与其他人是那样不同，气质沉静，带着一种出淤泥而不染的干净气息，直到顾贞观引着她走到纳兰容若的面前，微笑着介绍说，这位便是明珠府的纳兰公子，名成德，字容若。

她笑了，他也笑了。

有时候，钟情，也许只是一瞬间的事。

沈宛终于见到了自己倾心已久的纳兰容若，一如她无数个夜里，看着对方的信笺所暗自想象的那样，脑海里的影像与眼前的人影逐渐重合起来，最终成为现实。

沈宛双颊上飘起两朵红云，然后朝纳兰容若轻笑一下。

看着眼前的女子，纳兰容若脑中却突然浮现出另外一位女子的音容笑貌来。

那天，卢氏也是这样对着自己嫣然一笑，仿佛三月的桃花般，连周围的景色都为之绚烂起来。

这年年底，纳兰容若便正式纳了沈宛为妾。

这场婚礼并不是很隆重，纳兰容若的好友们还是纷纷送来了祝福，祝福这一对璧人的结合。

在其他人的眼中，纳兰容若还那么年轻，也早就该从卢氏亡故的悲伤中走出来，去寻找属于他的幸福，而沈宛才貌双全，又和纳兰容若有那么多的共同语言，难道不是一个最好的选择吗？

对纳兰容若来说，个中的滋味儿，也只有自己才知道。

我倒是觉得，纳兰容若与沈宛之间，其实更像是朋友。

他们在诗词上有着共同语言，如果沈宛如顾贞观等人一样是男性，那么，纳兰性德便是又多了一位知音好友，但沈宛偏偏是女子，而且还是江南小有名气的歌伎才女，所以，如果说纳兰容若与沈宛之间只是纯洁的友情与惺惺相惜的话，那似乎很难让人相信。

纳兰容若与沈宛，两人之间是友情也好，爱情也罢，总之，无论如何，沈宛若与纳兰容若交往，确实也只有成为对方姬妾一途，因为她的身份地位，又是汉籍，纳兰容若也不敢冒天下之大不韪，将沈宛接进明珠府里去，所以，他才在西郊德胜门为沈宛置了一处幽静的宅子。

两人相处的日子，是愉快而且充满诗情画意的。

也许是某一天的午后，纳兰容若与沈宛正在说话，不知何时变成了沈宛在说着江南的那些名胜古迹，还有流传于民间的传说。

据说在昔日吴宫之处，有香水溪，是当年西施沐浴的地方，所以又名叫脂粉塘，只是，如今西施早已不见踪影，而奢华的吴王皇宫也早已不复当年的巍峨与华丽，往日种种，已随着时光的流逝变成了历史里的一缕烟尘，只有燕子依旧每年飞来飞去，衔泥做窝，年复一年。突然，马蹄声传来，路上一骑飞驰而过，一叶小船缓缓地从藕溪上划过，船上的人，是要往哪里去呢？

在沈宛娓娓的描述中，纳兰容若觉得眼前仿佛出现了这样的一幕画面，带着江南水乡氤氲的雾气，淡淡的，悠然的，如同倪瓒笔下的一幅山水画。

相比于京城的繁华，或许这样的悠然，才是纳兰容若内心真正想要的。

沈宛在描述这些的时候并不知道，在看到纳兰容若因为这番描述而写出来的这首《浣溪沙》的时候，也并不知道。

她只知道，纳兰容若在欢笑之余，不知为何，有时会突然陷入沉思，怔怔地发呆，那是一种自己从未见过的，寂寥的神情。

那是不该在纳兰容若这样一位天之骄子脸上出现的表情。

谢家庭院残更立，燕宿雕梁。月度银墙，不辨花丛那辨香。

此情已自成追忆，零落鸳鸯。雨歇微凉，十一年前梦一场。（《采桑子》）

在德胜门别墅居住的日子，沈宛逐渐发现，身旁的男人，不知什么时候，总是会面露愁容，神情寂寥，尤其当他一人独处的时候，那孤零零的身影，像是写满了"寂寞"两个字。

沈宛有时候忍不住，很想去问一问纳兰容若，你是在为谁叹息？但总是问不出口。

她并不笨。

其实可以说，沈宛是聪慧的，她从纳兰容若的这些神情中看出了蹊跷，但从不多嘴，更不会像市井泼妇那样，抓着丈夫声嘶力竭地咆哮"为什么为什么为什么"，她只是默默地，和以前一样，伴随在纳兰容若的身边。

但午夜梦回的时候，她偶尔会从身边男人呢喃的梦话里，依稀听见另外一个女人的名字，还有"三年"的字句。

沈宛知道，纳兰容若心中念念不忘的，正是因为难产而身故的妻子卢氏。

那早逝女子的身影，原来已经在他的心里刻骨铭心。

于是纳兰容若无意中的叹息，传进沈宛的耳中，她也渐渐带上了忧伤而寂寞的色彩。

他终究还是寂寞的呀！

也许，沈宛也想过要怎样才能抚平纳兰容若的忧伤，去安慰他内心深处的寂寞，但是对纳兰容若来说，曾经的激情，已经消散无形，那曾经刻骨铭心的爱情，如今却变成了一道沉重的枷锁，不光是牢牢地锁住了他，也锁住了沈宛。

沈宛虽然从不说，但她心里真正想要的，恰恰是纳兰容若所无法再给予的。

纳兰容若也知道，自己对沈宛，实在是已经付出不了太多。

沈宛要的，他偏偏给不起。

此情可待成追忆，只是当时已惘然。

半夜三更的时候，纳兰容若常常会独自站在院子里。

四周，花丛里淡淡的花香在夜色里缓缓地飘散着，若有若无。

银白色的月光如水般洒在院墙上、地面上，仿佛笼了一层薄薄的银纱。

此情此景，在纳兰容若的眼中，却与记忆缓缓地重合了。

多年前，是谁，也曾和自己一起这样站立在月下的庭院，看着天边的弯月，如今，那陪自己赏月之人，却是去了哪里？

此情可待成追忆啊，蓦然回首，当年的记忆，仿佛是做了一场梦一般。

身后传来轻轻的脚步声，纳兰容若惊喜地回头，在见到来人的一刹那，脸上的喜色旋即变成了失望的神情，动作是那么快，快得来不及掩不住内心的一点一滴，在那一瞬间都毫无保留地敞露在沈宛的面前。

沈宛还是一如既往温婉地微笑，秀美的面孔上并未流露出其他神情，只是关心地替他披上外袍，但眼中，一抹无奈的神色却是清清楚楚地落进纳兰容若的眼中。

纳兰容若对沈宛是喜爱的。

但是，喜爱不是爱情，所以，半年之后，沈宛还是走了，回到了江南。

两人分别的时候，平平淡淡未有任何的波澜。

她离开，他去送行，临别之际，纵然有千言万语，最终也不过是变成轻轻的一句"一路顺风"。

不是不想挽留，而是纳兰容若觉得，他给不起沈宛想要的爱情，既然如此，与其在未来的岁月中让沈宛越来越落寞寡欢，还不如让她去继续寻找自己的幸福，去寻找能给予她爱情的人。

沈宛离开的时候，只说了这么一句话——

"枝分连理绝姻缘。"

这是沈宛《选梦词》中的一句，当时写下这首《朝玉阶》的沈宛怎么也没想到，那时无心的一句话，如今却已成真。

孔雀东南飞，本以为看的，是别人的故事，哪知到了最后，竟应在了自己身上。

离开的沈宛完全没有预料到，她这一走，便是永别。

从此阴阳两隔。

而今才道当时错，心绪凄迷。红泪偷垂，满眼春风百事非。

情知此后来无计，强说欢期。一别如斯，落尽梨花月又西。

（《采桑子》）

在电视剧《康朝秘史》中，这首《采桑子》，是纳兰容若送与青格儿的。

青格儿是电视剧里面杜撰的人物，身世迷离，后来远嫁耿精忠之子，三藩之乱后便失去了踪影。纳兰容若随着康熙南巡下江南，无意中再度相见，那时候，青格儿已经改回了自己真正的姓氏"沈"，取名"沈宛"。

虽然是电视剧里的情节，也算交待了沈宛这位纳兰容若生命中最后出现的女子的前尘往事。

作为陪伴了纳兰容若最后岁月的沈宛，尽管也存在着不少的疑虑，但是相比于"青格儿"那位传说中的恋人，存在的证据就确凿得多。

对沈宛，纳兰容若心中是隐隐有着愧疚的吧？

"而今才道当时错"，如今回想起来，才说当初做错了，还来得及吗？

这句其实出自宋代晏几道的《醉落魄》词，"心心口口长恨昨，分飞容易当日错"。

说起晏几道，其实此人与纳兰容若也有几分相似。同样是天才的词人，同样才华出众，同样不愿被世俗约束，同样出身高门却不慕权势。

纳兰容若是颇推崇晏几道的，在他给梁佩兰的《与梁药亭书》中，这样写道：

仆意欲有选如北宋之周清真、苏子瞻、晏叔原、张子野、柳耆卿、秦少游、贺方回，南宋之姜尧章、辛幼安、史邦卿、高宾王、程钜夫、陆务观、吴君持、王圣与、张叔夏诸人多取其词，汇为一集，余则取其词之至妙者附之，不必人人有见也。

其中提到的"晏叔原",便是晏几道。

他出身高门,乃是晏殊的第七子,黄庭坚称赞他是"人杰",也说他痴亦绝人:"仕官连蹇而不能一傍贵人之门,是一痴也。论文自有体,不肯作一新进士语,此又一痴也。费资千百万,家人寒饥,此又一痴也。人百负之而不恨,已信人,终不疑其欺己,此又一痴也。"由此可见,晏几道孤傲清高,不喜权贵。而且晏几道的词工于言情,十分有名,与父亲晏殊不分上下。不管是"落花人独立,微雨燕双飞",还是"当时明月在,曾照彩云归","从别后,忆相逢,几回魂梦与君同",在词风上与李煜颇为接近,情真意切,工丽秀气。

而纳兰容若会比较推崇晏几道的词作,也在情理之中了。

"而今才道当时错",当时分开,如今回想起来,竟是如此地后悔,觉得自己是不是做错了什么?但是为时已晚,"心绪凄迷,红泪偷垂",窗外,春风依旧,却早已物是人非。

"满眼春风,不觉黄梅细雨中。"早知道后来已经无法再相见,那么强颜欢笑着述说当初那些欢乐的日子,又有什么意义呢?

"一别如斯",梨花在枝头上绽放过,如今再度落尽,春天已经过去了。但是,还会有相聚的日子吗?

在这首《采桑子》里面,一句"而今才道当时错",写尽多少无可奈何,写尽世间多少的不完满。

月有阴晴圆缺,而世事何尝不是像那天际的月亮一般,此事古难全呢?

只是那时的遗憾,纳兰容若已经没有机会再度说出来。

▶第四章

仕途　不是人间富贵花

"非关癖爱轻模样，冷处偏佳，别有根芽，不是人间富贵花。"

康熙十六年的时候，纳兰容若终于踏入了官场，成为了乾清宫的一名御前侍卫。

从此，他跟随在康熙的身边，北上南巡，足迹踏遍大江南北。

康熙十六年。

纳兰容若终于获得任命，从此步入了仕途。

只是与他想象中的不同，或者说，和当时世人预料中的完全不一样，任命给纳兰容若的官职，竟然是皇帝跟前的三等御前侍卫。

这可是武职。

纳兰容若的词名早已远扬，在京城之中引起了轰动，再加上他考中功名，进士及第，怎么着都该是文职才对，可谁也没想到，皇帝给他委派的官职，却是御前侍卫。

什么是御前侍卫呢？

御前侍卫是清朝才有的侍卫制度，是天子的侍从，贴身跟班，待遇很高，地位也很尊贵，是专门为贵族子弟设立的特殊职位。因为经常跟着皇帝的关系，升迁的途径也比其他职位要宽得多，也容易得多。在清朝，由侍卫出身而最后官至公卿将相的，不在少数，像纳兰容若的父亲明珠，就是从侍卫做起，最后成为英武殿大学士而权倾天下的，还有与他同朝的索额图等人亦如此。所以，皇帝让纳兰容若做自己的御前侍卫，倒也不无道理。

以纳兰容若的出身，还有文武双全，都是御前侍卫的最好人选，三等侍卫，相当于是正五品的官员地位，对二十来岁的年轻人来说，相当不错了。所以皇帝这样安排，看起来并没有什么不妥的地方。

不对的，仅仅是纳兰容若并不适合做官而已。

并非说他没有能力，只是，在皇帝眼皮子底下的人，需要的是韦小宝那样见风使舵的性格，才能左右逢源，而不是李太白诗中的"安能摧眉折腰事权贵，使我不得开心颜"。对纳兰容若来说，他可以去值夜，去巡逻，去跟着皇帝南巡，一路上保护着皇帝的安全，但是，就是不知该怎么去歌功颂德，如同其他的官员一般，谄媚上主，寻求荣华富贵。

纳兰容若根本不屑去这样做。

他如同一个纯真的孩子，始终保持着一颗赤子之心，拥有着高贵的灵魂。

但是，现实与理想的冲突、纠结，却让他从此不再快乐。

作为侍卫的纳兰容若，是相当称职的。

他在很小的时候就开始练习骑射，学习武艺，只是，后来他的词名远远盖过了武艺上的成就，给人他只会文不懂武的错觉。

康熙皇帝不是傻子，他不会要个手无缚鸡之力的文弱书生当自己的御前侍卫，保护自己的安全。

康熙皇帝一生之中，曾经多次北上与南巡，身为御前侍卫的纳兰容若，自然跟着皇帝，一路随行。

八旗子弟出身的纳兰容若，骨子里，还是继承了先辈们马上打江山的豪迈，在这段跟着康熙皇帝东奔西走的日子里，他见了塞北风光，他的词中因而多出来不少描写塞外荒寒之地的作品。

纳兰小令，丰神炯绝，学后主未能至，清丽芊绵似易安而已。悼亡诸作，脍炙人口。尤工写塞外荒寒之景，殆扈从时所身历，故言之亲切如此。

这是蔡嵩云在《柯亭词论》中对纳兰容若的塞外词的评价。说纳兰容若的词虽然丰神炯绝，但还是比不上李后主，清丽有如李清照而已。悼亡词脍炙人口，尤其擅长描写塞外的景色，应该是因为他当初跟随康熙皇帝出巡的时候亲眼所见，所以描写得能让人觉得亲临其境。

纳兰容若的塞上词，历来都被大力赞扬而且推崇。

王国维甚至在《人间词话》中这样赞道：

"明月照积雪""大河流日夜""中天悬明月""黄河落日圆"，此种境界，可谓千古壮观。求之于词，惟纳兰容若塞上之作，如《长相思》之"夜深千帐灯"、《如梦令》之"万帐穹庐人醉，星影摇摇欲坠"，差近之。

如此评价，当足矣。

第一节　随驾北巡

山一程，水一程，身向榆关那畔行，夜深千帐灯。

风一更，雪一更，聒碎乡心梦不成，故园无此声。（《长相思》）

这一年，作为康熙皇帝御前侍卫的纳兰容若，扈从皇帝北上，一路走永陵、福陵、昭陵，最后出了山海关。

这对一直居住在京城里、很少涉足他处的纳兰容若来说，是一次难得的体验。

他第一次见到了塞外呼啸的寒风，鹅毛般的大雪。这雄浑的北国风光，让他感受到从未有过的触动，素来清丽哀婉的词风，也随之一变。

纳兰词中偶有雄浑之作，大多数，就是出自这个时期。

最有名的，当属这首《长相思》了。

词牌很旖旎，长相思，相思长，可内容却一点也没有儿女情长，反倒是一派的豪迈磊落。

其实根据词风的不同，我们总是习惯单纯地把词分作"婉约词""豪迈词"，但是，很多词人并非是只能写其中的一类，往往两样都十分精通的，就像"醉里挑灯看剑"的辛弃疾，也有"蓦然回首，那人却在，灯火阑珊处"之句；苏东坡在写出"大江东去，浪淘尽，千古风流人物"的句子之外，也能写出"但愿人长久，千里共婵娟"；李清照"莫道不销魂，帘卷西风，人比黄花瘦"之外，也有"生当做人杰，死亦为鬼雄"的豪迈之句一样，纳兰容若这段时间所写之词，不复《侧帽集》的风流婉转，也不复《饮水词》的凄凉哀婉，而是想要把他骨子里的那种属于年轻人的、从父辈们那儿继承下来的热血与豪迈完全发泄出来一样，塞上词，竟因此成了他作品中一抹异样的光彩！

这首《长相思》，算是纳兰容若这类词中的代表作了。

简单直白，却生动地描绘出行军途中在荒原之上宿营的雄壮画面。

它是如此有名，以至于出现在小学语文课本中，是如今孩子们必学的诗词之一。

纳兰容若作为康熙皇帝的扈从出了关，眼中所见，不再是京城的软红千丈，不再是熙熙攘攘的人潮往来，远远看去，只有一望无际的荒漠，寒风呼啸着卷了过去，带着刺骨的寒意。

传令的声音远远地传来："皇上有旨，就地扎营。"

浩浩荡荡大队人马，就随着这一道命令，在原地扎营。

营帐连绵，在荒野之中蜿蜒，一眼望不到头。夜色缓缓降临，呼啸的寒风里也慢慢地夹上了鹅毛般的雪。

今晚轮到纳兰容若值班，用过晚饭，见时辰差不多了，纳兰容若便穿上盔甲，拿起兵器，起身出了营帐。

帐外，风雪越来越大，寒风刺骨。

纳兰容若并没有畏惧，他还有工作要完成。

如今已经不是在自己的家里了，他要去换下当值的同僚，让他们可以回到温暖的营帐内休息。

一片漆黑的夜空之下，连绵不绝的帐篷内，昏黄色的灯光错落地透了出来，仿佛天上的星星，在风雪的肆掠下落到了地面上，夜深千帐灯。

看着眼前无数点昏黄的灯光，纳兰容若突然想起，自己这一路上经过的地方，何尝不是一程山一程水？如今出了山海关，却山水不见，唯有一望无际的荒漠，还有眼前连绵不绝的营帐灯火。

望着眼前的这一幕，纳兰容若的心里，是有些激动的，脑子里突然浮现出来的词句，也与自己往日的词风截然不同，带着一些豪迈的味道。

千里行程，万种所见，尽数化为"山""水"二字，以小见大，满腹乡思，一腔愁绪。

而这无数的帐灯之下，又有多少人与自己一样睡不着呢？又有多少人是与自己一样，在思念着家乡的亲人呢？

风雪越来越大，纳兰容若听着帐外的风声与落雪的声音，数着远远传来的打更的声音。

一更过去，二更过去……

但是这风雪却也丝毫没有停止下来的意思，风声呼啸，卷着遥远的打更的声音，夜，突然变得更加漫长。

漫长得似乎永远也到不了尽头。

漫长得似乎永远也不会再见到天亮。

漫长得，把一颗颗思乡的心，都搅成了碎片。

风雪声声，尽入内心深处。

于是他不由得回想起还在京城时候的日子，虽然也曾起过大风，虽然也曾下过大雪，但何曾有过这样凄凉呼啸的风雪之声？

自己本该是在京城里，与顾贞观、朱彝尊等好友们在一起，编撰着词论，编撰着词集，而不是在这关外的荒野之中，听着帐外呼啸的风雪声，思念着家乡的亲人。

自己为何会在此呢？

纳兰容若不禁这样问自己。

他一向是厌恶官场中的生活的。

但是，肩上的责任却让他不得不，在这山海关外，看着夜深千帐灯。

灯下，是一颗颗思乡的心，更是一颗颗报效国家的男儿心。

如果不是如此，我们为什么要出现在这里？

难能可贵的是，虽然这首《长相思》中浓浓地满是思乡之情，却一改纳兰容若以前缠绵悱恻的哀婉风格，而在忧郁中散发出一股豪迈的、欲报效国家的慷慨之气。

也许是二十多年的人生岁月，在此刻终于得到了沉淀、得到了升华。

"夜深千帐灯"，不愧"千古壮观"。

万帐穹庐人醉，星影摇摇欲坠。归梦隔狼河，又被河声搅碎。还睡，还睡，解道醒来无味。（《如梦令》）

说起《如梦令》，很多人第一个想到的，八成就是李清照的《如梦令》。

纳兰容若似乎比较偏好《浣溪沙》《采桑子》等词牌，《如梦令》，则只有这么一首。

但就是这一首，后来与《长相思》一起，被王国维赞为"千古壮观"。

在山海关待了几天，康熙皇帝继续北上，纳兰容若也跟着一起，这一日来到了白狼河，也就是今天的大凌河。

已经到了现在的辽宁省，关外塞上，一切的景色与京城如此不同。

这是纳兰容若第一次远离京城，到达如此遥远的地方。

辽阔的大草原上，北巡行营的围帐耸立着，如同在山海关时候那样，连绵不绝，一望无涯。

如此的大军，却是鸦雀无声，听不见喧哗，只有夜风呼啸而过的声音。

在这样安静的时候，纳兰容若也是昏昏欲睡。

眼前有点昏花，看出去，连天上的星星也像是要掉下了一般，摇摇欲坠。

那就不妨沉沉睡去吧！

在香甜的睡梦之中，说不定还能梦到自己的家乡，梦到家中的亲人。

但是，正当想要在梦里回到家乡的时候，河水的浪涛声传来，顿时搅碎了好梦。

如今还能怎么办呢？

人远在千里之外，连梦回家乡都不成，在这漆黑安静的夜空下，自己又能做什么？罢了罢了，还是睡去吧，即使已经梦不到家乡与亲人，但也总好过醒来时的寂寞与无奈。

如此也好。

如此甚好。

这首《如梦令》，写景写情，豪迈之中却还是有着一股惆怅与无奈的味道。

康熙北巡，他想到的，是自己的帝王业，是自己的江山社稷，大好河山。

而作为扈从的纳兰容若，想到的，却是随行将士们的思乡之情。

"可怜河边无定骨，犹是春闺梦里人"，古往今来，将士们成就的，不过是一将功成万骨枯。

好在这一次只是北巡，而不是战争。

所以，将士们不用担心埋骨他乡，不用担心再也见不到家中的妻儿老小。

即使如此，思乡之情，却是连皇帝的圣旨都无法阻止的。

有人说，纳兰容若的这首《如梦令》，表面写景，其实写情，是作者在叹息人生际遇的多舛，与仕途不顺的惆怅，写出了词人在北巡时候的清冷心境。

后半句，我还算赞成，对前半句，却有些不赞同。

纳兰容若生性不喜官场，不喜俗务，却偏偏为此所困，心境清冷，尤其是在北巡之后，见识了雄浑的北国风光，见过了荒原之上一望无际的大军行营，风物的不同，让他的词境也有了不同，更加的宏大，不变的，依旧是字里行间的沉郁，说他此刻心境清冷，倒也不为过。

但是，若要说纳兰容若仕途不顺，人生不顺，那从古到今，从李白、杜甫到同时代的顾贞观、朱彝尊，可能就要提出抗议了。

如果连纳兰容若都属于人生不顺的话，想不出还有谁，能够称得上"天之骄子"呢。

他本该是一直这么顺顺利利地走下去，走完应有的、充满鲜花与荣耀的一生。

在当时看起来，他也确实正在如此，沿着那条既定的、几乎没什么悬念的荣耀之道走去。

只不过，在纳兰容若的心中，他一直清楚地知道，如今眼前的一切，并非自己真正想要的，却又不得不这样走下去。

"三十而立"，他已经快要年满三十岁了，他已经有妻有子，有丈夫与父亲的责任。

现实不是童话。

我本人间惆怅客，知君何事泪纵横。

当年他写与朱彝尊的词句，此刻又突然浮现在脑中。

十年之后，纳兰容若突然再度懂得了朱彝尊。

非关癖爱轻模样，冷处偏佳。别有根芽，不是人间富贵花。

谢娘别后谁能惜，飘泊天涯。寒月悲笳，万里西风瀚海沙。（《采桑子·塞上咏雪花》）

在纳兰容若跟随康熙皇帝北巡的期间，他写了不少描写塞上风光的诗词，其中一首，便是这《采桑子·塞上咏雪花》。

边疆塞外，风雪大作，一年到头都看不见春天。

古时有岑参的"突如一夜春风来，千树万树梨花开"，写尽边关要塞苦寒之地大雪纷飞时候的情景。

雪花洁白，在空中轻盈地落下，在支楞的枝条上慢慢堆积起来，一片一片的雪白，竟像满树梨花盛开的情景。

在岑参的笔下，雪花就像那梨花一样，为这苦寒之地平添了几分姿色。

而雪花又非花，它自天上而来，哪里像人间俗世的富贵花需要用浓妆艳抹来装点自己，但是世人喜好的偏偏正是那富贵之花，趋之若鹜。

谁能来怜惜这"不是人间富贵花"的雪花？

昔日《世说新语·言语》中，曾经记载过这样的一件事。

"谢安见雪因风而起，便问自己的子侄辈们何物可比？有回答'撒盐空中差可拟'等的，只有侄女谢道韫回答'未若柳絮因风起'，谢安拍手叫好。"

在谢娘谢道韫之后，这仿若柳絮一样的雪花，还有谁来疼惜它呢？

没有了吧？如今，这天宫的使者也只能漂泊天涯，看着寒凉的月色，听着悲凉的胡笳，飘飘摇摇，万里西风瀚海沙。

在纳兰容若的心中，这"不是人间富贵花"的雪花，漫天飞舞着，是不是每一片，都被他看成了自己的化身呢？

一句"不是人间富贵花"，语带双关。

若要以"人间富贵花"来形容纳兰容若，大约没有人会反对。

可是，被人艳羡不已的纳兰容若，却是这样说道。

"别有根芽，不是人间富贵花。"

他断然否认了自己在那些世俗人眼中的身份，他从未因为自己出身自鸣得意，反倒是毅然写明了自己的心意。

不是人间富贵花。

纳兰容若有着一颗高傲的心。

他不仗势欺人，他不趋炎附势，但是，当现实与理想互相冲突，妥协的，往往都是理想。

纳兰容若也不得不妥协。

来自俗世间的种种条条款款，仿佛铁箍一般紧紧箍住了纳兰容若，让他喘不过气来。

据说，纳兰容若担任侍卫以来"御殿则在帝左右，扈从则给事起居""吟咏参谋，多受恩宠"，应付自如，"上有指挥，未尝不在侧"，极受康熙信任。由于尽职称诣，他得到过康熙皇帝的许多赏赐，颇为让人羡慕。

由此可见，当官，纳兰容若未必不行。

他毕竟是出生在官宦世家。

他应该比任何人都懂，都清楚！

只不过他的心并不在此罢了。

他想要的，是以自己的才华，在文学上留下一笔，与自己的朋友们一起，用文字抒发胸臆，而不是用华丽的辞藻去歌功颂德。

但是对皇帝来说，他的出众才华，大概也就是在心血来潮的时候用来为自己歌功颂德。

历朝历代，不会拍马屁的人不一定升不了官，但擅长拍马屁的人，一定比不会拍的人升迁快！

纳兰容若并不想拍马屁，更不想做那些歌功颂德之事，但是，人在屋檐下，不得不低头，皇帝一声令下，他焉能不做？

他有着最纯正的儒生灵魂，汉文化早已深入他的骨子里。

文人可以是皇帝的朋友，可以是皇帝的老师，但若是为奴，便是侮辱了文化的清高。

不愿为奴的清高与骨气，在现实的强压下，终究是无可调和，化为纳兰容若一句无奈却悲愤的"不是人间富贵花"。

在电视剧《康熙秘史》中，演员钟汉良所扮演的纳兰容若，在临终之前面对前来探望他的康熙皇帝，说道："奴才这一辈子最大的福分，莫过于结识了皇上。而最大的不幸，也正在于此。我生为奴才，却从不想做奴才，心里一直在和皇上争高低。这高低不是君臣名位，而是做人的心志。如今，就要分手了，我虽不愿讲出一个输字，但却不能不说，我以皇上为荣。因为此生陪伴的，是一位能够恩泽天下的圣君。"

电视剧拍得如何，褒贬不一，但这段台词写得好，真的是好。

虽然是电视剧的台词，却也是在一定程度上写出了纳兰容若终其一生都在挣扎着的、却怎么也挣脱不了的樊笼。

他终究"不是人间富贵花"！

朔风吹散三更雪，倩魂犹恋桃花月。梦好莫催醒，由他好处行。

无端听画角，枕畔红冰薄。塞马一声嘶，残星拂大旗。（《菩萨蛮》）

《菩萨蛮》是纳兰容若北巡中又一首描写北国风光塞上景色的词。

乍见这首词，还颇觉得有点像是在行军途中，纳兰容若有感而发随性而吟的作品，没有"夜深千帐灯"的雄浑，也没有"不是人间富贵花"的悲凉，有的，是对眼前景色的赞叹。

塞外常年北风肆掠，如今也是一样。

昨晚下的那场大雪，堆积在荒原上、营帐顶上，白茫茫的一片，却被一阵又一阵的北风吹散了。

那被北风吹散的雪花，一片一片从空中缓缓飘散，仿佛漫天散落的梨花一般。

桃李芬芳，如果这雪花当真是梨花，莫非是倩女的灵魂所化，在留恋着昔日那些美好的时光？

如果是梦，那么就别去叫醒她吧。

画角的声音响了起来，已经是清晨时分了，被号角的声音给吵醒了，侧头一看，枕头旁边，半夜思乡而留下的眼泪早已结成了薄冰。

"枕畔红冰薄"，这一句，出自五代王仁裕《开元天宝遗事》中的"红冰"记载："杨贵妃初承恩召，与父母相别，泣涕登车。时天寒，泪结为红冰。"

这里纳兰容若用"红冰"的典故，当然并不是自比杨贵妃，否则那就搞笑了！他只是借用这个典故，来说明自己思念家乡、思念亲人的心情。

远远传来了战马嘶鸣的声音，渐渐地，本来寂静的行营也逐渐有了脚步声、喧哗声，人们起床了，准备拔营继续前进。

大军往前行进的时候，天色还未完全敞亮，天空中还隐隐挂着几颗星星，星光冷冷地洒在大旗之上，一片清冷之气。

清晨的空气清新中带着寒意，驱走了纳兰容若残存的几分睡意。

远远眺望着天空，纳兰容若突然回想起梦中熟悉的面容来。

在京城，妻子还在等待着他的归去吧？

想必她每天都亲自打扫干净了书房后，再焚上一炉香，就像他还在京城时那样，一切如故，只等待着书斋的主人回来。

如今想起来，每每"欲离魂"的人，其实不是别人，正是自己吧？

如果在梦中，就能再度见到自己心爱的亡妻了吧？

如果是离魂而去，就能再度与自己心爱的亡妻相会了吧？

三月三日长生殿，夜半无人私语时，如果真的能见到自己心爱的亡妻，又何必计较是不是梦中相会呢？

红泪枕边成薄冰，一点一滴，都是思念之情。

而这情，要如何才能传达到亡妻那儿？

一生一死，两个字的差别而已，却是天壤之隔，永远不能再见。

第二节　一次秘密的军事行动

试望阴山，黯然销魂，无言徘徊。见青峰几簇，去天才尺；黄沙一片，匝地无埃。碎叶城荒，拂云堆远，雕外寒烟惨不开。踟蹰久，忽冰崖转石，万壑惊雷。

穷边自足秋怀，又何必平生多恨哉。只凄凉绝塞，娥眉遗冢；销沉腐草，骏骨空台。北转河流，南横斗柄，略点微霜鬓早衰。君不信，向西风回首，百事堪哀。（《沁园春》）

千里赴戎机，并不只有古代的花木兰，其实纳兰容若第二次北上，完全配得上这五个字。

那一年八月的时候，纳兰容若奉皇帝的命令，再次北上。

只是这一次，没有了皇帝北巡时的气魄雄伟，队伍浩荡，有的是执行隐秘任务的小心翼翼与如履薄冰。

根据有史可查的记载，康熙二十一年的时候，为了阻止沙俄的南侵，康熙皇帝派都统郎坦、彭春、萨布素等一百八十人，以"狩猎"的名义，沿着黑龙江一路往北，最后到达雅克萨。

当时雅克萨在沙俄的侵占下，于是，郎坦等人就装成寻常猎户的样子，探敌虚实，进行战略侦察，摸清了雅克萨的水陆通道。

有了这次侦查的情报，三年之后，清军与沙俄进行了史称"雅克萨之战"的反击战。清军取得胜利，朝廷与沙俄签订了中俄《尼布楚条约》，成功阻止了沙俄向南侵占与扩张。

当时参加这项隐秘侦查任务的人中，就有纳兰容若。

小榻琴心展，长缨剑胆舒。

当我们在回味纳兰容若那些优美词句的时候，也应该知道，这个男人除了会吟风弄月之外，也会提剑跨骑，上阵杀敌为国建功。

一世风流，一生至情，也同样有着不输给任何人的热血与豪迈。

徐乾学曾经赞他"有文武才，每从猎射，鸟兽必命中"，意思是说，在一干友人们去打猎的时候，纳兰容若也是英姿勃发，箭出必中，可想而知其神采飞扬。

对纳兰容若来说，武功并不是他得以自夸的资本，相比于骑射，他更喜欢的是诗词。但作为满族人的后裔，那种善骑射、骁勇尚武的传统，还是在他的骨血里根深蒂固，从而造就了这位文武全才。

他不但武艺出众，而且胆色过人。

姜宸英的《通议大夫一等侍卫进士纳兰君墓表》中曾经这样记述道：

……二十一年八月，使战唆龙羌。其地去京师重五六十驿，间行或累日无水草，持干粮食之。取道松花江，人马行冰上竟日，危得渡。仅抵其界，卒得其要领还报，上大喜。君虽跋涉艰险，归时从奚囊倾方寸札出之，叠数十纸，细行书，皆填词若诗，略记其风土方物。虽形色枯槁不自知，反遍示客，资笑乐。

意思是说，康熙二十一年八月的时候，纳兰容若被康熙皇帝命令去参加这项危险的任务，目的地距离京城非常遥远，行进途中经常很多天都没有粮食水草，只能吃预先准备好的干粮充饥。一行人取道松花江，江面上早已结了厚厚的冰，他们在冰面上走了好几天，才勉强渡过了松花江。一到目的地，众人就分头进行自己的任务，把敌人的情况调查得一清二楚，回来禀告给皇帝，皇帝十分欢喜。纳兰容若君虽然跋涉艰险，困难重重，但回来的时候，从随身的皮囊内掏出只有方寸大小的数十张纸来，上面密密麻麻地写满了细小的字，都是纳兰容若在这一路上的所见所闻，风土方物，都填成了词，写成了诗。经过这一次危险的任务，他整个人都消瘦不少，但并不在意，和以往以前一样与朋友来往，而且还拿自己消瘦的模样来开玩笑。

短短一段话，纳兰容若那文武双全又豁达的形象顿时跃然纸上。

难能可贵的是，在这样危险的任务途中，纳兰容若还是见缝插针，抓紧一切可以利用的时间，把自己在这一路上所见到的，都记录下来，写成诗词。

俨然一位豪爽的英雄豪杰、江湖侠客。

纳兰容若一行人圆满地完成了任务，他们又平安地返回了京城。

这场收复领地的战争，纳兰容若只参与了前半部分，后半部分，他却无缘得见。

不是因为他能力不够，没有资格参与，而是上苍终究舍不得自己的宠儿，把纳兰容若召回了自己的身边。

第三节　江南好

江南好，怀古意谁传。燕子矶头红蓼月，乌衣巷口绿杨烟。风景忆当年。（《忆江南》）

在金庸老先生的小说《鹿鼎记》里面，曾经巧妙地用野史的手法，说康熙之所以六次南巡，为了寻找自己那位童年的好友韦小宝，专门派了曹寅常驻江南，寻探下落。

当然，这是小说，不是真的。

不过，康熙南巡却是真。

唐代诗人白居易曾经写过《忆江南》一词，家喻户晓。

到了现代，去随便问一位学生，都能随口流利地念诵出两句白居易的词来。

对自幼饱读诗书、满腹锦绣的纳兰容若来说，白乐天的词，只不过是他启蒙时候的读物，早已烂熟于心，倒背如流。

或许，他内心深处对江南的向往，就是在那个时候在心里埋下种子，然后日复一日、年复一年地慢慢萌芽。

如今作为皇帝的御前侍卫，纳兰容若跟着南巡的队伍一路南下，终于见到了白乐天词中那"日出江花红胜火，春来江水绿如蓝"的地方。

金陵，观音门外长江边，燕子矶三面悬绝临水，仿佛一只就要临空飞去的燕子一般，其景甚奇、甚险，悬崖下惊涛拍岸，卷起千堆雪。

燕子矶乃是金陵一名胜，来来往往游客很多。在这些游客中，有一年轻公子翩然而来。

他远远地看着那陡峭的仿佛临空燕子一样的山石，看着燕子矶四周无数的红蓼，带着旺盛的生命力在悬崖峭壁上顽强地盛开着，肆意张扬着它们短暂的生命。

人们来来往往，他们只是风尘仆仆的，来了又去，在长江水滚滚东去的浪涛声中重复着日出日落，重复着柴米油盐的平凡生活，最后渐渐老去，一年又一年，只留下燕子矶巍然耸立在江岩之上，冷眼旁观着人世间的一切。

燕子矶下，并无江南水乡的温婉秀美、安静宁和。它是陡峭的，甚至带着东坡学士笔下的"惊涛拍岸，卷起千堆雪"的气势，但饶是如此，当银白色的月光柔柔地洒下来，一弯新月斜斜地挂在天际之时，燕子矶下的江水也缓缓地沉静下来，只是轻轻地拍击着岸边的岩石，发出沙沙的响声。

金陵乃六朝古都，燕子矶何时矗立在此，无人可知、无处可考，但它就是静静地站立在长江岸边，看着改朝换代，看着昔日王谢堂前燕，不知什么时候飞入了寻常百姓家。

金陵东南文德桥南岸，便是乌衣巷。

东晋时期士族风流不羁，王导、谢安两大家族中也是名士尽出，那"未若柳絮因风起"的谢道韫，还有那书圣王羲之，无不是名满天下的名士，王、谢两家子弟裙屐风流，又喜黑衣，人称"乌衣郎"。

那时，谢安在淝水以少胜多，草木皆兵、风声鹤唳，大败了苻坚的秦军。

那时，谢道韫刚刚成为王凝之的妻子，王羲之的儿媳，夫妻恩爱相笃。

那时，王、谢两家的少年儿郎们，穿着流行的黑色衣裳，风流倜傥，出入不羁。乌衣巷口，夕阳又再一次斜斜地把最后的阳光洒落在地面上，把人拉出长长的影子。

当纳兰容若行走在乌衣巷口那翠绿的杨柳之下，也许会有种错觉，仿佛他是自千年前缓缓行来的东晋名士，带着浑身的书墨香，在淡淡的烟雾缭绕之间渐渐走来。

夕阳，仿佛把千年的时光都凝固在了乌衣巷那古老的青石板路上。

凝固在了巷口婀娜的杨柳枝间。

于是容纳兰容若也说："江南好，怀古意谁传。燕子矶头红蓼月，乌衣巷口绿烟柳。风景忆当年。"

只不过，他忆的，却是哪个当年？如今早已说不清，但纳兰容若陪同康熙南巡到了金陵的时候，见到的燕子矶与乌衣巷，毕竟让他抒发了一通心中的怀古之意。

江南好，是白居易的"能不忆江南"，

是他的"何日更重游"。

更是他的"早晚复相逢"。

却不是纳兰容若的"风景忆当年"。

回忆当年那王谢子弟，乌衣倜傥，在物是人非的千年时光流转中，渐渐模糊了面容，只有隐隐绰绰的身影，在燕子矶头、乌衣巷口，烟雾般缭绕着，述说着千年前的风流宛转。

别后闲情何所寄，初莺早雁相思。如今憔悴异当时。飘零心事，残月落花知。

生小不知江上路，分明却到梁溪。匆匆刚欲话分携。香消梦冷，窗白一声鸡。（《临江仙》寄严荪友）

纳兰容若作为皇帝的御前侍卫，随身近臣，比其他大臣与皇帝接触的时间要多，但侍卫是不参政的。虽然是有品级的军官，也并不统兵，他们与军政大事保持着一定的距离，职责只是保护皇帝的安全。

其实这么一想，也许御前侍卫是最适合纳兰容若的职位。

他素来不喜欢政治，本来也不想进入官场，但是因为家庭与出身的特殊性，让他不得不违背自己的意愿，走上原本不想踏上去的道路，而御前侍卫这个职位对他来说，或许是不错的选择了。

不过天子出巡，肯定不会只带几个人就悠然地晃晃荡荡，那是电视剧，是《康熙微服私访记》，而不是历史上的康熙南巡。

康熙皇帝一生六次南巡，并不是为了游山玩水去的，而是为了考察黄河水患、体察民情、整顿吏治，同时消泯满汉之间的对立情绪，笼络人心。这六次南巡，对稳定江南局势起到了积极的作用，同时最值得称道的是，长期肆虐让人束手无策的黄河水患，在康熙第六次南巡的时候，就已经基本上得到了控制，这大概就是康熙南巡最值得肯定的政绩了。

皇帝出巡，那阵势用千军万马来形容也不为过。为了迎接皇帝的驾临，翻修道路、修建凉亭驿馆，凡此种种，都是劳民伤财的。

曹寅深得康熙宠信，六次南巡，有四次是住在曹寅家，外人看来荣耀无比，但是也因此给曹家造成了经济上的重大亏空，虽然江南织造是个肥缺，但是自曹寅上任以来，亏空高达三百万两的巨额。

当然，这是后话，而在康熙第一次南巡的时候，随行的侍卫中，就有刚升为一等侍卫的纳兰容若。

对康熙皇帝来说，下江南，是君临天下的气概，是看这属于自己的大好河山。

所以，康熙是志得意满的。

甚至在乘船来到黄天荡，突然遇到狂风大作的时候，其他人惊慌失措，急忙去降下船帆，他却神色如常，下令升帆顺风而行，站立船头，射杀江豚。

当时年轻的康熙皇帝，是颇有着一股睥睨天下的霸气的。

在这次下江南的途中，纳兰容若写了一系列的《忆江南》。

在这组《忆江南》中，纳兰容若把自己一路上的所见所闻悉数写了进去，一时之间，传唱甚广。

但是对纳兰容若来说，平时只能在朋友口中听到的地方风物，想不到今天都真的看到了。

"生小不知江上路，分明却到梁溪。"

梁溪，是在无锡西边的一条小河，有时候也被称做无锡的代称，而无锡，正是纳兰容若的好友顾贞观与严绳孙的故乡。

纳兰容若行到无锡，见到这位好友的手迹，处处皆是，所谓"别后闲情何所寄"，如今身在他乡，却处处都能见到好友曾经留下的足迹与题铭，这让纳兰容若觉得，是在用一种奇妙的方式，与好友们一一重逢。

当然，纳兰容若知道，在江南，还有着一位好友，也在等待着自己的到来，等待着两人的重逢。

那，便是曹寅。

第四节　好友曹寅

籍甚平阳，美奕叶、流传芳誉。君不见、山龙补衮，昔时兰署。饮罢石头城下水，移来燕子矶边树。倩一茎黄楝作三槐，趋庭处。

延夕月，承晨露。看手泽，深余慕。更凤毛才思，登高能赋。入梦凭将图绘写，留题合遣纱笼护。正绿阴青子盼乌衣，来非暮。

（《满江红》）

这首《满江红》，有个副标题叫作"为曹子清题其先人所构楝亭，亭在金陵署中"，那曹子清是谁呢？就是《红楼梦》作者曹雪芹的祖父，鼎鼎大名的曹寅。

曹寅的母亲孙氏是康熙皇帝的保姆，而曹寅因为和康熙年纪差不多，一直陪伴在他的身边，一起长大，十七岁的时候，曹寅当上了康熙的侍卫，两人之间的关系十分亲密。在康熙十一年，曹寅和当时十八岁的纳兰容若一起，在顺天府的乡试中双双考中举人。

纳兰容若与曹寅曾经共同担任康熙的侍卫长达八年之久，两人的交情十分深厚。当时纳兰性德在服侍康熙皇帝之外，还要负责照顾御马。而曹寅则是在养狗的地方充当头领。

两人同样是御前侍卫，又同样养马遛狗，在开玩笑的时候，都还拿对方的这段经历来互相取笑。

忆昔宿卫明光宫，楞伽山人貌姣好；马曹狗监共嘲难，而今触痛伤枯槁。

纳兰容若辞世之后，有一次聚会，曹寅想起故去的好友，曾这样用诗句来表达了自己对纳兰容若的悼念之情。

楞伽山人是纳兰容若的号，曹寅在诗中自嘲一般回忆，当年同在明光宫当侍卫的时候，纳兰容若年少英俊一表人才，居然也来做这"弼马温"的活计，马曹狗监，其他交好的同事便借此开他玩笑，无伤大雅，但是如今纳兰容若却已离众人而去，回想起来，很是伤感。

曹寅不愧是与纳兰容若"一起玩大"的少年玩伴，即使后来曹寅外放官职，两人之间的友谊依旧没有半点改变，就如少年时候那样。

多年之后，曹寅在题咏张纯修所作的《楝亭夜话图》的时候，不光是回忆了昔日同在宫中当值时期的欢乐时光，更是在词中叹息道："家家争唱饮水词，纳兰心事几人知？"

写这首诗的时候已经是纳兰容若故世十年之后，如今，他的词名已天下皆知，《饮水词》家喻户晓，可如人饮水，冷暖自知，纳兰容若的心事，又有多少人能真正地明白呢？

除了他自己，谁也无法明白这位贵公子的内心。

其实很多人都只知道曹雪芹是文学大家，一部《红楼梦》，旷古烁今，成为我国文学史上不朽的巨作，可又有多少人知道，曹雪芹的祖父曹寅，也是通晓诗词、精通音律的文雅之士呢？

他曾经主编《全唐诗》，著有《楝亭诗抄八卷》《诗抄别集四卷》《词抄一卷》《词抄别集一卷》《文抄一卷》等作品，还有种说法，说戏剧《虎口余生》与《续琵琶》的作者也是曹寅。

因为曹寅精通诗词戏曲，所以营造出曹家浓郁的文化艺术氛围，而曹雪芹在这样的环境中长大，也是精于文字，最后才写出了《红楼梦》这部不朽的巨著。

大概是由于祖父曹寅与纳兰容若的这层关系，曹雪芹在塑造贾宝玉这个人物形象的时候，很明显融入了纳兰容若的一些特质与影子。

当《红楼梦》面世以后，人们都纷纷考证贾宝玉的原型就是纳兰容若。清朝的经学大家俞樾曾在自己的书中这样写道："《红楼梦》一书，世传为明珠之子而作。明珠子名成德，字容若。"

后来，乾隆年间的时候，大臣和珅把《红楼梦》进呈给乾隆皇帝，乾隆皇帝看完之后，掩卷而道："这不写的就是明珠家的事情吗？"

下面这段记载出自赵烈文的《能静居笔记》：

曹雪芹《红楼梦》，高庙（指乾隆）末年，和（和珅）以呈上，然不知其所指。高庙阅而然之，曰："此乃为明珠家事作也。"后遂以此书为珠遗事。

虽然说纳兰容若就是贾宝玉的原型的说法模棱两可，而《红楼梦》即明珠家事的这种论点也稍嫌有点牵强附会，但无论如何，曹雪芹在写作的时候，将自己的家事、自己的经历，再加上从父辈们那儿知道的关于明珠家族的事情，相互融合在了一起，最后写进了小说之中，这种可能性，并不是没有。

"今宵便有随风梦，知在红楼第几层？"

▶第五章

情殇　一片伤心画不成

"谁念西风独自凉，萧萧黄叶闭疏窗。沉思往事立残阳。

被酒莫惊春睡重，赌书消得泼茶香。当时只道是寻常。"

康熙十六年，卢氏因产后患病，于五月三十日离世。

她永远离开了纳兰容若。

第一节　爱妻亡故

那是康熙十六年。

对于纳兰容若来说，这原本该是欢喜的一年。

这一年，父亲明珠从吏部尚书升为英武殿大学士，位极人臣，权倾天下。

也在这一年，妻子卢氏身怀有孕，算算日子，四月就要临盆了。

这个即将诞生的孩子并不是纳兰容若的长子。之前，姜室颜氏就已经为他生下了一个儿子，取名叫作富格。

作为明珠家孙辈的长子，富格这时还小，只知道自己要做哥哥了，欢喜着，盼着小弟弟的早日降生。

不光是小小的富格，府里上上下下所有的人都在盼望着这个孩子的出世。

纳兰容若更是分分秒秒都在数着、盼着，期待着孩子的降生。

这是他与卢氏的第一个孩子，无论男女，都将会是纳兰容若的掌上明珠。

四月的时候，卢氏顺利地产下了一子，起名海亮。

当府里上上下下的人都还沉浸在新生命诞生的喜悦中时，噩运却悄然地降临到了卢氏与纳兰容若的头上。

一个月后，卢氏因为产后受了风寒，缠绵病榻，终于在五月三十号那天，永远地闭上了双眼，离开了她刚刚出生的孩子，离开了她深爱的丈夫。

"憔悴去，此恨有谁知，天上人间俱怅望，经声佛火两凄迷，未梦已先疑。"

有时候幸福是那么的圆满，可圆满的幸福总是那么的短暂，短暂得几乎是弹指间匆匆而过，刹那间，便已暗转了芳华。

执子之手，与子偕老。

他以为自己能够与卢氏一起，直到天长地久，哪知所有的海誓山盟在命运的无情面前，不过都是一句轻飘飘的笑话。

纳兰容若这才惊觉，原来所谓的"与子偕老"，简简单单四个字，竟是如此的遥远，穷尽一生的时光，都再也无法实现。

辛苦最怜天上月，一昔如环，昔昔长如玦。但似月轮终皎洁，不辞冰雪为卿热。

无奈钟情容易绝，燕子依然，软踏帘钩说。唱罢秋坟愁未歇，春丛认取双栖蝶。（《蝶恋花》）

明月几时有？把酒问青天。

在前人的诗词中，描写月亮阴晴圆缺的，是李白笔下的"花间一壶酒，对影成三人"，是杜甫的"露从今夜白，月是故乡明"，是张九龄的"海上升明月，天涯共此时"，更是苏东坡的"但愿人长久，千里共婵娟"。

但是，如今景依旧，却已物是人非。

当初陪着自己赏月的人，现在又在哪里？

看着天边的明月，纳兰容若这样喃喃自语。

"辛苦最怜天上月"，可怜你每一晚都高高地挂在天上，却总是亏多盈少，一个月之中，只有那么一两天的时间才是圆满的，其他的时候，夕夕都缺。

如果上苍真的能让月亮每晚都圆满无缺，那么，我们也就能永远幸福地在一起，永不分离了吧？

纳兰容若这样向着月亮默默祈祷着。

但是月亮无言，只是静静地看着人世间一切的悲欢离合，把银白色的月光温柔地洒向世间的每一个角落。

却唯独照不到人的内心。

看着天空中的圆月，纳兰容若想着，若是天路能通，自己就能再度与爱人相见了吧？

不辞冰雪为卿热，多么美好的故事。

那痴情的男人，为了重病的妻子，不惜在寒冬腊月，脱光衣服让风雪冰冷自己的身体，再与妻子降温，只是，这般痴情又如何？他心爱的妻子最终还是离世长辞，而这痴情男子最后也病重不起，追随妻子而去。

即使世人都纷纷斥责这个男人沉迷于儿女情长，但纳兰容若却从未觉得。在他的心目中，这个男人在世人看来"不正常""不理性"的种种举动，是如此正常，可以感同身受。

大概因为他们都是同一类人吧？

所以，才"不辞冰雪为卿热"。

如果上天能让我们再度相聚，如果上天能让我们再度幸福地厮守在一起，那该有多好？

如果说纳兰容若的《侧帽集》，还带着少年郎不知人间疾苦、潇洒不羁的风流，那后来的《饮水词》，当真就如标题所言一样，如人饮水，冷暖自知，个中的滋味，只有他自己知道。

经历了丧妻之痛，亲眼见证了生命的诞生，又亲眼见到挚爱的逝去，此时的纳兰容若，早已不是当年意气风发的少年郎，在他的心中，已经不可避免笼上了一层忧伤的色彩。

卢氏的故去，并未随着岁月的流逝而在纳兰容若的心中逐渐黯淡，反而越来越清晰，最终，化为他笔下一首又一首的悼亡词。

纳兰容若的好友顾贞观曾经这样说过："容若此一种凄婉处，令人不能卒读，人言愁我始欲愁。"

也正好说明了纳兰容若写与亡妻卢氏的悼亡词，哀婉清丽，情真意切，令人看了感同身受，肝肠寸断。

悼亡词古来便有，即使豪迈如苏东坡，"大江东去，浪淘尽"的气魄，也一样有"十年生死两茫茫，不思量，自难忘"的凄切哀婉，如今到了纳兰容若，因为卢氏的离去，他的字里行间，满是对爱妻的怀念，魂萦梦牵，字字句句柔肠悲歌，道不尽剪不断，当真是凄凄惨惨戚戚，摧人心肝。

这爱情的誓言，没有华丽的辞藻修饰，也没有慷慨激昂的字句，是那么浅显易懂，近乎白描一般的口语，读来却是那么清新自然，洋溢其中的浓烈深情，叫人看了在羡慕纳兰容若与卢氏之间那真挚爱情的同时，也不由得感慨，造化弄人，一对天作之合，竟是这么早便劳燕分飞，生离死别。

一僧曰幡动，一僧曰心动。

纳兰容若的悼亡词，清丽凄美，这是公认的，在他的笔下，曾经带给自己那么多欢乐的庭院、夕阳、星空、花树、回廊等，早已不复当初卢氏还在的时候，眼中所见的欢快与幸福。

谁念西风独自凉，萧萧黄叶闭疏窗。沉思往事立残阳。

被酒莫惊春睡重，赌书消得泼茶香。当时只道是寻常。（《浣溪沙》）

一句"当时只道是寻常"，如今，多少人耳熟能详。

简简单单的七个字，却是千言万语，多少深情都饱含其中。

纳兰容若与卢氏，少年夫妻，恩爱缠绵，但幸福的日子却只不过短短三年。

当幸福远去，以前曾经在一起时候的点点滴滴，便清清楚楚地涌上心头，来回萦绕，刻骨铭心。

那些平凡幸福的夫妻生活，当时看来，随处可见，随时可见，就像呼吸一般自然，自己也从来不曾去留心过，但为何如今回想起来，却是每一点每一处，甚至对方说过的每一句话，都那么的清楚。就像是融入了自己的骨血之中，随着时间的流逝，不但没有逐渐遗忘，反而更加清晰。

纳兰词的魅力所在，除了他的词清丽凄婉之外，便是因为他把他对亡妻的无尽相思都化成了一首又一首的悼亡词，在词中怀念着自己心爱的妻子，如泣如诉。字字句句皆是出自真心，是自然而然的，写着自己最真实的心情。

卢氏亡故，已经不知过了多久。

对纳兰容若来说，这段时间是多么的度日如年呀！时间似乎已经没有了意义，日出日落，连他自己都数不清楚了，只清楚记得，那一天，当他得知噩耗，失魂落魄地走进房间的时候，她就躺在那儿，面容温柔，仿佛只是睡着了一样，双目却紧紧闭着，再也没有睁开。

她是睡着了吧？如果一直呼唤她的芳名，是不是就能再度醒来，微笑着，和以前一样，在自己的耳边喁喁细语？

但是，她已经走了，永远地离开了自己的孩子，离开了自己心爱的丈夫。

她走得那样仓促，快得让所有的人都反应不过来，快得连话都没留下，更遑论告别。

短短三年的幸福，如今随着她的离去而散成了风中的飘絮，就像那一片片西风中的落叶，带着秋天瑟瑟的寒意，缓缓飘去。

在全府的悲伤中，纳兰容若失魂落魄一般，任由其他人忙碌地操劳丧事，自己只是呆呆地站着，就像魂魄早已不在此处。

他第一次觉得，面对生死，自己是如此的无能为力，当噩运突然来临，他竟毫无招架之力，只能眼睁睁地看着残酷的命运无情地带走自己心爱的妻子。

原来那些曾经让人艳羡的幸福，只不过是为了让他从云霄之上又高高地摔下，伤得更痛，伤得更深。

悲伤的并不只纳兰容若一人，对明珠与觉罗氏来说，失去了这么一位近乎完美的儿媳妇，也是无法弥补的遗憾，他们也感慨着，悲伤着，既为了卢氏的年少而亡，也是为了儿子的丧妻之伤，更有着对失去卢氏家族——封疆大吏势力支持的惋惜。

颜氏则一直安安静静的，表达着自己的伤痛。

她并没有趁机妄想去争夺卢氏的位子，而是照顾卢氏刚刚生下的儿子——海亮，尽心尽意地照顾着这个失去母亲的婴儿，这是她表达自己对卢氏的敬意和伤痛的方式。

唯一有权完全浸入悲伤的，只有纳兰容若。

突如其来的噩耗让他至今还无法相信，温柔的妻子已经永远地离开了自己。所以，他几乎是放任着自己被悲伤全然地侵蚀。

花草树木，楼台亭阁，甚至池子里的莲花、金鱼，每一处每一处，仿佛都还能看到妻子那纤细的身影。

就像从来不曾离去。

每一处妻子曾经待过的地方，空气中似乎还有着她身上那淡淡的、熟悉的香气。

当初两人携手共同走过的走廊，如今看起来，竟有这么长！

当初两人共读的书房，如今看起来，竟有这么空旷！

以前种种甜蜜的回忆，现在回想起来，竟是泛出了苦涩的味道。

在卢氏的丧礼结束之后，府中的其他人，就各自回到了自己生活的轨道上去。

他们并没有多余的时间来悲伤。

只有纳兰容若。

卢氏的死，给了他沉重的一击，在心中留下了永生都无法磨灭的伤痕。

好在就在这一年的秋冬，康熙皇帝下了命令，让纳兰容若担任乾清门的三等侍卫。

有了公职在身，原本赋闲的纳兰容若也忙碌起来。

这样也好，忙碌着，有着其他的事情分心，至少就不会再无时不刻地想着卢氏了吧？

纳兰容若这样天真地想着。

可是，思念不是这么轻易就能从脑子里被驱赶出去的。

工作再繁忙，任务再沉重，也总有做完的时候，每当这个时候，对卢氏那刻骨铭心的思念之情就会从每一个角落悄悄地窜出来，在心中萦绕不去。

在卢氏逝世之后，纳兰容若似乎突然对易学有了浓厚的兴趣，书桌上，堆满了古今各大易学家的著作。

他一头扎了进去，如饥似渴地吸收着这全新的知识。

这天并未轮到纳兰容若去乾清宫当值，他从一大早开始，就钻进了书房，全神贯注地阅读着那些大家的著作，沉浸在自己的世界内，对时光的流逝完全没有察觉。

直到传来轻轻的敲门声，他才发觉太阳已经移到了西边，夕阳西下。

啊，是了，已经这么晚了？

轻轻的敲门声又再度传来,纳兰容若想也不想地就唤着卢氏的名字。

以往,每当自己看书忘了时间忘了用餐的时候,卢氏总会贴心地替他端来饭菜,温柔地提醒他不要太过废寝忘食,累坏了身体。

所以,当听到门外传来敲门声的时候,他几乎是条件反射地,想也不想就脱口说出卢氏的名字。

那端着饭菜的温柔女子闻声,脸上的笑容微微凝固了一下,旋即带上一丝无可奈何,还有一丝悲伤。

她素来沉静惯了,如今,也只是恭敬地把饭菜放到桌上,然后有些担心地看了看自己的丈夫,才依依不舍地离开。

看着颜氏远去的身影,纳兰容若一时竟说不出话来。

当他面对这位安静的女子,却脱口唤出卢氏的名字的时候,他清楚地看到了,颜氏脸上那一抹无奈的神情。

如果卢氏……如果卢氏还活着的话,那么,刚才送饭菜来的人,便应该是她了吧?

当敲门声响起的那一刹那,纳兰容若几乎有种卢氏还未离去,马上就会推门而入的错觉。

桌上的饭菜渐渐凉了,纳兰容若却依旧毫无食欲。

他只是站在窗前,看着窗外逐渐西沉的夕阳,还有夕阳下,空荡荡的庭院。

"谁念西风独自凉",这样的七个字突然钻进他的脑子里。

许久之后,纳兰容若轻轻地关上了窗户。

那被瑟瑟的秋风吹落一地的萧萧黄叶,在空中飞舞着,缓缓飘落在地，说不出的凄凉。

纳兰容若不忍再看，转过头去。

他无法阻止时光的流逝，更不能阻止秋叶的飘落。

就如他只能看着妻子逝去，无能为力一样……

如果她还在……

如果她还在身边，看到窗外落叶纷纷飘下的情景，会说些什么呢？

她总是微笑着，对所有的人、所有的事都那么的温柔……

自己喝醉了，躺在床上沉睡不起，任凭身旁的人儿怎么呼唤，都装睡，在对方无可奈何的时候，才悄悄地睁开眼睛……

浮现在脑海之中的，都是多么美好的回忆啊，两人之间的心灵契合，是如此的幸福。

"被酒莫惊春睡重，赌书消得泼茶香。"

这些，不都是当时自己与卢氏曾经做过的事情吗？

李清照《金石录后续》有一则记载：

余性偶强记，每饭罢，坐归来堂烹茶，指堆积书史，言某事在某书某卷第几页第几行，以中否角胜负，为饮茶先后。中，即举杯大笑，至茶倾覆怀中，反不得饮而起。

当初，自己与卢氏，不就像赵明诚与李清照，一般的诗情画意，一般的恩爱吗？

那些相处的片段，回想起来，分明只是些寻常的琐事而已，寻常的日子，寻常的时光。

本来以为会一直这么寻常下去，哪知道，在一起的日子只不过短短的三年。

当时只道是寻常。

恩爱再笃又如何？却抵不过命运的残酷。

就像赵明诚与李清照，终究，赵明诚还是先舍李清照而去，而自己，却是被卢氏先遗落在了这人世间。

一句"当时只道是寻常"，不知为何，让人想起万芳的一首歌来。

歌名唤做《恋你》，其中这样唱道：

想要长相厮守却人去楼空，红颜也添了愁，是否说情说爱终究会心事重重，注定怨到白头，奈何风又来戏弄已愈合的痛，免不了频频回首，奈何爱还在眉头欲走还留，我的梦向谁送？离不开思念回不到从前，我被你遗落在人间，心埋在过去，情葬在泪里，笑我恋你恋成颠……

歌是情歌，女声柔美，一句"离不开思念回不到从前，我被你遗落在人间"，唱的，何尝不是当时纳兰容若的心境？

如果我们能够回到从前，是不是就能再度相见？

心爱的人儿啊，你怎么可以如此狠心，把我独自遗落在这苍茫的人世间？在无尽的岁月中独饮回忆酿成的苦酒，永醉于痛苦的哀悼之中，夜夜沉沦。

古往今来，写过悼亡词的人不在少数，但没有人能像纳兰容若这样，十年如一日，无时无刻不在思念着亡妻，把对妻子的思念写进词中。

从卢氏刚刚亡故后的"判把长眠眠滴醒，和清泪、搅入椒浆"，到跟随康熙皇帝北上南巡之后的"旧欢如在梦魂中，自然肠欲断，何必更秋风"，我们可以看得出来，即使经过了这么多年，纳兰容若对卢氏的思念之情，并未因为时光的流逝而有丝毫的改变，仿佛妻子的离去永远都是昨天的事情一样，伤痛弥久愈新。

说纳兰容若乃是情种，当真一点都不为过。

只是强极则辱，而情深，却是不寿……

第二节　悼亡词

青衫湿遍，凭伊慰我，忍便相忘。半月前头扶病，剪刀声、犹共银釭、忆生来小胆怯空房。到而今，独伴梨花影，冷冥冥、尽意凄凉。愿指魂兮识路，教寻梦也回廊。

咫尺玉钩斜路，一般消受，蔓草残阳。判把长眠滴醒，和清泪、搅入椒浆。怕幽泉还为我神伤。道书生薄命宜将息，再休耽、怨粉愁香。料得重圆密誓，难禁寸裂柔肠。（《青衫湿遍》）

在词牌中，并没有《青衫湿遍》这首，也许是纳兰容若自制的新曲吧，却也是他无数悼亡词中，最早写给亡妻的一首。

这首词作于康熙十六年，大概六月中旬，那时候，卢氏亡故刚刚半个月。

想必这正是纳兰容若最伤心欲绝的时期吧？

思念亡妻，泪如雨下，以至于青衫湿遍，于是，才有了这首《青衫湿遍》。

悲伤的眼泪把衣衫都给打湿了，还妄想着能听到你安慰的声音，可是，如今早已成了一场虚幻。

人们说这首词大概是纳兰容若的悼亡词中最早的一首，依据应该就是这句"半月前头扶病"了。

半月前，卢氏产后受寒，病重而亡。

他如何才能控制住自己不去想念亡妻？

他如何才能控制住自己不去寻找亡妻的身影？

真的是很困难啊……

夜深了，烛火亮了起来。看着摇曳的烛火，仿佛耳边又响起了烛剪的声音，仿佛还能看到，卢氏一双纤手执着银剪，正小心地剪去烛泪，好让烛火更加的明亮。

每晚，妻子都会像这样，安静地陪伴着自己看书，如今，书依旧，烛依旧，房依旧，人却不见了影踪。只有窗外凄凄冷冷的梨花影子，说不出的凄凉。

在这首词里，我们见到的，是纳兰容若对妻子最深切的怀念，还有无尽的悲伤。

看到烛火，会让他想起亡妻，而其他的事物呢？

纳兰容若的词里很擅长用一些日常所见的事物来表达自己的心情。也许当真是伤心人别有怀抱，在他眼中，剪刀、烛火、梨花、回廊……这些平时再寻常不过之物，如今，却是那么凄凉，仿佛都在无言地述说着悲伤之意。所以越发显得他的词清新自然，不事雕饰。

自然，也让我们如今读起来，只觉口齿噙香。

最后再说一下《青衫湿遍》的词牌，此调应该是纳兰容若自制的新曲，而"青衫湿遍"，很明显是出自白居易的《琵琶行》："座中泣下谁最多，江州司马青衫湿"。

纳兰容若以此句作为新曲词牌，个中含义，不言而喻。

他还写过一首词，词牌与《青衫湿遍》颇为相似，只差了一个字，也是悼亡词。那便是《青衫湿》，全词如下：

近来无限伤心事，谁与话长更？从教分付，绿窗红泪，早雁初莺。

当时领略，而今断送，总负多情。忽疑君到，漆灯风飐，痴数春星。

这是一首小令，一如他平时的风格，清婉凄凉，饱含深情。

最近伤心的事情一件接一件，要向谁述说呢？而最伤心的，莫过于午夜梦回的时候，想起亡妻的音容笑貌，恍如隔世了吧？

丁巳重阳前三日，梦亡妇淡妆素服，执手哽咽，语多不复能记。但临别有云："衔恨愿为天上月，年年犹得向郎圆。"妇素未工诗，不知何以得此也，觉后感赋。

瞬息浮生，薄命如斯，低徊怎忘。记绣榻闲时，并吹红雨；雕阑曲处，同倚斜阳。梦好难留，诗残莫续，赢得更深哭一场。遗容在，只灵飙一转，未许端详。

重寻碧落茫茫。料短发朝来定有霜。便人间天上，尘缘未断；春花秋叶，触绪还伤。欲结绸缪，翻惊摇落，减尽荀衣昨日香。真无奈！倩声声邻笛，谱出回肠。（《沁园春》）

"上穷碧落下黄泉，两处茫茫皆不见。"

当初在读到白居易的《长恨歌》之时，纳兰容若怎么也不会想到，有一天，自己也恨不得能如此做吧？

恨不得能够"上穷碧落下黄泉"，只要能再度见到心中的那一抹倩影。

那是丁巳年，是卢氏亡故的那一年。

已经快到重阳节了，府中的人为了这个节日，都开始忙碌起来。

看着众人准备糕点，做好了过节的准备，纳兰容若却不由想到，若是她还活着，此刻也是和其他人一样，采摘茱萸，做着重阳糕，准备菊花酒吧？

就像去年的重阳节一样。

但是，当今年的重阳节再度来临，那柔美的身影，却早已成了永诀。

只有在梦中才能再度相见了吧？

日有所思，夜有所梦，于是，就在重阳节的前夕，纳兰容若终于在梦中见到了自己心爱的妻子。

"丁巳重阳前三日，梦亡妇淡妆素服，执手哽咽，语多不复能记。"

梦中，妻子一身素服，雪白色的衣裳，依旧是那么清丽，依旧是那么温雅柔美，与记忆里相比，丝毫没有改变，只是，以前总是带着温柔的笑容的她，如今却是愁容满面，双目含泪。

即使是在梦中，再见到心爱的妻子，早已是惊喜交加，喜极而泣。

眼泪模糊了双眼，周围的一切都看不清楚了，只有妻子的身影还是那么的清晰。

执手相看泪眼，竟是无语凝噎。

千言万语，说了些什么，后来回想起来，竟是一句都不记得了，眼中只有妻子含泪的双眼，还有依依不舍的悲伤表情。

不……还记得一句……

那是在临别之时，妻子说的最后一句话。

"衔恨愿为天上月，年年犹得向郎圆。"

我是那么地舍不得你，如果能变成天上的月亮，那么定会每一年都陪伴着你，月长圆。

妻子虽然知书达理，却从来不擅长作诗的啊，为什么会向自己说出这样的两句诗来呢？

梦总是会醒的。

纳兰容若醒来之后，回想起梦中所遇，悲伤不已，当下披衣起床，就写下了这首《沁园春》。

"瞬息浮生，薄命如斯，低徊怎忘。"

第一句，就写出了自己满腔的惋惜之情。

浮生如此，卿却如此的薄命，那些欢乐的日子还未在岁月里沉淀,就已经变成了过去的回忆,点点滴滴在心里,如何能忘得了？

那是多么欢乐的记忆啊！

闲暇的时候，双双躺在绣榻之上，看那窗外桃花乱落如红雨。

日落的时候，便倚在长廊边，看着夕阳渐渐沉向西边。

如今回想起来，那些快乐的回忆，竟像是一场梦一样，偏生又美好得仿若诗篇。

如果是梦，为什么好梦总难圆？

如果是诗，为什么却是诗残难续？

如今却只能痛哭一场，无能为力。

即使在梦中再见了爱人的容颜，却是像快捷的风一样转瞬即逝，还未来得及细细端详，述说自己的相思之情，爱人的身影便已经飘然远去。

梦醒之后，眼前只有空荡荡的房间，哪里还有妻子的身影？

那熟悉的音容俱逝，天地茫茫，上穷碧落下黄泉，却依旧是两处茫茫皆不见，无处可寻，无处可找，不胜凄凉。

曾为纳兰容若之师的徐乾学，后来评价纳兰容若的词，是"清新秀隽，自然超逸"。而纳兰之词，胜在"自然"二字，在他的悼亡词中，更是仿若自肺腑流出一般，情真意切。

如果不是这一片真挚的感情，如今我们在读到纳兰词的时候，还会为之感动、为之潸然泪下吗？

泪咽却无声，只向从前悔薄情。凭仗丹青重省识，盈盈。一片伤心画不成。

别语忒分明，午夜鹣鹣梦早醒。卿自早醒侬自梦，更更。泣尽风前夜雨铃。（《南乡子》为亡妇题照）

文武双全，用来形容纳兰容若，自是一点也不夸张，而除了擅长写词之外，其实他的画技，也是十分不俗。

纳兰容若曾经专门请过师傅来教授他绘画，在他的好友之中，严绳孙以擅长绘画出名，被人以倪瓒称之。严绳孙的山水，深得董其昌恬静之意，又十分擅长画人物、楼阁、花鸟，尤其擅长画凤凰，翔舞竦峙，五色射目。有这样一位绘画大师在自己的身边，纳兰容若的画技，也是相当不错的。

因为英年早逝，纳兰容若并未在画坛上留下盛名，但其画技用来描绘亡妻的容貌，却是已足够。

也许是在某一天的夜里，纳兰容若突然想起来那个名唤"真真"的女孩子的故事。

记不清是什么时候了，他与她共读唐人杜荀鹤的《松窗杂记》，看到了这个关于一幅画的故事。

唐代的时候，一个名叫赵颜的人请了位著名的画家为他绘制屏风，屏风上画着一位非常美丽的侍女，赵颜便感慨道："如果她是活的便好了，我定要娶她为妻。"画师听了，边说："这有何难？此女名唤真真，只要你呼其名昼夜不歇，她便会答应，后以百家彩灰酒喂她喝下，便能活。"

赵颜当真照画师的话做了，昼夜不停，一直呼唤着真真的名字，在第一百天的时候，屏风上那美丽的女子竟然当真开口说话了："我在此。"赵颜大喜，当下就按照画师所教，用百家彩灰酒喂她喝下，那女子翩然而下，活生生地站在赵颜的面前。年底的时候，赵颜与真真有了一个孩子，两人十分恩爱。然而，正如一切的志怪小说中必然会有的情节一样，两年后，一位友人对赵颜说："此女必妖，当除之。"并且给了赵颜一把宝剑。赵颜也开始怀疑起自己的妻子来。疑心才动，真真就已经知道了，哭泣着对丈夫说道："君百日呼妾名，为使你达成心愿，我才走下屏风，如今生疑，我不可能再与你在一起了。"说完，便抱着孩子，一步一步慢慢地后退，就像来时一样，回到了画中，再度成为画上不会动也不会说话，更不会哭不会笑的人物形象，和以前唯一不同的是，画上多了一个孩子，那正是赵颜与真真所生的孩子。此时，赵颜才后悔不迭，再度呼唤真真的名字，却再也无法得到画中人的回应，徒留惆怅与枉然，还有后悔与伤心。

纳兰容若记得清清楚楚，自己与卢氏讲述这个故事的时候，妻子是如何惊叹故事的神奇，又是如何惋惜结局的惆怅，可如今，故事仿佛还在耳边，那听故事的人去了哪里？

也许是受到这个故事的启发，纳兰容若画了一幅亡妻的画像，并在一旁题上了这首《南乡子》。

如果自己对着这幅画像，也像赵颜那样，昼夜不停，呼唤着卢氏的名字，一直呼唤一百天，是不是卢氏就能像故事里的真真那样，也从画中走下来，与自己再度相聚？

很难说，纳兰容若没有这样试过！

他是那么的孩子气，带着从未曾变过的纯真，在这个充满荆棘的世界中艰难地跋涉前行，被残酷的命运一次又一次地伤害。他无力去改变这个世界，只能无奈地承受。

昔日唐朝诗人高蟾曾经这样写过，"世间无限丹青手，一片伤心画不成"。

如今，自己虽然描绘出了亡妻的笑貌，可其中的伤心无奈，又如何才能画出来呢？

就像后来他又写的另外一首《虞美人》。

春情只到梨花薄，片片催零落。夕阳何事近黄昏，不道人间犹有未招魂。

银笺别梦当时句，密绾同心苣。为伊判作梦中人，索向画图影里唤真真。

如果我也像赵颜一样，日日夜夜都呼唤你的名字，是不是在午夜梦回的时候，你就会再度出现在我的面前？

然后，白头偕老。

林下荒苔道韫家，生怜玉骨委尘沙。愁向风前无处说，数归鸦。
半世浮萍随逝水，一宵冷雨葬名花。魂是柳绵吹欲碎，绕天涯。
（《摊破浣溪沙》）

北京西北郊外的皂甲屯，是纳兰氏的祖坟所在。

卢氏是明珠的儿媳妇，长子之正妻，完全有资格进入祖坟，与先人们静静地躺在同一处地方。

但是，她的灵柩并未马上葬入祖坟，而是被纳兰容若停在了北京郊外的双林禅院。

纳兰容若未说过为何要把妻子的灵柩停在此处，但他的用意，几乎所有人都能够猜得到。

他是想再多和妻子在一起待一阵儿，再多一点时间，一个时辰，一天，一月，一年，都是好的。

于是，卢氏的灵柩就这样在双林禅院停了一年有余，这段时间，纳兰容若几乎都住在双林禅院，禅院之中所藏经书典籍很多，纳兰容若就这样一边陪伴着妻子，一边看着佛经。

不管是伤心的时候，还是孤独的时候。

在这些佛经之中，纳兰容若最爱的，便是一部《楞伽经》，后来，他还给自己起了一个号——楞伽山人。

只是，不管他如何地看着佛经，如何地向佛祖祈求，得到的，永远都是佛像无声的静默，面带慈祥的微笑，怜悯地看向世人。

如果当真是怜悯，那么，佛为何不怜悯自己？为何不怜悯自己对亡妻的一片刻骨相思？

如今，一棺之隔，却是生与死的界限，永远都难以跨越。

那是个秋雨缠绵的午后。

雨水淅淅沥沥的，从屋檐上滴落下来，连成丝线一般，绵绵不绝，滴在了禅房前的石阶上，一滴又一滴，像是谁的眼泪，带着秋后凄冷的寒意，悲凉而哀伤。

纳兰容若正站在窗前，静静地看着窗外淅淅沥沥的连绵秋雨。

桌上，是他刚刚写就的一阕小令，即是这首《摊破浣溪沙》。

谢道韫乃是有名的才女，卢氏虽然不善诗词，可在纳兰容若的眼中，心爱的妻子又怎会输给那著名的才女谢道韫呢？只可怜如今玉骨委尘沙，红颜薄命，只留下自己冷冷清清，看着妻子的灵柩，一腔愁绪却无人可述说。

这半生的命运就像水中的浮萍一般，随水漂流，一夜的凄清冷雨，也把满地的落花给缓缓带走。

漫天飞舞的柳絮，那其实是爱人的魂魄吧？舍不得离去，在空中随风盘旋着，飞舞着，迟迟不肯离去。

自己又何尝舍得那逝去的爱妻呢？

可如今，却是生死永隔。

卢氏再也听不到自己为她而作的诗词了。她那么安静地躺着，仿佛睡着了一般，安详地，陷入了永恒的黑暗之中。

她的芳魂也化为这漫天的柳絮，在空中来回地盘旋，就像有生命的精灵，眷恋着眼前的人。

一年之后，卢氏的灵柩下葬。

她终究不能永远停在双林禅院，而纳兰容若，也不能在双林禅院陪伴她一辈子。

所以，当父亲明珠再度提起把卢氏灵柩下葬的时候，这一次，纳兰容若并未拒绝，只是沉默着，一声也不出。

是默认了。

纳兰容若知道，与卢氏的缘分已经走到尽头，而自己的人生，还有无尽的岁月……

第三节　着意佛法

抛却无端恨转长。慈云稽首返生香。妙莲花说试推详。

但是有情皆满愿，更从何处著思量。篆烟残烛并回肠。（《浣溪沙》）

纳兰容若开始对佛法感兴趣，是他在双林禅院居住的那段日子里。他博览院中所藏的佛学典籍，以慰亡妻之痛，从而开始渐渐地进入了佛法的世界。

当人在遭遇不幸时，通常会把自己的目光转向探求生命奥义的宗教世界。

不能说当时纳兰容若就是绝望的，但卢氏的死，确确实实给了几乎没怎么经历过挫折的纳兰容若沉重一击，让他彻底地明白，命运才是永远不可抵挡的，在这样的情况下，他开始逐渐地进入了佛法的世界。

纳兰容若为妻子卢氏守灵的双林禅院，就在现在的北京阜成门外的二里沟。当年幽静清雅的禅院，如今变成繁华的街道，车如流水马如龙，哪里还找得到当年那清雅佛地的半点踪影？

当年，灵柩被送到了这里，在那段时间，纳兰容若都是滞留在这座清雅的禅院之中的。

暮鼓晨钟为伴。

眼前所见，是佛前的香火灯烛；耳中所闻，是佛经梵音，在这样的氛围之中，纳兰容若开始有意识地看起佛经来。

"佛说楞伽好，年来自署名。几曾忘宿慧，早已悟他生。"

在他的《渌水亭杂识》中，有很多关于他对佛法的见解看法，可以看得出来，纳兰容若读过不少的佛法书籍，也可见他对佛法的重视。

佛教在汉代的时候传入中国，与中华文化相互结合之后，便成为了中国传统文化的一个重要组成部分，带上了中国文化特有的性质。

纳兰容若在《渌水亭杂识》中这样写道：

儒道在汉为谶纬所杂，在宋为二氏所杂。杂谶纬者粗而易破，杂二氏者细而难知。苟不深穷二氏之说，则昔人所杂者，必受其瞒，开口被笑。

意思是说，儒学在汉代的时候混入了谶纬之学，在宋代的时候混入了佛学。混入谶纬之学，粗陋而容易被看破，混入佛学则会太过精细而难以理解。如果不深入了解与研究佛学，则无法理解其中的精妙之处，开口讨论，会被嘲笑。

纳兰容若是主张"深穷二氏之说"，同时也指出："三教中皆有义理，皆有实用，皆有人物""大抵一家人相聚，只说得一家话，自许英杰，不自知孤陋也。读书贵多贵细，学问贵广贵实。"

显然，这里的所指的"书"，乃是指的佛学之书，而所说的"学问"，自然也指的是佛教的学问。纳兰容若认为，读书不应该局限于一种学问，要想真正学到知识，应该把其他领域的著作认真地阅读，儒家、道家、佛家，都应该细读了解，学习别家的学问。

在这些佛家的著作之中，纳兰容若最常读的，或者说最喜欢的，便是《楞伽经》。这在他的《渌水亭杂识》中，也有着不少的记载。

楞伽翻译在武后时，千年以来，皆被台家拉去作一心三观。万历中年，僧交光始发明根性宗趣，暗室一灯矣。

"台家"指的是中国佛教的天台宗，而"一心三观"则是指的天台宗的基本教义，"事物依缘而生，故为假有；虚假不实，故为真空；空、有不离，非空非有，即为中道。须于心中同时观悟此三者"。纳兰容若这句话的意思是说，《楞伽经》被天台宗拿去作为一心三观的理论依据。由此可见，纳兰容若对于佛学书籍涉猎甚广，才会有此感慨。

而在《渌水亭杂识》的卷四中又写道："什师《维摩经》注有云：天人以山中灵药置大海中，波涛日夜冲激，遂成仙药。"

这里涉及一个小小的传说，说天上的仙人把灵药放置在大海之中，让浪涛日夜冲刷，便会成为灵验的仙药。

这倒是让人不禁想起关于"返生香"的传说来。

"返生香"又叫"还魂香"，在东方朔的《海内十洲记》中有着记载，传说聚窟洲上有神鸟山，山上长有返魂树，这种树的树根树心能够制成返生香，让已经死去的死者重新复活，再也不会死去。

纳兰容若在《渌水亭杂识》中记载下这个故事，未必没有回想起汉武帝见李夫人亡魂的典故来。

据说汉武帝的宠妃李夫人死去之后，汉武帝日夜思念，于是唤来方士招魂，唤出了李夫人的魂魄相会，传说那方士正是用返魂香从冥界地府唤回来李夫人的灵魂。

而纳兰容若在痛失爱妻之后，是不是也曾像当年的汉武帝一样，动过把爱人的魂魄从冥府召唤回来的念头呢？

"抛却无端恨转长。慈云稽首返生香。"

他是不是也曾在菩萨的面前，苦苦地祈求过佛祖赐予自己那传说中的"返生香"，让自己能够再见卢氏一面？

"有情皆满愿"，但是这终究是他一相情愿的美好心愿罢了。

第四节　对爱妻的怀念

十月初四夜风雨，其明日是亡妇生辰

尘满疏帘素带飘，真成暗度可怜宵。几回偷湿青衫泪，忽傍犀奁见翠翘。

惟有恨，转无聊。五更依旧落花朝。衰杨叶尽丝难尽，冷雨凄风打画桥。（《鹧鸪天》）

悼亡词，古往今来很多词人都写过，其中不乏知名的词作大家，但是，论数量，纳兰容若绝对是名列前茅。

在他的词集中，悼亡词的数量甚是可观，而且时间跨度很大。从康熙十六年卢氏亡故，一直到康熙二十四年纳兰容若病逝，一共八年的时间，悼亡词洋洋洒洒几十首。

丧妻的疼痛，成为纳兰容若心中一道永远无法愈合的伤口，直到他逝世。

伤心人别有怀抱，用来形容如今的纳兰容若，再是贴切不过。

本来寻常的事物，在现在的纳兰容若眼中看去，却都透着悲伤的意味，带着凄凉。

卢氏亡故之后，她以前喜欢待的房间，就成了纳兰容若不愿涉足的禁区。

只怕触物伤情。

这天夜里，纳兰容若本该回到自己的房间，竟来到这处房间门前。

房门紧闭着，并未上锁，轻轻一推，便"吱呀"一声缓缓打开了。

纳兰容若缓步走了进去。

这是一间小巧且精致的房间，透过窗户能看到花园，把院子里的美景尽收眼底。

以前，卢氏最喜欢在这房间内待着，看看书，做做针线活，消磨时光，如今，屋内一切布置都还和当初一模一样，却已物是人非。

屋内昏暗，并未点灯，纳兰容若点燃了桌上的半支蜡烛，举着烛台，缓缓地打量着这间屋子。

低垂的幕帘上，落满了灰尘，被风轻轻吹起，灰尘便缓缓地飘了起来。

那层层的纱幕飘动，仿佛卢氏的倩影就在纱帘之后，还等待着丈夫的到来。

纳兰容若定睛看去，空荡的房间，哪有爱妻的身影？

想到昔日的恩爱，心中甚痛。

一回头，见到那精巧的镜台上，犀牛角做成的镜匣中，卢氏的翠翘簪子还安静地在那儿，就像是在等待着主人再一次把它簪在乌黑的秀发之上。

窗外，隐隐传来打更的梆子声。

原来已经这么晚了。

纳兰容若缓步走到窗前，低头看去，不知什么时候，夜空中又无声地洒下了细雨，有些雨滴被风吹进屋内，把窗前的书案打湿了一片。

今夜，正是十月初四吧？

明天……明天就是卢氏的生日了，如果她还在……

如果她还活着的话，明天，将会是个多么欢乐的日子啊！

但是，如今一切都成了空。

只有这凄风冷雨，陪着自己度过一个又一个寂寞的夜。

此恨何时已。滴空阶、寒更雨歇，葬花天气。三载悠悠魂梦杳，是梦久应醒矣。料也觉、人间无味。不及夜台尘土隔，冷清清、一片埋愁地。钗钿约，竟抛弃。

重泉若有双鱼寄。好知他、年来苦乐，与谁相倚。我自终宵成转侧，忍听湘弦重理。待结个、他生知已。还怕两人俱薄命，再缘悭、剩月零风里。清泪尽，纸灰起。（《金缕曲·亡妇忌日有感》）

这首《金缕曲》，有个副标题叫作"亡妇忌日有感"。

六个字，明显地点出了这首词的主题。

康熙十七年的五月三十日。

对其他人来说，这一天，不过是普普通通的一天，和昨天、前天，没有什么不同。

可是对纳兰容若来说，这一天，去年的这一天，却是一个噩梦般的日子。

当下人惊慌失措地来报知噩耗时，纳兰容若简直不敢相信自己的耳朵，急忙赶去，映入眼帘的，除了周围人们惊慌与悲伤的表情之外，便是静静躺在床榻之上，面色苍白毫无血色的妻子卢氏。

她已经虚弱得说不出话来。

纳兰容若握住了她的双手，那纤巧的手掌，曾经那么的温暖，如今，竟变得如此冰冷，冷得就像寒冬的雪一般。

见到丈夫，卢氏张了张口，却发不出声音来。

她连说话的力气都没有了，连张开嘴巴，都像是用尽了浑身的力气，素来温柔的双眼，如今却满是恋恋不舍，还有不甘心，看看一旁颜氏怀中刚刚出生的海亮，她的目光便落到纳兰容若脸上。

四目相对，千言万语，不须再说出口。

她是多么舍不得自己刚刚出生的孩子，是多么舍不得自己心爱的丈夫，还有那些温柔的家人，可是时间已经不再给她继续下去的机会，就要残酷地夺去她孱弱的生命，从此与自己心爱的人永隔幽冥。

这个时候，卢氏的心中，肯定满是不甘与愤恨。

她才刚刚产下爱人的孩子，她还未来得及抚养孩子长大。她甚至还未来得及与丈夫说上最后一句话，就永远地闭上了双眼，带着满腹的遗憾，撒手而去。

她已经听不到四周传来的哭声了。

更感觉不到丈夫的眼泪一滴滴地，落在她的脸颊上，滚烫得仿佛要把肌肤灼伤。

男儿有泪不轻弹，只因未到伤心处。

可如今，心爱的人就在自己眼前逝去，此情此景，若不算伤心处，还有什么才算呢？

紧紧握着卢氏软绵绵的手，纳兰容若哭得好似一个泪人。

就在这一刻，他突然发觉了自己有多么无能为力。

不管你是豪门公子，还是平民百姓，在生死的面前，一样平等，谁也无法挽回那已经逝去的生命。

也是在这一刻，他突然发觉，原来痛彻心扉，竟是如此钻心刺骨。

如今，又是一年。

又到了那个噩梦般的日子。

这一天，正是卢氏的忌日。

像是老天爷也在惋惜卢氏的年少过世，从一大早开始，天空中就淅淅沥沥地飘下了小雨。

卢氏的灵柩才从双林禅院葬到祖坟不久，坟土还是新的，再加上有看管人的细心打扫，颇为整洁。

这也好，卢氏向来爱洁，不是吗？

寻常人家扫墓，备下的，无非是些供果酒水之类。

但纳兰容若不一样，他给卢氏准备的，并非寻常可见的时鲜水果、蜜酒之类，而是自己在这一年之中，所写的悼亡词。

那是给卢氏的，独一无二的祭礼。

他一张一张，缓缓地烧给卢氏，纸灰被冷风吹得飞扬起来，打着旋儿，然后就缓缓飘散了。

看着飘远的纸灰，纳兰容若不禁这样告诉自己。

卢氏定是收到自己的心意了吧？

她……一个人在底下，可寂寞？可清冷？

海亮长得很好，健健康康，颜氏待他犹如自己亲生一般，照顾得无微不至。富格也俨然有了哥哥的自觉，很疼爱这个弟弟。你该放心了吧？

生与死的界限，往往只有那么一小步，代表的，却是永无止尽的距离，咫尺天涯。

第五节　续弦

一种蛾眉，下弦不似初弦好。庾郎未老，何事伤心早？

素壁斜辉，竹影横窗扫。空房悄，乌啼欲晓，又下西楼了。(《点绛唇》)

康熙十九年，纳兰容若二十六岁。

他是明珠的长子，叶赫那拉家族的继承人，传宗接代是他必须承担的责任，父母一再提议他续弦，纳兰容若推辞了三年，如今，已经再没了推脱的借口。

在家人的操办下，纳兰容若续娶了官氏。

如果说卢氏是出身"名门"，那么官氏便是出身"豪门"，官氏是图赖的孙女，是满清八大贵族之一的瓜尔佳氏的后人。

在汉族人的记忆里，图赖是一个血腥的名字。

他是清初名将，击败过李自成麾下大将刘宗敏，在扬州斩杀了史可法，擒了福王朱由崧。官氏的父亲费英东，也是清朝的开国元勋，努尔哈赤最为倚重的五位大臣之一。

出生在这样可以说是"世代簪缨"的大贵族家里，官氏是真真正正的豪门之女，尊贵显赫，与纳兰容若称得上门当户对。

她嫁进了这座当朝最显赫的权臣府邸，嫁给了如今最知名的才子，在世人的眼中，本来就身为天之骄女的她，如今更是幸运得连老天爷都忍不住嫉妒她。

但是，像聚集了全天下幸运在一身的官氏，在大婚之后，却茫然了。

自己新婚的丈夫，心思，始终停留在那早已逝去的卢氏身上……

官氏出身贵族豪门，想必也是受过良好教养的女孩儿，但毕竟是将门虎女，只怕还有着几分的霸气。总而言之，我们可以大概猜想出来，她与卢氏应该是截然不同的两种类型，并不像卢氏那样温柔贤惠。

很难说这样的女子，纳兰容若究竟有没有喜欢过她。

不过我们可以确定的是，纳兰容若与官氏之间，没有他与卢氏之间的那种刻骨铭心的爱情。

甚至很有可能，两人之间的夫妻关系，并不十分融洽。

纳兰容若写过一首《点绛唇》，其中有这么两句："一种娥眉，下弦不似初弦好。"

在古代的时候，人们都以"续弦"来指代续娶，纳兰容若这首词中的"下弦"与"初弦"两个词，也颇有些意味深长的意思。

在他的这首词里面，"下弦"是不是指官氏呢？而"初弦"，想来就是指已故的前妻卢氏了吧？

在写这首词的时候，他与官氏已经成亲很久了，相互之间有了一定的了解，大概越是相熟，就越是觉得，官氏其实并不是自己喜欢的类型……

官氏也并非泼妇，更不是妒妇，事实上，她和其他的女子一样，善良、顺从，一旦嫁了人，就全心全意地对待着自己的丈夫。

官氏万万没有想到的是，丈夫的爱情，没有留给她一分。

官氏不是没有努力过。

她也学着像卢氏那样，为丈夫收拾书房，整理书案；在丈夫读书到深夜的时候，体贴地为他送上羹汤，并且对富格、海亮两个孩子，如自己亲生孩子般悉心照料，对妾室颜氏，也从无半分不耐，和气相处。

官氏做到了一个妻子应该做到的一切。

她是那么努力地想要去得到丈夫的爱情，可是，这世间并不是所有的事情，都能够等价交换，付出多少，就能得到多少回报的。

爱情从来不是。

你爱他爱到生死相许，他未必会对你付出真心。而你不爱的人，却恰恰爱你爱到刻骨铭心。

官氏对纳兰容若，纳兰容若对官氏，何尝不是如此？

纳兰容若本是情种，并非情圣。

这也是纳兰容若一直觉得对不起颜氏和官氏的地方。

但是，爱情不是道歉，不是心怀歉意就能拥有。

所以，当初他对卢氏说过多少句"我爱你"，如今，便对官氏与颜氏说了多少句"对不起"。

爱情的天平从来不是公正的，我不爱你，并不是因为你比不过对方，而是那千万年之中，没有早一秒，也没有晚一秒，正好与自己四目相对的，是她而已。

其他人，终究错身而过。

官氏出身尊贵，并非颜氏、沈宛所能相比的，但是在明珠祖坟，却并没有官氏的坟墓碑文，颇为蹊跷。如果说颜氏因为是妾室，身份不足以葬入祖坟，但官氏乃是正室，若说没有资格，也不太可能。根据记载，当时见过皂甲屯墓园的人，见院子里有九座坟墓，分别是明珠夫妇、纳兰容若与卢氏夫妇，还有其子揆叙夫妇、揆方夫妇及永寿，并没有官氏的坟墓，颇令人不解。而且在徐乾学写的《成德墓志铭》的石碑上，刻着的"继室官氏，光禄大夫少保一等公朴尔普女"，上面的"朴尔普"三个字被人凿了去，模糊不清，有人考据说可能是因为官氏的家人或者她的父亲犯了罪，所以"因罪讳名"，但是根据史书记载，朴尔普并没有获罪，而且到康熙五十年之后才去世，所以，官氏的名字被从墓碑上凿去，并不是因为获罪，倒是很有可能是官氏后来已经不属于纳兰家的成员。既然已经不再是明珠家的人，那么自然不再葬入明珠家祖坟。颜氏在纳兰容若死后，就一直抚养孩子长大，终身不嫁，而官氏很有可能因为并没有子女的关系，改嫁了别人，既然改嫁，自然不再算是纳兰容若的夫人，皂甲屯祖坟中没有她的名字与坟墓，也是在情理之中了。

谁翻乐府凄凉曲？风也萧萧，雨也萧萧，瘦尽灯花又一宵。

不知何事萦怀抱，醒也无聊，醉也无聊，梦也何曾到谢桥。(《采桑子》)

情之一字，似乎是纳兰容若词作中一个永恒不变的主题。

也是他短暂的三十一年生命之中，永恒的、重要的一部分。

人间自是有情痴。他似乎是为情而生，又终究为情而伤的一般。

谁能说他不多情呢？

但是，在他短暂的人生之中，最单纯的初恋给了已经身在皇宫之中的表妹，最真挚最热烈的爱情，给了生死相隔的亡妻卢氏。他无法再给予官氏、颜氏，甚至还有后来的沈宛，那些女子最想要的东西——爱情。纳兰容若已经无法再给予、再付出。

纳兰容若似乎对《采桑子》这个词牌有着偏爱，填过不少词，都是《采桑子》。

就像这一首不知什么时候写下来的词，同样用了这个词牌。

这首词乍看之下，也颇有点像悼亡词，但是细看之下，却更像是在某一个夜晚，听着窗外不知哪里传来乐声，纳兰容若心有所感而随手写下的这阕小令。

"谁翻乐府凄凉曲"，夜色中，是哪里传来的乐声呢？听起来是如此凄凉，叫人不忍卒听，风声萧萧，雨声滴滴，凄风冷雨，如今又是这样过了一个夜晚，冷冷清清。

不知什么事情总是在困扰着自己，却怎么也想不明白，于是这日子就越发了无生趣，醒着的时候那么无聊，借酒浇愁，喝醉了为何还是那么无聊呢？

如果躺下来，在梦里是不是就能见到自己心爱的女子了？

古时候，称呼所爱的女子为"谢娘"，因而称其居所为"谢家""谢家庭院"或者"谢桥"。在这里，听着窗外那隐隐约约的凄凉乐声，纳兰容若此刻心里浮现的，究竟会是谁的身影呢？

在这首词里面，纳兰容若似乎想要表达的，是一种矛盾的心情，一种说不清、道不明的情愫。

他哪里察觉不到官氏的心情、颜氏的心情，还有沈宛的心意？

但是自己的激情与爱情，早已随着卢氏的亡故而逝去了，如今的自己，就像一潭死水般，再也泛不起波澜。也许正因为如此，在不知不觉中，他竟是冷落了她们，冷落了原本是不该被自己冷落的人……

所以，这首词难得地流露出一些自嘲来，还有自责。

自责着，自己如今的无情。

自嘲的，也是自己当初的多情。

人到情多情转薄，而今真个悔多情。

阑珊玉佩罢霓裳，相对绾红妆。藕丝风送凌波去，又低头、软语商量。一种情深，十分心苦，脉脉背斜阳。

色香空尽转生香，明月小银塘。桃根桃叶终相守，伴殷勤、双宿鸳鸯。菰米漂残，沉云乍黑，同梦寄潇湘。（《一丛花·咏并蒂莲》）

在纳兰容若的诗词之中，描写花卉的句子实在不少，例如这首描写并蒂莲的《一丛花》。

并蒂莲，顾名思义，一枝上开出两朵莲花来，很少见，历来都被人看做是吉祥的征兆，更被拿来当成夫妻之间的幸福与爱情圆满的象征。

这首词生动地刻画出了并蒂莲的形状与色泽，而且并蒂莲之代表着不离不弃，仿佛相互深爱着的恋人一般，心意相通。

"一种情深，十分心苦"，在纳兰容若的笔下，并蒂莲并不仅仅是美丽的，拥有吉祥的象征含义，更是他心目中完美爱情的化身。

如果有完美爱情的话，那就应该像这株并蒂莲一样吧？盘绕连接，相依相偎，不离不弃。

但愿人长久，千里共婵娟。

如今回想起来，简简单单的两句话，却已变成了心中不可触及的伤口。

这首词并未表明是悼亡词，但是，我们在读纳兰词的时候，总会不知不觉把它归入悼亡词之中，大概是因为，其中那九转柔肠，那字里行间的凄然与悲伤，与其他悼亡词是一模一样的吧？

不知官氏看到这首词的时候，心中是怎么想的，但是，她肯定知道，很久以前，自己的丈夫还写过一首咏并蒂莲的七绝：

水榭同携唤莫愁，一天凉雨晚来收。

戏将莲菂抛池里，种出花枝是并头。

那七绝中提到的人，在纳兰容若身边的那位，并不是自己，而是卢氏。

也许是两人在开玩笑的时候，说过要在这池子里，抛下莲花的种子，说不定会长出并蒂莲。

纳兰容若在花开之际再填词写并蒂莲，是想告诉卢氏，当初我们种下去的莲花，现在已经真的开出了并蒂莲，但是芳魂渺渺，与自己携手赏花之人，如今却已离去。

物是人非事事休，同样是并蒂莲，在纳兰容若的心中，早已是："一种情深，十分心苦，脉脉背斜阳。"

第六章

离世　纳兰心事谁人知

"家家争唱纳兰词，纳兰心事谁人知？斑丝廓落谁同在？岑寂名场尔许时。"

康熙二十四年，乙丑。

五月三十日，容若因七日不汗病故，是年三十一岁。

康熙二十四年。

这一年，纳兰容若三十一岁。

正是刚过而立之年的时候，纳兰容若已经从最初的三等侍卫，升到了一等侍卫。

这一年，沈宛离开了，四月的时候，严绳孙也离开京城。

严绳孙请了假，说要南归省亲，其实就是弃官不做，回家乡专心作画了，纳兰容若知道好友去意已决，也并未执意挽留。

当时他们都还天真地认为，即使分别，也总还有再见的一天！

那时所有人都没有想到，纳兰容若的人生，竟会永远地定格在这一年的五月三十日，在他亡妻卢氏逝去的同一天。

巧合吗?

也许吧。

很多时候,我们肆无忌惮地挥霍着时间,以为还有机会,哪知却容不得我们再次回头。

第一节　与梁佩兰合作词选

仆少知操觚即爱《花间》致语,以其言情入微,且音调铿锵、自然协律。唐诗非不整齐工丽,然置之红牙银拨间,未免病其版折矣。(《与梁药亭书》)

这一年的春天,梁佩兰从广东南海来到了京城。

起因,是因为接到了纳兰容若的一封信,而那封信,便是中国文学史上很重要的《与梁药亭书》。

梁佩兰是广东的宿儒,字芝五,号药亭,著名的诗人,也擅长书画,当时王士禛、朱彝尊等人对他都十分推崇。

大概也因为如此,所以纳兰容若才专门修书给他,邀请梁佩兰北上京城,帮助自己完成心愿。

那便是编撰一部自己最最满意的词选集。

这封信,就如纳兰容若的其他作品一样,清新自然,情真意切:

仆少知操觚即爱《花间》致语,以其言情入微,且音调铿锵、自然协律。唐诗非不整齐工丽,然置之红牙银拨间,未免病其版折矣。

从来苦无善选,惟《花间》与《中兴绝妙词》差能蕴藉。自《草堂词统》诸选出,为世脍炙,然陈陈相因,不意铜仙金掌中竟有尘羹涂饭，而俗人动以当行本色诩之，能不齿冷哉。

近得朱锡鬯《词综》一选，可称善本。闻锡鬯所收词集凡百六十余种，网罗之博、鉴别之精，真不易及。然愚意以为，吾人选书不必务博，专取精诣杰出之彦，尽其所长，使其精神风致涌现于楮墨之间。每选一家，虽多取至十百无厌，其余诸家，不妨竟以黄茅白苇盖从荾荝青琐绿疏间。粉黛三千然得飞燕玉环，其余颜色如土矣。

天下惟物之尤者，断不可放过耳。江瑶柱入口而复咀嚼，鲍鱼马肝有何味哉。仆意欲有选如北宋之周清真、苏子瞻、晏叔原、张子野、柳耆卿、秦少游、贺方回，南宋之姜尧章、辛幼安、史邦卿、高宾王、程钜夫、陆务观、吴君持、王圣与、张叔夏诸人多取其词，汇为一集，余则取其词之至妙者附之，不必人人有见也。

不知足下乐与我同事否？有暇及此否？处雀喧鸠闹之场而肯为此冷淡生活，亦韵事也。望之。望之。

在信中，纳兰容若这样说道："我很喜欢《花间词》，因为那些词言情入微、音律铿锵自然。唐诗也不错，但是和《花间词》相比就显得有些刻板了。

"我一直苦恼没有一部好的词选，算下来也只有《花间词》与《中兴绝妙词》要好一些。但是在经过《草堂词选》的各种选本刻印之后，虽然也算是脍炙人口，但却还不够精炼，而显得良莠不齐。以至于后来的一些人因为它的影响，而把一些庸俗的作品也当成了好词，未免令人齿寒。

"最近朱彝尊编成了一本《词综》，的确算得上是善本，很不错。

我听说他在编写的时候阅读收集了一百六十多种词集，由此可见，朱彝尊的鉴赏能力是很强的。不过我认为，编选词集不一定非得在意数量的多少，只要能选择出佳作，数量并不是主要的问题。所以，只要词作写得好，一位词人也不妨多选上几篇，如果作品不好，那又何必选进去呢？

"当然，那些天底下最美的东西是万万不能放过的。我打算多选北宋的周清真、苏子瞻、晏叔原、张子野、柳耆卿、秦少游、贺方回，南宋的姜尧章、辛幼安、史邦卿、高宾王、程钜夫、陆务观、吴君持、王圣与、张叔夏的作品。对其他的词人，则只选录他们绝妙的作品就好。

"不知梁先生是否愿意与我一同完成这件事？是不是有这个时间来完成？身处这样浮躁的世界，默默地选编古人的诗词佳作，虽然冷淡了一些，但也算得上是一件雅致的韵事了吧？"

在纳兰容若的眼中，世间并无一本真正合格的词集。世人大多数都缺乏鉴别能力与审美能力，把一些庸俗的作品当成了佳作。

正是因此，纳兰容若动了想要选编一本自己满意的词集的念头来。

从这封信里，我们也可以看出纳兰容若这位天才词人对词的态度。

只从作品的优劣好坏出发，着眼作品的质量，而不是去看作者有多大的名气之类的因素，这一点，倒是与欧美新批评主义的观点不谋而合。

欧美新批评主义认为，文学作品是一个完整的多层次的艺术体，本身就是文学活动的本源，是以作品为本体，把作品本身作为文学研究的对象，而不去考虑作品之外的其他因素。

纳兰容若在这封信中提出了自己选择词作的观点，与此几乎一模一样，从词作本身，而不是从作者去选择作品，这样才能选择出最好的作品来。

纳兰容若同时也在信里写出，"仆少知操觚即爱《花间》致语"，他是比较偏好《花间词》的，而且从他的《侧帽集》《饮水词》中也可以看得出来，他那些悼亡之词婉约清丽，颇得《花间词》的精髓，明显是受其影响。

收到了信，梁佩兰果然来到了京城，与纳兰容若见了面，相谈甚欢。

但是谁也没有想到，他们还没来得及开始进行他们的事业，几个月后，纳兰容若就急病而死，一番理想，终究成为了镜中花，水中月。

第二节　最后的诗作

阶前双夜合，枝叶敷华荣。

疏密共晴雨，卷舒因晦明。

影随筠箔乱，香杂水沉生。

对此能消忿，旋移近小楹。（《夜合花》）

康熙二十四年，接到纳兰容若书信的梁佩兰，千里入京。

对于梁佩兰的到来，纳兰容若是十分惊喜的，五月二十二日，他在渌水亭设宴，邀请的宾客仍是素日的好友，梁佩兰、顾贞观、朱彝尊、姜宸英、吴雯等人。

这个时候，已经没有了吴兆骞与严绳孙。

对吴兆骞的逝世、严绳孙的辞官归去，纳兰容若心中一直是十分怅然的。

如今，因为梁佩兰的到来，纳兰容若暂时一扫心中的怅然神伤，在自家的渌水亭，与好友们再度聚会。

和以前相比，渌水亭畔多了两株小小的花树，那是夜合花，纳兰容若记不得是自己什么时候种下的了，不过如今倒是颤巍巍地生长了起来。

夜合花又叫合欢花，在盛夏的时候会开花，花朵是粉红色的，叶子一到晚上就会一对一对地合起来，所以叫作"夜合花"。如今正是花期，众人便以《夜合花》为题，各自赋诗。

纳兰容若也不例外。

他的作品是一首典型的命题诗，还是一如既往地带着纳兰容若内心的忧虑，萦绕不去。

台阶前长出了两株夜合花树，枝头枝繁叶茂，疏密有致。因为昼夜的变化，花朵开合不同，那摇曳的树影倒映在了竹帘之上，芬芳的香气飘了过来，但并不是单纯的花香，中间还混合了沉水香的味道。看着这两株夜合花，心中的怨忿似乎也烟消云散了。

不过当时谁也没有想到，这首《夜合花》，竟成为了纳兰容若的绝笔！

就在这场相聚的第二天，纳兰容若便病倒了，那是一直困扰着他的"寒疾"，整整七天，终于不汗而死。

过世的那天，也正好是卢氏的祭日——五月三十日。

他终于可以不用再挣扎在理想与现实的冲突之间，徒劳地想要发出自己那微弱地呼唤，而是留下了这璀璨夺目的《纳兰词》，从此翩然远去。

第三节　纳兰死因

对于纳兰容若的死因，官方记载向来语焉不详，就是一句"寒疾，不汗而亡"便轻描淡写地略过，后来有学者研究，众说纷纭，但大体可归为以下几种：

寒疾、忧郁自杀、天花说，还有被害说。

"被害"这种说法，据说是出自《李朝实录》，康熙二十八年的时候，朝鲜使臣发回朝鲜国内的一份别单。

别单上写的，都是这位朝鲜使臣的所见所闻，其中有这么一句"又有成德者，满洲人，阁老明珠之子，自幼文才出群，年才二十擢高第入翰苑为庶吉士。皇帝嫉其才，而杀之。明珠因此致仕而去矣"。

简单地说，就是因为纳兰容若才华出众，康熙皇帝嫉妒了，于是命人暗中害死了他，明珠在后来渐渐在仕途上失利，最终被罢相。

说的倒是有板有眼的，但是仔细想一想，逻辑上颇为不通。

首先，此说是不是出自《李朝实录》还有待确认，而且，皇帝因为嫉妒臣子的才华而杀之，确实也有些无稽。

纳兰容若确实是当时公认的天才词人，连康熙皇帝也颇为赞赏他的才学，经常把他带在身边，北上南巡，走遍大江南北，但是，要说是因为此就嫉妒纳兰容若的才华，我觉得两者之间是毫无关系的。

一位文人的才学并不能威胁皇帝的宝座，而且正好相反，再有才华的文人，他的命运最终也是掌握在皇帝的手中，就像"奉旨填词"的柳永，何尝不是因为皇帝的一句"且去浅酌低唱，何要浮名"而改变了自己一生的命运呢？

康熙也是难得的贤明皇帝，创造了中国最后一个盛世"康乾盛世"的繁荣，而且他与纳兰容若、曹寅乃是少年伙伴，相互之间感情是颇为深厚的，如果说他因为嫉妒纳兰性德的才华，从而命人害死了这位少年时期的好友，怎么都说不通。

至于说明珠后来被罢相，是因为被儿子纳兰容若连累，导致被康熙不待见，就更荒唐了。

明珠后来结党营私，在某种程度上来说，康熙并非不知道，只是默许，因为他要用明珠党来牵制索额图党，维持朝廷势力的平衡，一旦这个平衡被打破，弊大于利，便会着手整顿。何来明珠因为儿子的缘故而仕途急转直下呢？

所以，纳兰容若"被害"这种说法，不过是流言蜚语。

至于说纳兰容若是康熙年间一场失败的外交政策的牺牲品，被迫自杀，就更是无稽之谈了。

纳兰容若到死为止，官职都只是一等侍卫，作为国家大事的外交，完全没有参与的资格，而且康熙皇帝虽然信任他，但是一直不曾重用他，只是在康熙二十四年的时候，开始隐隐有些要委以重任的苗头，何来"牺牲品"一说？更何况，如果当真是因为纳兰容若在工作上有什么重大的失误，需要用自杀来避免连累家人，那么当时的官家记载也应该会有这项记录才是，而且，纳兰容若乃是明珠之子，多少眼睛盯着，若真的出了需要自杀谢罪的纰漏，难道那些明珠的政敌会放过这么好的机会吗？

还有一种，便是"天花说"。

天花是一种烈性的传染病，在当时医疗条件不发达的情况下，这种疾病是很致命的，据说顺治就是死在此病上，当然，后来民间传说顺治皇帝因为爱妃董鄂之死而毅然放弃了帝位，出家为僧，那毕竟只是小说家言，并没有确凿的证据。而康熙皇帝能够继承皇位，很大一个原因也是因为他幼年时候得过天花，有了免疫力。

从顺治皇帝得痘疹到病亡，病期只有六天，纳兰容若从生病开始，也只有七天的时间，便永远地离开了这个世界。

韩提在《神道碑铭》中这样提过一句："而不幸速病，病七日遂不起。"徐乾学也写过纳兰容若"其葬盖未有日也"。翁叔元写过："康熙二十四年五月晦，己丑，我容若年世兄先生捐馆舍，叔元往哭于其第。既殡，往哭于其位次。越三日再往，阁人辞焉。又十日偕同馆之士五人旅拜于儿筵哭如初。又八日，以夭子命出殡于郊外。……于䯀车之出也，姑为相挽之词以饯之。"

如此一来，便产生了几个疑问。

纳兰容若死后几个月，为什么才请人作铭，很久都没把尸体下葬？为什么要皇帝下令出殡？

这么结合起来一看，说纳兰容若死于天花，也并不是没有道理。

第一，他死亡得太迅速，病期只有七天。

第二，根据记载，纳兰容若在生病之后，康熙皇帝十分关心，于是派来宫中的御医给纳兰容若诊治，"使中官侍卫及御医数辈至第诊治，于是上将出关避暑，命以疾增减报，日再三，疾疾呕，亲处方药赐之，未及进而段，上为震悼"。这段话很有些微妙之处。

首先，纳兰容若刚死，康熙皇帝就带着皇子和诸位王爷、大臣们急急忙忙地离开了京城；接着，在途中，四皇子生了场小病，康熙顿时紧张起来，命令他返回京城，看好了病才继续前进。这倒很像是为了躲避什么似的。

难道纳兰容若当真是因为天花而病死的，康熙皇帝担心传染开来，才匆匆忙忙地带着众人离京的吗？再加上当时因为天花而死的人都必须火葬，贵为皇帝的顺治也不能避免，而纳兰容若死后，要皇帝下令出殡，那数月未葬，很有可能是火化的托词。

流传最广的，在官方记录上言之凿凿的，就是"寒疾说"了。

其实从纳兰词中去看纳兰容若的人生轨迹，我们可以发现，纳兰容若那光彩夺目的一生当中，始终潜藏着一个阴影，那便是"寒疾"。

康熙十二年，十九岁的纳兰容若正在准备参加殿试的时候，就因为一场突如其来的寒疾，在病榻之上躺了数月，错过了这场殿试，并且留下了一首七律《幸举礼闱以病未与廷试》：

晓榻茶烟揽鬓丝，万春园里误春期。

谁知江上题名日，虚拟兰成射策时。

紫陌无游非隔面，玉阶有梦镇愁眉。

漳滨强对新红杏，一夜东风感旧知。

诗里满是失意伤感的意味。

寒疾导致他错失了这一次的殿试，而且在他今后的岁月中，也是像幽魂一样，不时地出现，让纳兰容若深受其苦。

翠袖凝寒薄，帘衣入夜空。病容扶起月明中。惹得一丝残篆、旧薰笼。

在这首《南歌子》里面，我们可以窥见，纳兰容若深为寒疾所困扰。

每当天寒地冻，这顽固的疾病就会紧紧纠缠住他，使他病容憔悴。

随着日子一天一天地过去，这可恶的"寒疾"，就像一团巨大的阴霾，越来越庞大，几乎是随时笼罩在纳兰容若的周围，仿佛一只不祥的蝙蝠，张开了那巨大黝黑的翅膀，狰狞地盯着纳兰容若。

每次生病，寒疾就会困扰纳兰容若很长时间，而且病期越来越长，从寒冬一直到春暖花开。

"人说病宜随月减，恹恹却与春同。"

如果说随着岁月的流逝，病情就会减轻的话，那为什么直到春天来临了，我却还躺在床榻之上。

纳兰容若显然感觉到了，这个一直纠缠着自己的病魔，是如此地顽固，不管是春去秋来，不管是在京城，还是出差在外，这可恶的寒疾仿佛幽灵一般，不时窜出来。

黄昏又听城头角，病起心情恶。药炉初沸短檠青，无那残香半缕恼多情。

曾记年年三月病，而今病向深秋。卢龙风景白人头，药炉烟里，支枕听河流。

"年年"二字，纳兰容若写出这寒疾是如何频繁，几乎每年都会发生一次，而且还不到寒冬腊月，仅仅是在深秋，病魔就再度来临了，这说明因为生病的关系，身体的抵抗力已经大不如从前。

康熙二十三年，康熙皇帝第一次南巡，照例，纳兰容若随行在康熙的身旁。也许是因为旅途的劳累，在行至无锡的时候，纳兰容若再度病倒，这一次，病情时好时坏，一直到了次年的春天，才渐渐地有所好转，但是并未痊愈，"可怜暮春候，病中别故人"。虽然医生叮嘱他不要饮酒，但是在五月与梁佩兰、顾贞观、姜宸英等人的聚会中，趁着兴头，纳兰容若还是喝了不少，结果旧病复发，寒疾再度击倒了这位年轻的天才词人。

这一次，一直如影随形在纳兰容若身边的阴霾终于夺走了他年轻的生命。

寒为阴邪，易伤阳气，其性凝滞，这正是纳兰容若长期被"寒疾"所困的原因。

也许是因为出生在冬天，又长期生活在寒冷北方的关系，纳兰容若的身体对于"寒冷"是比较敏感的，这种敏感也表现在了他的诗词之上。

在纳兰容若所作的诗词中，不知是有意还是无意，秋冬的景色出现的次数是最多的，频繁不说，而且凄凉哀婉。

"萧萧几叶风兼雨，离人偏识长更苦。""木落吴江矣，正萧条、西风南雁，碧云千里。落魄江湖还载酒，一种悲凉滋味。""谁念西风独自凉，萧萧黄叶闭疏窗，沉思往事立残阳。""衰草连天无意绪，雁声远向萧关去。不恨天涯行役苦，只恨西风吹梦成今古。""欲寄愁心朔雁边，西风浊酒惨离颜。黄花时节碧云天。""身向榆关那畔行，北风吹断马嘶声。深秋远塞若为情。"……

在纳兰容若的词中，描写秋冬的，竟有一百多首之多，由此可见纳兰容若对于冬寒的敏感，而这，大概也正是他一直深为寒疾所苦的原因之一吧？

《素问·痹论》中曾这样说过："痛者，寒气多也，有寒故痛也。"说明寒疾会给人带来剧烈的痛苦。按照《素问》一书的解释，就是"寒气客于脉外则脉寒，脉寒则缩蜷，缩蜷则脉绌急，绌急则外引小络，故卒然而痛。"意思是说，当寒气侵袭肌表则脉寒，而脉寒则会导致经络、血脉收编，从而导致肢体屈伸不力，浑身疼痛不堪。

纳兰容若既然长期被寒疾所苦，身体上所承受的痛楚也是可想而知。越是频繁地感染风寒，越是饱受疼痛的折磨，长年的病痛之下，自然而然也会影响到精神层面，"锦样年华水样流，鲛珠迸落更难收。病余常是怯梳头"。这种病痛中孤独又失落的心情，正好切合了他词中贯穿始终的清冷之意。

一直被寒症所苦的人，难免潜意识中也会对秋冬，对一些幽静的事物比较敏感，就像《红楼梦》中的林黛玉，体有不足之症，居处是幽冷清静的潇湘馆，而她的诗词，也大多透着股清冷的味道，无论是《葬花词》，还是《秋窗风雨夕》，无不流露出秋冬一般的凄凉与悲伤，"已觉秋窗秋不尽，那堪风雨助凄凉"与纳兰容若的"谁念西风独自凉，萧萧黄叶闭疏窗""黄叶青苔归路，屧粉衣香何处。消息竟沉沉，今夜相思几许。秋雨，秋雨，一半因风吹去"竟是有着异曲同工之意。

虽然林黛玉只是曹雪芹虚构出来的人物，但是我们也可以看得出来，这种身体上的病痛折磨慢慢侵入到人的精神层面的时候，会让人对人世间的阴晴冷暖更加敏感，也会更加感受到一种生命无常、人生短暂的凄凉。而这对纳兰容若本人那忧郁性格的形成，也起了至关重要的作用。

丧妻之痛、好友的过世与远离，还有对侍卫生涯的厌恶，都开始像毒药一般一点一点地侵蚀着纳兰容若的生命。

"浮名总如水，判尊前杯酒，一生长醉。"在《瑞鹤仙》一词中，纳兰容若这样写道。

显然，现实已经与他的理想越来越背道而驰。

他一次次地感慨"身世等浮萍，病为愁成"。

常年纠缠着他的寒疾，在纳兰容若自己本身的心绪郁结之下，终于从普普通通的风寒变成了陈年旧疴。

《素问》一书中这样说道："人有五脏化五气，以生喜怒悲忧恐。"即是说，人的心情与自己的身体健康有着很密切的关系，心胸宽广、开朗之人一般说来身体都会比较健康，而内心抑郁的人，未必就身强体壮。所谓"怒伤肝""喜伤心""思伤脾""忧伤肺""恐伤肾"，也是这个道理。

纳兰容若自身的心结未能解开，一年一年的郁结，最终和寒疾一起，成为夺走他短暂生命的祸患之一。

在这个大家都比较认可的纳兰容若死于寒疾的说法之下，其实还有一种比较浪漫的、却也是十分凄凉的观点。

纳兰容若是死于康熙二十四年的五月三十日，而他的妻子卢氏也正是死于五月三十日。

同月同日逝世，这便为纳兰容若的逝世，带上了一丝儿微妙的感觉。

我们形容纳兰容若，经常用的词语之中，有一个便是"情深不寿"。

倒也有点道理。

生命中的这几位女子，只有卢氏，才是他一直最深爱的人，即使到死，也从不曾改变过自己的心意。

纳兰词之中，公认成就最高的，是他写给亡妻的悼亡词，而数量，达到五十首之多。

古往今来，悼亡词并不乏大师的作品，但很多只是一两首，表达了对逝去恋人的怀念之后，就依旧故我，随着时间流逝而渐渐淡了感情，只有纳兰容若，从始至终，对卢氏的感情都没有改变过。

红颜薄命，留给纳兰容若的，只有无尽的思念与悲伤。

爱情上的重大打击，还有成为康熙侍卫之后，近距离亲眼目睹了官场内的相互倾轧、尔虞我诈，种种的现实，都让纳兰容若越来越心灰意冷。

所有的天才都是忧郁的。

纳兰容若正是天才，他的抑郁，也是众人所见的。

爱情、现实的双重打击，让纳兰容若屡遭不幸，在他的诗词之中也有着很明显的体现，抑郁不欢，他的逝世与卢氏是同一天，如今看来，也很有些意味深长。

如果不是巧合，那么，很有可能纳兰容若是专门选择了这一天，也就是说，他的死亡，说不定含有自杀的成分。

用我们如今的科学眼光看来，纳兰容若也许患有抑郁症。

抑郁症是一种很常见的精神疾病，也很普遍，很多人或轻或重都有，严重者甚至会产生自杀的念头与行为。自身深受寒疾所苦，几方面的重压之下，导致抑郁症越来越严重，最终因为卢氏祭日的临近，而让纳兰容若选择了这样一条让亲人好友伤心欲绝的路。

当然，说纳兰容若是因为抑郁症而殉情，并无确凿的证据，而从他好友徐倬的两首诗里面，隐隐约约可以看出一丝影子来。

第一首，是《成容若同年以咏合欢树索余和》：

青棠细缬映晴莎，韩重相思未足多。

花似鄂君堆绣被，叶同秦女捲轻罗。

树犹如此能堪否，天若有情奈老何。

定织云中并命鸟，深宵接翼宿琼柯。

另外一首，徐倬写完了还未来得及寄还给纳兰容若，对方便已经离开了这个人世间，于是，徐倬的第二首诗，便用了和前面一首一模一样的韵脚，以表达自己对纳兰容若的悼念之情。

玉树长埋在绿莎，玉楼高处恨争多。

文章于世犹尘土，才调惟天恣网罗。

气夺千秋轻绛灌，诗传五字接阴何。

晓风残月招魂去，只恐难寻梦里柯。

其中的"深宵接翼宿琼柯"，还有"气夺千秋轻绛灌，诗传五字接阴何""晓风残月招魂去，只恐难寻梦里柯"的句子，徐倬隐隐流露出自己不安的感触。

作为纳兰容若的好友，他是不是已经隐隐地猜到了纳兰容若死亡的真相呢？

纳兰容若的去世，是十分突然的，包括亲人在内，都认为是和以前一样，是普通的寒疾。

根据《康熙起居注》的记载，康熙二十四年乙丑五月三十日，明珠尚在朝堂以折本请旨。

如果之前纳兰容若就已经病到垂危，以明珠之爱子心切，还会有心思去上朝吗？可见，当时明珠完全没有意识到，就在这一天，他会白发人送黑发人，爱子纳兰容若会永远地离开自己。

就在纳兰容若过世的这一年秋天，沈宛生下了他的遗腹子富森。

第二年，也就是康熙二十五年，纳兰容若葬在了叶赫那拉氏的祖坟所在的皂甲屯，与妻子卢氏葬于一处。

纳兰容若的生前好友们，纷纷撰写悼文，怀念这位天才的词人。

呜呼！始容若之丧，而余哭之恸也。今其弃余也数月矣。余每一念至，未尝不悲来填膺也。呜呼！岂直师友之情乎哉。余阅世将老矣，从我游者亦众矣，如容若之天姿之纯粹、识见之高明、学问之淹通、才力之强敏，殆未有过之者也。天不假之年，余固抱丧予之痛，而闻其丧者，识与不识，皆哀而出涕也，又何以得此于人哉！太傅公失其爱子，至今每退朝，望子舍必哭，哭已，皇皇焉如冀其复者，亦岂寻常父子之情也。至尊每为太傅劝节哀，太傅愈益悲不自胜。余闲过相慰，则执余手而泣曰：惟君知我子，惠邀君言，以掩诸幽，使我子虽死犹生也。余奚忍以不文为辞。

徐乾学乃是纳兰容若的老师，两人关系一直很好，在纳兰容若亡故之后，徐乾学便写了这篇《通议大夫一等侍卫进士纳兰君墓志铭》，第一句，就写出了他为纳兰容若的过世感到十分的伤痛。

纳兰容若的天才，世人公认，徐乾学也毫不吝啬自己的赞美，称赞纳兰容若"天资纯粹、识见高明、学问淹通、才力强敏"，是他所见过最具有天分的人，只可惜天不假年，如此杰出的人才却英年早逝，不得不说是遗憾。而明珠痛失爱子，悲伤不已，每每退朝回到家中，看到儿子那空荡荡的房间，睹物思人，都会忍不住痛哭，哀叹儿子的逝去，这份父子深情，感人肺腑，闻者无不落泪，有人安慰明珠节哀，明珠却更加地哀伤。徐乾学自然也去安慰过明珠，明珠握着他的手含泪说："只有您是最明白我的儿子的，希望能请您来为他写这篇墓志铭。"

徐乾学自是这么做了，而写了悼文的，也并不只徐乾学一人，当时的名士都纷纷表达了自己对纳兰容若英年早逝的哀悼之意。

徐乾学不但写了这篇《墓志铭》，还写了《神道碑文》，另外还有韩菼的《神道碑铭》，姜宸英的《通议大夫一等侍卫进士纳兰君墓表》，以及顾贞观的《行状》、董讷的《诔词》，张玉书等人撰写的《哀词》，严绳孙等人写的《祭文》，等等。

"家家争唱纳兰词，纳兰心事谁人知？"

康熙三十四年的时候，当远在江宁的曹寅回想起自己的好友之时，曾经感慨万千。

如今纳兰词早已名满天下，人人都在吟唱着优美的《纳兰词》，争相传颂着"一生一代一双人""人生若只如初见"的时候，又有谁能真正了解纳兰容若的内心呢？

名场尔许时。

　　曹寅感叹着，自己现在已经是白发苍苍，空寂寂寞，回想起昔日的好友纳兰容若，如何能够不叹息世事的无常？

　　纳兰容若已经远去，以他短暂的三十一年的岁月，留下了璀璨的华丽诗篇，仿佛最后一段清丽的传奇，在天际划过，燃烧出绚丽的痕迹。

　　"家家争唱纳兰词"，正如当年柳永"有井水处，皆唱柳永词"一般，对一位天生的词人来说，俨然是最好的荣耀。

　　也足以安慰纳兰容若那绝世的才华。

　　千年之前，柳永的"忍把浮名，换了浅酌低唱"，在千年之后，化为纳兰容若的一句"别有根芽，不是人间富贵花"。

　　恰好，也正好。

　　当生就富贵命，却不屑权贵、不喜浮名，"身在高门广厦，常有山泽鱼鸟之思"，这样的人，当真不是人间富贵花。

　　王谢堂前燕何去？当上苍早早地召回了自己的宠儿，唯有词人留下的不朽华章，代代流传。